Agustín Martínez

Meisjes vermist

XANDER

Uitgegeven door Xander Uitgevers BV
Hamerstraat 3, 1021 JT Amsterdam

www.xanderuitgevers.nl

Oorspronkelijke titel: *Monteperdido*
Oorspronkelijke uitgever: Penguin Random House Grupo Editorial
Vertaling: Cora Kool & Marten de Vries
Omslagontwerp: Studio Marlies Visser
Omslagbeeld: Penguin Random House Grupo Editorial
Auteursfoto: Félix J. Felando
Zetwerk: ZetSpiegel, Best

Eerste druk 2017
Tweede druk 2018

ISBN 978 94 0160 800 8 | NUR 305

Meisjes vermist maakt deel uit van de Europa Thriller Selectie van Xander Uitgevers.
Kijk voor meer informatie en boekentips op Facebook.com/EuropaThrillerSelectie.

Voor Laura, omdat door haar alles zin heeft.

Ter nagedachtenis aan Gonzalo Martínez Montiel.
Hoewel ik weet (denk te weten) wat hij van deze roman
zou hebben gevonden, had ik dat zó graag van hem gehoord.

HET HERT

'Laat die meiden toch gewoon spelen,' zei Raquel.

Haar dochter was een heuveltje opgeklommen en stak haar handen in de sneeuw. Haar voeten hadden kleine zwarte afdrukken achtergelaten in het smetteloze wit. Eenmaal bovenop aangekomen, stond ze op en spreidde onzeker haar armen uit. Het leek wel of ze elk moment haar evenwicht kon verliezen en in de sneeuw zou rollen. Ze lachte alsof ze flink werd gekieteld.

Vervolgens bukte ze zich om een sneeuwbal te maken. Ze was ongedurig, net als op kerstochtend, en stond te jubelen en te schateren van blijdschap. Uit puur enthousiasme liet ze de sneeuw telkens opnieuw door haar vingers glijden. Ana was elf.

'Daar komen nog ongelukken van, let maar op,' zei Montserrat op sombere toon, terwijl ze naast Raquel op een bankje ging zitten.

Montserrats dochter Lucía stond onderaan het heuveltje. Ze dook weg om de sneeuwbal te ontwijken die Ana net bezig was te maken. De twee waren buurmeisjes. Ze waren even oud én ze waren onafscheidelijk.

'Ze zullen zich geen pijn doen als ze in de sneeuw vallen,' ging Raquel ertegenin. 'En ze doen trouwens sowieso wat ze zelf willen.'

Toen Ana die ochtend had gezien dat het had gesneeuwd, was ze naar de keuken gestormd, waar Raquel net de ontbijttafel aan het afruimen was, en ze had haar moeder gesmeekt om met haar naar buiten te gaan om te spelen. Raquel had het haar beloofd, hoewel ze liever in het warme huis was gebleven. Voor het middageten liepen ze naar het aangrenzende huis, naar Montserrat. Nadat de deur was geopend, stoof Ana meteen naar binnen. 'Sneeuwballengevecht!' riep ze.

Even later gingen Raquel en Montserrat wandelen met hun dochters. Ana en Lucía liepen een paar meter voor hen uit, dik ingepakt in mutsen, wanten en donsjassen. Die van Ana was roze, die van Lucía donkerblauw. Twee bonte, gillende, huppelende propjes die kriskras door de sneeuw renden en pas bleven staan toen ze bij het park waren aangekomen.

Het heuveltje dat Ana opgeklommen was, was eigenlijk de glijbaan die onder de sneeuw verdwenen was. Ana bestookte Lucía van bovenaf met sneeuwballen en ze probeerde met een zo zwaar mogelijke stem te praten. Ze wilde een *oger* zijn, een boosaardig monster. Lucía zocht dekking achter de schommel, die veranderd was in een met suiker overgoten verdedigingsmuur.

Het was een onbewolkte dag, de zon liet de sneeuw glinsteren en scheen warm op Raquels huid. Ze deed haar ogen dicht en ademde de lucht uit de bergen diep in, die net zo ijskoud en helder was als de beekjes die daar stroomden. Naast haar kroop Montserrat diep weg in haar jas.

De wind ruiste zachtjes door de bomen. Het ruisen was als een zacht bed waarop het geschreeuw en gelach van de meisjes leken te dansen. Raquel bleef roerloos zitten en ze dacht aan de warmte en de geur van haar man, die ze bij het wakker worden onder het dekbed had omhelsd. Het water in de rivier stroomde stilletjes voorbij, verborgen onder een dun laagje ijs.

Het dorp lag er rustig en beweginloos bij onder de sneeuw.

Vanuit het kleine bos dat het park omringde, kwam een hert tevoorschijn. Raquel deed haar ogen open, alsof ze zijn aanwezigheid had opgemerkt. Op zijn gewei en op zijn rug lag sneeuw. Hij kwam recht op haar af lopen, zonder angst en zonder op de kinderen te letten.

'Dat kan toch helemaal niet,' mompelde Montserrat.

Raquel gaf aan dat ze stil moest zijn en niet naar de meisjes moest roepen. Het hert kwam heel dicht bij het bankje waarop ze zaten. Zijn hoeven zonken weg in de sneeuw. Door de zon had zijn vacht een roodachtige glans. Het leek alsof hij groter was dan elk hert dat ze ooit had gezien. Op het moment dat hij nog maar een paar passen van hen verwijderd was, deed Raquel opnieuw haar ogen dicht. In gedachten kwam hij heel dichtbij en bleef hij heel even staan om naar haar te kijken en aan haar te snuffelen. Ze kon zijn adem voelen. Alsof het de adem van dit dorp, van deze bergen was.

Toen ze haar ogen weer opende, was het hert verdwenen.

De meisjes gooiden lachend sneeuwballen naar elkaar.

Raquel wist dat dit tafereel in haar geheugen gegrift zou blijven. Dat ze het beeld ooit weer zou oproepen, als iemand die beschutting zoekt in een vertrouwde omgeving.

Monteperdido verbijsterd door verdwijning van twee elfjarige meisjes

Ana M. M. en Lucía C. G. (beiden 11) vertrokken donderdag tegen 17.00 uur van hun school, Colegio Valle de Esera, en gingen op weg naar hun huis in Los Corzos, een buurt even buiten Monteperdido in de provincie Huesca. Maar daar zijn ze nooit aangekomen.

'Wij beseffen dat de eerste uren cruciaal zijn. Er is nog niet zo veel vooruitgang geboekt als we hadden gehoopt, maar we geven het pas op als Ana en Lucía weer thuis zijn,' aldus een politiewoordvoerder. Verder ontkende hij dat er op de plaats waar het spoor van de meisjes doodloopt sporen van geweld zijn gevonden die op een dramatische afloop zouden duiden.
De ouders van de meisjes willen geen officiële verklaring afgeven, maar hebben via een woordvoerder van de familie laten weten dat ze diep geschokt en verbijsterd zijn. Hun dochters kennen de weg naar huis als geen ander, zodat moet worden uitgesloten dat ze zijn verdwaald. Ze vragen zich af wie het tweetal kan hebben ontvoerd en hopen dat de meisjes die vraag snel zelf kunnen beantwoorden.

Een dorp in shock
Monteperdido, gelegen in een spectaculaire bergomgeving tussen twee nationale parken in de Centrale Pyreneeën, is een populaire vakantieplaats. Ana en Lucía waren in het dorp bekend en geliefd. Ze deden het goed op school en waren, omdat ze naast elkaar woonden, onafscheidelijk.
Veel inwoners doen mee aan de zoektocht, maar omdat succes uitblijft, neemt de bezorgdheid in het dorp langzamerhand toe. Niemand heeft iets gezien of gehoord, het is alsof de meisjes in het niets zijn verdwenen. De politie heeft een speciaal rechercheteam vrijgemaakt.
'We weten dat het moeilijk is, maar we vragen om geduld en ook om de privacy van de gezinnen te respecteren,' zo laat een bij de zaak betrokken rechercheur weten. 'Het is een traumatische situatie, maar we hopen de zaak zo snel mogelijk te kunnen oplossen. Daarvoor kunnen we alle mogelijke hulp gebruiken, zowel van de omwonenden als van de media.'
'We blijven gewoon geloven dat de meisjes het goed maken. Aan die hoop klampen we ons vast,' aldus een naast familielid van de meisjes. Hoop die door heel Monteperdido wordt gedeeld.

Monteperdido

VIJF JAAR LATER

1

DOOI

Aan het begin van de zomer begon de gletsjer te smelten. De ijsplaten barstten met een zacht gekraak en een dunne straal water stroomde naar beneden over de hellingen van de berg die tegenover het dorp lag en waaraan de naam ervan was ontleend: Monteperdido, de verloren berg.

Een paar kilometer naar beneden toe, het dal in, lag een auto op de bodem van een ravijn. Omgeven door een wolk van stof en rook lag hij ondersteboven met een verbrijzelde voorruit, de voorwielen draaiden rond in de lucht. Honderd meter daarboven liep langs de berg de grindweg; van daaraf was de auto de diepte in gestort. Tijdens zijn duikeling had hij een spoor van opengespleten bomen en losgewoelde aarde achtergelaten.

De wind blies de rook weg, waardoor de binnenkant van de auto zichtbaar werd. Een dun straaltje bloed sijpelde onder het portier door en vormde een steeds grotere plas. Het bloed was afkomstig uit het voorhoofd van de bestuurder, die met het hoofd voorover in de veiligheidsgordel hing. Door de smak was zijn schedel gespleten.

Alleen de wind was te horen, vervolgens een zacht gekreun. Een meisje kroop door de gebarsten ruit uit de auto, glassplinters boorden zich diep in haar dijbeen. Haar armen zaten vol snijwonden, haar kleding was aan flarden, haar verwarde haar hing voor haar gezicht. Ze was niet ouder dan zestien. Ze beet op haar tanden en slaagde er met uiterste krachtsinspanning in om zich naar buiten te werken. Daar liet ze zich uitgeput op de grond vallen. Ze ademde hortend en telkens als ze naar lucht hapte, ging er een siddering door haar lichaam.

De afgrond waarin de auto was neergestort, was nagenoeg ontoegankelijk. Een diepe kloof, omringd door bergen waarvan de toppen nog bedekt waren met sneeuw.

Langs de kloof kronkelde de weg door het dal. Een terreinwagen was aan de kant van de weg gestopt. Ernaast stond een man van rond de dertig en hij tuurde de diepte in. Hij zette zijn zonnebril af om zich ervan te overtuigen dat hij het goed had gezien. Daarna pakte hij zijn mobiel uit het dashboardkastje en toetste een nummer in.

Op het plein voor de Santa María de Laude-kerk in Monteperdido vonden sinds bijna vijf jaar stille waken plaats voor de verdwenen meisjes. Vanaf de eerste dag waren hier de gezinnen en de dorpsbewoners samengekomen, maar ook vreemden en journalisten. Voor het kerkportaal stonden gedenktafels met bloemen en speelgoed, korte berichtjes. Iedereen wilde zijn verdriet en woede uiten.

Víctor Gamero, het hoofd van het plaatselijke politiebureau, wist nog dat de journalisten als eersten waren weggebleven. Voor die tijd had hij, destijds nog als simpele straatagent, moeten voorkomen dat de familieleden werden belaagd en in actie moeten komen toen de mensenmassa's vanuit andere dorpen toestroomden om mee te doen aan de zoektocht.

Joaquín Castán, Lucía's vader, zou teleurgesteld zijn. Inmiddels kwam alleen de plaatselijke bevolking nog naar de waken en ook lang niet meer iedereen. Er was te veel tijd verstreken en het dorp kon niet telkens in de houding springen als Joaquín besloot om een stille wake te organiseren als herinnering aan het voorval.

Aan weerskanten van de tafel waaraan de ouders zaten, lachten Lucía en Ana op grote foto's naar de camera. Lucía met bijna dichtgeknepen ogen en een ondeugende lach, alsof ze was betrapt tijdens het spelen. In Ana's iets geopende mond was te zien dat er een paar tanden ontbraken. Haar huid was bruin van de zomerzon en haar blonde haar stak af tegen haar donkere ogen. De meisjes waren gelukkig geweest toen deze opnames werden gemaakt en toch deden de foto's triest aan op deze dag, waarop Lucía's vader zich erover beklaagde dat de politie zo weinig tijd in de zoektocht investeerde.

Víctor Gamero merkte dat zijn mobiel trilde en hij ging een paar passen opzij om het telefoontje aan te nemen. Het was een van zijn mannen, Burgos, die nogal aarzelend berichtte wat er was voorgevallen. Hij wist dat de kwestie zijn chef beslist niet zou aanstaan.

'Waarom heeft niemand mij dat verteld? Wie heeft dat bepaald?' foeterde Gamero.

Ze hadden hem moeten inlichten. Hij was het hoofd van de plaatselijke politie en ze hadden de enige toegangsweg naar het dorp zonder zijn toestemming afgesloten.

Rechercheur Sara Campos legde de agent uit wat hem te doen stond. Hij moest alle auto's staande houden die naar Monteperdido wilden of daarvandaan kwamen en de kofferbakken – en bij vrachtwagens de laadvloeren – controleren. Niemand mocht er zomaar langs, ook bekenden niet. Burgos wond zich erover op dat die mogelijkheid zelfs maar bij de opsporingsambtenaar was opgekomen: 'Als ik in uniform ben, maak ik niet eens een uitzondering voor mijn moeder,' zei hij.

'Is uw chef al op de hoogte gebracht?' vroeg Sara Campos, zonder verder in te gaan op de geknakte trots van de agent.

'Dat heb ik net gedaan. Hij wacht op u bij het tankstation aan het begin van de bebouwde kom,' antwoordde Burgos, nog altijd met een nijdig gezicht.

Sara draaide Burgos de rug toe en ging naar de auto waarin Santiago Baín op haar wachtte. De wind vanuit de bergen was koud. Ze deed de rits van haar zwarte sweatvest dicht en stopte haar handen in haar zakken. Haar bruine haar bewoog in de wind. Toen haar chef haar vanuit de auto vragend aankeek, rolde Sara geagiteerd met haar ogen.

Inspecteur Santiago Baín wachtte met draaiende motor totdat de plaatselijke politie de versperring op straat opzij schoof, zodat ze verder konden rijden naar Monteperdido. Hij had ook gewoon kunnen opbellen of het gezin kunnen vragen om naar het ziekenhuis in Barbastro te komen, maar hij wilde ter plekke hun reactie zien. Wilde hen in hun vertrouwde omgeving observeren. Hij wist dat het nieuws dat hij voor hen had niet het eind was, maar pas het begin van een zaak die nog lang niet opgehelderd was.

Sara legde de papieren en dossiermappen van de bijrijderstoel op de middenconsole en stapte in.

'We moeten maar afwachten of hij zich eraan houdt en de auto's controleert,' zei ze zonder veel hoop. 'Volgens mij is het niets voor hem om rond te snuffelen in de spullen van zijn buren.'

Burgos deed de versperring open en liet de auto passeren. Inspecteur Baín reed over de smalle weg die naar boven toe naar Monteperdido voerde. Hoewel het nog niet laat was, ging de zon al onder. De weg, die de loop van de rivier de Esera volgde, lag tussen twee enorme bergmassieven. Aan beide kanten rezen de Centrale Pyreneeën op, die het dal in schaduw hulden. De weg kronkelde vol haarspeldbochten omhoog door de bergen en was op sommige plaatsen uiterst steil en smal, maar de toppen, die aan alle kanten overal bovenuit staken, waren nog altijd ver weg. Zo nu en dan drongen de stralen van de ondergaande zon door het bos heen, die het donkergroene gebladerte een roodachtige gloed gaven. Sara

Campos liet haar blik over het landschap dwalen dat zich op deze twaalfde juli in zijn volle glorie openbaarde. Op een uitstekende rots stond een hert dat de langsrijdende auto leek gade te slaan, om vervolgens met een snelle beweging de kop weg te draaien en met een sprong tussen de bomen te verdwijnen.

Sara glimlachte en ze pakte de mappen.

'De ouders van Lucía heten Joaquín Castán en Montserrat Grau. Zevenenveertig en drieënveertig jaar oud. Behalve Lucía hebben ze nog een zoon, Quim. Die zal nu negentien zijn. Joaquín Castán heeft destijds de stichting in het leven geroepen.'

'Ik heb hem een keer op tv gezien,' zei Santiago, terwijl hij zijn blik op de weg gericht hield.

'De moeder van Ana heet Raquel Mur. Ze is net veertig geworden.'

'En de vader?'

'In de rapportage staat niets over zijn huidige woon- of verblijfplaats.' Sara zocht geconcentreerd naar verdere informatie. 'Dit hier is een ramp op zich. Geen wonder dat ze de meisjes nooit hebben gevonden. Pas na tweeënzeventig uur werd begonnen met wegcontroles. De plek waar de ontvoering plaatsvond, werd veel te laat onderzocht. Toen het forensisch team arriveerde, waren alle sporen al tenietgedaan door de regen.'

'Zijn Ana's ouders gescheiden?'

'Officieel niet. Maar eigenlijk wel. De vader, Álvaro Montrell, was de enige die destijds tijdens het onderzoek in hechtenis is genomen. Maar na een paar dagen hebben ze hem weer vrijgelaten. Ze hadden feitelijk geen enkel bewijs tegen hem in handen. Waarschijnlijk is het daarna bergafwaarts gegaan met hun huwelijk.'

Sara keek op en zag dat Santiago tijdens het autorijden zijn bril had opgezet.

'Die bril staat je geweldig,' zei ze plagerig.

'In het donker kan ik niet meer zo goed zien. Wat moet ik anders? Zie ik er nu heel oud uit?'

'Niet bejaarder dan je al bent.'

'Kijk maar uit, er komt een tijd dat jij ook oud bent en dan ben je er niet meer zo mee ingenomen als zo'n jong ding als jij de draak steekt met je verziendheid,' zei Santiago Baín lachend.

Sara nam haar chef op. Zijn gezicht was een en al rimpel, maar dat lag niet aan zijn leeftijd. Of althans niet uitsluitend. De rimpels waren er al geweest toen Sara hem had leren kennen.

De weg viel in het niet tussen de reusachtige bergmassieven. In dit deel van de Pyreneeën waren de meeste bergen tussen de drie- en vierduizend meter hoog, een gegeven dat het onderzoek destijds veel en veel lastiger had gemaakt. Terwijl Sara opkeek van de papieren, had ze het gevoel dat de geasfalteerde weg aan de voet van de berg gewoon zou ophouden en dat ze het dorp, dat aan de andere kant schuilging, nooit zouden bereiken. De Monte Albádes en de Collado Paderna staken hun toppen naar de hemel toe als zwijgende reuzen die de wacht hielden en bepaalden wie er wel en wie er niet langs mocht. Na een van de laatste bochten verdween de weg in een smalle tunnel door de Monte Albádes, waarna 'het verborgen dal', zoals de reisgidsen het noemden, zich aan hen openbaarde.

Aan de horizon was de dorpskern van Monteperdido te zien. Zwarte, stille huizen waarin nu, omdat de zon was ondergegaan, gele lampen brandden. Op Sara kwamen ze over alsof ze niet door mensenhanden gemaakt waren, maar deel uitmaakten van de natuur, zoals de bergen waardoor ze werden omringd.

Op een bord naast de weg stond de naam van de kloof die ze zoeven hadden doorkruist: Congosto de Fall.

Tijdens de rit was Sara op talloze onderzoeksfouten gestuit: onvolledige getuigenverklaringen, traag functionerende instanties, ondeskundige verhoren. Het verbaasde Santiago Baín niet. Hij wist uit eerdere zaken hoe de politie in dit soort dorpen te werk ging. Baín was al lange tijd bij de recherche, al bijna vijfendertig jaar.

Maar nu was de aanblik van het landschap overweldigend. 'Ik weet niet wat ik altijd fout doe,' klaagde Santiago op plagende toon. 'Normaal gesproken moeten de jonkies altijd rijden.'

'Tja, dan had je toch een ander maatje moeten kiezen. Op de dag dat ik mijn rijbewijs op zak had, heb ik gezworen om nooit meer auto te rijden.'

'En wat doe je als ik er niet meer ben?'

'Lopen.'

Rechts van de straat kwam het tankstation in zicht. In werkelijkheid ging het om één enkele pomp. Daar stond, met het licht aan, een jeep van de regiopolitie geparkeerd. Ervoor was een gedaante waarneembaar. Het was inmiddels stikdonker. Sara wilde uitstappen, maar Santiago hield haar tegen.

'Het ondervragen laat je dit keer aan mij over.' Het moest nonchalant overkomen, maar in werkelijkheid had hij lang gewacht op het juiste moment om dit tegen haar te zeggen.

'Waarom?' vroeg ze. 'Heb ik iets verkeerds gedaan?'

'Jouw taak is het om iedereen hier duidelijk te maken dat wíj bij het onderzoek vanaf nu de dienst uitmaken.'

'Maar dat is jouw rol anders toch altijd, die van *bad cop*?' protesteerde ze.

'Ik loop niet zo heel lang meer mee. Ze moeten toch ten minste één keer de indruk hebben dat ik een sympathieke man op leeftijd ben,' zei Santiago in een poging grappig te zijn.

Terwijl Santiago uitstapte, wachtte Sara nog even voordat ze hem volgde. Ze zag hoe hij naar de koplampen liep. Normaal gesproken gaf hij geen instructies. Het interesseerde Santiago ook niet of anderen hem al dan niet sympathiek vonden. Zijzelf was de reden. Hij wilde niet dat de zaak haar te veel aangreep.

'Stel je voor,' mompelde Sara voordat ze naar hem toe ging.

Víctor Gamero zag hoe de twee functionarissen van de districtsrecherche uitstapten. Vijf jaar geleden had de plaatselijke politie het onderzoek geleid. Hij begreep niet wat die rechercheurs uit Madrid hier moesten en waarom ze de weg hadden afgezet. Als eerste kwam een man in pak op hem af. Hij stopte zijn bril in de binnenzak van zijn jasje en stak hem met een vriendelijke glimlach zijn hand toe.

'Inspecteur Santiago Baín van de recherche.'

'Víctor Gamero, hoofd van het politiebureau van Monteperdido. Wat is dit allemaal voor flauwekul? U had mij moeten informeren voordat u de weg ging afzetten.'

'We hebben hem niet afgezet. Alleen een controlepost opgezet.'

'Waarom?'

Santiago antwoordde niet, maar draaide zich om naar zijn collega. Die kwam met vastberaden passen op hen af lopen, terwijl ze haar haar in een staart bond. Ze was niet bijzonder lang en had zachte gelaatstrekken. Ze droeg een spijkerbroek en een zwarte sweater, waaronder zich het pistool aftekende dat aan haar riem was bevestigd.

'Dit is mijn collega Sara Campos,' verduidelijkte hij tegenover de politieman.

Víctor stak haar zijn hand toe. Sara aarzelde een ogenblik te lang voordat ze hem aannam.

'We willen graag een gesprek met de familie van de meisjes,' zei ze kort en bondig.

'Is er iets gebeurd?'

'Als wij hier zijn, dan is dat zo omdat er iets gebeurd is, wat dacht u dan?' antwoordde ze nors en zonder hem de gelegenheid te geven om te reageren, voegde ze eraan toe: 'We rijden achter u aan.'

Sara draaide zich om en liep terug naar de auto. Víctor moest zich inhouden toen hij zag dat inspecteur Baín voor zich uit stond te grijnzen. Hij leek de arrogantie van zijn collega vermakelijk te vinden.

In werkelijkheid grijnsde Santiago Baín omdat hij Sara een rol had opgedrongen die ze helemaal niet leuk vond.

Víctor Gamero reed door Monteperdido. In zijn achteruitkijkspiegel kon hij zien dat de auto van de rechercheurs hem volgde. Bij de kruising, waar verder bergopwaarts hotel La Guardia lag, sloeg hij af naar de wijk Los Corzos en hij reed vervolgens over de nieuwe brug over de Esera. Hij had van tevoren Joaquín Castán, Lucía's vader, opgebeld. Die stille wake zat erop en ze waren thuis. Vervolgens had hij contact opgenomen met het hoofdbureau in Barbastro. Blijkbaar kwam het besluit om de zaak over te dragen aan de districtsrecherche helemaal van bovenaf. Ze hadden hem geadviseerd om samen te werken met de rechercheurs. Víctor Gamero parkeerde zijn wagen voor de laatste twee huizen van de wijk. Het gedeelte van de twee huizen onder één kap waarin het gezin van Ana woonde, grensde direct aan het bos. Lucía's huis bevond zich er pal naast.

Sara Campos stapte uit en keek naar de huizen van de beide gezinnen. De architect had zijn best gedaan om de traditionele stijl na te bootsen van de natuurstenen huizen met leien dak die in de streek veel voorkwamen, maar het bleef gewoon een kopie. Bij de linkerhelft van de woning was vlak naast het tuinhek een soort gedenkhoekje gemaakt. Daarop stonden een foto van Lucía, verse snijbloemen, drie oude knuffels en een klein schoolbord met het opschrift: 1745 DAGEN ZONDER LUCÍA. Bij het rechterhuis was nergens aan te zien dat dit de plek was waar Ana had gewoond.

Víctor Gamero richtte zich tot Sara. 'Zal ik beide gezinnen erbij halen?' vroeg hij.

De deur van het linkerhuis ging open en Lucía's vader Joaquín

Castán verscheen in de deuropening. Sara herkende hem van de foto's uit de dossiers.

'Hebt u hem verteld dat wij zouden komen?' Het was meer een verwijt dan een vraag.

'U hebt me toch gevraagd om contact met hen op te nemen,' antwoordde Víctor.

Sara wierp hem een geagiteerde blik toe en de politieman werd zich ervan bewust dat ze hem voor het eerst echt aankeek.

'We gaan eerst met Ana's moeder praten,' zei Sara.

Vervolgens viel haar blik op Víctors jeep, die langs de kant van de weg geparkeerd stond. Op de achterbank zat een hond.

'Dat is mijn hond,' merkte de agent stekelig op. 'Mag hij ook nergens van af weten? Hij heeft namelijk bij de benzinepomp naar ons gesprek geluisterd.'

Er trok een glimlach over Sara's gezicht, die meteen verdween toen ze Santiago's blik zag, die haar weer herinnerde aan de rol die ze moest spelen. Dit keer was zij de bad cop. Sara draaide zich om en liep naar het huis van Raquel Mur. Víctor Gamero mocht niet merken dat ze onzeker was. Tijdens de rit hiernaartoe had Santiago haar toestemming gegeven om het nieuws aan de ouders te vertellen. Dat soort situaties wilde hij haar blijkbaar niet besparen.

'Van nu af aan moet u elke beslissing die u neemt met ons kortsluiten. We moeten zorgvuldig te werk gaan. Daar hebt u wel begrip voor, of niet?' Santiago Baín legde verzoenend zijn hand op Víctors schouder. Het hoofd van het politiebureau was nog erg jong. Santiago hoopte dat het niet al te moeilijk zou zijn om hem aan hun kant te krijgen.

Raquel Mur deed de voordeur open. Toen ze Sara voor de deur zag staan, trok ze onaangenaam verrast de halsopening dicht van het hemd dat ze droeg. Het was een blauwgeruit mannenoverhemd dat tot op haar dijbenen hing en een blik bood op haar blote benen. Ze had er kennelijk niet op gerekend dat er vreemden zouden aanbellen.

'Rechercheur Sara Campos, afdeling zware criminaliteit. Mogen we binnenkomen?' vroeg ze en ze liet haar legitimatiebewijs zien.

Ze keek naar de blote voeten van Ana's moeder, die zich bijna bang over de houten vloer naar de woonkamer haastten. Achter Sara volgden Santiago Baín en Víctor Gamero. Raquel was onzeker en ze keek Víctor met haar grote bruine ogen vragend aan. Haar benen trilden toen ze op de bank ging zitten. Wat ging er om in het hoofd van deze vrouw die haar dochter al vijf jaar moest missen? Sara wilde haar niet langer in onzekerheid laten. Ze nam plaats op de salontafel en pakte de handen van de vrouw vast. Vervolgens keek ze Raquel glimlachend aan.

'We hebben niet zo vaak het geluk dat we dit soort berichten kunnen overbrengen,' begon ze. 'We hebben Ana gevonden.'

Raquel leek te verstijven. Het was alsof haar hele lichaam opeens verkrampte. Ze zocht steun bij de politiefunctionaris.

'Ze maakt het goed,' voegde Sara eraan toe.

Raquels ogen schoten vol tranen. Tegelijkertijd gleed er een glimlach over haar gezicht. Zonder een woord uit te brengen, sloeg ze haar handen voor haar mond en ze begon te huilen.

Víctor Gamero liep met Raquel mee naar de auto. Ze had zich omgekleed, dezelfde spijkerbroek en blouse die ze een paar uur daarvoor tijdens de wake aan had gehad. Ze aarzelde, alsof ze iets vergeten was, om vervolgens vastberaden door te lopen. Daarna bleef ze opnieuw staan, alsof haar opeens te binnen was geschoten wat ze vergeten was. Ze keek naar het huis van Montserrat en zei zachtjes:

'Ik moet het Montserrat vertellen.'

'Dat nemen de rechercheurs voor hun rekening,' zei Víctor Gamero, terwijl hij haar voorzichtig vooruit duwde.

Achter het grote raam dat uitkeek op de voortuin zag ze Montserrat staan. Lucía's moeder moest al wel vermoeden dat hun geen goed nieuws te wachten stond. Haar man Joaquín Castán stond nog altijd in de deuropening.

Santiago Baín en Sara Campos gingen zwijgend naar binnen, gevolgd door Joaquín. Montserrat stond in de woonkamer en ze droogde haar handen met een keukendoek. Ze leek zich eraan vast te klampen en liet hem pas los nadat Joaquín haar verzocht had naast hem op de bank te komen zitten. De muren waren een soort gedenkplaats, vol herinneringen aan hun verdwenen dochter. Op de tientallen foto's – waarop ze van baby tot elfjarig meisje te zien was – stond een lachende Lucía.

'Vanochtend is op de weg naar Barbastro, dus een kilometer of zestig hiervandaan, een verongelukte auto aangetroffen. Hij is in het ravijn gestort,' legde inspecteur Baín uit. 'Een getuige heeft de reddingsdiensten gealarmeerd en die hebben vanuit Barbastro een helikopter gestuurd. De plaats waar de auto ligt, is niet te voet bereikbaar. Toen de reddingsdiensten arriveerden, was de bestuurder van de auto, een man van een jaar of vijftig, al dood. Hij is waarschijnlijk overleden als gevolg van de smak die de auto heeft gemaakt, maar we wachten nog op de uitslag van de sectie. Bij de auto bevond zich ook een meisje. Ze was bewusteloos, maar niet zwaargewond. Ze is naar het ziekenhuis van Barbastro gebracht en daar is haar identiteit vastgesteld. Ze had geen papieren bij zich, maar haar vingerafdrukken waren geregistreerd. Het gaat om Ana Montrell. Mijn collega en ik zijn vervolgens naar het ziekenhuis gereden.'

'En mijn dochter?' fluisterde Montserrat.

'Verder zat er niemand in de auto.'

'Kan het zijn dat ze lopend is weggegaan van de plaats van het ongeluk? Dat ze nu hulpeloos door de omgeving dwaalt?'

'De helikopter is verschillende keren over het gebied gevlogen om die mogelijkheid uit te sluiten,' lichtte Sara toe.

'Ze is dus dood,' barstte Montserrat uit. Ze wist geen andere verklaring te bedenken voor het feit dat alleen Ana was opgedoken.

'We hebben geen enkel bewijs in handen waardoor dat vermoeden wordt bevestigd,' zei Santiago geruststellend en hij pakte haar hand stevig vast. 'Ik weet dat dat moeilijk is, maar u mag de hoop niet opgeven. Er wordt al zo lang naar uw dochter gezocht en in die vijf jaar zijn we nog niet eerder zo dicht bij het oplossen van de zaak geweest.'

'Wie was die man?' vroeg Lucía's vader Joaquín Castán zonder omhaal. Hij zat kaarsrecht en roerloos op de bank en luisterde aandachtig naar alles wat de rechercheurs zeiden. Hij deed Sara denken aan het hert dat ze eerder op de uitstekende rots had gezien.

'We hebben hem nog niet geïdentificeerd. De reddingsdiensten hebben voorrang gegeven aan het in veiligheid brengen van het meisje. Morgenochtend vroeg gaan ze terug naar de plaats van het ongeluk om het lichaam van de man te bergen en om te proberen de auto uit de kloof te trekken.'

Joaquín Castán zweeg. Montserrat zat naast hem te huilen, Santiago hield nog steeds haar handen vast. Sara zag dat Joaquín naar de handen van de politieman staarde voordat hij zijn vraag stelde.

'Die man... heeft hij mijn dochter ontvoerd?'

Dat was wat de rechercheur vermoedde. Maar het was onmogelijk geweest om bij het lichaam van de man te komen, dat bekneld zat in de verwoeste auto. De volgende ochtend zouden ze meteen weer aan de slag gaan. De auto had geen kentekenplaten. Om de auto na te gaan, had Sara het chassisnummer nodig. En dat kon alleen worden vastgesteld als hij uit de kloof werd gehaald.

'Ik ga met Ana's moeder mee naar het ziekenhuis,' zei Santiago tegen Sara toen ze vertrokken uit het huis van Lucía's ouders. 'Jij rijdt met Gamero naar de politiepost. Misschien hebben ze daar een bureau voor ons. En ga ook even op zoek naar een plek waar we kunnen overnachten. We moeten morgen voor de volle honderd procent fit zijn.'

Aan het eind van de doorgaande weg, waar de huizen van Monteperdido ophielden en de weg omhoogging, de bergen in, bevond zich pension La Renclusa. Víctor had tegen haar gezegd dat die de beste kamers van het stadje hadden. De vier- en vijfsterrenhotels waren in Posets of nog verder naar boven, op het punt waar er een eind kwam aan de weg. Een meisje met een gejaagde manier van doen en de gelaatsuitdrukking van een bang vogeltje bracht haar naar de tweede verdieping. Ze ratelde de mogelijkheden en de etenstijden van het pension op, maar Sara luisterde niet naar haar. Ze nam het meisje op, dat nog heel jong was, niet veel ouder dan twintig. Ze zag er fragiel uit, als een porseleinen pop die elk moment kapot kon gaan. Elisa, zoals het meisje heette, opende het raam in de kamer, die uitkeek op het noordoosten, en ze gaf hoog op over de zonsopkomsten die je vanuit dat raam kon zien als de zon achter de Monte Ármos tevoorschijn kwam. Elisa was mooi, hoewel haar vrouwelijke vormen schuilgingen onder wijde kleding. Schoonheid die het meisje probeerde te verbergen.

'Zal ik iets te eten voor u maken?' vroeg ze.

'Nee, dank je wel,' antwoordde Sara. 'Ik heb alleen de sleutel van de twee kamers nodig.' Vervolgens liet ze haar blik over Elisa's bloes met lange mouwen dwalen en over het gebreide vest dat bij de schouders te ruim was. Met een glimlach vroeg ze: 'Is het hier zó koud?'

''s Nachts wordt het een beetje fris. Maar nu, in juli, komt de temperatuur maar zelden onder de twintig graden,' zei het meisje een beetje in verwarring gebracht. Toen ze zag dat de rechercheur haar kleding stond op te nemen, voegde ze er onzeker aan toe: 'Ik heb het snel koud.'

'Wijde kleding biedt ook weinig warmte,' plaagde Sara.

Op weg naar Barbastro reed inspecteur Santiago Baín zwijgend door de duisternis. Naast hem zat Raquel en ze keek uit het raam. Ze had nog geen woord gezegd sinds ze in de auto waren gestapt. Ze zou ook niet weten wat ze moest zeggen. Er schoten talloze herinneringen door haar hoofd, als een horde kinderen die probeerden zich door een smalle deur te persen.

Was het echt pas twee, drie uur geleden dat ze de tafel met de foto van haar dochter bij de kerk had weggehaald? Raquel wist nog dat ze, terwijl ze de tafel in Joaquíns bestelbus had geschoven, had gedacht dat ze die stille waken altijd zo naar vond. Dat ze het zo naar vond om elke keer weer het verdriet van het missen te moeten doorstaan. Het liefst had ze luidkeels geschreeuwd dat ze nu eindelijk weer naar de toekomst wilde kijken, dat ze dit onheil, dat zich al bijna vijf jaar lang als een olievlek uitbreidde in haar leven, wilde accepteren en verwerken.

Maar ze had het nooit aangedurfd om die gedachte hardop uit te spreken. Zelfs niet tegenover Ismael, hoewel hij al wel had gemerkt dat ze eigenlijk niet langer wilde meedoen aan de stichting. Er stond haar een gesprek met Lucía's ouders te wachten en ze ging ervan uit dat Joaquín er niet goed op zou reageren.

Ze had erover gedroomd dat het lichaam van haar dochter was gevonden, dacht Raquel nu ze onderweg waren naar Barbastro. Op weg naar Ana. Waarom had ze niet net als Lucía's ouders de kracht en het vertrouwen gehad? Het was aan hen te danken dat de meisjes niet in vergetelheid waren geraakt. Hoe zou het zijn geweest als ze hen beiden niet had gehad? Vooral in het begin, toen de verdenking op haar man was gevallen.

Nog meer herinneringen, korte momenten van fel licht, vage, onscherpe beelden, fragmenten uit een zinloze film. Ana's verdwijning. De angst. Daarna de arrestatie van Álvaro. De verbouwereerdheid dat het bij de aanblik van haar man aanvoelde alsof hij een vreemde was. De verdenking dat hij misschien zijn eigen dochter iets had aangedaan. Vervolgens waren de beschuldigingen tegen Álvaro op een dood spoor geraakt. Maar daarna was het tussen hen nooit meer zoals vroeger geworden.

En dan nu Ana. Ana, die in het ziekenhuis van Barbastro op haar wachtte. Na vijf jaar.

Een periode waarin Raquel had geprobeerd om weer een compleet mens te worden. Als een puzzel die met moeite weer in elkaar moest worden gepast. Ismael Casella had daarin een belangrijk aandeel gehad. Hij was kort na de verdwijning van de meisjes naar Monteperdido gekomen. Álvaro was vertrokken en ze had niet de kracht gehad om zich in haar eentje bezig te houden met het bouwbedrijfje dat ze – een paar maanden voordat haar leven op zijn kop kwam te staan – met zo veel enthousiasme waren gestart. Ismael bood aan om als timmerman voor haar te komen werken. Hij was acht jaar jonger dan zij en had de energie die bij haar ontbrak. Hij zorgde ervoor dat er nieuwe opdrachten binnenkwamen en daarmee ook het idee van een gewoon leven waar ze zo'n behoefte aan had.

Nadat ze na de wake op het plein voor de kerk afscheid van hem had genomen, had hij in haar oor gefluisterd: 'Wacht bij jouw thuis op me.' Pas een paar weken geleden was ze voor het eerst met hem naar bed geweest. Soms lag het er voor haar zo duimendik bovenop dat ze in Ismael precies het tegenovergestelde van haar man zocht dat ze zich ervoor schaamde. Waarom noemde ze Álvaro nog altijd 'haar man'?

Toen de politie had aangebeld, had ze eigenlijk Ismael verwacht. Naakt onder zijn oude overhemd, twee glazen wijn in de keuken, een brandende sigaret in de asbak, waar ze pas nu weer aan dacht.

Ze had opengedaan en Ana was teruggekomen.

En nu was ze onderweg naar haar.

Víctor reed in stilte naar het politiebureau. Op de achterbank lag zijn hond, een zeven jaar oude husky die zenuwachtig hijgde, met de tong uit de bek. Op de passagiersstoel zat Sara en ze probeerde om de dossiers een beetje te ordenen. Af en toe schreef ze iets in de kantlijn. Víctor nam haar onopvallend op. Bij het tankstation was ze arrogant op hem overgekomen, maar daarna had het hem verbaasd dat ze zo meelevend met Raquel en vooral met Elisa was omgegaan. Binnen een paar seconden was het haar al gelukt om Elisa's ware karakter te doorgronden en haar vertrouwen te winnen. Misschien had ze ook in de dossiers over haar gelezen, al waren er sindsdien heel wat jaren verstreken en was Elisa niet langer het kind van toen.

'Ik weet zeker dat u de wegen hier op uw duimpje kent, maar ik zou me wat geruster voelen als u af en toe ook even vóór u keek,' merkte Sara op, zonder haar ogen op te slaan.

Víctor richtte zijn blik weer op de weg en hoopte dat Sara niet merkte dat hij rood aanliep.

Het politiebureau langs de weg naar de school was nieuw. Het was pas twee jaar geleden in gebruik genomen.

'De naam is me ontschoten,' zei Sara terwijl ze stopten.

'Víctor,' antwoordde de agent ongemakkelijk.

'Niet die van u. Ik bedoel die van de hond.'

'Nieve. Houdt u van honden?'

'Eerlijk gezegd niet bepaald,' zei Sara en ze stapte uit. Ze had haar angst niet laten merken. Eerst tijdens de rit naar het pension en daarna onderweg naar het politiebureau. De adem van het beest in haar nek. Ze hoorde dat Víctor diep inademde voordat hij uitstapte. Nadat hij Nieve had losgelaten op de parkeerplaats, liep hij achter haar aan naar het gebouw.

'Gaat hij mee naar binnen?' vroeg Sara, zonder de hond, die vrij rondliep, uit het oog te verliezen.

'Wees maar niet bang. Hij blijft buiten.'

Raquel liep zenuwachtig door de gang van het ziekenhuis. Ze hoorde achter zich het geroezemoes van verpleegkundigen. Een arts deed een deur open en wees hun de weg. Inspecteur Santiago Baín vergezelde haar naar de intensive care, waar Ana lag. Bij het zien van het vertrek met de glazen wand merkte Raquel dat haar knieën slap werden. Inspecteur Baín ondersteunde haar.

'We hebben haar in een kunstmatige coma gebracht,' deelde de arts hen mee. 'Ze heeft een hersenschudding en we hopen dat het niets ernstigers is. We blijven haar in ieder geval nog een paar dagen controleren, mochten zich complicaties voordoen.'

Raquel richtte zich nerveus tot Santiago Baín. 'Mag ik haar aanraken?'

De inspecteur zag de instemmende blik van de arts, die de deur naar het vertrek openschoof. Raquel stapte naar binnen en liep onzeker naar het bed. Was ze het echt? Ze had dit ogenblik niet voor mogelijk gehouden, had het uit al haar dromen verdrongen, daarom deed alles nu zo onwerkelijk aan. Kon ze het zijn? Kon dat Ana zijn?

Ze keek een tijdje naar haar, maar durfde haar niet aan te raken. Ze was bang dat elke beweging de betovering kon verbreken en dat haar dochter weer zou verdwijnen, met inbegrip van het ziekenhuisbed, de kamer en de politiefunctionaris. Raquel zou badend in het zweet wakker worden en constateren dat het allemaal niet meer dan een droom was geweest. Een leugen.

Maar Ana was er nog altijd toen haar moeder haar hand vastpakte. Raquel hield hem heel stevig vast, alsof ze wilde voorkomen dat ze haar dochter opnieuw zou verliezen. Ze voelde haar warmte. Vervolgens streek ze met haar handen over Ana's lichaam, streelde de met snijwonden bezaaide armen, haar schouders, haar gezicht. Er was vijf jaar verstreken. Ana was niet meer het kleine meisje dat destijds verdwenen was. Ze was nu zestien, haar gezicht was veranderd. Smaller, de lippen voller, een blanke huid. Ze was bijna een volwassen vrouw.

Met tranen in de ogen draaide Raquel zich naar Santiago Baín toe.

'Heeft er al iemand met haar gesproken? Heeft ze iets gezegd?' vroeg ze.

'Nog niet,' antwoordde de inspecteur.

Víctor Gamero ruimde een stelling leeg voor Sara. Eigenlijk was het vertrek als extra kantoorruimte bedoeld geweest, maar omdat de beloofde assistentie nooit in Monteperdido was gearriveerd, gebruikten ze die nu als bergruimte. Víctor zei tegen Sara dat het politiebureau negen agenten telde en bovendien vier mannen van de reddingsdienst voor de bergen, die onder officier van politie Sanmartín vielen. Maar Sara betwijfelde of ze een beroep kon doen op die speciale eenheid. De reddingsdienst had waarschijnlijk zijn handen vol aan de toeristen die onvoorbereid de bergen in gingen.

'Die moeten vast eerst hun eigen werk doen,' zei Sara.

'U maakt hier de dienst uit,' merkte Víctor op, hoewel hij van plan was om alleen instructies van Sara Campos en inspecteur Baín op te volgen die rechtstreeks met de zaak van de ontvoerde meisjes te maken hadden.

In het vertrek stonden twee bureaus en het had een groot raam. Het was donker, waardoor het dennenbos niet te zien was dat direct aan de weg grensde. Daar waren de meisjes verdwenen. Sara liet de dossiers op een van de bureaus vallen.

'Hebt u verder nog iets nodig?' vroeg Víctor.

'De sleutel van het gebouw en een computer.'

'Ik zal er morgen een voor u neerzetten,' beloofde hij, terwijl hij haar een sleutel van het politiebureau overhandigde.

'Tot morgen dan, om half zeven voor het pension. Ik wil graag dat u me naar de plaats brengt waar het meisje is aangetroffen.'

'Ik kan u een auto ter beschikking stellen.'

'Ik heb liever dat u me komt ophalen,' zei Sara op besliste toon. 'Als we ons werk goed doen, dan zullen we Lucía vinden.'

'Wij doen ons werk altijd goed,' reageerde Víctor scherp. 'Kan ik gaan of moet ik u nog naar het pension brengen?'

'Ik ga lopend. Dit dorp telt hoogstens vier straten. Ik denk niet dat ik zal verdwalen.'

Víctor glimlachte en verliet vervolgens het vertrek. Zijn kalme, bedachtzame manier van doen beviel Sara wel. Hij deed haar denken aan een sheriff uit een western die voor zijn kantoorgebouwtje zat, het geweer in de arm, een sigaar tussen de lippen, terwijl de zon boven de prairie onderging. Zij hield er een ander tempo op na, dat werd gedicteerd door de hectiek van het opsporingswerk, hij leek daarentegen helemaal in harmonie te zijn met zichzelf en met de natuur. Misschien kon dat gewoon niet anders in een plaats als Monteperdido.

Sara glimlachte nog altijd toen Víctor terugkwam met een bordje en dat op het bureau zette. Het was een kaneelkleurig stuk gebak op een laagje lichtgele saus.

'*Candimus,*' lichtte hij toe. 'De vriendin van een van onze agenten is banketbakker. Het is een nagerecht hier uit de streek. Ik heb er eentje bij haar besteld toen ik hoorde dat Ana was gevonden. Ik wilde hem aan haar geven,' voegde hij eraan toe. 'Maar omdat ze voorlopig nog in het ziekenhuis moet blijven, moeten wij het maar opeten voordat het bederft. Als ze naar huis komt, geven we haar een andere.'

'Dank u,' zei Sara een beetje verrast.

'Hij smaakt naar karamel en citroen, echt lekker. Dat zult u wel merken.'

Nadat Víctor was weggegaan, keek Sara naar het stuk candimus. Het was voorzien van een paar decoratieve letters, waarschijnlijk een deel van het opschrift waarmee de taart was versierd: ELKO. 'Welkom', nam ze aan.

Sara zuchtte. Ze gedroeg zich als een klier en Gamero bracht haar een stuk taart. Ze doopte haar vinger in de saus en likte hem af. Het smaakte heerlijk.

Santiago Baín bleef in de wachtkamer staan totdat de koffieautomaat het bekertje espresso had opgehoest waar Raquel om had gevraagd. Ze had bij haar dochter willen blijven, maar de arts had voet bij stuk gehouden en gezegd dat Ana haar rust nodig had. Onderweg naar de wachtkamer had Santiago de arts een seintje gegeven, waarna ze naar een leeg vertrek waren gegaan. Hij wilde zo snel mogelijk met Ana praten, hij moest weten wat er was gebeurd, had de inspecteur tegen hem gezegd. Maar de arts had geweigerd om haar sneller bij bewustzijn te laten komen.

'Het leven van een ander meisje is afhankelijk van uw beslissing,' had Santiago aangevoerd om hem onder druk te zetten.

'Ik moet mij nu in de eerste plaats bekommeren om het leven van Ana. En ik neem geen enkel risico.'

Het zou een onmenselijke speling van het lot zijn als Raquel haar dochter eerst terugkreeg, om haar vervolgens weer kwijt te raken. Santiago wist dat hij geduld moest hebben. Ana zou echt wel een keer een verklaring afleggen.

'Wie heeft de auto eigenlijk gevonden?' vroeg Raquel nadat Santiago haar de koffie had gebracht.

'Een man uit Posets. Hij was op de terugweg vanuit Barbastro toen hij rook zag. Hij dacht eerst dat er brand was, maar ontdekte vervolgens de auto.'

'Ik zou hem heel graag willen bedanken. Als hij de auto niet had gezien...'

'U moet er niet over gaan nadenken wat er had kunnen gebeuren. Ana is hier, dat is het enige wat telt,' zei Santiago geruststellend.

Opeens klonken er voetstappen op de stille gang van het ziekenhuis. Iemand kwam gehaast dichterbij, ging bijna in looppas de hoek om en bleef bij de wachtkamer staan om op adem te komen. Raquel reageerde verbaasd toen ze hem zag.

'Álvaro, wat doe jij hier?'

Het was bijna vier jaar geleden dat ze haar man voor het laatst had gezien.

Sara rekte zich uit. Haar rug deed pijn. Ze waren die ochtend vertrokken vanuit Madrid en sindsdien had ze geen moment rust gehad. De klok gaf aan dat het drie uur in de nacht was en op haar bureau was het nog altijd een rommel. Vellen vol aantekeningen en onderstrepingen. Ze stond op, pakte de sleutel die Víctor Gamero haar had gegeven, deed de pistoolholster om die ze over de stoelleuning had gehangen en ging naar buiten.

Vanuit de bergen waaide een koele wind. Ze had liever iets warmers aangehad dan een sweater. Voordat ze zich op weg begaf naar het pension, nam ze het bos aan de overkant van de straat in zich op. Ze stak de weg over en heel even kwam ze in de verleiding om het bos wat nauwkeuriger te gaan bekijken, hoewel ze wist dat dat een stommiteit zou zijn. Het was pikdonker en in dat bos was niets wat iets zou prijsgeven over Lucía.

Dat meisje was haar voornaamste zorg. Als de bestuurder van de auto de man was die de meisjes had ontvoerd, dan kon het zijn dat Lucía nog ergens opgesloten zat. Niemand wist in welke toestand ze zich bevond en hoelang ze in haar eentje kon overleven.

Het was rustig in Monteperdido. Het ruisen van de rivier, de wind in de bomen en haar eigen voetstappen op het asfalt waren het enige wat er te horen was. Ze wist dat ze die nacht geen oog zou dichtdoen, maar een douche nemen en een paar uur rust zouden haar goeddoen.

De weg liep bergopwaarts naar de brug over de rivier; de meeste huizen van het dorp lagen aan de andere kant. Ze liep langs de rand van het bos toen ze opeens een geluid hoorde. Ze tuurde door de bomen heen. De duisternis was bijna tastbaar. Er bewoog iets, bladeren ritselden. Ze greep naar haar pistool en stelde het op scherp. Het komt omdat ik zo moe ben, zei ze tegen zichzelf. Het komt door die plek hier. De gedachte wat er met Lucía gebeurd kan zijn. Daar had ze het moeilijk mee. En dat was precies wat Santiago haar had willen besparen door haar niet bij de verhoren te betrekken.

Opeens kwam er een donkere schim uit het bos gestormd die op haar afrende. Terwijl Sara zich omdraaide, was het dier al bij haar. In een reflex ging haar pistool omhoog en schoot ze. Het bloed had iets weg van een rode penseelstreek in de nacht. De hond zakte jankend op de grond. Met het pistool nog in haar hand keek Sara naar het kermende dier. Zijn flank was geraakt door het schot. Sara liep wat dichter naar hem toe. Het was Nieve, Víctors hond.

'Och god toch,' liet ze zich ontvallen.

De agenten die de ingang van het ziekenhuis bewaakten, hadden de opdracht niemand door te laten. Zelfs hem, Joaquín Castán, Lucía's vader, niet. Toen de rechercheurs waren vertrokken, had hij zich als een gekooid wild dier gevoeld. Jarenlang hadden ze op een wonder gewacht. Maar niet op dit wonder. Hoewel niemand het hardop zei, wist hij wat Montserrat dacht: waarom Ana? Waarom Lucía niet? God had niet alleen geweigerd om hun wonden te helen. Nee, Hij ging er met zijn vinger nog dieper in om daar rond te wroeten.

'Ik ga naar het ziekenhuis,' zei Joaquín uiteindelijk. 'Ga je met me mee?'

Montserrat schudde bijna onmerkbaar haar hoofd.

'Zal ik je broer bellen om te vragen of hij hiernaartoe komt?' vroeg Joaquín, maar ze schudde opnieuw haar hoofd. Ze wilde alleen zijn. 'Gaat het? Alles goed met je?' informeerde hij.

'Hoe kan het nu góéd met me gaan?' fluisterde Montserrat.

Joaquín had met Víctor gesproken, maar die kon hem ook niet verder helpen. De rechercheurs uit Madrid hadden de zaak op zich genomen. Wat kon hij hier verder nog uitrichten? Hij besloot terug te rijden naar Monteperdido en af te wachten tot de volgende ochtend. Hij wist dat Montserrat klaarwakker in bed lag, omdat ze bang was dat het eerstvolgende dat ze van Lucía te zien zouden krijgen haar dode lichaam was.

Joaquín zag Raquel uit het ziekenhuis komen. Ze ging op een bankje naast de ingang zitten en haalde een pakje sigaretten tevoorschijn, maar het was leeg. Vervolgens ontdekte hij de rechercheur die bij hem thuis was geweest, en daarachter Álvaro. Zijn slanke postuur, het steile, vroegtijdig grijs geworden haar dat hij wegstreek uit zijn gezicht, met een gebaar dat hij zo vaak bij hem had gezien.

Joaquín sloeg het autoportier met een klap dicht. Hij wilde dat ze hem zouden opmerken. Inspecteur Baín zag hem naderen en merkte hoe zenuwachtig Álvaro werd. Ana's vader twijfelde of hij de aftocht moest blazen of ging wachten op Joaquín, die met grote stappen op hen afstormde. Lucía's vader was groot en sterk. Ondanks zijn leeftijd leek onder zijn kleding een lichaam schuil te gaan dat nog even energiek was als in zijn jeugd.

'Wie heeft jou ingeseind?' schreeuwde Joaquín al van verre tegen Álvaro.

'Joaquín, toe nou,' probeerde Raquel tussenbeide te komen.

Santiago hield zich erbuiten. Net als Sara had hij onderweg in de auto de dossiers bestudeerd. Je hoefde niet tussen de regels door te lezen om te merken dat de vaders van de vermiste meisjes een afkeer van elkaar hadden. Joaquín had Álvaro keer op keer beschuldigd en zijn arrestatie geëist.

'Gaizka heeft me gebeld. Hij heeft de auto ontdekt,' antwoordde Álvaro op resolute toon. Hij had besloten geen duimbreed te wijken en Joaquín te laten zien dat hij niet bang voor hem was.

'Het was toch zo dat je weg was uit ons dorp?'

Álvaro reageerde niet. Zijn zwijgen maakte duidelijk dat hij zich niet in het nauw liet drijven. Lucía's vader richtte zich nerveus tot Santiago Baín.

'Wat heeft het meisje gezegd?' Het klonk als een verwijt.

'Ze is nog niet bij bewustzijn. Als er nieuws is, bent u de eerste die het hoort,' zei de inspecteur om hem te kalmeren.

'Maar dan is het misschien te laat!' Joaquíns woede verdween geleidelijk en het verdriet stak de kop op.

'Joaquín, nu Ana is teruggekomen, kan dat ook voor Lucía zo zijn,' zei Álvaro en hij zette een stap naar hem toe. Iedereen kon zien dat Joaquín op het punt van instorten stond.

Bij deze innerlijke strijd, die zich al honderden keren in Joaquíns binnenste had afgespeeld, was er altijd een duidelijke winnaar. Alsof een klein dier het moest opnemen tegen de een of andere bergreus. Álvaro legde zijn hand op Joaquíns schouder. Hij maakte de indruk dat hij hem wilde vergeven en hem niet zozeer moed wilde inspreken. Joaquín draaide zich met een ruk om en vatte Álvaro bij zijn kraag.

'Raak me niet aan!' zei Ana's vader dreigend en hij stak zijn vuist op.

Santiago Baín ging bij hen staan, maar hij hoefde niet in te grijpen. Joaquín liet Álvaro los en duwde hem van zich af. Vervolgens ademde hij diep in en keek de inspecteur aan.

'Ik hoop dat u hem uit de buurt van zijn dochter houdt.'

'Is daar volgens u reden toe?' wilde Santiago Baín weten.

'Ana moet de waarheid vertellen. We weten nog niet wat er met mijn dochter aan de hand is.'

'Dat zal ze ook doen,' verzekerde Santiago hem. 'Ze zal alles vertellen wat ze weet.'

Joaquín Castán draaide zich om, stapte in zijn auto en stoof weg. 's Nachts kon de terugreis naar Monteperdido meer dan twee uur duren. Uren waarin hij zich moest verbijten. Hij zou niet instorten. Nog niet.

Een broeder had Raquel een sigaret gegeven. De tabaksrook vermengde zich met haar adem. Het was koud geworden. Santiago ging naast Álvaro zitten, die had plaatsgenomen op een bankje, een paar meter van zijn vrouw. De man hield zijn blik op de grond gericht. Santiago had hem nog niet één keer zien glimlachen. Scherpe gelaatstrekken, een spierwitte huid, staalblauwe ogen.

'Alles goed met u?' informeerde hij.

'Ik weet het niet,' zei Álvaro zacht. 'Ja, natuurlijk wel. Na al die jaren is het nauwelijks te bevatten dat die nachtmerrie voorbij is.'

Álvaro probeerde te glimlachen, maar het bleef bij een meelijwekkende grimas. Santiago klopte hem bemoedigend op zijn bovenbeen en leunde vervolgens met een zucht achterover. Hij begreep de tegenstrijdige gevoelens van Ana's ouders. Ze konden nog niet echt blij zijn zolang hun dochter niet bij bewustzijn was. Wat stond hun te wachten als ze bijkwam? Wat had ze hun allemaal te vertellen?

De nacht had in een ziekenhuis altijd iets weg van een dodenwake, dacht hij.

Víctor schrok wakker van de deurbel. Gedesoriënteerd stond hij op en liep naar het raam. Buiten was het nog donker. Hij deed de lamp in de gang aan en wachtte totdat zijn ogen gewend waren aan het licht. Er werd opnieuw aangebeld. Toen Víctor opendeed, stond Sara er. Ze had Nieve in haar armen.

'Het spijt me,' zei ze.

'Wat is er gebeurd?'

'Hij sprong op me af toen ik naar het pension wilde gaan.'

Pas nu zag Víctor het bloed op Sara's handen. Hij nam Nieve van haar over, die jankte van uitputting en pijn.

'Wat hebt u gedaan?' brulde hij.

'Ik zweer het u, hij viel me aan. Ik wist niet dat hij het was. Ik zou niet geschoten hebben als ik geweten had dat het uw hond was.'

'U hebt op Nieve geschóten?'

'Misschien is er nog iets aan te doen,' zei Sara zwakjes.

Víctor bekeek de wond, vloekte vervolgens zacht en zocht zijn mobiel. Hij toetste een nummer in. Sara stond nog altijd in de deuropening en wist niet of ze naar binnen moest gaan of niet. Víctor hield de hond tegen het witte T-shirt gedrukt dat hij in bed droeg en dat inmiddels rood geworden was.

'Ik vind het echt heel erg.'

'Nicolás, sorry dat ik je wakker bel. Met mij, Víctor. Je moet naar me toe komen. Nieve is neergeschoten. Ik ga proberen het bloeden te stoppen, maar kom snel.'

Víctor verbrak de verbinding en zag dat Sara nog altijd in de deuropening stond.

'En nou ophoepelen!' riep hij en hij sloeg de deur dicht.

Zo kon ze toch niet gaan slapen. Na aankomst in het pension bleef Sara voor de koffieautomaat bij de receptie staan. Ze gooide er een muntstuk in en wachtte op haar drankje. Rechts naast de balie was de deur naar het trappenhuis dat naar de kamers leidde. Links bevond zich de eetzaal en een kleine recreatieruimte. Ze ging de recreatieruimte in, terwijl ze haar vingers brandde aan de vers gezette koffie. Een paar banken en een luie stoel met kleine tafeltjes, voor de ramen twee tafels met onderin een verwarmingselement dat als stoof diende en daaromheen bijbehorende stoelen. De rechercheur ging naar een bank in een hoek van het vertrek. Het was er donker, alleen de nachtelijke hemel boven Monteperdido verspreidde een zwak, blauwachtig licht. Ze keek naar haar koffie. Die was heet, kokendheet bijna. Ze merkte dat haar maag zich samentrok.

Ze zette de koffie neer. Alleen de geur al stond haar tegen. Ze zou wel kunnen huilen van ellende.

Bij het horen van een geluid keek ze zoekend om zich heen. Er klonk geknerp van leer. In de duisternis kon ze zien dat er op een van de banken iets bewoog. Vervolgens klonk een schorre stem:

'Ook last van slapeloosheid?'

De donkere gedaante knipte een lampje met een groene kap aan. Toen het licht aanging, kon Sara vaststellen dat het een vrouw was. Ze moest rond de zestig zijn. Haar bruine, krullende haar was aan één kant platgedrukt. De vrouw streek er met haar vingers doorheen om het weer in model te krijgen. Het leek wel of haar bolle gezicht uit klei was geboetseerd. Ze had uitpuilende ogen en dat werd nog benadrukt door het schijnsel van het lampje. In het groenige licht deed ze denken aan een pad. Een witte, vriendelijke pad, zoals die in sprookjes voorkwamen.

'Mag ik?' zei de vrouw en ze vroeg met een handgebaar toestemming om zich bij Sara te voegen. De politiebeambte ging rechtop zitten en pakte haar bekertje koffie, alsof ze ruimte wilde vrijmaken. Nadat ze was opgestaan, bleek de vrouw nauwelijks groter dan zittend op de bank. Met slepende pas kwam ze naar Sara toe. Haar armen en benen waren uitzonderlijk kort, alsof ze helemaal geen gewrichten had. Geen knieën en ellebogen. Die indruk werd nog versterkt door haar ietwat wankele manier van lopen. Ze had een soort oude overall aan. Toen ze de zithoek had bereikt, nam ze met een klein sprongetje in een stoel plaats. Haar eveneens behoorlijk mollige voeten, in minieme gymschoenen gestoken, zwaaiden door de lucht. Ze zette een plastic fles met een rode vloeistof op de tafel. Sara kon niet zien wat de inhoud precies was. De vrouw kreunde licht. Blijkbaar hadden die paar passen veel van haar krachten gevergd.

'Slapeloosheid is een heel gelazer,' zei ze met haar doorrookte stem. 'Het is iedere nacht hetzelfde liedje. Ik doe mijn pon aan en drink een glas melk, dan stap ik in bed, totdat mijn rug op een gegeven moment zeer gaat doen van het woelen. Dus dan sta ik weer op, trek mijn joggingpak aan – vergeet het maar. Weer een slapeloze nacht. Ik heet trouwens Caridad.'

Sara glimlachte. Ze begreep het als geen ander. Het viel haar opeens op dat de kleding die de vrouw droeg een uit de mode geraakt joggingpak was. Een onverkoopbaar artikel uit de jaren tachtig. Door het oudroze met grijze patroon en omdat het volledig uitgezakt was, zag Caridad er nog kleiner en forser uit.

'Ik woon hiertegenover,' zei Caridad en ze gebaarde met haar hoofd naar het raam. 'Soms ga ik 's nachts wandelen in het dorp tot het weer licht wordt. En af en toe ga ik hiernaartoe. De banken zijn comfortabel en mijn rug doet minder pijn. Het maakt Elisa niets uit, voordat de eerste gast opstaat, ben ik alweer weg. En jij? Misschien wil je je ook even voorstellen. Nu is het alsof ik met een spook praat.'

'Ja, sorry,' antwoordde Sara, nog altijd een beetje verbijsterd. 'Rechercheur Sara Campos.'

'Ik heb ook een achternaam, hoor. Caridad Schijt-aan-de-Slapeloosheid.' En ze barstte uit in een bulderende lach die weergalmde in de stilte van de nacht. 'Neem me niet kwalijk,' zei ze vervolgens. 'Door al dat slaapgebrek kraam ik een hoop onzin uit.'

'O, dat geeft niets,' zei Sara glimlachend.

'Heb jij er eentje vermoord? Of ben je zelf de dode?' Caridad keek naar Sara's sweater. Die merkte nu pas dat er een donkere vlek opgedroogd bloed ter hoogte van haar borsten zat. Bloed van Nieve.

'Nee. Dat wil zeggen, ik denk het niet.' Sara was bang dat de hond inmiddels weleens dood kon zijn. 'Het was een ongeluk.'

'Ben je gewond? Zal ik je even nakijken? Ik ben verpleegkundige, moet je weten. En pedicure. Maar aan je voeten mankeer je niets, toch?'

'Met mij gaat het prima,' verzekerde Sara haar, terwijl ze aan het bloed voelde. Het was een taaie massa, ze kon het niet eens meer wegwrijven.

'Ik moet het slachtoffer nakijken, of niet?' Opnieuw weergalmde Caridads lach door de stilte. Sara vreesde dat ze iemand wakker zou maken.

'Het was een hond,' fluisterde Sara, in de hoop dat als zij dat deed ook Caridad haar stem zou laten dalen.

'Ah, zit dat zo, nou ja...' Caridad ging wat meer onderuitgezakt in de stoel zitten. De afkeur in haar stem was onmiskenbaar. 'Een hond. Dan is het niet zo erg. Het is goed om af en toe zo'n mormel om te leggen. Dat ontspant.'

'Ik zei toch net dat het een ongeluk was,' verdedigde Sara zich. 'En ik weet ook niet eens zeker of de hond dood is.'

'Waarom zou je daarover inzitten? Het arme beest zal waarschijnlijk ergens liggen en doodbloeden. Dat is veel menswaardiger.'

'Ik heb hem thuisgebracht bij zijn eigenaar. Waarom zijn mijn kleren anders zo smerig, denkt u?' Sara kon haar woede maar met moeite inhouden.

'Stel je niet zo aan, Sara Campos. We zijn gewoon een beetje met elkaar aan het praten. Totdat we moe worden.' Caridad stak sussend haar armpjes omhoog. 'Maar als je niet over die hond wilt praten, dan hebben we het gewoon ergens anders over. Ben je hier vanwege die verdwenen meisjes? Een vreselijke toestand, of niet?'

Sara keek Caridad verbaasd aan. Haar vijandigheid was omgeslagen in hartelijkheid.

'Ik mag niet over de zaak spreken,' zei Sara.

'Nou, waar gaan we het dan over hebben? Over dat mormel?' reageerde Caridad opgewekt. Ze boog zich zo ver naar voren dat haar borsten het tafeltje raakten, waarna ze haar handen vouwde en de duimen om elkaar liet cirkelen. Ze kwam over als een verveeld kind.

'Volgens mij moet ik nu nodig naar bed,' leidde Sara haar vertrek in.

'Werkelijk waar?' foeterde Caridad en haar raspende stem schalde door het vertrek. 'Ik bedoel dit niet verkeerd,' zei ze verontschuldigend toen ze Sara's verblufte gezicht zag, 'maar jij kruipt je nest in en ik zit hier een beetje te nachtbraken.'

'Ik moet nog douchen,' verdedigde Sara zich, alsof ze op de een of andere manier verplicht was om de vrouw gezelschap te houden.

'Nou, hup, ga maar,' sommeerde Caridad en ze zwaaide met haar kleine handen door de lucht. 'En maak je niet zo druk om die hond. Met een slecht geweten is het net als met een schoonmoeder: als ze eenmaal gezellig een plaatsje hebben veroverd, kom je er niet meer van af.' Caridad zocht in de zak van haar joggingpak, haalde een pakje sigaretten tevoorschijn en bood er haar een aan. 'Rook je?'

'Nee, dank je wel,' antwoordde Sara en ze stond op.

'Als Víctor mij nog niet gebeld heeft, kan het zo erg niet zijn. Voor mij maakt het geen verschil uit of ik het oog van een kip verwijder of een hond behandel. Zo gaat dat hier in het dorp. Maar het lijkt erop dat hij Nicolás Souto heeft ingeschakeld.'

Sara hield haar pas in. Caridad had haar sigaret aangestoken en keek door het raam naar de verlaten straten van Monteperdido.

'Hoe weet u dat het Víctors hond was?' Sara wist niet of ze moest lachen of boos moest worden.

'Kindje, we wonen hier in een gat. Dat zul je nog wel merken,' luidde het antwoord.

'En waarom hoort u mij dan uit alsof u van niets wist?'

'Om te kunnen kletsen. Dat zei ik toch. Ik heb 's nachts niet vaak gezelschap.'

Caridad keek haar beteuterd aan. Of was ze nog altijd met haar aan het sollen? Sara wenste haar welterusten en vertrok. Onder het lopen viel haar blik nog één keer op de kleine vrouw die net een wolk rook uitblies en haar te korte benen door de lucht maaide, in het smaragdgroene schijnsel van de enige lamp. Het zou haar niet hebben verbaasd als Caridad opeens in de rookwolk was opgegaan.

Nicolás Souto zweette zo erg dat zijn bril voortdurend van zijn neus gleed. Hij moest de naald telkens opnieuw neerleggen om hem weer recht te zetten. Ondertussen had hij al een rode vlek op de punt van zijn neus. Maar Víctor had alleen oog voor Nieve. De hond was verdoofd en lag op de keukentafel, die dienstdeed als geïmproviseerde operatietafel.

'Ga je aangifte tegen haar doen?' vroeg Nicolás terwijl hij de wond hechtte. 'Ik bedoel, hoe gaat dat als iemand van de politie een collega aangeeft? Doe je gewoon aangifte, of moet je daarvoor een interne procedure opstarten?'

Nicolás had de naald op Nieves vacht gelegd, zoals je een lepel op je bord legt als je door iets wordt afgeleid. Hij knipperde heftig met zijn ogen. Een zenuwtrekje. Zijn bril was alweer naar de punt van zijn neus gegleden. Hij schoof hem omhoog en besmeurde daarbij het montuur met bloed.

'Weet ik veel, Nicolás. Vind je dit het juiste moment voor dat soort vragen?' zei Víctor geïrriteerd.

'Nee, natuurlijk niet,' antwoordde de dierenarts ongemakkelijk en hij ging weer verder met hechten. 'Het zou volkomen onzinnig zijn om midden in het onderzoek naar die meisjes aangifte te doen. Ana ligt in het ziekenhuis, Lucía is nog altijd niet gevonden. Volkomen onzinnig. En dan een leidinggevend rechercheur. Maar dit voorval maakt de samenwerking er beslist niet makkelijker op.'

Víctor deed zijn uiterste best om zich af te sluiten voor Nicolás' gewauwel. Hij wilde in het bijzijn van de dierenarts niet zijn zelfbeheersing te verliezen. Bijna twee uur lang was hij alleen geweest met de hond. Het was hem weliswaar gelukt om de bloeding te stelpen, maar hij was bang geweest dat de kogel een orgaan had geraakt dat van vitaal belang was. Aan het wachten leek geen eind te komen. Het was alsof het nooit licht zou worden. De dierenarts was pas tegen half zes 's ochtends gekomen. Hij had er verhit uitgezien: zijn wangen waren rood, op zijn voorhoofd parelde zweet. Je zou bijna denken dat Víctor hem niet uit bed had gebeld, maar hem had gedwongen om een marathon af te breken. De dierenarts verontschuldigde zich dat het zo lang had geduurd en hij bekeek de hond. Víctor had hem op een kussen gelegd, zodat de lichaamstemperatuur van het dier niet daalde. In het begin had Nieve gejankt, maar op een gegeven moment was de hond daarmee gestopt en was hij heel stil geworden. Víctor hield telkens opnieuw een hand voor zijn snuit, om zich ervan te verzekeren dat hij nog ademde. Zo verstreek de tijd, terwijl hij Nieves warme adem tegen zijn vingers voelde.

'Dat ziet er helemaal niet zo slecht uit,' was het eerste wat Nicolás zei bij het zien van de wond. 'De kogel is er dwars doorheen gegaan. Er is niet met een jachtgeweer geschoten. Het was een klein kaliber. Een revolver.'

Pas toen vertelde Víctor hem dat het Sara Campos was geweest, de rechercheur uit Madrid die door de ontwikkelingen in de zaak met Ana naar het dorp gekomen was, die op Nieve had geschoten. Nicolás was erin geslaagd om maar liefst een half uur zijn mond te houden. Zo lang had het geduurd om de hond te verdoven, de wond schoon te maken en te hechten. Nu de ingreep er op een haar na op zat, kon hij zijn nieuwsgierigheid niet langer bedwingen.

'Persoonlijk vind ik wel dat je het haar op een bepaalde manier betaald moet zetten, begrijp je wat ik bedoel? Dus als jullie bijvoorbeeld tijdens het onderzoek in een hachelijke situatie komen. Als ze in een ravijn dreigt te storten, dan steek je haar je hand toe en zegt dan op het laatste moment: "Dit doe ik vanwege Nieve", heel dramatisch, en dan laat je los en zij valt te pletter op de rotsen.' Nicolás legde de naald op tafel en keek Víctor grijnzend aan. 'Nou?'

Víctor vermande zich. Nicolás bezat de gave om hem het bloed onder de nagels vandaan te halen. Zijn geneuzel was dodelijk vermoeiend, werkte hem op de zenuwen. De gebeurtenissen van de afgelopen nacht werden hem gewoon te veel. Víctor deed zijn ogen dicht, haalde diep adem en vroeg vervolgens: 'Gaat Nieve het halen?'

'De hond maakt het prima,' verzekerde Nicolás hem, alsof daar geen enkele twijfel over bestond. 'Hij heeft wat bloed verloren en het zal een paar dagen duren voordat hij weer helemaal de oude is. Ik kan je niets beloven, maar met een beetje geluk blijft hij alleen wat hinken. Het schot heeft een spier in zijn achterpoot geraakt.'

Er gleed een glimlach over het gezicht van de politieman. Nicolás was veearts. Paarden en koeien. Eventueel een varken. De honden die hij behandelde, waren jachthonden. Hun eigenaren hadden geen band met hen, zoals Víctor had met Nieve. Het waren nuttige dieren. De dood van zo'n hond was in het ergste geval een financiële strop. Vandaar de onverschilligheid waarmee Nicolás over de genezing van Nieve sprak.

Víctor aaide Nieve, die nog altijd buiten bewustzijn was. Hij streek met zijn gezicht langs de snuit van de hond. Zijn vertrouwde geur vermengde zich met het desinfectiemiddel waarmee Nicolás de wond had schoongemaakt. Nieve was nu zeven jaar. Hij was hem geschonken door de broederschap Santa María. De hond was voor hem een soort reddingsboei geweest, waarmee hij van lieverlee weer vaste grond onder de voeten had gekregen. Hij zou de hond en het hele dorp eeuwig dankbaar blijven dat ze hem gered hadden nadat hij aan de rand van de afgrond had gestaan.

De lucht voor het keukenraam kleurde langzamerhand diepblauw. Het zou al snel licht worden. Víctor wist dat hij Sara moest ophalen. Hij had nog net tijd om te douchen en zich om te kleden.

'Ga jij maar gewoon,' zei Nicolás toen Víctor hem vroeg of hij bij Nieve kon blijven. 'Ik ga pas weg als hij bijkomt. Maar misschien is het toch beter dat je die agente niet in een ravijn duwt. Dat zou je in een lastig parket brengen. Er moet een elegantere manier zijn om wraak te nemen.'

'Jij bent hier de schrijver,' zei Víctor. Het was het grootste compliment dat je Nicolás kon maken.

Nicolás lachte trots en beloofde erover na te denken hoe Víctor bij de kwestie met de agente de puntjes op de i kon zetten zonder dat hij in het nauw kwam te zitten. Onder de douche ging het door Víctor heen dat Nicolás van Sara Campos en hem al personages uit een van zijn misdaadromans had gemaakt. Dat was niet voor het eerst. Hij wist dat hij voor de dierenarts al eerder een bron van inspiratie was geweest, dat had hij zelf tegen hem gezegd. Voor een detectiveroman die hij had geschreven en die nooit was gepubliceerd. Waarom schreef hij dan ook in het Patués, het lokale Benasquese dialect? Het was sowieso al moeilijk genoeg om een boek uit te brengen, maar om te schrijven in een taal die nog maar een paar oude mensen in de streek spraken, was gewoon volkomen onzinnig. Soms dacht hij dat die romans helemaal niet bestonden. Dat ze voor Nicolás alleen een smoesje waren om met hem in gesprek te komen. Hij had medelijden met de man die in de keuken op Nieve paste. Die in het dorp was geboren en toch een buitenbeentje bleef, zwetend, met hondenbloed op het puntje van zijn neus.

De zon zelf was nog niet te zien, maar zijn stralen waren al zichtbaar achter de bergtoppen en ze brachten de warmte terug in het dal. De beboste hellingen van de Monte Albádes, bij de eerste huizen van het dorp, kleurden als eerste weer groen. Het was alsof de bomen aan een nieuw leven begonnen, alsof ze zich rekten en strekten om hun smalle, steeds langer wordende schaduwen te kunnen werpen. De zwarte leien daken, nog vochtig van de dauw, glinsterden in het ochtendlicht. Huizen met twee, hoogstens drie verdiepingen, waar de toren van de kerk Santa María boven uitstak. Met zijn stenen muren deed het dorp tegen het decor van de bergen Ixeia, Monte Ármos en Kregüeña denken aan een kind dat zich heel lang maakt om net zo groot te zijn als de volwassenen. De gletsjer smolt nog steeds, ongehaast, en veranderde onmerkbaar van ijs in water.

13 JULI. 1746 DAGEN ZONDER LUCÍA, had Joaquín op het bord voor zijn huis geschreven.

Toen hij weer naar binnen ging, zag hij zijn zoon op de bank liggen. De tv stond aan, zonder geluid. Het rook er naar alcohol. Hij liep naar hem toe en schudde hem door elkaar. Quim deed zijn rood geworden ogen open.

'Besef je eigenlijk wel wat hier aan de hand is?' zei Joaquín. Quims stem was hees, er kwam geen woord over zijn lippen. Zijn vader gaf hem niet de tijd om naar een excuus te zoeken. 'Je stinkt naar drank.'

'Is dat alles? Zet het raam dan open als je er last van hebt.' Quim liet zich weer op de bank zakken.

'Ze hebben Ana gevonden. Ze ligt in het ziekenhuis van Barbastro, maar nog altijd geen spoor van je zus. Mocht het je interesseren.'

Joaquín wachtte niet af hoe zijn zoon op de mededeling reageerde, maar ging zonder verdere uitleg naar boven om te douchen en zo snel mogelijk weer naar het ziekenhuis te rijden.

Sara haalde diep adem voordat ze wegging uit het pension. Door het raam had ze Víctor gezien, die achter het stuur van zijn jeep op haar wachtte. Met neergeslagen ogen liep ze naar de auto en met een 'Goeiemorgen' stapte ze in. Víctor beantwoordde de groet zonder haar een blik waardig te keuren. Nadat ze was gaan zitten, draaide hij de contactsleutel om en startte. Vooruit, zeg dan toch wat, dacht Sara.

'Hoe is het met uw hond?' vroeg ze bij het omdoen van haar gordel.

'Die leeft,' antwoordde Víctor, terwijl hij in de achteruitkijkspiegel keek en de weg op reed.

Sara had graag tegen hem gezegd dat ze een slapeloze nacht achter de rug had. Dat ze de pest aan zichzelf had om wat er was gebeurd. Ze was vreselijk geschrokken. Ze had geen tijd gehad om te zien wat er op haar afstormde, het was laat geweest, stikdonker. Maar nog voordat al die verontschuldigingen vaste vorm kregen, spatten ze weer uiteen. Wat leverde het op? De kogel was afkomstig geweest uit haar pistool en ze kon hem niet meer terugstoppen in de loop. Ineens leek het haar egoïstisch om hier te gaan zitten jammeren, alleen maar om aan te geven hoe erg ze de kwestie met Nieve vond. Alle verklaringen waarover ze die nacht had nagedacht, waren zinloos. Ze deden haar denken aan de familieleden van slachtoffers die het geklaag van verkrachters, moordenaars, kidnappers moesten aanhoren. De onvermijdelijke slechte jeugd, de gebrekkige zelfdiscipline, de spijt over het verdriet dat ze hadden veroorzaakt. Ze wist hoezeer dergelijke verklaringen de haat aanwakkerden bij degenen die moesten leven met de gevolgen van hun daden. Elke uitleg was een rechtvaardiging, en het laatste wat iemand die een geliefde had verloren wilde horen, was een rechtvaardiging. Er bestond geen enkele reden die opwoog tegen het verdriet. Het accepteren van die verontschuldigingen zou inhouden dat er geen schuldige was. Alsof het verdriet van de moordenaar kon opwegen tegen het verdriet van het slachtoffer.

'Deze weg loopt door het dorp, een paar kilometer verder omhoog is de afslag naar Posets. Posets is een kleinere plaats met zo'n driehonderd inwoners. De meesten leven van een camping of van het toerisme,' legde Víctor op zakelijke toon uit. Bij het zien van Sara's verbaasde gezicht verduidelijkte hij: 'U wilt hier toch onderzoek doen? Dan kan het geen kwaad om meer te weten over de omgeving.'

'Ja, natuurlijk,' antwoordde ze, van haar stuk gebracht.

Hopelijk zou hij er een keer mee stoppen om haar te haten, dacht Sara. Maar ze zei niets en liet Víctor verdergaan met zijn onderkoelde lezing over Monteperdido. In het oosten de toppen van de Monte Ármos, die Sara vanuit het raam van haar pension kon zien, en de Kregüeña, daarachter lag het dorpje Posets. Ze reden over de hoofdstraat van Monteperdido, waaraan de meeste bedrijven lagen. En ook de toeristenhotels. In noordelijke richting bevond zich een wirwar van smalle weggetjes. Hoewel het dal op deze plek breder werd, stonden de huizen dicht op elkaar, alsof ze steun zochten bij de aangrenzende woningen of wellicht bescherming tegen gevaar van buitenaf. Achter de leien daken rezen de toppen van de Monteperdido op en in het zuiden die van de Montes Malditos. De rivier de Esera liep evenwijdig aan de weg; in het dorp overspanden drie bruggen het snelstromende water. Vervolgens voerde de weg omlaag naar Barbastro, maar om het dal te verlaten, moest de Congosto de Fall worden doorkruist, de kloof waar ze de vorige avond doorheen gereden waren. Het viel Sara op dat Víctor niets vertelde over de mensen en hun leefomstandigheden. Hij had het alleen over die uit rotsen en ijs bestaande gevaartes die van het dorp dat ze omringden een soort bolwerk maakten. Het kwam op haar over alsof die bergen in deze omgeving het enige belangrijke waren. Het enige wat blijvend was als al het andere was verdwenen.

Toen de jeep een tunnel inreed, verstomde het gesprek. Waar moesten ze het ook over hebben? Sara merkte dat er tranen in haar ogen kwamen. Ze hoorde nog steeds het gejank van de hond nadat hij was geraakt door het schot, als een echo die maar niet zachter ging klinken.

'Vindt u het erg als ik de radio aanzet?' vroeg Sara uiteindelijk, terwijl ze aan de knop draaide.

Víctor zag dat Sara met haar rug naar hem toe ging zitten en uit het zijraampje keek. Uit de radio dreunde harde muziek, maar hij merkte toch dat ze zich moest vermannen om het niet op een huilen te zetten. Hij was haar dankbaar dat ze haar verdriet voor zich hield en niet probeerde om bij hem troost te vinden. Hij zou het haar niet kunnen geven.

Zestig kilometer ten zuiden van Monteperdido waren de reddingsdiensten begonnen met het bergen van de auto in de kloof. Een takelwagen, die boven aan de afgrond stond, ging proberen om hem eruit te trekken. Ook een paar mannen van de reddingsdienst voor de bergen waren aanwezig. Víctor Gamero had Sara voorgesteld aan Sanmartín, het hoofd van de reddingsdienst van Monteperdido. Terwijl Sanmartín de situatie kort schetste, liet hij heel wat vaktermen vallen: *bergprofiel, firngehalte, trechtervormig dal.* Alsof hij haar op afstand wilde houden. Met zijn kortgeknipte haar en onberispelijke uniform deed hij Sara denken aan de helden uit Amerikaanse soldatenfilms, die zo trots waren op zichzelf dat het lachwekkend aandeed. Ze besloot om zijn speldenprikken te negeren en net te doen alsof ze wist wat al die begrippen betekenden. Op het moment interesseerde het haar alleen wat ze zouden aantreffen in de auto daar onder in het ravijn. Het was Sara duidelijk dat het hele onderzoek dagen in beslag kon nemen. Het lichaam van de bestuurder zou ze echter al eerder kunnen bestuderen. De dode lag al op een brancard naast de wagen, om met een helikopter te worden weggevoerd. Sara kon een eerste blik op hem werpen voordat een forensisch arts sectie zou verrichten. Ze liep zenuwachtig langs de grindweg waar de auto in de diepte was gestort. Collega's van het forensisch-technisch team onderzochten de bandensporen. Sara keek de kloof in. Ze was graag omlaag geklauterd om de auto beter te kunnen bekijken. Ze moest in ieder geval achter de naam van de man komen die Ana bij zich had gehad. Toen haar mobiel overging, schrok ze op. Het was Santiago.

'Ana heeft een paar epileptische aanvallen gehad. Ze wordt nu geopereerd,' zei hij.

De muren bewogen, ze trilden alsof ze van papier waren. Raquel hapte naar lucht, ze deed haar uiterste best, maar het lukte niet. Alles om haar heen draaide. De gezichten van de verpleegkundigen, de gang in het ziekenhuis, het geklapper van deuren en geratel van brancards. Het was alsof ze in een afgrond viel, snel, steeds sneller, alles om haar heen bestond uit een draaiende hoeveelheid wazige vlekken. Ze viel zo snel dat ze niets anders kon doen dan wachten op de smak. Al haar paniek balde zich samen in een schreeuw, daarna zakte ze bewusteloos in de armen van een broeder in elkaar.

'We hebben een bed nodig!' riep de man.

Een verpleegkundige kwam met een kalmerende injectie.

Toen Ismael in het ziekenhuis was gearriveerd, was het enige wat hij zag een mensenmassa die zich verdrong om iemand die met gespreide armen op de grond lag. Pas op dat moment zag hij dat het Raquel was. Ze was niet bij kennis, maar zelfs in bewusteloze toestand was haar gezicht getekend door verdriet. Een broeder tilde haar op de brancard die iemand had gebracht. Ismael had haar graag in zijn armen genomen. Hij zou graag hebben gezegd dat hij haar partner was.

Álvaro Montrell keek door het raam naar de braakliggende grond rondom het ziekenhuis. Even verderop waren de geraamtes van huizen in aanbouw te zien. Vijf jaar had hij op deze dag gewacht. Om vervolgens mee te maken dat zijn dochter nu stierf? Die gedachte kwam hem zo afschuwelijk voor dat hij zich schuldig voelde.

'Wat is er gebeurd?' Gaizka stormde de lift uit en baande zich een weg door de artsen die zich over de gang haastten. Álvaro draaide zich om bij het horen van zijn stem.

'Ze zijn Ana aan het opereren.'

'Is het ernstig?'

Álvaro wist het antwoord op die vraag niet en hij keek weer uit het raam. Op de parkeerplaats stonden een paar voertuigen uit Monteperdido. Hij herkende de auto van Joaquín. Blijkbaar waren ook diens zwager Rafael en Marcial Nerín erbij. Hij kon hun gezichten niet goed zien, daarvoor stonden ze te ver weg. Wat hij zag was een groepje besluiteloze mensen die niet wisten of ze al dan niet naar binnen moesten gaan. Ze leken wel bruiloftsgasten die net gehoord hadden dat de bruid de benen had genomen.

De toppen van de bomen bogen diep door toen de helikopter op een stuk leeg terrein vlak bij de kloof landde. Sara liep in gebukte houding naar de cockpit om zich te beschermen tegen de wind van de rotorbladen. Een van de mannen van het mobiele medische team sprong eruit en overhandigde haar een zak. Er was zo veel lawaai dat ze moesten schreeuwen.

'Dat is alles wat er in de auto lag,' schreeuwde hij in een poging het kabaal te overstemmen.

'En de overledene? Ik wil hem zien.' Sara liep naar het achterste gedeelte van de helikopter en ze maakte de man die naast de brancard zat duidelijk dat hij de plastic zak moest openmaken.

De dode was een onbekende. Een man van rond de vijftig met een gat in zijn voorhoofd dat bedekt was met opgedroogd bloed. De huid was al vaalgeel geworden en zijn gelaat was verwrongen. Hij was nu al urenlang dood en had de hele tijd met het hoofd voorover in de auto gehangen. Zijn gezicht was vuurrood en gezwollen. De ogen waren zo ver uit de kassen gekomen dat de oogleden niet meer dicht konden. Ze opende de lijkzak helemaal om het lichaam van top tot teen te kunnen zien. Van gemiddelde lengte, op het kleine af. Zijn lichaam was fors, zonder dik te zijn. Een donkergroene ribfluwelen broek, een blauwgeruit, bebloed overhemd. Zijn bloed.

'En de schoenen?' vroeg Sara toen ze zijn blote voeten zag.

'In de zak.' De man van de reddingsdienst wees op de zak die hij haar had gegeven en die Sara nog altijd in haar handen had. 'Die waren uitgegaan.'

Voordat ze wegging, wierp ze nog een laatste blik op de overledene. Hij had een door de zon getaande huid, zoals bleek uit de aanzienlijk wittere huid onder de korte mouwen van zijn overhemd. Hij moest zich kort voor zijn dood nog hebben geschoren. De kleding die hij aanhad, leek nieuw te zijn of in ieder geval nog niet vaak gewassen. Feiten waarvan Sara de betekenis pas kon bepalen als er sectie was verricht op het lichaam.

'De broekzakken?' vroeg ze.

'Leeg,' brulde de man.

Sara gaf aan dat de lijkzak weer dicht mocht. Ze liep weg van de helikopter, die vervolgens opsteeg. Er waaide stof op en ze kneep haar ogen dicht terwijl ze haar tempo versnelde. Een paar meter verderop stond Víctors jeep geparkeerd.

Ze legde de zak op de motorkap en opende hem.

'Kent iemand de overledene?' informeerde Víctor.

Sara schudde haar hoofd, waarna ze handschoenen aantrok om de spullen uit de verongelukte auto te onderzoeken.

'Over de auto valt weinig te zeggen. Geen kentekenplaat, een vrij gangbaar model. Het chassisnummer is genoteerd. Misschien hebben we geluk,' deelde Víctor haar mee.

Als eerste onderzocht ze de schoenen. Bruine instappers, maat 41. Een kleine voet. Geen sokken. Het lijk had blote voeten. Een oude wegenkaart, een lege waterfles. De regionale krant van een week geleden. Op de voorpagina een artikel over het aantal toeristen dat die zomer in de streek werd verwacht. Er was sprake van een bezettingsgraad van negentig procent. Een succes. Alles wat ze aantrof, bewees alleen maar dat de bestuurder er alles aan had gedaan om ervoor te zorgen dat de auto niet kon worden geïdentificeerd. Geen autopapieren, geen groene kaart, geen betalingsbewijzen. Geen mobiel.

'Er moet gewoon iets zijn,' mompelde Sara. Het lukte haar niet om haar frustratie te verbergen.

Víctor bekeek elke snipper papier nog een keer nadat Sara die in handen had gehad. De zak was inmiddels leeg. Op de motorkop lag een heel arsenaal van nutteloze bewijsstukken.

'Wat is dat?' Víctor Gamero pakte een verkreukelde kassabon die zich tussen de pagina's van de krant bevond.

'Tankstation La Cruz,' las Sara.

'Dat is in Barbastro, aan het begin van de bebouwde kom,' zei Víctor.

Sara streek het bonnetje voorzichtig glad. Dertig euro voor benzine. Betaald met een pasje. Een creditcardnummer waarmee ze de dode zouden kunnen identificeren.

Santiago nam plaats in het kantoor van de arts, terwijl die de deur achter zich dichtdeed.

'Kunt u er al iets meer over zeggen?'

'Het is moeilijk om een prognose te doen. Het oedeem is niet erg groot, maar voor alle zekerheid moeten we de schedel openmaken om de druk op de hersenen te verminderen. Als die druk toeneemt...'

'Hoe zal Ana eraan toe zijn als ze bijkomt uit de narcose?' onderbrak Santiago hem. Hij moest efficiënt te werk gaan. Het was wellicht zinloos om nog langer in het ziekenhuis op de getuigenis van het meisje te wachten.

'Dat hangt helemaal van het verloop van de operatie af.'

'Geheugenverlies?'

'Dat zou kunnen. Algehele verwardheid.'

Santiago nam even de tijd voordat hij opstond. Hij moest alles op een rijtje zetten. Het belangrijkste uitgangspunt bij het onderzoek, Ana's getuigenis, bleek op een dood punt te zijn beland. De antwoorden waar hij naar zocht, zouden voorlopig in de krochten van haar hersenen gevangen blijven zitten. Tegelijkertijd zat Lucía ergens op hulp te wachten. De inspecteur was er zeker van dat het meisje nog leefde. Haar ontvoerder was door een auto-ongeluk om het leven gekomen. Was er iemand bij haar? Wie gaf haar te eten en te drinken? Als er al iemand was die dat deed. In gedachten zag hij voor zich hoe het meisje ergens in een onderaards hol zat en omkwam van honger en dorst terwijl zij naar haar zochten. Hij stond op en probeerde om die sombere gedachten van zich af te zetten.

'Dank u,' zei hij tegen de arts. 'Ik hoop dat u er geen spijt van krijgt dat u me niet met het meisje hebt laten praten.'

Joaquín Castán, Lucía's vader, voelde zich op zijn gemak te midden van de dorpsbewoners en buren. Hij had een groep mensen om zich heen verzameld die hem ondersteunden, hoewel die het afgelopen jaar steeds kleiner was geworden. Sommigen waren niet meer naar de stille waken gekomen die hij organiseerde, anderen hadden hem weliswaar bijgestaan, maar hun enthousiasme was afgenomen. Tijdens de laatste bijeenkomst had hij gezien dat Nicolás Souto, de dierenarts, ongeduldig op zijn horloge had staan loeren terwijl hij zelf op het kerkplein een toespraak hield. Rafael, de broer van zijn vrouw, had van het ene op het andere been staan wippen alsof hij bijna niet kon wachten om te vertrekken. Toen hij daar op het podium had gestaan en over zijn dochter sprak, deden al die mensen hem denken aan gelovigen die uit plichtsgevoel naar de mis gaan, maar al jaren niet meer luisteren naar wat de pastoor zegt.

Maar toch bleven ze naar het kerkplein komen. Anderen waren daarentegen verdwenen uit zijn leven. De journalisten. Virginia Bescos. Waar zou die uithangen? Waar zou de vrouw zijn die jarenlang zijn grootste bondgenoot was geweest? Joaquín wilde niet meer aan de journaliste denken. Zijn krijgsmacht bestond alleen uit dorpsbewoners en buren.

Hij kon het hun niet kwalijk nemen dat ze de strijd hadden gestaakt. Er was te veel tijd verstreken zonder ook maar één enkel bericht dat hoop had kunnen bieden. Maar nu, op het parkeerterrein van het ziekenhuis, merkte Joaquín dat er iets was veranderd. De mensen kwamen weer, heen en weer geslingerd tussen blijdschap over Ana's terugkeer en bezorgdheid over Lucía's onzekere lot.

Nadat ze waren gearriveerd, had hij hen meegedeeld dat Ana op dat moment werd geopereerd. Raquel was door alle angst en zorgen ingestort. Joaquín keek met een zekere tevredenheid naar de onrustige toekijkers. Hij merkte dat de mensen weer aan zijn kant stonden.

'Wist je dat Álvaro er is?' zei Marcial, die het ziekenhuis uit kwam lopen.

'Heb je hem gezien?' vroeg Joaquín.

'Van een afstandje. De politie heeft de afdeling waar het meisje ligt afgezet.'

Marcial Nerín was toevallig in het ziekenhuis geweest op het moment dat Ana werd binnengebracht. Zijn moeder werd er gedialyseerd en door haar hoge leeftijd en slechte gezondheid waren er maar heel zelden dagen waarop alles soepel verliep en ze meteen na de behandeling konden terugrijden naar Monteperdido.

'Ik snap niet dat die man nog altijd vrij rondloopt.' Marcial deed geen moeite om zijn woede te verbergen.

Joaquín pakte hem bij zijn arm en nam hem apart. 'Is hij bij Raquel?' informeerde hij.

'Nee. Ismael is bij haar, die timmerman, ik heb hem naar binnen zien gaan,' vertelde Marcial. 'Een van de verpleegsters zei tegen me dat ze haar een kalmeringsmiddel hebben moeten geven. Álvaro was er met Gaizka. Die gast die trektochten in Posets organiseert. Weet je wie ik bedoel?'

'Gaizka heeft de auto ontdekt.' Dat had die politievrouw uit Madrid aan Joaquín verteld.

'Die klootzak heeft geen traan gelaten. Terwijl het heel goed kan dat zijn dochter de operatie niet overleeft. Wat een smeerlap,' mompelde hij voor zich uit.

'Is het zo erg met haar?'

'Als je erop rekent dat ze iets gaat vertellen... dat kun je wel vergeten, Joaquín.'

Marcial gaf Joaquín een klopje op zijn schouder. Hij had enorme, door de zon getaande kolenschoppen van handen die vol rimpels zaten. Ook al was hij boven de zestig, Marcial was nog altijd sterker dan de gemiddelde jonge man. Zelfs Joaquín leek nietig in vergelijking met hem. Zijn imposante verschijning en de scherpe gelaatstrekken, die door de jaren heen nog nadrukkelijker waren geworden en hem de bijnaam 'Wild Zwijn' hadden opgeleverd, gaven hem iets primitiefs, iets bedreigends.

'Ik durf te wedden dat hij alleen hier is om te controleren wat Ana zegt. Het had voor hem niet beter kunnen verlopen,' zei hij op gesmoorde toon tegen Marcial.

Sommigen waren Álvaro vergeten. Joaquín niet. En Marcial evenmin. Álvaro was er zonder kleerscheuren van afgekomen toen ze destijds onderzoek naar hem hadden gedaan, maar hij was op veel vragen het antwoord schuldig gebleven. Montserrat had Joaquín een keer verweten dat hij er alleen aan vasthield dat Álvaro schuldig was omdat het de enige naam was die ze hadden. De enige persoon die je kon haten. Hoe kon je je eigen dochter iets aandoen?

'En hoe is het met je vrouw?' vroeg Marcial.

Joaquín dacht na welk woord de toestand van Montserrat het beste omschreef.

'Ze is verschrikkelijk bang,' zei hij uiteindelijk.

'We hebben zijn naam: Simón Herrera,' zei Sara aan de andere kant van de lijn. 'Uit Ordial. Wij zijn nu op weg daarnaartoe.'

'Geef me het adres even door.' Santiago trok zijn jas aan en haastte zich naar de uitgang. 'Als je er eerder bent dan ik, bel me dan. Wat je daar ook aantreft.'

Sara hing op en toetste een ander nummer in. Víctor reed naar beneden, naar het dal toe. Ordial was maar tien kilometer verwijderd van de plaats waar ze de auto hadden aangetroffen.

'Met Sara Campos van de recherche. Ik heb alle gegevens over Simón Herrera Escolano nodig. Het nummer van zijn identiteitsbewijs is 23257552 K. Het is dringend. Als u iets vindt, stuur het me dan per mail.'

Ze sloegen een zijweg in en staken de rivier over. Aan het eind van de weg lag Ordial. Een kleine verzameling natuurstenen huizen, drie straten misschien. Het asfalt was nieuw, de huizen waren gerestaureerd en werden omringd door pas gemaaide gazons. Het was uitgestorven op straat. Alsof alles niet meer was dan het decor voor een vakantiefoto. Een onbewolkte lucht maakte de idylle compleet.

'Weet u waar de weg naar Plans is?'

'Aan het eind van de bebouwde kom,' zei Víctor terwijl ze door Ordial reden.

Het betalingsbewijs van het tankstation was van 10 juli. Twee dagen voordat Ana was opgedoken. Misschien was het bonnetje uit Simón Herrera's zak gevallen toen hij in de auto was gestapt. De creditcardmaatschappij had hun zonder plichtplegingen de naam en het adres van de pashouder genoemd. Sara kon merken hoe zenuwachtig Víctor was. Hij zat met gespannen blik achter het stuur, zijn blik strak op de weg gericht, terwijl hij vurig hoopte dat ze Lucía zouden aantreffen in het huis waar ze zo meteen zouden aankomen. Het was alsof dat meisje familie van hem was.

De geasfalteerde weg ging over in een gedeelte met grind dat verder omhoogliep: het dorp lag in de schaduw van de berg. De wielen zakten weg in een kuil met modder en kwamen met een schok weer los.

'Is dat het?' vroeg Sara toen ze weer een bocht om waren gegaan.

'Het is het enige huis dat nog overeind staat,' zei Víctor.

Naast het huis van Simón Herrera stonden drie bouwvallen. De daken zouden een nieuwe winter niet overleven. De stenen muren leken elk moment te kunnen instorten. Voor Herrera's huis stond een takelwagen. Het huis had twee verdiepingen en zag er niet veel beter uit dan de andere. Een paar bloempotten voor een raam waren het enige teken van leven aan de voorkant, die al jaren geleden gerenoveerd had moeten worden. Kleine raampjes met afbladderende kozijnen, scheve stenen muren en een modderige oprit waarop onkruid woekerde.

Sara stapte als eerste uit de auto. Ze tuurde even door het raam voordat ze naar de deur ging, waar Víctor al op haar wachtte. Sara gebaarde dat hij kon aankloppen.

'Er brandt geen licht,' constateerde ze. 'Maar het huis is bewoond. Achter het raam bevindt zich de woonkamer.'

'Ik zie iemand binnen.' Víctor klopte opnieuw op de deur, dit keer wat nadrukkelijker.

De deur ging open. Daglicht viel naar binnen in de duistere hal. Daar stond een vrouw die hen afwijzend aankeek.

'Hallo,' zei ze wantrouwend.

'Sara Campos, recherche.' Sara liet haar legitimatie zien. 'Mogen we binnenkomen? We willen graag even met u praten.'

De vrouw ging hen voor naar de woonkamer. Sara hoefde niet

te vragen of ze Simón Herrera kende. Op een buffetkast stonden allerlei trouwfoto's waarop ze naast Simón stond. Sara herkende hem, ook al had hij na zijn overlijden een verwrongen gezicht gehad. Víctor zag de foto's eveneens en hij zuchtte.

'We hebben slecht nieuws voor u. Uw man heeft gisterochtend een ongeluk gehad. Hij was op slag dood. We konden hem niet meteen identificeren.' Sara sprak snel. Deze inleidende woorden waren nodig, maar haar eigenlijke interesse ging uit naar Lucía.

De vrouw stond als versteend midden in de kamer, haar blik schoot afwisselend van Sara naar Víctor. Ze had diepliggende, donkere ogen, twee zwarte knopen in een week, bol gezicht. Uitdrukkingsloos, vond Sara. Haar leeftijd en de rimpels in haar gezicht verzachtten de indruk dat ze een geestelijke beperking had, iets wat op de trouwfoto's duidelijker zichtbaar was: het lange gezicht, de half geopende, opgetrokken lippen. Het rook binnen naar kruiden. Laurier en tijm. In de keuken was het geklepper van een pan te horen waarvan de inhoud stond te pruttelen. Ze hadden haar gestoord bij het koken. Sara zag de krampachtige bewegingen van haar vingers voordat ze vroeg: 'Weet u dat zeker?'

'Ik vrees van wel, ja,' zei Víctor. Hij liep naar haar toe, sloeg zijn arm om haar heen en leidde haar zachtjes naar de bank, zodat ze kon gaan zitten. Het was een oude bank van skai met gehaakte kleedjes over de armleuningen.

'Ik weet dat u het nu heel moeilijk hebt, maar we moeten u een paar vragen over uw man stellen. Jullie waren getrouwd, toch?' De vrouw knikte terwijl Sara een rieten stoel bijtrok en tegenover haar plaatsnam.

'Hoe heet u?'

'Pilar,' fluisterde de vrouw.

'Vindt u het erg als mijn collega even door uw huis loopt terwijl wij met elkaar praten?'

'Het is nogal een rommel.' Pilar keek op van de vloer en haar kleine ogen stonden voor het eerst minder doods. Er was onbehagen in te lezen en iets van schaamte.

'Dat geeft niets,' zei Víctor geruststellend.

'Luister even.' Sara probeerde Pilars aandacht weer te trekken, maar de vrouw keek Víctor na, die nu wegliep uit de woonkamer. 'Luister even, Pilar. Het is belangrijk. Er zat nog iemand in de auto. Een meisje.'

'Ook dood?'

'Nee, maar ze ligt in het ziekenhuis. Ze heet Ana Montrell. Zegt die naam u iets?' Pilar schudde haar hoofd. 'Het gaat om een van de meisjes die vijf jaar geleden verdwenen zijn in Monteperdido.'

Het begon met een ongecontroleerd trillen van haar handen. Daarna verkrampte Pilars hele lichaam. Ze slaakte een gil en sloeg haar handen voor haar gezicht, haar ogen schoten vol tranen. Ze vertrok haar mond tot een stijve grimas die zo breed was dat haar kleine tanden en het blauwachtige tandvlees zichtbaar werden. Vervolgens zakte Pilar in elkaar. Sara ging naast haar zitten en sloeg een arm om haar heen.

'Weet u waarom dat meisje bij uw man was?'

Pilar schudde haar hoofd als een hond die het water uit zijn vacht schudt.

'Ik weet niet wat er in al die jaren gebeurd is, maar nu kunt u iets voor die meisjes doen. U moet ons alles vertellen wat u weet. Is dat andere meisje hier in huis? Is Lucía hier?'

'Ik weet niets over die meisjes,' jammerde Pilar. 'Die arme Simón van me.'

Sara streek over Pilars haar, dat ze in een knot droeg. Het was stug, de oorspronkelijke bruine kleur was doorspekt met grijze strengen. Ze schommelde zachtjes heen en weer, de armen stevig om haar lichaam geslagen, terwijl ze telkens opnieuw jammerde: 'Simón, die arme Simón van me.' De afgrond die voor Pilar opdoemde, was voor Sara bijna tastbaar. De vrouw had geen aandacht meer voor haar omgeving, het was alsof Sara niet bestond en ook de woonkamer niet waarin ze zaten. Het enige wat ze zag, was een diep, donker gat. De politievrouw voelde haar paniek.

'Ik ga even boven kijken,' liet Víctor weten, die in de deuropening stond.

'Blijft u maar bij haar. Dat doe ik wel,' zei Sara en ze stond op. Het zou wel even duren voordat Pilar in staat was om verdere vragen te beantwoorden.

Op de eerste verdieping bevond zich de slaapkamer. Ze sliepen in gescheiden bedden. Ertussen stond een nachtkastje. Er was een hangkast en een ladekast waarop een spiegel stond met een smeedijzeren lijst. De meubels van ruw hout hadden allemaal een andere kleur, alsof de bewoners het huisraad hadden weggehaald bij het grofvuil. De tegels op de vloer waren schoon, maar verbleekt, poreus en scheef. Van de rommel waarvoor Pilar zich zo schaamde, was niets te zien. Er slingerden geen kleren of andere voorwerpen rond.

Sara deed de la van het nachtkastje open. Een kleine radio, een oplader voor een mobiel en een doosje ibuprofen. In de ladekast lag alleen ondergoed. Een la voor Simón, de rest voor Pilars spullen en het beddengoed. De inhoud van de hangkast was die van een eenvoudig, om niet te zeggen arm stel. Ouderwetse kleding, goedkope broeken en overhemden.

Ze ging weg uit de slaapkamer en liep naar de overloop. Tegenover de trap bevond zich de badkamer. Aan het eind van de gang was nog een kamer. Ze opende de deur en zocht naar het lichtknopje. De luiken waren dicht en er kwam bijna geen daglicht naar binnen. De verlichting bestond uit een kaal gloeilampje dat aan een snoer aan het plafond hing. Een plank op schragen deed dienst als tafel. Het was Simóns werkkamer. Op de tafel lagen stapels papieren, rekeningen, reclame, folders van de supermarkt. Op de grond en op een rek stonden een paar gehavende kartonnen ordners. Sara sloeg er een open. Documenten over autoverzekeringen. Het rook er muf en naar de stoofschotel die Pilar aan het maken was.

Verder was er geen enkele plek meer waar ze zouden kunnen zoeken.

Toen inspecteur Baín arriveerde, stond Sara al bij de voordeur op hem te wachten. Ze hoefde niets te zeggen. Haar teleurgestelde gezicht sprak boekdelen: ze hadden niets gevonden.

'Dat was zijn takelwagen,' zei Sara, terwijl ze rondom het huis een kijkje namen. Santiago inspecteerde de auto. Die was wit en bespat met modder. De laadklep was verroest. 'Hij heeft voor allerlei verzekeringsmaatschappijen gewerkt.'

'En zijn vrouw weet van niets?'

'Víctor is bij haar. Ze heeft het syndroom van Williams, een lichte geestelijke beperking. Ze probeert nu te beseffen dat haar man dood is.'

'Heb je het huis doorzocht?'

'Oppervlakkig. Er is niets te vinden wat op de meisjes wijst.'

Santiago bleef staan en ademde diep in.

'We gaan het niet opgeven voordat we goed en wel begonnen zijn!' zei hij.

'En hoe zit het met Ana?'

'Die vrouw hier kan ons meer vertellen dan dat meisje,' antwoordde Santiago gefrustreerd en hij liep terug naar het huis. Sara stond op het punt om hem te volgen, maar op dat moment begon haar mobiel te zoemen. Het was een bericht met gegevens van de politie over Simón Herrera.

'Santiago!' De inspecteur maakte rechtsomkeert. 'Kijk dit nou.' Ze hield hem haar telefoon voor. 'Simón heeft twee jaar in de gevangenis gezeten, in Martutene. Voor het bezit van kinderporno.'

Raquel had barstende hoofdpijn van de kalmeringsmiddelen. Toen ze rechtop in bed ging zitten, leek het wel alsof haar hersenen in een doosje waren gestopt en nu aan het opzwellen waren. Ismael boog zich naar haar toe.

'Heb je iets nodig? Een glas water?'

Raquel schudde haar hoofd en dwong zichzelf om te glimlachen. Waarom wilde Ismael per se deze weg met haar bewandelen? Dat hoefde helemaal niet. Waarom ging hij niet gewoon weg? Waarom stond hij erop om bij haar te blijven? Haar timmerman. Haar partner?

'De artsen willen met je praten,' zei Ismael. 'Ana is terug uit de ok.'

Raquel haalde diep adem voordat ze opstond.

Pilar keek Santiago en Sara aan als een radeloos kind dat in een vreemde taal wordt aangesproken. Ze deed haar uiterste best om goed te luisteren en de vragen te begrijpen die haar werden gesteld, maar haar gedachten keerden telkens terug naar Simóns dood, als een insect dat onvermijdelijk naar het licht toe vliegt.

'Wij gaan door met onze vragen, Pilar. U moet onze vragen beantwoorden,' zei Santiago nadrukkelijk. 'Er is nog een meisje, Lucía. Die is nog altijd verdwenen. Hoe langer het duurt voordat we haar vinden, hoe kleiner de kans is dat ze nog leeft.'

Opnieuw de dood. Wat was dat, de dood? Waar was die arme Simón nu? God, hemel, engelen, al dat geleuter van de pastoor. Jullie moeten goede mensen zijn. Je moet een goed mens zijn, Pilar.

'Weet u dat uw man in de gevangenis heeft gezeten?' vroeg Santiago. Sara zag dat Pilar ineenkromp, alsof ze een elektrische schok had gekregen.

'Dat is lang geleden.'

'Weet u waarom hij daar zat?' hield Santiago Baín aan. 'Kinderporno. Hij houdt van seks met kinderen, toch? Dat moet u weten.'

'Nee, zo was mijn Simón niet.'

'Heeft hij u er nooit over verteld?'

'Dat was voordat we trouwden. Ze hebben hem erin geluisd. Ze hebben hem vals beschuldigd van dingen.'

'Denkt u dat hij de meisjes iets kan hebben aangedaan?'

'Hij was altijd alleen maar aan het werk. Reed met de takelwagen.'

'Waar was hij gisterochtend?'

'Onderweg, naar een klus.'

'Weet u dat zeker?'

'Ja. Hij heeft nooit tegen me gelogen. Simón was geen leugenaar.'

Pilar zakte weer in elkaar terwijl ze steeds opnieuw voor zich uit bleef mompelen dat haar man nooit tegen haar loog. Het werd Sara duidelijk dat het nergens toe leidde als ze haar onder druk zetten. Ze keek Santiago aan. Waarom verzette hij zich er zo tegen dat zij de ondervragingen leidde? Ook Santiago merkte dat hij met een strenge aanpak niet verder kwam en hij probeerde een verzoenende toon aan te slaan.

'Denkt u dat we dat ergens kunnen controleren? Misschien bij het bedrijf waarvoor hij werkte.'

'Alle papieren liggen boven,' zei Pilar, alsof daarmee alle twijfel uit de wereld zou worden geholpen.

'Of misschien had hij met een vriend afgesproken. Als u ons de namen en telefoonnummers van uw beste vrienden en kennissen kunt geven.'

Santiago deed zijn notitieboekje open. Pilar keek afwisselend van het witte vel naar de pen, die erop wachtte totdat ze iets zei wat kon worden opgeschreven.

'Onze ouders zijn dood,' zei ze uiteindelijk.

'Vrienden? Collega's?' vroeg Santiago.

'Hij gebruikte als enige de takelwagen en ik ga alleen af en toe naar het dorp om boodschappen te doen. Teresa!' zei ze vervolgens met een hoopvolle glimlach. 'Teresa kent ons goed.'

'Wie is die Teresa?'

'De vrouw uit de winkel aan het dorpsplein. In Ordial.'

'Hebt u verder geen kennissen, behalve die... die verkoopster in de winkel?'

'Onze ouders zijn dood,' herhaalde Pilar.

Een gesprek met haar was te vergelijken met dwalen door een doolhof. Pilar deed echt haar best, dat merkte Sara wel. Ze glimlachte telkens als ze dacht dat ze iets vertelde wat ze wilden horen. Die vrouw had altijd geprobeerd het iedereen naar de zin te maken, omdat ze altijd dankbaar moest zijn dat de mensen het überhaupt goedvonden dat ze er was.

'Ging Simón nooit uit? Ik bedoel... Naar het café, om iets te drinken?' vroeg Santiago.

'Hij dronk niet. Af en toen een wijntje. Hij heeft veel gewerkt.'

'Was hij vaak op pad?' Het was Santiago opgevallen dat Pilar vaak over het werk begon. Hij wilde haar niet in verwarring brengen, misschien was dat het idee dat ze van het leven van haar man had. 'Met de takelwagen, bedoel ik. Ook 's nachts?'

'Het liep niet echt goed. Het was net voldoende. Maar hij was altijd aan het werk. De hele dag was hij met de takelwagen op pad. Hij zei dat het belangrijk was om in de buurt te zijn. Zodat ze hem zouden bellen als er iets was.'

'Kwam hij laat thuis?'

'De wegen zijn slecht. 's Winters is het nog erger. Als het sneeuwt, is er bijna geen doorkomen aan en niemand die er iets aan doet.' Sara kon in Pilars woorden bijna horen hoe Simón zijn beklag deed, alsof zij zijn echo was. 'Iedereen strijkt altijd alleen maar geld op en niemand investeert een cent in dit dorp.'

Sara wist dat Santiago's gesprek met Pilar erop zat. Víctor wachtte bij de deur van de woonkamer.

‘Dank u, Pilar.’ Santiago boog zich naar haar toe en pakte haar handen. ‘Als u iets nodig hebt, aarzel dan niet om ons te bellen.’

‘We moeten met die mensen in Ordial praten. Met die Teresa,’ zei Sara terwijl ze langs Víctor liep.

Bij het verlaten van het huis keek Sara nog een keer achterom. Ze kon door het raam zien dat Pilar nog altijd op de bank zat.

‘Wilt u uw mensen hiernaartoe sturen?’ vroeg ze aan Víctor. ‘Ze moeten alle papieren uit het huis in beslag nemen. Ik wil er op het politiebureau nog een keer naar kijken. En het forensisch team moet komen om sporenonderzoek te doen. Hoewel ik niet denk dat ze iets zullen vinden.’ Voordat ze instapte, keek ze opnieuw om. ‘Kunt u ervoor zorgen dat er iemand bij haar blijft om haar te helpen met alle formaliteiten? Ze heeft niet eens gevraagd waar het lichaam van haar man is.’

Santiago kwam naar de auto lopen nadat hij een telefoontje had gepleegd.

‘Ik ga weer naar het ziekenhuis. Ze hebben Ana naar de verkoeverkamer gebracht.’

Zijn zusje was in oktober verdwenen. Het eerste kerstfeest was triest verlopen, de daaropvolgende keren ronduit ziekelijk. Als het december werd, had Quim het idee dat hij in een horrorfilm was beland waarin een losgeslagen familie naast het gemummificeerde lichaam van hun voorouders bij de kerstboom zat. Had alleen hij door hoe bespottelijk het allemaal was? Hoe lachwekkend en vernederend het was om Lucía’s cadeaus aan te treffen onder de kerstboom?

Op het bed van zijn zusje stapelden de pakjes zich inmiddels op. Quim had een paar keer op het punt gestaan om ze open te maken. Wat geef je aan een meisje dat verdwenen is? Het waren grote cadeaus, ze waren ongetwijfeld duur geweest. Een computer? Misschien had zijn vader gedacht dat het, toen ze dertien was, tijd was dat Lucía haar eigen laptop kreeg. Hoe moest ze anders haar huiswerk maken? Dat was de logica die bij hen thuis zijn intrede had gedaan.

Quim dacht terug aan de manier waarop zijn vader hem die ochtend op de bank wakker had gemaakt: ‘Ze hebben Ana gevonden. Ze ligt in het ziekenhuis van Barbastro, maar nog altijd geen spoor van je zus. Mocht het je interesseren.’

Daarna had hij zich omgedraaid, zonder een reactie af te wachten, en hij was de trap opgelopen. Quim had hem graag een knal verkocht. Hoe wist hij nou wat er in hem omging?

Wat wisten zijn ouders überhaupt van hem? Ze lieten hem niet toe in hun leven. Het was alsof hij woonde in een huis vol kamers waar hij niet naar binnen mocht gaan. Hij had alleen toegang tot een paar hoekjes die nog resteerden, maar hij wist dat ook die vroeg of laat verboden terrein zouden worden.

De verdwenen Lucía nam alle beschikbare ruimte in beslag. De herinnering aan zijn zusje was tastbaarder dan zijn, Quims, aanwezigheid. Quim voelde zich in zijn eigen huis net een schaduw. Een geest die zijn ouders niet wilden zien.

Het was bijna middag toen zijn moeder hem wekte en tegen hem zei dat Ana’s gezondheidstoestand achteruitgegaan was. Ze wilde naar het ziekenhuis gaan, voor het geval dat de politie haar nodig had. Klaarblijkelijk hadden ze een verdachte uit Ordial. Montserrat probeerde om niet te optimistisch over te komen toen ze vertelde wat haar ter ore was gekomen. Het was niet veel. Quim hield liever voor zich wat hij dacht: dat ze Lucía nog altijd bij lange na niet gevonden hadden. Hij had de rol van pessimist al veel te lang gespeeld.

Tegen vieren kwam zijn oom Rafael langs, die hem vroeg of hij al gegeten had. Hij zette een tupperwarebakje met rijst neer, mocht hij honger krijgen. Rafael kwam net uit Ordial. De inwoners hadden hem verteld dat er al de hele dag politieauto’s door het dorp reden. Het zou gaan om een echtpaar dat wat hoger in de bergen woonde.

’s Avonds rookte hij met Ximena nog een laatste joint aan de rand van het bos.

‘Denk jij dat ze haar zullen vinden?’ vroeg Ximena.

Quim haalde zijn schouders op. Hij nam een trekje. Als ze haar vinden, dan is ze dood, dacht hij. Maar dat hield hij liever voor zich.

Hij ging samen met Ximena naar de tabakszaak. De geruchtenmolen in Monteperdido draaide op volle toeren.

‘Simón Herrera,’ zei de eigenaresse van de tabakswinkel toen ze hem zijn wisselgeld gaf. ‘Hij had een takelwagen, een witte Volkswagen. Misschien hebben jullie hem weleens gezien. Een zonderling die zich nooit vertoonde, net als zijn vrouw altijd maar in de bergen bleef.’

Ze liepen terug langs de rivier. Ximena wilde dat hij met haar meeging naar haar huis, maar daar had Quim geen zin in. ‘Ik bel je later nog.’

Quims hasj was op. Hij zocht in de zakken van de broek die hij de vorige avond had gedragen. Geld had hij ook al niet meer. Normaal gesproken bewaarde zijn moeder altijd wat in de ladekast, tussen het ondergoed. Hij liep de slaapkamer van zijn ouders in. Het bed was niet opgemaakt en gelucht hadden ze evenmin. Hun geur hing in het vertrek en in de ladekast lag geen geld.

In Lucía’s kamer rook het helemaal nergens meer naar, alleen naar schoonmaakmiddel. Alles was nog precies zoals zijn zusje het had achtergelaten. Zijn moeder stofzuigde en stofte de kamer elke dag, maar ze raakte niets aan. Zelfs de poppen die Lucía die ochtend op de grond had gegooid, lagen nog altijd op dezelfde plaats. Het enige wat veranderd was, waren de kerst- en verjaardagscadeaus op het bed.

Quim opende de garderobekast van zijn zusje. Haar kleding

hing schoon en gestreken aan knaapjes. Zijn moeder waste alles geregeld, zodat alles fris naar wasverzachter bleef ruiken. Op een boekenplank stond een roze juwelenkistje. Quim opende het deksel. Behalve wat waardeloze kinderprullen lagen de oorringetjes erin die ze voor haar communie had gekregen. Quim stak ze in zijn zak. De oorringetjes waren van goud, een cadeau van haar grootouders. Hij kon ze verpatsen als hij weer eens in Barbastro was. Wie zou die dingen nou missen?

Het was laat geworden. In haar kantoortje op het politiebureau werd het steeds donkerder. Sara moest zich al een tijdje inspannen om alles te kunnen lezen. Ze deed het licht aan en concentreerde zich weer op de kratten met de bewijsstukken die in het huis van Simón Herrera in beslag waren genomen. Op haar bureau lag een sorteermap met de laatste opdrachten van de verdachte. Simón had de adressen en de gereden kilometers met de hand ingevuld. Als eerste controleerde ze of de ritten daadwerkelijk hadden plaatsgevonden. Een paar telefoontjes naar garagebedrijven bevestigden de gegevens. Maar op de dag dat Ana was opgedoken, had hij geen wegsleepklus gehad.

'Nog wat gevonden?' informeerde Víctor, die in de deuropening stond.

Sara keek op van haar papieren. 'Misschien.' Ze schoof hem de map toe.

Víctor kwam naar binnen en bekeek de aantekeningen die Sara hem liet zien.

'Hij heeft gesjoemeld met de kilometers,' legde Sara uit. 'Al weet ik niet precies wat dat te betekenen heeft.'

'Hoe weet u dat?' Víctor pakte de map en bladerde hem door, op zoek naar een aanwijzing waardoor Sara tot die conclusie was gekomen.

'Statistiek.' Sara overhandigde de politiefunctionaris een vel papier waarop ze verschillende getallenrijen had genoteerd. 'Dat zijn de kilometers die Simón opgeschreven heeft. In deze kolom heb ik de cijfers één tot en met negen gezet en daarnaast hoe vaak ze voorkomen.'

'Voor de drie is dat dertig procent. Voor de zeven vijf procent.' Víctor legde het vel terug op het bureau. Hij kon geen logica ontdekken in de getallen.

'Dat is een wiskundige wet: in een reeks getallen moet de één vaker voorkomen dan alle andere getallen. De negen mag niet vaker dan vijf procent voorkomen, maar hier is dat bijna tien procent. Simón heeft de opgegeven kilometers uit zijn duim gezogen.'

Víctor grijnsde. Vervolgens vroeg hij: 'Wilt u iets eten? Pujante gaat het halen. Ik raad u aan om *chiretas* te nemen. Gevulde schapenmaag. Een specialiteit hier uit het dal.'

'Waarom staat u zo te grijnzen?'

'O, niks. Het verbaast me alleen dat u zo veel weet. Waarschijnlijk is dat de reden dat ze de zaak aan u hebben overgedragen.'

'Inspecteur Baín is de beste opsporingsambtenaar als het gaat om een geval van vermissing. Dat is de belangrijkste reden,' antwoordde Sara. Ze voelde zich allesbehalve beledigd. Maar opeens schoot haar de rol van spelbreker te binnen die Santiago haar had toebedeeld. 'En de tweede reden is dat jullie hier vijf jaar lang jullie onvermogen hebben bewezen.'

'En u lost de zaak op met wat kansberekening.'

'Wij willen en zúllen de zaak oplossen. Ik zit niet op uw commentaar te wachten, Gamero.'

Sara schoof heen en weer op haar stoel. Ze wilde het gesprek zo snel mogelijk beëindigen. Víctor en zij hadden de hele dag goed samengewerkt, eerst in Simóns huis en later in het dorp, toen ze de buren over het echtpaar hadden ondervraagd.

'Daar zit niemand op te wachten,' zei Víctor, die inbond.

'Waarom helpt u me dan niet in plaats van hatelijke opmerkingen te maken? U werkt bij de politie, niet bij een bank. Niemand zal u ontslaan als u een rekenfout maakt.'

'Het doornemen van de getuigenverklaringen van de buren leek me zinvoller dan dat gegoochel met cijfers.'

'Zegt het u dan niets dat hij met de cijfers heeft gesjoemeld?'

'Jawel. Dat hij de verzekering heeft belazerd om meer geld te krijgen. Een geweldige ontdekking, mevrouw de rechercheur. Daar zult u vast een schouderklopje voor krijgen.'

'Of hij heeft zijn doen en laten verdoezeld omdat hij niet wilde dat iemand weet waar hij echt was als hij werd gebeld.'

Víctor stond erbij als een schooljongetje dat straf had gekregen.

'Dan neem ik die chiretas,' zei Sara. 'Ik wil weleens weten hoe de lokale specialiteiten smaken.'

'Bent u altijd zo?' beklaagde Víctor zich voordat hij het vertrek verliet.

'Alleen wanneer u het mis hebt,' antwoordde Sara. 'Ze beleefde er geen enkel genoegen aan dat ze het laatste woord had. 'Het leven van een meisje staat op het spel. Dan mogen er geen fouten worden gemaakt.'

Víctor knikte met gebogen hoofd en vertrok vervolgens. Sara had een slecht geweten. Wat had het voor zin om de politie van Monteperdido tegen zich in het harnas te jagen? Santiago had geen hoge dunk van de regiopolitie, dat had ze al bij andere zaken gemerkt. Hij behandelde ze als loopjongens, zonder hen bij het onderzoek te betrekken. Zoals zij nu te werk ging. Santiago had haar het vervelende gedeelte toegespeeld: papieren doorspitten, bewijsmateriaal schiften. Geen contact met Ana of Pilar. Hij had het volledige verhoor van Simón Herrera's vrouw op zich genomen. Terwijl Sara goed met mensen kon omgaan, en dat wist Santiago. Ze vermoedde wat zijn beweegredenen waren, maar zette die gedachte van zich af en concentreerde zich weer op de zaak.

Teresa, de verkoopster van de buurtsuper, had allerlei dingen over het echtpaar Herrera verteld. Ze omschreef Pilar als een beklagenswaardige vrouw, 'een beetje zwakbegaafd', had ze gezegd. Over Simón wist ze vrijwel niets, maar ze vermoedde dat zijn vrouw van hem afhankelijk was. Pilar was een soort marionet. De verklaringen van de bewoners van Ordial leken op elkaar: Pilar was degene die in het dorp kwam om boodschappen te doen. De mensen bewaarden door haar handicap afstand tegenover haar. Het stel had geen vrienden, hoewel ze al jaren in het dal woonden. Hun familie was niet uit de omgeving afkomstig en Simón leek op een schim die de inwoners vooral kenden uit Pilars verhalen over hem en niet omdat ze hem in levenden lijve hadden ontmoet. Blijkbaar hadden alleen degenen die een beroep deden op zijn sleepdienst met hem te maken gehad. Een rustige man, nogal mensenschuw, die zo zacht praatte dat je hem vaak moest vragen te herhalen wat hij gezegd had. Zo omschreven ze hem. Een man die er alles aan had gedaan om zich buiten het dorpsleven te houden. De auto waarin het lichaam was gevonden, was ook een stukje van de puzzel. Door het chassisnummer waren ze erachter gekomen dat het ging om een voertuig dat Simón eigenlijk naar de sloperij had moeten brengen. Dat had hij niet gedaan. Hij had de motor gerepareerd en het nummerbord eraf geschroefd. Het ideale vervoermiddel voor iemand die ongrijpbaar wilde zijn.

Víctor was de hele dag in haar gezelschap geweest. Sara had niet meer naar de hond geïnformeerd. Nieve. Ze dacht aan Víctors met bloed besmeurde T-shirt toen hij de hond van haar had overgenomen. Ze had graag naar Víctor toe willen gaan om te zeggen: 'Verdorie, ik vind het heel erg. Echt heel erg. Eigenlijk ben ik helemaal niet zo.'

En hoe ben je dan wel, Sara? vroeg ze zich af.

Concentreer je, zei ze vervolgens tegen zichzelf. Laat je niet afleiden. Ze pakte een potlood en begon lijnen en vormen op een vel papier te tekenen. Dit is nou precies waar Santiago bang voor is. Bewijs hem dat je het onder controle hebt.

Wanneer was het begonnen? Misschien al toen ze nog een kind was. Soms merkte ze, als ze alleen op haar kamertje was, dat haar hersenen begonnen te ratelen als een wiel dat onbeheersbaar was en steeds sneller draaide. Daarbij spatten er beelden vanaf, als vonken wanneer metaal op metaal botst. Hele stromen van beelden en gedachten die haar niet de tijd gaven om ze te begrijpen. Een uurwerk dat de lucht om te ademen bij haar wegnam en dat ze ook niet wist te stoppen. Totdat ze op een gegeven moment als een bezetene begon te gillen.

Het potlood tekende een driehoek, daarnaast een vierkant. Sara bracht er arceringen in aan, een geometrisch gebouw, een krabbel zonder duidelijke betekenis, een labyrint waarvan de lijnen Sara houvast gaven. Het was een manier om die draaimolen in haar hoofd tot stilstand te brengen totdat ze haar gedachten weer onder controle had.

De parkeerplaats van het ziekenhuis was leeg. Terwijl Álvaro Montrell wachtte totdat hij toestemming kreeg om naar zijn dochter te gaan, had hij vanachter het raampje gezien dat Joaquín Castán bij de ingang in gesprek was met inspecteur Baín. Dat was vroeg in de avond geweest. Daarna was de rechercheur naar hem toe gekomen en hij had hem gevraagd of de naam Simón Herrera hem iets zei. Álvaro had ontkennend geantwoord. Baín had hem ook een foto laten zien, maar de man had een alledaags gezicht dat je je onmogelijk kon herinneren. Maar dat was nu van ondergeschikt belang. De artsen hadden hem meegedeeld dat de operatie goed verlopen was. Ana lag in de verkoeverkamer en ze hoopten dat ze in de loop van de nacht bijkwam. Als er geen complicaties optraden, zou ze 's ochtends weer naar de afdeling gaan. Telkens als hij eraan dacht in welke toestand zijn dochter misschien bij kennis zou komen, liepen de koude rillingen hem over de rug. Wat zou ze te vertellen hebben? Angstige gedachten die alleen op de achtergrond traden als hij Raquel met die kerel zag. Ismael. Wat had die vent verdorie in het ziekenhuis te zoeken?

Koud, zo ontzettend koud. Alsof er ijskristallen door haar aderen stroomden. Ana maakte zich zo klein mogelijk en ze sloeg haar armen om haar lichaam. Ze merkte dat ze huilde, maar ze kon niets doen tegen de tranen en tegen de kou. Alsof ze gevangenzat in een nachtmerrie. Ze klappertandde en de herinnering aan andere nachten kwam terug. Koude nachten. Door het gat in het dak viel sneeuw, de ijzige wind drong door elke kier, terwijl zij verstijfd van de kou wachtte.

Ze kneep haar ogen tot spleetjes. Ongewoon fel licht drong door haar oogleden heen. Ze zag vaag wat dingen die ze niet kon thuisbrengen. Drie woorden schoten haar te binnen. *Echo. Vergeten. Niets.*

'Hoe voel je je, Ana?' vroeg een vrouwenstem.

Ze probeerde erachter te komen waar die onbekende stem vandaan kwam. En waar was Lucía? Langzamerhand begonnen de dingen om haar heen vastere vorm te krijgen. Een kamer met een hoog plafond, waaraan neonbuizen hingen. Naast haar een vrouw in een witte tuniek.

'Ik heb het zo koud.'

'Dat komt door de narcose,' zei de vrouw geruststellend. 'Daar kun je het soms koud van krijgen, maar je zult zien dat dat snel weer voorbij is.'

Geleidelijk aan viel alles op zijn plaats, net als bij een puzzel waar ieder stukje zijn eigen plek had. Maar de herinneringen stopten op het moment dat de auto van de weg raakte en in de kloof stortte. Wat er daarna was gebeurd, wist ze niet.

'Waar ben ik?' vroeg ze.

‘In het ziekenhuis. Je hebt een ongeluk gehad, weet je dat nog?’ vroeg de verpleegkundige.

Ana glimlachte. Ze had het opeens niet zo heel koud meer.

2

HOOGWATER

De tegelvloer vormde een meetkundig patroon. Een doolhof. De voegen waren straten, en de barstjes en scheuren die in de loop der jaren in het steenwerk waren ontstaan, waren kortere wegen die haar van de ene naar de andere plaats brachten. In een fractie van een seconde.

Pilar zat op haar bed. De hele nacht had ze daar zo gezeten. Haar vermoeide lijf zakte steeds meer in elkaar terwijl haar blik over de wegen op de vloertegels dwaalde. Ze probeerde te ontdekken welke weg naar buiten leidde, haar kamer uit, maar ze had hem nog niet gevonden.

Het geluid van versplinterend glas verbrak de stilte. Boze, woedende stemmen.

In een opwelling wilde ze Simón roepen. Ze sprong overeind en rende naar de deur van de kamer, totdat haar weer te binnen schoot dat haar man dood was. Ze had het gevoel dat ze uit haar dromen was opgeschrikt en opeens werd omringd door de werkelijkheid, alsof het de kille huid van een dode was.

Het was acht uur in de ochtend. Normaal gesproken was ze om deze tijd in de keuken om het eten klaar te maken. De geur van knoflook, fijngesneden prei en ui. Ze zou eerst alles voorbereiden voordat ze onder de douche ging. Daarna zou ze zich aankleden en naar het dorp gaan om de boodschappen te halen die ze nodig had. Brood. Wijn. Simón dronk graag een glas wijn bij het eten. Maar Pilars dagindeling was verstoord. Het voelde aan alsof ze op pad was met een verouderde landkaart waarop de wegen niet meer overeenkwamen met de werkelijke situatie. Een kaart die nergens naartoe leidde.

'Waar is Lucía? Waar is ze?' Ze hoorde duidelijk dat er geschreeuwd werd, maar ze begreep niet wat de woorden betekenden. Voor de ramen bewogen onrustige schaduwen heen en weer, als gevangen vliegen. In de gang, onderaan de trap, lag een steen. De vloer was bezaaid met glassplinters die als een spoor van een komeet naar het raam voerden. Helder licht scheen door het gat dat in de ruit was ontstaan. 'Jullie moeten hier weg,' hoorde ze een stem zeggen die probeerde de anderen te overstemmen.

De wijn is op, dacht ze. Haar kleine zwarte ogen zochten naar een weg uit het huis. Ze moest naar het dorp, om wijn te kopen voor die arme Simón.

De terugweg vanuit school doemde op in haar gedachten, zoals ze die vroeger had gelopen, als klein meisje. Het dorp waar ze was opgegroeid. Haar moeder die tegen haar zei dat ze het dorpsplein, waar de mannen wijn zaten te drinken, moest mijden. 'Neem maar een omweg, via het smalle steegje,' zei ze elke dag als zij naar school ging. 'Waarom zeggen ze van die gemene dingen tegen me?' 'Neem maar een omweg,' had ze herhaald, zonder verdere toelichting.

Simón zei nooit akelige dingen als hij wijn dronk. Hij zat zwijgend en met een kleur op zijn gezicht aan de eettafel, totdat hij naar bed ging, terwijl zij de tafel afruimde en de vaat deed.

'Wat hebben jullie met dat meisje gedaan, smeerlappen die jullie zijn?' De schimmen buiten wilden maar niet verdwijnen.

Pilar maakte rechtsomkeert en ging naar Simóns werkkamer. De politie had alles meegenomen. Het bureau en de stellingen waren leeg. Het leken wel geraamtes van dieren. Wat is er gebeurd, Simón? Ze staan daar maar buiten en ik weet niet wat ik moet zeggen.

Pilar liep naar het raam. Door een kier in het luik zag ze de mensen die zich voor hun huis hadden verzameld. Ze zag het gezicht van een jongen die ze kende van het dorp. Hij pakte een steen en gooide die naar het huis. Hij lachte.

De mannen op het dorpsplein lachten. Ze lachten, omdat zij achterlijk was.

'Ze hebben me erin geluisd,' had Simón een keer gezegd. 'Ze hebben mij alles in de schoenen geschoven en daarom moest ík naar de gevangenis. Zo gaat het als je de mensen gelooft, Pilar. Ze lachen je in je gezicht uit.'

Haar ogen brandden. De tranen liepen over haar wangen. Ze hurkte neer in een hoekje. Haar benen deden pijn. De stemmen buiten bleven. Het lachen bleef.

Onder het bureau stond een gereedschapskist, een van de weinige dingen die de politie niet meegenomen had. Pilar kroop onder de tafel en deed de kist open. Ze merkte dat haar lichaam tot rust kwam en dat het huilen ophield.

Joaquín Castán stapte niet uit. Hij zat in zijn auto naast de grindweg die naar het huis van Simón Herrera liep. Vanaf die plek kon Lucía's vader gadeslaan hoe de politie van lieverlee grip kreeg op de situatie. Ze hadden hun jeeps om het huis heen gezet om een blokkade te vormen en stuurden nu de laatste mensen weg die halsstarrig hadden geweigerd het veld te ruimen. Marcial Nerín kwam, nog altijd woedend, de weg aflopen. Hij hijgde bij elke stap.

'Het is om kotsmisselijk van te worden,' bulderde hij terwijl hij het portier openrukte. 'Ik weet niet waarom het zo lang duurt voordat ze die vrouw aan het praten krijgen.'

'Zijn die lui van de recherche bij haar?'

'Er is daar geen hond. Alleen Rojas en Telmo en dat broekje, hoe heet hij ook alweer?'

'Pujante?'

'Precies. Je merkt wel aan wie ze de hele zaak overlaten. Ik weet niet wat voor belangrijks ze te doen hebben dat ze niet hier ter plaatse zijn.'

De mensen die zich voor het huis hadden verzameld, waren voor het merendeel afkomstig uit Ordial. Ze waren gekomen toen die ochtend de geruchten werden bevestigd: Simón Herrera was de man die Ana bij zich had gehad. Er waren ook een paar mensen uit Monteperdido. Hoe kon Simóns vrouw niets hebben meegekregen? Vijf jaar lang. Te lang om niet te merken dat er iets geks aan de hand was. Wat voor geestelijke beperking ze ook had.

'Wil je Joaquín bellen?' vroeg Montserrat smekend aan haar broer Rafael. Ze was op van de zenuwen, het leek alsof haar keel werd dichtgeknepen. Ze keek om zich heen of ze ergens kon gaan zitten. Happend naar lucht merkte ze dat de grond om haar heen begon te draaien. Toen Rafael zag dat zijn zus stond te tollen, leidde hij haar naar een bankje in de wachtruimte.

'Diep inademen, Montserrat. Diep inademen. Het zijn positieve berichten.'

'Dat weet ik,' zei Montserrat en ze kneep haar ogen dicht. Ze was zo bang voor alles wat Ana te vertellen kon hebben. De operatie was goed verlopen, het meisje was aan de beterende hand. Ze zouden haar zo meteen naar de afdeling brengen. Ze was bij kennis, had een verpleegkundige tegen haar gezegd, maar nog wel een beetje in de war. Stel dat Ana zou zeggen dat Lucía dood was? *Lucía is dood.* Een verpletterende gedachte.

'Heb je al iets ingenomen? Zal ik een tabletje voor je halen?' vroeg haar broer bezorgd.

Montserrat schudde nadrukkelijk haar hoofd. Ze wilde alles meekrijgen, hoe pijnlijk het misschien ook was.

'Wil je Joaquín bellen?' vroeg ze opnieuw aan Rafael. 'Zeg tegen hem dat hij moet komen. Hij moet weten dat...'

Montserrats woorden gingen over in een snik. Rafael streek over haar haar. Hij zag hoeveel moeite het zijn zus kostte om niet in te storten.

De arts begroette hen met een glimlach. Hij glimlacht te veel, dacht Álvaro Montrell. Alsof hij er geen enkel vertrouwen in had gehad en alsof het verloop van de operatie een wonder was dat niets te maken had met de deskundigheid van de chirurgen.

'We moeten God danken,' zei hij. 'Ana herstelt beter dan we hadden kunnen hopen.'

Raquel nam voor het bureau plaats, Álvaro bleef op een afstandje staan. De rechercheurs luisterden weliswaar naar de arts, maar Álvaro merkte dat hun blikken op hem rustten. Wat had dat te betekenen? Wilden ze zijn reactie zien? Of hij al dan niet glimlachte? Ze zouden zijn gedragingen gaan inschatten en evalueren. Maar waarom wilden ze weten wat hij voelde? Daar hadden ze potverdorie geen flauw idee van. Ze hadden de afgelopen vijf jaar niet één dag in zijn schoenen gestaan. Álvaro had graag geglimlacht, maar hij verbeet zich. Zwijgend luisterde hij naar de arts, die uitlegde dat ze een drain hadden aangelegd naar de bloedprop in Ana's hoofd, dat zijn dochter was bijgekomen uit de narcose en dat de uitslag van de eerste onderzoeken voortreffelijk was. Haar reacties en reflexen waren feilloos. Ook al bestond daar geen absolute zekerheid over, de arts meende dat de ingreep geen blijvende schade had veroorzaakt.

'En hoe zit het met haar geheugen?' informeerde inspecteur Baín. Álvaro keek naar hem en hun blikken kruisten elkaar. Bijna alsof de vraag van Santiago Baín niet aan de arts, maar aan hem gericht was.

'Dat moeten we nog even afwachten. Ze is gedesoriënteerd, maar dat is normaal na een narcose.'

'Mag ik naar haar toe?' vroeg Raquel.

'We brengen u zo meteen naar de afdeling, dan...' begon de arts, maar inspecteur Baín viel hem in de rede.

'Voor die tijd willen wij haar graag een paar vragen stellen. Daar hebt u vast en zeker begrip voor.'

'Daar wil ik graag bij zijn,' zei Álvaro op scherpe toon. 'Mijn dochter is minderjarig.'

'Uiteraard,' antwoordde Santiago Baín rustig, maar aan zijn glimlach was te zien dat hij er geen vrede mee had.

Voor Álvaro was de kous hiermee niet af. Dit was pas het begin en hij zou geen genoegen nemen met de rol van buitenstaander. Hij maakte deel uit van het hele verhaal en het kon hem niets schelen hoe die smerissen over hem dachten. Voorheen zou het zelfgenoegzame lachje van de rechercheur hem ervan hebben overtuigd dat het beter was een stap terug te doen. Maar hij wilde niet langer buitenspel staan.

De kamerdeuren gleden langs haar heen als een landschap vanuit het raam van een trein. Ana voelde zich weer precies als vroeger, toen ze als kind met de trein naar Barcelona waren gereden. Bij vertrek vanaf het station van Huesca had het geleken alsof ze zelf niet bewoog. Roerloos had ze op haar plaats gezeten terwijl buiten alles steeds verder uit het zicht verdween: het perron, het station, zelfs de lucht. Het was alsof onzichtbare toneelknechten de decors verschoven totdat de volgende scène zich zou afspelen.

Ze lag in een ziekenhuisbed, het licht van de neonbuizen op de gang flakkerde op haar gezicht.

'Wil je je ouders zien?' vroeg de broeder die haar bed duwde en bij een van de kamerdeuren stilhield.

Ana herinnerde zich de handen van haar vader. Hoe hij haar in

Barcelona stevig bij haar armen had gepakt om haar uit de trein te helpen. Ze had een sprong gemaakt over de spleet tussen de wagon en het perron, maar had geen greintje angst gevoeld. Álvaro's handen hielden haar vast en tilden haar veilig door de lucht.

Pujante keek langs de trap omhoog naar de eerste verdieping.

'Señora? Alles goed met u?' Geen reactie.

De voordeur stond open. Buiten leunde Telmo tegen de motorkap van de jeep en hij stak een sigaret op. Een meter of honderd verderop stonden nog een paar toeschouwers. Oude mensen uit het dorp die hier de tijd doodden.

'U hoeft niet meer bang te zijn,' riep Pujante, terwijl hij naar boven ging. 'Ze zijn weg en wij blijven hier zolang dat nodig is. Señora? Pilar?'

Het bed was opgemaakt, de kamer keurig opgeruimd. Net als de keuken, waar hij eerst doorheen gelopen was. Net als de anderen dacht ook Pujante dat de vrouw niet zo onschuldig kon zijn. Haar man had vijf jaar lang twee meisjes gevangen gehouden en wie weet wat hij allemaal met hen had uitgespookt. Ze moest er iets van meegekregen hebben. Maar eigenlijk kon hij het zich niet permitteren om een mening te hebben. Pujante was pas een paar maanden geleden overgeplaatst naar Monteperdido. De collega's hier leken alleen aandacht aan hem te schenken als ze iemand nodig hadden om een boodschap te doen, of ze stuurden hem eropuit om wat lekkers te halen bij de bakkerij van zijn vriendin. En anders staken ze wel de draak met het sikje dat hij liet groeien om ouder over te komen. Maar dat zat hem allemaal niet langer dwars. Hij had een baan in het dorp waar hij was opgegroeid, vlak bij zijn familie.

Naast de slaapkamer bevond zich nog een vertrek. Pujante ging er naar binnen. Meteen viel hem een doordringende geur op. Het was een vertrouwde geur, net als in zijn ouderlijk huis als er werd geslacht. Een gevoel van onbehagen maakte zich van hem meester. Hij stond in een enorme plas bloed. Terwijl hij zijn laars omhoogstak, zag hij dat er een klont geronnen bloed aan de zool kleefde. Onder de tafel lag Pilar, met haar gezicht naar de grond toe.

Ana voelde aan haar hoofd. Ze hadden haar haren eraf geschoren. De huid op haar schedel stond strak. Met licht afgrijzen streek ze er met haar vingers over. Ze wist dat ze elk moment de wond kon aanraken. In de verkoeverkamer had de arts uitgelegd wat ze tijdens de operatie hadden gedaan. Daarna had hij haar een paar vragen gesteld: hoe ze heette, hoe oud ze was, en een paar onderzoekjes gedaan om haar reflexen te testen en te kijken of haar gezichtsvermogen schade had opgelopen. Ana had overwogen om hem om een spiegel te vragen, maar dat durfde ze niet. Ze was bang dat hij haar ijdel zou vinden, maar het was wel zo dat ze doorlopend aan haar haar moest denken. Het haar dat ze elke dag urenlang had gekamd en verzorgd. Urenlang.

De wond zat op haar achterhoofd, net boven de nek. Er was verbandgaas op aangebracht. Ana keek naar links. Naast de deur was een ruit en daarachter bewogen vage schimmen. Wie waren dat? Nog meer artsen en verpleegkundigen?

Sinds ze bij kennis was, had ze het gevoel dat alles continu in beweging was. Alsof alles te snel ging voor haar. Ze wilde de dingen tegenhouden, vasthouden, om in ieder geval heel even op adem te kunnen komen en hetzelfde tempo aan te houden als de wereld om haar heen. Om de mensen die eerst achter de ruit hadden bewogen en dan haar kamer binnenkwamen duidelijker te kunnen zien. Om niet langer aan haar haar te denken en aan die treinreizen. Om zich te concentreren op alles wat zich voor haar neus afspeelde. Wie waren die mensen?

'Liefje van me,' fluisterde Raquel en ze liet zich op het bed vallen. De tranen stroomden over haar wangen. 'Lieve kleine schat van me.'

Vervolgens kwam ze overeind om Ana aan te kijken. Langzamerhand herkende ze al haar gelaatstrekken weer. Ze waren nadrukkelijker, scherper omlijnd. Ana was veranderd, maar ze was het.

'Weet je wie ik ben?' In Raquels vraag klonk de angst door.

'Mama.'

Ana zag de blije glimlach van haar moeder, alles in haar gezicht ontspande zich. Het was het gezicht waar Ana zo vaak van had gedroomd. In de loop der tijd was het vervaagd, maar nu was het er weer. Achter haar moeder stonden nog meer gedaantes. Ze meende een arts te herkennen, een onbekende vrouw en een man die de kamer rondkeek op zoek naar een stoel, en daarachter haar vader. Álvaro liep naar het bed toe. Toen Ana hem zag, had ze weer het gevoel dat zijn sterke handen haar vasthielden. Zijn sluike, grijze haar dat over zijn voorhoofd viel. De ogen die de kleur van water hadden.

'Mijn kleine meisje,' wist Álvaro uit te brengen.

Hij ging bij haar op bed zitten en sloeg zijn armen om haar heen. Ana voelde zijn adem op haar borstkas. Ze deed haar ogen dicht en wist dat alles goed was. Haar hart sloeg weer in hetzelfde ritme als bij alle anderen.

'We moeten Ana nog een paar vragen stellen,' hoorde ze de man op de achtergrond zeggen. Hij had inmiddels een stoel gevonden en wachtte totdat haar vader plaats voor hem maakte, zodat hij naast haar bed kon gaan zitten.

'Dat kan toch nog wel even wachten?' vroeg Álvaro.

'We hebben lang genoeg gewacht,' antwoordde de andere man kortaf.

'Je moet gewoon rustig blijven,' zei haar moeder nu. 'En antwoorden zo goed als je kunt.'

Haar vader stond op en zette een stap naar achteren. Het beviel hem allemaal niet, dat merkte ze heel goed. Net als vroeger, als hij had ontdekt dat ze haar kamertje weer eens niet had opgeruimd.

'Ik ben Santiago Baín,' zei de man. 'Ik ben van de politie. En dit hier is Sara Campos. Ze werkt ook bij de politie.'

Raquel kwam bij haar zitten en pakte haar hand. Een fractie van een seconde dacht Ana dat haar moeder haar niet aankeek, maar alleen naar haar kaalgeschoren witte schedel staarde.

'We willen weten of je je herinnert hoe je hier in het ziekenhuis terechtgekomen bent.'

Ana richtte haar aandacht op de politieagente. Ze had ook een bleke huid. Haar haar was samengebonden in een paardenstaart, maar als ze het losmaakte, zou het misschien tot over haar schouders vallen. In tegenstelling tot de man had ze een spijkerbroek en een T-shirt aan.

'Je hebt een auto-ongeluk gehad, weet je dat nog?' vroeg inspecteur Baín toen hij merkte dat ze niet reageerde.

Het meisje knikte kort. Voordat de man doorvroeg, keek ze opnieuw even naar Sara.

Het was Sara aan te zien dat ze het niet eens was met de hele gang van zaken: zij had Ana graag de vragen gesteld.

Vanaf de gang drongen stemmen door naar binnen.

'Vindt u het erg als we de deur dichtdoen?' vroeg Sara aan de arts.

Santiago Baín concentreerde zich weer op Ana.

'Je bent nu veilig, Ana. Je ouders zijn hier. Er kan je niets gebeuren. Je hoeft niet bang te zijn. Vertel ons alsjeblieft bij wie je al die tijd bent geweest.'

'Dat weet ik niet,' zei Ana snel, als een leerling die uit het hoofd de uitkomst van een som opdreunt. Ze keek naar Sara. 'Lucía was bij me.'

'Waar is Lucía nu?' wilde Santiago weten.

'Ze is nog in dat hol.'

'In welk hol?'

'De kelder. Waar die man ons naartoe gebracht heeft.'

'Wie was die man?'

'Dat weet ik niet.'

'Hoe zag hij eruit? Was hij lang? Was hij klein? Had je hem voor die tijd al eens gezien?'

'Dat weet ik niet.'

Santiago zweeg een tijdje. Hij wilde haar niet dwingen. Ze moest niet het gevoel hebben dat hij haar tegenstander was. Sara overhandigde hem een map. Daarin zat een foto van Simón Herrera. Hij haalde hem eruit en liet hem aan Ana zien.

'Is dit die man?' vroeg hij.

Ana schudde haar hoofd. Sara zag dat ze haar moeders hand losliet en wat meer overeind kwam in bed.

'Dit is niet de man die Lucía en jou heeft ontvoerd?' vervolgde Santiago.

'Nee.'

Álvaro zette een stap naar het bed toe, klaar om in te grijpen als dat nodig was.

'Vertel hun gewoon wat je nog wel weet,' spoorde hij Ana aan.

'Hij heet Simón Herrera.' Santiago liet zich niet van de wijs brengen. 'Dat is de man bij wie je in de auto zat.'

'Hij heeft me gered,' zei Ana.

Sara wisselde een blik met Santiago. Dit stuurde alles wat ze toe nu toe hadden gedacht in de war.

'Wat bedoel je daar precies mee, dat hij je gered heeft?' vroeg Santiago.

'Hij is naar de hut gekomen. Hij heeft me losgemaakt en me naar de auto gebracht. Hij zei tegen me dat hij me naar huis zou brengen.'

‘En wat gebeurde er daarna?’

‘Dat weet ik niet. Hij moet ons hebben gezien. We reden heel hard. Ik zat achterin. Ik was bang. Toen merkte ik dat er iets tegen de achterkant van de auto botste. De auto ging van de weg af en alles begon te draaien, de ruiten verbrijzelden helemaal.’

Ana hield op met praten. Ze tastte weer naar de hand van haar moeder en keek haar hulpzoekend aan.

‘Rustig maar. Je doet het heel goed,’ zei Raquel.

‘Waar was Lucía toen hij jou bevrijdde?’ vervolgde Santiago. Hij zag aan Álvaro’s gelaatsuitdrukking dat ze hem niet zo heel veel vragen meer zouden toestaan.

‘In de kelder, bij hem. Als hij naar beneden kwam om met Lucía samen te zijn, dan bracht hij mij naar boven en bond me vast.’

‘Weet je waar die kelder is? Was je daar vroeger al eens eerder geweest?’

‘We zaten de hele tijd daar binnen.’

Víctor kwam zonder te kloppen de kamer in en hij maakte de twee rechercheurs duidelijk dat ze samen met hem het vertrek moesten verlaten. Voordat ze vertrok, ging Sara naar Ana toe en streek over haar wang.

‘Je moeder heeft gelijk, Ana. Je doet het heel erg goed.’ En ze voegde er aan toe: ‘Je ziet er echt heel leuk uit met dat korte haar. Echt waar.’

Daarna liep ze achter Santiago en Víctor aan naar de gang. Víctor Gamero bleef pas staan nadat hij zich ervan had overtuigd dat ze in de kamer niet konden horen wat hij te vertellen had.

‘Het gaat om Pilar. De vrouw van Simón Herrera. Ze heeft zelfmoord gepleegd. Toen de ambulance kwam, was het al te laat.’

Het grootste gedeelte van het parkeerterrein bevond zich achter het ziekenhuis, bij de ingang waren maar weinig plaatsen. Daar stonden Joaquín Castán, Montserrat, Rafael en Marcial Nerín.

Ook Ismael had zich bij hen gevoegd nadat Raquel was gevraagd om naar haar dochter te gaan.

Ze bespraken wat zich voor het huis van Simón Herrera had afgespeeld. De mensen wilden antwoorden hebben, want in zekere zin ging de zaak iedereen in het dal aan.

'Wie heeft er met Ana gepraat? Víctor?' informeerde Joaquín, maar Ismael leek niet te luisteren. Raquel was weggegaan, zonder hem te vragen of hij mee wilde. Alsof hij opeens niet meer bestond. Alsof hij niet de afgelopen uren, de afgelopen jaren met haar had doorgebracht. Hij weigerde om deze afwijzing te accepteren. Zoiets deed je gewoon niet.

'Ismael. Ik vroeg je of Víctor Gamero bij het meisje op de kamer was?' drong Joaquín Castán aan.

'Volgens mij wel,' bevestigde Ismael. 'En die twee rechercheurs uit Madrid.'

'Als ze meer zouden weten, dan hadden ze het jullie wel verteld,' zei Rafael sussend. Hij zag dat zijn zwager nijdig naar het ziekenhuiscomplex keek. Vroeg of laat zou Joaquíns woede als een lawine alles meesleuren wat zich in zijn baan bevond en ook zijn zus bedelven. 'Je moet hun even de tijd gunnen.'

Joaquín wilde net iets terugzeggen toen opeens het geloei van sirenes klonk. Een surveillanceauto scheurde weg over de parkeerplaats, gevolgd door een jeep van de regiopolitie. Hij had hun het liefst de weg versperd om luidkeels antwoorden te eisen, maar hij wist dat dat geen zin had. Hij vond zelf dat hij overkwam als een straathond die naar langsrijdende auto's blaft. Uiteindelijk haalde hij zijn mobiel uit zijn broekzak en toetste een nummer in.

'Zo laten we ons niet behandelen,' zei hij tegen Montserrat. 'Alsof we een stuk vuil zijn.'

'Wie ben je aan het bellen?'

'Víctor.'

Montserrat wist dat ze hun niets zouden vertellen. Niemand bracht graag slecht nieuws over en ze was er heilig van overtuigd dat het niets goeds was wat ze hun over haar dochter te vertellen hadden.

De pottenkijkers gingen opzij toen de politiewagens de berg opreden naar het huis van Simón Herrera. Daarvoor hadden ze al gezien dat de ambulance was gearriveerd, die nog steeds naast de jeeps van de regiopolitie geparkeerd stond. De broeders maakten voor het huis ontspannen een praatje met de politiemannen. Een ambulancedokter klopte een van de agenten bemoedigend op de schouder. Het gerucht dat Pilar dood was, deed al de ronde en zou Monteperdido weldra bereiken. 'Ze moet ervan afgeweten hebben,' zeiden een paar mensen. 'Waarom zou ze anders zelfmoord plegen?'

Sara stapte uit de auto. Het terrein voor het huis was modderig en bezaaid met bandensporen. Ze vermande zich, om de sombere gedachten van zich af te schudden waar ze tijdens de rit last van had gehad. Santiago en zij hadden onderweg nauwelijks een woord gewisseld, alleen over hoe ze moesten rijden. Onbelangrijke zinnen om de stilte op te vullen.

Ze baande zich een weg door de groep medisch personeel en politieagenten die voor de deur stonden. Haar blik viel op Pujante, de jonge politieman die Pilar had gevonden. Hij was niet ouder dan twintig en zijn bleke gezicht en glazige ogen gaven aan dat het de eerste dode was die hij had gezien.

Sara ontdekte de vernielde ruiten in de gang, de steen onderaan de trap.

'We gaan naar boven,' zei Santiago.

Ze liepen de trap op en Sara keek rond in de kamer die Simón als kantoortje had gebruikt. Santiago liep langs haar heen en stapte naar binnen. Pilar lag er nog bij zoals Pujante haar had aangetroffen. De artsen hadden haar alleen toegedekt met een isolatiedeken. Víctor nam het op zich om de rechter te bellen en te vragen of hij kwam, zodat het lichaam kon worden weggevoerd. Inspecteur Baín knielde naast Simóns vrouw. Ze lag met haar gezicht naar de grond toe en in haar pols gaapte een diepe wond. Naast de andere hand lag het met bloed besmeurde stanleymes waarmee ze zich van het leven had beroofd.

'Ik weet niet hoe ze dat voor elkaar heeft gekregen zonder te schreeuwen. Heb je die wond gezien?' vroeg Sara.

'In de week voor Pasen zijn er tijdens de processies mensen die op blote voeten door de straten lopen en zichzelf geselen. En hoor je die schreeuwen? Ze zijn van mening dat ze die pijn verdiend hebben.'

Santiago stond op en keek door het raam. Beneden stond Víctor met zijn collega's. Een stuk verderop hadden de toeschouwers uit het dorp zich verzameld. Op wat jongeren na waren het allemaal oude mensen.

'Die malloot die het lichaam heeft gevonden, kan maar beter uit mijn buurt blijven.' Santiago draaide zich weg van het raam. 'En alle anderen die daar buiten aan het rondhangen waren ook.'

Sara probeerde zich in te houden, maar dat lukte niet. 'Je vindt dus dat het hun schuld is, of niet? Wij, en niemand anders dan wij, hadden dit moeten voorkomen.'

Santiago bleef met zijn rug naar haar toe in de deuropening staan. Sara zag dat hij zijn schouders liet hangen, alsof ze door een onzichtbare last naar beneden werden geduwd.

'We hadden moeten aanvoelen dat Pilar zichzelf iets zou kunnen aandoen. We hadden toezicht op haar moeten houden,' zei Sara.

'Waarom doe jij jezelf dit aan, Sara?' was het weerwoord van Santiago en hij draaide zich om. Zijn ogen stonden niet harder. Eerder gelaten.

'Je weet dat ik gelijk heb.'

Hij zweeg even voordat hij reageerde. 'Wat levert het op om hierover te harrewarren?' Santiago keek naar Pilars lichaam.

'Wat kan ik daar nou op zeggen?'

'Niets.'

'Waarom wil je me buiten deze zaak houden?' flapte Sara eruit.

'Denk je dat jij het beter kunt dan ik?'

'Daar gaat het niet om, Santiago. Maar ik weet wel dat ik meer voor je kan betekenen als je me in de frontlinie zou inzetten. Als je mij met Pilar had laten praten.'

'Wat dan?' onderbrak Santiago haar. 'Haar man heeft niets te maken met deze zaak. Vertel mij maar eens wat we uit haar hadden kunnen lospeuteren.'

'Dat weet ik niet,' mompelde Sara. Ze had niet het lef om te zeggen dat zij die zelfmoord had kunnen voorkomen. 'Ze was doodsbang. Wij hebben haar gewoon laten stikken.'

'Zet het van je af, Sara.' Santiago zette een stap in haar richting, glimlachte en streek het haar uit haar gezicht. 'Ik wil niet dat je nog een keer instort,' zei hij.

Sara keek gegeneerd naar de grond.

Hij draaide zich om en vertrok.

Sara hoorde zijn voetstappen op de trap en vervolgens de voordeur. Door het raam zag ze dat hij afscheid nam van Víctor en dat hij de agent die Sara had gevonden op een bijna vaderlijke manier omhelsde. Sara wachtte niet totdat hij in de auto stapte. Ze ging weg uit het vertrek en liep naar Pilars slaapkamer. In gedachten zag ze voor zich hoe Pilar op het bed had gezeten en het gescheld van haar buren hoorde, hoe ze verkrampte toen de steen door de ruit vloog.

Sara ging naar de badkamer tegenover de trap. De handdoeken waren droog, de badkuip ook. Ze opende het kastje tegenover de wastafel. Daarin stonden geen beautyproducten zoals je in de badkamer van een vrouw zou verwachten. Alleen Simóns scheerapparaat en een paar doosjes met geneesmiddelen. Antibiotica, brandzalf, cortisonenzalf.

'De rechter is er,' hoorde ze Víctor roepen en ze ging naar beneden.

'We moeten naar het forensisch lab. Hier kunnen we niets meer doen,' zei Sara nadat ze de trap was afgelopen.

'Moeten we het huis nog afsluiten?' vroeg Víctor.

Sara reageerde niet, maar ging zonder iets te zeggen naar buiten en stapte in de auto. Ze nam geen afscheid van de andere politiemensen. Ze keek nog één keer om naar het huis. Nu Pilar er niet meer was, zou de tand des tijds aan de muren knagen, de regen zou het dak bestoken en op een dag zou het huis totaal vervallen en verlaten zijn, net als de andere omringende huizen. Niemand zou zich nog de mensen herinneren die er gewoond hadden.

'We moeten praten. We moeten overleggen hoe we het verder aanpakken,' zei Álvaro.

'Hoe bedoel je?' mompelde Raquel, terwijl ze naar haar sigaretten zocht.

'Wat we tegen haar zeggen als ze uit het ziekenhuis komt.'

Raquel keek Álvaro aan. De zon ging al onder en het schoot haar te binnen dat ze nog niets had gegeten. Ze stak een sigaret op. De rook brandde in haar keel. Ze hadden hun gevraagd de kamer te verlaten terwijl Ana's wond werd verzorgd. Ze wilde even roken en Álvaro was meegegaan om haar gezelschap te houden. De agent die bij hen in de ziekenhuiskamer was geweest, was ook naar buiten gegaan om een sigaret op te steken. Hij stond een stukje bij hen vandaan en was aan het bellen terwijl hij een trekje nam. Waarschijnlijk had hij zijn vrouw aan de lijn om tegen haar te zeggen dat hij in het ziekenhuis bij het verdwenen meisje was. Dat had ze ongetwijfeld op tv gezien.

‘Wat vind jij?’ vroeg Raquel.

‘Ik weet het niet. Misschien zeggen we eerst helemaal niets. Althans in het begin. Dat is waarschijnlijk het beste.’

‘En als we thuiskomen en jij bent er niet?’

‘Ik zou er heel graag wél zijn, Raquel.’

Álvaro was nauwelijks veranderd. Zij was daarentegen de afgelopen vijf jaar ouder geworden. Ze wist dat haar huid minder stralend was dan vroeger en ook haar lichaam was niet meer zo strak als in de periode dat ze nog met Álvaro samen was geweest. Ismaels complimentjes klonken haar leugenachtig in de oren, hoewel ze haar best deed om hem te geloven. Geen discussie mogelijk: de tijd was Álvaro genadiger geweest dan haar. Heel even stelde ze zich voor hoe het zou zijn als ze zich weer in het bijzijn van haar man zou uitkleden, om hem haar vijf jaar ouder geworden lichaam te laten zien. Nee, uitgesloten, dacht ze. Hij was magerder geworden, onder zijn ogen had hij donkere kringen en zijn gelaatstrekken waren harder: de neus, de jukbeenderen, de kin. Zijn staalblauwe ogen, waar ze al die jaren geleden zo verliefd op was geworden, keken haar resoluut aan. Met dezelfde vastberadenheid waarmee hij bijna twintig jaar geleden voor het eerst ‘Ik hou van je’ tegen haar had gezegd. En nu eiste Álvaro zijn recht op om thuis te zijn als Ana terugkwam.

‘Ik weet niet of dat zo’n goed idee is,’ bekende Raquel. ‘Ik vind niet dat we tegen haar moeten liegen.’

‘Ik wil bij haar zijn,’ smeekte Álvaro. ‘Zeg voor mijn part tegen haar dat we niet meer bij elkaar zijn, maar sluit me alsjeblieft niet buiten.’

‘Je speelt mij de zwartepiet toe.’

‘Dat is niet zo.’

‘En wat moet ik dan precies tegen Ana zeggen? Ik wil niet dat je vader bij mij over de vloer komt? Jij bent toen gewoon vertrokken en hebt vier jaar lang niets van je laten horen.’

‘Het gaat hier niet om ons, Raquel. Ik verlang niet van je dat alles weer net zo wordt als vroeger. Ik wil alleen bij mijn dochter zijn.’

‘Dat gebeurt ook wel.’

‘Is dat een nee?’

‘Ik heb tijd nodig,’ zei Raquel smekend. ‘Er is te veel gebeurd. En ik wil doen wat voor Ana het beste is.’

Álvaro keek naar de ingang. De agent was klaar met roken en hij drukte zijn sigaret uit in de asbak naast de deur. Hij wierp hun een nieuwsgierige blik toe voordat hij het ziekenhuis weer binnenging.

‘Je kunt er vergif op innemen dat ze ons niet meer met rust laten,’ mompelde Álvaro woedend, terwijl hij het haar dat voortdurend voor zijn ogen viel naar achteren streek.

Vlak voor Barbastro reed Santiago naar een wegrestaurant dat met borden werd aangegeven. Op het slecht geasfalteerde parkeerterrein stonden een paar vrachtwagens en achter het tankstation bevond zich een van die onpersoonlijke restaurants die langs de snelwegen als paddenstoelen uit de grond schoten. Utiliteitsbouw met een plat dak, niet veel meer dan vier overdekte muren. Een enorme neonreclame die vanaf de weg te zien was: RESTAURANT ERISTE. MENU VAN DE DAG 7,90 EURO. Santiago parkeerde voor de ingang. Het prachtige decor dat de bergen vormden, viel weg tegen de alledaagsheid van het restaurant, dat in niets verschilde van vergelijkbare eetgelegenheden in andere steden. Hoge plafonds en een lange bar met krukken, die op dit tijdstip leeg waren. Aan de tafeltjes een paar oude mannen, gelig, bijna okerkleurig licht. Een vrouw van rond de vijftig met getoupeerd haar en een nors gezicht kwam naar hem toe en Santiago bestelde een glas mineraalwater en een salade, waarna hij zijn jas uittrok en die over de lage rugleuning van de barkruk hing. Het rook naar frituurvet en ontsmettingsmiddel.

Nadat zijn bestelling was gebracht, nam Santiago een slok water en hij begon aan zijn salade. Hij concentreerde zich op zijn hart, dat snel en heftig tegen zijn borst klopte. De afgelopen nacht had hij niet geslapen en die ochtend nauwelijks iets gegeten, en nu moest hij daarvoor de tol betalen. Hij draaide al te veel jaren mee en had te veel nederlagen moeten incasseren. Het oplossen van een zaak betekende vrijwel nooit dat het slachtoffer werd gered. Meestal hield het in dat je het lijk vond en onderzocht wat voor verhaal erachter zat. Dat was het wat van hem werd verwacht. Dat gold niet alleen voor zijn superieuren, maar ook voor de familieleden. Die hadden een verhaal nodig dat zin gaf aan hun verdriet. Dat was zijn taak: op het oog onsamenhangende feiten zo met elkaar verweven dat ze hout sneden.

Sara had gelijk. Zij waren verantwoordelijk voor Pilars dood. Simóns vrouw had het niet kunnen verdragen dat er opeens een eind was gekomen aan het verleden dat ze met haar man had gedeeld. Ze was gestorven in de overtuiging dat ze van een monster had gehouden. Terwijl Simón juist de held in dit hele verhaal was: hij had Ana gevonden en risico's genomen toen hij haar wilde redden. En het was hem gelukt, ook al had hij dat met zijn leven moeten bekopen.

Er kwam een man naast Santiago aan de bar zitten. Hij was rond de zestig, ongeveer van Santiago's leeftijd. De rechercheur keek hem aan en had het gevoel dat hij in de spiegel keek.

'U bent toch een van die politiemensen die hier zijn vanwege die meisjes uit Monteperdido die zijn verdwenen? Toch?'

Santiago knikte en glimlachte. Hij merkte dat zijn hartslag van lieverlee rustiger werd.

De man zuchtte, alsof hij wist in welke situatie de rechercheur zich bevond en voor geen goud met hem wilde ruilen. 'Iemand vinden in deze bergen, dat valt niet mee,' zei hij. De bergen zijn niet gemaakt voor de mens. Gemzen en steenbokken, die redden het hier wel.'

'We doen wat we kunnen,' antwoordde Santiago.

'Mijn zwager is verdwaald bij de Ixeia, voordat ze daar die tunnel hebben aangelegd. We hebben niet eens zijn schoenen teruggevonden.' Er verscheen een grijns op het gezicht van de man. 'Maar het is ook niet zo dat we hem erg missen.'

Santiago zocht in zijn zakken naar muntgeld en vroeg om de rekening.

De man zat op zijn kruk nog wat voor zich uit te peinzen. 'Gemzen en steenbokken. Alleen die dieren kunnen overleven in de bergen. Wij zullen daar altijd indringers blijven.'

Santiago legde wat munten op het metalen bordje en nam afscheid van de man.

'Die andere, die niet gevonden is. Die is dood, of niet?' riep hij toen Santiago al op weg was naar buiten.

Víctor stond een paar meter van de ontleedtafel af. De patholoog-anatoom beschreef uitvoerig waar Simón aan overleden was: schedelbasisfractuur, bloedingen in de hersenen. Medische begrippen die in de antiseptische geur van het vertrek steeds ongrijpbaarder werden en het moesten afleggen tegen de dingen die Sara Campos hem onderweg naar het forensisch laboratorium had verteld: Simón had Ana gered. Het meisje had beschreven hoe hij in de hut was opgedoken waar ze al die jaren werden vastgehouden en dat hij haar had bevrijd en naar de auto had gebracht, terwijl Lucía met die man in die kelder was.

Wat Ana vertelde, wierp nieuwe vragen op, waarop ze tot dusverre geen antwoord hadden. Vijf jaar in een schuilhut. Een man en een ondergronds hol. Waren ze al die tijd zo dichtbij geweest? Wie was die man? Lucía, die in dat hol zat en wachtte totdat ze werd bevrijd. Zou de ontvoerder bang worden als hij hoorde dat Ana nog leefde? Wat was hij op dit moment aan het doen terwijl zij voor het lijk van Simón stonden en naar het relaas van de patholoog-anatoom luisterden?

Sara keek naar het naakte lichaam op de metalen tafel. In haar gedachten was Simón Herrera een fantoom geweest dat alles in het werk had gesteld om de sporen uit zijn verleden te wissen. En daarbij de ontvoering van de meisjes had beraamd. Het had erop geleken dat dat allemaal klopte en Sara had zich door haar gevoel laten leiden. Maar nu hadden ze de feiten op een rijtje weten te krijgen, waardoor alle puzzelstukjes op hun plaats vielen.

Sara wierp nog een laatste blik op Simón. Er schoot een belachelijke gedachte door haar heen: een man zonder sokken. Ze glimlachte verdrietig en keek naar zijn voeten, die nu, omdat er geen bloed meer naartoe stroomde, op een paar plaatsen paars verkleurd waren.

'Had hij problemen met de bloedsomloop?' vroeg ze aan de arts.

'Een paar spataderen, maar niets ernstigs. De bloedwaarden zijn in orde. Alleen het cholesterolgehalte is een beetje te hoog.'

'Ik weet dat het niet makkelijk is, maar denk aan Lucía. Doe het voor haar. Probeer om je de dingen te herinneren,' zei inspecteur Baín.

Ana kwam overeind en ze leunde met haar rug tegen de kussens. Haar ouders wachtten op de gang; Santiago Baín kon hun silhouetten zien door de melkglazen ruit.

'Momentje,' zei Sara en ze verliet de kamer. Santiago zag hoe zijn collega naar de ouders toe ging; vervolgens verdwenen de schaduwen aan de andere kant van het raam. Toen Sara terugkwam, deed ze de deur achter zich dicht zodat Ana niet zou worden afgeleid. Het meisje kwam zenuwachtig en bang over. Sara zag dat ze onzeker aan haar nagels peuterde en kleine stukjes vel lostrok. De rode plekken om haar vingernagels wezen erop dat dit gedrag tijdens haar gevangenschap een gewoonte was geworden. Al die onzekerheid. Al die angst.

'Ik weet niet wat ik moet vertellen,' fluisterde Ana.

'We willen het hebben over dat hok. Die schuilhut. Hoe ziet die eruit?' Santiago ging op de rand van haar bed zitten.

Sara pakte de voicerecorder en legde het apparaat op tafel. Ana keek ernaar voordat ze antwoord gaf. Naar het rode lampje dat knipperde.

'Het is een ruïne. Aan één kant is het dak ingestort. En een deel van de muur,' begon ze.

'Is die van steen?' vroeg Santiago.

Ana bevestigde het nauwelijks hoorbaar.

'Wat is er rond de hut te zien?'

'Bergen. Bergen en bomen.'

'Probeer eens om die te beschrijven. Hoe zagen ze eruit? Weet je wat voor bomen het waren? We willen die plek vinden en jij bent de enige die ons ernaartoe kan leiden.'

'We zijn nooit buiten geweest. Maar als hij naar de kelder ging, liet hij mij boven.'

'Hij bond je daar vast en je was urenlang alleen,' zei Santiago. 'Eén muur was ingestort. Het was er vast heel koud.'

'Ja, heel erg,' bevestigde Ana.

'Wat kon je zien door die muur?'

'De bergen. Ze waren bijna het hele jaar bedekt met sneeuw. Als er veel wind stond, dan waaide de sneeuw naar binnen. En natuurlijk door het dak. Ik had een deken, maar soms kon ik niet slapen van de kou.'

'Maar nu is het zomer.' Santiago probeerde het gesprek te sturen, maar Ana ging telkens helemaal op in haar herinneringen. 'Nu ligt er geen sneeuw meer in de bergen, of wel?'

'Alleen op de toppen.'

'Heb je nog andere dingen gezien? Een rivier, een andere schuilhut, een weg?'

Maar Ana schudde haar hoofd. 'Alleen bergen. Nu het zomer is, hebben de bomen bladeren. Ik weet niet wat het voor bomen zijn. Ze hebben heel dikke stammen en de bladeren…'

'Zijn die langwerpig? Rond?'

'Het lijken wel hartjes, groene hartjes. Ik zat altijd te schelden tegen de bomen, dat ze me voor de gek hielden.' Ana glimlachte bij de herinnering. 'Soms dacht ik dat het regende, terwijl dat alleen het geritsel van de bladeren in de wind was. Het klonk echt als regen.'

Santiago laste een pauze in. Zijn blik dwaalde naar de voicerecorder, die ondanks het zwijgen bleef opnemen. De ene na de andere seconde verstreek zonder dat het hem lukte om door te dringen tot Ana's herinneringen, om zich een beeld te vormen van de plek waar ze gevangen werden gehouden.

'Soms ben je ook 's nachts boven gebleven, of niet? Kon je van daaruit zien hoe de zon onderging?'

'Nee. Het licht verdween gewoon langzaam. 's Winters was het heel raar. Je zag de zwarte lucht, maar het was net of de sneeuw licht gaf, of iemand het had aangestoken.' Ana kroop weer in haar schulp. 'Wat een stomme gedachte…'

'Niets is stom,' kwam Sara tussenbeide. 'Alles wat je zegt, helpt ons verder, Ana.'

'We weten dat je ons geen exacte omschrijving kunt geven. Dat kan niemand. We willen alleen weten hoe jij het op die plek vond,' voegde Santiago eraan toe.

'Het was een hol,' zei Ana op besliste toon. 'Het maakte niet uit of je buiten was, in de kelder of in de hut. Soms kwam het op mij over alsof de bergen en de bomen zich over ons heen zouden storten.'

'Als het hard had geregend, was er dan wateroverlast?' vroeg Santiago.

'Soms. Door het water scheurden er dikke takken af van de bomen en zo. Beneden in de kelder stonden plassen. We speelden dat we in een onderzeeër zaten en...' Ana's glimlach verdween langzaam. Alsof ze zich schaamde dat ze dat soort herinneringen had.

'Die man heeft je met geweld uit de kelder gehaald. Hij moest heel sterk zijn geweest als je je verzette.'

'Ik heb me niet verzet. Waarom zou ik?'

'Het is heel normaal, Ana, als jullie na zo'n lange tijd vrienden zouden zijn geworden. Daar moet je je niet voor schamen. Wat moest je anders doen?'

'Hij was geen vriend van me! Ik heb nooit met hem gepraat.'

'Je hebt in die vijf jaar nooit met hem gepraat?' Santiago keek Ana doordringend aan, alle vriendelijkheid was van zijn gezicht verdwenen. Hij was niet langer begripvol. Hij wilde haar duidelijk maken dat zijn geduld op was. 'Waarom lieg je tegen ons?'

'Ik lieg niet, echt niet.' Ana keek met een hulpeloze blik naar Sara, maar Santiago pakte voorzichtig haar kin vast en dwong haar om hem recht in de ogen te kijken.

'Wie is hij?' vroeg hij. 'We zijn bij je. Hij kan je niets doen, dat beloof ik je. Maar hou alsjeblieft op met die flauwekul. Of kan het je niet schelen wat er met Lucía gebeurt? Jij bent hier bij je ouders, jij kunt naar huis. Maar als je ons niet helpt, is Lucía dood als we haar vinden. Wil je dat dan?'

Ana's kin trilde in Santiago's hand. Een bang meisje, helemaal alleen, in het holst van een koude nacht. De tranen rolden via haar wangen op Santiago's hand, die ze nog altijd stevig vasthield. Hij had haar nog niet eerder zien huilen.

'Hij had altijd een masker op,' snikte ze.

Santiago haalde een zakdoek tevoorschijn en droogde haar tranen. Vervolgens keek hij haar aan, nu weer vriendelijk en begripvol.

'Het spijt me Ana. Maar ik moet dit doen.'

Ze zonk dieper weg in de kussens. Ze wilde dat die politiemensen weggingen. Dan kon ze onder de dekens kruipen en gaan slapen.

Vergeten, totdat alles voorbij was. Ana dommelde weg. *Echo. Vergeten. Niets.*

Toen Gaizka terugkwam uit het restaurant met een paar in plasticfolie verpakte belegde broodjes en blikjes frisdrank zag hij Álvaro gebiologeerd naar de andere kant van de gang kijken, waar Raquel en Ismael met elkaar in gesprek waren. Raquel ontweek Ismaels blik. Ze had haar armen om zichzelf heen geslagen, alsof ze afstand wilde houden van Ismael om vooral niet te laten merken hoe innig ze met elkaar waren, wat er voor Álvaro evengoed duimendik bovenop lag.

'Je diner,' zei Gaizka. 'Als je wilt, haal ik zo meteen nog koffie. Van die automatenkoffie hier val je in slaap en bovendien komt je maag ervan in opstand.'

'Je hoeft echt niet te blijven,' zei Álvaro dankbaar. 'Ga maar naar huis. Ik bel je morgen op, dan kun je me afhalen van het station.'

'Geen punt, ik ben eraan gewend om hele nachten door te halen,' grapte Gaizka. 'Eén nacht meer of minder kan geen kwaad.'

'Maar er valt hier niets te beleven,' verzekerde Álvaro hem.

'Eet nou eerst maar,' zei Gaizka. 'Dan zien we daarna wel verder.'

Het was tien uur in de avond. Over een uur of twee zou Gaizka thuis in Posets kunnen zijn. Dan kon hij op de bank gaan liggen, een paar jointjes draaien en wachten tot hij moe werd van de hasj. Het waren lange dagen geweest.

Nadat hij de rookwolken uit de kloof had zien opstijgen, had hij overwogen om zich gewoon uit de voeten te maken. Zijn benen waren zwaar als lood geweest en hij had de eerste steken in zijn nek gevoeld, die altijd werden gevolgd door barstende hoofdpijn. Hij wist dat de reddingsdienst de melding alleen maar zou doorsturen naar Barbastro, omdat ze zelf geen helikopter hadden. Dus belde hij meteen de hulpdiensten in de stad. Hij beschreef wat hij had gezien – een verongelukte auto in een ravijn – en noemde het kilometerpaaltje waar hij stond. Daarna zocht hij in het dashboardkastje naar een ibuprofen. Die zou de pijn die zich over zijn hersenen uitbreidde in ieder geval verzachten. Het gebons waarmee hij wakker was geworden, kwam door de drugs. Hij vond geen tabletten en zou moeten wachten totdat hij op het politiebureau zijn verklaring had afgelegd voordat hij een functionaris daar om een pijnstiller kon vragen. Hij herinnerde zich dat hij hetzelfde had gedacht als nu in het ziekenhuis: naar huis rijden en een paar joints roken om in slaap te vallen. Maar zover was het niet gekomen. Nadat ze Ana hadden ontdekt, hadden ze hem gevraagd te blijven voor het geval hij zijn verklaring nog een keer moest afleggen. Hij was naar het toilet gegaan en had Álvaro opgebeld. 'Je moet hiernaartoe komen,' had hij gezegd. 'Het gaat om je dochter. Ze hebben haar gevonden. Ze leeft.' Vervolgens was hij op een ongemakkelijke bank gaan liggen en was hij een beetje ingedut, zonder zich iets aan te trekken van de heen en weer lopende agenten, het gerinkel van de telefoon en van deuren die werden dichtgeslagen. Pas de afgelopen avond hadden ze hem eindelijk laten gaan, nadat hij de rechercheurs nog een keer had verteld wat hij had gezien. Nu hij in het ziekenhuis was, dacht hij er pas weer aan hoe Álvaro op het nieuws had gereageerd. Nadat Gaizka hem had meegedeeld dat zijn dochter leefde, bleef het stil aan de andere kant van de lijn. 'Ben je er nog?' had hij gevraagd. Opnieuw had het een tijdje geduurd voordat Álvaro vroeg: 'Waar is ze?' 'In het ziekenhuis van Barbastro. Ik ben blij voor je,' had hij er nog aan toegevoegd, maar toen had Álvaro de verbinding al verbroken.

'Misschien kan ik toch maar beter naar huis gaan, al is het alleen maar om te douchen. Ik moet stinken als de pest,' zei Gaizka nu, terwijl Álvaro een slok uit zijn blikje frisdrank nam.

'Ga maar even slapen. Ik red me wel.'

'Kan ik wat spullen voor je meenemen uit de opslagruimte?'

'Morgen. Voordat ze Ana ontslaan, moeten er nog een paar onderzoeken worden gedaan. Nog een CT-scan. Daarna weet ik meer.'

'Ik bel je nog om je op te halen.'

Álvaro klopte hem op zijn schouder en mompelde een bedankje. Daarna viel hij op het broodje aan.

Gaizka had verwacht dat hij in het ziekenhuis een ander mens zou aantreffen. Na al die jaren waarin hij onder zo'n grote druk had gestaan, na alle verhalen die over hem de ronde hadden gedaan, kon hij nu opgelucht ademhalen. Hij was er altijd van uitgegaan dat het door die druk kwam dat Álvaro nooit ontspannen was. Zelfs als ze te veel hadden gedronken, verloor hij nooit de controle over zichzelf. Maar toen Gaizka hem op de gang zag en hem omhelsde, was hij nog net zo'n ijskouwe als eerst.

Het kleine dennenbos waarin de meisjes verdwenen waren, bevond zich aan de andere kant van de weg, recht tegenover het politiebureau. Sara keek in de schemering naar de bomen en zag in gedachten voor zich hoe de opsporingsteams het bos uitkamden. Ze liep de weg over, het bos in. Door de dichte kruinen drong nauwelijks licht. Ze had even tijd voor zichzelf nodig. Ze had zich al vaker net zo verloren gevoeld als nu. Haar werk hielp haar om het gevoel van hulpeloosheid en leegte van zich af te zetten. De vermisten en hun familie, dat was haar leven. Wat bleef er voor haar over als ze dat kwijtraakte? Soms had ze een nachtmerrie: nadat ze langere tijd in het buitenland had gewerkt, keerde ze naar huis terug. Op het vliegveld wachtte niemand op haar. In de taxi kon ze de chauffeur geen adres noemen en ze verzon gewoon iets omdat ze zich schaamde. Uiteindelijk belandde ze weer in een hotelkamer die even onpersoonlijk was als de gelegenheden waarin ze tijdens haar reis had verbleven. Ze was een vampier die teerde op het leven van andere mensen. Ook al deed het haar geen goed, het was altijd nog beter dan haar eigen leven.

Ze wist dat het Santiago daarom te doen was. Dat ze zich niet langer op haar werk zou storten en in plaats daarvan beter voor zichzelf ging zorgen om de wonden te helen die nog altijd pijn deden. Dat ze die angstaanvallen onder controle kreeg die haar zo kwetsbaar maakten.

Sara dacht aan thuis. Het huis in Almería waar ze als jong meisje had gewoond. De kamer met de kinderposters. Het bed waarin ze 's nachts wanhopig en bang lag en naar een verklaring zocht voor het gedrag van haar ouders. Ze vroeg zich af waarom ze geen betere dochter was, waarom haar ouders altijd op een bepaalde manier naar haar keken, wat ze moest veranderen om de dochter te zijn die haar ouders graag wilden dat ze was. De avonden waarop haar gedachten maalden en er oneindig veel varianten van haar leven door haar hoofd spookten. Maar daarin kwam ze nergens de Sara tegen die haar ouders zich wensten. En als ze dacht dat het haar eindelijk was gelukt, verdwaalde ze. Ze was net Grietje uit het sprookje, die alleen door het donkere bos doolde.

'Ah, Sara Campos! Ga je wandelen of ben je op zoek naar bewijs?'

Over een pad tussen de bomen kwam Caridad met trippelpasjes naar haar toe lopen. Ze droeg hetzelfde roze-grijze joggingpak als de afgelopen nacht.

'Natuurlijk ben je op zoek naar bewijs,' antwoordde Caridad op haar eigen vraag. 'Dit is de plek waar Ana en Lucía toen verdwenen zijn. Hier lag de schooltas van een van de meisjes.' Ze wees naar een boom met knoestige, vergroeide wortels.

Sara bekeek de boom.

'Marcial wilde hem verpoten. Vind je dat normaal? Ik weet niet wat het zou hebben gekost om de boom uit te graven en voor de kerk neer te planten. Ter herinnering aan de meisjes. Ze hebben er in de broederschap geld voor ingezameld,' ging Caridad verder, terwijl ze onder de boom ging zitten. 'Maar de boom is aangetast door zwammen of zo, ik weet niet zoveel af van bomen. Als je hem verpoot, gaat hij dood.'

'En wat hebben ze toen met het geld gedaan?' vroeg Sara.

'Shirts gekocht voor de voetbalclub in het dorp.' En met een schorre lach voegde Caridad eraan toe: 'Het is hier niet alléén maar kommer en kwel. Je kunt hier tenslotte nog voetballen.'

Sara leunde met haar rug tegen een boom. Caridad had de plastic fles met rood vocht weer bij zich. Ze deed hem open, nam een slok en zette hem neer. Vervolgens zocht ze naar haar sigaretten.

'Er moet in dit dorp toch wel meer te doen zijn dan alleen voetbal,' zei Sara.

'Jagen in de bergen. Trouwens, heb je nog iets over die hond gehoord?'

'Die leeft nog.'

'Maar hij zal kreupel blijven, of niet?'

'Ik heb het idee dat jij meer weet dan ik.'

'Er valt niet veel te beleven in Monteperdido, behalve roddelen. Ik kwam Nicolás tegen in de buurtsuper, de veearts, en die heeft het me verteld. Je moet eens een keer met hem gaan praten, hij schrijft thrillers, zegt hij.'

'Weet je de titels van die boeken? Dan koop ik er eentje.'

Caridad schaterde het uit. Haar hele lichaam trilde. Nicolás was er nog nooit in geslaagd een van zijn boeken te laten uitgeven en bovendien schreef hij in het Patués, het lokale dialect.

'Vergeet maar wat ik heb gezegd, je kunt maar beter uit zijn buurt blijven. Je komt namelijk niet meer van hem af,' zei ze vervolgens.

'Jij zou eigenlijk een lijstje voor me moeten maken met welke mensen in het dorp ik moet praten en met wie niet,' grapte Sara.

'Een lijstje?' Caridad zweeg even en keek peinzend naar het bos, alsof ze het een goed idee vond. 'Ken je de familie van Joaquín Castán al? De grootouders van Lucía?'

'Nog niet.'

'Joaquíns moeder Aína is een van die oma's die het al onfatsoenlijk vinden als je geen kousen aanhebt en iedereen je blote benen kan zien. En de vader voelt zichzelf beter dan anderen. Ze hebben vee en grond. Het halve dal is van hen, maar ze zitten heel erg op hun geld. Ze hebben geen cent over voor hun zoon. De mensen zeggen dat ze het hem nooit vergeven hebben dat hij de boerderij niet heeft overgenomen.'

'Joaquín heeft een vervoersbedrijf,' herinnerde Sara zich. Dat stond in de documenten.

'Transportbedrijf Castán. Vier gammele vrachtwagens die op instorten staan. Het liep eigenlijk heel goed, maar sinds dat voorval met de meisjes heeft hij bij dat bedrijf geen voet meer over de drempel gezet. En dat was het dan.'

'Voor zover ik weet, is het bedrijf niet gesloten.'

'Dat wordt nu gerund door Montserrats broer Rafael. Die arme kerel was vroeger vrachtwagenchauffeur, voor baas is hij niet in de wieg gelegd. Hij kan het absoluut niet aan dat de hele familie afhankelijk is van hem.'

Caridad nam een flinke haal aan haar sigaret en gaf hem vervolgens door aan Sara. De rechercheur zette een stap naar voren om hem over te nemen. Ze moest zo langzamerhand terug naar het politiebureau.

'Wat heb je gevonden?' Toen Caridad merkte dat Sara de vraag niet begreep, voegde ze eraan toe: 'In het bos. Heb je sporen gevonden?'

'Nee, niets. Er is te veel tijd overheen gegaan.'

'Wat doe je hier dan?'

'En jij?'

'Ik wil mijn benen wat strekken. Ik maak elke dag een lange wandeling voordat ik naar huis ga. Zodat ik moe word.'

'En, werkt dat?'

'Om eerlijk te zijn: nee. Ik kan niet slapen en heb spierpijn.'

Sara keek even om zich heen en ontdekte tussen de bomen het pad waarover ze gelopen had en daarachter de weg.

'Sara Campos,' zei Caridad. 'Je praat graag over andere mensen, maar hoe zit het met jou? Behalve dat je je vinger nogal losjes aan de trekker houdt, weet ik niets van je.' Caridad zat nog altijd onder de vergroeide boom. Ze wees met haar dikke vinger naar Sara en knipperde met haar ogen alsof ze een geheim had ontdekt.

'Dat doet er niet toe,' antwoordde Sara. Ze had het gevoel dat deze kleine vrouw de draak met haar stak. Net als tijdens de afgelopen nacht was het moeilijk te ontcijferen wat er in haar omging.

Sara nam afscheid en liep weer naar de weg. Voordat ze verdween tussen de bomen, keek ze nog een keer achterom, maar Caridad was er niet meer. Alleen de aangetaste boom die zich niet onderscheidde van andere bomen. Maar als je hem ging verpoten, zou hij doodgaan.

Ze was zich ervan bewust dat Santiago haar besluit niet op prijs zou stellen, maar van nu af aan zou ze niet langer de tweede viool spelen. Als ze ervoor zou moeten boeten dat ze haar werk goed deed, dan was dat haar beslissing.

'Het enige wat we u op het moment kunnen zeggen, is dat Lucía daar was toen Ana kon vluchten. En dat het goed met haar ging.'

Santiago Baín had besloten bij Joaquín Castán langs te gaan voordat hij terugging naar het pension. Lucía's vader belde iedere dag naar het politiebureau en naar hoofdagent Víctor Gamero en eiste informatie. Joaquín en Montserrat zaten op de bank en luisterden naar Santiago's betoog. De reden van zijn bezoek stond de rechercheur niet aan – hoewel hij zijn best deed, kon hij niet voorkomen dat hij verwachtingen wekte die misschien morgen al in één klap om zeep werden geholpen. Hij zag de voorzichtige hoop op Montserrats gezicht. Joaquín probeerde daarentegen om onbewogen over te komen. Alsof het niet om zijn eigen dochter ging.

'Hebben jullie er enig idee van op welke plek ze gevangen wordt gehouden?' vroeg hij.

'Ana's beschrijving is erg vaag. Hier ergens in de buurt. In de bergen. Meer weten wij ook niet.'

'De bergen zijn talloze keren uitgekamd. Door de politie, door de reddingsdienst. We hebben ook met de broederschap gezocht. Er is geen enkele centimeter waar we niet zijn geweest,' zei Joaquín boos.

De trap kraakte en Santiago draaide zijn hoofd om. Op de treden stond Quim en hij keek zijn ouders vragend aan.

'Heeft Simón Herrera de ontvoerder gezien?' wilde Joaquín weten, zonder op zijn zoon te letten.

'Nee. Hij heeft Ana vastgebonden aangetroffen. Lucía heeft hij niet gezien. Waarschijnlijk wist hij niet eens dat ze daar was.'

Toen Santiago opnieuw naar de trap keek, was Quim verdwenen. Montserrat mompelde iets wat hij in eerste instantie niet verstond. Hij boog zich naar voren en vroeg haar om te herhalen wat ze had gezegd. Maar Montserrat aarzelde. Joaquín sloeg een arm om zijn vrouw heen en zei hardop wat zij niet over haar lippen kreeg.

'Als hij merkt dat Ana is ontsnapt, kan het toch zijn dat hij Lucía iets aandoet... of dat al heeft gedaan.'

'We kunnen niets uitsluiten,' gaf Santiago toe. 'Die kans bestaat. We proberen om haar zo snel mogelijk te vinden, want de tijd werkt niet in ons voordeel. Ik denk dat we dat allemaal wel weten.'

Santiago stond op. Het liefst had hij gezegd dat Joaquíns telefoontjes, waarin hij zo aandrong op informatie, zelfs zijn aanwezigheid bij Simóns huis, het onderzoek alleen maar belemmerden. Het waren kansen die hij zijn eigen dochter afpakte, tijd die ze aan het onderzoek hadden kunnen besteden. Maar het was beter om te vertrekken. Bij het afscheid nemen informeerde hij hoe hun zoon het allemaal opnam. 'Goed,' antwoordde Joaquín kortaf, alsof daarmee alles gezegd was. Het was Santiago opgevallen dat Joaquín geen woord had gewisseld met zijn zoon. Hij kon er geen idee van hebben wat er omging in het hoofd van die jongen, die zich nu had teruggetrokken op zijn kamer.

'Als jullie iets nodig hebben, dan weten jullie waar je ons kunt bereiken,' zei inspecteur Baín tot slot en hij overhandigde hun een kaartje met Sara's telefoonnummer. Hij zou het aan haar overlaten om alles te vertellen wat hij deze avond niet had verteld.

Víctor en Sara luisterden voor de derde keer naar de geluidsopname van Ana's laatste verhoor, waarin ze hun schuilplaats had omschreven. Víctor concentreerde zich op de antwoorden van het meisje en probeerde de af en toe scherpe vragen van inspecteur Baín te negeren. Alsof Ana op de een of andere manier schuldig was – ook al begreep hij waarom Baín zich zo had opgesteld. Lucía's overlevingskansen werden met de minuut kleiner. Als de man met het masker haar al niet had omgebracht.

Sara had een kaart van het dal opgehangen in het kantoor. 'Het verborgen dal', zoals het in reisgidsen werd genoemd. Op de kaart deed de plek een beetje denken aan een berkenblad. De top wees naar het westen, de kant van het ravijn van Congosto de Fall op, waar je doorheen moest om naar Monteperdido te komen. De bolle kant wees naar het oosten, waarover de weg liep tussen de bergen de Albádes en de Kregüeña, helemaal omhoog tot aan Posets, om vervolgens te eindigen bij nationaal park La Maladeta en hotel La Guardia, het hoogste bewoonde punt van de streek.

De kloof waar Ana en Simón waren gevonden, bevond zich verder naar het zuiden toe, nog voor de Congosto, langs de weg naar Barbastro. Sara had de ligging met een gele pin gemarkeerd.

'Over welke berg heeft Ana het op de geluidsopname?' vroeg Sara met een blik op de kaart.

'Dat kan iedere berg zijn,' antwoordde Víctor gefrustreerd.

De weg volgde de loop van de rivier de Esera, langs kleine dorpjes als Ordial en Val de Sacs. Op de kaart zagen ze eruit als broodkruimels die iemand gestrooid had om bij de terugreis niet te verdwalen. De weg vertakte zich in talloze kleinere weggetjes en bospaden, een netwerk van adertjes dat doodliep in de bergen. Niet alle routes waren op de kaart aangegeven. Wat bijvoorbeeld ontbrak was de weg omhoog naar Monte Ixeia, waar begonnen was aan de bouw van een tunnel die Monteperdido moest verbinden met de andere kant van de Pyreneeën, met Frankrijk. De tunnel was nooit voltooid, een zwart gat in de bergflank.

Víctor spoelde de geluidsopname terug.

Het is een ruïne. Aan één kant is het dak ingestort. En een deel van de muur.

Víctor had niet gedacht dat hij de stem van Raquels dochter ooit nog zou horen. Die had niets meer gemeen met de kinderstem die hij zich herinnerde. Zijn gedachten dwaalden af naar Nuria, als een golf die brokstukken van een schipbreuk aan land spoelt.

'Hoeveel van dat soort schuilhutten zijn er in de bergen?' Sara's vraag rukte hem weg uit zijn herinneringen aan de vrouw met wie hij ooit zijn verdere leven had willen doorbrengen.

'Geen idee. Een heleboel.' Zijn stem klonk boos, niet door Sara's vraag, maar omdat hij zich door zijn herinneringen had laten meeslepen. 'Veel ervan zijn een bouwval. Vooral langs wegen die niet meer worden gebruikt.'

'Is er iemand in het dorp die de weg in de bergen beter kent dan u?'

'Dat denk ik niet.' Víctor klonk beledigd.

'Luister even, op gekwetste trots zit niemand te wachten. Als er iemand is die echt elke bestaande schuilhut kent, dan brengt u hem hier naar me toe.'

Víctor stond op en liep naar de kaart, om met een rode vilstift aan te geven wat hij bedoelde. En zijn woorden te benadrukken. 'De bomen waar Ana het over heeft, zijn populieren. Die hebben hartvormig blad, zoals Ana ook zegt. En als het waait, ritselen ze lawaaierig, dat heb ik al vaak gehoord, het lijkt bijna op regen. Ze groeien tot op een hoogte van zo'n achthonderd meter. Er staan er heel veel in het nationaal park, maar alleen in een bepaald gedeelte. Als we uitgaan van de plek waar de auto in het ravijn is gestort, dan hebben we het over minimaal vijf populierenbossen. Wat de berg betreft: die lijkt zich in noordoostelijke richting te bevinden. De zon gaat niet achter die berg op, maar de avondzon schijnt er wel op. Waarschijnlijk bedoelde ze dat toen ze zei dat hij 's nachts licht geeft. De bergketen hier boven de plaats van het ongeluk ligt in noordoostelijke richting. De hoogste top is de Ixeia, maar het hoeft niet de berg te zijn die Ana gezien heeft. Het kan ook een andere zijn. Er zijn daar meer zijdalen met bergbeken. Daarom was er een overstroming in de schuilhut. Maar we hebben het hier over een uiterst moeilijk toegankelijk gebied van meer dan vijfduizend hectare. Er zijn daar weliswaar een paar wegen, maar het zou ons meer dan een week kosten om het daar uit te kammen. Misschien wel langer.'

Víctor draaide zich naar Sara toe en gooide de viltstift op het bureau. Sara volgde het ding, dat over het bureaublad rolde en tot stilstand kwam bij een opbergmap. Daarna keek ze naar Víctor.

'Wat verwacht u?' zei ze. 'Applaus? Een reep chocola?' Ze zag Víctors beledigde gezicht en probeerde zich te beheersen, maar dat lukte niet. Ze barstte in lachen uit, wat uiteindelijk overging in een zenuwachtig gegiechel. 'Sorry,' zei ze. 'Ik ben echt doodop. Wat u allemaal zei, is heel erg goed, echt waar. Fantastisch.' Ze moest opnieuw lachen.

Víctor keek haar aan en merkte dat hij zich moest inhouden om niet ook in de lach te schieten. 'Ik zal dat maar opvatten als een compliment,' zei hij ten slotte en hij draaide zijn hoofd weg, zodat Sara niet kon zien dat hij grijnsde.

'Nee, serieus. Dat is heel veel informatie. We moeten proberen om de zoektocht te begrenzen. Ik ben echt onder de indruk van u.' Sara was weer ernstig geworden.

'U kunt maar beter wat gaat slapen,' zei Víctor, terwijl hij zijn aantekeningen verzamelde. 'Zal ik u morgenochtend vroeg ophalen bij het pension?'

'Ja, graag.'

Haar wangen waren rood en toen ze afscheid namen van elkaar, had Víctor de indruk dat ze ontspannener was, minder verkrampt dan tot nu toe.

'Tot morgen,' zei hij en hij vertrok.

Nieve lag op zijn deken. Sinds de laatste keer dat Víctor naar hem had gekeken, had hij zich amper bewogen. Hij ging bij hem zitten en aaide zijn nek. Het dier was zwak en gaf niet op. Voordat hij ging douchen, wilde Víctor nog het verband verschonen en de wond schoonmaken. Nicolás Souto kwam pas morgen weer. Hij had de veearts een huissleutel gegeven, zodat hij naar de hond kon kijken. Víctor was moe. Het liefst was hij naast Nieve gaan liggen om te gaan slapen, maar hij vermande zich en ging naar de keuken om verbandspullen en ontsmettingsmiddel te halen. Het beeld van de vrouw van Simón Herrera drong zich aan hem op, zoals ze daar dood op de grond had gelegen, in haar eigen bloed. Hij deed zijn ogen dicht en probeerde tot bedaren te komen. Hij was het hoofd van de plaatselijke politie. Hij mocht zich niet laten leiden door angst.

Santiago zag een streep licht onder Sara's deur. Ze was dus nog op. Het meisje bij de receptie had hem zijn sleutel gegeven, maar voordat hij naar zijn kamer ging, klopte hij bij Sara aan. Ze deed pas open nadat ze had gevraagd wie er voor de deur stond en hij zich bekend had gemaakt. Sara was nog aangekleed, over het bed verspreid lagen dossiers en papieren.

'Hoe was het bij Lucía's ouders?' Ze zette een stap opzij om hem binnen te laten.

'Goed. Maar jij moet nog een keer met hen praten. Zeg maar tegen hen dat wij ons weer melden als er nieuws is. Niet andersom.'

'En je hebt hun mijn telefoonnummer gegeven?'

'Ik wil ze niet tegen me in het harnas jagen,' verdedigde Santiago zich. Met een blik op de berg papieren vroeg hij vervolgens: 'Neem je de dossiers mee naar bed?'

'Ik wilde er alleen nog heel even naar kijken,' mompelde Sara en ze begon de stapel opzij te schuiven.

'Je moet gaan slapen. Je kunt niet helder nadenken als je niet genoeg slaap krijgt.' Santiago zuchtte en ging op een stoel bij de kleine tafel zitten, behalve het bed het enige meubelstuk in de kamer.

'De schuilhutten in de bergen hebben geen kelders.' Sara gaf het op om de paperassen te ordenen en legde gewoon alles op een stapel op het tafeltje. 'Hij moet dit lang en nauwkeurig hebben voorbereid. Waarschijnlijk maandenlang.' Ze ging op bed zitten, tegenover Santiago. 'Víctor heeft het gebied waarin we moeten zoeken beperkt. Het zou ideaal zijn als we de omgeving met Ana's hulp zouden kunnen reconstrueren, maar ik denk niet dat ze daartoe in staat is. We moeten morgenvroeg meteen nog een keer met haar praten.'

'Heb je vanavond al iets gegeten?' vroeg Santiago.

'Nee.'

'Heb je honger? Ik in ieder geval wel.'

'Santiago, je probeert van onderwerp te veranderen,' zei Sara. 'Je bent bang dat het me allemaal te veel wordt. Maar ik heb mezelf onder controle. Geloof me maar. Laat mij met Ana praten.'

Santiago had een onbehaaglijk gevoel. Hoe lang kenden ze elkaar inmiddels? Twintig jaar? Nog langer? Hij wist nog precies hoe Sara destijds naar het politiebureau was gekomen: een mager meisje dat haar triestheid en haar angsten wegstopte achter een zelfbewuste houding. Hij herinnerde zich dat hij haar bij zich op kantoor had geroepen. 'Ik ben Sara Campos,' had ze tegen Santiago gezegd. 'Ze zijn naar me op zoek.' En dat ze geprobeerd had niets te laten merken toen hij kortaf had geantwoord: 'Naar jou is niemand op zoek.'

Normaal gesproken distantieerde Santiago zich van de zaken waar hij mee bezig was, maar tegenover dit verloren aandoende meisje kon hij geen afstand bewaren. Om de een of andere reden voelde hij zich verantwoordelijk voor Sara. Een paar dagen later had hij haar opgebeld, om te informeren hoe het met haar ging. Daarna begon hij ermee om haar elk jaar te feliciteren met haar verjaardag. Hij gaf haar advies over haar carrière. Hij bood haar aan om bij hem te komen wonen. Hij kende haar zwakke punten beter dan wie ook. Het waren juist die zwakke punten die van haar een goede politieagente maakten.

'Er komt een moment dat ik er niet meer ben om alle scherven bij elkaar te vegen,' zei hij nu.

'Het duurt nog heel lang voor het zover is,' antwoordde Sara en ze glimlachte. 'En nu gaan we even kijken of we voor jou misschien nog een chiretas kunnen laten bezorgen. Ik weet zeker dat je dat lekker vindt.'

De verpleegkundige wilde net het ontbijt brengen, maar na een teken van Sara werd haar de weg versperd door een agent, waarna ze de deur dichtdeed. Santiago had zich net geschoren. Zijn huid zag er glad en rozig uit, alsof hij twaalf uur achter elkaar had geslapen. Aan haar was daarentegen af te zien dat ze een slapeloze nacht achter de rug had.

Ze draaiden de rollen nu om. Santiago hield zich op de achtergrond en luisterde, Sara stelde de vragen. De artsen hadden tegen haar gezegd dat Ana een slechte nacht had gehad. De wond van de operatie deed pijn en ze was telkens wakker geworden van een nachtmerrie. Ze was gedesoriënteerd. Het viel niet mee om met haar het traject na te gaan dat ze met Simón Herrera had afgelegd.

'We weten dat je ons niet precies kunt vertellen waar je bent geweest. Maar probeer je een of ander detail te herinneren. Daar kun je ons heel erg mee verder helpen. Heb je het idee dat jullie bergopwaarts of bergafwaarts gingen?' Sara probeerde om stukje bij beetje wat meer te weten te komen.

Ana deed haar best om de vragen van de rechercheur te beantwoorden, maar de rit van de schuilplaats naar de plek van het ongeluk bij het ravijn was één grote wirwar van beelden en geluiden. Kort en tegelijkertijd bijna eindeloos lang.

'Je hoeft het niet in de juiste volgorde te vertellen.' Sara ging op de rand van het bed zitten en pakte Ana's hand. 'Ik wil me alleen in je situatie verplaatsen toen je in die auto zat. Achter de rest kom ik zelf wel.'

Ana ontspande zich en probeerde alles te beschrijven. Hoe ze in die auto op de achterbank lag en zich aan de bestuurdersstoel had vastgeklampt, zodat ze op die hobbelige weg niet op de grond werd geslingerd.

Simón Herrera, die uit alle macht het stuur vastklemde.

De bomen, die als een wazige brij aan het raam voorbijflitsten.

De angst eindelijk vrij te zijn.

Vervolgens een harde klap tegen de kofferbak en de val in het ravijn. Glas dat verbrijzeld werd en het ontstellende besef dat er hier een eind was gekomen aan haar vlucht.

'Voordat dat gebeurde,' probeerde Sara, die haar een bepaalde kant op wilde krijgen. 'Herinner je je nog dat je in die hut zat en dat Simón opeens opdook?'

Door de ingestorte muur was een stukje van de lucht en van de bergen te zien. De ratelpopulieren ruisten als regen. Ze voelde de pijn in haar armen en benen niet meer. Ze was eraan gewend om met haar rug te zijn vastgebonden aan de deurpost. 'Niet huilen.'

Simóns stem klonk in Ana's herinnering als gefluister. 'Niet huilen. Ik haal je hier weg.' Opeens was alles anders. Ze keek om zich heen. Waar was die man die haar nu met een mes losmaakte vandaan gekomen? Toen ze opstond, knikten haar knieën, meer van angst dan van zwakte. De onbekende trok haar met zich mee. Ana wist niet of ze naar Lucía moest roepen of moest wegrennen. Het gesloten valluik naar de kelder leek haar verwijtend aan te kijken. Simóns aansporing om haast te maken en daarna een geluid van beneden. Alsof het binnenste van de hut gromde.

Ze liet zich meesleuren. Het kolossale berglandschap om haar heen maakte haar duizelig. Te veel ruimte, te uitgestrekt. Ze was bang dat ze haar evenwicht zou verliezen, maar de man pakte haar bij haar arm alsof hij merkte dat ze zich zo slap voelde. 'Kom op, kom op,' zei hij.

Het geruis van de bomen kwam dichterbij. Eerst moesten ze van een plateau op de rotsen klauteren. Ana gleed uit. Ze voelde het koude gesteente bij haar elleboog en vervolgens het warme bloed. Ze liepen verder. De man voorop. Soms draaide hij zich om, om zich ervan te verzekeren dat ze er nog was. De hut raakte op de achtergrond en verdween achter de rotswand. Ze renden tussen de bomen door. Het geruis van de bladeren kwam oorverdovend op haar over. Dit was geen regen, dit was een gevaarlijke zwerm bijen.

Simón deed het autoportier open. 'Instappen,' zei hij. Ze was blij dat ze weer in een kleine, afgesloten ruimte was, waar je met je handen kon voelen waar het ophield, en niet langer in die onafzienbare uitgestrektheid daarbuiten. Hij startte de motor en draaide zich naar haar om, maar ze kon niet verstaan wat hij zei.

Te veel lawaai.

Hij draaide aan het contactsleuteltje en de radio begon met een hels kabaal te blèren. Ze begroef haar hoofd in de bekleding. Een vrouw zong, maar ze verstond niet wat ze zei. Vijf jaar was ze in dat hol geweest, had ze alleen maar zachtjes met Lucía gepraat, gevangen in een zich steeds herhalend ritueel: wachten totdat het valluik openging. De man die de ladder afklom. De zwarte helm, het tupperwarebakje met eten, de cadeaus voor Lucía, de emmer waarop ze hun behoefte deden, terwijl de ander moest beloven niet te kijken. Flessen water, boeken en poppen. De nachten dat hij haar naar boven bracht en vastbond aan de deurpost, de sterrenhemel boven Monteperdido, terwijl hij beneden bij Lucía was. Vijf lange jaren die allemaal op dezelfde manier verliepen, en opeens kreeg ze een stortvloed van prikkels over zich heen: de snelheid van de auto en het gedreun van de muziek. De uitgestrektheid die bijna pijn deed.

'Het was dapper van je om de hut te verlaten,' zei Sara. Ze merkte dat Ana haar hand krampachtig vasthield. De eerste stap naar buiten was de moeilijkste geweest. Over die grens gaan. 'Nu wil ik graag dat je aan een ander moment denkt. Wat er later gebeurde. Nadat jullie in dat ravijn waren gestort.'

Ze deed haar ogen open. Uit Simóns hoofd stroomde bloed. Ze leunde ergens tegen en merkte dat zich glassplinters in haar hand boorden. Haar haar hing in haar gezicht.

'Deed de radio het nog?' vroeg Sara.

In haar hoofd klonk een schrille pieptoon, die de muziek uit de radio eerst overstemde. De vrouw zong nog altijd in een taal die ze niet verstond, daarna zei een presentator iets met een monotone stem die haar op de zenuwen werkte.

'Het spijt me, maar meer kan ik me niet herinneren,' zei het meisje verontschuldigend.

'Dank je wel, Ana. Dit is voorlopig genoeg,' zei de vrouwelijke rechercheur geruststellend.

Sara stond op. Bij het zien van Santiago's bezorgde blik forceerde ze een glimlach. Ze wilde niet dat hij merkte dat haar keel werd dichtgeknepen door Ana's angst voor de wereld buiten. Ze had bereikt wat ze wilde bereiken. En haar aandacht moest alleen daarnaar uitgaan.

Een takelwagen trok de auto uit de kloof. De mannen die beneden stonden, zetten een paar stappen naar achteren toen de staalkabel aan de achterbumper van de auto strakker ging staan. Víctor regelde de zoekteams. Hij deelde zijn mannen in groepen in, die eerst de populierenbossen in de omgeving moesten uitkammen. Sara stapte uit de auto en gebaarde naar hem. Vervolgens spreidde ze een kaart uit op de motorkap van de jeep.

'Nadat Ana in de auto was gestapt, was er op de radio een liedje te horen,' zei ze. 'En toen ze in het ravijn stortten, was dat liedje nog steeds te horen. We weten niet of ze het vanaf het begin heeft gehoord, maar als we ervan uitgaan dat een nummer gemiddeld drie minuten duurt, dan moet ze zo'n tweeënhalve minuut in de auto hebben gezeten, misschien iets langer. Ana vertelde ook dat ze heel hard hebben gereden. Op dit soort wegen kan een snelheid van zestig kilometer per uur al heel snel lijken. Als we uitgaan van deze berekeningen, dan moeten ze een afstand van tweeënhalf, misschien drie kilometer hebben afgelegd. Is er in die straal een populierenbos?'

Víctor wees op een groene vlek op de kaart.

De weg kronkelde steeds hoger de bergen in. Rechts van Sara bevond zich een afgrond die, hoe hoger ze kwamen, steeds dieper werd. De jeep ging schokkend door gaten in het wegdek en Sara moest zich vasthouden terwijl ze als een pop door elkaar werd geschud. Víctor reed voorzichtig. Twee andere terreinwagens van de regiopolitie volgden hen. Sara bracht Santiago via haar mobiel verslag uit. Hij was op de terugweg vanuit het ziekenhuis. Hij was bij Ana gebleven om nog meer informatie uit haar los te krijgen voordat de artsen begonnen aan hun afrondende onderzoeken.

Ze arriveerden bij de plaats die Víctor op de kaart had gemarkeerd. Sara zag dat hij gespannen achteromkeek nadat hij uit de auto was gestapt. Ze hadden de afgrond achter zich gelaten en stonden nu voor een bos. De bladeren ritselden in de wind. Het klonk echt alsof het regende. Sara nam de bomen in zich op, die dynamischer op haar overkwamen dan welke boom ook die ze ooit eerder had gezien. Alsof de bomen ervan op de hoogte waren dat hun bladeren zo'n ruisend geluid voorbrachten.

'En nu?' vroeg Víctor en hij wees vertwijfeld naar het landschap om hem heen.

De weg liep verder het bos in. De hut moest vlakbij zijn, dat wisten ze. Víctor probeerde zijn nervositeit de kop in te drukken, maar sinds hij uit de auto was gestapt, kreeg hij het beeld van Lucía die gevangenzat in dat hol niet meer uit zijn hoofd. Ze wachtte op hen. Víctor dwong zichzelf om te geloven dat ze nog leefde.

Hij zag dat Sara tussen de bomen naar sporen zocht die hun een aanknopingspunt gaven waar ze verder moesten gaan. Inmiddels waren ook de twee andere politieauto's gearriveerd. Pujante stapte uit en liep naar Víctor toe.

'En nu?' vroeg hij.

Víctor legde hem met een geïrriteerd gebaar het zwijgen op en keek naar Sara. Hij hoopte dat ze tegen hem zou zeggen wat er moest gebeuren. De rechercheur was dieper het populierenbos ingegaan. Nu kwam ze terug. Ze staarde naar het display van haar mobiel.

'Kut,' mompelde ze. 'Ik heb geen bereik. U wel?' vroeg ze nadat ze zich naar Víctor had toegedraaid.

Víctor overhandigde haar zijn toestel. In de bergen had je een satelliettelefoon nodig. Hierboven had een mobiel geen bereik.

'Ik heb het nummer nodig van de huisarts in Ordial. Hebt u dat?'

Na een kort gesprek, waarbij ze door de slechte verbinding hard moest schreeuwen, gaf Sara de telefoon terug aan Víctor en keek ze om zich heen tussen de grijsachtig glanzende boomstammen.

'Ramonda, wat is dat?' vroeg ze, zonder op te kijken.

'Een plant,' antwoordde Víctor op vragende toon.

'Dat weet ik. Ik bedoel: hoe ziet hij eruit? Waar groeit hij?' Ze ging het bos in. Víctor volgde gespannen. 'Volgens zijn huisarts kan het zijn dat Simón Herrera allergisch was voor die plant. Of voor andere planten, maar deze komt hier in het dal het vaakst voor. Hij had zo'n eigenaardige uitslag op zijn voeten, weet u nog? Misschien was hij kort van tevoren ergens waar die planten staan.'

'Die groeien in rotsspleten,' zei Víctor, terwijl hij doorliep. De andere agenten volgden op een paar meter afstand.

Aan het eind van het bos stonden ze voor een rotswand. In de spleten groeiden kleine, paarse bloempjes. Dik, sappig blad vol donshaartjes.

'Daar,' zei Víctor.

Sara klauterde omhoog. Ze herinnerde zich dat Ana op zo'n plek was uitgegleden en dat ze haar elleboog had bezeerd, kort voordat ze het kleine populierenbos bereikten. Sara moest zich vastklampen aan de rots om niet naar beneden te vallen. Haar linkervoet gleed weg, kleine stenen rolden omlaag. Ze hield zich vast aan een van de planten die haar genoeg houvast bood om zichzelf verder omhoog te trekken.

De rotswand was niet erg hoog, zes meter misschien. Boven aangekomen kon Sara een klein dal in het gebergte zien. En daar stond de hut. Scheve, stenen muren die moeizaam een half vergaan dak ondersteunden.

Toen Víctor zich boven bij Sara had gevoegd, liet hij zijn mannen in een halve cirkel naar de hut lopen. Alleen het geluid van de populieren was te horen. Sara trok haar pistool, maar nadat ze een paar stappen dichter bij de hut was gekomen, liet ze haar arm zakken. 'We zijn te laat,' zei ze.

Víctor was Sara gevolgd. Eén muur van de hut was half ingestort, de losgekomen stenen lagen her en der verspreid en binnen was een zwartgeblakerde vloer te zien met verkoolde houtresten. Sara bleef voor de hut staan en keek om zich heen. Het vuur was gedoofd voordat het had kunnen overslaan naar het gras, alleen een paar halmen waren verschroeid. Binnen was de aanblik anders. De plankenvloer was ingezakt en het kelderhok waarin Lucía en Ana gevangen waren gehouden, gaapte als een zwart gat in de grond.

'Hij heeft alles verbrand,' zei Sara.

De restanten van de palen waarop het kelderhol had gesteund, staken als middeleeuwse pilaren omhoog uit de zwarte brij van steen, aarde en verkoold hout. Daartussenin verbogen metaal, wellicht van een springveren bed.

'Laat Lucía alsjeblieft niet hier zijn,' mompelde Víctor, terwijl hij aanstalten maakte om de hut binnen te gaan.

'Niet doen!' zei Sara om hem tegen te houden. 'We moeten de hut eerst op sporen onderzoeken. En misschien zakt de vloer helemaal door.'

De bladeren van de populieren bewogen onvermoeibaar in de wind en bootsten het geluid na van regen die tegen de grond tikt.

'Je zou gek worden van dat geluid,' zei Santiago.

'Vooralsnog is er geen enkel spoor van Lucía,' deelde Sara hem mee.

'Wanneer heeft hij dat gedaan? Wanneer heeft hij de hut platgebrand?'

'We moeten wachten totdat ze klaar zijn met het sporenonderzoek, maar ik denk niet dat het langer dan vierentwintig uur geleden is.'

'Terwijl wij, sufferds, het spoor van Simón Herrera volgden,' mompelde Santiago. Vervolgens liet hij zijn blik door de hut dwalen. Ze hadden de vloer met palen gestut om in de kelder te kunnen komen. Een eenheid van de technische recherche maakte foto's. Wat zouden ze onder die hele boel aantreffen? Er waren geen vingerafdrukken, geen vezels. Allemaal verbrand.

'Wat denk jij? Wat heeft hij met haar gedaan?'

Ook Sara volgde met haar blik de mannen die in de hut hun werk deden.

'Lucía leeft nog,' zei ze stellig. 'Als hij haar had willen doden, dan had hij haar hier achtergelaten, zodat ze zou verbranden.'

Santiago wilde haar maar wat graag geloven.

'Heb je nog met Ana kunnen praten?' informeerde Sara. 'Heeft ze nog iets verteld?'

Santiago draaide zich weg van de hut en keek naar het dal. 'De ontvoerder droeg een zwarte helm met zo'n kunststof vizier. Dat vizier moet getint zijn geweest, je kon er van buitenaf niet doorheen kijken.'

'Een motorhelm?'

'Iets in die trant.'

Santiago liet zijn blik over de bergen dwalen. In noordoostelijke richting rees de Ixeia op, de met sneeuw bedekte top waarover Ana had verteld dat de zon er 's avonds op scheen. Ondanks de harde wind was het niet koud. Het was ook geen uitzonderlijk verlaten plek. Integendeel: het landschap was weids en uitnodigend. Ze waren de hele tijd zo dichtbij geweest.

Álvaro Montrell gooide zich met kleren en al op bed. Hij keek naar de scheur in het plafond, die hem deed denken aan de contouren van een berg. De onderzoeken in het ziekenhuis waren goed verlopen. Ana zou de volgende dag naar huis komen. En hij? Wat was zijn rol? Waarom moest hij de voorwaarden van zijn vrouw accepteren? Alsof het meisje haar persoonlijke eigendom was en ze haar goede wil toonde door hem bij haar te laten. Ana was ook van hem. Of liever gezegd: ze hóórde ook bij hem. Het ging er niet om of hij aanspraak op haar kon maken, het ging om het gevoel van saamhorigheid.

Het was onrechtvaardig tegenover hem, zei hij tegen zichzelf. Het was allemaal te snel gegaan. Hij moest zich in Raquels situatie verplaatsen. Hij had doorlopend geweten waar zíj was. Voor Raquel was Álvaro daarentegen een vage herinnering geworden en in haar ogen misschien ook de schuldige. Bijna vier jaar geleden was hij vertrokken. Hij had daarvoor zo zijn redenen gehad. Er waren altijd redenen en er waren altijd schuldigen. We hebben een zondebok nodig, dacht hij. Ook als onze versie van de hele geschiedenis niets van doen heeft met de werkelijkheid.

Toen hij Raquel op de gang in het ziekenhuis had gezien, had hij haar nog mooier gevonden dan vroeger, toen hij was weggegaan. De schoonheid van een gekwetste vrouw, zoals de gletsjerdalen in de bergen. Granieten bergwanden die het ijs tot stenen amfitheaters hadden geslepen. Steile, terrasvormige wanden die hoog boven het dal uitstaken. De smeltende sneeuw bracht deze enorme littekens in de bergen aan het licht – bergen, die zich niet schaamden voor hun verwondingen, maar er trots mee pronkten. Zoals Raquel anderen aankeek met haar donkere ogen, zonder het verdriet van de afgelopen vijf jaar te verbergen.

Hij pakte schone kleren uit de kast en kleedde zich om. Daarna verliet hij de kamer. Zijn hol, zoals Gaizka het noemde. Als een opgejaagd dier had hij zich hier bij het bergstation van Posets schuilgehouden. Gaizka runde er een uitvalsbasis voor begeleiders, avontuurlijke tochten – een houten hut, meteen aan het begin van de bebouwde kom, waar hij ook de uitrustingen voor de tochten bewaarde: sleeën en klimtouwen, kano's, paintballgeweren. Álvaro uitte zijn dankbaarheid voor het feit dat hij daar mocht wonen door het materiaal op orde te houden en klaar te zetten voor de berggidsen die de toeristen door kloven en naar gletsjermeren begeleidden.

Het was onzin om Raquel tijd te gunnen. Hij had al te veel tijd verloren. Hij wilde niet langer wachten. Hij liet zich niet meer bij Ana wegsturen, besloot hij, terwijl hij door de opslagruimte de hut verliet.

Er waren geen getuigen toen Álvaro zijn besluit nam. Alleen de lange rij zwarte helmen die bij paintball werden gebruikt. Op een rij, in een rek, keken ze hem zwijgend aan, als de koppen van geofferde dieren.

3

DE DANS VAN DE MANNEN

‘We hadden ruzie,’ begon Ana.

Het ziekenhuis had aan de politie een vertrek beschikbaar gesteld voor het verhoor. Ana was officieel ontslagen en Raquel drong erop aan om haar naar huis te brengen. De rechercheurs konden dat niet tegenhouden, maar ze zou eerst nog dag en nacht worden bewaakt. Zelfs haar ouders mochten niet alleen zijn met haar.

‘Was dat in het kleine dennenbos?’

Ana reageerde ontkennend op Sara’s vraag door met haar hoofd te schudden. Ze keerde terug naar het verleden, dat diep weggestopt was geweest. Nu groef ze met Sara’s hulp in haar geheugen om herinneringen terug te halen die als verloren waren beschouwd. Wat zou er van Ximena Souto zijn geworden, de dochter van de veearts? ‘De Colombiaanse’ hadden ze haar genoemd. Hoe moest je vijf hele jaren samenvatten in een paar woorden?

‘Probeer het maar,’ vroeg Sara.

Mijn leven in een notendop, dacht Ana.

Ximena was even oud als Lucía en Ana. Maar de nauwe band tussen die twee was voor Ximena een niet te nemen vesting. Ze woonde pal tegenover hen en probeerde elke dag om ook deel uit te maken van die vriendschap, maar dat lukte haar gewoon niet. De teleurstelling daarover leidde telkens weer tot ruzie.

Ze waren na schooltijd op weg geweest naar huis, met hun rugtassen om, de koude oktoberwind waaide hun in het gezicht. Ximena had het over Quim, Lucía's oudere broer. Ze had hem op het schoolplein gezien. Hij had nu een kort kapsel. 'Terwijl dat lange haar hem zo goed stond.' 'Dat vond mijn moeder,' zei Lucía. En omdat Ximena niet uitgepraat raakte over Quim, begon het geplaag. Ana en Lucía waren haar daarover altijd aan het stangen en dat vond Ximena uiterst vervelend. 'De Colombiaanse is verliefd. Moet mijn broer je een zoen geven?' vroeg Lucía temerig. Ximena liep rood aan en zweeg. 'Ik kan het hem wel een keer vragen, hoor.' Op dat punt scheidden hun wegen zich normaal gesproken. Ana en Ximena moesten nog het dorp in, omdat ze pianoles hadden. Lucía moest alleen door het dennenbos naar huis. 'Ik haat pianospelen,' zei Ana net toen Ximena haar vriendin uit pure woede over het getreiter zo'n harde duw gaf dat Lucía struikelde en viel. Ana wilde haar overeind helpen, maar Lucía pakte een steen en gooide die naar Ximena. Ze zag dat Ximena haar handen voor haar gezicht hield en schreeuwde: 'Stomme trut!' Bloedde ze? Ximena liep terug naar school. 'Je gaat eraan!' riep ze nog. Lucía stond op en liep het bos in. Misschien was ze bang dat ze straf zou krijgen.

Ana stond in dubio, ze wist niet wat ze moest doen. Uiteindelijk besloot ze om Lucía achterna te lopen. 'Lucía,' riep ze, maar haar stem stierf weg tussen de bomen. Hoelang had ze naar haar gezocht? In iemands herinnering lijken dingen langer te duren of juist heel erg kort. Het begon zachtjes te regenen. Als ze van het pad afging, zou ze verdwalen. De benauwde, metalige geur die voorafgaat aan noodweer, hing in de lucht. 'Lucía!' riep Ana opnieuw. Op die sombere middag in oktober lieten de bomen nauwelijks licht door. Mama zal boos zijn als ik te laat op pianoles kom, dacht ze. Opeens zag ze de grijze terreinwagen. Of was hij bruin? Op de banden en de carrosserie zat modder, dat wist ze zeker. Wat doe je daar, Lucía? Ze sprak die vraag niet hardop uit, ze dacht het alleen. Haar vriendin zat op de passagiersstoel, met haar hoofd tegen het raam geleund, de ogen dicht. Ana vroeg zich af of ze sliep.

Op het moment dat ze naar de auto wilde lopen, legde iemand een hand voor haar mond, ze voelde iets prikken in haar nek en kreeg een bittere smaak in haar mond. Het begon meteen te werken. Alles om haar heen werd vaag. De bomen werden steeds groter, vormden een houten wand. Het licht verdween, de grond en de bladeren losten op en werden een diep zwart gat waar ze in dreigde te vallen.

'Toen ik weer bijkwam, was ik al in de kelder,' zei Ana. Ze ademde diep in, alsof ze daardoor de tijd kon stopzetten.

Sara voelde haar angst, maar ze moesten hier doorheen.

'Het was pikdonker,' ging Ana verder. 'Eerst dacht ik dat ik dood was.'

Na een tijdje kon Ana in het donker contouren onderscheiden. Een gestalte die op een matras lag. Lucía. Ze liep naar haar toe, sloeg haar armen om haar heen en sprak haar bemoedigend toe. Haar vriendin snikte zachtjes. Het was koud. Vreselijk koud. De grond en de wanden waren vochtig. Zaten ze in een spelonk? Hoe waren ze hier terechtgekomen? Haar lichaam voelde nog altijd raar aan, alsof er een slang door haar aderen kroop. Ze was misselijk, maar wist haar braakneigingen te onderdrukken. Er welde paniek in haar op. Ze zaten gevangen in een hol en het leek of de wanden over hen heen in elkaar zouden storten. Lucía snikte stilletjes voor zich uit.

Boven hun hoofd verscheen opeens een rechthoekig verblindend licht, een ladder werd naar beneden gelaten. Iemand klom ervan af, waardoor het licht dat door het luik scheen aan het gezicht werd onttrokken. Ana keek of er een manier was om te vluchten, maar ze kon niets anders doen dan bevend in een hoekje neerhurken. Ze voelde het vocht toen ze tegen de wand leunde. Ze klappertandde. Zijn gezicht was onherkenbaar. Een donkere schaduw die steeds groter werd terwijl hij op hen afkwam. Gigantisch. Waarom ik, dacht ze. Hij pakte haar ruw bij haar arm, zijn handen leken wel een bankschroef en deden haar pijn. Hij dwong haar om op te staan en trok iets over haar hoofd. Een jutezak. Opnieuw duisternis.

De man sleurde haar de kelder uit. Ze kon zich niet oriënteren met die zak over haar hoofd. Ze ademde hortend, had het gevoel dat ze stikte. Alsof de lucht die ze inademde steeds schaarser, steeds warmer, steeds dunner werd. De man dwong haar om overeind te komen. Ze wankelde, haar benen gehoorzaamden niet. Ze liet zich op de grond vallen en voelde aarde aan haar handen. Hij trok haar weer omhoog. Vervolgens rukte hij opeens de zak van haar hoofd. Ana hapte naar lucht. Het duurde een paar seconden voordat ze aan het licht gewend was. De man stond pal voor haar. Hij droeg een zwarte helm en had een jachtgeweer in zijn handen. Ze overwoog om te vluchten, maar haar benen weigerden dienst. Ze zonk neer op één knie. De man laadde het geweer door en hield de loop tegen Ana's voorhoofd.

Hoeveel kon een meisje van elf aan? Tegen hoeveel pijn, tegen hoeveel paniek was een kind opgewassen? Sara zag alles door Ana's ogen en ze probeerde de angst te voelen en naar een aanwijzing te zoeken die de man een bepaalde identiteit gaf. Zou Sara zo'n hel hebben kunnen verdragen? Ze wist uit eigen ervaring dat kinderlijke onschuld een beschermend schild vormde. Een volwassene dacht onvermijdelijk aan de dingen die nog gingen komen. Klappen. Verkrachting. De dood. Het voorstellingsvermogen van een kind was daarentegen beperkt tot het heden.

'Hij stond daar maar en hield het geweer tegen mijn hoofd. Ik kneep mijn ogen zo hard dicht dat het zeer deed,' zei Ana, die zichzelf dwong om door te gaan met vertellen. 'Ik deed het in mijn broek en schaamde me heel erg.' Het meisje keek de politievrouw aan. 'Ik zei tegen hem dat ik het rot vond dat me dat zomaar was overkomen.'

'Heeft hij iets tegen je gezegd?' vroeg Sara.

'"Op een dag vermoord ik je." Dat heeft hij gezegd. "Als je er het minst op bedacht bent, vermoord ik je." Nadat hij het geweer had laten zakken, trok hij die zak weer over mijn hoofd.'

Sara merkte dat Ana in haar schulp kroop.

'Vertrouw me maar,' zei Sara, toen ze merkte dat Ana er een punt achter wilde zetten. 'We willen gewoon de man vinden die jou dit heeft aangedaan.'

Ana vertelde verder, maar het was alsof ze zich door een museum haastte zonder ook maar bij één schilderij stil te staan. Voordat Sara op details kon reageren, ging ze alweer verder. Wegwezen hier.

Ana gaf een uiterst vage beschrijving van de ontvoerder. Er waren geen opvallende kenmerken waar ze naar zouden kunnen zoeken. De helm bedekte zijn hele hoofd. Ze wist niet hoe zijn haar eruitzag en het meisje was ook niet in staat zijn huidskleur te beschrijven en te vertellen of hij veel lichaamsbeharing had. Op een bepaald moment zei Ana dat hij erg lang was, daarna was hij weer van gemiddelde lengte. Soms omschreef ze hem als sterk, dan weer als te zwaar. De man had geen bepaald postuur. Ana had van hem een denkbeeldig monster gemaakt dat uiteenlopende gedaanten aannam en toch voortdurend hetzelfde bleef. Een fantasiefiguur die haar het gevoel gaf dat alles wat ze had meegemaakt niet echt was. Het enige aanknopingspunt was het masker dat Ana had beschreven. In ieder geval hadden ze daarvan in de hut geen enkel spoor aangetroffen.

'Na die dag met het geweer kwam hij weer een keer naar de kelder. Hij was er niet lang. Hij trok die zak weer over mijn hoofd en bracht me naar boven. Daar bond hij me vast aan een paal en liet me zo lang alleen dat ik uiteindelijk in slaap viel. Toen hij me weer losmaakte en terugbracht naar de kelder, zei Lucía tegen me dat hij bij haar was geweest.'

'Heeft ze verteld wat hij met haar heeft gedaan?' vroeg Sara.

'Ik begreep het niet,' zei Ana triest. 'We waren nog zo klein. Lucía kwam ouder over, maar we scheelden maar een paar maanden.'

'Waarom spreek je in de verleden tijd?' vroeg Sara verbaasd.

'Inmiddels ben ik groter dan zij.'

Ana sprak over de vijf jaren alsof het een paar dagen waren geweest. Zo nu en dan kwam de man naar de kelder, haalde Ana eruit en bleef alleen bij Lucía. Soms kwam de man langere tijd niet. Of hij deed alleen het luik open om een tupperwarebakje met eten te overhandigen. Voor zichzelf had ze als verklaring voor dit gedrag dat hij ruzie had gehad met Lucía, dat hij woedend was op haar vriendin en haar op die manier strafte. Lucía had er nooit iets over gezegd.

Er hing een onaangename geur in de kelder. Vooral in het begin. Later raakten ze gewend aan de kleine, muffe ruimte, waar alleen frisse lucht naar binnen kwam door het luik bovenin. Soms bleef de emmer met uitwerpselen dagenlang staan voordat de man hem meenam. Koude, stenen muren, een oneffen plankenvloer. Een matras waarop Ana en Lucía sliepen, dicht tegen elkaar aangekropen, later werd daar een springveren bed onder geplaatst. Dagen zonder licht die eindeloos leken te duren en in elkaar overliepen. Zonder de zon verloor je elk besef van tijd.

Sara lette op elk detail. De pop die volgens Ana half aangekleed op de grond had gelegen. Lucía die gehurkt op het bed zat, met haar armen om haar benen geslagen, naar de hoek staarde en ervan droomde een tv te hebben. 'Dat zou een goed plekje zijn. Dan zouden we naar tekenfilms kunnen kijken,' had ze gezegd. Ana stond toen op een paar passen afstand van haar vriendin, ergens in het vertrek, met een oud boek in haar handen waaruit ze uit pure verveling gedichten uit het hoofd had geleerd. *Ik ben die niemand is, geen zwaard of spiets in het gevecht. Echo, vergeten, niets.* Daarbij bewoog ze zonder muziek, danste ze op een melodie die alleen in haar hoofd bestond. Ze wisten niet of het dag of nacht was. Of er een week was verstreken of een jaar.

'Wie is hij?' had Ana een keer aan Lucía gevraagd.

'Het is beter dat je dat niet weet,' was Lucía's antwoord geweest, waarna ze van het bed was gekropen om neer te hurken bij haar pop, waarop ze met rode viltstift een grote lachende mond had getekend. 'Mevrouw, u komt te laat op uw afspraak,' liet ze de pop met een belachelijk hoog stemmetje zeggen.

'Wat doet hij met je?' had Ana een keer gevraagd, maar haar vriendin had geen antwoord gegeven en bleef zich uitvoerig met haar pop bezighouden.

'Heeft hij je misbruikt?' vroeg Sara.

Ana schudde haar hoofd en ze keek naar Santiago, die zich de hele tijd op de achtergrond hield. Haar blik was strak, alsof ze wist dat de rechercheur haar verklaringen in twijfel trok.

Sara streek over Ana's hand, over de rafelige, bloederige huid rond haar vingernagels. Ze was teleurgesteld. Ze had op meer gehoopt.

'Je zult wel moe zijn, Ana.' Santiago stond op en probeerde zijn wantrouwen met een glimlach te verdoezelen. 'Voor vandaag is het genoeg. Heb je er zin in om naar huis te gaan?'

'Natuurlijk.' Ana glimlachte geforceerd.

Santiago opende de deur. Daar stond een agent die Ana naar haar moeder moest brengen.

Toen ze alleen waren, liep Santiago naar het raam en hij keek naar het braakliggende stuk grond rondom het ziekenhuis.

'Ze liegt tegen ons,' zei hij.

'Volgens mij is dat niet zo,' mompelde Sara peinzend. 'Ze probeert om ons erbuiten te houden. Ik weet niet of dat komt omdat ze bang is voor ons of omdat ze het zich niet wil herinneren.'

Santiago voelde zich schuldig dat hij Sara het vuile werk had laten opknappen. Soms kwam ze op hem over als een arts die de ziektes van zijn patiënten zelf doormaakte.

'Ik breng Ana naar huis. Jij rijdt naar het politiebureau in Monteperdido en gaat met de getuigenverklaringen aan de slag,' zei hij.

Het bericht haalde alle nieuwsuitzendingen. In Monteperdido wemelde het van de journalisten en zogenaamde deskundigen die op tv hun mening gaven. Quim zag in gedachten voor zich hoe ze thuis met een kop koffie in de keuken zaten en op internet een luxevakantie uitzochten. Ana's terugkeer leverde hun minstens een retourtje Bali op. Een paar weken lang zouden ze op alle zenders slap ouwehoeren over daderprofielen, posttraumatische stress en al die lulkoek. Daarna zou de belangstelling voor het verhaal wegebben en hoefden ze niet meer op te draven. Maar dan zouden die lui al stomdronken op Bali zitten.

Quim was laat opgestaan en ook alleen maar omdat zijn vader op volle geluidssterkte het journaal volgde en hem daarmee wakker had gemaakt. Hij schonk een glas melk voor zichzelf in en ging met zijn koptelefoon op achter de computer zitten om te gamen. De schoten en explosies van het spel weergalmden door zijn hoofd. Hij wilde met dat alles niets te maken hebben, maar zijn gedachten dwaalden steeds weer af naar de journalisten en naar de vragen die de mensen in het dorp hem zouden stellen: is er al iets bekend over je zusje? Denk je dat ze nog leeft? Wat heeft die klootzak de meisjes aangedaan? Hij nam zich voor om gewoon geen antwoord te geven en hen te mijden in plaats van hen allemaal naar de hel te wensen. Hij knalde erop los, richtte geen enkele keer, maar schoot gewoon het magazijn leeg. Het was een onlinespel, zijn gebruikersnaam was Verdwenen2. Hij wist dat het zijn vader niet zou aanstaan als hij erachter kwam welke naam hij gebruikte, maar zelf vond hij hem goed.

Nu komen ze allemaal aangestormd, dacht Joaquín Castán toen hij zijn misgelopen telefoontjes controleerde. Iedereen wilde met hem praten. Nog maar een paar dagen geleden had niemand hem teruggebeld. Niemand wilde naar de stille waken voor de meisjes komen. Maar trots was nu niet op zijn plaats. Joaquín wist dat hij was aangewezen op de media om hoop te blijven koesteren. Op zijn mobiel stond een bericht van Virginia Bescos. De journaliste had haar intrek genomen in een pension in de buurt van Val de Sacs en wilde hem ontmoeten. Na bijna twee jaar.

Ana had gedurende de hele rit uit het raam gekeken. Ze had bijna geen woord gezegd. Raquel zat naast haar en hield behoedzaam haar hand vast. Ze kon Ana's weerspiegeling in de voorruit zien. Het viel haar nog altijd moeilijk om haar dochter in dat gezicht te herkennen. Ze was veranderd en Raquel voelde zich schuldig omdat ze teleurgesteld was dat haar dochter niet meer het kleine meisje was dat ze was kwijtgeraakt.

'Gaat het goed met je? Ben je zenuwachtig?' vroeg inspecteur Baín, die achter het stuur zat. 'Moet ik langzamer rijden?'

'Het is goed zo,' mompelde Ana, zonder haar blik van het landschap af te wenden.

Ze probeerde om de autoritten naar Barbastro met haar ouders in haar herinnering terug te roepen. Wanneer ze naar de stad waren gereden om kleren te kopen of gewoon om even bij te komen van Monteperdido, zoals haar vader het zei. 'Als drie soldaten die op verlof zijn,' had hij gekscherend gezegd. Maar het bos zag er anders uit dan vroeger. De weg had minder bochten. Ze probeerde bepaalde dingen te herkennen: een boom, de contouren van een berg tegen de blauwe lucht of de zachte aanraking van haar moeder. Iets wat haar het gevoel gaf dat ze naar huis ging.

'Hoe ver is het nog?' vroeg ze.

'Niet zo ver meer. Over twintig minuten zijn we er,' zei Raquel.

'En papa?'

Hij was wakker geworden van het geluid van zijn mobiel. Gaizka douchte snel en stapte vervolgens in de auto. Toen hij de motor startte, dreunde de radio op een ondraaglijk geluidsniveau. Gaizka had een kater. Hij zette de radio uit en reed naar zijn hut. De groep en de berggids wachtten al op hem. Hij had Álvaro opgebeld, maar die had zijn telefoon uitgeschakeld. Gaizka probeerde het niet nog een keer. Hij wist dat hij niet meer kon rekenen op Álvaro. De zon kwam tevoorschijn achter de Kregüeña en verblindde hem. Gaizka kneep zijn ogen tot spleetjes. Hij had maar een paar uur geslapen en nog altijd een ginsmaak in zijn mond. Hij stak een peuk op en deed het raampje omlaag. Rechts van de weg lag de kloof Oscuros de Balced. Daar wilden de toeristen naartoe. Hij bekeek zichzelf in de achteruitkijkspiegel: een vale huid, rode ogen, zwart, nog vochtig haar dat warrig piekte. Hij moest nodig naar de kapper. En hij moest zich scheren.

Nadat hij bij zijn bedrijf was gearriveerd, verontschuldigde hij zich dat hij te laat was.

'Heb je Álvaro niet gewaarschuwd dat we een groep hebben?' vroeg de gids.

Gaizka keek de man chagrijnig aan terwijl hij naar zijn sleutels zocht. Noguera had er geen idee van wie Álvaro was. Hij woonde het grootste deel van het jaar in Huesca en kwam alleen in de zomermaanden naar Monteperdido. Hij verbleef in een pension in de bergen, op een steenworp afstand van zijn bedrijf, en had geen enkel benul van het leven in het dorp. Voor Noguera was Álvaro een nietsnut die in de hut woonde en zorgde voor Gaizka's uitrusting. De een of andere opmerking over het weer of de tochten, dat was alles wat Noguera met Álvaro had besproken. Voor Gaizka was Noguera een dwaas, maar hij had in de loop der tijd vastgesteld dat dat voor alle gidsen gold. Ze leken allemaal dom te zijn geboren.

'Ik heb hem zeker twintig keer gebeld, maar krijg hem niet te pakken. Volgens mij heeft hij zijn mobiel uitgeschakeld,' beklaagde Noguera zich.

'En je had twintig telefoontjes nodig om dat te snappen?'

Gaizka ging de zaak binnen en deed het licht aan. Achter een kleine balie bevond zich de opslagruimte. Noguera liep hem achterna om de uitrusting te halen die hij nodig had.

'Jij hebt hier geen half uur hoeven staan en al dat gemekker moeten aanhoren.' Noguera gebaarde naar een pleintje buiten waar vijf toeristen wachtten die een canyoningtocht hadden geboekt.

'Denk maar niet dat ik, omdat ik de baas ben, niet met klootzakken van doen heb.'

'Er komt een moment dat ik er eentje in een kloof laat vallen,' mompelde Noguera toen hij de hut verliet.

Gaizka was blij dat hij van hem af was. Hij liep de opslagruimte in en deed een kast open. Hij vroeg zich af waar Álvaro de geneesmiddelen verstopt had. Zijn duffe hoofd schreeuwde om een pijnstiller. Waarom zorgde hij er niet gewoon voor dat hij die bij zich had als hij zo vaak hoofdpijn had? De kast was leeg. Even verderop was een deur naar het kamertje waarin Álvaro had gehuisd.

Gaizka had vroeger af en toe overnacht in dat hok, in dat ongemakkelijke bed tussen die kale muren. Álvaro had nooit persoonlijke spullen meegebracht. Het was allemaal als tijdelijk bedoeld, van Gaizka's aanbod om een paar dagen te blijven tot en met het baantje dat hij vervolgens had aanvaard. Alles had elk moment helemaal anders kunnen worden, maar Gaizka had nooit gedacht dat Ana's terugkeer de reden zou zijn. Eerlijk gezegd had hij altijd aangenomen dat Álvaro er op een gegeven moment genoeg van zou hebben om hier te zitten niksen en te wachten. Het zou tot hem doordringen dat hij zijn tijd hier alleen maar verdeed, zodat hij op een ochtend gewoon weg zou zijn.

Gaizka ging op het bed zitten en rolde een sigaret. Voordat hij die dichtlikte, haalde hij een wikkel uit zijn zak en mengde een dun lijntje coke door de tabak. Vervolgens stak hij de sigaret op en nam een flinke haal. Hij ging languit op bed liggen en deed zijn ogen dicht. Bullshit, al die pijnstillers, dacht hij.

Hij was in dit dal altijd een buitenstaander gebleven. Net als Álvaro, ook al deed bij hém iedereen alsof hij in de gemeenschap was opgenomen: hij had kunst en cultuur gegeven op school. Ana was hier geboren, Raquel had een bouwbedrijfje. Uiteraard zouden ze hen ook wel voor etentjes bij de broederschap Santa María de Laude hebben uitgenodigd. Hij had zelfs zo'n klotespeldje gekregen. Maar na Ana's verdwijning had Monteperdido een schuldige gezocht en opeens was Álvaro weer een buitenstaander geweest. Een onbekende, iemand van wie je niet wist hoe hij echt was.

'Als ze in dit godvergeten gat niet weten wie je grootvader was en hoe hij zijn koffie dronk, dan ben je een buitenstaander. Hier houden ze van mensen die hun geld in Monteperdido uitgeven en dan weer afnokken. Maar mensen die komen en blijven, daar houden ze minder van,' had Álvaro een keer gezegd toen ze met een fles gin in de opslagruimte hadden gezeten.

'Omdat ze niet weten wie die verrekte grootvader van je was.'

'Logisch, dan kunnen ze niet zeggen: "Dat is Gaizka, van Sebastián."'

Álvaro had gelachen, maar hij was er verder niet op ingegaan. Hij praatte niet graag over Monteperdido en de mensen daar. Soms dacht Gaizka dat hij zich om de een of andere reden schuldig voelde over het verdwijnen van zijn dochter en het terecht vond dat zijn buren hem afwezen.

'Ik denk dat ik Noguera ga ontslaan,' had hij onlangs 's avonds tegen Álvaro gezegd.

'Dat haalt toch niets uit. De volgende gids die je aanneemt, is net zo stom. Of nog stommer.'

'Waarom zijn ze toch altijd zo?' had Gaizka lachend gezegd.

'Zijn er op deze wereld ook normale gidsen? Misschien moet ik een sherpa uit de Himalaya hierheen halen. Als hij geen Spaans spreekt, kan hij je ook niet op de zenuwen werken.'

'Volgens mij ligt het aan het baantje. Ze denken altijd dat ze weten hoe de vork in de steel zit.'

'Oké, ze weten de weg in de bergen. Maar daarmee houdt het dan ook op.'

'Maar ze denken dat ze heel wat zijn.'

'Ik weet niet hoe het jou vergaat. Maar ik heb nog een glas gin nodig.'

Gaizka drukte de joint uit en verliet Álvaro's kamer. Zijn kater was weg, hij was weer in vorm. Voor hem stond het rek met de paintballhelmen. Rijen met zwarte maskers. Een paar waren voorzien van rode verfvlekken. Ze keken hem aan met hun donkere vizier alsof ze wachtten op een antwoord dat alleen hij kende.

'Als jullie wat willen weten, dan vraag je het maar aan die verdomde gids,' mompelde hij.

Sara keek door de glazen deur naar Burgos, die achter een bureau zat.

'Hij kan de eerste dienst doen,' zei Víctor.

Burgos was klein en gezet. Hij had een borstelige snor die zijn bovenlip bedekte. Als hij praatte, deed hij denken aan een buikspreekpop.

'Hoeveel ervaring heeft hij?' vroeg Sara sceptisch.

'Hij was tien jaar geleden districtskampioen bij het kleiduivenschieten. Ik weet niet of hem dat volgens u geschikt maakt.'

'Steekt u de gek met me?'

'Ik ben alleen maar eerlijk. U wil toch dat we samenwerken,' zei Víctor glimlachend.

'Hij moet een getuige bewaken, geen duiven schieten,' zei Sara geïrriteerd.

Uit het aangrenzende vertrek klonk geklap en gejoel. Sara boog zich naar voren en zag Pujante met twee dienbladen het kantoor binnenkomen waar de andere politiemensen zaten.

'De taart voor Ana,' legde Víctor uit.

'Mijn vriendin heeft candimus voor ons gemaakt,' riep Pujante luidkeels.

Víctor vermoedde wat er in Sara omging. Voordat ze nee kon zeggen, zei hij: 'We hébben iets te vieren. Sinds vijf jaar zoeken we naar de meisjes en vandaag is Ana naar huis teruggekeerd.'

Sara knikte.

'Maar niet langer dan vijf minuten. We moeten naar Ana.'

'Gaat u niet even mee?'

Ze schudde haar hoofd. 'Het is jullie feestje.'

Víctor had er graag op gestaan dat ze meeging, maar er was tussen hen te veel gebeurd. Eerst die kwestie met Nieve. En nu volhardde Sara erin om alle dorpsbewoners als verdachten te beschouwen.

Toen Víctor was weggegaan, deed Sara alsof ze de dossiers bestudeerde, maar in werkelijkheid nam ze de politiemensen op die taart aten en een glas wijn dronken. Ze lachten en plaagden elkaar. Víctor hoorde erbij.

Hoe moest zij doordringen tot deze hechte gemeenschap? De inwoners van Monteperdido waren allemaal op de een of andere manier met elkaar verbonden. Peetooms, schoolkameraden, zussen of vriendinnen die samen hun kinderen opvoedden, gezamenlijke feesten en de lange, donkere winters, rondom alleen maar bergen en de dieren die daar huisden. Herten, reeën, wilde zwijnen. Een paar vossen die in de bossen bij de Monte Ármos en de Ixeia leefden. Geliefd, maar er werd ook op gejaagd. Dieren en mensen van wie de levens nauw met elkaar verbonden waren. Dat was Monteperdido.

Een van hen had met een zwarte helm op de meisjes ontvoerd.

Dit keer hadden ze bijtijds gereageerd, in tegenstelling tot vijf jaar geleden. Nadat Ana weer was opgedoken, was meteen de toegangsweg afgezet. Ze waren weliswaar te laat bij de hut in de bergen gekomen waar de meisjes gevangen waren gehouden, maar de ontvoerder had waarschijnlijk geen tijd gehad om weg te vluchten uit de omgeving. Daarom was het zo belangrijk om alle dorpsbewoners zo snel mogelijk te ondervragen en alle alibi's te controleren in het tijdsbestek dat Ana was gevlucht. Het was een heel moeizaam karwei, maar het hele verdere onderzoek zou daarop zijn gebaseerd. Víctor voelde zich er niet prettig bij dat hij zijn buren als verdachten moest bestempelen. En de andere politiefunctionarissen verging het precies zo. Ze was ervan overtuigd dat elk getuigenverhoor zou beginnen met een verontschuldiging: 'Dat moet van die rechercheurs. Als ik het voor het zeggen had, was ik hier niet.'

Sara zat wat te krabbelen op een vel papier. Bij het bekijken van de meetkundige figuren, die een soort labyrint vormden, moest ze denken aan wat een psychologe ooit over die tekeningen had gezegd. Santiago had er destijds op aangedrongen dat ze iemand zou consulteren toen hij begreep dat ze 's nacht paniekaanvallen had. 'Die staan symbool voor je behoefte om je op te sluiten,' had de psychologe gezegd. Ze staan symbool voor mijn behoefte aan veiligheid, had Sara het liefst geantwoord. Maar dat deed ze niet. Bij het zien van de tekening kwam er een vraag bij haar op: waarom vertelt Ana niet alles wat ze heeft meegemaakt?

Als je er het minst op bedacht bent, vermoord ik je, had de ontvoerder tegen haar gezegd.

Ze mochten het meisje geen moment alleen laten. Hoe zou de ontvoerder moeten weten dat Ana hun niets vertelde wat tot zijn ontmaskering kon leiden? Zou hij er niet alles aan doen om dat te voorkomen? Sara stelde zich voor hoe de man Lucía uit angst voor de politiemacht naar een nieuwe schuilplaats overbracht terwijl hij in het dorp deed of alles normaal was en in de buurtsuper gezellig een praatje maakte: 'Nou, het wordt vandaag flink warm.'

Wat zou zijn volgende stap zijn?

In Ximena's gedachten was de kust bij Almería het paradijs op aarde. Ze zag zichzelf al in de gloeiend hete zon liggen op een van de nudistenstranden waarover Rafael Grau, Montserrats broer, had verteld. Ze voelde gewoon hoe het zout opdroogde op haar huid. Deze fantasie was het enige wat ze met Almería in verband bracht. Maar hoewel ze nog nooit op de stranden was geweest waar ze van droomde, had ze het gevoel dat ze daar meer thuishoorde dan in dit bekrompen dal in de bergen.

In Monteperdido was ze een buitenaards wezen. Pikzwart krullend haar dat ze iedere dag met moeite moest zien te bedwingen. Een donkere, bijna zwarte huid, ook al een erfenis van haar moeder. Net als haar lippen en ogen. Ze zag zichzélf op de weinige foto's die Nicolás van haar moeder had gemaakt voordat ze was weggegaan. Niemand had haar moeder bij haar naam genoemd, ze was gewoon 'de Colombiaanse' geweest. En Ximena had niet alleen haar uiterlijk geërfd, maar ook die bijnaam. De Colombiaanse van Monteperdido.

Quim was een van de weinigen die haar Ximena noemden.

Ze kleedde zich aan. Leren laarzen, minirok, navelshirt. In de woonkamer zat Nicolás met geopende mond en verschoven bril te slapen voor de ingeschakelde tv. Op het kussen was een druppel speeksel terechtgekomen.

Ik ben wel echt de lul, dacht Ximena.

Ze verliet het huis en liep door de buurt naar het kleine dennenbos en ging vervolgens over de weg. Beneden bij de rivier stonden maar een paar bescheiden huizen. In een daarvan woonde Rafael Grau.

Toen Ana en Lucía werden ontvoerd, waren er allerlei gevoelens door haar heen gegaan. Aan de ene kant was ze er stiekem blij om dat de twee meisjes, die haar altijd links hadden laten liggen, hun verdiende straf hadden gekregen. Aan de andere kant vond ze het in het diepst van haar hart vervelend dat zij niet ook was ontvoerd. Het was het definitieve bewijs dat ze werd afgewezen.

Ze ging zonder te kloppen Rafaels huis binnen. Quim en Rafael waren in de keuken. Het rook er naar koffie en geroosterd brood. De vrouw die het huis altijd schoonmaakte, was in de zitkamer aan het stofzuigen. De ramen stonden open. Het tochtte. Rafael vroeg haar om de keukendeur dicht te doen, zodat ze geen last hadden van het geluid van de stofzuiger. Waarom had haar moeder voor Nicolás gekozen en niet voor hem? Ze wist het antwoord wel: omdat de veearts een idioot was. Dat had hij in de zestien jaar van haar leven dag in, dag uit bewezen. Een belachelijk iemand. Maar wie had er anders voor haar moeten zorgen? In wezen had haar moeder aan Ximena gedacht voordat ze was weggegaan.

Quim schoof een kruk bij en Ximena ging naast hem zitten, terwijl Rafael het geroosterde brood op tafel zette.

Rafael was een man van weinig woorden, niet zoals Nicolás, die nooit ophield met ouwehoeren, vooral als hij het over die dwaze romans had die hij schreef. Kreeg hij het niet van zichzelf op de zenuwen, vroeg Ximena zich af als ze zag dat Nicolás iedereen die niet snel genoeg de benen had genomen, verveelde met zijn verhalen. Hij beschouwde zichzelf als schrijver. *De follet uit het populierenbos* heette de roman waar hij nu mee bezig was. Opnieuw in het Patués. Ximena had altijd geweigerd om ook maar één woord van dat suffe boerentaaltje te leren.

Rafael vroeg haar om de vaat in de afwasmachine te zetten toen ze hun ontbijt ophadden. Hij moest aan het werk. Ximena zou het fijn hebben gevonden als hij nog even was gebleven om te vertellen over zijn reizen. Verhalen uit de tijd dat hij met zijn vrachtwagen de hele wereld over was gereden. Hij was overal geweest waar ook zij graag een keer naartoe wilde. Scandinavië. Azië. Een tijdlang had hij in Zuid-Amerika gewoond, dat hij van noord naar zuid had afgereisd. Sinds hij weer in Spanje was, werkte hij voor het transportbedrijf van Quims vader.

Ximena voelde Quims hand op haar blote dijbeen. Zijn vingers dwaalden onder haar minirok terwijl hij een hap brood nam. Ze duwde zijn hand weg en glimlachte vervolgens naar hem. Ze wist zeker dat Ana's terugkeer voor hem het moeilijkst was. Ze wist in wat voor hel hij thuis leefde.

Ze waren van plan om er op een dag samen vandoor te gaan. Ximena vertelde hem altijd over Almería. De bestemming maakte Quim niet uit, weg uit deze bergen, dat was de hoofdzaak.

Rafael trok zijn jas aan en legde veertig euro op tafel. Die moest ze aan de schoonmaakster geven als ze klaar was. Voordat hij ging, woelde hij even door het haar van zijn neef. 'Doe geen domme dingen,' zei hij gemaakt streng tegen Ximena.

'Wat gaan we doen?' vroeg Quim nadat hij was vertrokken.

Ximena haalde haar schouders op. Ze wist dat hij het thuis niet uithield, vanwege Ana. Ze stond op het punt om hem te vragen of hij haar al had gezien, maar stelde in plaats daarvan voor in Rafaels woonkamer naar een film op internet te kijken. Ze mochten bij hem thuis gaan en staan waar ze maar wilden, doen alsof het hun eigen huis was.

Ximena was nog een kind geweest toen het allemaal was gebeurd. Maar dat was al een tijd geleden en ze was ouder geworden. Ze zocht Quims nabijheid en vond eindelijk waar ze al zo lang naar snakte. Een paar jaar nadat haar vriendinnen waren verdwenen, had hij haar voor het eerst gekust. Zij was dertien geweest en Quim zestien.

Het was zomer, ze waren in de ijskoude rivier aan het zwemmen. Ze hadden luidkeels geschreeuwd en gelachen en gewed wie het het langst uithield in het water. Quim had haar onder water gehouden en nadat ze weer boven was gekomen, had ze zich aan hem vastgeklampt, zodat het haar niet nog een keer zou overkomen. Ze had zijn lichaam tegen het hare gevoeld. Het was niet zozeer seksueel opwindend geweest, eerder een beschermend gevoel. Quim had haar gekust en Ximena had de hele nacht niet kunnen slapen.

Ze hadden het er nooit over gehad of ze nu echt een stel waren. Ximena had soms het idee dat het voor hem minder serieus was dan voor haar, maar ze was niet bereid om hem te laten gaan. Ze probeerde zichzelf wijs te maken dat het kwam door de slechte band met zijn ouders en de situatie bij hem thuis dat hij vaak zo gemeen tegen haar was en zich telkens opnieuw van haar afkeerde. Maar de angst dat Quim op een dag niet meer bij haar zou zijn, was altijd aanwezig.

De politieauto stopte voor de deur. Víctor arriveerde vrijwel tegelijkertijd. Uit zijn jeep stapten ook Burgos en die vrouwelijke rechercheur uit Madrid, Sara Campos. Montserrat zag dat ze op straat wachtten totdat Raquel en Ana uit de auto stapten. De politie had de wegen afgezet om de journalisten weg te houden uit hun wijk. Ze waren in quarantaine, alsof ze een besmettelijke ziekte hadden. In het dorp was het merkwaardig stil. Een stilte die haar deed denken aan de dagen na het verdwijnen van haar dochter. Net of alle mensen voor zich hielden wat ze werkelijk dachten. Een stilte die oorverdovend was. Montserrat hoefde niet te horen wat ze zeiden. Ze wist wat iedereen dacht. Bij de jachtvereniging en de broederschap Santa María. Lucía is dood, dat dachten ze. Nadat het Ana was gelukt om te vluchten, had de ontvoerder niet geaarzeld en zich van haar dochter ontdaan. Montserrat weigerde om die gedachte toe te laten. Ze deed al vijf jaar lang haar best, maar het viel haar steeds moeilijker.

Ana zag er stoer uit met dat kaalgeschoren hoofd. Ze had niets meer over zich van het kleine meisje met de pony. Ze was nu even lang als haar moeder en onder haar kleding leken vrouwelijke vormen schuil te gaan. Montserrat had verwacht dat ze een soort patiënt zou zijn die na een lang verblijf in het ziekenhuis naar huis kwam. Maar Ana kwam niet verzwakt over. Ze liep met rechte rug, zonder door haar moeder te worden ondersteund. Montserrat kreeg er de koude rillingen van toen ze Ana's gezicht zag en ze vroeg zichzelf met tranen in haar ogen af hoe Lucía er nu zou uitzien.

Montserrat deed het gordijn dicht en leunde tegen de muur. Joaquín kwam naar haar toe en nam haar in zijn armen. 'Wil je met haar praten?' vroeg hij.

Montserrat schudde haar hoofd. Ze maakte zich los uit de omarming van haar man en ging naar boven. Sinds ze Lucía was kwijtgeraakt, had ze zich laten meevoeren door de maalstroom van de gebeurtenissen. Alsof ze zelf in het water was gevallen en zich naar het dal had laten drijven. Maar nu was de stroming sterker geworden en ze liep het risico om te pletter te slaan tegen de rotsen en in de kolkende, woeste watermassa haar verstand te verliezen.

Heel vroeg in de ochtend, nog voordat de wegen waren afgezet, had hij als een dief om het huis heen geslopen. Het huis van de buren had hij omzeild, uit angst dat Joaquín achter de gordijnen stond en de straat in de gaten hield.

Hij kreeg de deur niet meer open met zijn sleutel. Álvaro probeerde het, maar Raquel had het slot laten vervangen, meteen nadat hij was weggegaan. Niet omdat ze bang was voor hem. Gewoon omdat ze bang was. Dat er opnieuw iets vreselijks zou gebeuren. Het kwaad was op een dag hun leven binnengedrongen, waarom zou dat niet nog een keer gebeuren? Álvaro had de paniek op Raquels gezicht gezien toen hij was gekomen om zijn spullen op te halen. Maar destijds had hij niet aan haar gedacht. Alleen aan zichzelf. Het hele dorp was tegen hem geweest. Hij was een melaatse, opgejaagd en in het nauw gedreven als een vos die na een lange jacht genoeg had van het vluchten. Het net dat de jagers rond hem vormden, sloot zich steeds verder. Het dodelijke schot kon elk moment vallen. Ze scholden hem uit voor kinderverkrachter, noemden hem een leugenaar. Wat heb je op school met onze meisjes uitgespookt? Wat heb je je eigen dochter aangedaan? Hij kreeg de kans om te vertrekken en die had hij aangegrepen. Nadat hij in de auto was gestapt, had hij niet achteromgekeken. Hij wilde niet zien hoe Monteperdido, zijn huis, zijn vrouw in de verte verdwenen en steeds kleiner werden.

Hij sloop via de achterdeur het huis binnen. Raquel had hem niet op slot gedaan. Hij stelde zich voor hoe ontredderd zijn vrouw moest zijn geweest toen de politie bij haar aanbelde. De angst dat het allemaal een vergissing kon zijn, totdat ze Ana in het ziekenhuis kon zien en aanraken. Ze waren nu buiten, in de voortuin. Hij had de auto's gehoord. De voordeur die openging. Álvaro wachtte in zijn vroegere slaapkamer. De luiken waren dicht, het was donker. En eindelijk druppelden er een paar tranen uit zijn blauwe ogen.

Ana ging naar boven en probeerde in dit huis een vertrouwde geur te ontdekken. Halverwege de trap bleef ze staan en keek achterom. Haar moeder en een agent waren beneden blijven staan. Ana moest denken aan hoe ze vroeger, voordat alles was gebeurd, op de fiets door de buurt had gereden. Ze was bang om zonder zijwieltjes te fietsen, totdat haar vader die er op een dag gewoon afgeschroefd had en had weggegooid. De eerste meters die ze destijds zonder die ondersteuning had gereden, waren precies hetzelfde als de passen die ze nu nam. Tree voor tree. In een nieuw leven. Ze ademde diep in, maar alles hier rook vreemd. Een zweem van het parfum dat

Raquel inmiddels gebruikte, onbekende etensluchtjes, de geur van schoonmaakmiddelen die de zoete geur hadden weggepoetst die haar omhuld had als ze haar kamer binnenkwam. Op de eerste verdieping aangekomen, glimlachte ze en haar hartslag werd langzamer. Tussen alle vreemde luchtjes steeg een zwakke geur op die ze kende en die in al die jaren niet was verdwenen. Het rook naar fiets, naar bezwete huid na het spelen, naar uitgebreide dutjes in de winter.

'Hebt u niet door dat u onze tijd verknoeit?' liet Sara zich ontvallen. Joaquín Castán en zijn voortdurende eisen waren uiterst vermoeiend. 'Ik dacht dat ik duidelijk had gezegd dat wij ú bellen als er iets belangrijks gebeurt.'

'U hebt de hele ochtend met het meisje gesproken en u hebt mij niets te vertellen?' Lucía's vader gaf het niet op.

Hij had hen voor Raquels huis opgewacht. Víctor probeerde te bemiddelen en Joaquín te kalmeren, maar die weigerde te luisteren. Een doortastende, woedende man die het gewend was om door te drukken. Joaquín wilde antwoorden van Sara en Santiago.

'Jullie zijn niet de eerste rechercheurs die zich met de zaak bezighouden,' zei hij verwijtend. 'We hebben er al heel wat zien komen en gaan. De enigen die altijd hier bleven, dat zijn wij, de familie.'

'Ana kan de ontvoerder niet omschrijven,' legde Santiago uiteindelijk uit. 'Maar we trekken andere sporen na.'

'Waarom kan ze hem niet beschrijven?'

'Joaquín, we moeten voorzichtig omgaan met onze informatie,' kwam Sara tussenbeide. Maar haar blik was niet op hem gericht, maar op Burgos en Raquel, die het huis uit kwamen lopen.

'Die eeuwige tactiek om mensen aan het lijntje te houden. Dat leidt helemaal nergens toe! Waarom laten niet alle televisiezenders een foto van mijn dochter zien? Of kan Ana ook niets over Lucía zeggen?'

Sara had Joaquín de rug toegedraaid en ze liep naar Burgos.

'Waar is Ana?' vroeg ze.

'Binnen,' antwoordde Burgos met een zorgeloze glimlach.

'Ze wilde eventjes alleen zijn,' lichtte Raquel toe.

Sara stormde het huis binnen. Ze riep Ana, maar het enige antwoord dat volgde, was een stilte. Ze vloog de trap op, terwijl Víctor en Santiago het huis binnengingen en zich afvroegen wat er was gebeurd. Ana's naam schalde als een echo door het huis. De muren en de meubels staarden haar zwijgend aan, als stille getuigen van hetgeen zich had afgespeeld in de minuten dat ze het meisje alleen hadden gelaten. Ze had toch niet voor niets een agent als bewaker aangewezen? Sara probeerde zich te beheersen, met woede kwam ze nu geen stap verder. Ze opende een deur. Daarachter bevond zich de badkamer. Nog een deur. Een werkkamer. Ze was ermee opgehouden om Ana's naam te roepen.

'Stil nou maar,' hoorde ze een stem zeggen. Sara draaide zich met een ruk om, met het pistool in haar hand. Álvaro's handen gingen sussend omhoog. In zijn ogen stonden tranen, maar tegelijkertijd straalden ze een merkwaardige rust uit, als een kalme blauwe zee.

'Waar is ze?' vroeg Sara, met het pistool nog altijd in haar hand.

Álvaro ging iets opzij, waardoor ze een blik in de slaapkamer kon werpen. Sara zette een paar passen naar voren en riep naar beneden:

'Alles oké hier. Ze maakt het prima.'

Ze stopte het pistool terug in de holster en keek Ana aan, die op het bed van haar ouders zat.

'Alles is toch goed met je, of niet?'

Ana knikte nauwelijks merkbaar. Álvaro excuseerde zich en liep de badkamer in. Sara hoorde Raquels voetstappen op de trap, gevolgd door die van haar collega's. Ana zat stilletjes op bed, de handen op haar dijbenen, en ze wachtte tot iedereen naar boven kwam.

Terwijl Sara haar in deze halfdonkere kamer met de gesloten luiken zag zitten, wist ze dat Ana bezig was een muur om zich heen te bouwen die het verleden op afstand hield. Ze wilde vanaf nul beginnen. Ze was een jonge vrouw die alle zwakte had laten varen en zich had gehuld in een ondoordringbaar pantser.

Santiago sneed het vlees in stukjes. Elisa, het meisje uit pension La Renclusa, had hem dit gerecht aanbevolen: *ixarso*. Wildgoulash, gemarineerd in tijm, rozemarijn, knoflook en laurierblad.

Sara schoof haar bord opzij om ruimte te maken voor alle papieren. Onderweg naar de eetzaal hadden ze overlegd hoe ze verder te werk moesten gaan. Zolang het forensisch team de afgebrande hut onderzocht, waarvan ze door de staat ervan geen hoge verwachtingen hadden, zouden ze datgene moeten doen wat Joaquín wilde. Ze hadden inmiddels om iemand gevraagd die een compositietekening kon maken. Ze hoopten dat Ana's omschrijving volstond om een schets van Lucía te laten maken waarop te zien was hoe ze er nu uitzag. Maar Santiago was erop tegen om de tekening door te geven aan de media.

'We moeten niet vergeten dat hij haar net als eerst in zijn macht heeft. We weten niet hoe hij reageert,' had hij gezegd.

Vijf jaar lang had die man ongestoord zijn gang kunnen gaan. Maar nu lagen de zaken anders. Een van de meisjes was aan hem ontsnapt. De politie mocht geen verstoppertje spelen, maar als ze de druk op hem verder verhoogden en een tekening van Lucía openbaar maakten, raakte hij misschien in paniek. Hij had haar niet in die kelder vermoord. Hij had haar ergens anders naartoe gebracht, maar als haar gezicht voor hem een gevaar ging vormen, was het alleen maar logisch dat hij zich van haar ontdeed.

Elisa kwam naar hun tafeltje om hun brood te brengen. 'Is alles naar wens? Vindt u de ixarso niet lekker?' Sara had haar eten nauwelijks aangeroerd.

'Ik heb niet zo'n honger,' zei ze verontschuldigend.

Elisa's ogen ontweken haar blik alsof het twee kleine vogeltjes waren die van de ene tak naar de andere fladderden. Ze had een haarband met daarop een vilten figuurtje om haar hoofd.

'Wat mooi,' zei Sara.

'Dank u. Die maak ik zelf,' antwoordde Elisa en ze begon te blozen.

'Ik wil er ook graag een keer eentje van je.'

'Doe ik.'

Elisa bleef naast de tafel staan alsof ze nog iets wilde zeggen. Maar ze leek van gedachten te veranderen, draaide zich verlegen om en liep weg.

De eetzaal was niet heel bijzonder. Acht, negen tafeltjes in een vertrek waar aan de met hout betimmerde muren karakteristieke voorwerpen uit de omgeving hingen. Aan een pilaar in het midden van de ruimte was naast oude sneeuwschoenen een ingelijst schilderij van Maria te zien. Behalve een gepensioneerd Frans stel waren ze de enige gasten.

'Dát wil ik ook wel,' zei Santiago en hij wees op het oudere echtpaar.

'Je hebt nog een paar jaartjes te gaan tot aan je pensioen.'

'Niet zo heel veel meer. Ik kan nu al zonder problemen doorgaan voor een gepensioneerde die zijn spaargeld er samen met een mooi meisje doorheen jaagt.' Daarbij wees hij met zijn vork op haar en grijnsde.

Sara zuchtte en roerde lusteloos door haar eten. Haar maag kwam in opstand. Santiago at een stukje wildragout.

'Het smelt op je tong,' zei hij, om haar aan te sporen iets te eten.

Ze begreep wat Santiago wilde zeggen: soms was deze baan echt vermoeiend. Niet door de lange werktijden of omdat ze altijd onderweg waren om rond te snuffelen in andermans zaken. Nee, waar ze hun handen vol aan hadden, was de complexe aard van de mens.

Ze schoof het vlees heen en weer over het bord, maar legde vervolgens haar vork weer neer. 'Waarom heeft ze tegen ons gelogen?' vroeg Sara, terwijl ze uit het raam keek.

Santiago antwoordde niet meteen. Nadat hij zijn glas wijn had bijgevuld, zei hij: 'Uit schaamte, neem ik aan. Een andere verklaring heb ik er niet voor.'

Ana had in het ziekenhuis gezegd dat de man haar niet had aangeraakt. Dat hij haar al die jaren vol minachting had gestraft als een hinderlijke spelbreker. Maar het medische rapport vertelde iets anders. Ana had seks gehad, ook al kon niet worden vastgesteld hoe vaak. Maar ze was al zeker twee jaar geen maagd meer.

'Denk jij dat ze ook heeft gelogen toen ze beweerde dat ze zijn gezicht nooit heeft gezien?' vroeg Sara.

Inmiddels twijfelde ze aan Ana's hele getuigenis. Er konden allerlei uiteenlopende redenen zijn voor haar leugens, van schaamte tot en met een blokkade. Misschien probeerde haar onderbewustzijn om alle pijnlijke dingen te verdringen. In andere zaken had ze vergelijkbare reacties meegemaakt. Maar er was iets waardoor deze zaak anders was dan alle andere: Ana was niet alleen geweest. En terwijl zij vrij was en probeerde om haar verleden te verwerken, was Lucía nog altijd in handen van de ontvoerder. Elke leugen van Ana om zichzelf te beschermen, was een schepje aarde op het graf van Lucía.

'Ik weet dat het heel dwaas klinkt. Maar stel dat Ana helemaal niet wil dat we Lucía vinden?' vroeg Sara.

'Ga nou eindelijk eens eten en hou op met dat gekrabbel in je notitieboekje,' zei Santiago streng. 'Dit soort vlees mag niet in de prullenbak eindigen.'

Sara keek naar haar notitieboek. Langs de randen stonden allerlei figuren, als geometrische slingerplanten. Ze prikte lusteloos in een stukje vlees.

'Lucía en Ana hebben vijf jaar lang bij elkaar gewoond op, hoeveel, misschien twintig vierkante meter. Het zijn vriendinnen van elkaar. Het was alsof ze familie van elkaar waren. Zusjes. En je weet hoe dat gaat in een gezin: er wordt gauw ruziegemaakt, maar het wordt ook weer snel bijgelegd,' oordeelde Santiago.

'Ik wil graag nog een keer met Ana praten.'

'Dit keer neem ik dat voor mijn rekening,' zei Santiago op niet mis te verstane toon.

Sara keek hem woedend aan. Santiago reageerde met een glimlach op haar nijdige blik. Zijn ogen verdwenen achter ontelbaar veel rimpeltjes.

'En?' vroeg hij.

'Je bent mijn vader niet, hoor.'

'Ach, hou toch op, Sara. Soms ben je zo'n teer poppetje dat het me bang maakt. Ik weet niet waarom ik niet op zoek ga naar een collega met ballen.'

Santiago stond op en verliet de eetzaal. Sara zag hem de weg aflopen. We hebben allemaal onze tere punten en hij vormde daarop geen uitzondering. Waar hij probeerde om haar littekens te genezen, hoopte Sara dat ze dat ooit ook voor hem kon doen.

Raquel sloot zichzelf op in de badkamer, zocht steun bij de wastafel en brak in tranen uit. Ze klemde haar lippen op elkaar omdat ze niet wilde dat ze haar hoorden. En Álvaro al helemaal niet. Ze was duizelig. Ze ging op het toilet zitten en liet haar hoofd hangen, haar haar viel voor haar gezicht. Ze probeerde om rustig adem te halen. Met diepe teugen.

Voordat Sara Campos en Santiago Baín waren vertrokken, hadden ze haar meegedeeld dat Burgos bij hen zou blijven. In huis. Ze wilden dat Ana dag en nacht werd bewaakt. 's Avonds zou er een andere agent komen om Burgos af te lossen. Álvaro was woedend, hij begreep niet waarom hun privacy hun werd ontnomen. Was het niet voldoende als er een politieauto voor de deur stond? Maar met Sara viel niet te praten. De enige andere mogelijkheid was om Ana mee te nemen naar het politiebureau, dan konden zij hun privacy bewaren. Raquel had ernaar geluisterd alsof het haar allemaal niets aanging. Alsof alle anderen niet meer waren dan wat silhouetten in de woonkamer. Ze had naar haar dochter gekeken, naar haar man en was bang geweest alleen haar eigen spiegelbeeld te zien in de spiegel op de gang. Wat voelde ze? Ze moest toch gelukkig zijn? Waar kwamen die barsten in het hier en nu vandaan?

Nadat haar dochter en Álvaro weer naar boven waren gegaan, was zij naar de keuken gelopen om een glas water te drinken. Die twee waren in een gesprek verwikkeld dat zij niet kon verstaan. Haar angsten waren als een deken die alles bedekte. Niemand kon leven zonder toekomst, zonder enig idee te hebben wat er de volgende dag stond te gebeuren. Veel mensen dachten dat ze die 'volgende dag' na Ana's verdwijning was kwijtgeraakt, maar dat klopte niet. Dat was pas later gebeurd, toen haar vertrouwen in Álvaro begon af te brokkelen. Ze had geprobeerd om niet te luisteren naar de praatjes over wat hij met Elisa zou hebben uitgespookt, maar nadat hij vervolgens was gearresteerd, kon ze er haar ogen niet langer voor sluiten. Had haar man de meisjes ontvoerd? Na zijn vrijlating was Álvaro verhuisd. Raquel had hem niet kunnen tegenhouden. Het was een lange, pijnlijke weg geweest. Ze had haar gevoelens voor Álvaro van zich af moeten zetten om weer een pad te vinden dat ergens naartoe leidde.

Ze had haar glas hard in de gootsteen laten vallen. Daarna was ze naar boven gegaan. Op de gang zat Burgos. Hij keek weg op het moment dat hij haar zag aankomen. Hij kon niet verbergen hoe hij op dat moment over Raquel dacht. Álvaro en Ana stonden in de deuropening van Ana's vroegere kamertje. Ana draaide zich naar haar om.

'Je hebt mijn kamer leeggeruimd,' zei ze op argeloze toon.

Raquel zag achter Ana het bureau, de boekenrekken die Ismael en zij op een zaterdagochtend in Barbastro hadden gekocht. Waarom heb je me overgehaald om dat te doen, Ismael?

'Waar zijn mijn spullen. Heb je die weggegooid?' Ana liep de kamer in en zocht tussen alle kantoorspullen naar een of ander overblijfsel uit haar jeugd.

'Ik... nee... in de kelder staan een paar kratten,' stamelde Raquel.

Ana keek haar moeder aan en Raquel zag de vraag in haar ogen: ben ik jullie tot last? Zou je het fijner hebben gevonden als ik niet was teruggekomen?

'Er zijn heel wat jaren verstreken, Ana,' probeerde Álvaro te bemiddelen. 'Het is een wonder dat je hier nu bent. We hadden de hoop al opgegeven, begrijp je? Dat je spullen niet hier zijn, betekent niet dat we je vergeten zijn. Geen seconde.' Álvaro ging naar zijn dochter toe, legde zijn handen om haar gezicht en keek haar diep in de ogen terwijl hij met haar praatte. Zijn blauwe ogen in de donkere ogen van zijn dochter. Net als toen ze nog een klein meisje was en naar had gedroomd. 'Het was alleen maar een vervelende droom,' had hij altijd gezegd, waarna hij haar gezicht had omvat en haar recht in de ogen had gekeken. In tegenstelling tot Raquel wist hij altijd de juiste woorden te vinden.

Raquel merkte dat ze beefde. Alsof ze in duizenden stukjes zou breken. Daarom had ze zichzelf opgesloten in de badkamer. Waarom had ze zich laten overhalen door Ismael? Waarom had ze de spullen van haar dochter weggehaald en aan het goede doel geschonken?

Er werd op de deur geklopt. Ze kwam overeind, streek met haar vingers door haar haar en veegde de tranen weg.

'Ik kom zo!' riep ze nadat ze zich ervan had verzekerd dat haar stem het niet zou begeven.

'Álvaro hier. Kunnen we eventjes praten?'

Raquel opende de deur op een kier nadat ze even in de spiegel had gekeken. Ze had nog wat tijd nodig om net te doen alsof er niets aan de hand was.

'Ik kom zo, beloofd. Zeg maar tegen Ana dat alles in orde is. Het komt gewoon omdat ik zo blij ben dat ze er weer is.'

'Mag ik binnenkomen?' drong Álvaro aan. 'Alsjeblieft.'

Ze hield zich nog een paar seconden schuil achter de deur voordat ze die helemaal opendeed. Álvaro kwam de badkamer in. Terwijl hij de deur dichtdeed, ving ze Burgos' blik op.

'U moet mijn dochter bewaken. Daarom bent u hier,' zei ze.

De agent deed alsof zijn blik niet voor hen bedoeld was geweest.

Álvaro keek of hij ergens kon gaan zitten. Het was krap in de badkamer. Raquel leunde tegen de muur met de handdoekstangen. Uiteindelijk ging hij op de rand van het bad zitten. Hij glimlachte. Raquel keek hem boos aan.

'Sorry, hoor,' zei Álvaro. 'Ik herinnerde me net dat... ach, laat maar. Flauwekul.'

'Wat herinnerde je je?'

Ik dacht aan dat weekend toen we naar Barcelona zijn gereden om kennis te maken met jouw ouders.' Raquel had geen idee waar hij op aanstuurde. 'Weet je dat niet meer? We hadden onszelf opgesloten in de badkamer om het te doen, maar: kansloos. Het was er nog kleiner dan hier. En tot overmaat van ramp klopte je moeder op de deur, we waren net bezig.'

Álvaro legde de herinnering aan haar voeten als een kat die zijn eigenaar een dood vogeltje brengt. Het was gek en tegelijkertijd mooi. Raquel glimlachte terwijl ze eraan terugdacht hoe snel ze de douche hadden aangezet om haar moeder om de tuin te leiden. Ze waren net twee tieners, hoewel ze al zwanger was geweest van Ana. Álvaro had al wat grijze haren gehad en ze waren van plan naar Monteperdido te verhuizen.

'Je moet je niet schuldig voelen,' zei Álvaro. 'Hoe kun je nu weten wat goed is of fout als je iets overkomt wat ons is overkomen.'

'Ik had haar spullen nooit mogen weggeven, maar ik had ruimte nodig voor het bedrijf en...'

'Heus, Raquel, je hoeft je niet te verantwoorden. Niet tegenover mij,' zei Álvaro op sussende toon. 'Je dochter is er weer. Het maakt niet uit wat er de afgelopen vijf jaar is gebeurd. Ik wil alleen dat je haar in je armen neemt.'

Het liefst zou ze zich in zijn armen nestelen. In plaats daarvan maakte ze hem verwijten.

'Waarom heb je me nooit gezegd waar je was?'

'Ik dacht dat je dat niet wilde weten. Misschien heb ik een fout gemaakt.' Hij keek Raquel met trieste blik aan. 'Mag ik hier vannacht blijven slapen?'

'Beneden staat een slaapbank. Ik zal een paar dekens voor je halen.'

Víctor bracht Sara de dossiers van de zaak uit het archief. Vier kratten die in de kelder van het politiebureau hadden staan verstoffen. Daarna reed hij haar naar pension La Renclusa. Sara wilde al het materiaal nog één keer doornemen. Misschien zat er iets tussen dat afweek van de informatie die ze al had.

De rit naar het pension verliep in stilte. Sara keek in gedachten verzonken naar de nachtelijke bergen die hun schaduwen op de huizen wierpen. Víctor zat met zijn hoofd nog bij de ruzie die hij met Sara had gehad omdat Burgos Ana alleen had gelaten. 'Zo gaat dat in dat dorp hier. Taart eten en het werk vergeten,' had Sara gefoeterd. Wat wist zij nou helemaal van dit dorp, vroeg hij zich af terwijl hij stilhield voor het pension. Het afscheid was koeltjes.

Sara zette de kratten op bed. Buiten op de gang was gelach te horen. Ze had de deur open laten staan en keek nog even om het hoekje. Aan het eind van de gang, pal naast de trap, ging een deur open. Sara ving een paar flarden Frans op die ze niet verstond, waarna ze Elisa de kamer uit zag komen. Iemand probeerde haar weer naar binnen te trekken, maar Elisa verzette zich lachend. 'Zo kan-ie wel weer,' zei ze. In de kamer verbleef een groep jonge mannen die Sara bij het ontbijt had gezien. Elisa trok haar gebreide vestje omhoog, dat van haar schouder was gegleden, en maakte met een haarband een staartje. 'Jullie zijn echt heel erg,' giechelde ze. Ze deed denken aan een vlinder die tevreden om een bloem heen vloog. Vervolgens draaide ze zich om en werd de deur dichtgedaan. Elisa trok haar schouders op alsof ze het opeens koud had en glipte geluidloos de trap af.

Het was nacht in Monteperdido. Ana hoorde het ruisen van de bomen. Die nepregen die ze zo vaak 's nachts had gehoord. Haar moeder zat in een stoel in een hoek van de kamer. Ana had geprobeerd om haar over te halen om naar bed te gaan. Maar Raquel had geweigerd. En erop gestaan in ieder geval één lamp aan te laten. Ana wilde haar niet tegenspreken, maar eerlijk gezegd was ze gewend aan het donker. Van het licht werd ze zenuwachtig. Ze probeerde haar ogen dicht te doen.

Het badkamerraam keek uit op de tuin aan de achterkant. Op het gazon tekende zich een geelachtige rechthoek af. In Raquels kamer brandde licht. Montserrat staarde naar de rechthoek als een bedelaar die door de mooi verlichte ramen van een huis naar binnen tuurt. Ze verfoeide zichzelf erom en voelde zich vies. Ze deed het raam dicht en liep naar het medicijnkastje. Daarin stonden hele rijen met doosjes medicijnen tegen ziekten die ze misschien nooit zouden krijgen. 's Winters, als de wegen waren dichtgesneeuwd, kon je niet naar de apotheek in Barbastro en in de dorpsapotheek was bijna niets verkrijgbaar. Niet alleen Montserrat en Joaquín, maar vrijwel iedereen ging naar Andorra om daar medicamenten voor de winter in te slaan. Tabletten en sapjes, waarvan de houdbaarheidsdatum vaak al was verstreken voordat ze geopend werden. Montserrat voelde de wanhoop in zich opstijgen. Met trillende handen zocht ze naar een kalmeringsmiddel. Het hartstochtelijke gekreun van Raquel schoot haar te binnen. Ze wist dat ze een verhouding had met Ismael Casella, de timmerman die haar hielp met het bouwbedrijfje. Toen ze een paar weken geleden Lucía's kamer had opgeruimd, had ze hen samen gehoord. En nu bleef Raquels geluk maar door haar hoofd spoken.

Víctor maakte Nieves wond schoon, verving het verband en liet hem wat drinken. Het ging beter met hem, maar hij was nog altijd te zwak om zijn kop omhoog te krijgen. Daarna aaide hij het dier totdat het weer in slaap viel. Hij zag de borstkas moeizaam op en neer gaan. Er kwamen herinneringen in hem op. Nuria in het ziekenhuis, een week na de overstroming. Hij had op een ongemakkelijke stoel naast haar bed gezeten en zat te wachten totdat ze bijkwam. Ze lag aan de beademing.

Hij wilde niet langer thuis zitten terwijl hij maar aan één ding dacht. Hij moest met iemand praten, afleiding zoeken zodat het piekeren ophield. Voordat hij zijn huis verliet, keek hij nog een keer naar de keukentafel. Daarop lag een ordner uit het archief die hij zichzelf had toegeëigend. Terwijl hij Sara naar het pension had gebracht, had hij de hele tijd aan die ordner in de kofferbak moeten denken. Het was beter dat ze de inhoud daarvan niet te zien kreeg.

Terwijl Víctor het café van de jachtvereniging binnenliep, zag hij dat het er al vol was. Zijn broer Román liep heen en weer tussen de bar en de tafeltjes en had alleen tijd voor een korte begroeting toen hij hem zag binnenkomen.

'Heb je het nieuws gezien?' riep Marcial naar hem. Op zijn tafeltje lag een stapel dominostenen. 'Ze geven slecht weer op.'

Víctor had nog geen tijd gehad om naar het journaal te kijken.

Hij kwam op zichzelf over als een gescheurd net waarin geen enkele vis achterbleef.

‘Ik zal later even kijken,’ zei hij verontschuldigend.

‘Een paar onweersbuien, meer niet,’ verduidelijkte Marcial en hij concentreerde zich weer op het spelletje domino. Nadat hij zijn stenen had gerangschikt, keek hij zijn tegenstander aan. ‘Nicolás, ben je zover?’

‘Natuurlijk, Marcial, we kunnen beginnen.’ Nicolás staarde naar zijn eigen stenen alsof het letters waren van een taal die hij niet verstond. Je kon aan hem zien dat hij zenuwachtig was. Hij schoof zijn bril recht en glimlachte onzeker. Het te dikke jongetje dat eindelijk een keer mee mocht voetballen.

Román liep naar Víctor toe en vroeg of hij een cola wilde. Hij had het flesje en de opener al bij zich.

‘Heb je het weerbericht gezien?’ Het idee dat er slecht weer kon komen, liet Víctor niet los.

‘Waarschijnlijk komt alles in Posets omlaag,’ zei Román. ‘Jij zult op het moment wel andere problemen hebben.’

‘Dat mag je wel zeggen, ja.’

‘Die vrouwelijke rechercheur uit Madrid schijnt een echte trut te zijn.’

Víctor grijnsde een beetje halfslachtig en hield liever voor zich hoe hij over Sara dacht. Hij zou ook echt niet geweten hebben wat hij moest zeggen. Soms wist ze hem op de kast te jagen, dan kwam het hem weer voor alsof ze hulpelozer was dan hij had gedacht. Hij nam een slok van zijn cola.

‘Waarom willen ze verdorie van iedereen weten waar ze waren toen het meisje weer opdook?’

‘Uit routine, Román. Dat moet je niet persoonlijk opvatten.’

‘Pujante kwam naar me toe om me te ondervragen. Ik heb hem eruit gesmeten. Als hij nog een keer komt opdagen, moet ik duidelijker zijn.’

'Doe dat nou maar niet. Die arme kerel moet van de recherche verslag uitbrengen, niet van mij. Dan breng je hem in een lastig parket.'

'En waar zou ik dan geweest moeten zijn? Ik was bij de broederschap, net als het halve dorp. We hebben met Joaquín de wake voorbereid. Pujante heeft me daar toch zeker zelf gezien en hij heeft me ook nog gevraagd hoe het er dit jaar voor staat met de wilde zwijnen. En of ik de honden meeneem naar de drijfjacht.'

'En wat kost het jou voor moeite om dat zelf tegen hem te zeggen?'

'Ze kunnen de rambam krijgen, Víctor. We hebben hier in het dorp al zoveel meegemaakt en dan komen er een paar van die wijsneuzen uit Madrid die ons behandelen of we zware criminelen zijn.'

Román was zeven jaar ouder dan Víctor. Víctor kon maar amper geloven dat zijn broer inmiddels al naar de vijftig liep en dat hij zelf de veertig al was gepasseerd. Het leek wel alsof ze gisteren nog als kleine jongetjes door de omgeving van Monteperdido waren gestruind. Román altijd voorop, met Víctor op sleeptouw, die niet begreep waarom zijn grote broer elke steen en elke boom zo fascinerend vond. Het was alsof hij deel uitmaakte van dat universum hier, dat bestond uit bergen, ravijnen, gletsjers, meren en de bossen met hun dieren. Víctor had zich nooit zo verbonden gevoeld met het landschap. Toen hij had gekozen voor Monteperdido was dat niet uit liefde voor deze omgeving, maar uit liefde voor Nuria.

Hij was tot over zijn oren verliefd geweest. Ze wilden trouwen. Víctor vroeg zich vaak af hoe hun leven samen eruit zou hebben gezien, maar de rivier had het antwoord daarop met al zijn water meegevoerd. Zeven jaren waren er sinds de overstroming verstreken. De Esera had het dorp destijds overspoeld en zijn leven en zijn plannen waren in de modder blijven steken. Er waren zeven mensen omgekomen. Een van hen was Nuria geweest. Lange tijd had hij met heel zijn hart gewild dat het water ook hem had meegesleurd.

Víctor bewonderde de zelfverzekerdheid waarmee zijn broer de drankjes naar de tafels bracht en een praatje maakte met zijn gasten. Hoe losjes hij was. Román was al jong gaan werken. Door zijn uitstekende kennis van de omgeving en van de dierenwereld hier was hij een van de beste berggidsen van het dorp geworden. Als voorzitter van de jachtvereniging was hij verantwoordelijk voor het organiseren van de jacht op wilde zwijnen. Half augustus zou er weer een plaatsvinden. Román had de leiding over de jachthonden, witte podenco's, die de wilde zwijnen opspoorden in het kreupelhout. Op zijn zesentwintigste was hij met Ondina getrouwd en kort daarna was hij met het geld uit de erfenis van hun ouders aan het onderkomen van de vereniging begonnen. Het was een gebouw waar alleen de dorpsbewoners mochten komen. Víctor herinnerde zich nog dat hij destijds tegen Román had gezegd dat hij het dom vond om de toeristen die naar het dal kwamen niet toe te laten. 'Daar moeten we het hier van hebben.' Dat had Víctor althans gedacht, maar de tijd had geleerd dat hij zich had vergist. De mensen in Monteperdido hadden er behoefte aan om zich af te sluiten voor die invasie van vreemdelingen. Ze wilden een plek hebben waar ze elkaar konden ontmoeten en bekende gezichten tegenkwamen. Román had een café in het centrum van het stadje gepacht, met muren van natuursteen en houten betimmering. Aan de muren jachttrofeeën, met een ereplaats voor het eerste dier dat hij had gedood: een hert dat bezoekers meteen bij de ingang van de zaak begroette. De preparateur was erin geslaagd het dier zijn uitdagende blik te laten behouden.

'Ik weet niet waarom ik eigenlijk speel als ik toch altijd verlies.' Nicolás Souto ging naast Víctor aan de bar zitten.

'Zit het er al op?' vroeg Víctor verbaasd.

'Ik kan gewoon niet tellen. Het begint altijd goed, maar dan raak ik in de war en weet ik niet meer hoeveel vijven er op tafel liggen.'

'Ik heb toch tegen je gezegd dat je ze alle vijf op een rijtje moet hebben, Nicolás,' riep Marcial, die nog aan de tafel zat. 'Ik heb het tegen je gezegd, maar je bent echt traag van begrip.'

Nicolás glimlachte verbeten en haalde zijn schouders op. Hij hoopte dat Marcial eindelijk zijn mond hield, hem zijn rug toedraaide en een gin-tonic bestelde.

'Wanneer dringt het nou eindelijk tot je door dat domino een bloedserieuze aangelegenheid is?' zei Víctor plagerig tegen hem.

'Ze hadden een man minder en…' Nicolás maakte de zin niet af. Hij gaf Román zijn bestelling door en zette opnieuw zijn bril recht. Nadat hij een paar keer met zijn ogen had geknipperd, vroeg hij: 'Hoe is het met Nieve?'

'Ik heb de wond schoongemaakt. Volgens mij gaat het ietsje beter met hem.'

'Ik zal morgen even langskomen. Hou vooral in de gaten of hij koorts krijgt.'

'Ik kan niet de hele dag bij hem blijven.'

'Zullen we hem anders overbrengen naar Barbastro?'

Víctor wilde Nieve niet in de steek laten. Hij wilde niet dat Nieve ver van huis zou sterven.

'Jij zult niet bepaald veel tijd hebben.' zei Nicolás. Zijn oogjes flitsten nieuwsgierig heen en weer achter de brillenglazen. Hij probeerde meelevend te klinken, maar eigenlijk ging het hem erom dat Víctor bijzonderheden over het onderzoek zou vertellen. 'In elk geval zullen jullie heel wat sporen hebben uit de hut waar de meisjes werden vastgehouden.'

'Niet zo heel veel, eerlijk gezegd.'

'Die vent heeft alle sporen vernietigd, of niet? Er wordt beweerd dat hij de hut in brand heeft gestoken.'

'Je weet toch dat ik daarover niet mag praten,' zei Víctor, in een poging een eind te maken aan het gesprek.

Nicolás leunde naar achteren op zijn barkruk en stak theatraal zijn handen omhoog, alsof het helemaal niet zijn bedoeling was om meer te weten te komen. Vervolgens glimlachte hij samenzweerderig.

'Je hoeft natuurlijk geen namen te noemen, maar jullie hebben vast en zeker iemand in het vizier. Die Simón heeft er in ieder geval niets mee te maken, dat staat wel vast.'

Víctor keek Nicolás koeltjes aan. Iedereen zou die overduidelijke hint begrepen hebben, maar Nicolás niet. 'Álvaro misschien? Je hoeft niets te zeggen, geef gewoon een seintje of ik gelijk heb. Neem een slok van je cola, dan weet ik dat ik op het goede spoor zit.'

'Ik ben hier om iets te drinken, niet om met jou over die zaak te praten.'

'Als het Álvaro is... Lastig, of niet? Met het meisje in één huis. Weet je of hij weer samen is met Raquel?'

'Alsjeblieft, Nicolás. Wat wil je nou? Laat me met rust!' Víctor had met stemverheffing gesproken. Een paar gasten aan de bar draaiden zich naar hen om. Hij nam een slok van zijn cola. Het was een slecht idee geweest om hier naar het café te gaan.

'Nam je gewoon een slok of had dat iets te betekenen?' fluisterde Nicolás nog tegen hem voordat hij naar de toiletten liep.

Víctor zuchtte. Hij kende Nicolás al van jongs af aan. Hij had regelmatig met hem te maken omdat hij de enige veearts in Monteperdido was, maar die vent werkte hem op de zenuwen. Hij wist dat hij geen makkelijk leven had gehad en dat veel mensen in het dorp meewarig om hem glimlachten. Maar door zijn vak had hij een plaats in de dorpsgemeenschap veroverd. Hij was een goede dierenarts en in het dal woonden veel gezinnen die van de veeteelt leefden. Joaquíns ouders bijvoorbeeld.

'Hoe zit het met die vrouwelijke rechercheur uit Madrid?' Nicolás was er weer. 'Ik denk nog steeds na over die kwestie.'

'Wat mij betreft kun je daarmee ophouden,' zei Víctor kortaf.

'Ze schiet jouw hond neer en je laat het erbij zitten?' zei Nicolás boos. 'Heb je het haar vergeven?'

'Zo'n beetje.'

Nicolás sprong met een zwaai op de barkruk naast Víctor.

'De follet uit het populierenbos,' fluisterde hij tegen hem. 'Wat vind je daarvan?'

'Waar heb je het over?' vroeg Víctor beduusd.

'Zo heet het boek dat ik nu aan het schrijven ben,' legde de veearts uit.

'Ik weet het niet,' zei Víctor ontwijkend. 'Je weet toch dat ik het Patués niet beheers.'

'Ja, tuurlijk. Maar je weet toch wel wat een *follet* is?' Nicolás rechtte zijn rug en schoof zijn bril omhoog. Dit wilde hij die politieman al vanaf het begin vertellen. 'Een follet is een geest. Een bosgeest die zich schuilhoudt in de manen van paarden en ze gek maakt. Hij is speels en niet zozeer boosaardig. Heb je de verhalen over de follet nooit gehoord?'

'Ik heb de indruk dat jij de enige in heel Monteperdido bent die die verhalen kent.'

'Er moet toch iemand zijn die de tradities in ere houdt,' zei Nicolás trots. 'Maar ik gebruik het als woordspeling. Follet, de geest van het bos. De ree wordt ook zo genoemd. En in mijn boek begint alles met een dode ree.'

'Driemaal raden hoe het verdergaat: en dan duiken er nog een paar verdwenen meisjes op en een vrouwelijke rechercheur die op een hond schiet.'

'Zo ongeveer,' gaf Nicolás toe.

'Als je in het Spaans zou schrijven, dan zou ik het misschien een keer lezen.' Víctor stond op en legde een paar munten op de bar.

'Je kunt de titel ook anders interpreteren,' riep Nicolás Víctor na. 'Follet, zoals Ken Follett. Ik dus. De Ken Follett uit het populierenbos.' Nicolás' geschater om zijn eigen grap kwam op Víctor vooral over als een schreeuw om hulp.

Sara kon niet slapen. Terwijl ze lag te woelen in bed dacht ze aan Caridad. Uiteindelijk stond ze op en ging naar beneden, om te kijken of ze op dit tijdstip in de recreatiezaal van het pension was. Ze haalde een kop koffie uit de automaat en liet haar blik onopvallend over de stoelen en banken glijden.

'Ja, ja, liefje. Ik ben er,' klonk Caridads stem vanuit de duisternis. Pas nu zag ze de kleine gestalte die overeind kwam van de bank. 'Het is elke nacht hetzelfde liedje.'

Sara en Caridad gingen aan een tafeltje zitten. Sara met haar hete koffie, Caridad met haar flesje met rood vocht erin.

'Dat is bloed,' beweerde ze als antwoord op Sara's vraag wat ze dronk. 'Ik heb een heleboel meisjes bij mij in de kelder, bij wie ik elke dag een beetje bloed aftap. Dat houdt me jong.' Caridad trok de huid van haar gezicht glad en glimlachte verleidelijk. 'Je gaat me daarvoor toch niet arresteren?'

'Daar moet ik nog over nadenken,' grapte Sara.

Caridad haalde een spel kaarten uit de zak van haar joggingpak en schudde ze behendig, waarna ze de stapel op tafel legde en vroeg: 'Nou, heb je zin in een potje *brisca*?'

Voordat Sara kon reageren, was ze de kaarten al aan het delen. 'Klaveren troef.' Caridad verschanste zich achter haar kaarten, zonder haar ogen op te slaan: 'Jij begint.'

'Heb je vandaag nog gewandeld in het dennenbos?' vroeg Sara terwijl ze klaverenvier oplegde.

'Twee uur lang. Daarna heb ik nog een rondje gemaakt door het dorp. 'Caridad legde klaverenboer op en de slag was voor haar. 'De mensen houden het niet meer van de spanning.'

Geen wonder, dacht Sara, maar ze deed er het zwijgen toe en legde schoppentwee op de schoppenzes die Caridad had opgegooid. 'Ana is weer thuis, maar we hebben nog geen idee waar Lucía is,' zei ze uiteindelijk. 'Dan is het niet verwonderlijk dat de mensen ongeduldig worden.'

'Je bent me de rechercheur wel, zeg,' bromde Caridad en ze kwam met ruitentwee. 'Het kan heel goed zijn dat mijn nichtje journaliste is. Stel je voor dat je morgen in de krant de kop leest: POLITIE TAST IN HET DUISTER.'

'Is je nichtje journaliste?'

'Ik heb helemaal geen nichtje.' Caridad keek haar wantrouwend aan. 'Hoe zit dat? Heb je mijn dossier niet gelezen of zo?'

'Volgens mij sta je niet eens op de lijst met verdachten.'

'Maak je maar niet ongerust, in Monteperdido zul je genoeg verdachten vinden.' Sara haalde een slag; Caridad keek haar aan en glimlachte fijntjes. 'Je leidt me zeker af om te kunnen winnen.'

'Ik mag dan een belabberde rechercheur zijn, maar in kaartspelletjes ben ik goed. 'Ze gooide schoppenaas op tafel.

'Die slag is voor jou,' gaf Caridad toe.

Sara's stapel groeide, terwijl Caridad bijna geen kaarten meer in haar handen had. Woedend pakte ze telkens een nieuwe kaart en snoof als ze hem op tafel legde.

'Dus jij denkt dat het iemand uit het dorp was?' drong Sara aan.

'De mensen hier denken dat het Álvaro Montrell was. Je verstand gebruiken, daar hebben ze het hier niet zo op. Het komt erop aan wat de anderen zeggen. Bij de broederschap bijvoorbeeld.'

'Wat is dat, de broederschap?'

'Een paar huichelaars die het meer voor het zeggen hebben dan de burgemeester.' Caridad had eindelijk een slag gewonnen en ze keek Sara triomfantelijk aan. Opeens werd haar blik argwanend. 'Laat je me misschien winnen?'

'Ik heb slechte kaarten,' verontschuldigde Sara zich.

'Kom op, laat zien.' Caridad boog zich over de tafel heen en probeerde Sara's kaarten af te pakken, maar de rechercheur verstopte ze achter haar rug.

'Speel maar gewoon verder en vertel me meer over die broederschap,' zei ze.

'Die bestaat al heel lang. In het begin was het een vereniging voor gelovigen, maar inmiddels hebben ze niets meer met de kerk van doen. Ze organiseren feesten, maken de straten schoon als het sneeuwt, dat soort dingen,' antwoordde Caridad kortaf. Ze stond op het punt om het potje te winnen en wilde niet van haar à propos raken.

'Van wie is die broederschap dan?' wilde Sara weten.

'Van het hele dorp. Marcial Nerín, Elisa's vader, is de prior, dus degene die het voor het zeggen heeft. Ken je hem? Hij is de eigenaar van die wapenwinkel bij het gemeentehuis.'

'Nog niet.'

'Waar is het wachten dan op? Marcial trekt er aan de touwtjes. Ik vind hem niet zozeer een heilige, maar meer een tiran die zich in het leven van anderen mengt. Iemand moet die sneeuw voor jouw deur wegscheppen? Hier komt Marcial met zijn broederschap. Je hebt geld nodig voor een hypotheek? Wij lenen het je. Ben je verdrietig? Hier heb je een hond, dat zorgt voor afleiding.'

'Wat een vreemd clubje,' dacht Sara hardop. Ze keek naar haar kaarten. De volgende slag kon voor haar zijn, maar ze kon Caridads laatste zin niet van zich afzetten. 'Heeft de broederschap de hond aan Víctor cadeau gedaan?' vroeg ze.

'Hier helpen we elkaar als de nood aan de man is. Die arme kerel heeft zware tijden achter de rug. Zijn verloofde is zeven jaar geleden verdronken bij de overstroming. Daarna was hij de weg kwijt, keek te diep in het glaasje. De hond heeft hem goedgedaan. Hij had de verantwoordelijkheid voor een levend wezen. Hij moest met hem wandelen, hem eten geven. Totdat jij hem hebt neergeknald, uiteraard.'

'Dank je wel dat je me daaraan herinnert,' zei Sara.

'Het is niet iets wat je mag vergeten,' rechtvaardigde Caridad zich. Opeens klaarde haar gezicht op. 'Hoewel, nu moet hij de wond verzorgen en zo'n beetje dag en nacht bij hem zijn zodat hij niet doodgaat. Dat is nog meer verantwoordelijkheid.'

Sara gooide haar laatste kaart op. De slag was voor Caridad. Ze telde met haar kleine vingers de kaarten na om het puntenaantal te berekenen.

'Tweeënzeventig. Je hoeft het niet na te tellen,' zei Sara.

'Waarom ga je niet even bij hem langs om je excuses aan te bieden?' vroeg Caridad, terwijl ze het spel kaarten weer in haar zak stopte. 'Het komt je hoogstens op een draai om je oren te staan. Als jij er behoefte aan hebt om dat te doen, dan maakt het toch niet uit wat híj denkt?'

Caridad deed Sara op de een of andere manier aan zichzelf denken. Ze was recht voor zijn raap en leek te weten wat er in haar ogen te lezen stond. Ja, wat deed het ertoe wat Víctor dacht? Ze had er haar hele leven over ingezeten wat anderen dachten. Ze wist nog dat ze als kind aan de keukentafel had gezeten en gemerkt had dat haar moeder bij het fornuis naar haar stond te kijken. Wat had die blik te betekenen? Was er schaamte in te zien? Haat? Ze had haar gezicht meteen weer weggedraaid, waarop de sporen te zien waren van de klappen van haar vader. Vond ze het vervelend dat haar dochter haar zo zag?

'Vertel,' zei Caridad nieuwsgierig. 'Waar denk je aan?'

'Dat jij lid moet worden van die broederschap. Als ze zo goed weten hoe de vork in de steel zit, dan ben je daar helemaal aan het juiste adres,' grapte Sara.

'Ik ben daar al een eeuwigheid penningmeester,' antwoordde Caridad en ze nam een slok van het rode vocht.

Santiago Baín knielde in de achterste kerkbank. Hij wist niet meer wanneer hij ermee was begonnen om de kerken te bezoeken in de dorpen waar hij aan het werk was. De kerk van Monteperdido was van romaanse oorsprong en deed denken aan de vroegere glorie van een dorp dat nu door het toerisme zijn renaissance beleefde. Tussen die twee tijdperken lagen sombere eeuwen vol kou en sneeuw. In de eerste bloeitijd hadden zich in dit dal een paar landheren gevestigd, misschien aangetrokken door de nabijheid van de grens, en er paleizen en kerken laten bouwen, gefascineerd door de magie die deze bergen uitstraalden en die tegelijkertijd een beschermende wal vormden. Misschien hadden ze gedacht dat daarboven in het eeuwige ijs van de Kregüeña en de Montes Malditos goden huisden. Gewelddadige goden die met hun toorn stormen en noodweer lieten ontstaan. Omdat de mensen toch niet in staat waren om binnen te dringen in hun rijk. Santiago zag de eerste inwoners van Monteperdido voor zich, knielend in de houten banken. Bang zochten ze hun toevlucht binnen de stenen muren van de kerk om te bidden tot een zachtaardiger god. Tot de maagd Maria, die op het fresco in het koorgedeelte te zien was en, omringd door engelen, met extatische blik opsteeg naar de hemel.

Nadat hij een kruis had geslagen, stond hij op. Zijn voetstappen weergalmden op de stenen vloer. Het ochtendlicht viel door een klein, rond raam aan de voorkant op het fresco en liet het oplichten. In het middenschip bevonden zich aan de zijkant allerlei kleine, donkere kapelletjes. In een ervan ontdekte hij een gebeeldhouwde figuur van de Heilige Maagd van Laude in een met goud afgezet wit gewaad. Ze had het kindje Jezus op de arm, beiden hadden een gouden kroon op. Kaarsen bij de sokkel van het beeld dompelden hen in een warm, flikkerend licht. Een oude vrouw in rouwkleding was in de donkere kapel bezig de bloemen te vervangen. Ze moest zijn voetstappen hebben gehoord, want ze draaide zich naar hem om. Santiago glimlachte naar haar. De vrouw schonk verder geen aandacht aan hem en richtte zich weer op de bloemen.

Santiago keek omhoog naar het gewelf. Het was koud in de kerk. De dikke stenen muren hielden de warmte van de eerste julidagen buiten, alsof de kou hier de hele zomer niet meer weg wilde. Hij deed zijn jas dicht en liep naar buiten.

Sara stond op hem te wachten. Ze leunde tegen de muur en volgde met de punt van haar schoen de voegen van de straatstenen. Toen ze hem zag, kwam ze ongeduldig naar hem toe.

'En, je hele repertoire aan gebeden opgezegd?' vroeg ze, terwijl ze over het plein begon te lopen. Santiago ging haar achterna. 'Ik snap niet dat je, na alles wat we hebben meegemaakt, nog een kerk kunt binnengaan.'

Santiago moest glimlachen. In de misbruikzaken die ze hadden behandeld, had de kerk inderdaad geen goed figuur geslagen en hij was wel de laatste die dat instituut zou verdedigen. 'Ik geloof in God, niet in de mensen,' zei hij.

'Denk je dat die God van jou ons op de een of andere manier zal helpen?' Sara verwachtte geen antwoord op haar vraag.

Het voorplein van de kerk was omgeven door een stenen muur. Het hele dorp leek naar binnen toe gebouwd te zijn, met de rug naar de wereld en de bergen toe, beschermd tegen blikken van vreemden. Ze liepen door een steegje naar de Avenida de Posets, de enige tweebaansweg.

'Weet je wat het probleem van jouw generatie is?' vroeg Santiago. 'Jullie geloven nergens in. Kijk maar naar je leeftijdsgenoten. Uiterlijk op hun veertigste twijfelen ze allemaal aan de zin van het bestaan.'

'Misschien werken we te veel,' verdedigde Sara zich.

'Of jullie geloven nergens in. Het atheïsme zal de wereld te gronde richten, neem dat maar van mij aan,' zei Santiago, terwijl hij de straat overstak.

Aan de overkant van de weg liepen meerdere nauwe, kronkelige steegjes naar de eigenlijke dorpskern. Ongeveer duizend inwoners, volgens de laatste cijfers.

'Eigenlijk zijn jullie op drift geraakt,' dacht Santiago hardop. 'Zoals die mensen die van het katholicisme overlopen naar het boeddhisme en van daaruit naar het jodendom of de een of andere sekte. Jullie zijn op zoek naar een god die jullie kan overtuigen. Maar dat is dan geen god meer, maar een mens. En er zijn geen mensen die net zo perfect zijn als een god.'

'Wat is het toch opbeurend om jou over de mensheid te horen praten,' zei Sara plagerig.

In een aantal huizen was een pension gevestigd. Kleine groepjes toeristen slenterden door de steegjes. Het was niet moeilijk om hen eruit te pikken: ze bewonderden de bergen en het uitzicht dat telkens om de hoek van een straat opdoemde, terwijl de inwoners geen oog hadden voor al die pracht, maar zich bezighielden met alledaagse dingen. Ze gingen naar hun werk, deden boodschappen, maakten een wandeling met hun kinderen.

Het steegje dat door hen was uitverkoren, voerde naar een plein waar het opvallendste gebouw het gemeentehuis was. In de omringende bogengalerij bevonden zich een paar kleinere winkels. De wapenwinkel van Nerín, een levensmiddelenzaak, een kledingwinkel. En het café van de jachtvereniging van Monteperdido. Daar wilden ze even rondkijken.

Bij de ingang werden ze verwelkomd door de opgezette kop van een hert. Met zijn roodachtige vacht, het gewei en de glazen ogen zag hij er angstaanjagend levend uit. Dit hert stond symbool voor de overwinning van de mensen in dit dorp op de natuur, die ze hadden getemd en tot trofee hadden gemaakt. Terwijl ze naar binnen liepen, merkten ze dat de gesprekken verstomden en dat de blikken van de weinige gasten op hen werden gericht. Het vertrek was gehuld in een warm, okerkleurig licht. Door de gele ruiten kon je amper naar buiten kijken. Op de bar stond een chocoladetaart met een kaars erin. Víctor Gamero stak hem net aan. Hij was in uniform.

'We willen niet storen,' verontschuldigde de inspecteur zich. 'We willen alleen een kop koffie drinken.'

'Dit café is er alleen voor de inwoners,' zei een stevige man geforceerd vriendelijk. Hij stond achter de bar en leek de eigenaar van de zaak te zijn.

'Een kop koffie kun je hun toch wel geven, Román,' mengde Víctor zich in het gesprek. 'Mijn broer Román. Inspecteur Santiago Baín, rechercheur Sara Campos,' zei hij, zich tot alle aanwezigen richtend.

'Wat valt er hier te vieren?' vroeg Santiago met een blik op de taart, terwijl hij op een kruk ging zitten.

'Rafael is jarig.'

Víctor wees naar een tafeltje waaraan Rafael Grau met de armen over elkaar zat en op zijn taart wachtte. Net als alle anderen was hij rond de veertig. Zijn hoekige hoofd stond rechtstreeks op zijn romp, alsof hij geen nek had. Had hij een kleur gekregen of lag dat aan het licht in het café? Met zijn ontwijkende blik kwam hij op Santiago over als de enige nuchtere gast op een schreeuwerig gemaskerd bal. Naast hem zat Joaquín Castán. Hij had een hand op Rafaels schouder gelegd. Joaquín begroette de rechercheurs met een onvriendelijk 'Goeiemorgen'. Hij probeerde niet te verbergen dat hun aanwezigheid hier niet gewenst was.

'Rafael is de broer van Montserrat,' legde Víctor uit, terwijl hij de taart op Rafaels tafeltje zette.

'Die heeft mijn vrouw gebakken,' zei Joaquín, met een knikje naar de taart.

Een lange, magere man met nerveuze bewegingen trok zijn kruk naar die van de rechercheurs toe. Hij gaf inspecteur Baín een hand en stelde zich voor. 'Nicolás Souto. Ik ben de dierenarts hier.' Vervolgens hield hij zijn hoofd schuin en hij keek Sara over Santiago's schouder nieuwsgierig aan. 'En, wat vinden jullie van dit stadje?' vroeg hij met een glimlach, waarna hij zijn bril rechtzette, die naar de punt van zijn neus was gegleden.

'Het is hier heel mooi,' antwoordde Sara.

'En de bergen? Volgens mij was u al in de gelegenheid om een klein uitstapje te maken.'

'Ik zou het niet bepaald een uitstapje willen noemen,' zei Santiago op niet mis te verstane toon.

Román schoof de koffie over de bar naar hen toe. De kopjes maakten een rammelend geluid op de schoteltjes. De inspecteur draaide zijn schoteltje om, om naar de opdruk te kijken: een achtpuntige ster.

'Dat is het symbool van de madonna Santa María de Laude, de beschermheilige van het dorp. En van de broederschap,' legde de caféhouder uit.

'De broederschap is een soort buurtvereniging,' voegde Víctor eraan toe en hij wees op de aanwezige gasten. 'De prior van de broederschap is Marcial Nerín.' Hij gaf Marcial een teken om naar hen toe te komen. 'Van hem is de wapenwinkel hier recht tegenover.'

Marcial stak een flink stuk boven de anderen uit en hij was zeker al over de zestig, ook al was het moeilijk zijn exacte leeftijd vast te stellen. Hij stak de beide rechercheurs zijn grote, sterke hand toe. Door de vorm van zijn gezicht had hij een agressief uiterlijk: hoekige kaken, een brede neus, kleine donkere ogen onder een hoog voorhoofd. Hij deed Santiago denken aan een wild dier, wantrouwig en onberekenbaar. Net als de opgezette jachttrofeeën die aan de muren van het café hingen.

'Hebben jullie niets beters te doen dan koffiedrinken?' vroeg Nerín.

'Wij hebben de slechte gewoonte om af en toe te eten en te drinken,' antwoordde Santiago vriendelijk.

Sara zag dat de kaars op de taart bijna was opgebrand. Het kaarsvet liep eraf en stroomde over de taart. Nicolás Souto gleed van zijn kruk. Het leek erop dat hij de gemoederen wilde bedaren.

'Als dit allemaal voorbij is, moet u beslist een keer naar de Montes Malditos gaan. Of naar de Circo de Tempestades. Dat is deze tijd van het jaar een echt natuurspektakel.'

'Ik weet het niet. Vervloekte bergen, stormdal... dat klinkt niet echt uitnodigend,' grapte de inspecteur.

Nicolás ging bij Rafael Grau zitten en vroeg de anderen om hem toe te zingen. Alleen Víctor voldeed aan zijn verzoek en nadat iedereen lusteloos had geklapt, blies Rafael de kaars uit. Hij leek opgelucht dat die pijnlijke feestelijkheden er nu bijna op zaten. Zijn ogen bleven op de grond gericht terwijl hij de gelukwensen van zijn vrienden in ontvangst nam. Ook Santiago en Sara stonden op om hem te feliciteren.

'Vijfenveertig,' antwoordde hij op de vraag hoe oud hij geworden was. 'Twee jaar ouder dan mijn zus.'

Joaquín Castán pakte een mes en sneed de taart aan. De aardbeivulling plakte als bloed aan het lemmet. Víctors broer bracht schoteltjes en gebaksvorkjes, maar Santiago en Sara sloegen het aanbod af om ook een stuk mee te eten.

'*No fe kuérpo ta nósa,*' mompelde Marcial Nerín en hij vertrok.

Santiago keek hem na. Het lichaam is niet bedoeld voor aangename zaken, had Nerín gezegd, maar Santiago deed liever alsof hij het niet had begrepen. Hij nam eveneens afscheid en verliet de zaak samen met Sara. Verblind door het licht haalde hij zijn zonnebril uit zijn jaszak. In Monteperdido spraken nog een paar mensen een apart, bijzonder dialet dat zijn oorsprong kende in het Patués van de streek. Het had Catalaanse, Baskische, Spaanse en Franse invloeden, maar dat leverde een heel eigen taal op die alleen hier, in dit dorp, werd gesproken. Santiago keek naar de bergen die het plaatsje eeuwenlang van de wereld hadden afgesneden.

De mensen hier leefden met herinneringen aan oude sagen die nog maar bij weinigen bekend waren. Bergtoppen waar een vloek op lag, legenden waarin de angst van de mens voor natuurgeweld werd weerspiegeld. Zoals de man van ijs die op de Kregüeña zou wonen. Een ongenaakbare reus die naar het dorp kwam om vee te stelen. Een man van ijs die Lucía in zijn macht had, dacht Santiago toen ze bij het politiebureau arriveerden. Het donkere massief van de Kregüeña tekende zich af tegen de zomerse lucht die de illusie wekte dat alles in orde was.

Ana had nieuwe kleren aan.

'Die zijn van mij,' legde Raquel uit aan Santiago Baín. 'We hebben bijna dezelfde maat.'

Ze zei niet dat het Álvaro's idee was geweest. Die ochtend was ze wakker geworden met pijnlijke ledematen nadat ze de nacht op een stoel in Ana's kamer had doorgebracht. Toen ze beneden kwam, zat haar dochter met haar man in de keuken. Álvaro had gezien dat ze bang was om alleen te zijn met Ana nadat hij haar had verteld dat hij even weg moest om een paar dingen te regelen. Daarom had hij voorgesteld: 'Waarom kijk je niet even of jouw kleren haar passen? Als dat niet zo is, dan moeten we wat dingen voor haar gaan kopen.' Ook Burgos had het een goed idee gevonden. De agent was aan een nieuwe dienst begonnen en werd vergezeld door een andere agent in burger, die inmiddels in een schetsboek een tekening van een gezicht had gemaakt.

'Ik wil graag even alleen met haar praten,' zei Santiago tegen Raquel, terwijl hij de stoel bij het bureau pakte en zich bij Ana voegde, die op bed zat. 'Dat vindt u niet erg, toch?'

Raquel haalde diep adem alsof ze iets wilde zeggen, maar in plaats daarvan liep ze zwijgend weg en deed ze de deur achter zich dicht. Terwijl Santiago zich naar Ana toedraaide, stond zijn gezicht ernstig.

‘Vind je dat de compositietekening lijkt op de Lucía van nu?’

‘De tekenaar doet precies wat ik zeg.’

‘Dat is geen antwoord.’

‘Ja, natuurlijk lijkt het op haar.’

Santiago leunde achterover op de stoel en keek het meisje aan. Het had hem vanaf het begin verbaasd dat Ana zo stellig was in haar uitspraken. Hij had al met allerlei gevallen van ontvoering te maken gehad. Meestal waren de verklaringen van het slachtoffer wazig en tegenstrijdig, in ieder geval niet zo overtuigd als Ana telkens klonk, ook al bleven haar getuigenissen beperkt tot maar enkele details.

‘Ben je bang dat hij achter je aan zit?’ Santiago hield Ana’s reactie in de gaten.

‘Dat weet ik niet. Moet dat dan?’

‘Natuurlijk niet. Wij zijn tenslotte hier om je te beschermen.’ Santiago dacht voor het eerst echte angst in haar ogen te zien.

Als Ana over de ontvoering vertelde, dan waren er altijd grote sprongen in de tijd. Omdat ze lange tijd in een kelder zonder licht opgesloten had gezeten en elke dag hetzelfde verliep, was het niet meer dan normaal dat ze er problemen mee had om de jaren in gevangenschap in chronologische volgorde te krijgen. Santiago probeerde om samen met Ana naar een herinnering te zoeken die aan een bepaalde tijdsperiode kon worden toegeschreven. Maar Ana had er grote moeite mee. Soms had ze gedacht dat het zomer was, maar als de ontvoerder haar dan naar boven bracht, had ze door het raam van de hut de besneeuwde bergen gezien. Ze had de indruk gehad dat ze maandenlang in een soort halfslaap was geweest.

‘Herinner je je nog wanneer je voor het laatst hebt gehoord dat het regende? Wanneer het voor het laatst heeft gesneeuwd?’

‘Ik weet het niet,’ antwoordde Ana onzeker. Ze leek echt haar best te doen, maar het was alsof ze in het duister tastte.

‘Heb je vlak bij de hut dieren gezien? Heeft het weleens hard gestormd?’

Ana antwoordde op elke vraag van Santiago ontkennend. Opeens leek ze te verstrakken, alsof ze een soort bliksemflits in het donker had gezien.

‘Misschien is het onbelangrijk,’ zei ze. ‘Maar ik herinner me een nacht. Het is al een tijd geleden. Het was niet koud. Ik had alleen een gebreid vest aan. Ik was boven. Hij was beneden bij Lucía in de kelder.’

‘Was het de laatste warme dag?’

‘Dat zou kunnen.’

‘Wat is er die nacht gebeurd?’

‘In het dak van de hut zat een gat. Als ik daarboven zat, probeerde ik altijd om met mijn rug ernaartoe te gaan zitten, omdat de wind zo naar binnen floot. Maar die avond was de lucht zo helder dat je de sterren kon zien, en het was niet koud.’

‘Ga verder,’ spoorde Santiago haar aan. Hij legde de voicerecorder op zijn benen zodat Ana’s stem beter werd vastgelegd. ‘Heb je de maan gezien?’

‘Nee. Van daaruit kon je de maan niet zien. Maar wel vallende sterren. Vroeger… vroeger zat ik altijd met mijn vader in de tuin om naar de lucht te kijken en hij zei dat ik een wens moest doen als ik er eentje zag.’

Santiago probeerde om zijn teleurstelling te verbergen. Hij had gehoopt dat Ana meer zou vertellen dan dat ze op een avond haar vader had gemist.

‘Ik heb heel veel wensen gedaan, maar er is er geen eentje uitgekomen.’ Ana’s ogen waren donkere poelen. ‘Ik dacht dat ik nooit meer vrij zou komen.’

Santiago glimlachte bemoedigend naar haar. Telkens als Ana aan het woord was, werd hij heen en weer geslingerd tussen vaderlijke gevoelens en argwaan. Soms kwam ze heel zelfverzekerd over en dan weer hulpeloos als een gewond dier.

'Waarom lieg je tegen ons,' vroeg hij haar op de man af. 'Probeer je hem in bescherming te nemen?'

Ana streek over haar kaalgeschoren hoofd. De wond van de operatie was nog steeds goed te zien. Een zigzaglijn op de plaats waar ze de schedel hadden opengemaakt. Haar donkere ogen tekenden zich af tegen haar bleke huid. De inspecteur kon zijn blik niet afwenden van die ondoorgrondelijke ogen. Hij wilde weten wat erachter schuilging, een fakkel aansteken die een licht wierp op het echte verhaal.

'Ik weet niet waarom u dat zegt,' fluisterde Ana met trillende stem.

'Ik kan me voorstellen dat je bang bent. Dat je je schaamt als je eraan denkt wat daar allemaal gebeurd is. Maar hou alsjeblieft op met tegen me te liegen.'

'Ik probeer me toch alles te herinneren. Misschien is dat van die vallende sterren niet zo belangrijk maar het is wel gebeurd.'

'Die sterren kunnen me niet schelen, Ana. Het gaat hier om die man.'

'Ik heb u toch gezegd dat ik hem niet kon zien. Hij had die helm op.'

'Je hebt tegen me gezegd dat hij je nooit heeft aangeraakt.'

Ana sloeg instinctief haar armen om zich heen. De trui van haar moeder was haar te groot, ze verzoop er bijna in. Ze keek zenuwachtig naar de vloer, alsof er elk ogenblik een monster onder het bed vandaan kon komen.

'Misschien weet je dat niet meer,' ging Santiago verder, 'maar in het ziekenhuis hebben ze veel onderzoeken gedaan. Daardoor zijn we heel wat te weten gekomen. Bijvoorbeeld dat je seks hebt gehad.'

Op het moment dat hij dat zei, besefte Santiago weer dat Ana een meisje van elf was geweest toen ze werd ontvoerd. Wat had ze in die jaren moeten doorstaan? Wat had ze allemaal meegemaakt?

Hoeveel dingen die voor een ander de gewoonste zaak van de wereld waren, waren haar onbekend? Haar stem was in het begin een onverstaanbaar gemompel. Santiago moest haar vragen te herhalen wat ze had gezegd.

'Het is maar één keer gebeurd.'

'Weet je dat zeker?' drong Santiago aan.

De tranen zorgden ervoor dat Ana niet verder kon praten. Santiago wist dat ze zich meer op haar gemak had gevoeld toen Sara erbij was, juist daarom wilde hij dit verhoor in zijn eentje afnemen. Hij wilde Ana niet in de watten leggen. Hij moest erachter komen hoe ze reageerde als ze geen begrip ondervond en geen liefdevolle aandacht kreeg.

'Ik begrijp dat het moeilijk voor je is. Je bent bang, je huilt. Maar je bent nu hier, Ana. Lucía heeft niet zo veel geluk als jij. Misschien wil je dat ook liever.'

'Dat is niet waar!' schreeuwde Ana. Ze ontweek Santiago's blik niet langer, maar keek hem recht in de ogen. 'Het is maar één keer gebeurd en dat is al lang geleden.'

De deur van de kamer ging open en Raquel kwam binnen.

'Alles in orde?' vroeg ze bezorgd. Vervolgens keek ze Santiago aan. 'Wat is hier aan de hand?'

'Alstublieft.' De inspecteur maakte Burgos duidelijk dat hij de moeder mee de kamer uit moest nemen en de deur moest sluiten. Raquel verzette zich toen de agent haar arm vastpakte.

'Waarom huilt ze?' protesteerde ze. Daarna ging de deur dicht en werd haar stem zachter.

Het meisje huilde nog altijd. Haar wangen waren nat van de tranen, maar nadat Santiago zich weer naar haar had toegedraaid, keek ze hem strak aan.

'Hij was woest op Lucía. Daarom bracht hij haar op een dag naar boven. Hij was niet graag met mij samen. Hij mocht mij niet. Hij was alleen in Lucía geïnteresseerd. Het was alleen maar om haar te kwetsen. Hij gooide me op bed en zei dat ik me moest uitkleden. Eerst bleef hij van me af. Hij wilde dat ik mezelf aanraakte. Ik moest mezelf strelen, overal. Maar toen trok hij ook zijn kleren uit. Ik wilde weg, niet op dat bed liggen. Ik was bang en ik schaamde me, alsof er heel veel mensen naar me keken, alsof ik iets fout had gedaan. Ik wist dat ik het nooit meer zou kunnen vergeten.'

Santiago luisterde naar Ana zonder haar te onderbreken. Maar op een gegeven moment was ze bij een punt beland waarop ze niet verder wilde praten.

'Hij heeft me pijn gedaan,' zei ze slechts en ze staarde voor zich uit.

'En het is daarna nooit meer gebeurd?'

'Nee. Daarna ging hij weg en kwam Lucía weer naar beneden. Ze heeft haar excuses aan me aangeboden. Ze zei dat het niet meer zou gebeuren.'

'Is je iets bijzonders opgevallen aan zijn lichaam? Toen het gebeurde?'

'Ik had mijn ogen dicht. Toen ik op mijn knieën moest gaan zitten, heb ik ze dichtgedaan.'

Santiago geloofde Ana. 'Ik vind het heel rot voor je,' zei hij. 'Het is heel moeilijk om daarover te praten. Maar ik moest het weten.'

Ze gaf geen antwoord.

Santiago stond op.

'Gaat u dit aan mijn vader vertellen?' vroeg Ana voordat hij wegging.

Het zwartgeblakerde keldergat zag eruit als een wijd openstaande bek.

De zomer had Monteperdido zijn groen weer teruggegeven. Het grootste deel van het jaar was de omgeving verborgen onder een wit sneeuwdek. Slechts een paar maanden toonde het leven zich in al zijn pracht. Bomen en planten in rijke kleuren, dieren op de takken, op de grond, in de bossen, in de bergen. Rood wild en wilde zwijnen. Duizenden vogels. Stille getuigen van alles wat er was gebeurd. Ze wisten welk monster zijn tanden in deze grond had gezet.

De sporen ervan bevonden zich ergens in deze verkoolde ruïnes, waarin het forensisch team nu naar bewijzen zocht. Het vuur was uitgebroken in de kelder. De vlammen hadden hoge temperaturen bereikt voordat de houten steunpalen volledig waren verbrand en het bovengedeelte was ingestort. Na vermenging met een grotere hoeveelheid zuurstof was de brand verder aangewakkerd. Alleen de stenen buitenmuren van de hut hadden voorkomen dat de vlammen waren overgeslagen op de omringende bomen. Ze hadden als brandmuur gefungeerd en het vuur gestopt. Maar in de hut was alles verbrand. Een berg as die niets prijsgaf van wat daarbinnen was gebeurd. Het was alsof vijf hele jaren waren weggevaagd. Dat bleek uit het voorlopige rapport van de technische recherche.

Sara moest denken aan de familieleden van een overledene die op een klip stonden en de as van de dode verstrooiden in de wind. Met de as waaiden de herinneringen aan de dode weg. As vertelde geen verhaal, een lijk daarentegen wel. Botten, kleine verwondingen, breuken. Wat die persoon had gegeten en wat voor gewoontes hij had gehad. Dat was allemaal vastgelegd in zijn stoffelijke resten. Het was geheimtaal, maar met hulp van de wetenschap kon die worden ontcijferd. Sara wilde ook verbrand worden als het zover was. Helemaal verdwijnen en haar verleden laten wegvagen.

Bij het wakker worden die ochtend had ze een bittere smaak in haar mond gehad. Ze wist niet hoeveel koffie ze 's nachts gedronken had terwijl ze de politiedossiers uit het archief doornam. Te veel. Toen Víctor haar afhaalde bij het pension had ze het gevoel dat ze op watten liep. Ze had misschien een uur geslapen. Maar het was niet zozeer de vermoeidheid waar ze last van had als wel het gebrek aan adrenaline. Víctor gaf haar de getuigenverklaringen die zijn mannen in het dorp hadden opgetekend. Ze nam ze onderweg naar de hut vluchtig door. Het alledaagse hier was om wanhopig van te worden. Langs de hoofdstraat schoof een man geeuwend het traliewerk voor zijn winkel omhoog. Santiago en zij waren bezig om op te gaan in het landschap.

'Hebt u hier nog langer de tijd nodig?' vroeg Víctor nu. Ze waren al bijna een uur bij de hut. 'Ik kan u later wel ophalen.'

Sara wierp nog een laatste blik op de verkoolde ruïne voordat ze naar Víctors jeep liep.

'Kunt u me naar Posets brengen?' vroeg ze terwijl ze instapte.

In de meeste dossiers die Víctor haar had gebracht, draaide het om Álvaro Montrell. Hij was maandenlang de hoofdverdachte geweest. Voor de pers was het destijds een uitgemaakte zaak geweest dat hij de schuldige was. Ze vroegen zich af wat een vader ertoe bracht om zijn eigen dochter te vermoorden. En dat terwijl Ana's lichaam niet eens was gevonden en er wat Álvaro betrof geen belastende bewijzen waren. Er waren alleen heel veel getuigen die bevestigden dat Álvaro bij de eerste verhoren had gelogen tegen de politie.

Álvaro Montrell beweerde dat hij op zijn kantoor in de school van Monteperdido was geweest op het moment dat zijn dochter verdween. Dat was een leugen. Maar waarom? Misschien had hij in het begin gedacht dat de meisjes elk moment weer op de stoep konden staan. Maar Álvaro Montrell had ook later vastgehouden aan die leugen. De eerste reconstructie van de gebeurtenissen had de politie naar Ximena geleid, die in het dorp bekendstond als 'de Colombiaanse'. Na de ruzie in het bos, waarbij Lucía een steen naar Ximena's hoofd had gegooid, was Ximena woedend teruggerend naar school. Ook op Ana was ze nijdig geweest, omdat zij haar niet had geholpen. Ze was naar Álvaro's kantoor gehold om Ana's vader te vertellen wat er was voorgevallen. Die twee verdienden straf. Maar in het kantoor was niemand. Ze had Álvaro overal in de school gezocht, maar kon hem niet vinden. De conciërge had Ximena uiteindelijk weten te kalmeren, had haar wond verbonden en haar naar huis gebracht.

Nadat de politie Álvaro had geconfronteerd met Ximena's verklaring, bleef hij vasthouden aan zijn leugen. Hij had een wandeling gemaakt. Later was hij teruggegaan naar de school, maar daar was hij het meisje niet tegengekomen. Bij thuiskomst had Raquel de politie al gewaarschuwd. Van tevoren had ze geprobeerd om Álvaro te bellen, maar er werd niet opgenomen. Hij beweerde dat hij zijn mobiel op school had laten liggen.

Ze hadden zijn verhaal niet gecontroleerd. Voor de periode tussen vijf uur, toen de meisjes vertrokken waren van school, en half elf, toen hij naar huis kwam, had Álvaro Montrell geen alibi. Dat was het moment waarop Raquel aan haar man was gaan twijfelen. Ze vertelde de politie dat Álvaro bij thuiskomst chagrijnig was. Gespannen. Hij had zijn warme maaltijd geweigerd en wilde alleen maar douchen en meteen naar bed. Hij luisterde nauwelijks terwijl Raquel hem vertelde dat Ana was verdwenen. Pas later, nadat hij erachter was gekomen dat ze niet gewoon te laat was, was hij bang geworden. Dat dacht Raquel althans. Maar de twijfel was gebleven.

Lucía was Ana's beste vriendin. Ze woonden pal naast elkaar. Alles had volkomen normaal geleken. Álvaro had een goede band met zijn dochter en niemand had ooit gemerkt dat hij zich tegenover Lucía vreemd had gedragen. Ze wilden hem vragen naar het politiebureau te komen nadat ze bij het controleren van zijn telefoongeheugen hadden geconstateerd dat hij even na vijven was gebeld. Het gesprek had niet lang geduurd, amper een minuut. Ze waren nagegaan van wie het telefoonnummer was waarmee was gebeld. Het was het nummer van Elisa Nerín.

Op dat punt had Sara afgelopen nacht even gepauzeerd bij het doornemen van de dossiers. Ze probeerde zich het schuchtere meisje uit het pension, de Elisa van vijf jaar geleden, voor te stellen. Ze was destijds pas zestien geweest. Sara vond ook een foto van haar in de dossiers. Het was Elisa en tegelijkertijd een vreemde. Normaal gesproken worden iemands gelaatstrekken van lieverlee nadrukkelijker. Bij Elisa leek daarentegen het tegenovergestelde het geval te zijn. Het zestienjarige meisje op de foto had een brutale, bijna uitdagende blik en een zelfverzekerde glimlach. Maar in de loop der jaren was haar gezicht minder uitgesproken geworden. Nu was ze het verlegen meisje dat in het pension werkte. Alleen toen ze Elisa 's nachts uit de kamer van de toeristen had zien komen, had ze een sprankje van die zelfbewuste uitdrukking op haar gezicht gezien.

Door het telefoontje van Elisa Nerín richtte alle aandacht zich op Álvaro. Niet alleen bij de politie, maar bij iedereen in Monteperdido. In de verslagen waren verschillende verzoeken van Joaquín Castán vastgelegd, die wilde dat Álvaro werd gearresteerd. Elisa's getuigenverklaring bracht Álvaro nog verder in de problemen. Elisa was met haar vader Marcial op het politiebureau verschenen om te getuigen. In de stukken bevond zich een verslag van het gesprek.

'Ben je die dag samen geweest met Álvaro?'

'Nee. Ik heb hem opgebeld, maar hij was niet bij me.'

'Elisa, jij bent nergens schuldig aan. Jij hebt niets verkeerd gedaan. Vertel ons gewoon de waarheid.'

Sara vertrok wrevelig haar gezicht. De agent die het verhoor had afgenomen, nam Elisa in bescherming en hij suggereerde dat Álvaro wel 'iets verkeerds' had gedaan. Hij stuurde Elisa de kant op waar hij haar hebben wilde. Zo kwam je nooit achter de waarheid. Sara las verder:

'Wat is de relatie tussen Álvaro en jou?'

'Hij is mijn leraar kunst en cultuur.'

De getuige aarzelt.

'Ik zal de vraag anders stellen: ontmoeten jullie elkaar ook buiten school om?'

'Ja.'

'En hij was aardig tegen je, klopt dat?'

'Álvaro is aardig.'

'Hij kan je niets meer doen, Elisa. Waar ben je bang voor? Je vader is hier en wij kennen elkaar ook, toch? Gaat het?'

'Ja.'

'Vertel ons dan maar wat de relatie tussen Álvaro en jou is.'

'We zijn verliefd op elkaar.'

'Dat heeft hij tegen je gezegd?'

'Ja.'

'Gingen jullie met elkaar naar bed?'

Aan een van de vorige bladzijden was een doktersverklaring gehecht. Daar stond in dat Elisa geslachtsverkeer had gehad. Maar voordat ze kon antwoorden, had Elisa's vader zich in het verhoor gemengd en hij wist van geen wijken:

'Waarom arresteren jullie die schoft niet? Als jullie hem niet oppakken, kan ik niet voor mezelf instaan!'

'Marcial, alsjeblieft, we moeten hiermee verder.'

'Wat hebben jullie dan nog nodig?'

'Als je je niet weet in te houden, dan mag je buiten gaan wachten.'

Marcial Nerín, de prior van de broederschap. Sara herinnerde zich dat ze hem had gezien bij hun bezoek aan de jachtvereniging. Volgens Pujante was hij een van de onruststokers voor het huis van Simón Herrera geweest, die de zelfmoord van Simóns vrouw hadden teweeggebracht. Tijdens het verhoor vijf jaar geleden had zijn aanwezigheid ertoe geleid dat Elisa's getuigenverklaring incompleet bleef. Sara ergerde zich over de mogelijkheden die ze bij dit verhoor onbenut hadden gelaten. Wat voor waarde had Elisa's getuigenis, in het bijzijn van haar vader en beïnvloed door een politiefunctionaris die alleen maar zocht naar een bevestiging dat Álvaro Montrell Ana en Lucía iets had aangedaan?

De familie Nerín was in het bezit van een oud huis beneden in

Val de Sacs. Het maakte deel uit van een klein groepje woningen aan de weg van Monteperdido naar Barbastro en bleef onopgemerkt voor het toegenomen aantal toeristen dat er langskwam. Elisa had verteld dat Álvaro en zij het leegstaande huis hadden gebruikt voor hun heimelijke ontmoetingen.

Op de dag dat de meisjes waren verdwenen, had Elisa Álvaro 's middags van daaruit gebeld. Ze had gespijbeld om de bus te nemen die elke ochtend naar Val de Sacs reed en de hele middag op Álvaro gewacht. Toen ze zeker wist dat hij niet meer zou komen, was ze tegen achten met de laatste bus naar huis gegaan. Elisa's getuigenverklaring deed een mogelijk alibi voor Álvaro teniet. Meer dan vijf uur lang had niemand hem gezien. Vijf hele uren waarin hij van alles met de meisjes had kunnen doen.

Álvaro werd gearresteerd en verhoord. Hij veranderde zijn aanvankelijke leugen en beweerde nu dat hij wel degelijk bij Elisa was geweest, maar dat hij daar niets over had gezegd. Het meisje zou te veel hebben gedronken en durfde niet naar huis te gaan omdat ze bang was dat haar vader iets zou merken. Hij had alleen maar geprobeerd om zijn leerling in bescherming te nemen. Zo noemde hij haar steeds: 'mijn leerling'. Alsof hij haar met dat woord op afstand wilde houden. Álvaro sprak tegen dat hij een seksuele relatie met Elisa had gehad. Hij zat twee dagen in de cel van Monteperdido, maar voor een beschuldiging ontbrak het bewijs. Geen spullen of DNA-sporen in het kleine bos waar de meisjes waren verdwenen. Niets wat hem in verband bracht met hun verdwijning. Nadat hij was vrijgelaten, was er een kreet van verontwaardiging door Monteperdido gegaan. De mensen hadden zich op de vermeende schuldige gestort. Volgens de dossiers had Álvaro drie dagen na zijn vrijlating aangifte gedaan bij de politie. Joaquín Castán had hem belaagd en hem met de dood bedreigd. Hun vrouwen hadden erger weten te voorkomen, maar de situatie was onhoudbaar. Raquel had om een gesprek met de leidinggevende rechercheur gevraagd.

Die moest haar verzekeren dat Álvaro niets met de zaak te maken had. Maar dat kon de politieman niet. Hij was gefrustreerd dat hij er niet in slaagde het beslissende puzzelstukje te vinden om Álvaro gevangen te zetten. Hij had Raquel geadviseerd om niet langer met die man onder één dak te blijven wonen.

Een paar weken later werd Álvaro ontslagen op school. Daarna had hij het dorp verlaten. De leidinggevende rechercheur werd maanden later vervangen. Zijn opvolger stelde vast dat het onderzoek zich alleen op Ana's vader had geconcentreerd en dat met alle andere sporen niets was gedaan. Men ging nu uit van de theorie dat het een vreemde kon zijn geweest. Iemand van buiten het dal die misschien in contact stond met een criminele bende. Een reactie die minder pijnlijk was, dacht Sara: de wolf kwam van buitenaf, niet uit eigen kring.

'Waarom is er tegen Álvaro Montrell eigenlijk nooit aangifte gedaan vanwege misbruik van een minderjarige?' vroeg Sara nu aan Víctor, terwijl ze naar Posets reden. De politieman keek haar verrast aan. Tot nu toe hadden ze de hele rit gezwegen.

'Bedoelt u die kwestie met Elisa Nerín?'

'Waren er nog meer meisjes waarmee Álvaro iets had?'

'Nee, alleen met Elisa. Er is op school onderzoek gedaan.'

'Dat weet ik. Dat heeft niets opgeleverd.'

Ze hadden Monteperdido achter zich gelaten. De weg slingerde nu langs de berg omhoog. De jeep reed steeds langzamer naarmate de weg steiler werd. Aan de rechterkant gaapte een diepe kloof, een afgrond waarvan de bodem opging in diepe duisternis. De toppen, die eerst hoog waren opgerezen, vormden nu een rechte lijn aan de horizon, die vlakbij leek. Maar de afgrond naast de weg herinnerde hen eraan hoe hoog ze zich bevonden. Sara had het gevoel dat ze zich op een zwevend eiland bevond. Een gebergte hoog in de lucht.

'Dat is de Oscuros de Balced,' legde Víctor uit toen hij zag dat zijn passagier in het ravijn tuurde. ''s Zomers komen hier veel toeristen naartoe voor canyoning. Op de bodem van de kloof is een bergbeek die uitmondt in de Esera.'

Sara vond Víctors toelichting geruststellend, omdat dit zonderlinge landschap voor haar nu meer in verband stond met de dingen die ze kende: de rivier. Het dal.

'Maar voor deze zomer zijn veel reserveringen geannuleerd,' ging Víctor verder. 'Het is geen goede reclame als je het nieuws haalt.'

Ze draaiden een brug over de rivier op. 'Over tien minuten zijn we in Posets,' deelde Víctor haar mee. 'Gaizka's bedrijfje bevindt zich aan het begin van het dorp.'

Ze bevonden zich nu boven de boomgrens. De vegetatie deed denken aan het vel van een kameleon die probeerde zijn ware aard te verbergen. Het was hier koud en ontoegankelijk, leven op deze hoogte was bijna onmogelijk.

'Elisa Nerín werd depressief,' vertelde Víctor bij het inslaan van een grindweg. 'Ik weet niet of u haar in het pension al een keer hebt gesproken. De hele kwestie heeft haar erg aangegrepen. Naar school gaan lukte niet meer en ze is er midden in het schooljaar mee gestopt. Haar vader wilde het haar niet nog moeilijker maken en heeft haar een rechtszaak bespaard.'

'Misschien ook wel omdat er niet voldoende bewijs was om Álvaro te veroordelen.'

'Of omdat hij het beste voorhad met zijn dochter.'

De jeep stopte bij Gaizka's bedrijfje, een kleine, houten prefabhut. Boven de deur hing een verbleekt bord met het opschrift: POSETS ADVENTURES.

'Ik moet terug naar Monteperdido. Zal ik iemand sturen om u af te halen?'

'Ja, graag, over een uur of twee.'

Sara ademde de koude, heldere lucht in terwijl de jeep wegreed over de grindweg. Voor de hut stond een auto geparkeerd, een Nissan-pick-up. Hij zat tot aan de ramen onder de modderspatten. De lak was groen-bruin, voor zover dat onder die dikke laag viezigheid nog kon worden vastgesteld. Het portier aan de bestuurderskant daarentegen was wit. Misschien had de eigenaar het bij de sloop gevonden en het oorspronkelijke portier daardoor vervangen. De deur van Gaizka's zaak was open. Sara ging naar binnen.

Toen Álvaro Montrell uit Monteperdido verdwenen was, had hij alle contact met het dorp verbroken. Zelfs Raquel wist niet waar hij was. Joaquín Castán had de politie verweten dat de enige verdachte spoorloos was. Inmiddels wisten ze dat hij vlak in de buurt was geweest. Net als de meisjes.

Terwijl Sara de zaak binnenliep, zag ze een man die een rugzak aan het inpakken was. Op de balie lagen allerlei helmen en touwen. Karabijnhaken. Het leek wel alsof hij de rugzak al talloze keren in- en weer uitgepakt had omdat alles er gewoon niet in paste. Bij het horen van Sara keek hij even op, om zich vervolgens weer met zijn rugzak bezig te houden.

'Zoek je iemand? We zijn namelijk gesloten.'

'Ik ben van de politie.'

Sara liet hem haar legitimatie zien. Hij keek er niet eens naar, maar knikte alleen terwijl hij probeerde een touw in de rugzak te proppen.

'Fijn voor je. Maar ik moet gaan. Ik heb over tien minuten een trektocht en ben al laat.'

Hij had iets weg van een houthakker, een onbehouwen natuurmens. Sterk en zwijgzaam, met lang haar en een volle baard. Noguera was nog geen dertig en hij werkte als berggids voor Gaizka. Alleen 's zomers, zoals hij benadrukte. Vervolgens begon hij af te geven op Gaizka. Sara ging zitten en luisterde aandachtig.

'Het is een krent. Er komt een moment dat we daarvoor de tol moeten betalen. Zie je die spullen hier?' Hij hield een paar touwen omhoog. ‘Deze touwen zijn zo aftands, ik weet niet hoe vaak we ze al aan elkaar geknoopt hebben. En die karabijnhaken, je kunt de sluitingen niet eens vertrouwen.’

‘Heb je dat al eens tegen hem gezegd?’

‘Voortdurend. Maar die vent heeft totaal geen benul van klimmen,’ zei hij minachtend.

‘Misschien is het beter om niet voor hem te blijven werken. Als er iets gebeurt, dan draag jij de verantwoordelijkheid.’

‘Daar kun je gif op innemen. Je moet constant achter hem aan bellen. Hij komt wanneer híj dat wil. Als hij al komt. En dan maar hopen dat hij nuchter is. En als er problemen met klanten zijn? Vergeet het maar!’ Noguera smeet snuivend een karabijnhaak op de balie. ‘Ik snap niet hoe Álvaro al die troep altijd in één rugzak heeft gekregen.’

‘Werkt hij hier niet meer?’

Er verscheen een samenzweerderig lachje op Noguera’s gezicht. Hij keek Sara aan als een kind dat het geheim van een goocheltrucje heeft ontdekt. ‘Je bent hier vanwege hem.’

Sara deed alsof hij haar had betrapt. Ze liet haar stem iets dalen en fluisterde tegen hem: ‘Ik heb geen bevel tot huiszoeking bij me, maar maakt het jou iets uit als ik hier een beetje rondkijk?’

‘Een rare snuiter, die Álvaro. Ik heb nooit gezien dat hij die hut uitkwam.’ mompelde Noguera. ‘We spraken elkaar weleens, zulke dingen gebeuren gewoon.’ Hij trok zijn wenkbrauwen op alsof met die zin alles was gezegd. Vervolgens gooide hij de rugzak over zijn schouder en stopte alles wat er niet in paste in een tas. ‘Als de deur open was en je gewoon naar binnen bent gegaan, dan is dat niet mijn probleem,’ voegde hij er nog aan toe, waarna hij vertrok.

Sara wachtte totdat hij uit het zicht was verdwenen. Er waren mensen die een hekel hadden aan de politie en hun het werk zo moeilijk mogelijk maakten, anderen wilden maar al te graag helpen bij het onderzoek. ‘Soms bracht hij twee, drie vuilniszakken per dag naar beneden,' had een buurvrouw haar toegefluisterd toen ze een paar jaar geleden een onderzoek instelden naar een verdachte. Daarbij had ze net als Noguera haar wenkbrauwen opgetrokken en was ze zachter gaan praten. In een vermissingszaak had een man verteld: 'Volgens mijn nichtje maakte hij rare schilderijen. Van die troep met duivels erop.' Sara stoorde zich niet zozeer aan de domheid van die mensen, maar meer aan het feit dat ze beweerden dat ze het alleen maar goed bedoelden. In werkelijkheid ging het hun er alleen om, om anderen schade te berokkenen.

Noguera wilde het Gaizka op de een of andere manier betaald zetten, dacht ze terwijl ze om de balie heen liep. Wat verwachtte ze daar aan te treffen? Via een deur kwam ze in de opslagruimte. Sara deed het licht aan, dat bestond uit een paar neonbuizen. Oude kano's werden zichtbaar, klimuitrusting, in een hoek een stapel sleeën met modderspatten erop. Aan het eind van het vertrek was achter een geopende deur een bed te zien. Sara nam aan dat Álvaro in die kamer had gewoond. Terwijl ze door de opslagruimte liep om er een kijkje te nemen, kwam ze langs een rek met daarop een rij zwarte helmen.

'Weg bij mijn huis!' brulde Montserrat. Raquel stapte naar achteren, struikelde over de trap bij de voordeur en was bijna gevallen. Ze merkte dat ze rood werd van schaamte. 'Wat moet je hier?' Joaquín probeerde om de briesende Montserrat tegen te houden.

Raquel probeerde te zeggen dat ze wilde weten hoe het met hen ging, maar er kwam alleen wat onsamenhangend gestotter over haar lippen. Burgos stond buiten voor het huis en wist niet of hij bij haar moest blijven of achter Ana aan moest gaan, die al naar binnen was geglipt.

'Zeg tegen haar dat ze eindelijk haar mond eens moet opendoen,' schreeuwde Montserrat, terwijl ze zich losrukte van haar man en wees in de richting waarin Ana was verdwenen.

Je bent echt een stom wijf, dacht Raquel bij zichzelf. Wat had ze eigenlijk voor ontvangst verwacht? Ze was ervan overtuigd geweest dat het Montserrat goed zou doen om met Ana te praten. Alsof haar dochter nu de troost kon bieden die Montserrat háár zo lang had geboden. 'Wij zijn jouw familie,' had haar vriendin in de allerzwaarste periode tegen haar gezegd. Tegenwoordig had ze het idee tegenover een vreemde te staan als ze Montserrat aankeek. Een snikkend hoopje ellende in de armen van haar man, die haar nu ook verzocht om te vertrekken.

'Je weet dat híj hier niet hoort te zijn,' zei Joaquín nog.

Raquel kon niet goed omschrijven hoe ze zich precies voelde. Er was iets kapotgegaan. Het vertrouwen in elkaar. De innerlijke rust als je de ander aankeek. Dat was er niet meer. Ze hoorde bij haar in huis de telefoon overgaan.

'Zal ik opnemen?' vroeg Burgos, die nog altijd voor de deur stond.

Raquel schudde haar hoofd en draaide zich weg van Montserrats huis. Het gerinkel klonk steeds harder.

'Je weet maar al te goed dat dit jóú niet had moeten overkomen,' hoorde ze nog achter zich.

Je bent egoïstisch en ondankbaar, dat maakte Montserrats blik duidelijk. Waarom? Zij kon het toch niet helpen? Ze moest zichzelf niets wijsmaken. De band tussen hen was al verslechterd voordat Ana was teruggekomen. Nadat ze meer tijd met Ismael was gaan doorbrengen en zich niet meer zo bezighield met de stichting. Alsof Montserrat het haar kwalijk nam dat ze wilde leven.

'Gaat het?' vroeg Burgos terwijl ze het huis binnenliep.

'Ja.' Pas toen merkte ze dat de telefoon niet meer overging. 'Waar is Ana?'

'Boven,' zei Burgos en hij verdween de trap op. De tekenaar van de politie kwam de keuken uit.

'Ik heb een glas water gepakt, ik hoop niet dat dat erg is.' Daarna liep hij naar de woonkamer om zijn spullen te pakken.

Raquel zag het schetsboek op het ladekastje in de gang liggen. De man had volgens Ana's aanwijzingen een compositietekening van Lucía gemaakt. Maar wat Raquel betrof gaven de potloodlijnen een vreemde weer. De tekening zag er om de een of andere reden spookachtig uit – de vaag weergegeven kin, de ogen, de gelaatsuitdrukking. Ze pakte haar mobiel en maakte er een foto van. De tekenaar was nog in de woonkamer op het moment dat de telefoon opnieuw overging.

Quim wist niet meer waar hij het moest zoeken. Het drama achtervolgde hem overal. Zelfs als hij de deur van zijn kamer dichtdeed, kon hij hen horen. Zijn moeder, die jammerde en snikte. Zijn vader, die haar iets beloofde. Ach, wat deed het ertoe. Quim probeerde om er niet meer naar te luisteren. Het waren twee geknakte mensen die zich vastklampten aan hun tegenslagen. Hij wist zeker dat ze het in de grond van hun hart fijner vonden dat Ana was teruggekomen en niet Lucía. Zo konden ze zich blijven wentelen in alle ellende, als een varken in de modder. Hij deed het raam open, klom op het afdak naar de tuin en sprong van daaraf op de grond. Dit was zijn nooduitgang. Een tijdlang had hij er gebruik van gemaakt om ongemerkt het huis te verlaten. Inmiddels miste niemand hem nog. Hij hoefde niet bang te zijn dat zijn ouders zijn kamer binnenkwamen. Dat zouden ze niet doen, dat wist hij.

'Je bent een echte acrobaat,' zei een stem. Quim kromp ineen.

Hij keek om zich heen, maar zag niemand. Er floot iemand. Dit keer hoorde hij uit welke richting het kwam. Hij keek omhoog. In het aangrenzende huis leunde Ana uit het raam en ze glimlachte naar hem terwijl ze met haar hand over haar kale hoofd streek. Waarom trilde hij nu? Dat kwam door de zenuwen, zei hij tegen zichzelf. Quim was woest op zichzelf. Waarom kon hij niet eens een keer helemaal niets voelen? Het maakte hem helemaal niet uit dat ze er weer was. Sorry, hoor, dacht hij, maar het maakt me helemaal niet uit dat je terug bent uit het rijk der doden. Hij draaide zich zonder iets te zeggen om en verliet de tuin. Hij dwong zichzelf om langzaam te lopen, hoewel hij het liefst was gaan rennen.

Ana bleef nog even bij het raam staan. Ze zag dat Quim links afsloeg en vervolgens verdween in het donker. Ze wilde niet in deze kamer zijn. Ze wist dat die agent voor de deur zat om haar te bewaken. En ze vroeg zich af wat er nou eigenlijk veranderd was in haar leven. Als er al iets was veranderd. Pas bij het horen van politiesirenes draaide ze zich weg van het raam.

Gaizka had opgezwollen, rode ogen, zijn huid was vaal en slap, zijn armen staken als bezemstelen uit zijn overhemd met korte mouwen. Hij schommelde onzeker heen en weer. Gaizka was pas geleden dertig geworden, maar kwam ouder over. Getekend door heel veel van dit soort nachten, dacht Sara. De politie had hem opgespoord en naar Posets gebracht nadat Sara zijn opslagruimte had geïnspecteerd. Hij stonk niet naar alcohol. Alleen naar rook.

'Gaat het wel met u? Kunt u een paar vragen beantwoorden?' vroeg Sara toen ze met hem zijn hut binnenging.

Gaizka leunde met beide handen op de balie alsof hij eindelijk vaste grond onder de voeten had. 'Ja natuurlijk,' mompelde hij nauwelijks verstaanbaar, waarna zijn hoofd omhoogkwam en hij onnozel grijnsde. Hij leek ook zelf door te hebben hoe belachelijk dit allemaal was. Hij begon te lachen. 'Sorry. Maar ik moet eigenlijk slapen. Of in ieder geval douchen. Stink ik?'

'Ik laat u zo weer met rust. Zullen we naar de opslagruimte gaan?'

'Als het niet anders kan.'

Gaizka probeerde om Sara te volgen, maar hij had nog altijd last van de gevolgen van de joint.

'Wie was er verantwoordelijk voor de opslagruimte?' vroeg Sara.

'Álvaro. Uiteraard, maar… ik denk dat hij zichzelf inmiddels de laan heeft uitgestuurd.' Hij lachte om zijn eigen grap. Wie was er nu geïnteresseerd in Álvaro?

'Toen ik hier aankwam, stond de deur open, dus ben ik naar binnen gegaan. En toen vielen die helmen me op.' Sara wees op de helmen die Gaizka altijd aan afgehakte hoofden deden denken.

'Die zijn om mee te paintballen. Dat spel waarbij je met verfbommen op elkaar schiet,' legde Gaizka uit.

'Hoe lang hebt u die al?'

'Dat weet ik niet. Van begin af aan. Het waren de eerste activiteiten die je bij mij kon boeken. Paintball en sleetochten. Nadat ik erachter was gekomen dat ik die honden ook 's zomers te eten moest geven, ben ik gestopt met die tochtjes.'

'Weet u of er helmen ontbreken?'

'Geen idee.' Gaizka snoof.

Sara noteerde iets en liep terug door de opslagruimte. Gaizka kon haar parfum ruiken terwijl ze langs hem liep. Opeens voelde hij zich uitgeput. Eenzaam. Hij keek de rechercheur aan, in zijn ogen was angst te lezen.

'Dat was het voorlopig. Misschien gaan we hier nog grondiger onderzoek doen,' zei Sara zonder hem aan te kijken.

Álvaro liep door Monteperdido. Met zijn blik op de grond gericht stelde hij zich voor dat hij hier dezelfde voetsporen achterliet als vier jaar geleden. In zijn jeugd hadden ze de zomers altijd doorgebracht in een dorp aan de kust en waren ze pas in september teruggegaan naar Zaragoza. Bij het binnenkomen van het huis had alles telkens nieuw en tegelijkertijd vertrouwd aangedaan: de gang, de keuken, zijn kamertje. Vreemd en toch thuis. Hetzelfde gevoel had hij ook nu in Monteperdido. Hij kocht croissants in de bakkerij aan de Avenida Posets en neuriede een liedje. Hetzelfde liedje dat destijds bij hem opgekomen was toen hij het dorp voor het eerst in de sneeuw had gezien. 'Fox in the snow' van Belle & Sebastian. *Fox in the snow, where do you go to find something you can eat?* Hoe vaak had hij zich zo gevoeld? Een hongerige vos in de sneeuw die tot alles in staat was om voedsel te vinden en niet te bevriezen.

Hij liep de oude brug over. Het water van de Esera stroomde kalmpjes voorbij. Langzamerhand kreeg hij weer grip op zijn leven. En dit keer zou hij het niet verprutsen. Hij had nooit in het heden geleefd. Als jonge vent kon hij bijna niet wachten op de toekomst, en later werd hij getekend door het verleden. Altijd hongerend naar meer. Een 'heden' was er nooit geweest. Hij liet het dorp achter zich. Langs de hoofdstraat wemelde het van de persmensen, daarom nam hij de kortere weg via het kleine dennenbos waarin Ana was verdwenen. Hij verheugde zich erop om samen met Raquel en Ana aan de keukentafel te zitten en de nog warme croissants te eten. Door de takken van de bomen sijpelde groenachtig licht. Álvaro keek door de kruinen naar de lucht. Het was hier prachtig.

Toen Sara bij het politiebureau arriveerde, was Santiago al begonnen met het verhoor. Ze nam Álvaro Montrell op door het doorkijkglas van de ruit. Hij zag er gespannen uit, maar niet gebroken. Op tafel lagen foto's van de paintballhelmen, naast een tekening van de helm die de ontvoerder had gedragen, gemaakt volgens Ana's aanwijzingen. Ze zagen er volkomen identiek uit. Naast haar zat Víctor en hij keek door het glas. Het was zijn taak geweest om Álvaro bij zijn voordeur in de boeien te slaan. Voor hem stond een zak croissants.

'Heeft hij bekend?' vroeg Sara.

'Nee, niets,' zei Víctor zonder zijn blik van de verhoorkamer af te wenden.

Sara liep naar binnen, pakte een stoel en ging naast Santiago zitten. Ze keurde Álvaro geen blik waardig, maar staarde naar een punt ergens in het vertrek.

'Als u meewerkt, gaat het allemaal makkelijker,' zei Santiago. 'Uw dochter is in veiligheid, maar we weten nog altijd niet waar Lucía is.'

'Ik ben niet de enige die bij die helmen kon komen,' zei Álvaro, op een toon alsof hij dat al duizend keer had gezegd.

'U bent verantwoordelijk voor de opslagruimte. Ontbrak er op een dag een helm?'

'Ik ben daar pas vier jaar geleden begonnen. De persoon die jullie zoeken, kan er toen al lang eentje hebben gepakt.'

'Maar u was voor die tijd ook geregeld bij Gaizka?' mengde Sara zich in het gesprek. Jullie zijn vrienden van elkaar.'

'Het maakt toch allemaal niet uit wat ik zeg. Voor jullie staat allang vast dat ik de schuldige ben.' Álvaro keek Sara aan.

'Het lijkt er ook niet bepaald op dat u die verdenking wilt ontzenuwen,' zei Santiago. 'Waarom zegt u niet gewoon waar u was op de dag dat uw dochter weer opdook?'

'In mijn kamer in Posets. Er waren voor die dag geen tochten geboekt, daarom was er niemand. Perfect, toch? Mijn hele alibi naar de filistijnen.' De frustratie spatte van Álvaro af terwijl hij dat zei.

'Hoe wist u dat Ana in het ziekenhuis van Barbastro lag?'

'Gaizka heeft me opgebeld.'

'Waarom hebt u tegen niemand gezegd dat u nog altijd in het dal woonde?'

'Moet ik dat echt uitleggen? De mensen waren er vast van overtuigd dat ik de meisjes had ontvoerd. Ik had niet veel vrienden meer.'

'Waarom bent u niet vertrokken?'

Álvaro keek Santiago aan. Daarna haalde hij diep adem en mompelde. 'Dat kon ik niet, vanwege Ana.'

'We gaan vijf jaar terug in de tijd. De dag van de ontvoering. Ook toen kon u niet uitleggen waar u was.' Santiago bladerde in zijn papieren. 'U hebt destijds verklaard dat u bij een leerling was. Elisa Nerín. Maar Elisa zei...'

'Ze heeft gelogen,' zei Álvaro scherp. 'Moeten we dat weer allemaal herhalen?'

'Snapt u niet in wat voor positie u verkeert?' Santiago schoof zijn papieren opzij. 'U kunt ons niet vertellen waar u destijds tijdens de ontvoering was en ook dit keer hebt u geen alibi voor de periode waarin Ana opdook. U kon bij die helmen. Hou ermee op de beledigde onschuld te spelen, anders wordt het moeilijk voor u om u hier nog uit te redden.'

'Maar ik wás op dat moment bij Elisa,' betoogde Álvaro. 'Ze had de hele nacht doorgehaald. Ze had drugs gebruikt en was nog niet helemaal helder. Ze was bang dat haar vader haar zo zou zien. Ik weet niet of u Marcial al hebt ontmoet. Ik heb alleen geprobeerd om haar in bescherming te nemen.'

'Door de verhouding die u met haar had?'

'Dat gedoe dat we iets met elkaar hadden, heeft ze verzonnen,' sprak Álvaro tegen.

Sara liet Santiago de vragen stellen. Onder de tafel hield ze een plastic tas vast. Ze wachtte op het juiste moment.

'Waarom zou ze dat verzinnen?' vroeg Santiago. 'Als haar vader zo streng is, was dat niet bepaald verstandig.'

'Wie zegt dat we altijd verstandig te werk gaan?'

'Dat houdt in dat Elisa u schade wilde berokkenen, bedoelt u.'

'Kan zijn,' mompelde Álvaro.

'Dan kunnen we Elisa's getuigenis dus maar beter vergeten. Ze heeft gelogen toen ze beweerde dat u een verhouding met haar had en het was ook gelogen dat jullie elkaar op de dag dat de meisjes verdwenen níét hebben gezien.'

'Precies.' Álvaro keek de rechercheur aan. Kon het echt voor het eerst zo zijn dat iemand zijn verhaal geloofde?

'U hebt dus nooit een verhouding gehad met Elisa Nerín. Voor die tijd niet en daarna ook niet,' stelde Sara vast, alsof het onderwerp daarmee was afgehandeld.

'Natuurlijk niet,' zei Álvaro nadrukkelijk. Hij merkte dat de spanning langzaam van hem afviel.

'Hoe kan het dan dat we dit hier in uw kamer in Posets hebben gevonden?'

Sara legde de verzegelde plastic tas op tafel en schoof hem naar Álvaro toe. Er zat een haarband in met een vogeltje van paars vilt.

'Elisa maakt dat soort banden. Ze zijn echt heel mooi.' Ze wachtte Álvaro's reactie af.

'Een tijd geleden, ik weet het niet, een jaar of zo,' stotterde Álvaro, 'stond Elisa in Posets opeens voor mijn neus. Ik weet niet hoe ze erachter is gekomen dat ik daar woonde. We hebben heel even met elkaar gepraat. Ik heb tegen haar gezegd dat ik haar niet meer wilde ontmoeten. Nadat ze was vertrokken, zag ik dat ze die haarband was vergeten. Misschien was hij op de grond gevallen, geen idee.'

'En tijdens dat gesprek heeft ze zich niet verontschuldigd dat ze destijds heeft gelogen?'

'Jawel.' Álvaro begreep hoe penibel de situatie was.

'Mooi,' zei Sara glimlachend. 'Dan zal het ook geen probleem zijn als wij met haar gaan praten. Als ze dit keer uw verklaring bevestigt, hebt u het ergste achter de rug.'

Álvaro verstijfde. Hij had er zo ontzettend genoeg van. Al vijf jaar lang dezelfde verdachtmakingen, al vijf jaar lang hetzelfde sarcasme. Opnieuw waren alle pijlen op hem gericht.

'Blijf ik in voorarrest?' vroeg hij.

Raquel liet zich op de bank vallen en staarde doelloos voor zich uit. Ze voelde zich niet lekker, haar maag protesteerde. Burgos kwam naar haar toe en streek vol medelijden over haar hand. Ze zou zich het liefst losrukken, maar had er de kracht niet voor. Ze was een willoze pop. De politiesirenes weergalmden nog altijd in haar hoofd. Ze wist dat ze eigenlijk naar de keuken moest gaan om het aan haar dochter te vertellen. Waarom had ze niet het lef om het haar op de man af te vragen? Was het je vader die je iets heeft aangedaan?

Ana sprong woedend op van haar stoel en veegde het gebaksschoteltje van de tafel. Het stuk taart viel met een smak op de vloer en liet een slagroomvlek achter, terwijl het schoteltje verder danste over de tegels totdat het uiteindelijk met een luid gerinkel bleef liggen. Raquel probeerde haar te kalmeren, maar Ana duwde haar arm weg.

'Dus dat is jullie manier om Lucía te vinden?' brieste ze. 'Door papa te arresteren?' Vervolgens rende ze de trap op. Burgos liep achter het meisje aan.

'We moeten hem alleen een paar vragen stellen, Ana,' zei hij. 'Hij is niet gearresteerd.'

'Maar hij mag niet meer hiernaartoe komen om mij te zien!'

Ze holde de badkamer in en sloeg de deur achter zich dicht.

'Laat me met rust,' hoorde Burgos het meisje aan de andere kant van de deur zeggen.

Gaizka kwam met zijn wielen op de smalle vluchtstrook en was bijna van de weg geraakt. Achter de lage vangrail gaapte de kloof. Hij probeerde om zich weer op de weg te concentreren en vat te krijgen op zijn angst. Er was niemand op straat. Door de controles van de politie was er een abrupt einde gekomen aan de toeristenstroom. De meeste vakantiegangers bleven liever beneden, in het dal, in Ordial of Val de Sacs. Er waren er maar een paar die hun verblijf in Monteperdido niet hadden geannuleerd. Vergeleken met vorige zomer liepen de zaken erbarmelijk slecht. Noguera had gebeld en zich beklaagd. Hij werkte op commissiebasis. Noguera kan de pot op, dacht Gaizka. De weg werd naarmate hij omhoogliep over de Kregüeña steeds smaller, totdat na de laatste bocht hotel La Guardia opdoemde. Hier ging de weg over in een gedeelte met grind, dat eindigde bij een parkeerterrein. Het hotel was de hoogste bewoonde plek van de vallei.

Gaizka ontmoette Serna bij het uitkijkpunt. Van daaruit was er een prachtig uitzicht over het dal. Verder naar beneden toe lagen verspreid wat kleine dorpjes. De rivier zag eruit als een kronkelende ritssluiting die ze met elkaar verbond.

'De politie gaat huis aan huis langs. Ik moet iets doen,' zei Gaizka zonder omhaal. Serna keek hem verrast aan. 'Een nietszeggende begroeting en geleuter over het fraaie dal is nu niet op zijn plek. Ik zit tot over mijn oren in de shit, Serna.'

'En wat wil je van mij?'

'Ik moet weg uit het dal, totdat de hele situatie weer tot bedaren is gekomen. Jij hebt toch die loods in Barbastro. Als ik die zou kunnen gebruiken.'

'In onderhandelen ben je altijd rampzalig slecht geweest, Gaizka,' zei Serna. 'Ik vraag me af wat ík eraan heb als ik je uit de brand help. Het is niet mijn probleem als jij het in je broek doet.'

Gaizka leunde tegen de reling van het uitkijkpunt. Het uitzicht gaf hem een gevoel van macht. Alsof hij al die mensen die zich daarbeneden in het dal als stipjes bewogen met één hand kon vermorzelen.

'Volgens mij ben je dit verloren.' Met die woorden overhandigde Sara de plastic zak met de haarband aan Elisa.

Elisa pakte hem aan en bekeek hem uitvoerig. Een paarse vogel van vilt, met grote ogen, gespreide vleugels, een roze snavel. Toen ze de zak wilde openmaken, belette Sara haar dat.

'Ik kan hem je nog niet teruggeven.'

'Waarom niet?' Elisa keek over Sara's schouder, alsof ze bang was dat iemand die het pension binnenkwam hen zo zou zien.

'Sinds wanneer weet je dat Álvaro Montrell in Posets verblijft?'

Elisa trok haar schouders hoog op, met haar handen weggestopt in de mouwen van haar trui, en ze keek om zich heen, alsof ze zocht naar een manier om weg te komen bij de receptie.

'Ik heb niets met hem te maken.'

'Maak je maar niet druk, Elisa. Ik wil alleen weten of je bij hem bent geweest.'

Elisa deed haar denken aan een rietstengel in de wind. Ze kon elk moment knakken, maar was ook buigzaam genoeg om de aanval te doorstaan.

'Een paar pensiongasten die een tocht bij Gaizka hadden geboekt, vertelden me over hem. Ze hadden er geen idee van wie hij was. Op een avond ben ik naar hem toe gereden.'

'Waarom?'

'Weet u wat hij mij heeft aangedaan?'

'En wat is daar gebeurd?'

'Ik heb tegen hem gezegd dat hij uit het dal moest verdwijnen, anders zou ik iedereen vertellen waar hij was.'

'Maar dat heb je niet gedaan. Waarom niet?'

'Ik was bang.'

Elisa maakte nu weer een uiterst breekbare indruk. Het kwam op Sara over alsof er twee verschillende persoonlijkheden in haar huisden. Meestal oogde ze zwak en bedeesd. Maar soms kwam er een heel andere Elisa tevoorschijn die het bevel leek over te nemen.

'En nu. Ben je nu ook bang?' vroeg Sara.

De wapenwinkel van Marcial Nerín bevond zich op de hoek van het plein waaraan ook het gemeentehuis stond. Het belletje boven de deur rinkelde toen Santiago de winkel binnenging. De rekken in de etalages, waaraan de wapens hingen, lieten nauwelijks daglicht door. Het was schemerig in de winkel, die alleen werd verlicht door een geelachtige tl-buis boven de toonbank.

'Hallo?' riep Santiago en hij liep naar de toonbank, maar er verscheen niemand.

Het viel niet te ontkennen dat de zaak betere tijden had gekend. De wapens en de jachtbenodigdheden in de stellingen zagen eruit alsof ze heel lang in de een of andere stoffige kist hadden gelegen. Je had het idee dat je je in een pandjeshuis bevond. Opeens voelde Santiago dat er iemand naar hem keek. Aan het uiteinde van de toonbank zat een oude vrouw in een rolstoel die hem aankeek. Santiago glimlachte nerveus.

'Goeiedag. Is Marcial Nerín er ook?'

De vrouw antwoordde niet. Haar ogen bleven op hem gericht, maar hij had het idee dat ze dwars door hem heen keek. Hij zette een stap opzij, maar de vrouw reageerde niet en bleef bewegingloos in haar rolstoel zitten. Santiago dacht dat ze blind was.

'Het gaat allemaal langs haar heen.' Marcial Nerín was uit een klein kamertje achter de toonbank gekomen. 'Ze heeft alzheimer, al drie jaar. Binnen een paar maanden begon ze vergeetachtig te worden en herkende ze mensen niet meer. En zo is het nu nog steeds. Maar ze kookt nog altijd.'

'Wat vervelend,' zei Santiago. 'Is ze uw moeder?'

Marcial knikte. Hij ging vervolgens naar de oude vrouw en legde een plaid over haar knieën. Zijn bewegingen deden Santiago denken aan een wild dier. Een wild zwijn dat door het kreupelhout loopt. Marcial ging bijzonder voorzichtig om met zijn moeder. Als een reus die probeert een baby geen pijn te doen met zijn knuisten.

'U weet inmiddels dat we iedereen in het dorp een paar routinevragen stellen.' Marcial knikte terughoudend, alsof hij zich moest inhouden om niet te zeggen wat hij van dat plan vond. 'Kunt u mij vertellen waar u was toen de meisjes zijn verdwenen? En wat u deed op de dag dat Ana weer opdook?'

'Ik heb toch vijf jaar geleden al tegen de politie gezegd waar ik was.'

'Vindt u het erg om dat ook aan mij te vertellen?'

'Ik was hier in de zaak. Ik heb gewerkt.'

Santiago maakte aantekeningen en glimlachte vriendelijk, alsof zijn getuigenis verder niet van belang was. 'Wordt er veel gejaagd in Monteperdido?'

'Reeën, gemzen, herten, wilde zwijnen. We mogen niet klagen.'

'Dat zal het dorp dan ook wel geld opleveren. Jachtvergunningen, wapens.' Santiago wees naar de stellingen.

Marcial begreep waar de rechercheur op uit was. Terwijl hij patronen in een doos sorteerde die op de toonbank stond, moest hij toegeven dat hij niet echt van de populariteit van het jagen profiteerde. De meeste jagers kochten bij speciaalzaken in de stad waarmee hij niet kon concurreren.

'Zodra ik iemand vind die de huur van dit pand wil overnemen, sluit ik de winkel,' zei hij.

'Heeft uw dochter geen belangstelling om de zaak over te nemen?' Santiago reageerde opnieuw met een glimlach op Marcials wantrouwige blik. Hij bleef zijn best doen om het gesprek op een onschuldig praatje te laten lijken. 'Mijn collega en ik verblijven in pension La Renclusa, waar Elisa werkt. Het overnemen van de winkel is toch veel beter dan kamers schoonmaken.'

'Kinderen willen alles doen wat maar mogelijk is, alleen niet iets wat hun ouders ook doen,' antwoordde Marcial kortaf.

'Mijn vader was advocaat en ik kan u verzekeren dat dat wel het laatste was wat ik wilde worden,' zei Santiago op luchtige toon. Vervolgens werd hij serieus. 'Het kwam me op een flink pak slaag te staan toen duidelijk werd dat ik zijn kantoor niet wilde overnemen.'

'Dat waren andere tijden.'

Marcial keek Santiago doordringend aan. Hij leek de rechercheur uit te dagen om eindelijk ter zake te komen.

'Het moet niet makkelijk zijn geweest om uw dochter in uw eentje op te voeden.'

'Het is nooit makkelijk om een kind op te voeden.'

Santiago knikte begripvol. Vervolgens schraapte hij zijn keel, alsof het niet meeviel om het onderwerp aan te snijden, wat beslist niet het geval was. 'Wij zijn op het moment bezig met het doornemen van de oude dossiers. Daar komt ook de relatie tussen Álvaro Montrell en uw dochter in voor.'

'Die smeerlap heeft misbruik gemaakt van een jong meisje. Ik weet niet wat ik er verder nog over moet zeggen. Het zint me niets dat hij weer terug is in het dorp. Dat zou geen enkele vader bevallen die zoiets heeft meegemaakt.'

'Maar er was onvoldoende bewijs voor een aanklacht. Het is nooit bewezen dat hij een verhouding had met uw dochter.'

'Recht is één ding, maar gerechtigheid is iets heel anders. Dat weet u toch als geen ander.'

'Inderdaad,' gaf Santiago toe. 'Maar wij zijn hier om ervoor te zorgen dat recht en gerechtigheid zo veel mogelijk samenkomen.'

'Dat geloof ik pas als Álvaro in de bak zit.'

Santiago kon hem zijn wrok niet kwalijk nemen. Hij had het al veel te vaak meegemaakt: ouders die hulpeloos moesten toezien hoe de monsters die hun kinderen iets vreselijks hadden aangedaan er door een of ander juridisch foefje zonder kleerscheuren van afkwamen. Door te zwijgen gaf de rechercheur zich gewonnen, maar voordat hij vertrok, had hij nog één vraag voor Marcial.

'Ik zou het bijna vergeten. U moet me nog vertellen waar u was toen Ana weer opdook.'

'Ik was in Barbastro, in het ziekenhuis. Mijn moeder moet gedialyseerd worden en ik moet daar elke week één, twee dagen naartoe. We hebben elkaar toch gezien daar, op de gang.'

'O, echt waar?' vroeg Santiago verbaasd en hij sloeg zijn notitieboekje dicht.

Marcial antwoordde niet. Hij stond onbeweeglijk achter de toonbank om de rechercheur duidelijk te maken dat het gesprek erop zat. Santiago wierp nog een laatste blik op Marcials moeder. Getekend door haar ziekte, verzette ze zich tegen de dood, zoals een schuldige zijn onschuld blijft volhouden, hoewel alle bewijzen tegen hem zijn.

Montserrats mobiel zoemde even, maar ze negeerde het. Ze was nog altijd volledig van slag. Er waren zo veel tegenstrijdige gevoelens waar ze simpelweg geen vat op kon krijgen. Jaloersheid, haat, woede... en een gevoel van superioriteit dat ze van zich af probeerde te zetten. Joaquín hing constant aan de telefoon. Hij belde de vrouwelijke rechercheur en als er niet werd opgenomen, ging hij allerlei agenten van het bureau langs. Op die manier was hij erachter gekomen dat Álvaro weer op vrije voeten was. Montserrat stond op om naar bed te gaan. Ze pakte haar mobiel, die ze als wekker gebruikte. En op dat moment ontdekte ze het bericht. Eerst dacht ze dat Raquel haar verontschuldigingen wilde aanbieden en ze aarzelde voordat ze het sms-bericht opende. Er verscheen een afbeelding. 'Dit is je dochter,' schreef Raquel. 'Je zult haar vast weer snel in je armen kunnen sluiten.'

Het lukte Montserrat eerst niet om in de tekening een gezicht te ontdekken. Ze zag alleen lijnen zonder echt verband. Lang, steil, schouderlang haar. De iets scheefstaande ogen, een krachtige neus die haar aan Joaquín deed denken, de gekrulde lippen die waren gevormd tot een zachte glimlach en die ze voor een bedenksel van de tekenaar hield. Wat had Lucía voor reden om te glimlachen? Montserrat omklemde de trapleuning terwijl al die details door haar hoofd dansten en ze probeerde er een geheel van te maken.

'Joaquín,' zei ze en ze liet haar man haar mobiel zien. 'Dit is Lucía.'

Overal in huis hingen foto's van Lucía en ook in haar dromen kwamen volop beelden van haar voor. Waarom zou ze het beeld dat ze van haar dochter had, inwisselen voor deze illusie in potlood?

Het begon schemerig te worden. Quim zat langs de rivier en hij ging met zijn blote voeten door het water. Door de stroom die er stond, voelde hij het kietelen aan zijn voetzolen. Hij nam een trekje van zijn joint en gaf hem door aan Ximena.

'Heb je haar al gezien?' vroeg Ximena, nadat ze een flinke haal had genomen.

'Vanuit de verte,' antwoordde Quim en hij staarde naar het water.

'En?'

Quim haalde zijn schouders op. Hij dacht aan Ana, zoals ze daarboven bij het raam had gestaan. Je bent een echte acrobaat, had ze gezegd. Hij moest grijnzen bij de herinnering. Acrobaat. Wie zei dat nou? Het was een raar woord voor een meisje dat op elfjarige leeftijd was ontvoerd. Waar had ze dat geleerd? In gedachten had hij haar voor zich gezien als een wild iemand, met het haar vol klitten en een met modder besmeurde huid, die zich met grommende geluiden verstaanbaar probeerde te maken. Als een wild dier.

'Hé!' Ximena gaf hem een por met haar elleboog. 'Vertel op!'

'Die verrekte hasj. Geen idee waar Gaizka die vandaan heeft gehaald, maar het knalt er wel in.'

'Hoe is Ana nu?' Ximena gaf het niet op.

'Ik weet niet. Normaal.'

Ximena barstte in lachen uit. Quim keek haar niet-begrijpend aan. 'Ze komt terug na vijf jaar gevangen te hebben gezeten en jij zegt dat ze volkomen normaal is,' zei ze nadat ze weer wat op adem gekomen was.

Er was niemand bij de receptie. Álvaro drukte een paar keer op het belletje en wachtte, totdat hij op de trap voetstappen naar beneden hoorde komen. Elisa verstijfde toen ze hem zag.

'Álvaro,' fluisterde ze. 'Wat doe jij hier?'

'Ik mag niet meer naar huis. Ik heb een kamer nodig.'

Dit keer hou jij de regie in handen, zei Álvaro tegen zichzelf. Tijdens een jacht had de opgejaagde twee mogelijkheden: wegrennen óf het opnemen tegen zijn belagers. Het eerste had hij geprobeerd en daarbij geconstateerd dat het hem niets opleverde. Als je er eenmaal vandoor ging, dan was je altijd op de vlucht. In Monteperdido voelde hij zich veiliger. Hij wist hoe de anderen reageerden en kon daarmee omgaan.

Ze liepen zwijgend naar de tweede verdieping. Elisa ging hem voor. Álvaro had een kleine rugzak met kleding bij zich. Hij wachtte totdat Elisa de kamerdeur openmaakte.

‘Op welke verdieping zitten die rechercheurs?’ vroeg hij.

‘Op de derde.’ Elisa ontweek zijn blik. ‘Het ontbijt is van acht tot…’

‘Waarom kom je niet even binnen?’ Álvaro pakte het meisje bij de arm. ‘Ik moet met je praten.’

Elisa huiverde. Door Álvaro’s hand op haar arm ging er golf van warmte door haar hele lichaam. Ze voelde zich vies door het besef dat ze opgewonden was.

‘Hup, kom op.’ Álvaro duwde haar zachtjes de kamer in en deed vervolgens de deur achter zich dicht. Het fletse licht van de maan voorkwam dat het helemaal donker was in het vertrek.

‘De politie heeft me ondervraagd over ons,’ zei Álvaro.

‘Met mij hebben ze ook gepraat,’ mompelde Elisa.

Álvaro kwam heel dicht bij haar staan. Elisa kon zijn warme adem voelen. ‘En wat heb je tegen hen gezegd?’

‘Dat ik bang voor je ben.’ Elisa rechtte haar hoofd en keek Álvaro aan. Zijn staalblauwe ogen, de grijze plukken haar die over zijn voorhoofd vielen. Ze glimlachte. ‘En dat klopt.’

‘Je moet hun de waarheid vertellen.’ Álvaro deed zijn best om het niet als een verzoek te laten klinken.

‘En wat is de waarheid?’

‘Elisa, alsjeblieft. Heb je inmiddels niet schoon genoeg van dat spelletje?’

‘Ik vind het nog steeds heel leuk,’ antwoordde ze.

Álvaro draaide weg van haar en ging op de rand van het bed zitten.

‘Ze laten me niet bij Ana,’ zei hij en hij begroef zijn gezicht in zijn handen. ‘Ik mag mijn dochter niet zien, ik mag niet bij haar in de buurt komen. Maar ze heeft me toch nodig, of niet?’ Toen Álvaro weer opkeek, stonden er tranen in zijn ogen. Als smeltend gletsjerijs, dacht Elisa.

‘Je moet niet huilen, hoor.’ Het deed haar pijn om hem zo te zien. Ze knielde voor hem neer en legde haar handen op zijn knie.

‘Het is zo klote allemaal,’ liet Álvaro zich ontvallen. Hij veegde zijn tranen weg. ‘Wil je me alsjeblieft helpen?’

Elisa streek over zijn gezicht. Álvaro legde haar hand tegen zijn borstkas, omvatte vervolgens haar kin, duwde haar gezicht langzaam omhoog en boog zich naar haar toe. Hij kuste Elisa en merkte dat ze hortend ademhaalde. Ze beefde als een angstig kind. Toen er een eind kwam aan hun kus zag hij dat ze huilde.

‘Ben je nu ook bang?’ vroeg hij.

‘Nee. Ik ben gelukkig.’

Álvaro trok Elisa op bed. Terwijl hij haar bleef aankijken, knoopte hij haar vestje los en trok haar T-shirt en bh uit. Hij streelde de huid onder haar borsten. Elisa slaakte een zucht.

Een fijne regen maakte het raam vochtig. Een geruisloze regen.

De ruitenwissers zwiepten in een regelmatig tempo heen en weer. De afgelopen nacht was het gaan miezeren. Een nauwelijks merkbare motregen. Nadat Telmo haar die ochtend had opgehaald bij het pension had Sara gehoord van Víctors eigenmachtige beslissing.

‘Gamero is met de mannen van de broederschap beneden bij de rivier,’ deelde de politieagent haar mee.

Terwijl Sara in de auto uit het raam keek, vertelde Telmo haar waarom Víctor de krachten van de plaatselijke politie had gebundeld om de rivierbedding leeg te maken. Op het moment regende het nog zachtjes, maar voor de komende dagen werden hevige stortbuien verwacht.

'En dat is de verantwoordelijkheid van de politie?' vroeg Sara.

'De broederschap is er ook. We trekken hier één lijn,' legde Telmo trots uit.

Ze passeerden de afslag naar Posets en reden uiteindelijk een landweggetje op dat naar beneden leidde, naar de rivier.

'Als wij het niet doen, doet niemand het,' zei Telmo. 'Nu is alles hier mooi groen en aangenaam, maar u hebt er geen idee van hoe hard het leven hier 's winters is. Dan ligt er twee, drie meter sneeuw en de wegen zijn afgesloten. Soms kun je niet eens meer je huis uit. Of we helpen elkaar óf je kunt het wel schudden.'

Telmo parkeerde de auto bij de rivier. Een stuk stroomopwaarts waren zo'n dertig man aan beide oevers bezig. Terwijl ze dichterbij kwamen, werd het gepiep en gedreun van de graafmachines steeds doordringender. Op een kleine vrachtwagen van de broederschap lagen stapels zakken met takken en kreupelhout. Op het portier aan de bestuurderskant stond een wapen, een achtpuntige ster, en daaronder het opschrift: SANTA MARÍA DE LAUDE. Sara herkende het symbool, dat ze had gezien op de schoteltjes in het café van de jachtvereniging. Daarna zag ze Víctors jeep, terwijl Marcial Nerín samen met anderen bezig was afval en losse stenen uit de rivier te verwijderen. Onder de bomen was de regen alleen zichtbaar door het onrustige patroon op het wateroppervlak. Ze moesten schreeuwen om de aandacht te trekken. Marcial gebaarde naar een plek waar de rivier bijna overwoekerd werd door het groen. 'Víctor is daar verderop,' riep hij. Ook Montserrats broer Rafael Grau was er en veel anderen van wie ze de gezichten uit de dossiers kende. De voltallige politie deed mee aan het schoonmaken van de rivierbedding. Víctor was aan het graven bij de oever. Hij keek verrast toen hij Sara zag aankomen.

'Komt u helpen?' vroeg hij met een grijns.

'Ik heb geprobeerd u te bellen,' antwoordde Sara.

Víctor zei niets en werkte door. Hij stond tot aan zijn heupen in het water.

Sara deed er alles aan om hem op andere gedachten te brengen: 'Als er hier moet worden gegraven, prima. Dan moet natuurbehoud komen of wie er dan ook verantwoordelijk is voor de rivier. Maar u kunt niet gewoon het hele politieapparaat mobiliseren.'

'Burgos is bij Ana,' wierp Víctor tegen, terwijl hij wat aangespoeld afval uit de rivier haalde, dat anderen wegbrachten.

Sara had zich vast voorgenomen om de situatie niet verder te laten escaleren, maar ze had moeite om zich in te houden. Tot nu toe had ze alles goed in de hand gehad, maar door die stomme regen was dat veranderd.

'Haal uw mannen hier weg, Gamero. Ik heb ze in het dorp nodig. Er moeten nog meer getuigen worden ondervraagd en het bewijsmateriaal uit de hut moet worden veiliggesteld. Wie controleert de toegangsweg?'

'Op het moment niemand,' zei Víctor.

'Wat wilt u nu eigenlijk? Zo onnozel bent u toch niet, of wel? Wilt u dat ze u schorsen? Is dat het?'

Víctor keek Sara aan, waarna zijn blik afdwaalde naar een plek ergens stroomafwaarts. 'U hebt er geen flauw benul van wat deze rivier kan aanrichten. Wat u overdreven vindt, is voor ons hier in het dal van levensbelang.' Víctor stapte aan land. Hij was kletsnat.

'Snapt u dat de kans bestaat dat we Lucía door uw toedoen nooit zullen vinden?'

'Laat één ding duidelijk zijn: niemand wil haar dood aantreffen, Sara. Het gaat hier stortregenen. Als we de rivier niet opruimen, treedt hij buiten zijn oevers. Wij hier weten wat dat inhoudt. En we willen niet dat het nog een keer gebeurt. Als u uw zin wilt doordrijven, belt u uw baas maar op. Of voor mijn part het ministerie van

Defensie. Het zal me een worst wezen. Ik blijf in ieder geval hier totdat het dorp in veiligheid is.'

Daarop liep Víctor weg, zonder Sara's reactie af te wachten, en hij mengde zich onder de andere helpers. Sara herkende Caridad. Het verbaasde haar in eerste instantie dat ze haar tussen de mensen uit het dorp zag, maar daarna vond ze het geruststellend. Ze was bijna gaan geloven dat die kleine vrouw, die ze telkens weer tegenkwam, een spookbeeld was. Maar nu was ze hier en werkte ze zij aan zij met de anderen.

Bij aankomst op het politiebureau wachtte Elisa op haar in het kantoor. Het meisje zat met haar rug naar de deur toe, speelde zenuwachtig met een pen en trommelde met haar vingers op de tafel. Sara was benieuwd welke kant ze vandaag van haar zou zien.

'Elisa?'

'Sorry dat ik zomaar naar binnen ben gegaan,' zei Elisa. 'Bij de balie was niemand en toen dacht ik...'

'Geen probleem.' Sara wierp een blik op het bureau. Omdat alle dossiers chaotisch door elkaar lagen, kon ze onmogelijk zien of het meisje iets had aangeraakt. 'Wat is er aan de hand?'

'Ik wil graag de waarheid vertellen.'

Sara liet zich met gespeelde verbazing op haar stoel vallen. 'Dat had je toch al gedaan?'

'Wat ik over Álvaro heb verteld, was gelogen.'

'Vind je het erg als ik het gesprek opneem?' Sara drukte de toetst van de voicerecorder in.

'Nee, natuurlijk niet,' zei Elisa.

Ze droeg een strakke tanktop en had haar samengebonden met een van de haarbanden die ze zelf ontwierp. Ze maakte een zelfbewuste indruk, er was geen spoortje onzekerheid te bekennen. Elisa had de regie over Elisa overgenomen.

'Waar wil je beginnen?' vroeg Sara.

'Álvaro was bij mij toen Lucía en Ana zijn verdwenen,' zei ze zonder aarzeling.

Sara zweeg en wachtte af. Ze wilde Elisa's ogenschijnlijke zelfverzekerdheid op de proef stellen. 'Tot gisteren heb je iets anders beweerd,' zei ze uiteindelijk.

'Ik besef nu dat ik niet op deze manier verder kan gaan.'

'Kun je me vertellen wat er op die dag is gebeurd?'

'Ik had de hele nacht doorgehaald. Eerst in Monteperdido, later in Val de Sacs. Ik had gedronken. En ik had wat pillen geslikt. Twee of drie, geloof ik. Toen het licht werd, ben ik gewoon doorgegaan. Zo tegen drieën was ik uitgeteld, maar ik tripte nog steeds. Mijn vader was die nacht in Barbastro gebleven, er was iets met mijn oma, daarom kon ik helemaal los. Maar inmiddels moest hij weer terug zijn. Ik was bang om naar huis te gaan. Ik was compleet high. Daarom heb ik Álvaro opgebeld om te vragen of hij naar Val de Sacs wilde komen om me te helpen.'

'En dat heeft hij ook gedaan, beweer je nu.'

'Hij bleef ongeveer twee uur bij me. We hebben ruziegemaakt. Daarna heeft hij me naar de bushalte gebracht en is hij weer vertrokken.'

'Wat is er in die twee uur gebeurd?'

Elisa Nerín sloeg haar ogen neer, maar het was geen schaamte om wat er was gebeurd, maar het uitdagende gebaar van een tiener die speelt met de waarheid.

'Ik wilde met hem naar bed,' zei ze ten slotte. 'Ik was verliefd op Álvaro sinds hij bij mij op school was gaan lesgeven. Hij bleef maar door mijn hoofd spoken. Na alles wat ik die nacht had geslikt en gedronken, waren bij mij alle remmen los en ben ik nogal opdringerig geworden. Uiteindelijk had hij er genoeg van en heeft hij me naar de bus gebracht.'

'Je hebt nooit iets met hem gehad?'

'Jammer genoeg niet, nee.' Haar ogen fonkelden bij de gedachte aan het onmogelijke. 'Nadat ik had gehoord dat hij in Posets woonde, ben ik daarnaartoe gegaan en heb ik mijn excuses aangeboden voor de leugens die ik over hem had verteld. Ik wilde alleen maar dat hij me aardig vond, maar ik had het idee dat hij me haatte. Daarna ben ik er nooit meer...'

'Je hebt hem lelijk te pakken genomen.'

Elisa haalde haar schouders op. Ze zat kaarsrecht op haar stoel en keek om zich heen, alsof het gesprek haar verveelde. 'Ik was woedend omdat hij me had afgewezen. En toen dacht ik: ik krijg jou nog wel. Ik was nog maar een kind.' Maar die rechtvaardiging leek ze zelf niet eens aannemelijk te vinden.

'Misschien was je er niet op bedacht welke gevolgen jouw verklaring had,' zei Sara. 'Maar de meisjes bleven onvindbaar, Álvaro werd verdacht. Heb je niet eerder overwogen om de waarheid te vertellen?'

'Kent u mijn vader?' Elisa keek Sara aan. Als het om Marcial ging, dan was het gedaan met haar gespeelde onverschilligheid. 'Ik kon niet meer terug.'

'Ben je nog altijd verliefd op Álvaro?'

'Wat doet dat er nou toe?'

Sara zweeg. Ze had gemerkt dat de zelfverzekerde, uitdagende Elisa het vervelend vond als het gesprek stilviel.

'Ja, ik hou nog van hem. En dat zal altijd zo blijven.'

Sara stond op en ging naar het raam. Van daaruit was het kleine dennenbos te zien waar de meisje waren ontvoerd. Het was harder gaan regenen. Rondom het politiebureau waren plassen ontstaan. Als dat niet snel ophield, zou alles veranderen in een modderbrij.

'Kan ik nu gaan?' vroeg Elisa. 'Ik moet terug naar het pension.'

'Natuurlijk,' zei Sara, zonder zich om te draaien. Ze voelde zich onprettig. Een beetje vies. Alsof ze op iets was gaan staan dat aan het rotten was. Ze liep met Elisa naar de deur. 'Bedankt dat je me alles hebt verteld.'

'Ik wil niet dat Álvaro het nog een keer moet doormaken.'

'Je hebt er goed aan gedaan. Maar ik weet niet of de zaak hiermee is afgedaan.'

Elisa bleef abrupt staan in de deuropening. Sara wilde haar zachtjes naar voren duwen, maar het meisje bleef als aan de grond genageld staan.

'Wat bedoelt u daarmee?' vroeg ze.

'Je hebt na vijf jaar je getuigenverklaring veranderd. Dat is een lange tijd. Opeens zeg je hetzelfde als Álvaro. De man op wie je verliefd bent. Hoe moet ik weten of je nu wel de waarheid vertelt? Ik geloof je, maar ik doe dit onderzoek niet in mijn eentje.'

'U kunt het navragen bij Gaizka. Ga maar met hem praten.'

'Wat heeft hij ermee te maken?'

'Ik was die nacht met hem samen. Kort voordat Álvaro kwam, is hij vertrokken, maar door het raam heb ik gezien dat zijn auto nog wat langer voor het huis stond. Hij moet Álvaro hebben gezien.'

Een dichte regensluier trok over Monteperdido en hulde het dorp in een spookachtig halfdonker. Verder naar het dal toe regende het minder hard. Joaquín Castán keek door het raam van het pension hoe de regen op de motorkap van zijn auto kletterde. Hij kon zich het geluid ervan voorstellen, maar in de kamer was het volkomen stil.

'Wil je wat drinken?' vroeg Virginia Bescos en ze opende de minibar. 'Er is geen wijn. Alleen gin en whisky.'

'Nee, dank je,' antwoordde Joaquín, terwijl hij roerloos bleef staan. 'Ik moet naar huis.'

Virginia Bescos was nog altijd slank, maar er waren wel een paar kilo's bij. Ze had haar haar geblondeerd, misschien om de jeugdigheid te behouden die haar door de vingers glipte. De donkere uitgroei was duidelijk te zien. Vroeger had ze meer aandacht aan haar uiterlijk geschonken, dacht Joaquín.

'Hoelang is het nu geleden?' vroeg hij. 'Twee jaar?'

'Gaan we onze tijd verknoeien met elkaar verwijten te maken?' antwoordde Virginia en ze ging op het bed zitten.

'Wat hebben we elkaar verder te vertellen, behalve die verwijten?'

'Zeg jij het maar,' zei de journaliste. 'Ik heb je een sms gestuurd, maar ik wist zeker dat je daar niet op zou reageren.'

'Je hebt me toen in de steek gelaten.'

'De wereld draait niet alleen om jou, Joaquín. Vervelende dingen overkomen ook andere mensen.'

'Ben jij je kind verloren?' viel Joaquín uit.

'Alleen mijn werk. Gedwongen ontslag. De krant heeft ons met een klotebedragje de laan uitgestuurd. Sinds twee jaar peins ik me suf hoe ik de huur moet betalen. Ja, misschien had ik je moeten bellen. Maar wat had ik je te bieden?'

Ze hadden elkaar twee jaar niet gezien, maar als hij naar Virginia keek, leek het veel langer geleden. Hij vroeg zich af hoe zijn lichaam was veranderd in de vijf jaar dat hij naar zijn dochter zocht. Was ook hij een ander iemand geworden?

'Ik heb al twee jaar lang geen artikel meer geschreven. Ik ben nu zesenveertig. In de hele journalistiek ziet het er somber uit en voor iemand van mijn leeftijd al helemaal.'

Nadat Joaquín destijds had gemerkt dat de politie bij de zoektocht naar Lucía geen vorderingen maakte, had hij de pers erbij betrokken. Hij had interviews gegeven, cameraploegen bij hem thuis toegelaten, familiefoto's openbaar gemaakt. In die tijd had hij Virginia Bescos leren kennen. Ze werkte voor een krant, maar had ook contacten bij de televisie en door haar kwam hij bij de juiste mensen terecht. En ze had hem aangemoedigd de stichting op te richten. Om de naam van zijn dochter tot symbool te maken van alle verdwenen kinderen.

'En bij de tv?' vroeg Joaquín.

'Die vinden me te oud.'

Het was een merkwaardige tijd geweest. Een paar jaar lang was Joaquín erg in trek. Hij werd uitgenodigd voor bijeenkomsten en praatprogramma's, politici werden graag met hem samen gezien. Hij vertolkte het verdriet en de pijn waarin iedereen zich kon inleven. Hij voelde zich, door alles wat hem overkomen was, gedwongen om zijn mening te geven. Virginia had hem altijd vergezeld. Ze had tegen hem gezegd waar hij wel of niet naartoe moest gaan. Vaak verbleven ze in de steden die hij tijdens die rondgang bezocht in hetzelfde hotel. Af en toe wist hij zelf niet meer waarom hij het allemaal deed. Soms was hij gelukkig. Maar op een gegeven moment kwam toch het onaangename besef dat, net als bij iedere ster die de hemel in was geprezen, de belangstelling een keer afneemt. Dat gebeurde niet op een bepaald moment of op een bepaalde dag. Hij had opeens beseft dat hij niet langer het middelpunt van talkshows was, maar aan de zijlijn stond. Er kwamen steeds minder mensen naar de stille waken. En de dag brak aan dat hij de televisiezenders moest bellen zodat ze hem uitnodigden.

In het begin had Virginia hem nog steeds bijgestaan. Ze publiceerde telkens opnieuw een artikel over de meisjes, ook al verplaatste de redactie ze na verloop van tijd naar de binnenpagina's en werden haar teksten dusdanig ingekort dat ze niet meer dan een kanttekening waren.

'Waarom ben je gekomen?' vroeg Joaquín nog een keer. 'Dat zal niet echt uit vriendschap zijn.'

'Ik wil je vragen of je iets voor me wilt doen,' zei Virginia. Ze klonk als iemand die voor het eerst naar de sociale dienst moest.

Op een gegeven moment had ze niet meer teruggebeld. Joaquín had in eerste instantie geweigerd om haar onder al die parasieten te scharen die een tijdlang om hem heen hadden gecirkeld. Zo is Virginia niet, had hij gedacht. Maar haar houding had hem uit de droom geholpen.

'Ik zou niet weten waarom,' zei Joaquín bij de herinnering aan die periode.

'Niemand dwingt je om het te doen,' antwoordde de journaliste. 'Maar denk er alsjeblieft over na. Geef me iets, wat dan ook. Een foto van Ana, een interview... iets wat ik bij een landelijke krant geplaatst kan krijgen. Ik heb het geld nodig.'

Joaquín keek Virginia aan. Hij begreep nu waarom ze in een goedkoop pension in Val de Sacs verbleef. Ze kon zich geen kamer in Ordial of Monteperdido veroorloven. En al helemaal niet in hotel La Guardia, waar ze vroeger altijd overnachtte als ze hem bezocht.

'Zou je dat willen doen?' vroeg ze. 'Wil je erover nadenken?'

Joaquín tastte in zijn jaszak en ging met zijn hand over het hoesje van zijn mobiel. Hij dacht aan de compositietekening van zijn dochter. Die stond paraat in het geheugen van zijn telefoon.

Het daglicht was er stilletjes vandoor gegaan. Sara deed de bureaulamp aan om verder te kunnen gaan met de dossiers. Santiago had broodjes laten bezorgen. Ze had die van haar nog niet aangeroerd, hij had daarentegen bijna alles al op. Hij zat nu tegenover Sara, met zijn benen omhoog.

'Morgenochtend ga ik meteen met Gaizka praten,' mompelde Sara, terwijl ze iets krabbelde in de kantlijn van een document.

'Hoe kun je nou zo werken?' Santiago wees op haar bureau, waarop zich dossiers, restjes eten en foto's hadden opgestapeld. 'Je moet wat doen aan die zwijnenstal.'

'Ik red me wel.' Sara plantte haar ellebogen op het bureaublad, alsof ze haar territorium wilde afbakenen.

'Toch vind ik dat je de boel moet opruimen,' volhardde Santiago op vaderlijke toon. Hij verfrommelde het papier van de broodjes en gooide het naar Sara.

'Dus dat is jouw manier om me te helpen,' zei Sara op plagerige toon, maar Santiago zat al achterovergeleund op zijn stoel en had zijn ogen dichtgedaan.

Het regende nog steeds. Op het politiebureau rook het naar vochtige aarde. Na het gesprek met Elisa had Sara Álvaro's verklaringen nog een keer doorgenomen. Omdat hij vasthield aan zijn versie, had de politie zijn alibi opnieuw gecontroleerd. Niemand had hem in de buurt van de Nerín-woning in Val de Sacs gezien. Wel hadden getuigen melding gemaakt van een groen-bruine Nissan-pick-up met een gedeukt portier aan de bestuurderskant. Bij het lezen van de beschrijving wist Sara dat het om Gaizka's auto ging, die nu door zijn gids werd gebruikt. Het was belachelijk om de beperkingen die Álvaro waren opgelegd nog langer te handhaven. Sara nam contact op met Raquel en deelde haar mee dat haar man niet langer als verdachte werd beschouwd. Vervolgens belde ze Álvaro op om tegen hem te zeggen dat hij weer thuis mocht komen.

Het speurwerk was als een rivier die even buiten de oevers was getreden en nu stokte. Santiago Baín ademde rustig en regelmatig; een dutje na een lange werkdag. Door de manier waarop hij op zijn stoel zat, deed hij haar denken aan een versteende reus. In zijn bijzijn voelde Sara zich geborgen. Als iets onverklaarbaar leek, dan kon hij er met een paar woorden inhoud aan geven. Ook al had de wetenschap zijn intrede gedaan in haar werk, het ging uiteindelijk toch om de mens: zijn tegenstrijdige, zelfvernietigende, egoïstische gedrag had het voor het zeggen.

Nadat Santiago naar de opname van Elisa's verklaring had geluisterd, had hij Sara verteld over zijn bezoek aan de wapenwinkel van Marcial Nerín en over Elisa's oma, zwijgend, getekend door alzheimer. 'Familiegeheimen,' was het enige wat Santiago had gezegd. Raquel en Álvaro die voor hun dochter deden alsof ze nog bij elkaar waren. De… sfeer bij Lucía thuis. De soms ziekelijke relatie die families en gezinnen bij elkaar hield.

‘De mens is het gevaarlijkst als hij eenzaam is,’ zei Santiago altijd. ‘Iemand die eenzaam is, heeft niemand die zijn achtergrond kent en hem vertelt wie hij is.’ Sara moest onvermijdelijk aan zichzelf denken. Wie kende haar achtergrond? ‘Zonder het toeziend oog van een ander is de mens een nul’, was ook een van Santiago’s stokpaardjes. Voor hem had het verdriet om een overleden familielid ook een egoïstisch aspect. Als je je vader, moeder of een vriend verliest, gaat er ook een deel van je eigen leven verloren dat alleen die persoon kende. ‘We hebben familie nodig. Dieren leven in kuddes omdat ze anders een te makkelijke prooi zouden zijn. Het grootste verschil tussen hen en ons is dat de mens zich bewust is van zichzelf en zijn eigen achtergrond kent, daarover kan vertellen. Maar dat gaat niet als hij alleen is.’ Sara begreep dat Santiago haar daarmee iets duidelijk wilde maken. Hij bedoelde: doe iets met je leven, maak er jóúw leven van. Hou ermee op om jezelf schuldig te voelen.

Sara liep door de stromende regen naar het pension. Ze nam een douche en ging, in niet meer dan een handdoek gewikkeld, op bed liggen. Ze was hondsmoe.

Ze moest gewoon in slaap zijn gevallen. Dat was haar al in maanden niet meer overkomen. Toen ze haar ogen opendeed en weer een beetje bij haar positieven kwam, drong langzaam tot haar door waar ze was. Ze lag bewegingloos op bed, maar kon zich niet verroeren. Haar lichaam leek niet te gehoorzamen, het was net een onbuigzaam harnas dat alleen de ogen vrijliet. Ze probeerde haar arm omhoog te krijgen, een been, maar dat was onmogelijk. Ze wist dat er iemand in haar kamer was. Zijn schaduw viel op het bed. Ze moest opstaan. Haar pistool pakken, dat op tafel lag. Maar het was alsof ze verlamd was. Ze hoorde zijn voetstappen niet, maar wist dat hij dichterbij kwam. Opeens wist ze weer dat ze naakt was.

Voor haar bed stond een man. Hij was ook naakt. Eerst dacht ze dat het alleen een schaduw was, maar toen hij op de stoel naast haar ging zitten, zag ze dat hij geen gezicht had. Geen ogen, geen neus. Geen mond. Alleen een miniem gat in een glad, uitdrukkingsloos vlak. Hij draaide zijn gezicht naar haar toe alsof hij naar haar wilde kijken. Het gat in het midden van zijn gezicht was op haar gericht.

Sara was bang. Ze wilde schreeuwen. Opspringen van het bed.

Het gat in het gezicht opende zich langzaam. De huid eromheen stond in brand en viel uiteen, veranderde in as, alsof het van papier was. Wat bevond zich daaronder? Wat ging er schuil achter dat gat?

Er ging een telefoon over. Sara probeerde vertwijfeld om haar ogen te sluiten. Ze wilde niet zien welke gedaante de man aannam. 'Wakker worden!' schreeuwde ze tegen zichzelf.

De regen roffelde tegen de ruiten van het politiebureau. Víctor was na een lange dag bij de rivier volkomen uitgeput. Hij hoopte dat hun voorzorgsmaatregelen afdoende waren. Bij de regen kwam ook nog het smeltwater van de gletsjers. Het waterpeil werd steeds hoger en de rivier dreigde buiten zijn oevers te treden.

Er werd op de deur geklopt, hoewel die openstond. Terwijl hij zich omdraaide, zag hij Santiago Baín.

'U ziet eruit als een hond die bang is voor onweer,' zei hij.

'Ik wist helemaal niet dat u nog hier was,' antwoordde Víctor, die zich ongemakkelijk voelde. Hij liep weg bij het raam en pakte zijn jas van de kapstokhaak. 'Ik ga naar huis,' zei hij ten afscheid. 'Zal ik u bij het pension afzetten?'

'Ik wil nog een paar dossiers doornemen,' zei Santiago.

Toen Víctor langs hem wilde lopen, versperde Santiago hem de weg.

'Is er misschien iets wat u me niet hebt verteld?' vroeg hij.

'Dat ik totaal op ben?' antwoordde Víctor sarcastisch.

'Ik heb in dat dorp hier soms de indruk dat jullie je liever afsluiten van de buitenwereld dan op zoek te gaan naar Lucía.'

'We zijn één grote familie. En niets is belangrijker voor ons dan het vinden van dit meisje.'

'Waarom hebt u vandaag dan zo veel mensen gemobiliseerd? U weet dat het niet hard genoeg regent om de rivier buiten zijn oevers te laten treden. U hebt het weerbericht gezien.'

'De natuur doet wat hij wil – en heeft de slechte gewoonte om geen meteorologische verslagen te lezen.' Víctor schoof de rechercheur woedend opzij en verliet het bureau.

Gaizka's neus leek in brand te staan. Hij had twee lijntjes coke gesnoven voordat hij in de auto was gestapt om naar Monteperdido te rijden. Op de passagiersstoel lag een rugzak met de laatste bezittingen van Álvaro. De regen bemoeilijkte het zicht. Pas nu viel het hem op dat de muziek te hard stond. Monotoon dreunende bassen. De ruitenwissers konden de hoeveelheid water niet meer aan. Gaizka ademde diep in en wreef over zijn neus. Hij wist zeker dat er nog wat wit poeder rond zijn neusgaten zat. De ruitenwissers verwerkten een nieuwe golf water en toen was hij er. De auto kwam met een schok tot stilstand. Hij stapte uit en liep in gebukte houding door de regen. De druppels waren net naalden die als een stortvloed op zijn rug neerkwamen. Álvaro kwam naar buiten. Zonder paraplu en zonder jas. Gaizka had haast. 'Je spullen,' zei hij. Álvaro's enige reactie bestond uit een vuistslag. Gaizka wankelde en viel op de grond.

'Ben je gek geworden of zo?' brulde hij.

Álvaro gaf hem een schop. Daarna ging hij boven op hem zitten en pakte hem bij zijn T-shirt. 'Jij hebt me toen gezien bij Elisa!'

Nadat Álvaro hem weer van zich af had geduwd, voelde Gaizka dat hij met zijn hoofd tegen de grond sloeg. Het gekletter van de regen en het gedreun van de bassen liepen in elkaar over. Hij had het portier van de auto open laten staan.

'Godvergeten klootzak die je bent!' schreeuwde Álvaro woedend. Nog een schop. 'Je hebt gewoon je smoel dichtgehouden, terwijl ik bijna naar de bliksem ging!'

Gaizka draaide zich om op de grond. Hij proefde gras in zijn mond. Hij dacht aan de regenwormen die bij vochtig weer naar de oppervlakte komen.

'Vier jaar lang heb je me verneukt!' Álvaro slaagde er niet in de regen en de muziek te overstemmen. Er kwam maar geen eind aan het nummer. Nog altijd hetzelfde ritme. Terwijl Álvaro uithaalde om hem opnieuw te trappen, draaide Gaizka zich met een ruk om en greep naar zijn voet, waarna Álvaro viel. Vervolgens stortte hij zich boven op Álvaro, greep hem met één hand bij zijn keel en sloeg met zijn andere vuist op hem in, keer op keer. 'Laat me met rust!' schreeuwde hij, terwijl hij als een razende op Álvaro inbeukte. Hij hoorde Álvaro's neusbeen kraken. Bloed vermengde zich met water. Hij kon gewoon niet stoppen. Zijn vuist kwam telkens opnieuw suizend neer op Álvaro. Er schoot van alles door hem heen waarmee hij het voor zichzelf goedpraatte, maar hij zei geen woord. Hij was met Elisa naar bed geweest, ze was nog minderjarig; als hij alles had verteld, was hij achter de tralies beland. Dat was hem al een keer overkomen en daar wilde hij niet meer naartoe. Hij had Álvaro onderdak geboden, hem werk gegeven, had nachtenlang gin-tonic met hem gezopen totdat het weer licht werd.

Iemand trok hem weg van Álvaro. Hij verloor zijn evenwicht en viel.

'Laat hem met rust.' Het was de stem van Burgos.

Gaizka krabbelde overeind. De agent wilde hem vasthouden, maar hij rukte zich los. Terwijl Burgos Álvaro overeind hielp, sprong Gaizka in de auto en scheurde weg. Was dat nog steeds hetzelfde nummer? Hoelang kon een liedje duren? De spiegels waren beslagen. Hij kon niet zien dat Álvaro Burgos van zich afduwde en wegliep in de regen. Gaizka's hart klopte in zijn keel. Hij wist dat hij naar de politie moest. Morgen, dacht hij. Ik heb eerst nog wat tijd nodig.

Elisa's vader had erop gestaan dat ze bij haar oma op de achterbank ging zitten, hoewel ze de oude vrouw afstotelijk vond. Als je haar aanraakte, had je het gevoel dat je met een dode te maken had. Normaal gesproken bleef Elisa alleen thuis als Marcial met haar grootmoeder naar Barbastro ging. Ze genoot van die dagen, waarop ze naakt in de woonkamer kon rondlummelen. Ze rookte in bed en keek tv, totdat ze op een gegeven moment in slaap viel. Haar vader vertrok altijd laat in de middag, bleef dan 's nachts in Barbastro en bracht zijn moeder de volgende ochtend naar het ziekenhuis voor de dialyse. 's Middags kwamen ze dan weer terug. Elisa deed er alles aan om haar vrije dagen in het pension zo te plannen dat ze samenvielen met de dagen waarop ze het rijk alleen had. Maar dit keer liet hij haar geen enkele keus.

'Hou je mond en stap in.' Dat was het enige wat hij had gezegd. Vervolgens had hij haar op de achterbank naast haar oma geduwd. Hij had opgevangen wat Elisa bij de politie had verklaard, maar dat kon haar inmiddels niets meer schelen. Vroeger zou ze de hele rit naar Barbastro hebben gehuild. Ze wist dat hij haar daar een pak slaag zou geven. Sla me dan als je wilt, zei ze dan altijd tegen hem.

De regen had de wegen veranderd in een tunnel zonder licht. Wazige lijnen op het asfalt. Even na Ordial gaf Marcial een ruk aan het stuur en hij sloeg een landweg in. Elisa merkte dat de wielen wegzakten in de modder.

'Waar gaan we naartoe?' vroeg ze.

Ze zag het gezicht van haar vader in de achteruitkijkspiegel. Ze kende hem. Ze wist dat hij met zijn tanden knarste als hij woedend was. Die verrotte tanden van hem.

'Het regent te hard. De rivier zal buiten zijn oevers treden en over de wegen stromen,' zei Marcial.

'Waar wil je naartoe?'

'Ik ken een plek waar we kunnen wachten totdat de regen minder wordt en we terug kunnen rijden.'

Elisa was gerustgesteld. Ze keek naar haar oma, die op de hobbelige weg als een pop door elkaar werd geschud. Alleen de veiligheidsgordel voorkwam dat ze omviel. De oude vrouw had nauwelijks de kracht om haar hoofd recht te houden.

De koplampen schoven tastend over de weg die door dicht kreupelhout voerde, totdat ze uiteindelijk het bos weer uitkwamen en de top van de Ixeia voor hen opdoemde. In zijn flank gaapte een enorm zwart gat. De tunnel naar Frankrijk. De aansluiting waarvan de mensen in Monteperdido jarenlang hadden gedroomd, een weg die onder de Pyreneeën door zou moeten lopen en een eind moest maken aan hun isolement, hun armoede. De tunnel was nooit afgemaakt. Wat restte was een donkere spelonk in de Ixeia.

De auto kwam tot stilstand, Marcial stapte uit en deed het achterportier open.

'Help me om je oma eruit te halen,' brulde hij, in een poging de storm te overstemmen. 'Hier is het hoog genoeg. Hier kan het water ons niet bereiken als de Esera overstroomt.'

Elisa maakte haar gordel los. Terwijl ze uitstapte, keek ze naar de tunnel. De vegetatie had de plek heroverd. Struikgewas, bomen waarvan de takken over de rots hingen, de grond vol wortels en gras. Alsof de natuur deze open wond in de berg wilde genezen.

'Hebben jullie de rivier dan niet schoongemaakt?' vroeg Elisa, terwijl ze de krachteloze arm van haar grootmoeder om haar schouder sloeg.

'Pak de rolstoel uit de achterbak,' droeg haar vader haar kortaf op.

Marcial tilde zijn moeder op en droeg haar naar de tunnel. Elisa deed de kofferruimte open en haalde de dichtgeklapte rolstoel eruit. Door de regen was de bodem helemaal doorweekt. De wielen van de rolstoel zonken weg in de smurrie, er was geen beweging in te krijgen, hoe ze ook haar best deed. Haar vader was in de berg verdwenen. Elisa rukte aan de rolstoel, haar kleren werden bespat met modder. Ze was door en door nat. Ze besefte dat ze de rolstoel zou moeten dragen omdat ze anders geen stap verder kwam. Marcial verscheen in de opening van de tunnel om zijn dochter te helpen. Elisa kon niet meer. Ze liet de rolstoel vallen.

'Wat doe je nou?' schreeuwde Marcial en hij tilde de met modder besmeurde rolstoel op. Daarna keek hij zijn dochter aan. De natte kleren plakten aan haar lichaam. Ze had geen bh aan en door de kou waren haar tepels goed te zien.

'Je moest je schamen.'

Dat was het enige wat Marcial zei voordat hij uithaalde. Elisa had geen tijd om zich te verdedigen. De klap raakte haar midden in het gezicht. Ze wankelde en viel op de grond. Marcial zette de rolstoel neer en kwam naar haar toe. Elisa woelde in de modder om overeind te komen.

'Dat je zo'n verknipte huichelaar bent, is niet mijn schuld.' Ze wist dat dat nog meer klappen inhield, maar het maakte haar niet uit.

Marcial greep haar arm vast en trok haar omhoog. 'Wat moet ik in vredesnaam met je aan?' schreeuwde hij. Zijn gezicht was vlak bij het hare.

Elisa spuugde naar hem. Haar speeksel vermengde zich met de regen. Marcial wreef vol walging met de rug van zijn hand over zijn mond. Ze ramde haar knie tegen zijn onderlichaam. Marcial kronkelde van de pijn en liet zijn dochter los. Elisa wachtte niet totdat hij weer kon reageren. Ze draaide zich om en rende weg, door de modder en over glibberige stenen, tot aan een bos aan de rechterflank van de berg. Marcial begon haar langzaam en behoedzaam te volgen, alsof hij wist dat hij haar toch wel te pakken zou krijgen. Elisa verdween tussen de bomen. Het was hem om het even dat ze een voorsprong had. Hij kende de omgeving hier als geen ander. Voordat hij het op een rennen zette, keek hij naar het zwarte gat dat ooit een tunnel naar Frankrijk had moeten worden. Naar het hol waarin hij zijn moeder had achtergelaten.

Sara had in de recreatiezaal van het pension afgesproken met de verantwoordelijke van het forensisch team. Ze vroeg zich af wanneer het eindelijk zou ophouden met regenen. Elisa had die avond vrij. Sara pakte een bekertje koffie uit de automaat en voegde zich bij hem. Buiten op straat was het stikdonker. De lantaarns hadden allemaal iets weg van een kleine, wazige maan. Haar collega van de technische recherche legde een plastic zak op tafel.

'Dit hebben we gevonden in de overblijfselen van het kelderhok waarin de meisjes gevangen werden gehouden. Het is van goud, daarom is het ondanks de hitte intact gebleven.'

Sara pakte de zak en bekeek de inhoud.

'Hebt u enig idee wat het is?' vroeg de man.

Het was een speldje. Een sierspeld waarvan de naald door de hitte was verbogen. Het had de vorm van een ster met acht punten. De broederschap Santa María de Laude. Voordat Sara kon reageren, ging haar mobiel over.

'Santiago,' zei ze. 'We hebben iets.'

'Je moet naar Ana's huis toe, nu meteen.' Santiago klonk gejaagd. Ze hoorde het geruis van de regen.

'Hoor je wat ik zeg? Ik heb net met Burgos gesproken. Hij zegt dat hij het meisje niet kan vinden. Ze is ervandoor.'

'Waar ben je?' vroeg Sara, terwijl ze haar hand voor haar andere oor hield.

'Ik geloof dat je gelijk hebt,' zei Santiago. 'We hebben iets.'

Quim ging via een omweg naar huis. Hij had de middag bij Ximena doorgebracht. Haar vader zat door het slechte weer vast op de boerderij waar hij naartoe geroepen was. Ze hadden seks gehad in het bed van Nicolás, daarna waren ze ingedut. Toen Quim weer wakker werd, was het al donker. Vanuit het raam in de woonkamer zag hij de zwaailichten van politieauto's. Ximena leende hem een regenjas van haar vader en hij verdween via de achterdeur. Hij liet de straat links liggen en ging in plaats daarvan door het dennenbos. Van daaruit zou hij door de tuin naar binnen sluipen. Hij stapte door de stromende regen. Die kutregen in Monteperdido. Als het droog werd, zou het dorp een vuilnisbelt zijn. De straten vol modder, de rivier die alle viezigheid uitbraakte die vanuit de bergen was meegesleurd. Het echte Monteperdido, dacht Quim. Net als in die horrorfilm. *The Shining.* Waar die gestoorde vent een mooie vrouw omhelst die in bad ligt, totdat hij in de spiegel ontdekt dat hij een lijk in zijn armen heeft dat in staat van ontbinding is.

De bomen stonden nu iets verder uit elkaar en vormden een kleine open plek. En daar stond ze. De armen uitgespreid, het gezicht omhoog gericht. De regen stroomde over haar geopende lippen. Het natte T-shirt plakte aan haar huid. Lachte ze? Quim bleef op een paar meter afstand staan en keek naar haar alsof hij bij een nachtelijke sluipjacht een schuw dier had ontdekt. Hij had het gevoel dat hij niet moest storen. Hij zag haar borstkas op en neer gaan, alsof ze de nacht helemaal in zich wilde opnemen, er haar longen mee wilde volzuigen.

'Ana,' zei hij uiteindelijk.

Ana draaide zich om naar Quim. Een beetje schuchter, alsof hij haar had betrapt terwijl ze naakt aan het zwemmen was in de rivier. De regen liep over haar gezicht. Rond haar donkere ogen.

'Voor jullie huis staan een heleboel agenten.' Quim kwam voorzichtig dichterbij, alsof Ana kon weglopen zodra hij een onverhoedse beweging maakte. 'Ze zijn naar je op zoek, of niet?'

Ana keek nog een keer omhoog voordat ze antwoord gaf.

'Weet je wel hoelang het geleden is dat ik regen op mijn huid heb gevoeld?'

Marcials moeder zat op een rotsblok midden in de tunnel. De bomen voor de ingang van de tunnel bewogen mee met de wind. Er klonk een onafgebroken geruis, als mitrailleurvuur. De oude vrouw had de handen in de schoot gelegd en haar hoofd hing een beetje scheef, alsof ze met nieuwsgierige blik naar iets keek. Maar haar ogen zagen niets, leken op te gaan in de duisternis van de berg.

Er bewoog iets in het donker aan het eind van de spelonk, waar de tunnel eindigde bij een wand van graniet. Een rat, een dier dat voor de regen was gevlucht. De zachte geluiden, de geheimzinnige bewegingen in het donker ontgingen Marcials moeder. Er was iets dat probeerde onopvallend te ontkomen, zonder te weten dat die voorzichtigheid helemaal niet nodig was.

Voetstappen achter Marcials moeder. Een menselijk silhouet dat opdoemde uit de duisternis en op haar afkwam. De oude vrouw merkte niet wat er achter haar rug gebeurde. De gedaante bracht het geweer omhoog en duwde de loop in haar nek. Het oude mensje bewoog niet. Wat restte er nog van deze vrouw? Een hart dat bloed pompte. Longen die zich met lucht vulden en die weer lieten ontsnappen. Een gestel van vlees en lichaamsvocht. De gedaante haalde de veiligheidspal van het geweer over.

'Niet doen. Alles gaat langs haar heen.'

De stem was niet meer dan wat gefluister, wellicht bang om een vergissing te maken. Klonk net zo zacht als de manier waarop de bezitter van de stem tevoorschijn was gekomen uit de donkere berg.

'Ze heeft je gezien,' zei de gedaante.

Voor Marcials moeder stond Lucía. Haar haar was droog en samengebonden tot een staart die tot op haar rug kwam. Ze droeg een blauw gebreid vest dat haar te groot was, waardoor ze nog magerder overkwam. Lucía hield haar hoofd schuin, net als Marcials moeder. Ze keek de oude vrouw recht in de ogen, maar haar blik was leeg. Doods.

Lucía in de berg, een geest die in de Ixeia huisde, in die uitgestorven tunnel die de mens uit het steen had gehakt, een toevluchtsoord voor de spookverschijningen van Monteperdido. Lucía was geen compositietekening en ook niet langer het verdwenen meisje uit het dennenbos. Ze was een en al ijs en angst. Een gletsjer, getekend door vijf jaar gevangenschap. Bleek als verse sneeuw, als het woeste van de bergen. Een pop die aan stukken lag.

Hij richtte opnieuw, de vinger aan de trekker.

'Niet schieten,' smeekte ze en ze wilde het geweer wegduwen. Hij reageerde meedogenloos en sloeg haar met de kolf van het geweer. Lucía viel op de grond, er stroomde bloed over haar onderlip.

'Het spijt me,' zei hij vol schaamte.

Lucía veegde het bloed weg, verbaasd dat haar lichaam nog leven in zich had. Haar bloed. De wond gloeide. Ze kwam omhoog, ging op haar knieën voor Marcials moeder zitten.

'Je bent een goed mens,' zei ze tegen hem, waarna ze de hand van de oude vrouw pakte. Haar blik was even donker als de tunnel waarin ze zich hadden verstopt. 'Ze doet ons niets.'

Bij de aanblik van Marcials moeder in de rolstoel moest hij denken aan het wassenbeeldenmuseum dat hij ooit had bezocht. Daarna stak hij zijn hand uit om Lucía overeind te helpen.

'We moeten hier weg,' zei hij.

Terwijl ze vertrokken, sloeg er een ijskoude wind in het gezicht van Marcials moeder, maar ze bleef roerloos zitten. Ze was als versteend, ver weg van de werkelijkheid, het hoofd opzij, de ogen gericht op het luchtledige. Helemaal alleen in de tunnel. Haar rechterhand verkrampte. Er welde een druppel bloed op tussen haar vingers. Ze balde haar hand tot een vuist, alsof ze hem niet wilde laten ontsnappen.

In Monteperdido liep aan het begin van de bebouwde kom, net achter het tankstation, een smalle toegangsweg naar het expeditiebedrijf van Joaquín Castán. Het terrein was niet omheind. Santiago Baín zette zijn auto voor de loods neer en liep onder het afdak door om niet nat te worden. Hij probeerde zich te concentreren op de reden van zijn bezoek hier, maar door zijn hoofd spookte nog de beslissing die hij had genomen. Hij was ervan overtuigd dat het voor Sara het beste was.

Santiago telde vier geparkeerde vrachtwagens. Opeens zag hij het flikkerende licht van een zaklamp achter de laatste vrachtauto. Dat moest hem zijn. Er waren in elk geval sporen die het onderzoek ineens een heel andere wending gaven. Soms belandde je daardoor op een dood punt, dat je als zodanig moest herkennen om te voorkomen dat alles misging. Af en toe bleek zo'n op het oog dood punt het juiste spoor te zijn en dan moest je nog een keer van voren af aan beginnen.

'Hallo!' riep Santiago.

Hij dacht iemands benen te zien achter de vrachtwagen. Het licht van de zaklantaarn waardoor hij zich had laten leiden, ging uit. Santiago liep om de vrachtauto heen.

Hij kreeg niet de kans om de onbekende te zien. Een korte knal, als van een champagnekurk. Het was geen gewone kogel. Santiago Baín was al vaker geraakt door een schot, maar dit keer was het anders. Het projectiel drong zijn borstkas binnen en explodeerde nadat het zijn ribben had doorboord. Een vuurgolf scheurde zijn longen, zijn hart uiteen. Hij kon zich niet meer bewegen, voelde zijn armen en benen niet meer.

Na de hitte volgde ondraaglijke kou. Het laatste beeld dat door hem heen ging, was dat van het graatmagere meisje dat lange tijd geleden naar het politiebureau was gekomen. Sara, tegen wie hij had moeten zeggen: 'Naar jou is niemand op zoek.'

Met open ogen staarde Santiago Baín naar de zwarte lucht boven Monteperdido, terwijl de regen op hem neerkletterde.

4

HET RAVIJN

Sara's oren suisden. Het was dezelfde pijn die ze gevoeld had toen ze voor het eerst vloog, een druk die alsmaar sterker werd naarmate het vliegtuig hoger kwam, tot haar trommelvliezen dreigden te knappen. Wat moest ze zonder Santiago?

Onverbiddelijk viel de regen neer op het levenloze lichaam. Het donkerrode, bijna zwarte bloed vermengde zich met water tot een rozekleurige plas rond de dode.

Ze hoorde de stemmen van mensen. Misschien zei Víctor iets tegen haar, maar Sara's blik bleef kleven aan de bloedige krater in Santiago's borst. Zelfs de regen kon het glanzende rood niet dempen. Alsof het gloeiende lava was.

Ze voelde Víctors hand op haar schouder, maar ze draaide zich niet naar hem om. Haar lichaam luisterde niet, net als in die nachtmerries waarin ze meende dat ze dood was. Haar brein probeerde de pijn uit te schakelen. Kom op Sara, doe iets. Kom in actie. Je moet de plaats van het misdrijf afzetten. Geef een opsporingsbevel uit tegen Marcial Nerín. De pijn doorstroomde elke vezel van haar lichaam en groeide uit tot een storm waartegen ze niet meer bestand dacht te zijn.

Blauw zwaailicht flitste door het duister. De politie hield de kijkers die zich verzameld hadden bij het bedrijf van Joaquín Castán op afstand. Zonder veel overtuiging drong de haast in zijn groene regenponcho verzuipende Pujante de mensen achteruit om ruimte te maken rond het lichaam. Evenals de overige agenten voelde hij zich slecht tegen de situatie opgewassen, ze deden alles automatisch.

Gaizka was verkleumd tot op het bot. Onopvallend had hij zich tussen de toeschouwers gemengd die, gealarmeerd door ambulance en politiesirenes, toegestroomd waren. Nu stond hij rillend onder de paraplu van een van hen. Het kostte hem moeite zijn kalmte te bewaren. 'Alles in orde?' vroeg de man met de paraplu toen hij Gaizka's vaalbleke huid en koortsige blik zag. De man kwam hem vaag bekend voor. Een hoekige kop met een naar voren stekende kaak en een hoog voorhoofd, alsof het door de guillotine was afgesneden. Gaizka wist zeker dat hij hem al eens in het dorp gezien had. Maar daarna richtte zijn aandacht zich weer op de agenten die om de dode heen stonden. Op de vrachtwagens daarachter. Stille getuigen van wat er was gebeurd.

Santiago was doodgeschoten met een jachtgeweer. Een Remington-Core-Lokt-patroon, kaliber .30-06, was bij het binnendringen van de borstkas geëxplodeerd en had longen en hart uiteengereten. Deze munitie werd hier in deze omgeving veel gebruikt. Ideaal voor de jacht op wilde zwijnen en gemzen. Op honderd meter afstand konden de patronen de huid van de dieren doorboren en doordringen in hun vetlaag.

Sara vroeg de dode toe te dekken met een isoleerdeken. De geur van regen en natte grond overstemde de geur van de dood. De omstanders hadden een halve kring gevormd, als toeschouwers in een amfitheater. Wat valt er hier te staren, verdomme! had ze het liefst geschreeuwd.

'We moeten Marcial Nerín vinden,' zei Sara tegen Víctor.

Ik geloof dat je gelijk hebt. We hebben iets. Het waren Santiago's laatste woorden aan de telefoon geweest.

Wat hebben we? Wat zocht je hier? vroeg Sara zich af. En ineens werden die vragen verwijten: wat moest je hier zo nodig, Santiago?

Sara sloot haar ogen. De druk op haar oren werd onverdraaglijk. Haar ogen brandden. De regen sloeg haar in het gezicht. De druk in haar hoofd werd alsmaar sterker.

'Wat doe jij als ik er niet meer ben?' had Santiago ooit gevraagd.

'Dan ga ik,' had Sara geantwoord.

'Maar waarheen dan?'

Toen Joaquín Castán een politieauto van zijn bedrijfsterrein zag komen, keerde hij om de inrit in te slaan, die hij zelf had geasfalteerd. Elk voorjaar moest hij gaten repareren die door de vorst waren ontstaan. Voor de loods, vlak bij de vrachtwagens, stond een grote groep mensen. Hij kon niet zeggen hoeveel het er waren omdat ze verdwenen onder een zee van zwarte paraplu's. Daarachter stonden drie politieauto's en een ambulance.

Hij stopte voor de ingang en stapte uit. Iemand zei: 'Je wordt al gezocht Joaquín.' Hij pakte zijn mobiel om te kijken of hij gemiste oproepen had. Niets.

Achter de afzetting bewogen de politieagenten zich als in slow motion. Het was geen lusteloosheid, maar vertwijfeling. Pujante, de jongste van hen, leunde tegen de motorkap van de jeep en staarde naar zijn laarzen, die onder de modder zaten. Toen zag hij Sara Campos. Zonder paraplu en ook zonder jas. Haar donkere haren plakten aan haar gezicht. De geluidloos rondzwaaiende lichten van de politieauto's wierpen afwisselend blauwe en oranje schaduwen op haar gezicht.

De schoenen van de dode staken onder de deken uit, besprenkeld met bloed en slijk.

'De politieman uit Madrid is doodgeschoten,' zei iemand tegen hem.

Joaquín zag hoe Sara wankelde. Met één sprong was Víctor bij haar om haar te ondersteunen.

Nu weet je hoe dat voelt, dacht Joaquín. Nu weet je wat verdriet is.

De gezichten van de omstanders onder hun zwarte schermen leken te draaien. Ze meende gloeiende ogen te zien oplichten, net als bij Alice in Wonderland. De tijd werd ineens een kapot stuk speelgoed waarvan de onderdelen over de grond verspreid lagen.

Sara dacht aan de eerste keer dat ze in Monteperdido was. Je kon gewoon de blikken van de dorpsbewoners achter de ramen voelen, hoe ze naar de straat gluurden om uit te vinden wie er in die politieauto zat. Toen waren al die gezichten nog onbekenden geweest.

Gezichten boven gezichten die nu getuigen werden van haar verdriet. Wie waren ze? Wie was hierheen gekomen om het schouwspel aan te zien? Stonden ze te lachen en met elkaar te smoezen?

Sara ontdekte de vader van Lucía. Hij stond helemaal vooraan bij het lint en probeerde Pujante tekens te geven om hem door te laten. Wie dacht hij verdorie wel dat hij was?

Víctor stond naast haar. Hij ondersteunde haar. Moet ik je naar je pension brengen? leek zijn blik te vragen en in deze stormachtige nacht meende ze weer het bloed van zijn hond door de lucht te zien spatten.

Ook Gaizka was er. Hij was helemaal doorweekt, hoewel hij onder een paraplu stond. De politielichten weerspiegelden in zijn ogen. Of was het dat netwerk van gesprongen adertjes dat ze toen in zijn zaak in Posets had opgemerkt? En daarachter een heel leger aan zwarte helmen.

Nog maar enkele uren geleden had Santiago tegenover haar aan zijn bureau gezeten. Nu leek het wel een eeuwigheid.

'Ze zijn naar me op zoek,' had Sara gezegd, toen ze hem voor het eerst zag. 'Naar jou is niemand op zoek,' had hij geantwoord.

Sara had zich van de dode afgewend en weerstond de verleiding zich nog eens om te draaien. Dat was ook niet nodig. De aanblik van Santiago die daar met uitgestrekte armen en een gapende wond in zijn borst dood in de modder lag, zijn starre ogen gericht op de zwarte hemel boven Monteperdido, die aanblik had zich voor altijd met een gloeiend ijzer in haar geheugen gebrand.

Víctor leidde haar richting de loods. Herhaaldelijk gleed ze bijna weg uit zijn armen, deels vanwege de regen, deels omdat ze geen moeite leek te doen om staande te blijven. 'Kom, Sara,' probeerde hij haar aan te moedigen, maar hij had het gevoel dat ze er helemaal niet bij was.

Toch redden ze het tot onder het afdak, waar ze beschermd waren tegen de regen. Sara leunde tegen de muur van de loods. 'Laat me even alleen,' vroeg ze, daarna liet ze zich zakken tot ze op de met plassen bezaaide grond zat.

Bij de aanraking met het natte asfalt moest Sara aan Víctor denken, hoe zij hem bij de rivier aan het werk had gezien. Hoe de machines het struikgewas langs de oever rooiden. Hoe het hele dorp aan de slag was gegaan toen de eerste druppels begonnen te vallen. De eerste druppels van de zondvloed die daarop was gevolgd.

Het wapen van de broederschap op een van de auto's onder aan de rivier. De achtpuntige ster op de sierspeld die door de technische recherche was gevonden in de afgebrande hut.

Sara keek op naar Víctor. 'Is Marcial Nerín al gevonden?' Víctor antwoordde dat hij zou informeren.

De boom waarnaast de meisjes verdwenen waren. De boom met de zieke wortels, die dood zou gaan als hij verpoot zou worden.

Sara werd misselijk bij het idee dat zijn rottige wortels slechts enkele centimeters onder de grond de aarde van Monteperdido doorsneden en alleen wachtten op het moment dat Santiago begraven zou worden en zij vat zouden krijgen op het lijk.

Ze keek omhoog naar de lucht. Het regende nog altijd en ineens viel het haar op dat het doodstil was buiten het kletteren van de regen op de grond, de daken van de auto's, de bladeren van de bomen en de dennen om hen heen. Alsof elk ander geluid zich als een bang dier voor dit regenmonster verstopt had.

De politie maakte ruimte zodat de lijkwagen het terrein op kon rijden. Gaizka en de andere omstanders werden aan de kant geschoven. Daar wachtte hij zijn moment af. Het schot klonk nog altijd na in zijn hoofd, als een echo in een fles. De kille trekker aan zijn wijsvinger. Hij stak zijn rechterhand diep weg in zijn broekzak, alsof die hem verraden kon. Te druk hier. Te veel smerissen.

Na het schot had hij de zaklamp in de achterbak gegooid en was hij de straat afgereden tot aan het benzinestation. Daar had hij getankt, hoewel de tank nog bijna vol was geweest. Misschien had hij een lange rit voor de boeg.

Gaizka had gewacht tot er steeds meer auto's kwamen en vervolgens de ambulance. Toeschouwers uit het dorp parkeerden op het terrein of kwamen aanlopen door de regen. Daarna was hij uitgestapt en teruggelopen naar Joaquíns bedrijf.

Toen hij dichterbij kwam, zag hij hoe een al wat oudere man inpraatte op Víctor. Hij was rond de zestig en had zijn muts tot over de oren getrokken. Echt zo'n ouwe vent die van het minste of geringste wakker wordt, dacht hij. Onder zijn donkergroene tot zijn dijbeen reikende regenjack was een blauw-rood geruite pyjamabroek zichtbaar. Gaizka had geen paraplu en ging, zonder de man uit het oog te verliezen, onder de paraplu van een ander staan. Het leek erop dat de man een verklaring aflegde, waarbij hij telkens wees naar een huis dat ongeveer honderd meter verderop lag.

Gaizka wist zo al wel wat hij te zeggen had: hij was wakker geworden van een schot, had toen zijn muts en regenjack gepakt en was naar buiten gegaan, omdat hij het raar vond dat er rond die tijd en in dat hondenweer jagers op pad waren. Toen hij bij het bedrijfsterrein kwam, had hij het lijk van de politieman zien liggen achter een van de vrachtwagens.

Meer had hij niet gezien. Kom op, zeg dan dat je verder niets gezien hebt stommeling, dacht Gaizka. Hij beet zijn tanden op elkaar terwijl hij de oude vasthield met zijn blik. De gelatenheid waarmee Víctor van de getuige afscheid nam, deed vermoeden dat hij niets essentieels had weten bij te dragen.

Was ik nou maar niet zo stom geweest, dacht Gaizka. Hij zocht geen rechtvaardiging voor zijn daad. Niet de moord bedrukte hem, maar zijn reactie daarna. Opgewonden, haast hysterisch. Met het geweer nog in zijn hand was hij op de inspecteur afgelopen en was hij bij hem blijven staan om toe te kijken hoe het bloed uit de uiteengereten aderen spoot. Hij had te veel cocaïne gesnoven. Daarom had hij onzinnige plannetjes gesmeed, in plaats van te zorgen voor een alibi. Hij had bedacht dat hij het lijk in stukken zou snijden en het in de bergen rond het dorp zou verstoppen op zo'n manier dat deze stukken van Google Earth uit gezien een vraagteken zouden vormen. Vervolgens had hij om zijn eigen idee moeten lachen. En zo was er kostbare tijd verstreken.

Daarna had hij bedacht om de dode in zijn eigen auto te tillen, met het lijk naar het ravijn te rijden en de auto over de rand te laten rollen zodat deze op de rotsen boven de bergstroom te pletter zou slaan. Of hij kon hem naar de Monte Ármos brengen en hem aan de wilde zwijnen voeren zodat die hem tot op het laatste bot zouden opvreten. Waren dat allemaal echt zijn eigen ideeën of kwamen ze uit films die hij ooit gezien had?

Toen was het ineens te laat geweest en had hij de stem gehoord van de man die zo-even met Víctor in gesprek was geweest. Een buurman die door het schot wakker was geworden. 'Is daar iemand?' had de man geroepen. Gaizka lag onder de vrachtwagen en had hem steeds dichterbij zien komen, tot hij hem bijna aan kon raken.

De pyjamabroek stak in hoge rubberlaarzen. Gaizka keek naar zijn handen, die helemaal klam waren van de regen. In zijn linkerhand had hij de zaklamp, zijn rechter omklemde nog altijd het geweer. Hij nam een besluit. Misschien het verkeerde, maar het was zijn laatste kans. Hij knipte de zaklamp uit en verstopte het geweer onder de as van de vrachtwagen. Wie zou het daar vinden?

Daarna was hij naar de achterkant van de bedrijfsloods geslopen om van daaruit via het dennenbos naar zijn auto te lopen, die hij aan de rand van de weg tussen de bomen had neergezet. Daar had hij gewacht tot de buurman het terrein zou verlaten om vervolgens terug te gaan en zijn geweer te pakken. Maar die ouwe lul had een mobieltje bij zich gehad. Hij had het alarmnummer gebeld en was bij het lijk gebleven tot de politie was gearriveerd.

Nu droegen de agenten de dode in de lijkwagen. Gaizka keek naar de vrachtwagen waaronder hij het geweer verstopt had. Een oude blauwe Pegaso waarvan de lak in de loop der jaren verbleekt was. Hij zou bijna een vinger tegen zijn lippen hebben gelegd en de vrachtwagen gesmeekt hebben om geheimhouding.

Quim was in de badkamer. Hij had een warme douche genomen en zich in een badhanddoek gewikkeld. De lucht zat vol waterdamp, zijn figuur was in de spiegel vrijwel onzichtbaar. Toen hij thuis was gekomen, had hij zijn moeder geen uitvoerige verklaring gegeven. Alleen dat hij vergeten was een paraplu mee te nemen en dat hij Ana in het bos was tegengekomen en haar zijn jack had geleend.

Montserrat was hem gevolgd naar boven. Ze wilde weten hoe het met haar ging. De politie was haar gaan zoeken. Waarom was ze weggelopen zonder iets te zeggen? Maar Quim was niet in de stemming om te praten. ‘Geen idee’ was alles wat hij zei.

Daarna had hij zich opgesloten in de badkamer en had hij de douche aangezet. Toen hij onder de warme waterstraal stond, moest hij aan Ana denken. Ze was kletsnat geweest, alsof ze net uit een bergmeer was gekomen. Met open mond had ze daar het regenwater op staan vangen, net zoals hij nu onder de douche. Het water droop uit zijn mond en liep over zijn hals en borst.

Haar glimlach toen ze hem zag. *Weet je wel hoelang het geleden is dat ik regen op mijn huid heb gevoeld?*

Quim had begrepen wat ze zeggen wilde: weet je hoelang ik al niet meer gevoeld heb dat ik leef?

Nu stond hij onder de douche. Hij glimlachte. Ana's geluk werkte aanstekelijk. Voor het eerst sinds lange tijd had Quim iets gezien wat hij ook graag zou hebben: een tomeloze drang om te leven.

Toen Montserrat haar huis uitging, stroomde de regen op haar neer. Met gebogen hoofd rende ze via de voortuin naar Raquels huis. Ze belde aan en hoopte dat Raquel zelf open zou doen, maar op het moment dat de deur openging stond Burgos voor haar neus. De agent was net aan het bellen en gebaarde haar te zeggen wat ze kwam doen.

Montserrat ving brokstukken op van het gesprek: 'Moet ik nog langer hier blijven?' 'Hoe het met haar gaat? Ik heb me grote zorgen gemaakt, nadat ze ineens verdwenen was.' 'Ja, hier is alles onder controle.'

Toen Burgos haar opnieuw aankeek, zag Montserrat zich tot een verklaring gedwongen.

'Ik wilde alleen weten of het goed gaat met Ana.'

'Ja, ja, maak je geen zorgen. Alles gaat heel goed.' Met die woorden sloot Burgos de deur weer.

Montserrat had een korte blik naar binnen kunnen werpen. Ana zat in badjas op de bank in de woonkamer, haar moeder wreef met een handdoek haar hoofd droog. Montserrats blik kruiste die van Raquel. Ze was bang dat Raquel niets meer met haar te maken wilde hebben omdat ze zo gemeen tegen haar was geweest en tegen haar geschreeuwd had, maar Raquel schonk haar een glimlachje. Montserrats lippen vormden een stil 'dank je wel', maar op dat moment had Burgos de deur alweer dichtgedaan.

Waarom was ze zo dom geweest om haar vriendin de schuld ervan te geven dat háár dochter levend terug was gekomen en Lucía niet? Wat kon Raquel daaraan doen?

Montserrat was al op weg terug toen ze hoorde hoe Raquels deur weer openging.

'Wil je Quim van harte namens mij bedanken?' riep Raquel.

Montserrat draaide zich naar haar om. Ze beloofde het te doen.

'Raquel,' ging ze verder, maar ineens leek het of woorden tekortschoten om zich te verontschuldigen. 'Je had me die tekening van Lucía niet moeten sturen. Ik... ik weet niet hoe ik je om excuus moet vragen.'

'Ga naar huis, Montse. Praat een keer met Ana. Zij zal je over Lucía vertellen.'

Montserrat knikte. Raquel had gelijk: de compositietekening van Lucía die de politie had laten maken, had haar iets laten zien waar ze zich eerder geen voorstelling van had kunnen maken. Het gezicht van haar dochter die nu zestien was.

Tot dan toe was Lucía altijd een meisje van elf gebleven. Verstard in de herinnering. Nu realiseerde ze zich dat haar dochter ouder was geworden. Dat ze verder had geleefd. Als Ana haar over Lucía vertelde, zou ze aan deze tekening beweging en een stem kunnen geven. Haar leven inblazen.

En zo'n zenuwlijder moet mijn dochter vinden, dacht Joaquín, toen hij zag hoe Sara Campos zich door Víctor als een willoze pop naar de auto liet leiden. Hun blikken kruisten elkaar kort toen de politievrouw haar ogen over de kring omstanders liet gaan. Daarna keek ze omhoog naar de hemel waar de sluizen nog altijd wijd openstonden. Ze keek, maar zag niets. Op haar netvlies stond het beeld van haar dode collega gebrand en dat was sterker dan al het andere.

Zouden ze nu opnieuw gaan lopen hakketakken over wie het onderzoek moest leiden? Alles weer van voren af aan: documenten ordenen, verslagen, getuigenissen van familieleden. Zíj konden tenslotte naar believen terug naar af. Voor Joaquín was dat onmogelijk. De weg hierheen was lang geweest en hij weigerde te accepteren dat die verzandde in het niets.

'Is Rafael er ook?' vroeg hij Pujante.

'We hebben hem zo-even gebeld. Hij kan er elk moment zijn,' antwoordde de agent. Hij zag bleek. Te jong voor wat hij nu meemaakte.

Er was geen terug, dacht Joaquín. Hij keek naar de loods, het wagenpark dat enkele jaren geleden nog te klein was geweest. Transportbedrijf Castán. Een hoop klanten. Een hoop ritten. Hij had grote plannen gehad, veel geld verdiend. Zaterdagavond waren ze met het hele gezin uit eten gegaan in Barbastro. Hij had er met Montserrat, Quim en Lucía over de toekomst gesproken. 'Papa gaat honderd vrachtwagens kopen,' had zijn dochter gezegd, terwijl ze een hap nam van haar hamburger. Een stralend lichte zomer die nooit terug was gekomen. De laatste voordat zijn leven een constante vlucht naar voren was geworden.

'Waar zat je?' vroeg Raquel, terwijl ze achter Álvaro de keuken inliep. 'Wat is er met je neus gebeurd?'

Álvaro negeerde haar vraag en liet zich uitgeput op een stoel vallen. Zijn haar droop van de regen, bij zijn voeten vormde zich een modderige plas. Hij steunde met zijn ellebogen op tafel, veegde met zijn handen over zijn voorhoofd en streek zijn haar achterover. Aan zijn neusgaten kleefde gedroogd bloed, de rug van zijn neus was paars gezwollen, misschien gebroken. De halogeenlampen aan het plafond accentueerden de blauwe kringen onder zijn ogen. Raquel had de indruk dat hij had gehuild.

‘Trek die natte spullen uit,’ zei ze zorgzaam.

Álvaro stak geruststellend zijn hand op als een zieke die net heeft overgegeven en een ogenblikje met rust gelaten wil worden. Toen keek hij zijn vrouw aan. Of was zij zijn ex-vrouw? Raquel droeg een grijs katoenen shirt en een witte wijde katoenen broek. Haar bruine haar viel over haar schouders en glansde in het licht. Onsamenhangende beelden kwamen bij hem op: een flakkerend haardvuur, een deken, Raquels warme adem. Hij was een stommeling geweest. Vijf jaar had hij doorgebracht in dat hok boven in de bergen. Als een gevangene. Zijn zogenaamde redder was tegelijkertijd zijn cipier geweest. Nu wist hij dat een paar woorden van Gaizka hem zijn huis en zijn vrouw hadden teruggebracht. Was het al te laat?

Raquel stond erop dat hij een warme douche nam. Ze liep met hem naar boven. Ana sliep. Burgos was vertrokken, een andere agent bewaakte de slaapkamer van haar dochter. Ze vertelde Álvaro liever niet dat Ana vlak na zijn vechtpartij met Gaizka van huis was weggelopen. Ze wist wat Álvaro zou zeggen: dat zijn dochter de ene gevangenschap had ingeruild voor de andere. Dat ze na alles wat ze mee had gemaakt, haar vrijheid nodig had. Dat hij haar begreep.

In de badkamer ging hij op de rand van het bad zitten. Raquel boog zich langs hem heen om de kraan open te draaien. Hij constateerde dat ze geen parfum op had. Er was alleen die natuurlijke geur, waarnaast hij zo veel nachten in slaap was gevallen. Stiekem had het hem altijd gestoord als ze hem met parfum had overladen. Hoelang kenden ze elkaar nu? Een avond in Barcelona, aan het eind van zijn studie. Een café. Ze was met vriendinnen uit geweest. Wat zou er van die vriendinnen geworden zijn? Wat deed het ertoe? Mettertijd was dat allemaal bijzaak geworden. De gezichten van hun vrienden uit de tijd in Barcelona, de cafés, de huizen waarin ze gewoond hadden. Al die zaken vervaagden in de nevel van het verleden. Maar de herinnering aan haar blote lichaam dat zich tegen het zijne vlijde, was zo aanwezig dat er maar enkele seconden verstreken leken te zijn sinds hun laatste vrijpartij. Haar huid. Haar mond.

De badkamer vulde zich met damp. Raquel vroeg hem zijn natte spullen uit te trekken, ze zou droge kleren voor hem pakken. Álvaro vond zichzelf egoïstisch. Eigenlijk zou hij aan Ana moeten denken, hoe ze weer de weg naar een gewoon bestaan terug kon vinden. Maar daarna hield hij zichzelf voor dat ook zij als ouders deel van deze normaliteit moesten zijn. Ze hadden de plicht hun problemen op te lossen. Hoe zat het met die vent die met Raquel in het ziekenhuis was geweest? Ismael. Van Gaizka wist hij dat Ismael als timmerman voor Raquel werkte. Bij de gedachte aan het gesprek met Gaizka voelde hij in zichzelf een tomeloze woede opkomen tegenover die idioot die hij voor een vriend had gehouden. Hij had hem graag nog eens op zijn smoel geslagen. Wat aan hun vriendschap was waarheid geweest en wat leugen?

Raquel boog zich over Álvaro heen.

'Weet je?' zei ze. 'Mij maakt het niet uit wat er is geweest. Voor mij is alleen belangrijk waar we nu staan.'

Álvaro antwoordde niet meteen.

'Ik hou van je,' zei hij toen.

Raquel sloeg haar ogen neer als een jong meisje.

'Ik wil met je naar bed,' hoorde ze Álvaro's stem, maar ze keek hem niet aan.

Hij pakte haar pols, stond op en trok haar tegen zich aan. Vervolgens drukte hij haar tegen de wastafel. Ze merkte hoe haar T-shirt nat werd toen het met Álvaro's natte kleren in aanraking kwam. Een vloed aan beelden overspoelde haar, vanaf het moment vier jaar geleden dat Álvaro in de auto weggereden was tot aan de nacht dat ze voor het eerst met Ismael naar bed was geweest. Hoe had haar leven er in die tussentijd uitgezien? Ze wilde weg uit de badkamer en tegelijkertijd ook blijven. Zich de kleren van het lijf rukken en Álvaro voelen.

Hij liet zijn hand over haar hals glijden en ze vlijde zich als een poes tegen hem aan. Het bloed in haar aderen bonsde. Ze pakte Álvaro bij de heupen en trok hem tegen zich aan. Daarna kuste ze hem.

Achter het autoraam trok het landschap voorbij als een decorstuk dat door een onzichtbare hand wordt voortgeschoven, vervaagd door het duister, de regen en de natte ruit. Sara leunde tegen de hoofdsteun. Ze had geweigerd zich naar het pension te laten brengen. Toen ze al in de auto zaten had iemand, misschien een andere agent, gezegd dat Marcial Nerín in Barbastro was. Iemand uit het dorp had hem met zijn moeder weg zien rijden. Hij is vast met haar naar het ziekenhuis, dacht Víctor. Voor een dialyse. Sara wilde Marcial zo snel mogelijk spreken. Zei Víctor dat zij in deze toestand niet kon werken? Wat wist hij daarvan! Zij had erop gestaan dat hij pension La Renclusa belde om te vragen of Elisa er aan het werk was. Maar Marcials dochter had haar vrije dag, niemand had haar gezien. Ze reden door de tunnel bij de Congosto de Fall in de richting van het dal. Voor even stopte het ruisen van de regen. Het duister omsloot hen.

Enkele kilometers achter hen volgde de lijkwagen met de kist van Santiago.

Sara en Víctor reden zonder iets te zeggen door de nacht. Ze had haar hoofd naar het raam gekeerd zonder echt te zien wat er zich aan de andere kant van de ruit bevond. Ze zat hier in deze auto op weg naar Barbastro en tegelijkertijd was ze ver weg. In een andere tijd, op een andere plaats.

Daar was de kamer in het huis waar Santiago haar naartoe had gebracht, kort nadat ze hem op het politiebureau had ontmoet. Toen Sara op Santiago's bureau verscheen, was ze ervan overtuigd dat haar ouders haar zochten. Maar in werkelijkheid was haar verdwijning voor hen een opluchting geweest. Santiago moest haar verdriet gemerkt hebben. In het begin had Sara gedacht dat hij iets van haar wilde. Zij, een aantrekkelijke jonge vrouw, hij een eenzame politieman van rond de vijftig. Hij had haar telefoonnummer gevraagd en na een paar dagen opgebeld om te informeren hoe het met haar ging en wat ze zo deed. Ze hadden afgesproken in een cafetaria en daar had ze hem verteld dat ze dakloos was. Hij had haar meegenomen naar zijn huis en nieuwe kleren voor haar gekocht. Haar te eten gegeven. Net als in een sprookje had Sara er rekening mee gehouden dat deze oudere aardige man elk moment kon veranderen in een monster. Maar dat was nooit gebeurd.

Toen Sara al een paar dagen bij hem in huis woonde, had ze een nachtmerrie gehad. Het was een toestand geweest tussen slapen en waken in, waarbij ze het gevoel had dat ze in haar eigen lichaam gevangenzat. Haar spieren gehoorzaamden niet meer en toch voelde het alsof ze wakker was. Ze had naar de muren gekeken van de kamer die haar nog niet vertrouwd was en toen waren weer die zonderlinge creaturen uit de schaduwen tevoorschijn gekropen. Ze zeiden geen woord. Ze gingen alleen aan het voeteinde van haar bed zitten en staarden haar aan. Mannen en vrouwen zonder gezicht, lege menselijke omhulsels. Ze merkte hoe iemand haar bij de schouder pakte en heen en weer schudde. De gestalten verdwenen en Sara kwam weer bij haar positieven, in die kamer die vanuit de gang blauwachtig werd verlicht. Naast haar zat Santiago met zijn ronde gegroefde gezicht. 'Je hebt geschreeuwd,' zei hij. Ze kon geen woorden vinden om hem te vertellen wat er met haar aan de hand was en Santiago vroeg het ook niet. Hij nam haar gewoon in zijn armen.

Daar in die kamer wilde Sara nu zijn, Santiago's warme bescherming voelen. Ze had zich nooit willen indenken dat Santiago op enig moment dood zou kunnen gaan. Nooit weer die peilloos diepe eenzaamheid willen voelen, waarin ze voor haar ontmoeting met hem had geleefd.

Toen ze in Barbastro aankwamen werd het geleidelijk licht. De wolken waren verdwenen en de zon ging op aan een heldere hemel. Op het moment dat ze uitstapten, vielen er nog een paar verlate druppels. De gevel van het ziekenhuis ging schuil achter een grijs zeil. De bouwvakkers van wie de werktijd op het punt stond te beginnen, hingen vermoeid rond. Het geluid van auto's, de gesprekken van familieleden die na een ongemakkelijke nacht bij de ingang wat heen en weer liepen, drongen slechts dof tot Sara door, alsof ze watjes in haar oren had.

Toen ze het ziekenhuis binnengingen probeerde Sara het verleden te laten rusten en zich weer op de realiteit te richten. Ze moest zich helemaal op het hier en nu concentreren, wilde ze de kerel pakken die Santiago had vermoord.

De omstanders hadden zich inmiddels verspreid, de meesten waren tegen de ochtend naar huis gegaan. Alleen de bewoners van de naburige huizen stonden nog bij Castáns bedrijf, maar hun gesprekken draaiden niet langer om wat er die nacht gebeurd was. De wind had het afzetlint van de politie losgerukt. Het lag nu in de modder. Nadat het lichaam was afgevoerd, waren ook de meeste agenten vertrokken. Alleen Pujante en Telmo waren er nog, als bargasten die eenvoudigweg niet naar huis willen, ook al heeft de barman het licht al aan gedaan. Beiden leken doodmoe en keken stil naar de bloedvlekken op de plek waar het lijk van inspecteur Baín gelegen had.

'Snappen jullie het niet? *The party is over!*' zou Gaizka het liefst gebruld hebben.

In plaats daarvan verliet hij de plaats van de misdaad zodat zijn buitensporige belangstelling niet zou opvallen. Hij liep mee met de man die de politie had gebeld. Moisén heette hij. Op de weg naar diens huis zag Gaizka dat Moiséns pyjamabroek uit zijn rubberlaarzen was geglipt. De broekspijpen zaten onder modder. Het zag eruit als poep.

Moisén liet Gaizka achter in de keuken, terwijl hij naar boven ging om iets anders aan te trekken. Zijn vrouw, een forsgebouwde oudere dame in een wit-rode badjas, bood Gaizka een kop koffie aan, die hij graag accepteerde. Hij ging bij het raam zitten. Van hieruit had hij zicht op het terrein van het transportbedrijf en kon hij de vrachtwagen in de gaten houden waaronder zijn geweer verstopt lag. Ondertussen zette Moiséns vrouw koffie, terwijl ze luid begon te lamenteren. 'Wat is er met dit dorp aan de hand? Heilige moeder Gods, wat gebeurt er hier toch allemaal?'

Toen kwam Moisén terug. Hij vertelde wat hij die nacht had meegemaakt: 'Ik was nog op om de goten te inspecteren, die verstoppen namelijk altijd als het hard regent, vanwege de dennen achter het huis, en toen hoorde ik het schot.' Hij droeg nu een werkoverall en had zijn muts afgezet. Gaizka zag dat hij donker haar had dat in slierten over zijn schedel was gekamd.

Hij vroeg waar de badkamer was en verontschuldigde zich. Op de wc gaf hij over, terwijl hij tegelijkertijd doortrok om het kokhalzen te overstemmen. Hij was bang dat elk moment de smerissen voor de deur konden staan om hem te arresteren. Hij streek over zijn voorhoofd. Het voelde warm en koortsig.

Toen hij weer terugkwam in de keuken, zag hij dat behalve de beide agenten niemand meer op het bedrijfsterrein was. Zonder zijn koffie aangeraakt te hebben, nam hij afscheid van Moisén en diens vrouw en deed zijn best niet te laten merken dat hij haast had. Hij liep naar de weg en daarna door de berm richting het dorp tot hij op het punt kwam waar het dennenbos begon. Nadat hij zich ervan vergewist had dat niemand hem kon zien, verdween hij tussen de bomen. Het was dezelfde sluipweg waarlangs hij afgelopen nacht het terrein van Joaquíns bedrijf was ontvlucht. Een nacht die nu ver weg leek. Een vage herinnering, lichtjaren ver verwijderd.

De grond was bezaaid met plassen, de dennen drupten. Het ochtendlicht viel door de dichte kruinen. Van de twee smerissen die als wachtpost achter waren gebleven, kende hij alleen Pujante. Die was iets jonger dan hijzelf. Toen Pujante nog niet bij de politie zat, was hij hem af en toe tegengekomen in de kroeg. Hij herinnerde zich een uitgelaten avond in een zaak in Posets waarin zij met de armen om elkaar geslagen luidkeels hadden mee geblèrd met de muziek. Daarna had Pujante waarschijnlijk een uitgaansverbod gekregen. Of was hij getrouwd? Deed er ook niet toe.

Toen hij bij de bosrand kwam, verstopte hij zich achter een boomstam. Van hieruit kon hij hen zien. De andere agent probeerde een gesprek te beginnen. Misschien ging het over voetbal. Of over het jachtseizoen. In elk geval leek het gesprek Pujante niet echt op te monteren. Hij glimlachte lusteloos en zei vrijwel niets. Ondertussen dwaalde zijn blik telkens naar de plek waar Santiago Baín gelegen had.

Aan hem wilde Gaizka niet denken. Aan het gat dat hij in diens borst geschoten had. Hij probeerde het van de positieve kant te bekijken: het was hem gelukt aan een gevaarlijke situatie te ontsnappen. Zoals die sukkels in een stomme film die altijd maar in de omgeving rond blijven banjeren om zich uiteindelijk toch weer te laten pakken.

Hij pakte zijn mobiel en belde het nummer van Joaquíns bedrijf. De telefoon in het kantoor van de opslagloods ging over. Eerst reageerden de twee agenten niet, maar toen draaide Pujante zich om. De deur stond open en de steeds luider wordende beltoon was buiten goed te horen. Pujante wilde de loods binnengaan, maar de andere agent leek te zeggen dat hij dat wel zou doen en hij verdween in het gebouw. Pujante liep om zijn auto heen zodat Gaizka alleen nog diens pet kon zien.

Een paar meter bij hem vandaan stond de vrachtwagen, die bij daglicht deed denken aan een vermoeide grijsaard die al dat zwoegen zat was. Gaizka bukte zich, maar van waar hij stond, kon hij niet zien of het geweer nog onder de vrachtwagen lag. Hij verbrak de verbinding en wachtte een paar seconden, toen toetste hij het nummer opnieuw in.

De andere agent was nog altijd in de loods. Ook Pujante zou hem niet kunnen zien wanneer hij het bos uitkwam, de jeep belette hem het zicht. Gaizka haalde diep adem en rende gebukt naar de vrachtwagen toe. Hij vond zichzelf lachwekkend. Als een schurk in een slechte misdaadfilm. Hij verschool zich achter de stuurcabine en gluurde onder de aanhanger door. Hij zag de benen van Pujante en de tweede smeris, die juist de loods weer uitkwam. Gaizka verbaasde zich erover dat hij hun woorden heel duidelijk kon horen. 'Niemand aan de lijn.' Toen pas drong het tot hem door dat hij de verbinding niet had verbroken en dat hij hen in zijn eigen mobieltje hoorde. Hij pakte het uit zijn zak en maakte een eind aan het gesprek. Hij voelde hoe de angst in hem omhoogkroop en probeerde heel rustig en langzaam adem te halen.

Hij moest het doen. Nu.

Gaizka knielde neer en zag zijn geweer op de as van de vrachtwagen liggen. Hij ging plat op de grond liggen en tijgerde als een soldaat op manoeuvre naar voren. Het geluid van een motor deed hem verstijven. Hij zag hoe een auto het terrein opreed en bij de politieafzetting stopte. De smerissen liepen erheen om met de bestuurder te spreken. Gaizka tastte naar zijn geweer.

Iemand stapte uit. Hij droeg een spijkerbroek die slordig in rubberlaarzen stak. Gaizka's hart bonsde zo snel dat het pijn deed. Ineens was hij bang dat door al die cocaïne een slagader kon zijn aangetast. Hoe kwam hij hier weer weg? Wie was die vent? Iemand van de technische recherche? Wat als die speurhonden bij zich had die overal rondsnuffelden tot ze hem zouden ontdekken onder de vrachtwagen? Hoeveel patronen zaten er nog in de loop? Met een verraderlijke metalen knik opende hij het sluitstuk van zijn geweer. Twee, één zat er nog in het magazijn. Was dat genoeg als ze hem zouden zien?

De drie stonden nog altijd bij de auto. Hun benen vormden een driehoek. Een van de twee smerissen trapte het afsluitlint omlaag zodat de man verder kon rijden. Ze kwamen recht op de vrachtwagen af. Gaizka legde zijn geweer aan en richtte. Op wie moest hij als eerste schieten? Hij dacht aan Pujante, hoe ze aangeschoten hadden staan zingen toen ze elkaar nog vanuit de kroeg kenden. Wat zongen ze toen ook alweer? Hij moest het hoofd koel houden. Eerst zou hij op de anderen schieten. Pujante was geen held, misschien ging hij er wel gewoon vandoor.

De drie bleven een paar meter voor de vrachtwagen staan. Gaizka hoorde hen praten, maar verstond niet wat ze zeiden. Hij kroop achter een van de wielen en probeerde van daaruit te zien wie daar bij de agenten stond.

Het was Rafael, Joaquíns zwager. Gaizka haalde opgelucht adem. Rafael gebaarde alsof hij iets wilde uitleggen. Toen draaide hij zich om en verdween in het kantoor. Gaizka zag hoe ook de beide agenten zich omdraaiden en wegliepen.

Hij kroop onder de vrachtwagen vandaan en rende tot hij de bosrand bereikte. Daar bekeek hij het geweer in zijn hand en barstte in lachen uit. Nu konden ze hem niets meer maken.

Sara ging bij Marcials moeder zitten. Het tengere lichaam van de oude vrouw verzoop gewoon in de fauteuil, die veel te groot voor haar was. Haar linkerarm lag met de handpalm naar boven op een brede armleuning. Twee buisjes verdwenen in haar perkamenten huid, waaronder zich blauw de aderen aftekenden. Bloed liep door slangetjes, werd gespoeld en vervolgens weer het lichaam binnengeleid. De vrouw staarde met halfopen mond voor zich uit, alsof het allemaal niet tot haar doordrong.

Víctor was op zoek naar Marcial Nerín. Een verpleegkundige had hun bevestigd dat hij zijn moeder bij de dialyse had gebracht en daarna weer was weggegaan. Dat was heel vroeg die ochtend geweest, vlak voor Sara en Víctor in het ziekenhuis waren aangekomen. Waarschijnlijk was hij daarna naar het huis gegaan dat hij in Barbastro had gehuurd. Ze hadden geprobeerd hem telefonisch te bereiken, maar er was niet opgenomen.

Víctor had Sara slechts met tegenzin achtergelaten in het ziekenhuis. Hij begreep niet waarom ze zo'n haast had om Marcial te spreken te krijgen. Het forensisch team had in de hut een sierspeld met het teken van de broederschap gevonden, legde ze hem uit, en Marcial Nerín was de prior van de broederschap. 'Nou en?' had Víctor geantwoord. 'Het hele dorp zit bij de broederschap. Iedereen kan zo'n sierspeld hebben. Ik heb er ook een.'

Sara wist waarom Víctor zo verstoord had gereageerd: door de vondst van de sierspeld ging de theorie dat waarschijnlijk iemand van buiten voor de ontvoering verantwoordelijk was, niet langer op. Zelfs uit de omgeving kwam niemand in aanmerking. De man die de meisjes ontvoerd had, kwam uit Monteperdido zelf.

Een vriend, een buurman. Iemand die Víctor misschien elke dag zag. Die hij vriendelijk groette. Met wie hij zij aan zij werkte bij het schoonmaken van de rivier. Heel waarschijnlijk hadden ze in het café van de broederschap naast de kerk al eens samen koffiegedronken. 'Hoe gaat het?' had Víctor misschien geïnformeerd. 'Z'n gangetje' zou het antwoord hebben kunnen luiden. Víctor was niet boos op Sara. Hij was boos op de realiteit.

Terwijl ze op zijn terugkomst wachtte, keek Sara hoe het bloed van Marcials moeder María de Laude door de slangetjes van het dialyseapparaat liep. Bijna zwart, schuimend bloed.

Ze zou voor Santiago hebben gezorgd, als zijn lichaam op enig moment niet meer had meegewerkt. Ze zou in het ziekenhuis naast zijn bed gezeten hebben. Zou hem het nieuws uit de kranten hebben verteld. Zou hem bezig hebben gehouden, zijn pijn verlicht hebben.

Marcials moeder droeg een zwarte jurk die aan een ochtendjas deed denken. Haar dunne beentjes staken onder de ziekenhuisdeken uit die over haar schoot lag. Haar witte haar hing in slierten langs haar hoofd. Marcial had kennelijk niet de moeite genomen haar een keertje mee te nemen naar een kapper.

Wat blijft er over als de uiterlijke schijn is ingestort? Als anderen je hebben opgegeven en het lichaam niet langer een plek is waarin je kunt wonen?

De verpleegkundige kwam binnen om te kijken of het apparaat goed functioneerde.

'Ze heeft alzheimer,' zei ze. Sara wist dat al van Santiago. 'En natuurlijk ook problemen met haar nieren.'

Sara zou de oude vrouw graag gevraagd hebben waar ze afgelopen nacht was geweest. Tussen het vertrek uit Monteperdido en de aankomst in het ziekenhuis lag te veel tijd, zelfs als je rekening hield met de hevige regen en de slechte wegomstandigheden. Ze waren tegen tienen uit het dorp vertrokken, maar pas 's ochtends in het ziekenhuis aangekomen. Wat was er in die tussentijd gebeurd?

Deze noodweernacht riep vragen op waarop Sara geen antwoord had. Marcials rit naar Barbastro. Elisa's verdwijning. En Santiago. Vooral Santiago. Waarom was hij naar Castáns bedrijf gegaan? Wat wilde hij daar?

De onderneming had financiële problemen. Enkele maanden geleden had Rafael de betalingen voor de bewakingsinstallaties gestaakt. De camera's die aan de loods hingen, leverden geen beelden meer. Ook de nachtwaker was een klein jaar geleden ontslagen omdat ze zijn salaris niet langer konden betalen. De vrachtwagens stonden de meeste tijd stil, roestten weg en werden een probleem erbij.

We hebben iets, had Santiago gezegd.

De verpleegster schudde het kussen van de oude vrouw op. Marcials moeder liet alles weerloos over zich heen komen. Toen de zuster de wollen deken wat optrok om hem glad te strijken, zag Sara de rechterhand van de oude vrouw, die tot dan toe onder de deken verborgen had gelegen. De hand was verkrampt tot een vuist.

'Heeft ze pijn?' vroeg Sara. En toen ze de vragende blik van de verpleegkundige zag, verduidelijkte ze: 'De dialyse, die hele procedure. Kan het zijn dat ze daardoor pijn heeft?'

'Dat geloof ik niet,' zei de verpleegkundige, terwijl ze de patiënte weer in de deken wikkelde. 'In elk geval niet meer dan bij een gewone bloedafname.'

'En dit?' Sara trok de deken weer op zodat de tot vuist gebalde hand van de oude vrouw weer zichtbaar was.

'Dat zegt niets,' stelde de verpleegkundige haar gerust.

Víctor kwam de kamer binnen.

'Marcial Nerín wacht buiten. Wilt u hem spreken?'

Sara dekte de vrouw weer toe, daarna verliet ze de kamer en volgde Víctor door de gang naar een leeg vertrek. Marcial stond bij het raam. Een politieagent liet hen binnen en sloot de deur achter hen.

'Wat moet dit?' foeterde Marcíal, toen hij hen zag. Hij deed zijn best om niet te schreeuwen. 'Mij thuis ophalen als een misdadiger!'

'Waar was u tussen uw vertrek uit Monteperdido gisteravond en uw aankomst in het ziekenhuis vanmorgen?'

'Onderweg,' zei hij. 'Hebt u me daarom uit bed gehaald?'

'Dat moet wel een heel lange rit geweest zijn,' zei Sara. Ze merkte dat ze moeite had zich op het gesprek te concentreren. Ze zat met haar gedachten elders.

'Marcial, laat die flauwekul toch,' mengde Víctor zich in het gesprek. 'Ze heeft je een vraag gesteld, waarom geef je niet gewoon eerlijk antwoord? Vertel me niet dat het je negen uur gekost heeft om in Barbastro te komen.'

Marcial keek Víctor verrast aan. Hij bemerkte de snijdende ondertoon in diens stem. Alsof hij een idioot voor zich had. Hij gooide zijn hoofd achterover en keek de agent uitdagend aan, zijn hoekige kin agressief naar voren. 'Ga jij nu ook nog een beetje dom doen?' snauwde hij.

'Verdomd nog aan toe!' Víctor pakte Marcial beet en drukte hem tegen de muur. 'Vannacht is een politieman vermoord en jij zit hier mijn tijd te verknoeien!'

Marcials verrassing was niet gespeeld toen hij vroeg wie er vermoord was. Iemand uit het dorp? Je zag de opluchting op zijn gezicht toen hij hoorde dat het om inspecteur Baín ging. Víctor kwam opnieuw terug op de afgelopen nacht. Op die schijnbaar eindeloze rit.

'Het water kwam met bakken uit de hemel en ik vertrouwde de rivier niet,' begon Marcial te vertellen. 'Je weet toch dat we niet meer de hele rivierbedding schoon hebben weten te maken. Bij de zijweg naar Frankrijk ben ik afgeslagen. De tunnel in de Ixeia ligt betrekkelijk hoog en leek me veilig. Ik heb er met mijn moeder gewacht tot de regen minder werd.'

Sara keerde Marcial haar rug toe. In haar hoofd kwam een idee op. Het was eerder een intuïtie, een gevoel. Ze probeerde in woorden te vatten wat er in haar omging, maar er klopte iets niet.

'Toen ik in Barbastro aankwam, ben ik eerst naar mijn huis gereden,' ging Marcial verder. 'Informeer maar bij de buren. Misschien heeft een van hen mij gehoord. Ik heb mijn moeder wat opgefrist voordat ik haar bij het ziekenhuis afleverde.'

Víctor liet hem los. Het had geen zin verder te peuren. Hij keek naar Sara, zodat zij hem zou vertellen hoe het nu verder moest.

'Waar is Elisa?' vroeg Sara, zonder Marcial aan te kijken.

'Geen idee. Thuis neem ik aan.' Maar in zijn stem klonk onzekerheid door.

'Zij is samen met u uit Monteperdido vertrokken. Waar is ze nu?'

Marcial keek hulpzoekend naar Víctor, maar die negeerde hem. Sara verwachtte een antwoord. Marcial streek de vouwen glad in zijn overhemd, dat na Víctors woedeuitbarsting vol kreukels zat en haalde zijn hand over zijn hoekige kop.

'We hadden woorden. Je weet toch hoe mijn dochter is,' probeerde Marcial weer steun bij Víctor te zoeken. 'Ze is nooit goed van die zaak van toen hersteld en nu getuigt ze ten gunste van Álvaro. Hoe moet ik daar dan op reageren? Voor die smeerlap die haar leven verwoest heeft.'

'Waar is ze?' onderbrak Víctor hem.

'Ik zei toch al dat ik het niet weet!' tierde Marcial. Nu hij leek te beseffen dat hij een grote fout gemaakt had, was de hulpeloosheid van zijn gezicht af te lezen. 'We hadden ruzie en zij is teruggelopen naar het dorp. Waarschijnlijk is ze thuis. Misschien doet ze het wel met een of andere toerist. Weet ik veel!'

Víctor moest zich inhouden. Iedereen in het dorp wist hoe het tussen Marcial en zijn dochter zat. Het was een van die waarheden die niet hardop werden uitgesproken. Heel Monteperdido had al die jaren weggekeken. Ondertussen kwijnde Elisa weg bij Marcial. Niemand had de waarheid willen zien. Ineens begreep Víctor dat het dorp ook na de verdwijning van de meisjes een eigen verhaal had bedacht. Hij had het alleen niet willen zien. Eerst hadden de mensen Álvaro de schuld gegeven en vervolgens een grote onbekende van buiten. Een verhaal van een dorp waar alles in orde was en iedereen behaaglijk zijn handen in onschuld kon wassen.

En tegenover Elisa had Monteperdido zich precies zo gedragen. Wie wilde er nou precies weten wat er tussen haar en haar vader gebeurde? Bij die gedachte voelde hij zich misselijk worden van schaamte. Hij dacht aan de mensen in het dorp, hoe ze op Elisa hadden neergekeken toen ze om hulp was komen smeken. Blikken die haar duidelijk maakten dat ze een verdorven, door haar relatie met Álvaro gebrandmerkt wezen was. In zo'n spiegel kon Elisa geen genezing vinden.

Ineens liep Sara met vastberaden passen de kamer uit. Ze sloeg de deur achter zich dicht. Víctor rende haar achterna en vroeg wat er aan de hand was, maar antwoord kreeg hij niet. In plaats daarvan verdween Sara in de kamer van Marcials moeder. Toen Víctor met haar mee wilde lopen, ging zijn mobiel over. Het bureau. Daarom bleef hij liever buiten op de gang.

Sara liep naar María de Laude, die nog altijd aan de dialyse lag. Ze tilde de deken op die over haar knieën lag en keek naar de verkrampte, tot vuist gebalde hand, alsof ze vragen wilde wat ze daar verstopt hield. Ergens in het hoofd van de oude vrouw was nog een sprankje bewustzijn aanwezig dat vanuit het duister signalen zond. Voorzichtig maakte Sara een voor een de vingers van de vrouw los. Haar handpalm was ietwat vuil en vertoonde een bruinachtige plek. Roestrood. Bloed.

'Heeft ze zich misschien ergens bezeerd?' vroeg ze de verpleegkundige.

'Nee, voor zover ik weet, niet.'

'Ik heb een DNA-analyse nodig van dit bloed. Als het niet van haar is...' Sara maakte de zin niet af, maar de vraag bleef hangen: van wie is het dan wel?

Toen Víctor na het telefoontje de kamer binnenkwam, wilde Sara net instructies geven aan een politieagent die ze had laten komen.

'Ik wil dit bloed laten vergelijken met een sample van Elisa. Of, als dat niet gaat, met een sample van Marcial.' Toen pas zag ze Víctors ontstelde gezicht. 'Is er iets?'

'Rafael heeft Pujante verteld dat er een vrachtwagen ontbreekt. Die moet vertrokken zijn vlak voordat inspecteur Baín op het bedrijfsterrein arriveerde. De wagen is op weg naar Barcelona. Een koelwagen met kalfsvlees. De collega's hebben de chauffeur gesproken, maar die zegt niets te hebben gezien.'

'Maar?' Sara deed een stap in zijn richting. 'Er is toch een maar, nietwaar?'

'De chauffeur vertelde dat vlak voor het vertrek van de vrachtwagen Gaizka op het terrein was en dat die hem gevraagd heeft een paar kisten af te leveren op het industriegebied hier in Barbastro. Ik heb mijn mensen gezegd dat de opsporing van Gaizka vanaf nu de hoogste prioriteit heeft.'

'Waar ligt dat industriegebied?' vroeg Sara. Ze probeerde zich te concentreren op deze nieuwe verdenking tegen Gaizka, maar iets in haar bleef wantrouwend. Alsof deze half openstaande deur uit het labyrint een valstrik was om hen af te leiden van het eigenlijke doel. Ondanks dit onbestemde gevoel wist Sara ook dat ze dat pas zeker kon weten als ze achter die deur ging kijken.

De hoofdstraat van Monteperdido lag er verlaten bij, ongewoon voor een doordeweekse dag in juli. Normaliter stonden de toeristen hier rond deze tijd van het jaar bumper aan bumper. Gaizka trommelde op het stuurwiel en hield zijn ogen voortdurend op de snelheidsmeter gericht. Die schommelde rond de vijftig kilometer per uur. Een rare zomer was dit. De constante aanwezigheid van politie had de toeristen verdreven als lastige vliegen. De zaken liepen klote. Maar wat kon hem dat schelen? In de kofferbak lag het geweer. Wat moest hij daar nu verder mee? Wanneer hij door een plas reed, nam hij gas terug en merkte hij hoe het voorwiel lichtjes slipte. Ook de trottoirs waren leeg. Voor de ingang van een boetiek stond een verkoopster verveeld een sigaretje te roken. Door de ramen van restaurant In de witte ree vlak naast de brug kon je de lege tafeltjes zien. De serveerster zat aan de bar ongeïnteresseerd in een tijdschrift te bladeren. Monteperdido leek wel uitgestorven.

Gaizka dacht na. Hij kon het geweer uit elkaar halen en de afzonderlijke onderdelen ergens begraven. Misschien bij de Kregüeña. Dat kon. Had hij eigenlijk nog cocaïne in huis? Hij dacht van wel en besloot eerst maar eens thuis langs te gaan. De aandrang om een lijntje te snuiven benevelde zijn hersenen en maakte het moeilijk om helder te denken. Hij merkte hoe zijn linkerbeen nerveus begon te trillen en legde zijn hand op zijn dij om het weer tot rust te brengen. Hij kon het geweer ook in de rivier dumpen. Of naar hotel La Guardia rijden en het van het uitzichtpunt naar beneden gooien zodat het op de rotsen te pletter zou slaan. Zoiets viel met geen mogelijkheid te reconstrueren.

Nog even en het was hem gelukt. Hij wist dat de smerissen die zaak met de opslagloods in het industriegebied zouden achterhalen, maar iets vinden zouden ze er niet. Ze konden hem allemaal wat! Maar eerst moest hij zich wat beter voelen en daarvoor had hij dringend een lijntje cocaïne nodig. Misschien wel twee. Hij sloeg de weg in naar boven, naar Posets.

Montserrat zat te wachten in Raquels tuin. Na de wolkbreuk van gisteren was het nu een stralende dag. Het vest dat ze droeg, was haar eigenlijk al te warm. Maar misschien kwam dat ook wel door haar nervositeit. Ze wist niet wat ze van het gesprek moest verwachten. Het was een instinctieve behoefte, zoals een moeder in het holst van de nacht de kamer van haar kinderen binnenloopt om zeker te weten dat het goed met hen gaat. Dat ze nog ademhalen.

Ana kwam met haar moeder de tuin in. Ze droeg een zwarte baseballpet, haar ogen gingen schuil onder de klep. Haar bont gebloemde jurk accentueerde haar witte huid. Toen Montserrat zich voor haar reactie van onlangs begon te verontschuldigen, wimpelde Raquel dat weg. 'Al vergeten,' zei ze.

Ze gingen zitten aan de teakhouten tafel die Raquel bij mooi weer in de tuin had staan. Nerveus glimlachend sloeg Montserrat het kopje koffie af dat haar werd aangeboden. Waar moest ze beginnen? Wat als eerste vragen? Ze onderdrukte het verlangen om te vragen of Lucía veel over haar gesproken had. Dat verlangen was geen egoïsme, maar alleen de behoefte om te weten of de nauwe band die zij met haar dochter voelde, wederzijds was. Miste Lucía haar moeder net zo erg als Montserrat haar dochter miste?

'Lucía sprak vaak over je,' zei Ana, alsof ze haar gedachten had geraden. 'Over de chocoladecroissants met aardbeienjam die je zondags bakte. Hoe heerlijk ze het vond om samen met jou in de keuken te zijn. De warme kachel wanneer het buiten sneeuwde.'

Montserrat merkte hoe haar bovenlip begon te trillen en dwong zichzelf tot een glimlach. Ze had zich vast voorgenomen om niet te gaan huilen, maar nu wist ze zich alleen met moeite te beheersen.

'En dat je voor haar zong,' ging Ana door. 'In het begin zong ze altijd een slaapliedje dat ze van jou had geleerd. Over piratenschepen, weet je dat nog?'

Montserrat herinnerde zich de melodie en de avonden aan het bed van haar dochter. *Piratenschepen zeilen door je raam en tillen je op naar de sterren. Maar wees niet bang, als je wakker wordt, lig ik slapend naast je op het strand.*

'Ik weet niet wat ik vragen moet,' bekende Montserrat. Hoe viel het leven van haar dochter met een paar onnozele vragen te reconstrueren?

'Vraag alles wat je wilt,' zei Ana.

'Waarom vertel je niet wat Lucía graag doet?' stelde Raquel voor. 'Hoe brachten jullie de dag door?'

Ana haalde haar schouders op en keek naar het dennenbos dat verderop begon.

'Moeizaam. We bedachten zelf liedjes. We luisterden naar de radio. Een tijdje hadden we zo'n kleine televisie.' Ana duidde met haar handen de omvang van het toestel aan, niet groter dan een boek. 'De ontvangst was slecht, je zag niet veel. Lucía was dol op *Hannah Montana*. Dat is een serie.'

'Die kennen we wel,' onderbrak Montserrat haar.

'We lazen ook. Dat wil zeggen, vooral ik. Hij bracht oude boeken voor ons mee. Lucía wilde graag dat ik voorlas. Soms viel ze daarbij in slaap en als ze dan weer wakker werd, moest ik verdergaan op de plek waar ze in slaap was gevallen.'

'En wat was haar lievelingsboek?' wilde Montserrat weten.

'We hadden niet veel keus. Van gedichten hield ze sowieso niet. Die vond ze saai.' Ana gooide haar hoofd achterover. De zon scheen op haar huid en liet haar ogen die tot dan toe verscholen waren onder de baseballpet, stralen. Ze glimlachte. '*The Hunger Games*. Dat vond ze prachtig. Ze plaagde me altijd een beetje omdat ik gedichten uit mijn hoofd leerde. Dan riep ze met verdraaide stem: *Dat stille dak waarop de duiven zich bevinden, lijkt graf en pijnboom swingend te verbinden*. Dat is een van de gedichten die ik uit mijn hoofd kende.'

'Jij leerde gedichten?' vroeg Raquel met een lachje. Het lag op het puntje van haar tong om te zeggen met hoeveel moeite ze de meisjes aan het lezen had gekregen toen ze naar school gingen, maar ze hield liever haar mond. De normaliteit die in haar huis was teruggekeerd, zat nog niet in het hoofd van Montserrat.

Een wolk schoof voor de zon zodat de tuin in de schaduw kwam te liggen, terwijl Ana van alles en nog wat vertelde. Toen de eerste maanden van de ontvoering voorbij waren, hadden de meisjes gedacht dat ze hun hele leven gevangen zouden blijven zitten. De tijd waarin tieners normaliter vol dadendrang de wereld ontdekken, was voor hen een vijf jaar lang traag voortdrijvend vlot. Montserrat trok haar vest dichter om zich heen. Vanaf de bergen kwam een frisse wind. Ze keek naar de lucht – *Dat stille dak waarop de duiven zich bevinden,* dacht ze –, naar de rozekleurige wolk die voor de zon was geschoven en op zijn gemak verder trok, ook al wierp hij nog altijd zijn schaduw op hen.

'Het meest hield Lucía van barbies,' herinnerde Ana zich. 'Ze speelde er vaak mee. Trok ze andere kleren aan, bedacht er verhaaltjes bij. Soms had ze hun gezicht bijgewerkt met rode viltstift. Een glimlach, tranen, rode wangen. Hij bracht die poppen en kleren voor haar mee. Ze had er meer dan twintig.'

Híj bracht die voor haar mee. Als een ongenode gast sloop deze man haar verhalen binnen. Montserrat stelde zich voor hoe haar dochter op de grond van haar gevangenis met haar poppen zat te spelen en hun stemmen imiteerde, terwijl achter haar dat monster zich in haar kwelling stond te verlustigen. Bij die bedrukkende gedachte liet Montserrat het hoofd hangen en staarde naar de grond. Het was alsof een onzichtbare hand haar in haar nek greep. Ze voelde hoe Raquel haar hand pakte om te voorkomen dat ze opnieuw wegzonk in een afgrond van angst en woede. Lucía was in leven, dat voelde ze uit Ana's woorden. En dat was het enige wat telde.

'Tot ze dan op enig moment genoeg van poppen had,' vertelde Ana. 'Lucía was zo. Wat....' Ze aarzelde voordat ze het juiste woord vond. 'Wat grillig. Ze kon uren en dagen met iets bezig zijn om het vervolgens achteloos aan de kant te schuiven.'

De zon begon weer warmte te geven. De wolk was opgelost, de lucht stralend blauw. Het lichte verwijt in Ana's stem was Montserrat ontgaan. In dat gedrag herkende ze Lucía weer. Dat was het meisje dat net zo lang gejengeld had om een paar schaatsen die ze vervolgens in de kast had weggeborgen en weer vergeten was. Dat aan Joaquíns hand in een speelgoedwinkel had gestaan om nu eens dit en dan weer dat aan te wijzen. Dat alles wilde en het meestal ook gekregen had.

Voor Montserrat was deze zwakheid van haar dochter geen reden tot zorg. Het zorgde er juist voor dat ze zich dichter bij haar voelde. Het voelde of ze echt haar kleine meisje dat vijf jaar geleden verdwenen was, terug kon krijgen zodra ze haar weer in haar armen zou sluiten. Natuurlijk was Lucía verwend. Maar wiens schuld was dat? Van hen, haar ouders. Maar ze was ook vrolijk en speels. Aanhalig en aanhankelijk, hoewel ze al niet meer zo heel klein was op het moment dat ze verdween. Eigenzinnig en dwingend. Niet in staat te accepteren dat ze haar zin niet kreeg. Met haar bruine haar, schuine ogen, gladde, lichtgebruinde huid en smalle lippen, die Montserrat bij zichzelf altijd had verafschuwd, leek ze uiterlijk het meest op haar moeder. Van haar vader had ze haar grote, rechte neus. En haar karakter.

Toen het huis zijn schaduw op de tuin begon te werpen, merkte Montserrat hoe snel de tijd was omgevlogen. Rond dit uur dronk ze meestal wat voor ze ging eten. Het houten door Joaquín gebouwde afdak gaf beschutting tegen de zon en hield 's zomers de hitte tegen. Dan ging ze buiten zitten, met een koud biertje en wat knabbels, en keek ze naar de top van de Kregüeña die achter het dennenbos zichtbaar was.

Ana had de hele tijd over Lucía verteld, daarbij af en toe door Montserrat en Raquel onderbroken, maar nu leek ze doodmoe. Montserrat stond op. Ze omarmde Ana. 'Heel erg bedankt,' fluisterde ze in haar oor.

Raquel vergezelde haar naar de deur. Bij het afscheid zei Montserrat nog eens dat ze graag schoon schip zou maken.

'Ook met Álvaro,' voegde ze eraan toe. 'Ik weet dat we hem veel pijn gedaan hebben.'

'Dat komt nog wel,' stelde Raquel haar gerust.

Álvaro was liever het huis uitgegaan toen hij hoorde dat Montserrat langs wilde komen om met zijn dochter te praten. Raquel was het daarmee eens geweest. Ze wilde niet dat die twee elkaar over en weer verwijten zouden maken. Ze wist immers zelf niet zeker hoe Montserrat zich zou gedragen. Nu stond Raquel in de deuropening haar na te kijken.

Toen Montserrat thuiskwam, zat Joaquín al in de woonkamer op haar te wachten. Ze was de geluidsopname glad vergeten. Aanvankelijk had ze zich slecht op haar gemak gevoeld, alsof ze elk ogenblik betrapt zou kunnen worden. Maar toen Ana haar daarna liet delen in haar herinneringen en er voor haar geestesoog een levend beeld van haar dochter oprees, had ze elke gedachte hieraan verdrongen. Nu voelde ze zich schuldig. Als een verraadster.

'Geef op,' zei Joaquín. 'Eens kijken wat erop staat.'

Montserrat haalde haar mobiel uit haar tas en zette hem aan. Op het display verscheen de dicteerfunctie. Ze had hem gestart voordat Ana in de tuin verschenen was.

'Dit is niet in de haak, Joaquín,' zei ze tegenstribbelend.

'Je hebt toch zelf gezien hoe die politievrouw eraan toe was. Denk je nou echt dat zij dit gaat oplossen? Inspecteur Baín leidde het onderzoek. Wil je werkeloos toekijken tot ze weer een ander sturen?'

'Ze hebben me bij hen thuis ontvangen en wij... we hadden ze in elk geval van tevoren moeten informeren.'

'Zodat Álvaro nee zegt?' Joaquín pakte het mobieltje en zette de geluidsopname aan. Toen ging hij terug naar het begin om zich ervan te vergewissen dat het gesprek met Ana in zijn geheel was opgenomen. 'Als wíj niets ondernemen, doet niemand het.'

Joaquín gaf haar een vluchtige kus op de wang alvorens het huis te verlaten. Montserrat keek naar de muren van de woonkamer. Overal hingen kinderfoto's van Lucía. Het leek op een altaar voor een dode. Voor het eerst had Montserrat zin om ze van de muur te halen. Lucía was niet dood, ze leefde, ze was heel dichtbij. Ze speelde en ze lachte, ze werd woedend en net als vroeger trok ze haar neus op als iets haar niet zinde. Ze was geen dode.

Sara en Víctor volgden de bewaker door de grote opslagloods op het industriegebied van Barbastro, vlak langs de uitvalsweg naar

Huesca. Links en rechts van hen bevonden zich lange rijen tot aan het plafond reikende kooien. Ze waren afgesloten met een metalen hek. Geelachtig licht viel door het plexiglas in het dak. Het gaf de bleke huid van de bewaker een ziekelijk voorkomen. Hij had hen bij de inrit naar het industrieterrein opgewacht en was op zijn scooter voor hen uit gereden naar de loods waar Castáns chauffeur de kisten de vorige avond had afgeleverd.

'Het was nummer zevenendertig,' zei hij, terwijl hij de juiste sleutel zocht aan de enorme bos die hij aan zijn riem droeg.

Víctor deed een paar passen naar voren om te zien wat er in de betreffende ruimte lag. Sara wist dat er goede redenen waren om hier te zijn, maar ze kon zich maar niet losmaken van het gevoel dat ze in de verkeerde richting aan het zoeken waren. Alleen, waar moesten ze dan zoeken? Haar blik dwaalde door de loods met al die boxen die op slot zaten. Welke box moest ze openmaken?

De bewaker bukte zich en ontblootte daarbij de aanzet tot zijn zitvlak, dat al even bleek was als zijn gezicht. Toen ze hem bij de inrit ontmoetten, had hij zich voorgesteld als Zacarías en Víctor had hem geforceerd vriendelijk de hand geschud. Zacarías noemde hem kameraadschappelijk bij de voornaam alsof ze elkaar al eeuwen kenden en wilde weten wat ze in zijn 'sacrale bergplaats' zochten. 'Zo noem ik dat hier namelijk,' had hij onnozel lachend gezegd. Nu trok hij steunend het hekwerk opzij. Het gekrijs van metaal op metaal weerklonk door de loods. Als een schreeuw die zich verloor in de verte.

Víctor ging de kooi binnen en vond de beide door de vrachtwagenchauffeur afgeleverde houten kisten. Hij zocht een breekijzer om het deksel los te wrikken.

'Ik weet niet of dat wel legaal is,' zei de bewaker, maar al te druk leek hij zich er ook niet over te maken. Hij viste een verkreukeld sigarettenpakje uit zijn broekzak en stak een peuk op. 'Wat heeft dit met de verdwenen meisjes van doen?' vroeg hij.

Víctor wierp hem een geïrriteerde blik toe voor hij zich weer naar de kist keerde. Tja, wat had dat ermee van doen? Dat vroeg ook Sara zich af. Had Gaizka de meisjes ontvoerd? Wat zat er in die kisten?

Víctor had het deksel losgewrikt. Hij deed een greep in de kist en haalde er teleurgesteld een zwarte helm uit die onder de rode en gele verfvlekken zat. Gefrustreerd keek hij naar Sara, maar wat hadden ze dan verwacht? Ze kwam dichterbij om ook in de kist te kijken. Alleen paintballhelmen. Ze wist dat dit ook zou gelden voor de tweede kist.

'Wat moet dat verdorie?' vroeg Zacarías, terwijl hij een rookwolk uitstootte.

Víctor liet de helm op de grond vallen. Hij pakte het breekijzer en begon aan de tweede kist.

'Was u erbij toen de chauffeur de kisten uitlaadde?' vroeg Sara.

'Ik heb dat zelf gedaan,' antwoordde de bewaker. 'Juan, de chauffeur dus, heeft een liesbreuk en mag geen zware dingen tillen.'

De tweede kist bevatte hetzelfde: paintballhelmen.

'Van wie is deze kooi?' vroeg Sara.

Voor het eerst leek het alsof de bewaker onaangenaam getroffen was. Hij bromde dat hij niet bevoegd was om zulke informatie te verstrekken. Hij gooide de sigaret op de grond en trapte er net zo lang op tot er niets meer van over was. Daarna trok hij zijn broek op die onder zijn dikke zware buik gezakt was. Víctor ging op de kist zitten en legde hem koeltjes uit dat ze desgewenst ook konden wachten op een huiszoekingsbevel.

'Hij is van Vicente Serna,' zei Zacarías vervolgens. 'Deze hele loods dus.'

Sara keek vragend naar Víctor. De naam zei haar niets. De agent stond op, plukte aan zijn uniform en zei zo terloops mogelijk: 'De eigenaar van hotel La Guardia. Aan het eind van de weg, boven in de bergen.'

Gaizka's mobiel ging over. Op het display verscheen het nummer van Noguera. Gaizka drukte hem weg maar hij wist dat de berggids nerveus was en hem opnieuw zou bellen. Dus zette hij zijn telefoon op de stille stand. In de zakken van een spijkerbroek had hij nog iets meer dan een gram gevonden. Nadat hij van de glazen tafel in de woonkamer een paar lijntjes had gesnoven, was hij rustiger geworden. Hij had zijn besluit genomen. Hij pakte zijn autosleutels en keek nog eens rond in de woning.

Gaizka bezat een klein appartement in Posets, zestig vierkante meter. Meer had hij niet nodig. Het geld bewaarde hij in schoenendozen in de kast. Die waren als enige in de woning echt ordelijk. De rest was een zwijnenstal. Overal slingerden vuile kledingstukken, op het bed, op de grond, alsof een echtpaar flink ruzie had gemaakt. Het rook er naar doorgezwete gymschoenen. Op het aanrecht in de keuken stonden stapels vuile vaat, waaraan nog etensresten kleefden. Gaizka opende het raam om frisse lucht binnen te laten.

Misschien was het moment gekomen om ermee te kappen. De woning af te sluiten en 'm te smeren. Hij had genoeg geld gespaard om ergens anders een nieuw begin te maken. Hij kon een paar jaar vooruit zonder te hoeven werken. Soms zag hij zichzelf als een asceet. Een kluizenaar die in de bergen een sober leven leidde, gewijd aan zelfbezinning. Een aan cocaïne verslaafde monnik. Hij moest er zelf om lachen.

Hij verliet de woning en stapte in zijn auto. Het geweer lag nog altijd in de kofferbak. Hij zou voorbij de brug rechts afslaan. Daarna verder de berg op tot aan hotel La Guardia. Daar zou hij het geweer vanaf het uitzichtpunt naar beneden gooien. Het ravijn was ontoegankelijk, een van de eerste plekken waar 's winters sneeuw lag. Zijn geheim zou nooit ontdekt worden. Het deed hem denken aan een oude spreuk die je in het dal vaak hoorde: God bescherm ons tegen de poedersneeuw en de zwarte doodsfee. Wat was hij?

Poedersneeuw of doodsfee? Hij zou een paar dagen wachten. Dan zou hij er met het geld in zijn kofferbak vandoor gaan.

Onderweg droomde hij over de plek waar hij heen zou gaan. Hij was de kou zat. Die eindeloze winters vol sneeuw. Hij zou een warm plekje zoeken. Misschien op de Canarische Eilanden. Hij reed voorbij de afslag die naar zijn zaak leidde. Posets Adventures. Ammehoela, die avonturen, dacht hij. Hij reed over de brug die met zijn hobbelige kinderhoofdjes de rivier kruiste. Op de weg naar Monteperdido sloeg hij rechts af. Het was nog een flink eind tot hotel La Guardia, dat op een verlaten plek in de bergen lag. Als hij iemand bewonderde, dan Serna wel. Heerser over een afgelegen rijk, te midden van onherbergzame rotsen.

In zijn achteruitkijkspiegel dook een politieauto op. Hij had hem niet aan zien komen. De agenten beduidden hem rechts te houden. Gaizka merkte hoe zijn keel dichtsnoerde van angst. Hij overwoog gas te geven en te vluchten, maar hij vermande zich. Wat konden ze hem maken? Niets. Hij had op elke vraag een antwoord. Bovendien, waar moest hij heen? De weg eindigde een paar kilometer verderop. Vluchten was onmogelijk.

Nu zetten de agenten ook nog hun sirene aan. Gaizka haalde zijn voet van het gas, schakelde zijn knipperlichten in en ging langzaam naar rechts. Achter de vangrail ging het steil naar beneden. Het landschap deed hem denken aan een gezicht vol littekens. Hij zag hoe de jeep van de politie achter hem stopte. In zijn achteruitkijkspiegel herkende hij Pujante. Hij was uitgestapt en kwam naar hem toe. Gaizka liet het zijraampje zakken. Vooral kalm blijven, zei hij tegen zichzelf.

'Sorry, ik was in gedachten en zag het zwaailicht niet,' verontschuldigde hij zich toen Pujante bij hem was.

'Hoe is het, Gaizka? Alles goed? Je moet mee naar het bureau. Víctor wil je spreken.'

'Moet dat nu?'

Pujante probeerde vastberadenheid uit te stralen. Gaizka lachte nerveus. Hij wreef langs zijn neus. Een gewoonte die een tic was geworden.

'Oké, ik rij achter je aan,' zei hij. 'Enig idee waarom het gaat?'

'Het spijt me, nee.' Pujante keerde zich om en liep terug naar zijn jeep.

Gaizka keek naar de weg die omhoog naar La Guardia leidde. Toen draaide hij zijn stuur. Pujante stond op de weg om te zien of er niets aankwam, terwijl Gaizka keerde om terug te rijden naar Monteperdido. Hij had bijna een punt achter de zaak kunnen zetten, maar had thuis nog zo nodig een snufje coke moeten nemen. Had hij maar iets meer haast gemaakt, dan zou Pujante hem niet aangehouden hebben.

Toen ze bij de kruising naar Monteperdido kwamen, herinnerde hij zich ineens weer het telefoontje van Noguera. Hij ging naast de patrouillewagen rijden. Een paar kilometer verderop, even voorbij de brug, lag ravijn Oscuros de Balced. Gaizka stak zijn hoofd uit het raam.

'Hé, Pujante,' riep hij. 'Vind je het goed als we even stoppen bij het ravijn? Noguera belde zo-even. Hij is daar met een groep toeristen onderweg en ik moet hem wat spullen brengen die in mijn auto liggen. Die heeft hij nodig voor de tocht.'

Pujante dacht een moment na, toen vond hij het goed.

Álvaro had die ochtend gebruikt om naar de dokter te gaan. Deze had zijn neus rechtgezet en een verband aangelegd. De zwelling onder zijn ogen was nog forser geworden. Bovendien had hij ondanks de pijnstillers helse pijn.

Het drong niet tot hem door hoe uitgestorven het op straat was. En ook niet dat zij hem volgde.

De rivier zag na de hevige regens vuilbruin. Het water stond tamelijk hoog, maar aan het oppervlak waren geen draaikolken zichtbaar. Hij stroomde stil en glad voort. Bij de afslag naar hun buurtje stonden nog altijd wat reportagewagens. Maar de politie was weg. Vandaag haalde de dood van inspecteur Baín alle voorpagina's. Hoelang zou het duren voordat ze eindelijk de belangstelling voor zijn dochter verloren? Hij vond het cynisch dat Ana's rust afhankelijk was van andere doden elders. Een nog grotere rampspoed. Welke tragedie kon ervoor zorgen dat deze journalisten hun boeltje pakten en het dal verlieten om achter een nog grotere zaak aan te gaan?

Hij stak de brug over naast het politiebureau. Aan het eind van de weg kon hij de school zien. Hoewel hij besefte dat hij daar nooit meer zou werken, was hij niet meer bang voor de toekomst. Hij had zijn hele leven alleen maar teruggeblikt of vooruitgekeken, zonder het heden op waarde te schatten.

Toen hij over de weg in de richting van het kleine dennenbos liep, hoorde hij hoe iemand zijn naam riep. Verrast draaide hij zich om. Hij had haar stem niet herkend. Elisa kwam op hem af en sloeg haar armen om zijn nek. Álvaro voelde dat zij haar hoofd tegen zijn borst legde en duwde haar walgend weg.

'Wat moet dit?' vroeg hij honend.

Elisa keek hem verbaasd aan. Ze zag er verschrikkelijk uit. Alsof ze de hele nacht geen oog had dichtgedaan. Haar kleren waren vuil en gescheurd en zaten onder de gedroogde modder. Nu Álvaro haar weggeduwd had, wist ze niet goed raad met haar armen en handen.

'Ik had een vreselijke nacht.' Ze was het huilen nabij. 'Neem me alsjeblieft in je armen. Niemand ziet ons hier.'

'Wat mij betreft kan het hele dorp me zien. Raak me niet nog eens aan.'

'Wat heb ik je dan misdaan?' vroeg Elisa zachtjes.

'Je bent een verdomde slet.'

Elisa tuimelde een paar stappen achteruit, alsof zijn belediging een oorveeg was. Álvaro keerde zich af en verdween tussen de dennen.

'Álvaro, laat me niet in de steek,' snikte ze. 'Ik hou van je.'

Maar Álvaro draaide zich niet om. Hij liep gewoon verder.

Elisa voelde hoe elke striem op haar rug pijn deed. Het voelde alsof de wonden weer opensprongen en begonnen te bloeden.

'Ik heb jou gered, schoft!' schreeuwde ze in tranen. 'Ik ga naar de politie om te vertellen dat het allemaal gelogen was. Dat je een geile bok bent en mij hebt verkracht!'

Álvaro bleef staan.

'Ga vooral je gang. Niemand zal je nog geloven.'

Vervolgens liep hij verder het bos in. Naar huis. Een paar zwarte vogels vlogen op en verdwenen in de lucht als as die verstrooid wordt door de wind.

Víctor en Sara waren op weg terug naar Monteperdido, toen de telefoon ging. Víctor schakelde de handsfreekit in. Pujante was moeilijk te verstaan. Sara sloot het raampje, zodat het geluid van de wind wegviel.

'Ik heb Gaizka gevonden,' brulde Pujantes stem door de luidspreker.

'We zien elkaar op het bureau,' antwoordde Víctor. 'Begrepen?'

'Ja, begrepen. Op het bureau,' bevestigde Pujante. 'We stoppen nog even bij de Oscuros de Balced. Hij moet zijn gids nog iets geven, daarna komen we naar beneden. We zijn er over tien minuten.'

Víctor beëindigde het gesprek. Sara keek naar de bergen die steeds dichterbij kwamen. Ze herinnerde zich hoe ze dit traject de eerste keer met Santiago had gereden.

'Waar kende die bewaker jou van?' vroeg ze.

'Zacarías? Ik geloof dat hij een tijdje voor Joaquín gewerkt heeft.'

Ze reden steeds verder de bergen in tot aan de tunnel die naar het verborgen dal voerde. Sara voelde zich wat flauw in haar maag. Ze was niet in staat haar blik op een bepaald punt te fixeren. Sinds Santiago dood was, leek alles om haar heen onwerkelijk.

Ze dacht aan de gids. Noguera. Sara zag weer voor zich hoe hij zenuwachtig de uitrusting in zijn rugzak had proberen te proppen. Hoe hij de deur open had gelaten zodat Sara iets vond wat Gaizka zou schaden. Ze voelde druk op haar oren. Ze moesten nu in de tunnel zijn. *Je moet constant achter hem aan bellen. Hij komt als het hem uitkomt*, had Noguera gezegd.

Toen ze haar ogen weer opende, hadden ze de tunnel en de Congosto de Fall al achter zich. Voor hen lag het dal. Sara haatte het zomerse landschap. Ze wenste van ganser harte dat het winter zou zijn, niet zo'n stralend blauwe julidag. Alsof elk beetje kleur, elk blad, elk dier een belediging was voor Santiago. Ze wilde kale takken zien, al het leven begraven onder sneeuw.

'Bel hem,' zei ze ineens. En toen nog eens, beslister: 'Bel Pujante en zeg dat hij Gaizka niet uit het oog mag verliezen. We rijden naar het ravijn.'

Víctor stelde geen vragen en gaf gas.

Gaizka opende de kofferbak. Daar lag het geweer, gewikkeld in een versleten rode deken. Boven de klep van de kofferbak uit hield hij de politiejeep in de gaten. Pujante liep ontspannen heen en weer. Hij was aan het telefoneren. Gaizka had het gevoel dat hij maar heel af en toe op hem lette.

Achter Gaizka lag het ravijn. Bij de kruising in Posets waren ze een onverharde weg ingeslagen die hier doodliep. De Oscuros de Balced was een smalle kloof, een spleet in de aardkorst die naar het oosten toe steeds breder werd. Vanaf dit punt kon je pas goed zien hoe diep het ravijn was. Meer dan honderd meter lager bruiste een wilde bergbeek. Het kolken van het water weerkaatste tussen de steile rotswanden.

Noguera stond ongeveer veertig meter van hem af. Hij was juist bezig met de voorbereidingen voor de afdaling. Een groepje van vijf Franse toeristen stond lachend te praten. Ze wachtten op het moment dat het zou beginnen. Vanwaar ze stonden, konden ze de bergbeek in de diepte alleen maar vermoeden, omdat de rotswanden elkaar bijna raakten zodat de bodem van de kloof in het donker werd gedompeld. Meestal koos Noguera deze plek om af te dalen, omdat je van hieruit in het door de bergbeek uitgeholde bassin kon springen. Noguera was een sufferd, maar de kloof kende hij als zijn broekzak. Hij wist de plaatsen waar gevaarlijke rotsen zich in het water verborgen en hij kende het moment waarop de rotswanden van de kloof in alle kleuren op zouden lichten.

De toeristen stonden bij de rand van het ravijn nieuwsgierig omlaag te gluren, als ontdekkingsreizigers die doordringen tot een onbekende wereld. Monteperdido zat vol met zulke verborgen geheimen. De toeristen die in dit overweldigende landschap onderweg waren, hadden het gevoel dat ze voet zetten op een stukje aarde dat nog nooit door iemand was betreden. Maar inmiddels was elk geheim van Monteperdido al lang geëxploreerd. Het aura van geheimzinnigheid hadden de dorpsbewoners zelf gecreëerd.

Gaizka ging naar Noguera toe en fluisterde hem in het oor dat hij zich onopvallend moest gedragen. De gids had gehoopt dat zijn baas nieuwe klimuitrusting mee zou brengen. Hoewel hij verrast was dat Gaizka op zijn telefoontje had gereageerd, greep hij zijn kans om te zeggen dat hij niet langer met die ouwe rotzooi wilde werken.

‘Oké,’ zei Gaizka. ‘Ik ga even in de kofferbak kijken. Ik denk dat ik wel wat bij me heb.’

De auto stond met zijn motorkap naar de politieauto toe geparkeerd. Als hij de kofferbak opende, kon Pujante hem niet zien. Hij keek nog eens boven de klep uit naar de agent. Pujante opende net het portier om zijn mobiel terug te schuiven in de oplader.

Gaizka tilde het pak met het geweer voorzichtig uit de auto. De klep van de kofferbak liet hij open zodat hij niet gezien kon worden. Voor hem lag de kloof, een smalle spleet, als een wond in de berg. Toen hij nog eens omkeek, zag hij Pujante op zich afkomen.

'Gaizka,' riep hij, 'je moet in de auto op Víctor blijven wachten.'

De kloof was maar enkele meters van hem af. Met één, twee passen kon hij er zijn en het geweer laten vallen. De kloof zou het opslokken als de bek van een naar een bot happende hond.

'Is dat klimgereedschap?' riep Noguera toen hij het pak zag.

Gaizka zou hem het liefst hebben neergeknald om zijn stomme smoel te smoren.

Pujante liep een stuk opzij om Gaizka te kunnen zien. De auto met zijn geopende kofferbak stond in het zicht.

'Nee,' riep Gaizka naar zijn gids. 'Dit is... afval.'

Daar stond hij nu voor schut met de deken in zijn armen.

'Wat heb je daar?' schreeuwde Pujante.

Gaizka draaide zich nerveus glimlachend om naar de agent. Vervolgens deed hij nog een stap naar de kloof toe. Als hij het er nou gewoon in zou gooien? De smalle rotsspleet leek gewoon ertoe uit te nodigen.

'Je kunt toch geen afval in de kloof gooien!' schreeuwde Noguera. 'Dat is zwijnerij!'

Mijn god, hoe graag zou hij nu zien dat Noguera's kop in duizend stukjes uiteenspatte. Het lachen van de Franse toeristen weergalmde in zijn oren. Hij keek hen woedend aan. Lachten ze om hem? Waarom lachten ze in godsnaam? Aan de overzijde van de kloof rees de Kregüeña op naar de hemel. Jij arme gek, leek hij te zeggen. Gaizka wist dat hij nu nog maar één keus had. Hij trok de deken weg, het geweer viel op de grond.

'Staan blijven! schreeuwde Pujante, maar Gaizka draaide zich niet eens om.

Noguera keek hem verbijsterd aan.

Gaizka pakte het geweer, haalde de veiligheidspal over en legde zijn vinger om de trekker. Het schot weerklonk door de bergen, nog versterkt door de nabije kloof.

De Fransen lachten niet langer, ze renden compleet over hun toeren rond. Noguera zocht bukkend naar dekking. Toe dan, spring dan, dacht Gaizka. Spring nou eindelijk in dat verdomde ravijn.

De echo van het schot hing nog in de lucht, toen hij het wapen in de diepte gooide. Hij bleef net lang genoeg staan om te zien hoe het tegen de rotswanden sloeg. Het zou de val niet overleven. Maar hij had geen tijd om te blijven kijken hoe het stuk zou slaan.

Toen hij bij zijn auto was en het portier openrukte, zag hij Pujante achter de jeep in dekking gaan en zijn pistool grijpen. Gaizka zette de auto in de eerste versnelling en scheurde weg over de onverharde weg. Honderd meter verder kwam de brug over de Esera en daarna de kruising. Hij had maar één vluchtmogelijkheid: naar beneden het dal in, naar Monteperdido.

Noguera, de Fransen en de politieagent verdwenen in zijn achteruitkijkspiegel.

Víctor zette de sirene niet uit toen ze het plaatsnaambord van Monteperdido passeerden. Onder de verontruste blikken van enkele dorpsbewoners en nieuwsgierig nagestaard door journalisten, raasden ze met grote snelheid door het dorp.

Op de weg naar Posets was geen verkeer. Sara keek strak voor zich uit. Het asfalt verdween in razende vaart onder de wielen. De auto stoof rakelings langs de vangrail die in het zicht van de steeds dieper wordende afgrond naast de weg, nutteloos leek.

Pujantes stem kraakte uit de mobilofoon. Hij meldde dat Gaizka was gevlucht.

'Die krijgen we wel,' zei Víctor met een rust die Sara verraste.

Ze sloot haar ogen. *De mens is het gevaarlijkst als hij eenzaam is.* Hoewel het achter haar gesloten oogleden alleen maar donker was, kon ze voelen hoe hard ze reden. Ze sneden te snel een scherpe bocht aan. Onder het schrille gekrijs van metaal op metaal waarmee de auto langs de vangrail schampte, kneep ze haar ogen stijf dicht. Kleurige lichtflitsen schoten door het donker. Rood. Groen. Marcials moeder. De bloedvlek in haar hand. Het vage beeld begon vorm te krijgen.

Toen ze opnieuw een bocht namen, opende ze haar ogen. Voor hen lag een lang recht stuk. Ineens dook vanuit een laagte in de weg Gaizka's auto op. Hij kwam recht op hen af. Rechts van de weg was de afgrond, links de bergwand. Er was geen vluchtstrook, alleen een smalle rijbaan. En Gaizka reed gewoon door.

Sara zag hoe Víctor zonder de weg uit het oog te verliezen, met zijn rechterhand de versnellingspook beetpakte. Sara controleerde alvast haar veiligheidsgordel. Víctor remde hard, gooide het stuur om en reed achteruit. Nu stond de jeep dwars op de weg. Beschermend legde Víctor zijn handen in zijn nek en keerde zijn rug naar het portier.

Gaizka kon nu alleen nog maar iets naar rechts sturen in de hoop dat hij in het smalle gat paste dat Víctor had opengelaten tussen de achterkant van de jeep en de bergwand.

Zijn auto knalde tegen de achterkant van de politiewagen en schoof door de kracht van de botsing tegen de berg. Terwijl Víctors wagen een enorme zwiep kreeg, raasde Gaizka's auto op twee wielen verder tot hij uiteindelijk met veel gekraak op zijn zij belandde. Geluid van versplinterend glas.

Sara voelde hoe Víctor tegen haar aan werd geslingerd. In een opwelling wilde ze zich aan hem vastklampen, maar dat zou het misschien nog erger maken. De achterkant van de jeep schuurde langs de vangrail. Vonken sproeiden. Kloof, weg, berg, weg, kloof, berg. Ze draaiden rond alsof ze in een carrousel zonder rem zaten. Even dacht Sara dat er nooit een eind aan zou komen. Of ze zouden door de vangrails schieten en in de diepte storten. Gewoon in het vacuüm vallen. Maar toen ging het langzamer. De middelpuntvliedende krachten werden zwakker.

Op Víctors voorhoofd zat een wond. Tussen zijn ogen en neus door liep er bloed over zijn gezicht.

Sara was blij toen ze hem hoorde vragen: 'Ben je oké?'

Joaquíns ouderlijk huis lag een half uur rijden van Monteperdido aan de andere kant van de Congosto de Fall. De afgelegen boerderij was te bereiken via een smalle weg door het ontoegankelijke berglandschap onderlangs de Ixeia. Wanneer de hoeve in zicht kwam, kon je de waterval van de Forau de Aigualluts horen. Joaquín was al een klein jaar niet meer bij zijn ouders op bezoek geweest en ze waren ook niet naar het dorp gekomen. Ze zaten op hun berg als in een vesting die verdedigd moest worden.

Toen hij uit zijn auto stapte was de bruisende waterval nog beter te horen, ook al was hij vanaf het huis niet zichtbaar. De Forau de Aigualluts was een van de populairste uitstapjes voor de toeristen, maar Joaquín had nooit van deze plek gehouden. Het was een rotsbassin waar het smeltwater van de erboven liggende gletsjer via een waterval in de grond verdween, om via onderaardse kanalen weer boven te komen bij de Esera. Hij had zijn hele jeugd doorgebracht naast een soort gigantische afvoerput.

Zijn ouders waren nooit uit deze bergen weggeweest. Als hoogmoedige grondeigenaren zaten ze daarboven op hun vesting gemelijk neer te kijken op het dorp, zijn bewoners en hun eigen zoon.

Toen Lucía vijf jaar geleden verdwenen was, hadden ze geprobeerd weer invloed op zijn leven te krijgen. Ze hadden met alle geweld kerst of verjaardagen op de boerderij willen vieren. In de eerste twee jaar na Lucía's verdwijning had hij het niet over zijn hart kunnen verkrijgen om zich daartegen te verzetten en was hij naar hen toe gereden om de verjaardag van zijn dochter te vieren. Waarom verlangden ze dat van hen? Waarom konden ze niet accepteren dat zij thuis wilden zijn, op de plek waar Lucía gewoond had? Ze hadden de verdwijning van hun kleindochter benut om de riem waaruit hij zich ooit had losgemaakt, weer vaster aan te trekken. Het egoïsme van zijn ouders was een van de vele vervelende dingen waarmee hij zich in die tijd had moeten bezighouden. Concessies, beleefdheden, verplichtingen die Joaquín accepteerde in de hoop dat hij ooit de kracht zou hebben ertegen in opstand te komen.

Dat gold ook voor Rafael. Montserrats jongere broer had zijn bestaan als internationaal vrachtwagenchauffeur opgegeven voor het transportbedrijf. Joaquín wist dat hij liever achter het stuur van zijn vrachtwagen kilometers zat te vreten. Maar toen Lucía verdween, was hij bereid geweest om hem een paar maanden te vervangen. Ongevraagd. Rafael had de verantwoording voor het bedrijf overgenomen, zonder er lang over na te hoeven denken of de last die hij op zijn schouders nam misschien wel te zwaar voor hem zou zijn. Hij hield het bedrijf draaiende toen Joaquín dat niet kon. Hij was elke avond bij hen langsgekomen om te vragen of ze iets nodig hadden. Montserrat had in haar broer de toeverlaat gevonden die ze nodig had toen Joaquín het land door was gaan reizen om te voorkomen dat de zaak in vergetelheid raakte.

Maar Rafael had het bedrijf niet zo goed weten te leiden als Joaquín. Ze verloren klanten, toen was de economische crisis gekomen en uiteindelijk hadden ze een aantal vrachtwagens moeten verkopen. Joaquín droomde al lang niet meer van uitbreiding. Eigenlijk had hij helemaal geen dromen meer. Het ging alleen nog maar om overleven. Dat vervloekte geld ging zijn gedachten beheersen als een kankergezwel dat bezit neemt van een lichaam. De schulden en de uitgaven voor de stichting noodzaakten hem om te zoeken naar een oplossing die hij eigenlijk niet wilde. De boerderij aan de voet van de Ixeia. De oude mensen die er woonden. Zijn ouders.

Toen hij zijn rekeningen niet meer kon betalen, was hij naar hen toe gereden. Een stil glimlachje was over het gezicht van zijn moeder geglipt toen hij haar opbiechtte dat hij geld nodig had. Alleen Montserrat wist hoeveel moeite het hem gekost had zijn trots in te slikken en zijn ouders om geld te vragen. Geld waarvan ze een aalmoes maakten.

Net als toen zat zijn moeder Aína ook nu bij het veld waar haar lievelingspaard aan het grazen was, een witte merrie die ze behandelde met een tederheid die Joaquín in de omgang met mensen nooit bij haar gezien had. Niet tegenover zijn vader, niet tegenover hemzelf, niet eens tegenover haar kleinkinderen. Hij zwaaide al van verre naar haar, maar zijn moeder reageerde nauwelijks. Hij herinnerde zich hoe Aína na de aankoop van het paard, de kinderen gevraagd had het een naam te geven. 'Estela' had Lucía voorgesteld. 'Izazu' had Quim gekraaid. Aína had hen toen ontstemd aangekeken en had bepaald: 'Het heet Verónica.' De teleurstelling was op de gezichten van zijn kinderen te zien geweest. Joaquín had zich geërgerd. Hij had graag iets tegen zijn moeder gezegd, maar hij vond zelden de juiste woorden en had ook niet echt de moed daarvoor.

'Wat zegt de politie?' vroeg zijn moeder nu zonder haar blik van de merrie af te wenden.

'Niet veel. Weet je al wat er vannacht gebeurd is? De politieman die het onderzoek leidde, is doodgeschoten.'

'Ik hoorde het op het nieuws,' zei ze zonder veel belangstelling.

Joaquín liet zijn blik zweven over de omgeving waarin hij was opgegroeid. Het grote huis met de natuurstenen muren en het lage leien dak. De zware houten meubelen en de leren fauteuils. De geur van vee en stal die zelfs het haardvuur te sterk was. En altijd maar de wind en het ruisen van de Forau als het ijs begon te smelten.

'En papa?' vroeg hij.

'Is bij de koeien. Ik heb hem al honderd keer gezegd dat het hoog tijd is dat een ander daarvoor gaat zorgen, maar hij wil niet luisteren. Hij staat nog elke ochtend om vijf uur op.'

Met zijn vader zou het gesprek ook niet eenvoudiger zijn geweest. Als het om geld ging was die heel precies. Je kreeg bijna het idee dat hij het alleen maar in bewaring had, alsof elk moment de echte eigenaar het terug zou komen eisen. Wanneer Joaquín financiële hulp nodig had, wilde zijn vader hem niet zomaar geld meegeven. Hij wilde weten aan wie hij hoeveel schuldig was en ging dan zelf met een stapeltje bankbiljetten op zak naar de bank of naar de winkel om de schulden van zijn zoon te vereffenen. De oude Castán wilde gewoon niet accepteren dat de tijden voorbij waren waarin bezit van vee gelijkstond aan rijkdom.

'Ik heb geld nodig,' zei Joaquín nu. 'Wat jullie zo ongeveer kunnen missen. Zo'n twintigduizend euro.'

'Waarom heb je zo veel geld nodig?' vroeg zijn moeder. Het klonk als een terechtwijzing voor een klein knulletje.

Joaquín was bij de bank geweest. Op de bedrijfsrekening stond nog een kleine zevenduizend euro. Hoewel dat geld eigenlijk bedoeld was om openstaande rekeningen te betalen, had hij alles opgenomen. Maar dat was niet genoeg.

'Om Lucía te vinden,' zei Joaquín. 'Wilt u niet dat uw kleindochter eindelijk eens gevonden wordt?'

Hij had zich al vaak voorgesteld hoe het zijn zou als zijn ouders kwamen te overlijden. Beiden waren al over de zeventig; zijn vader had hartproblemen, zijn moeder bloedsuiker. Het zou allemaal veel gemakkelijker worden wanneer hij ze eindelijk onder de grond kon stoppen.

'Ik kijk uit naar de dag dat je hier voor de deur staat zonder om geld te vragen,' zei Aína met een verwijtende blik. Maar dat liet Joaquín zo langzamerhand koud. Hij had straks een afspraak met Virginia. De journaliste verwachtte hem in Val de Sacs. Hij wilde alleen een cheque en zo gauw mogelijk weer verdwijnen.

De geur van de stal werd sterker, de wind was gedraaid. Schoonheid en vergankelijkheid. Aína stond op en legde de deken opzij die ze over haar knieën had gelegd. Haar benen zaten vol spataderen. Terwijl ze naar het huis liep, dacht Joaquín nog eens aan de afvoerput waarin het smeltwater van de gletsjer verdween. Voor hem was het een riool, voor een toerist zuiver, helder water. Hij stond op. Als zijn ouders eenmaal dood waren, zou allereerst die verdomde knol eraan gaan.

Quim klom uit het raam. Hij bleef staan op het afdak aan de tuinzijde, maar een paar meter van Ana's kamer. Hij overwoog of hij een steentje tegen haar raam zou gooien en moest grinniken bij de gedachte dat het raam open zou kunnen staan en de steen Ana's hoofd zou raken. Gelukkig lachte hij niet al te hard.

Hij was al op zijn hurken gaan zitten om op het gras te springen, toen hij hoorde fluiten. Van schrik zou hij bijna zijn evenwicht hebben verloren.

'Voorzichtig,' hoorde hij Ana fluisteren.

Hij hield zich met één hand vast aan de rand van het afdak en keek naar beneden. Dat zou best een flinke smak zijn geweest. Ana leunde uit haar raam. Ze droeg een zwarte baseballpet, die ze ver over haar gezicht getrokken had.

'Waarom draag je een pet?' vroeg hij.

'Mijn haar groeit maar langzaam. Ik zie er gewoon verschrikkelijk uit.' Ze trok de pet nog dieper over haar gezicht.

'Bij jouw lichtblonde haar zie je dat waarschijnlijk helemaal niet.'

'Weet je dat dan nog?' Hij dacht te zien dat Ana's donkere ogen oplichtten.

Het lag op het puntje van zijn tong om te zeggen dat hij haar onmogelijk had kunnen vergeten. Ana's vader had destijds het hele dorp volgeplakt met foto's van haar. Maar hij zei niets. Waarschijnlijk had ze geen zin meer om altijd maar weer over haar ontvoering te praten en over wat er intussen in Monteperdido gebeurd was.

'Wat ben je aan het doen?' vroeg hij daarom maar.

Ana haalde haar schouders op. 'Ik verveel me.'

Quim grijnsde. Ze had vijf jaar in een klein keldergat gezeten en nou verveelde ze zich.

'Waar heb je zin in?' wilde hij weten, terwijl hij op het afdak ging zitten.

Ana opende haar mond, maar wat ze zeggen wilde, kwam niet over haar lippen. In plaats daarvan keek ze naar de puntige toppen van de Montes Malditos die zich in de verte boven het bos achter het huis aftekenden.

'Ik zou heel graag leren zwemmen,' zei ze uiteindelijk.

De wond aan Víctors voorhoofd was met een paar steken genaaid. Sara was ongedeerd, maar kampte nog altijd met het gevoel van duizeligheid dat haar na het bericht van Santiago's dood vergezelde. Ze volgde Víctor door de hal van het politiebureau naar de verhoorkamer. Met haar rechterhand voelde ze langs de muur, alsof ze houvast zocht.

Ambulancepersoneel had ter plekke eerste hulp verleend. Ook Gaizka was er redelijk goed van afgekomen. Een gebroken arm, wat krassen op zijn gezicht. Niets wat een verhoor in de weg hoefde te staan.

Víctor opende de deur, liet Sara voorgaan en deed daarna de deur achter zich dicht. Sara pakte een stoel en nam plaats tegenover Gaizka. Hij wipte nerveus met zijn rechterbeen. Voordat ze met het verhoor begon, keek ze hem een tijdje aan. Met zijn weke, slappe huid leek hij ouder dan hij in werkelijkheid was. Het was haar al eerder opgevallen, toen in zijn zaak in Posets. Gaizka was heel mager. Zijn linkerarm hing in een mitella voor zijn borst, zijn rechterarm rustte op de tafel. Hij beet zenuwachtig op zijn lippen en ontweek haar blik. Hij ademde zwaar en wreef constant aan zijn neus.

'Je rijdt als een beul, Gaizka,' zei Sara ten slotte.

Gaizka lachte onzeker, zonder te weten wat hij moest zeggen.

Het was allemaal zo absurd, dacht Sara. Ze wilde hier niet zijn, dit verhoor niet afnemen. Gaizka's angstzweet deed haar bijna braken. Ze concentreerde zich om de zaak zo snel mogelijk af te kunnen handelen.

'Wat heb je in het ravijn gegooid?'

'Een geweer. Het viel uit mijn handen, het ging per ongeluk af en toen schrok ik.'

Zijn antwoord klonk als een van buiten geleerd verhaal. Natuurlijk had hij na het ongeluk nagedacht over wat hij zou vertellen. Juist omdat hij daarvoor rijkelijk tijd had gehad, vond ze zijn uitvlucht belabberd, maar ze ging er niet verder op door.

'Gisteravond tegen tienen heb je een chauffeur van Joaquín gevraagd een paar kisten af te leveren bij een opslagloods in Barbastro.'

'Daar zaten paintballhelmen in,' zei Gaizka. 'Vanwege dat geval met die meisjes had ik er geen goed gevoel bij dat die bij mij in de zaak lagen. Ik wilde ervan af.'

'Het waren drugs,' antwoordde Sara zonder hem aan te kijken. 'Hoeveel heb je Zacarías betaald om ervoor te zorgen dat hij ze in een andere kooi zou verstoppen?'

Vermoedelijk had Gaizka er niet op gerekend dat zijn foefje zo gauw zou worden doorzien. Waarschijnlijk vond hij zijn plan nog altijd geniaal en vroeg hij zich af of Zacarías hem misschien verlinkt had.

'Laat maar,' zei Sara honend. Ze leunde achterover in haar stoel en keek hem aan. 'Je bent een grote klungs! En bovendien een klootzak. Vijf jaar heeft Álvaro bij jou gewoond en je hebt hem niet gezegd dat je hem toen bij Elisa hebt gezien.'

'Jullie kunnen mij toch niet de schuld geven dat dit vervloekte dorp de pik op hem heeft,' verdedigde Gaizka zich. Hij wist niet of het door het ongeluk kwam, maar hij had moeite de politievrouw te volgen. Hij had nauwelijks tijd om te reageren of ze had alweer een volgende aanval geplaatst.

'Ik geef je nergens de schuld van,' zei Sara kalm. 'Ik zeg alleen dat je een grote kluns en een klootzak bent.'

'Elisa is hartstikke gek. Was ze toen al. Ik werd horendol van haar. Ik lag met haar in bed en toen kneep ik hem dat ze zou zeggen dat ik haar verkracht had. Je kent haar vader toch,' wendde hij zich hulpzoekend tot Víctor. 'Je weet toch hoe Marcial is.'

'En je wilde niet nog eens naar de gevangenis.' Sara schoof een papier over de tafel naar hem toe. Hij verwaardigde het met geen blik. 'Acht maanden cel wegens handel in drugs.'

Gaizka perste zijn lippen op elkaar en keek haar met glazige ogen aan. In één oog was een adertje gesprongen.

'Wat had je dit keer? Was je bang dat we je zouden betrappen met een paar gram cocaïne?' Sara verwachtte geen antwoord. Ze stond op en draaide hem haar rug toe. Ze kreeg geen lucht, haar longen deden zeer. 'Doe alsjeblieft de deur open,' vroeg ze Víctor.

Víctor deed wat ze zei en Sara ademde de koele lucht in. Het liefst had ze haar hoofd tegen de muur geslagen.

'Weet je iets over de meisjes? Of heb je geen flauw idee waar ze zijn?' blafte ze. Ze voelde zich hondsberoerd.

'Nee, nee!' haastte Gaizka zich te antwoorden. 'Dat kunnen jullie mij niet aanwrijven. Ik heb Ana gevonden. Iemand in dit verdomde dorp zou me dankbaar moeten zijn.'

Met een stap was Sara bij Gaizka. Ze pakte hem bij zijn T-shirt en gaf hem een flinke duw. Hij viel achterover en trok daarbij de stoel omver. Hij schreeuwde van pijn toen Sara op zijn gebroken arm knielde en met twee handen zijn nek beetpakte.

'Jij bent een walgelijke lafaard,' bracht ze uit.

Víctor probeerde haar tegen te houden, maar Sara liet niet los. Haar vingers boorden zich in Gaizka's vuile vlees. Ze wilde hem zijn vet geven. Víctor schreeuwde dat ze moest stoppen, maar pas met hulp van Telmo, die het verhoor uit de kamer ernaast gevolgd had, lukte het hem hen uit elkaar te halen.

Toen ze weer op haar benen stond, rukte ze zich los. Gaizka lag op de grond en gaf gal op toen hij weer lucht kreeg.

'Jullie hebben me nog altijd niet verteld waarvan ik word beschuldigd,' rochelde hij. 'Waarom houden jullie me hier vast?'

'Moeten we je dat echt zeggen?' brulde Víctor. 'We hebben de drugs uit de opslagloods. Zacarías heeft ze in aanwezigheid van de chauffeur naar kooi zevenendertig gebracht, maar toen je hem later belde heeft hij ze in een andere kooi opgeslagen. We zijn je telefoontjes nagegaan. Waar ken je hem van? Uit zijn tijd bij Joaquín?'

Gaizka mompelde iets onverstaanbaars.

'Je gids heeft zich in de kloof laten zakken en het geweer eruit gehaald.' Víctor was nog niet klaar met Gaizka. 'Het was betrekkelijk hoog aan een rotspunt blijven hangen. Jammer voor jou. We hebben bovendien een match met het wapen waarmee inspecteur Baín werd doodgeschoten.'

Sara moest de kamer uit.

Het was zo idioot allemaal.

Hoelang had Santiago niet bij de politie gezeten? En hoeveel zaken had hij niet gedaan? En uiteindelijk was hij een kleine drugsdealer tegen het lijf gelopen, die hem uit angst had doodgeschoten.

Buiten kon ze Gaizka nog horen jammeren.

'Ik wilde het niet,' kermde hij. 'Ik ben verslaafd, het is allemaal de schuld van de cocaïne. Ik heb hulp nodig.'

Sara hield haar oren dicht. Gaizka's zelfbeklag maakte haar razend. In de gevangenis zou hij de hulp waarom hij bedelde niet krijgen. Maar die gedachte beurde haar absoluut niet op.

Toen ze de hal van het bureau binnenliep, zag ze hoe Elisa daar met een agent stond te praten. Die probeerde haar net duidelijk te maken dat ze op dit moment onmogelijk inspecteur van recherche Campos kon spreken. Toen de man het meisje bij haar arm pakte om haar met zachte hand het bureau uit te leiden, raakte Elisa's rug de deurpost. Als door een stroomschok kromp ze ineen. Met een kreet van pijn rukte ze zich los. Haar schrille stem galmde door de hal. Rojas stond op van achter zijn bureau en dreigde haar vader te bellen als ze zich niet rustig hield.

Heel fijngevoelig, dacht Sara.

Ze pakte Elisa bij haar hand en nam haar mee naar het personeelstoilet. Daar vroeg ze een agent die juist zijn handen aan het wassen was, weg te gaan. Ze wilde met het meisje alleen zijn.

'Wat ik u over Álvaro heb verteld, was gelogen,' zei Elisa. 'Dat ik met hem samen was. Ik heb hem niet eens gezien, maar ik weet dat hij zijn dochter en dat andere meisje heeft ontvoerd. Het is een smeerlap.'

Aan Elisa's kleren plakte opgedroogde modder. Ze leek nog breekbaarder dan anders en zwaaide wild met haar armen, als een vogel die rondfladdert in een kamer zonder ramen. Ze was volledig buiten zichzelf.

'Rustig maar,' zei Sara, terwijl ze haar armen vasthield.

'Ze moeten hem arresteren,' smeekte Elisa.

Sara nam haar in haar armen en hoopte dat ze zou kalmeren. Het meisje trilde van angst en kou. 'Rustig maar,' fluisterde ze nog eens. Toen trok ze voorzichtig Elisa's T-shirt omhoog. De blote rug van het meisje werd zichtbaar in de spiegel.

'Kijk eens hoe je eruitziet,' zei Sara.

Maar Elisa wilde niet. Haar schreeuwen en tieren waren overgegaan in een onregelmatig gesnuif dat meer weg had van kreunen.

'Wie dat gedaan heeft, hoort in de gevangenis.' Sara dwong Elisa in de spiegel te kijken. De slagen van haar vader hadden donkere striemen achtergelaten op haar huid. Maar ze bloedden niet meer.

Elisa's ogen dwaalden doelloos over de wonden alsof die een labyrint vormden waaruit ze vergeefs probeerde te ontkomen. 'Dat ben jij,' zei Sara, daarmee de vraag beantwoordend die Elisa zich stelde: wie was dat meisje in de spiegel? Toen wendde ze eindelijk haar blik af, begroef haar gezicht in Sara's schouder en barstte in tranen uit.

'Ik ben zo bang,' snikte ze.

'Je mag niet langer toelaten dat hij je zo behandelt.'

Sara had het gevoel dat Elisa in haar armen versmolt. 'Waar was hij met je vannacht?' vroeg ze.

'We zijn naar de tunnel in de Ixeia gereden. Hij heeft mijn oma mee de tunnel in genomen. Maar toen... we kregen ruzie en ik ben weggerend.'

Sara wist het meisje te kalmeren terwijl ze met haar meeging door haar herinneringen aan de vlucht door de bossen op de Ixeia. Elisa's aanvankelijke moed had algauw plaatsgemaakt voor angst. Het was donker en het regende. Elisa struikelde voortdurend. Liep tegen bomen op. Gleed uit op de moerassige grond. Toen had ze ineens voor een ravijn gestaan en had ze moeten omkeren. Ze was haar oriëntatie kwijt geweest. Ze wist niet meer waar de weg liep, maar ook niet of het wel een goed idee was om ernaar terug te keren. En dan de angst dat de rivier buiten zijn oevers zou treden. De rivier die zeven jaar geleden haar moeder mee had gesleurd. Ze had vaak met de gedachte gespeeld om in de Esera te springen en gewoon onder te gaan. Maar die nacht niet. Ze vertrouwde op Álvaro en op wat hij haar beloofd had. Ze moest alleen nog de kracht opbrengen om bij hem te komen. Naar de hotelkamer waar ze de liefde hadden bedreven.

Toen ze haar vader zag, was het al te laat geweest. Hij had op haar gejaagd als op een wild dier. Marcial wilde geen verklaringen, alleen heel zijn onmacht op haar uitleven. Hij had het T-shirt van haar lijf gerukt. Toen Elisa met ontbloot lijf voor hem stond, had ze beschaamd haar borsten bedekt. Marcial trok de riem uit zijn broek. Het was niet de eerste keer. Ze vermoedde dat deze manier van bestraffen hem ergens opwond. Bij die gedachte voelde ze zich nog beroerder. Alsof zij voor die zieke obsessie zelf verantwoordelijk was. Marcial liet de riem op haar rug neersuizen. Ze schreeuwde, maar wie zou haar hebben moeten horen? De regen slokte haar schreeuwen op en waste het bloed weg dat uit haar rug sijpelde. Ze klampte zich vast aan de gedachte dat ze later haar wonden kon likken als ze weer bij Álvaro zou zijn. Maar ook Álvaro had haar voorgelogen. Hij had haar alleen maar gebruikt. Álvaro was medeschuldig aan de striemen op haar rug.

'Dat is niet juist,' zei Sara die haar nog altijd in haar armen hield. 'Hij had de riem niet in zijn hand.'

Elisa richtte haar hoofd op. Haar tranen hadden het T-shirt van de rechercheur doorweekt. 'Hij is mijn vader. Waarom doet hij mij zo'n pijn? Waarom houdt hij niet van me?' fluisterde ze. Maar antwoord verwachtte ze niet.

Sara moest zich beheersen om zelf niet ook in snikken uit te barsten. Ze wist maar al te goed dat je liefde niet op kon eisen. Hoe vaak hadden haar ouders haar dat niet recht in haar gezicht gezegd?

Sara gaf Rojas strikt bevel om Elisa naar pension La Renclusa te brengen en haar onder te brengen in een kamer. Tot nader order moest hij bij haar blijven.

'En bel de patrouille,' voegde ze eraan toe. 'Ze moeten Marcial Nerín oppakken en naar het bureau brengen. Hij slaapt vannacht in de cel.'

Toen ging ze op zoek naar Víctor. Ze wilde naar de plek waar Marcial waarschijnlijk de nacht had doorgebracht. Naar die tunnel in de Ixeia, die nooit voltooid was.

Virginia Bescos zat in de bar naast haar pension in Val de Sacs koffie te drinken. De barman leunde met zijn ellebogen op de tapkast en staarde lusteloos naar het lege beeldscherm van de tv. De journaliste wist zeker dat hij met open ogen zat te slapen. En inderdaad kromp hij verschrikt ineen toen de deur openging en Joaquín binnenkwam. Hij wilde niets drinken. De journaliste had enigszins medelijden met de caféhouder. Ze waren de enige gasten en zo ontzegden ze de man wat afwisseling. Ze pakte haar portemonnee, maar Joaquín was haar voor en betaalde. Daarna gingen ze naar Virginia's pension.

'Vraag dat niet van me,' verzocht Virginia toen hij haar uitlegde wat ze moest publiceren.

Joaquín zat op een wankele stoel bij het raam, dat uitkeek op een dorpssteegje. Alleen wanneer je het opende en naar buiten leunde, kon je een blik van het bergpanorama rond het dorp opvangen.

'Ik geef je informatie waarmee veel geld te verdienen valt. Je hebt de compositietekening van mijn dochter en een bandopname van Ana die over haar ontvoering vertelt. Je kunt gewoon niet nee zeggen.' Het klonk niet als een verzoek, het was eerder een bevel.

'Vind je niet dat dit te ver gaat?' probeerde Virginia hem te overtuigen. 'In mijn artikel zou moeten staan dat je een beloning uitlooft. Je wilt dat ik je telefoonnummer openbaar maak? Toe maar. Er zullen heel wat idioten zijn die je elk uur van de dag en de nacht opbellen, maar dat is jouw probleem. Vraag echter niet van mij dat ik commissaris Campos onderuithaal.'

'Heb je haar gezien? Die vrouw kan het onderzoek toch niet leiden! Hoe eerder ze van deze zaak wordt gehaald, hoe beter.'

'Wie kan het haar kwalijk nemen dat ze bij de aanblik van haar dode collega een zenuwinzinking kreeg? Of dat ze achter de verdachte aan gaat? Ze waren partners. Dat zoiets gebeurd is, daar zal iedereen begrip voor hebben. Ik weet niet wie jou dat verhaal verteld heeft, ik zal het in elk geval niet zo doorgeven.'

'Wil je het geld nou wel of niet, Virginia?' vroeg Joaquín.

'Ik herken je gewoonweg niet terug.' De teleurstelling stond op haar gezicht te lezen.

'We veranderen allemaal.'

Joaquín stond op. Hij keek uit het raam, waarvoor alleen de muur van een huis te zien was. Ze was vaker met Joaquín op een hotelkamer geweest. Een rots in de branding die moest toezien hoe de wereld om hem heen gewoon verderging. Ze herinnerde zich een nacht in een hotel in Madrid nadat ze hadden deelgenomen aan een demonstratie. Joaquín had op de eerste rij gelopen, met een spandoek waarvan ze niet meer wist wat erop had gestaan. Daarna hadden ze aan de hotelbar iets gedronken, misschien wat te veel en zij had erop gestaan om nog een afzakkertje op haar kamer te drinken. Ze hadden onbeholpen, onbevredigende seks gehad. Geen van beiden kon de ander geven wat hij of zij zocht.

Virginia stond op om hem uitgeleide te doen. Ooit had ze deze man bewonderd, hoe hij tegen elke storm optornde en gerechtigheid eiste. Wat was er over van de Joaquín van toen?

'Als jij het niet doet, bel ik een andere journalist,' zei Joaquín.

'Je weet toch wat je je vrouw hiermee aandoet?' gaf Virginia hem nog eens in overweging, maar hij wilde antwoord. 'Oké. Ik heb het geld nodig,' gaf ze zich uiteindelijk gewonnen.

'Dank je.'

Joaquín liep de gang in. Deze geschiedenis kent geen winnaars, dacht Virginia. Lucía's vader had zich langer verzet dan wie ook, maar uiteindelijk had de verdwijning van de meisjes ook hem gebroken. Hij was niet meer de rots in de branding. Alleen nog een treurige schaduw van zichzelf.

Nadat ze deur achter hem had dichtgedaan, begon ze onmiddellijk haar koffer te pakken. Op het moment dat het artikel verscheen, wilde ze niet meer in Monteperdido zijn.

Als een reusachtige muil gaapte de tunnel in de bergwand. Op de grond waren nog sporen van een rolstoel te zien, met afdrukken van verschillende soorten schoenen ernaast. Sommige waren aan de kleine kant. Misschien maat vijfendertig. Sara scheen met haar zaklantaarn naar binnen. In het immense zwart leek de lichtstraal belachelijk klein, net een rondfladderende vleermuis.

Tijdens de rit hierheen hadden ze allebei geen woord gezegd, ieder in zijn eigen gedachten verdiept. Vlak achter de Congosto de Fall was Víctor de zogeheten weg naar Frankrijk ingeslagen. In werkelijkheid was het alleen een oude onverharde weg vol gaten. Onder de beuken die hun takken boven de weg uitspreidden, groeide een dikke moslaag. De weg naar Frankrijk, de benaming kwam Sara niet zozeer aanmatigend voor als wel aandoenlijk. Als een kind dat zijn stem verdraait om groter te lijken.

Toen eindigde het beukenbos en voor hen verhief zich de Ixeia, alweer een berg van tussen de drie- en vierduizend meter die deze zomer helemaal sneeuwvrij was. Deze schier onoverwinnelijke wand hadden de bewoners van het dal willen doorboren om zich te bevrijden uit hun isolement. Er moest een weg komen om hen met de rest van de wereld te verbinden, met Frankrijk aan de andere kant van de bergen, een sprankje hoop in een tijd waarin de dorpen in de omtrek hopeloos vergrijsden en een ongewisse toekomst tegemoetzagen. Een tunnel die het mogelijk zou maken om hier te blijven leven. De rit naar de grens die drie uur duurde en bij sneeuw vanwege afgesloten wegen onmogelijk was, zou zo nog geen uur kosten. Maar het project was kort na het begin van de bouw weer stilgelegd. Dat was nu twintig jaar geleden. Alleen de donkere tunnelmond herinnerde aan wat er nooit gekomen was.

De ingang werd gestut door ijzeren pijlers om instorting te voorkomen. Boven de opening was op de bergwand een vangnet aangebracht. Sara scheen nog eens in naar binnen en richtte toen haar zaklamp op de grond. Víctor scheen langs het plafond dat met eenzelfde metalen net gezekerd was als ze buiten al gezien hadden.

Sara richtte haar zaklamp nu op het einde van de tunnel. Hoe diep was hij? Met elke stap werd de stilte duidelijker tastbaar. De leegte. 'Ongeveer dertig meter,' hoorde ze Víctor zeggen. 'Verder zijn ze niet gekomen.'

Toen Sara haar zaklamp opnieuw op de grond richtte, ontdekte ze een bloedspoor dat abrupt eindigde en na enkele centimeters in de vorm van losse druppels verder liep. Ze dacht aan Marcials riem, maar verwierp die gedachte onmiddellijk weer. Vanwege de regen en de afstand tot de plek waar hij jacht had gemaakt op Elisa, kon er onmogelijk zo veel bloed aan hem gekleefd hebben. Misschien het gevolg van een klap, van een vuistslag.

'We moeten de sporen veiligstellen,' zei ze tegen Víctor. Haar stemgeluid kaatste terug van de wanden en verzonk in de diepte tot het wegstierf tegen de in het donker onzichtbare achterwand. Wie was hier vannacht geweest?

Toen Sara weer buitenkwam, kneep ze verblind haar ogen dicht. De zon stond al laag, rossig gekleurd door het avondlicht. Ze liep naar de jeep die aan het eind van deze weg naar Frankrijk stond. Ongeveer een kilometer van de weg door het dal. Links van haar was een bos. Beuken? Bergeiken? Vermoedelijk was Elisa die kant op gevlucht en lag achter het bos het ravijn dat haar tot terugkeer had gedwongen.

Rechts lag een met roze bloemen bespikkelde bergweide die zich zacht golvend uitstrekte naar de horizon om vervolgens in een ondiepe slenk te verdwijnen. De zon ging onder achter de bergen in het natuurpark van Ordesa. Tussen de toppen flikkerden haar laatste stralen als messen, terwijl de bloeiende weide in het avondlicht bloedrood oplichtte.

Toen Sara het geritsel van takken hoorde, draaide ze zich om naar het bos. Het eerste wat ze zag, was een donkere schim. Hij dook op uit het gebladerte en bleef staan in het tegenlicht.

'Een oude gemsbok,' hoorde ze Víctor zeggen. Ze bleef gefascineerd kijken naar het dier dat daar met hoog opgeheven kop stond. 'De jonge dieren gaan niet alleen op pad.'

In het licht van de ondergaande zon kleurde de bruine vacht van de gems bloedrood. Een in bloed gedoopt dier, dacht Sara.

'Hij doet niks,' zei Víctor.

De bok hield zijn kop een beetje scheef. Nu kwam hij haar niet meer zo majestueus voor als eerst. Eerder als een geit. Het dier liep een paar stappen verder om bescherming te zoeken in de schaduw van de bergen. Voordat de bok weer in het bos verdween, snuffelde het in de richting van de wei alsof daar iets was wat zijn aandacht had getrokken. Toen sprong hij tussen de bomen en waren alleen zijn zich steeds verder verwijderende stappen nog te horen.

Sara keek naar de wei. Wat had die gemsbok gezien? Ze liep erheen. Ineens zag ze voor zich iets in het struikgewas liggen. Ze trok handschoenen aan om het beter te kunnen bekijken. Het was een blauw vest. Op een van de mouwen zaten bloedsporen. Maat XS. Op het etiket de naam van een Frans bedrijf: Pimkie.

'Hebben we een DNA-sample van Lucía?' vroeg Sara.

'Ja natuurlijk,' antwoordde Víctor verbaasd.

'Dan moeten we die vergelijken met het vest en het bloed in de tunnel. Bel het laboratorium. Ik wil bovendien een vergelijking met het bloed op de hand van Marcials moeder.'

'Denk je dat het mogelijk van Lucía is?'

Sara antwoordde niet. Ze bekeek het etiket preciezer. Het was van stof, maar als je er met je vinger over wreef, kon je voelen dat er een kleine chip in zat. Een toevalstreffer? Ze had al vaker met dit soort etiketten van doen gehad. *Smart labels* werden ze in vakkringen genoemd. Op zo'n chip staat alle informatie over het betreffende kledingstuk, van de fabricage tot aan de verkoopdatum. Dag, uur, plaats. En de identiteit van de koper, als die tenminste betaald heeft met een creditcard.

Sara was doodop. Het was nacht geworden en de bergen waren veranderd in een ondefinieerbare, donkere massa. Haar oogleden werden steeds zwaarder, het kostte haar moeite ze open houden. Het gelijkmatige zoemen van de autobanden op het asfalt was als een liedje dat haar in slaap zong. Maar ze wilde niet slapen. 'Zeg eens iets. Maakt niet uit wat,' vroeg ze Víctor.

Hij keek haar even aan. Ze had zich omgedraaid naar het zijraam en zat met haar rug naar hem toe. Hij concentreerde zich weer op de weg en dacht na over wat hij zeggen kon om haar gerust te stellen.

Waarom houdt hij niet van me? had Elisa gevraagd. De herinnering aan die vraag wierp haar terug in haar eigen jeugd. Zeg iets Víctor, dacht ze. Ze wist dat ze aan een afgrond stond en dat haar daar beneden niets goeds wachtte.

'Toen ik nog klein was, ik weet niet precies, misschien was ik zeven, ben ik een keertje verdwaald in de bergen.' Víctors stem was als een hand waaraan ze zich kon vastklampen. 'Ik was met mijn broer Román op pad. Hij hield van de bergen, je kunt je niet voorstellen hoeveel. Maar ik... ik denk dat ik vooral geïntimideerd was. Ik kwam mezelf zo klein voor tussen die rotsmassa's, die bomen. Alles was zo gigantisch, snap je wat ik bedoel? Ik had het gevoel dat ik er elk moment in zou kunnen verdwijnen.'

Sara keek naar Víctor. Hij glimlachte voordat hij verderging.

'Ik weet niet meer hoe het precies is gegaan. Mijn broer was vooruitgelopen of misschien had ik gewoon niet goed opgelet. In elk geval stond ik ineens helemaal alleen voor een afgrond. Beneden mij de Cajigalkloof, aan de overkant een populierenbos.'

Ze reden door Monteperdido en sloegen af naar het politiebureau. De koplampen verlichtten het asfalt en zwenkten toen naar de brug over de Esera.

'Het was niet koud, geloof ik. Als het winter was geweest, had ik dat vast nog wel geweten. Maar het werd zoetjesaan donker. Ik wist dat ik geen stap meer mocht verzetten. Mijn broer had het me wel duizendmaal ingeprent. Maar ik zou ook absoluut niet geweten hebben waar ik heen moest. Dus stond ik daar heel stilletjes te luisteren of Román me soms riep, maar ik hoorde alleen de dieren in het bos en het ruisen van de wind. Ik weet niet, misschien verbeeldde ik het me maar, dat ik de wilde zwijnen kon horen, maar op dat moment meende ik ze zelfs te zien.'

Ze reden de parkeerplaats van het bureau op. Víctor zette de motor uit en trok de sleutel uit het contact. In de auto ging een oranjekleurig lichtje aan.

'Wie heeft je toen gevonden?' vroeg Sara.

'Mijn broer. Ik zat te huilen, maar hij lachte alleen maar en zei dat ik me niet zo moest aanstellen, het had toch niet langer dan een uur geduurd. Ik zweer je, voor mij leek het wel een hele dag.'

Sara glimlachte. Toen pakte ze haar spullen.

'Ik weet niet waarom, maar toen ik in m'n eentje daarboven stond, wist ik zeker dat niemand me zou zoeken. Een idiote gedachte, natuurlijk zouden ze me zoeken. Maar ik was nog klein. Waarschijnlijk hebben we allemaal die onzekerheid vanbinnen. Ik dacht dat ze me met opzet hadden achtergelaten. Ik keek in het ravijn en...' Víctor keek Sara aan. Hij aarzelde even, maar toen erkende hij dat hij op het punt had gestaan om te springen. Een ogenblik lang had het hem de enig logische uitweg geleken. 'Je kunt jezelf nooit voor honderd procent vertrouwen,' zei hij. 'Soms heeft een mens echt rare ideeën.'

'Zou je het gedaan hebben?' vroeg Sara. 'Als ze je niet gevonden hadden en het donker was geworden, zou je dan gesprongen zijn?'

'Mijn broer heeft me gezocht, Sara. Er is altijd iemand die je zoekt,' zei hij terwijl hij uitstapte.

Op het bureau troffen ze Burgos. Hij had Ana een foto van het vest laten zien en ze had bevestigd dat Lucía zo'n vest had.

Nu wisten ze zeker dat Lucía dicht in de buurt was. En dat ze leefde.

Haar bloed op de grond, dacht Sara. De uitslag van het laboratorium liet nog op zich wachten, maar ze wist zeker dat het Lucía's bloed was.

'We hebben de gegevens van het vest,' riep Rojas dwars door de hal toen hij hen zag binnenkomen. 'Het bedrijf heeft ze zojuist aan ons doorgegeven. Het vest is gekocht in een Pimkie-shop in Frankrijk. In Perpignan. Maar het werd contant afgerekend.'

'Heb je de opnamen van de bewakingscamera's opgevraagd?'

'Ja, maar dat gaat niets opleveren. Het vest werd bijna een jaar geleden gekocht.

'Op welke dag?'

'11 augustus. 18.34 uur.'

Teleurgesteld pakte Víctor de mail uit Rojas' hand. Lucía ging weer op in lucht, ze kregen geen vat op haar.

'Zal ik je naar je pension rijden?' vroeg hij toen, maar Sara was al op weg naar haar kantoor.

Alvorens licht te maken deed ze de deur achter zich dicht. Maanlicht viel op het witte bureaublad. Eerst viel haar niets op. Ze had zich de hele dag van het ene naar het andere spoor gehaast, zoals je van de ene steen op de andere over een beek springt. Marcial. Gaizka. Elisa. Opnieuw Marcial. Lucía. Nu was ze bij de laatste steen gekomen en had ze geen kracht meer om op land springen.

Toen ze weer naar haar bureau keek, bleef de adem even in haar keel stokken. *Je moet wat doen aan die zwijnenstal,* had Santiago gezegd en daarbij naar de papierberg op haar bureau gewezen. Nu was alles keurig netjes geordend. De processen-verbaal waren opgeborgen in gemerkte opbergmappen. De foto's hingen aan de muur naast de kaart van Monteperdido die ze daar had opgehangen, andere zaten keurig gesorteerd in een kartonnen doos. Viltstiften en balpennen die voorheen kriskras over het bureau hadden gelegen, stonden in een pennenhouder. De bandopnamen van de verhoren zaten in plastic mapjes in een ordner. In het donkere kantoor zag Sara bijna voor zich hoe Santiago op haar stoel had gezeten en elk papier op zijn plek legde, de foto's in mapjes schoof, verstoord en tegelijkertijd tevreden, als een vader die de kamer van zijn dochter aan het opruimen is. Ze moest zich vastgrijpen aan haar bureau.

Wat doe jij als ik er niet meer ben? had Santiago gevraagd.

Sara voelde hoe de tranen in haar ogen schoten en oncontroleerbaar over haar wangen liepen. Ze zakte langzaam door de knieën tot ze bitter huilend op de grond hurkte. Met Santiago was ook een deel van haarzelf gestorven, een deel dat nu met hem werd begraven. Hij was de enige geweest die het verhaal kende van het jonge meisje dat door haar ouders uit huis was gezet en op straat leefde tot het weer grip op haar leven kreeg. Nu was Santiago dood en was er niemand meer die kon vertellen hoe de Sara van toen was geweest. Zij had alleen in zijn blik bestaan, en die blik was er niet meer.

Er werd geklopt. Sara vermande zich en riep dat ze niet gestoord wilde worden. Haar oog viel op het bureau dat Santiago nog had opgeruimd voor hij naar Joaquíns transportbedrijf gereden was. Ze pakte de ordner met de geluidsbanden van de verhoren en zocht de opname van Santiago's laatste gesprek met Ana. Daar was ze toen niet bij geweest.

Ben je niet bang dat hij niet achter je aan zit? Santiago's warme, donkere stem vulde het vertrek.

Dat weet ik niet. Moet dat dan?

Natuurlijk niet. We zijn tenslotte hier om je te beschermen.

Sara ging achter haar bureau zitten, leunde achterover en sloot haar ogen. Ze hoorde nauwelijks wat Ana zei. Ze wilde alleen de stem van Santiago horen. Zich inbeelden dat hij daar aan de andere kant van het bureau met haar zat te praten.

Wat is er die nacht gebeurd?

De kwaliteit van de opname was nu anders. Santiago leek de bandrecorder dichter bij Ana te hebben gezet, zodat ze beter was te verstaan. Zijn eigen stem klonk nu verder weg.

... vallende sterren. Vroeger... vroeger zat ik altijd met mijn vader in de tuin naar de sterren te kijken en zei hij dat ik iets mocht wensen als ik er een zag.

Ze stopte de band, spoelde een paar seconden terug en zette hem weer aan. Weer Ana's stem, maar nu luisterde Sara preciezer.

Nee. Van daaruit kon je de maan niet zien. Maar wel vallende sterren. Vroeger... vroeger zat ik altijd met mijn vader in de tuin om naar de sterren te kijken en zei hij dat ik iets mocht wensen als ik er een zag. Ik heb heel veel wensen gedaan, maar er is er geen eentje uitgekomen.

Sara spoelde weer terug. Dit keer nog een stukje verder. Luisterde opnieuw.

Ik herinner me een nacht. Het is al een tijd geleden. Het was niet koud. Ik had alleen een gebreid vest aan. Ik was boven. Hij was beneden bij Lucía in de kelder.

Was het de laatste warme dag?

Dat zou kunnen.

Sara stond op om het kantoor uit te lopen. De bandopname ging verder. De meeste agenten waren al weg. Víctor dronk koffie met Rojas. 'Op welke dag werd het vest ook alweer gekocht?' vroeg ze.

Víctor en Rojas keken elkaar aan. 'Op 11 augustus vorig jaar.'

Sara bleef staan en keek rond in de lege ruimte. Toen veegde ze woedend alles van het eerste het beste bureau. De computer viel tegen de grond, papieren en ordners vlogen erachteraan. '*Holy shit!*' schreeuwde ze. 'Van begin af aan zaten we ernaast.'

Víctor kwam op Sara af en pakte haar bij de armen. 'Wat is er met jou aan de hand,' vroeg hij.

'Het zijn er twee. Snap je? Er zijn twee ontvoerders.'

Sara rukte zich los van Víctor, die geen idee had hoe ze daarbij kwam. ‘Het vest werd afgelopen zomer op 11 augustus gekocht. In Frankrijk, aan de overzijde van de Pyreneeën. Hoe ver ligt dat van Monteperdido?’

‘Naar Perpignan is het zes uur rijden,’ schatte Rojas.

‘Op 11 augustus zijn er heel veel vallende sterren. De tranen van Laurentius – de Perseïden. Ana heeft Santiago verteld over zo’n nacht vorig jaar,’ legde Sara uit.

Víctor begon de puzzelstukjes in elkaar te leggen. Nu begon het hem te dagen hoe Sara op haar idee gekomen was.

‘Ana is boven in de hut. Ze kijkt naar de hemel en wenst iets wanneer ze een vallende ster ziet. Een van de ontvoerders is in de kelder bij Lucía. De andere is in Perpignan om kleren voor de meisjes te kopen. Als hij die spullen tegen zeven uur ’s avonds gekocht heeft, kan hij onmogelijk diezelfde avond nog terug zijn geweest. Daarom waren Ana’s beschrijvingen van de ontvoerder zo tegenstrijdig. Ze wilde ons niet de waarheid onthouden. Zonder het te weten beschreef ze twee verschillende mannen.’

5

HET MEER

Toen de vlammen zich boven de kist sloten, deed Sara haar ogen dicht en probeerde vrede te vinden. De vrede die ze ook wenste voor Santiago, die nu tot as werd en in haar verbeelding opsteeg in de lucht.

Er waren maar weinig mensen bij de uitvaart in Zaragoza. Wat verre familieleden, een paar collega's uit Madrid. Ze behandelden haar als de treurende weduwe. Condoleanties, omhelzingen.

Na de uitvaart kwam Miguel Ángel Figueroa naar haar toe. 'Zullen we een wandelingetje maken?' vroeg hij, terwijl hij naar een naburige gelegenheid wees. Het zag er niet erg uitnodigend uit, maar het was nog altijd beter dan de cafetaria vlak naast het crematorium.

Ze zochten een wat afgelegen tafeltje, hoewel de zaak zo goed als leeg was. Aan de bar zat alleen een man in blauwe overall en aan een van de tafeltjes een vrouw met een verwilderd kapsel. Ze staarde voor zich uit, terwijl haar koffie en tosti koud werden.

'Wat wilt u drinken?' vroeg Figueroa. Sara maakte een afwerend gebaar alsof elke keus te veel gevraagd was. Hij liep naar de bar, waar de bediening hem zei dat ze de whisky bij zijn tafeltje zou brengen.

Figueroa verloor zich niet in zalvende herinneringen aan Santiago. Geen 'hij was een goed mens', geen anekdotes uit de tijd dat ze nog collega's bij de recherche waren. Figueroa had zich opgewerkt tot een hoge functie in de top van de politie. Sara wist niet of hij die baan aan handig manoeuvreren te danken had of aan eigen verdiensten. Ze kende hem nauwelijks. Ze hadden elkaar maar een enkele keer getroffen. Santiago had ze aan elkaar voorgesteld.

Na zijn dood had ze geen grip meer op het onderzoek. Misschien was ze gewoonweg niet geschikt.

De serveerster bracht de whisky. Figueroa maakte haar een complimentje. Het meisje glimlachte en liep terug naar de bar. Figueroa was een paar jaar jonger dan Santiago. Een kleine, gezette man die zich in het pak dat hij beroepshalve dragen moest, zichtbaar slecht op zijn gemak voelde. Wanneer Sara hem zag, was zijn colbertjasje steevast gekreukeld en zat zijn overhemd slordig in zijn broek gepropt. Hij rook naar aftershave.

'U kunt van mij op aan, Sara,' zei hij toen. 'We regelen het intern. We doen dit zonder commissies of politieke bemoeienis.' Hij trok zijn jasje uit, hing het over de rugleuning van zijn stoel en stroopte zijn mouwen op. 'Wie is deze idioot die de compositietekening en de verklaring van het meisje aan de pers heeft doorgespeeld?' Het leek alsof Figueroa die vent persoonlijk op zijn bek zou willen slaan.

Sara wist zeker dat het Joaquín was. Lucía's vader had het onderzoek van begin af aan gehinderd. De mededelingen van de politie had hij nooit voldoende gevonden en ook met haar beslissingen was hij het niet eens geweest. Hij had zo zijn eigen ideeën over hoe de zaak moest worden aangepakt en het had er alle schijn van dat hij na enig uitstel vastbesloten was die nu in praktijk te brengen. Journaliste Virginia Bescos, die met nieuwe informatie de publiciteit gezocht had, had vroeger nauw met hem samengewerkt. Ana's ouders ontkenden dat zij Joaquín de informatie die nu in de pers stond, hadden toegespeeld, maar Sara geloofde hen niet. Ze wist dat ze het gevoel hadden dat ze Lucía's familie iets schuldig waren.

Ze hadden haar vast de compositietekening en Ana's verklaring gegeven.

Maar dat alles leek Figueroa slechts weinig te interesseren. Natuurlijk, het was een vuile streek, geen twijfel aan. De compositietekening had in alle kranten gestaan en was op elke televisiezender te zien geweest. En Ana's verhaal over de ontvoering was tot op de laatste komma ontleed. Enkele dagen later had Virginia Bescos opnieuw een artikel gepubliceerd, waarin dertigduizend euro beloning voor inlichtingen over Lucía's verblijfplaats werd uitgeloofd. Dit keer had Joaquín zich niet achter het artikel verscholen. Hij loofde zelf de beloning uit 'vanwege het onvermogen van de politie', zoals hij benadrukte.

'Die verdient een flink pak slaag,' brieste Figueroa. 'Als de gek die zijn dochter in zijn macht heeft nu op het idee komt om haar om te leggen, hebben wij het gedaan.'

In de laatste berichten over de zaak ging het ook over Sara Campos. Ze zou zich niet over de dood van haar collega heen kunnen zetten. Op meewarige toon werd ze afgeschilderd als een nerveus wrak, nu eens als het ware verlamd, dan weer volledig buiten zichzelf. Gaizka beschuldigde haar ervan hem op het politiebureau in Monteperdido mishandeld te hebben. Het schijnmedelijden dat in die regels doorklonk ergerde Sara, omdat nou eenmaal alles erop gericht was om haar te vernietigen.

'En hoe is die provinciepolitie nou?' vroeg Figueroa.

Sara vond alleen maar lovende woorden, ook voor Víctor. Van begin af aan hadden ze heel betrokken meegewerkt. Niets te klagen. Figueroa was ervan overtuigd dat de lokale collega's geen enkel woord uit het artikel zouden bevestigen. Een politieman was vermoord, dan pakte je de verdachte niet met fluwelen handschoentjes aan. Dan had Gaizka het er maar niet naar moeten maken.

'Die vent is een dealer,' zei Figueroa toen. 'Hij heeft niets met de ontvoering van doen, toch?'

Sara dacht van niet, maar ze was bijna nergens meer zeker van. De DNA-analyse had bevestigd dat zowel het bloed in de tunnel als op het vest van Lucía was. Ze was die nacht van het onweer in de tunnel in de Ixeia geweest, zeer waarschijnlijk samen met haar ontvoerder. Die had haar geslagen. Marcials moeder María de Laude was daar ook geweest. Ze had het meisje zelfs aangeraakt, daarvan getuigde de bloedvlek in haar hand. Maar alles wat ze gezien had, lag voorgoed begraven in haar door alzheimer verwoeste geheugen.

Sara vertelde waarom ze het onderzoek nu concentreerde op de theorie van de twee ontvoerders. Mogelijk trok een van hen aan de touwtjes en was de ander zijn handlanger. Ze had de weergegevens nagetrokken. De elfde augustus was de enige nacht dat er vallende sterren boven Monteperdido te zien waren geweest.

Sara knikte. Met dit nieuwe uitgangspunt moesten ze weer helemaal opnieuw beginnen. Tot nu toe hadden ze iedereen met een alibi voor beide sleutelmomenten van de ontvoering als verdachte uitgesloten: de dag waarop de meisjes verdwenen waren en de dag dat Ana weer was opgedoken. Maar als er werkelijk twee personen bij de ontvoering betrokken zouden zijn, waren die inzichten achterhaald. Een van beiden kon de meisjes hebben ontvoerd. De ander kon in de hut geweest zijn op het moment dat Ana had weten te vluchten. Álvaro Montrell, Marcial Nerín en ook Gaizka bleven dus mogelijke verdachten.

'Wat deed Santiago verdorie op dat bedrijfsterrein?' vroeg Figueroa, nadat hij zijn whisky in één teug achterover had geslagen.

Dat wist Sara ook niet. Misschien had hij iets opgevangen over Gaizka's slinkse zaakjes en vermoedde hij een samenhang met de ontvoering. Misschien ging het ook om Joaquín Castán. Soms had ze het gevoel dat Lucía's vader er alles aan deed om haar werk te saboteren. Sara had zijn vrouw ondervraagd en Montserrat had toegegeven dat hij die avond niet thuis was geweest. Hij beweerde dat hij in Val de Sacs wat was gaan drinken. Misschien had hij een afspraak gehad met de journaliste, maar wilde hij dat niet toegeven.

'En hoe is het met het meisje? Nog altijd in de war?'

Figueroa verwachtte geen antwoord. Hij had de processen-verbaal van de verhoren gelezen en wist heel goed dat ze vrijwel niets aan het onderzoek kon bijdragen. Zijn vraag was eerder een diepe zucht.

'Weet u zeker dat u niets wilt drinken?' informeerde hij voordat hij opstond om nog een whisky te bestellen. Sara zag hem met vermoeide passen door de zaak sloffen, alsof hij maar weinig beweging had. De man in de blauwe overall legde een paar munten op de bar en vertrok. Figueroa leek een grapje met de serveerster te maken, want ze lachte terwijl ze de fles van de plank pakte. Sara zag hoe hij het meisje vroeg nog een beetje bij te schenken. Toen hij over zijn schouder naar Sara keek, stond zijn gezicht ernstig. Hij deed zijn uiterste best om zijn gevoelens te verbergen, maar Santiago's uitvaart was hem niet in de koude kleren gaan zitten.

Hij ging weer naast Sara zitten en drong opnieuw bij haar aan om toch echt iets te drinken. Desnoods een tonic als ze niet van alcohol hield. Hij wilde met haar klinken.

'In welk land gooien ze de glazen ook alweer op de grond? Of waren het de borden?'

'In Griekenland,' zei Sara.

'Ik heb echt veel zin om wat glazen stuk te smijten.' Het was geen grapje meer. Uit zijn woorden sprak alleen bitterheid. 'Een paar dagen voordat die rotzak hem een kogel in de borst joeg, stuurde Santiago me dit.' Uit zijn aktetas pakte hij een mail die hij Sara toeschoof. Hij haalde diep adem. 'Ik zal het voor u samenvatten,' zei hij toen. 'Santiago wilde dat we u naar de binnendienst zouden overplaatsen. Weg van het recherchewerk. Een leuk kantoor ergens in het zuiden, mooi weer en een heleboel papieren die gestempeld moeten worden.'

Sara moest glimlachen terwijl ze de mail vluchtig doornam. Ze vroeg zich af wanneer Santiago dit geschreven kon hebben. Waarschijnlijk na zijn gesprek met Ana. Smeerlap, dacht ze.

'Hij schrijft dat u heel intelligent bent en uitstekend voorbereid, maar dat u, als u zo doorgaat, op een zeker moment door zou draaien.'

'Heeft hij werkelijk dat woord gebruikt? Doordraaien?' Sara keek Figueroa glimlachend aan. In hoeverre geloofde hij zelf wat er in die mail stond?

'Ik wil niet om de hete brij heen draaien.' Figueroa schraapte zijn keel. 'Ik heb de collega's gesproken met wie u in eerdere zaken heb samengewerkt. En ik heb Víctor Gamero gebeld, de politiecommandant van Monteperdido. Ze zeggen allemaal dat u een uitstekende politievrouw bent. Een kerel uit één stuk. Ik zou werkelijk niemand weten aan wie ik deze zaak beter kan toevertrouwen dan aan u. Maar waarom stuurt Santiago me dan dit rotbericht?'

Sara had de mail in haar handen en bekeek hem nog een keer voordat ze Figueroa antwoordde. 'Omdat Santiago me heel erg mocht,' zei ze. 'Hij maakte zich zorgen over mij.'

'En wat moet ik nu doen?' vroeg Figueroa. 'Moet ik dit vodje in de prullenbak gooien of moet ik u naar de Canarische Eilanden sturen om fotokopieën te gaan maken?'

Sara dacht even na. 'Mag ik daarop antwoorden als ik Lucía gevonden heb?'

Figueroa glimlachte. Dit was wat hij wilde horen.

Na de publicatie van Virginia's artikel had de telefoon niet meer stilgestaan. Joaquín nam niet elke keer meer op. Hij had genoeg van de profiteurs en de helderzienden die zeiden dat ze Lucía in een droom hadden gezien. Met name wond hij zich op over een telefoontje van een vrouw met een Oost-Europees accent die beweerde dat ze zijn dochter had ontmoet en een bericht van haar had. Ze wilde geen geld, maar alleen Lucía's boodschap overbrengen: ‘Hou op met mij te zoeken.’ Joaquín had niet geweten wat hij daarop moest zeggen en had de verbinding verbroken.

Maar dit ‘hou op met mij te zoeken’ stak als een doorn in zijn vlees. Wat bezielde die mensen om hem te bellen? Wreedheid, misschien ook geldingsdrang. De politie had hem afgeraden aangifte te doen. Dat zou hun ego alleen maar strelen.

Hou op met mij te zoeken. De woorden lieten hem geen rust. Hij had er met niemand over gesproken, zelfs niet met Montserrat. Hij was bang voor haar reactie. In de trant van: ‘ze heeft gelijk’ of ‘dat krijg je nou van jouw gedram’.

Hij had op de zaak afgesproken met Rafael. De autoradio stond aan, maar de stem van de presentator was weinig meer dan achtergrondgeruis. Als het ruisen van de zee. Joaquín reed langs de brug die naar de school voerde. Na de overstroming van zeven jaar geleden was hij weer opgebouwd. In die tijd was hij nog de man geweest die hij wilde zijn.

Het hoge water had het dorp in de ochtend verrast. Het was begin juni geweest, een heel gewone dag. De kinderen waren op school, de volwassenen aan het werk. Door het smelten van de sneeuw stond het water in de Esera al hoog, daar was nog zware regenval bij gekomen. Joaquín was op de zaak geweest toen Montserrat hem opbelde om te zeggen dat de rivier ter hoogte van de brug buiten zijn oevers aan het treden was.

Hij had geen moment geaarzeld en was meteen vertrokken. Onderweg had hij de school gebeld. De klas van zijn dochter werd juist naar een hoger gelegen deel van het dorp geëvacueerd omdat de school, die in een slenk lag, misschien zou overstromen. Daarvoor moesten de kinderen de rivier oversteken. Joaquín zag de leerlingen in rijen van twee op de brug aflopen. Niemand kon zich voorstellen dat de kracht van de stroming zo sterk was dat hij de brug mee zou kunnen sleuren. Lucía liep helemaal vooraan, naast de onderwijzeres. Het water schoot klotsend tussen de brugpijlers door. De druk was zo sterk dat de brug elk moment zou kunnen bezwijken. Joaquín stopte aan de overkant van de brug en schreeuwde dat ze terug moesten gaan, maar zijn woorden gingen verloren in het lawaai van de rivier. De onderwijzeres liep de brug op en maande de kinderen tot spoed. Ze besefte het gevaar wel, maar had er geen idee van dat ze de kinderen regelrecht de dood in leidde.

Want ineens was met een enorme knal, alsof hij door een bom getroffen was, een van de brugpijlers gebarsten. De eerste kinderen stonden al op de brug. Joaquín was er onmiddellijk naartoe gerend, over de kasseien die onder hem in beweging leken te komen. De onderwijzeres pakte een paar kinderen bij de arm en probeerde om te keren. Lucía stond als aan de grond genageld en leek zich nog maar moeizaam staande te kunnen houden. Toen Joaquín haar eindelijk bereikt had, pakte hij zijn dochter beet en tilde haar op. Daarna drong hij de onderwijzeres en de andere kinderen terug, voordat het te laat zou zijn.

Hij keek niet achterom. De kinderen en de onderwijzeres gilden hysterisch. Hij wist dat als de brug instortte, het water alles mee zou sleuren. De hele weg had Joaquín zijn dochter gedragen. Pas toen ze in veiligheid waren, had hij haar losgelaten. Lucía's gezicht was nat van de regen en de tranen. Hij had geprobeerd haar gerust te stellen en haar in zijn armen genomen. Ze was toen negen.

'Hou op met mij te zoeken,' had die vrouw door de telefoon gezegd. Hoe kun je ophouden je dochter te zoeken? Wie kon zijn kind gewoon vergeten?

Joaquín stopte voor de opslagloods. De grote deur van de loods stond open. Ervoor waren de vrachtwagens geparkeerd. Sinds die politieman op het terrein van zijn bedrijf dood was aangetroffen, hadden ze geen enkele opdracht meer gehad. De beide geblutste Pegaso's en de vw deden denken aan zieke bejaarden die met waterige oogjes uit het raam van een hospitaal kijken in de wetenschap dat ze daar niet meer op eigen benen uit zullen komen. Hij probeerde niet na te denken. Gewoon doorgaan. Als hij stopte en zichzelf een spiegel voorhield, zou wat hij zag hem zeker niet aanstaan. Soms had Joaquín het gevoel dat hij van buiten naar zichzelf keek, alsof hij een ander was. Als een brandend vliegtuig dat neerstortte. Dat alle ballast liet vallen in een vertwijfelde poging om in de lucht te blijven. Maar eigenlijk was het duidelijk dat het te pletter zou slaan.

'Ik gooi de zaak dicht,' zei hij toen hij in het kantoor tegenover Rafael zat. 'Ik verkoop de vrachtwagens en van het geld betaal ik wat schulden en natuurlijk ook wat jij nog van me krijgt.'

Rafael keek hem niet aan. Voor de onvoorwaardelijke steun die hij in het begin verleend had, was stille verachting in de plaats gekomen. Voor de wijze waarop Joaquín het bedrijf leidde, hij zijn zus in de hele zaak meesleepte en Quim verwaarloosde. 'Zoals je wilt,' was alles wat hij zei.

'Het zal niet van vandaag op morgen zijn, maar voor de grond zal ik ook nog wat krijgen. Die komt immers ook vrij,' ging Joaquín verder, alsof hij zijn beslissing tegenover zijn zwager moest rechtvaardigen.

Hij wist dat het niet de hele waarheid was. Het geld dat hij voor de beloning bij elkaar had geschraapt, had hij ook in het bedrijf kunnen steken. Zijn vrachtwagens stonden symbool voor de onafhankelijkheid die hij zich moeizaam bevochten had. Zijn ouders hadden gewild dat hij de boerderij zou overnemen, maar hij had alles op alles gezet om uit hun schaduw te treden. En het was hem gelukt. Hij was een klein transportbedrijf begonnen en had het mettertijd uitgebouwd tot een imperium van meer dan twintig vrachtwagens die in het hele Pyreneeëngebied reden. En wat was er nu nog van over? Hij schoof al die gedachten aan de kant. Ze waren pijnlijk genoeg. Zijn dochter was weg, daar ging het om.

'Zal ik de stukken voor de sluiting voorbereiden?' vroeg Rafael.

'Dat kunnen we beter aan een advocaat overlaten.'

Rafaels blik ging door het kantoor, al die stukken en documenten, die hij gewoonweg niet op orde kreeg. Waarom zou Joaquín hem met de afwikkeling van het bedrijf belasten als hij de afgelopen vijf jaar niet eens elk kwartaal op tijd de BTW-aangifte had weten in te vullen? Hij stond op, pakte zijn jas en keek nog eenmaal rond voordat hij Joaquín vroeg of hij morgen nog terug hoefde te komen.

'Ik zeg het wel als ik je nodig heb,' zei die.

Rafael knikte en ging alsof hij alleen maar even was ingesprongen, zodat zijn zwager een paar boodschappen kon doen. Joaquín had hem dankbaar moeten zijn. Hoe vaak had hij niet zonder tegenstribbelen gedaan wat Joaquín hem vroeg? Kun je op Quim passen als Montse en ik bij de protestwake zijn? Kom alsjeblieft langs op Lucía's verjaardag, ik wil niet dat Montserrat dan alleen zit. Stop met dat gerij en zorg voor de zaak. Geef je leven op voor ons. En Rafael had zich zonder protest geschikt.

Eigenlijk waren het bevelen geweest van Joaquín. Weigeren was zinloos. Iedereen moest net zo betrokken naar zijn dochter zoeken als hijzelf. Vroeg of laat zou hij er alleen voor staan.

Zijn mobieltje ging. Op het display verscheen een onbekend nummer. Joaquín nam op, niet het minst om de gedachten te verdrijven die als hongerige hyena's om hem heen cirkelden. Maar dít telefoontje had hij niet verwacht.

'Ik kan u inlichtingen geven over uw dochter.' Een vrouwenstem, wat breekbaar van ouderdom. Een accent hier uit streek. Misschien uit de Catalaanse Pyreneeën. 'Maar eerst wil ik geld.'

Joaquín hield haar voor een van die mensen die hem voor de gek wilden houden.

Montserrat was voor het eerst in het winkelcentrum van Barbastro. Drie jaar geleden was het geopend, maar ze had het altijd gemeden alsof ze er niet mocht komen. Ze slenterde langs de drukke, bontgekleurde winkels die probeerden haar aandacht te trekken. In beide handen een plastic tas met kleren. Afgezien van een paar T-shirts voor Quim was het allemaal voor haar. Ze was wel wat bang geweest om bij haar zoektocht naar jurken en broeken bekenden tegen het lijf te lopen. Welke verklaring zou ze hun hebben moeten geven?

Montserrat voelde zich op haar gemak dat ze daar alleen maar tussen onbekenden rondliep. Ze bedacht juist dat ze nog wel even een kop koffie kon gaan drinken voordat ze terug zou rijden naar Monteperdido, toen ze naast de roltrap een speelgoedwinkel ontdekte. Zonder zich af te vragen wat ze daar eigenlijk wilde, ging ze er naar binnen en stond ineens voor een hoge tot aan het plafond reikende stellage. Daarin stonden barbies, de een na de ander, in dozen die een beetje aan lijkkisten deden denken. Het liep haar koud over de rug. Het huilen stond haar nader dan het lachen toen ze al die poppen met hun bevroren glimlachjes zag, gekleed als bruid of voor een picknick. Was ze hiernaar op zoek geweest? Een barbie voor Lucía?

'Die daar is leuk.'

Montserrat kromp ineen. Achter haar stond Nicolás Souto. Hij wees naar een barbie in een zwarte doos. Het was een collector's item, een pop met lang donker haar in een rode jarenvijftigjurk. Montserrat wist niet wat ze moest zeggen. Met gestrekte hals en samengeknepen oogjes wees hij opnieuw naar de pop. Montserrat glimlachte. Zoals Nicolás daar stond, met zijn blik langs haar heen op de poppen gericht, had hij wel wat weg van een marmot die nieuwsgierig vanachter een rots om zich heen zit te kijken, om vervolgens weer bliksemsnel te verdwijnen. Maar Nicolás verdween niet in de gangen van het winkelcentrum, hij bleef achter haar staan. Hij had een dun snorretje laten groeien, waardoor hij er ietwat lachwekkend uitzag, als een puber die trots wat zwart donshaar op zijn bovenlip laat staan.

'Ik riep nog voor je naar binnen ging,' zei de veearts nerveus.

‘Maar met die harde muziek kon je me natuurlijk niet horen.’ Nicolás merkte dat haar blik op zijn snorretje viel. Hij streek er met zijn hand over en vroeg: ‘Hoe vind je ’m?’

‘Nou ja… ik weet niet. Je bent de eerste bij wie een snor jonger maakt.’

Nicolás probeerde zijn teleurstelling te verbergen. Dat was zeker niet zijn bedoeling geweest toen hij dit smalle pluisje wilde laten staan. Omdat hij niet wist waar hij zijn hand moest laten, pakte hij een willekeurige pop. ‘Deze is ook niet slecht,’ zei hij. Het was een barbie in een witte doktersjas, met een roze bril die haar er waarschijnlijk intelligenter moest laten uitzien, hoewel hij vond dat ze er eerder uitzag als een pornoactrice. Montserrat zei dat ze niets wilde kopen. Ze had hier eigenlijk niet naar binnen moeten gaan. De veearts zette de pop terug in het rek en pakte de barbie die hij het eerst had aangewezen. De jarenvijftigbarbie.

‘Deze vind ik leuker. Heb je er wat tegen als ik die koop?’ vroeg hij.

Omdat Montserrat wist dat hij haar niet in verlegenheid wilde brengen, ontspande ze zich langzaam. Ze zei dat ze eigenlijk aan een andere pop had gedacht, eentje in badpak met een blonde paardenstaart en een leuk gezichtje. Ze besloten beide poppen te kopen. Daarna nodigde Nicolás haar uit om op het terras op de eerste verdieping van het winkelcentrum nog iets te drinken.

Ze gingen zitten onder een parasol. Het was heel heet op deze late juliochtend.

‘Vind je het raar dat ik voor haar een pop koop?’ vroeg Montserrat toen ze hun drankjes hadden.

‘Waarom zou ik?’ zei Nicolás met een lachje. Hij zweette verschrikkelijk en boog lichtjes voorover in de hoop dat ze de vlekken onder zijn oksels niet zou opmerken.

‘Veel zin heeft het niet,’ gaf ze toe. ‘Ana vertelde dat ze nu helemaal niet meer van poppen houdt. Maar…’ Montserrat wist niet hoe ze haar gevoelens moest verwoorden.

'Het is of ze dan dichter bij je is, nietwaar?' hielp Nicolás haar.

Montserrat glimlachte. Hij had de spijker op de kop geslagen. Nicolás en zij kenden elkaar van kind af aan. Op school was zij het enige meisje geweest dat zich inliet met deze stuntelige, schuchtere jongen die altijd gepest werd. Ze wist dat hij verliefd op haar was. Hij had haar zijn verhalen gegeven, met het verzoek ze te lezen, hoewel ze ze verschrikkelijk saai vond. Maar zo drukte hij zich nu eenmaal uit. Ze niet lezen zou betekend hebben dat ze het raam dichtsloeg terwijl haar aanbidder ervoor stond te zingen.

Montserrat wist dat hij nooit echt verwachtingen had gekoesterd. Nicolás had het opgegeven nog voordat hij een blauwtje kon lopen. Als jongen was hij al even nerveus en onzeker geweest als nu. Toen Montserrat met Joaquín begon uit te gaan, legde hij zich zonder klagen bij zijn nederlaag neer. Hij trok zich terug en gaf haar ook niet langer zijn verhalen.

'Ik ben net weer met een boek bezig,' vertelde Nicolás. '*De follet uit het populierenbos*. De Ken Follett van Monteperdido.' Nicolás lachte om zijn eigen grapje, een kort hinniken dat abrupt wegstierf toen hij merkte dat Montserrat gegeneerd wegkeek. 'Nee, nee, het gaat niet om Ken Follett. Het gaat over follet*s*, die bosgeesten, je weet wel,' verduidelijkte hij. 'Het is een beetje geïnspireerd op wat er in het dorp gebeurt, maar in mijn verhaal wordt Lucía gevonden,' voegde hij eraan toe om haar gerust te stellen.

Montserrat glimlachte. Ze wist dat Nicolás haar op zijn eigen onbeholpen manier alleen maar probeerde op te monteren. De laatste weken thuis waren moeilijk geweest. Joaquín was meer dan ooit in zijn obsessie vastgelopen en was heel bot tegen haar als ze iets zei of deed wat hem niet zinde. Alsof ze hem in de steek liet. Quim hield zich afzijdig; haar zoon was bijna nooit thuis en als hij er wel was, zei hij vrijwel geen woord tegen haar. Niet dat ze hem dat kwalijk nam. Ze had zich te lang niet om hem bekommerd en nu moest ze moeizaam zijn vertrouwen terug zien te winnen. Daarom was ze Nicolás dankbaar dat hij haar probeerde te troosten zonder er iets voor terug te verwachten.

'In welke maand ben je?' vroeg Nicolás, terwijl hij in zijn broekzak naar geld zocht om de rekening te betalen.

Montserrat glimlachte pijnlijk getroffen. Hoe had hij dat gemerkt?

'Je weet toch nog wel dat we elkaar niet zo lang geleden in de apotheek troffen,' zei de veearts op geruststellende toon. Hij wilde haar laten zien dat de informatie bij hem in veilige handen was. 'Je hebt bepaalde dragees gekocht, dat viel me op. Joaquín haalt normaal toch altijd alles uit Andorra. Het waren ijzer- en foliumzuurtabletten.'

Ze haalde diep adem en zei toen: 'Ik ben in de tweede maand. Eerst dacht ik dat ik gewoon wat laat was, maar toen heb ik een test gedaan en die was positief.' Ze probeerde bedrukt te klinken, maar op haar gezicht lag een glimlachje. Nicolás was de eerste die ze het vertelde.

'Van harte gefeliciteerd. Mag ik?' Nicolás stond op en spreidde zijn armen uit om haar te omhelzen. Ze liet hem begaan. Het voelde goed. Ze wilde blij zijn met dit nieuwe leven. 'Heb je het Joaquín al verteld?'

'Nog niet,' gaf ze toe. Hoe moest ze hem vertellen dat ze een kind kregen? Ze wist dat hij het als verraad zou zien tegenover Lucía.

'Als je soms iets nodig hebt,' bood Nicolás zich aan. 'Ik ben geen dokter, maar ik heb al zo veel koeien bij het kalven geholpen.'

Montserrat moest lachen. Hoe kon Nicolás een goede schrijver zijn als hij altijd de verkeerde woorden vond?

Joaquín was bezig met de afwikkeling van zijn bedrijf. Hij had nu alle rekeningen opgeheven. Sara liet zijn telefoon afluisteren omdat ze wist dat hij haar niet zou informeren, mocht er na de bekendmaking van de beloning meer komen dan alleen wat telefoontjes van gekken. Ze koesterde niet echt verdenking tegen hem. Eerder leek Joaquín zich in zijn rol van *Vater Courage* vast te bijten. En zij kon daar niets tegen doen, ook al irriteerde het haar dat hij met zijn koppigheid tijd en energie opeiste die ze voor belangrijker zaken hadden kunnen gebruiken.

De compositietekenaar was nog een keer bij Ana langs geweest. Hij moest proberen de figuur van de ontvoerder in twee afzonderlijke personen uiteen te rafelen. Het resultaat was niet eenduidig, want hoe konden ze zeker weten welke kernmerken bij welk van beide ontvoerders hoorde?

'Hoe was het?' vroeg Víctor toen hij zag dat Sara weer terug was.

'Niets nieuws,' mompelde Sara naar haar bureau kijkend. Buiten werd het donker, de meeste agenten waren al naar huis. Zoals zo vaak de afgelopen dagen stelde Víctor voor om iets te gaan eten in het café van de jachtvereniging. En even hardnekkig wees Sara dit aanbod van de hand. Víctor wilde niet verder aandringen en vertrok zonder verder te groeten. Sara draaide zich weer om naar haar bureau. Sinds Santiago het had opgeruimd, had ze niets meer aangeraakt. Wat op dit bureau had hem aanleiding gegeven om een bezoekje te brengen aan Joaquíns bedrijf?

Ze pakte de dossiers en liep ze bladzijde voor bladzijde na terwijl buiten het licht verdween. Het dennenbos voor het raam kleurde donkerpaars. In de avondschemering leek het bijna onwerkelijk, als een schilderij. 's Ochtends zat Sara er nog steeds, verdiept in documenten die haar geen stap verder leken te brengen, na een hele nacht te hebben gevochten tegen zware oogleden en nachtmerries die na de dood van Santiago erger waren dan ooit. Die gezichtsloze mannen met op de plaats van de mond een zwart gat dat Sara dreigde op te slokken als de trechter van een zandloper. Ze wist niet meer wanneer deze dromen begonnen waren. Sinds ze denken kon, hadden ze haar elke nacht gekweld. Een anomalie bij de overgang naar de REM-slaap, had een dokter uitgelegd. Daardoor raakte haar lichaam verlamd, maar was ze tegelijkertijd wakker en kon ze horen, zien en voelen. Slaapparalyse had de dokter het genoemd en haar antidepressiva voorgeschreven, maar van die pillen was ze helemaal suf geworden. Ze was nog maar een schaduw van zichzelf geweest en op een gegeven moment had ze geweigerd het medicament nog langer te slikken.

De stabiliteit die Santiago in haar leven bracht, hielp haar uiteindelijk de nachtmerries te overwinnen. Maar ook de ruimtelijke afstand tot haar ouders, het huis dat op een gegeven moment haar thuis werd, de opleiding en vervolgens het werk bij de politie droegen ertoe bij dat die dromen nog maar sporadisch waren voorgekomen.

Maar een paar jaar geleden waren ze teruggekomen, met dezelfde verschrikkelijke intensiteit als vroeger. Toen werkten ze aan een zaak van een verdwenen meisje uit een dorp aan de kust bij Almería, niet ver van de plaats waar Sara zelf was opgegroeid. Santiago had gezien dat het elke dag slechter met haar ging; ze kwam niet meer tot rust en werd heel nerveus als het tijd werd om te gaan slapen. Ze wilde Santiago laten zien dat ze het kon en hij zou haar graag hebben geloofd. Maar op zeker moment moest hij toen besloten hebben dat de strijd uitzichtloos was en had hij die mail aan Figueroa geschreven.

Sara probeerde deze gedachten van zich af te zetten en zich weer op de zaak te concentreren. Door zich op haar werk te storten kon ze aan de nachtmerries, de stilte en het gepieker ontsnappen. Inmiddels was het nacht geworden. Toen ze nog eens de getuigenverklaringen van vijf jaar geleden doorliep, was er iets wat haar aandacht trok. In de verklaring van José Alberto Mencía, die destijds bij het tankstation aan de rand van Monteperdido werkte, kwam een collega voor die Fulgencio Heras heette. Tussen haakjes werd verwezen naar diens eigen getuigenis, dossiernummer 24/10/10.

Sara zocht in de ordners. Zonder resultaat. Toen liep ze naar het archief. Misschien was het document verkeerd opgeborgen, toen ze bij Víctor alle documenten over de zaak had opgevraagd. Maar ook in het archief was niets te vinden.

Burgos hield enige afstand, honderd meter misschien. Dat recht op wat privacy voor zijn dochter had Álvaro bij de politie bedongen. Quim en Ana waren diep in gesprek en hadden helemaal niet door dat Ximena een eind achterop was geraakt.

'Wat is er met jullie aan de hand? Jullie rennen als gekken!' klaagde ze.

Quim en Ana draaiden zich om en zagen hoe Ximena achter hen aan de helling op kwam puffen. Burgos was nog maar een klein stipje.

'Weet je nog dat je me laatst vertelde dat je graag wilde leren zwemmen?' Quim keek Ana samenzweerderig aan. 'Nou, vertrouw je mij als leraar?'

'Als je daaraan begint, ga je zeker verzuipen, Ana,' schertste Ximena, maar Quim en Ana besteedden geen enkele aandacht aan haar.

'Dat zou echt leuk zijn,' zei Ana. Haar gezicht ging schuil onder de zwarte baseballpet. 'Maar in de verste verte is hier geen water te bekennen. Alleen maar bergen.'

Het was een rustige, vrijwel windstille ochtend. Ze hadden afgesproken op straat. 'Wat zullen we gaan doen?' had Ximena gevraagd, daarmee de pijnlijke stilte doorbrekend die na de begroeting was ontstaan. Zoals bij een groepje vrienden die ineens beseffen dat ze eigenlijk vreemden voor elkaar zijn. Burgos stond in de voordeur naar hen te kijken. 'Zullen we de bergen ingaan?' had Quim voorgesteld. Wat moest je anders doen in Monteperdido? Ze verlieten hun buurtje en gingen de brug over de Esera over. Achter het dorp rees de Monte Ármos op, omringd door een groene gordel van dicht populierenbos. Daarboven tekende de kale rots zich af tegen de blauwe lucht. De ronde top deed denken aan de billen van een paard. Ana liep zwijgend achteraan en zo hadden Ximena en Quim niet in de gaten dat het binnengaan van het bos haar veel zelfoverwinning kostte. Angstig keek ze naar de bladeren alsof die elk moment ruisend konden gaan fluisteren. Maar de populieren bleven stom. Verraders had Ana ze in de jaren van haar gevangenschap genoemd. Hun dichte loof onttrok de lucht en de berg aan het zicht. 'Heb je enig idee waar we naartoe gaan?' informeerde Ximena, die zich in dit labyrint van bomen net zo slecht op haar gemak voelde als Ana. 'Niet dat ons aan het eind een akelige verrassing wacht,' waarschuwde Burgos, die achter hen aan kwam hijgen. Maar Quim kende de weg op z'n duimpje. Ze liepen bijna een uur bergop door het populierenbos toen ze uiteindelijk bij de boomgrens kwamen. Roodbloeiende alpenrozen strekten zich uit tot aan de top. Hier kwam Quim met zijn voorstel om Ana te leren zwemmen. Op de Monte Ármos had je verschillende bergmeren.

'We gaan naar de Ibón de Tempestades,' zei hij. 'We willen weleens zien of die smeris ons bij kan houden!'

Quim zette het op een lopen, Ana erachteraan. Ximena keek achterom. Burgos was te ver weg om door te hebben dat de drie zich uit de voeten maakten.

'We hebben helemaal geen zwemspullen bij ons,' protesteerde Ximena, maar Quim en Ana luisterden niet.

Ze klauterden langs een steenachtige weg naar boven. Ximena zag dat Quim voortdurend op Ana lette, vooral op plekken waar de weg smal werd. Op steile stukken stak hij haar zijn hand toe om haar omhoog te trekken. Ximena kreeg hoe langer hoe meer het gevoel dat ze bij dit uitstapje niet echt welkom was.

De Ibón de Tempestades was het eerste van vier meren op de Monte Ármos. Na twee uur over rotsen en losse keien kwamen ze bij een vallei en nog maar driehonderd meter daarvandaan lag het meer, ingelijst tussen de rotswanden van de Circo de Tempestades. Hoe vaak had Quim deze tocht al gemaakt? Vroeger was hij elk weekend met zijn vader de bergen ingegaan. Later was ook Lucía meegegaan. Camerakloof, Circo de Tempestades, bloedsneeuw, bergmeren, populierenbossen, bergdennen. Reeën, marmotten, wilde zwijnen. Alpenrozen in de zomer. Het was het enige vrijetijdsplezier dat Monteperdido te bieden had, maar toen hij eenmaal ouder werd, kon hij met dat alles niets meer beginnen. Waar anderen vanwege deze grandioze natuurcoulisse hun mond niet meer dicht kregen van verwondering, zag hij slechts stenen, bomen, water en opgeschrikte dieren.

Maar nu hij met Ana voor de Ibón stond en zag hoe het hooggebergte haar fascineerde, leek het net alsof hij alles door haar ogen zag. Haar blik dwaalde over de granietwand naar de gletsjer.

'Waarom is de sneeuw zo rood?' vroeg ze.

'Ze zeggen door de Sahara. Het klinkt ongelooflijk maar de wind blaast het woestijnzand hierheen en dan blijft het liggen op het ijs,' vertelde Quim.

In de winter was de Ibón één grote ijsvlakte, maar in de zomer vulde hij zich met het zuivere, kristalheldere smeltwater van de gletsjer waarin een sporadische den, de door het ijs uitgeschuurde rotsen en de lucht blauw, groen en rood weerspiegeld werden als in een onwerkelijke iris. Een kleurig glinsterende opaal.

Ana liep voorop naar het meer. Toen ze haar pet afdeed zag Quim dat haar lichtblonde haar langzaamaan weer wat langer werd, zachte gouden donshaartjes die glansden in de zon. Hij vond haar perfect. Volkomen. Hij ging aan de oever zitten. Het was vrijwel windstil en je hoorde bijna geen geluid. Quim snoof de zuiver-heldere lucht diep op.

Na Gaizka's arrestatie was er in het dorp geen hasj meer verkrijgbaar. Quim was bang geweest voor ontwenningsverschijnselen, maar al met al had het niet meer dan een paar slapeloze nachten betekend. Hij klom gewoon uit het raam, ging op het afdak zitten en kletste wat met Ana die op haar vensterbank zat, tot ze op zeker moment moe werden. Ze hadden het nooit over de ontvoering of over Lucía, hoewel hij niet het idee had dat dit thema taboe was. Quim had gewoon andere dingen in zijn hoofd als hij met Ana samen was. Bijna altijd ging het over de toekomst. Hij droomde ervan te reizen, maar Ana hoefde niet zo nodig. Haar wensen waren alledaagser: onder een deken genesteld op de bank liggen, terwijl het buiten sneeuwde en het vuur in de haard flakkerde. Net zo goed leren koken als haar moeder. Autorijden. Naar de bioscoop gaan. Muziek luisteren. Een hond hebben. Ze deed hem denken aan een poesje dat veel te lang alleen op straat geleefd heeft en het zich nu in zijn hoekje behaaglijk maakt en zijn kommetje melk leeg likt.

'Kom we gaan het water in,' zei hij toen. Hij trok zijn T-shirt uit. 'Je hoeft niet bang te zijn. Aan het begin kun je nog staan.' Hij trok zijn schoenen en spijkerbroek uit en sprong in zijn onderbroek het meer in.

Ana was nerveus. Ze wist zich vaag te herinneren dat ze eens met haar ouders aan zee was geweest. Hoe oud zou ze toen geweest zijn? Vier? Vijf? Het water van het meer was verleidelijk maar ook beangstigend. Ze was ervan overtuigd dat ze onmiddellijk kopjeonder zou gaan. Ximena had haar schoenen uitgetrokken en doopte een voet in het water.

'Dit zullen je ouders vast niet leuk vinden,' zei ze tegen Ana, ondertussen Quim niet uit het oog verliezend. 'Het kostte je immers al moeite genoeg dat ze je überhaupt naar buiten lieten gaan.'

In werkelijkheid had alleen Ana's moeder bezwaren gehad. Álvaro had haar onmiddellijk aangemoedigd toen ze vroeg of ze er met Quim en Ximena op uit mocht. Hij begreep haar vrijheidsdrang maar al te goed.

Quim zwom luid plonzend naar de overkant. Ximena draaide

zich om naar Ana en trok haar T-shirt uit. Ze droeg geen bh. Ana was pijnlijk getroffen toen ze Ximena's borsten zag. Ze kon niet nalaten Ximena's perfect gevormde honingkleurige lichaam te vergelijken met het hare: dat was sneeuwwit, weinig opvallend, hier en daar wat babyspek. Ximena draaide haar haar rug toe en sprong het water in. Vervolgens zwom ze naar Quim toe. Ana zag haar lange donkere haren onder het wateroppervlak. Als de schaduw van een vis.

'Kom op, Ana, je wilde toch leren zwemmen?' spoorde Quim haar aan.

Ana sloot haar ogen en probeerde haar schaamte te overwinnen. Ze keerde haar rug naar het meer en bestudeerde de gekloofde rotswand van de Circo de Tempestades. De roodachtige sneeuw daarboven. Toen viel haar oog op een donkere vlek. Een paar meter van de voet van de loodrechte wand. Ze liep er een paar stappen op af en verstarde toen tot een zoutpilaar. 'Wat is er?' hoorde ze Quim vanuit het water roepen. Ana kon haar ogen niet van het dier afhouden. Eerst dacht ze nog dat het sliep, maar de vacht en de ogen waren al deels verteerd. De dood vrat zich door het kadaver, ook al viel er geen spoortje bloed te bekennen. De reeënkop rustte op de grond. Een tak van het gewei was afgebroken, de andere tak was ongeschonden. Hij stak omhoog als een vaandel op een slagveld, waarop alleen nog lijken liggen. Hoe had ze kunnen denken dat het dier sliep? De grotesk gedraaide poten lieten er geen twijfel aan bestaan dat het van grote hoogte naar beneden was gestort. Ana keek omhoog langs de rotswand die zich meer dan veertig meter boven haar verhief en ineens kwam de natuur die ze eerst zo mooi gevonden had, haar wreed voor. 'Hij is waarschijnlijk meegesleurd door een lawine,' riep Quim vanuit het meer. Hij was naar de kant gezwommen toen hij Ana daar zo had zien staan. 'Dat gebeurt in de winter wel vaker. De lawines sleuren herten en reeën mee de diepte in en daar liggen ze dan onder de sneeuw begraven tot die begint te smelten. Daardoor is hij nog zo goed bewaard gebleven.'

Ana keerde zich om en probeerde elke gedachte aan de dode ree te verdringen. Ze trok haar broek uit, maar liet haar T-shirt aan. Vervolgens balanceerde ze over de stenen naar het meer en liep langzaam het water in. Het was ijskoud en ze rilde over haar hele lichaam. De bodem was glad. Ze meende kikkervisjes rond haar benen te zien zwemmen. Toen het water haar heupen bereikte, bleef ze staan. Ze kon geen stap meer verzetten. Quim pakte haar bij de hand en leidde haar voorzichtig verder tot het water tot aan haar hals kwam. Ana keek omhoog naar de lucht, terwijl ze probeerde zichzelf staande te houden. Ximena hield hen van verre in de gaten en dook toen onder, misschien om niet te laten merken hoe boos ze was.

'Laat je gewoon vallen,' zei Quim.

Ana deed wat hij zei en liet zich vallen. Ze bemerkte een gewichtloosheid die haar een ogenblik lang angst aanjoeg tot ze merkte dat Quim haar vasthield bij haar middel.

'Draai je om. Laat je rustig drijven.' Met hulp van Quim wist ze zich op haar rug te draaien.

Ana voelde het koude water in haar oren en aan het litteken op haar achterhoofd. Quim had zijn hand onder haar nek gelegd om te voorkomen dat ze kopje-onder ging. Vervolgens schoof hij zijn andere hand onder haar rug en wiegde haar als op onzichtbare golven. De zon scheen warm in haar gezicht. Ana sloot haar ogen. Ze moest aan de dode ree denken, maar verdrong dat beeld onmiddellijk weer.

'Het liefst zou ik hier voor altijd blijven,' fluisterde ze.

Ximena was het water uitgegaan en deed alsof ze zich door de zon liet drogen. In werkelijkheid zocht ze iets in de zak van haar broek. Ze keek nog een keer naar het meer voordat ze het nummer van Burgos intikte. Zo had Quim háár nog nooit aangekeken. Toen de agent zich meldde, vertelde ze dat ze bij de Circo de Tempestades waren.

Quim en Ana waren nog altijd in het water.

Na een paar dagen belde de vrouw met de breekbare stem opnieuw. Joaquín was bezig zich aan te kleden toen hij haar nummer zag. Alleen in broek en met natte haren ging hij op bed zitten en nam op.

'Eerst het geld. Dan kunnen we praten,' zei de vrouw op Joaquíns vraag wat ze wilde.

'Hoe weet ik dat u iets kunt zeggen wat mij helpt m'n dochter te vinden?' antwoordde hij.

'Of u daardoor uw dochter vindt, weet ik niet. Maar wel de man die haar ontvoerd heeft.'

Dit keer luisterde Joaquín preciezer. Achter de vrouw met de doorrookte stem die hij ongeveer zestig jaar oud schatte, was een tv te horen. Reclame.

'Waarom vertelt u niet gewoon wat u weet? Ik beloof dat u het geld krijgt als het een concreet spoor is.'

De vrouw zweeg. Het televisiegeblèr was duidelijk te horen.

'Ik vertrouw u niet,' zei ze uiteindelijk. Toen legde ze neer.

Joaquín stopte zijn mobiel in zijn zak. *Geldvrouw* schreef hij in zijn notitieboekje. Het was niet het eerste telefoontje dat hij serieus nam. Eerder hadden ook de schorre man en de Zuid-Amerikaanse gebeld, maar geen van beiden had hem iets concreets kunnen vertellen.

Hij bekeek zichzelf in de spiegel van de kledingkast. Ingezakte schouders, een buik die over zijn broeksriem welfde. Zijn armen vol vlekken. Een pigmentafwijking. Zijn borsthaar werd langzaam grijs. Hij voelde zich oud, een karikatuur van zichzelf. Een eenzame, door de roedel uitgestoten wolf die nu door de bergen zwerft in afwachting van zijn laatste uur. Waar was het lijf gebleven waarop hij enkele dagen geleden nog zo trots was? Hij had het gevoel dat hij deze week wel twintig jaar ouder was geworden.

Joaquín stond op en sloot de kastdeur om zichzelf niet langer te hoeven zien. Hij trok een overhemd aan en was nog druk bezig het dicht te knopen toen hij de keuken binnenkwam, waar Rafael en Montserrat zaten te ontbijten. Zijn zwager begroette hem met een ontwijkende blik alsof hij hen had gestoord in hun gesprek. Montserrat spoelde een paar kopjes om en vroeg of hij koffie wilde. Joaquín meende een glimlachje op haar gezicht te zien. Het irriteerde hem dat ze zo ontspannen, haast gelukkig, leek. Hij zei dat hij nog het een en ander te doen had en later wel koffie zou drinken. Daarna ging hij naar buiten.

Toen hij weg was, ging Montserrat bij haar broer zitten.

'Je bent niet alleen,' zei hij.

Montserrat keek hem dankbaar aan. Rafael was haar rots in de branding waar ze zich altijd aan kon vastklampen. Daar kon ze van op aan. Onverstoorbaar had hij al die jaren aan haar kant gestaan. Had gezorgd voor alles wat zij verwaarloosd hadden. Vooral voor hun zoon.

'Kun jij met Quim praten?' vroeg ze. 'Ik weet dat hij zich beter voelt sinds hij omgaat met Ana, maar ik weet niet hoe ik het hem vertellen moet.'

'Het is toch een goed bericht,' sprak Rafael haar moed in. 'En een goed bericht is altijd gemakkelijk te vertellen.'

Hij had gelijk. Quim was niet het probleem. Het probleem was haar man.

De dagen en nachten verliepen en elk stapje dat Sara in haar onderzoek deed, bleek algauw dood te lopen.

Ze had Víctor verteld dat ze document 24/10/10 niet kon vinden. De getuigenverklaring van Fulgencio Heras. Víctor had in het archief gezocht. Tevergeefs. Hij kon zich niet herinneren wat deze getuige had weten te vertellen, maar hij vermoedde dat het niet belangrijk was geweest. Praktisch het hele dorp had in het kader van het onderzoek een verklaring afgelegd.

Sara spoorde Heras op. Hij was inmiddels met pensioen en bewoonde een oud huis in Val de Sacs dat hij, nu hij alle tijd had, zelf opknapte. Ze benutte een rit naar Barbastro om bij hem langs te gaan. Sanmartín van de bergreddingsdienst had aangeboden haar te rijden. Onderweg vertelde hij dat het een rare zomer was. Normaliter kwamen elke dag tientallen noodsignalen binnen wanneer het seizoen in het dal begon en de toeristen op pad waren in de bergen rond het dorp en in de twee aangrenzende nationale parken. 'Het zijn net katten die in bomen klimmen en dan niet meer naar beneden durven,' zei hij. Sara stelde zich voor hoe de altijd slechtgehumeurde Sanmartín in zijn groene uniform door onherbergzame kloven en over steile wandelpaden onderweg was om stadse bergbeklimmers uit het landschap te plukken. Sanmartín – had hij eigenlijk wel een voornaam? – was bijna een meter negentig, had stekelhaar en een gespierd lichaam waar zijn uniform als een tweede huid omheen zat. Hoewel hij heel negatief over toeristen deed, leek hij ze ook te missen. De berichten uit Monteperdido droegen er bepaald niet aan bij dat men er zijn vakantie wilde doorbrengen. Veel boekingen waren geannuleerd. Restauranteigenaren en hoteliers deden hun beklag bij haar, maar ze probeerde zich er niets van aan te trekken. Kon zij het helpen wat er hier gebeurde?

Het huis van Fulgencio Heras lag direct aan het begin van Val de Sacs, dat met zijn paar huizen langs de weg en tegen de berghellingen zo'n beetje het zielige broertje van het dal was.

Sanmartín bleef in de auto wachten, terwijl Sara met de voormalige pompbediende sprak. Fulgencio ontving haar op zijn veranda, die pas half af was en het, als hij geen haast maakte, bij de eerste sneeuw zou begeven. Heras was vijfenzestig, maar hem mankeerde niets. Tenminste dat beweerde hij, ook al steunde hij hoorbaar wanneer hij opstond van de wankele houten stoel waarop hij tegenover Sara had plaatsgenomen.

Hij vertelde dat hij op het moment dat de meisjes verdwenen met José Alberto Mencía bij het tankstation in het dorp werkte. 'Prima vent, die Mencía,' herinnerde hij zich. Sara ging daar niet verder op in, maar vroeg hem naar de verklaring die hij destijds had afgelegd. Fulgencio glimlachte, vergat Mencía en vertelde wat hij toen ook aan de politie had verteld: hij had een dure zwarte Audi gezien die met ruim honderd kilometer per uur voorbij was geraasd, terwijl maar vijftig was toegestaan. Bij die gedachte wond hij zich nog altijd op. De toeristen raasden door Monteperdido alsof er niemand woonde, zonder ook maar even te denken aan de kinderen en de andere dorpsbewoners. Hij had het in zijn eigen familie meegemaakt, misschien was hij daarom zo boos. Zijn neefje van acht was aangereden toen hij in de buurt van de hoofdstraat aan het voetballen was. Sindsdien zat die arme jongen in een rolstoel. Sara vroeg of hij zich het nummerbord van die Audi herinnerde. Fulgencio zei van niet. Hoe zou hij na vijf jaar het nummer nog weten? 'Ik heb het toen doorgegeven aan de politie. Het moet ergens staan.'

Sara bedankte voor zijn hulp en wenste hem veel succes bij de verbouwing. Ze liep terug naar Sanmartíns auto. Fulgencio Heras was het zoveelste straatje dat doodliep.

Laat in de middag waren ze in Barbastro. Sara moest voor de rechtbank getuigen tegen Gaizka.

Gaizka zat nog maar kort in de gevangenis, maar zijn blik was uitgedoofd. Met gebogen hoofd en hangende schouders kwam hij de rechtszaal binnen en luisterde ongeïnteresseerd alsof de zitting hem niet aanging. Uit de manier waarop hij met de rechter sprak, slepend, onduidelijk, concludeerde Sara dat hij in de bak aan de heroïne was gegaan. Weer zo'n junk van wie de gevangenissen vol zaten en die heel goed wisten dat de dood eerder zou komen dan het einde van hun hechtenis. Ze kon geen medelijden met hem voelen. Hij liet haar volledig koud. Zoals het ook hem volledig koud gelaten had om Santiago's borst met een schot uiteen te scheuren.

Op de terugweg naar Monteperdido nam Sanmartín direct na de tunnel bij de Congosto de Fall gas terug. De auto hobbelde over de verkeersdrempels. Sara dacht aan Fulgencio en stelde zich voor hoe hij in het gemeentehuis zijn beklag had gedaan en geëist dat er verkeersdrempels zouden komen.

Toen het avond werd, trok Sara zich weer terug in haar kantoor. De afgelopen dagen was ze alleen in het pension geweest om te douchen en schone kleren aan te trekken. De nachten bracht ze door op het politiebureau om nachtmerries te ontlopen.

Maar die vele uren zonder slaap eisten hun tol. Toen ze achter haar bureau in haar stoel achteroverleunde, viel ze ogenblikkelijk in slaap, ook al meende ze dat het maar voor even was.

Toen ze haar ogen weer opende was het kantoor een puzzel geworden van schaduwen op de grond en op de muren. Zwarte en grijze ruiten. Er zat iemand in het donker. Ze wilde overeind komen, maar merkte toen dat het een droom was. De man kwam uit de schaduw naar voren. Hij was naakt en had een gezicht dat geen gezicht was. Sara wilde opspringen en schreeuwend wegrennen, maar het lukte haar niet.

Ineens werd ze ruw heen en weer geschud en hoorde ze zichzelf schreeuwen. Het licht in het kantoor brandde en ze keek verward om zich heen. De man zonder gezicht was weg. Naast haar stond Víctor die een onhandige poging deed haar te omarmen. Sara keerde zich beschaamd af. Ze voelde zich misselijk.

'Je was hard aan het schreeuwen,' zei Víctor. 'Je hebt me erg laten schrikken.'

Sara stond op, leunde tegen de muur en vocht tegen haar braakneigingen. Ze was te abrupt uit haar droom gerukt en nog niet in staat haar lichaam te beheersen. Haar knieën waren slap, maar ze vermande zich en hield zich met alle macht op de been.

'Zo kan het niet verder, Sara.' In Víctors stem klonk echte bezorgdheid door.

'Alles oké,' zei ze. 'Het was maar een droom.'

Elisa nam een slok uit haar glas en keek aangeschoten rond. In het schemerige kroeglicht vervormde de alcohol de gezichten van de mensen tot een vage, kleurloze massa. Er werd een nummer gedraaid dat ze niet kende. Elisa moest aan dansende robotten denken. Ze had behoefte om tegen iemand aan te leunen. Zijn adem te voelen. Een paar dagen geleden had een groep jonge vakantiegangers uit Valencia zijn intrek in het pension genomen. Voor ze in deze kroeg belandde, had ze met een van hen geslapen, maar ze wilde niet alleen naar huis.

'Ieder heeft een plek waar hij naartoe kan,' mompelde ze voor zich uit. Of had ze het uitgeschreeuwd?

Elisa voelde hoe een hand haar arm beetpakte. Ze draaide zich glimlachend om naar de man die ervoor gezorgd had dat ze niet van de barkruk was gegleden.

'Was maar een truc,' lalde ze. 'Lukt altijd, *baby*.'

'Zal ik je niet liever naar huis brengen, Elisa?'

Zijn stem klonk niet als een uitnodiging voor een hete nacht. Toch ging ze met hem mee. Ze verlieten samen de kroeg. De kou daarbuiten ontnuchterde haar wat. De knul stak een sigaret op en nu pas zag ze dat het Ismael was, de timmerman die voor Ana's moeder werkte. Ismael Casella. Toen hij naar Monteperdido gekomen was, had hij eerst een paar weken in pension La Renclusa gewoond. Elisa had al van het begin van de avond gedronken. Hij was knap. Misschien wel iets te knap. Maar zijn dichte, zwarte, in een paardenstaart gebonden haar vond ze mooi. Zou hij met Raquel slapen? Nu in elk geval niet meer, dacht ze met een grijnslachje. Nu had Álvaro zijn plek ingenomen.

'Hallo timmerman,' zei ze.

Ismael snoof, maar zei niets. Hij gaf haar een arm en ze liepen samen de straat af. De kroeg was een kleine tien minuten van Elisa's huis. Ze legde haar hoofd tegen Ismaels schouder alsof ze een stel waren. De manier waarop hij haar vasthield, hoe hij rook, dat vond ze fijn. Ze stelde zich voor hoe ze naast hem in slaap zou vallen en weer wakker worden.

Toen ze voor haar huisdeur stonden, nam Ismael afscheid met het advies een hoofdpijntablet te nemen, als ze tenminste niet met een flinke kater wilde ontwaken.

Elisa keek naar de donkere woning. 'Is toch altijd hetzelfde liedje,' zei ze toen Ismael al een eindje verderop was. 'Vergeet Raquel. Moet zo nodig bij haar man blijven, die smeerlap.'

'Elisa, je moet een beetje dimmen,' adviseerde Ismael. 'Het hele dorp praat over je.'

'Ze kunnen me allemaal de pot op!' antwoordde ze woedend. 'Die geven hier toch alleen maar af op een ander.'

'Daar geef je hun dan ook wel aanleiding toe.'

'Niet meer dan anderen. Nu is mijn vader de kwaaie pier en Álvaro een heilige. Niemand boeit het dat hij mij geneukt heeft, zodra hij weer in het dorp was. Dat hij me gebruikt heeft zodat de politie hem met rust laat. Lijkt niemand iets te kunnen schelen.'

'Hoezo, Álvaro heeft dat gedaan zodat ze hem met rust laten?' Ismael draaide zich om en liep terug naar Elisa.

'Weet je wat er echt in dit dorp aan de hand is? Die moeten zich allemaal de ogen uit hun hoofd schamen! Zetten een grote bek op, maar als het om de waarheid gaat, druipen ze met de staart tussen de benen af.'

Het speet Ismael te zien hoe Elisa nu compleet over haar toeren raakte. Al scheldend op de buren tolde ze over straat. 'Mariángel, Nieus, waar zitten jullie?' lalde ze. 'Sluiten natuurlijk hun verdomde ramen!' Ze verweet hun te hebben weggekeken toen haar vader haar sloeg. Hoewel zij geen aangifte tegen hem had willen doen, was de politie nu ambtshalve een gerechtelijk onderzoek tegen hem begonnen. De rechter had bepaald dat Marcial niet in de omgeving van zijn dochter mocht komen en had een verblijfsverbod voor Monteperdido ingesteld. Ze had gehoord dat hij met haar oma in het huis in Barbastro verbleef.

Huilend zakte ze neer voor haar deur.

'Waarom begin je niet gewoon ergens opnieuw,' probeerde Ismael haar moed in te spreken.

Elisa zweeg, toen begon ze te kokhalzen en over te geven, vlak voor zijn voeten. Ismael hielp haar zich voorover te buigen. Het koude zweet stond op haar voorhoofd. Uiteindelijk hief Elisa haar hoofd op en sloot haar ogen. In haar mondhoek hing een draadje speeksel. Ismael pakte een papieren zakdoekje en veegde het weg. 'Dank je,' fluisterde ze en toen ze haar ogen weer opende, stonden er tranen in. Maar haar blik was uitgedoofd. Ze had zichzelf opgegeven. Te veel alcohol, dacht Ismael.

'Ik ga naar Barbastro, naar mijn vader,' zei Elisa.

Ismael leidde haar het huis binnen en legde haar in bed. Eigenlijk was Elisa een klein meisje dat niets liever wilde dan iemand die voor haar zorgde. Maar hij kon niet bij haar blijven.

Op weg naar zijn eigen huis dacht Ismael dat opnieuw beginnen ook voor hem niet eenvoudig zou worden. Hij was naar Monteperdido gekomen om in de buurt van Raquel te kunnen zijn. Zijn hele leven draaide om haar. Hij voelde jaloezie opkomen als hij bedacht hoe Álvaro nu weer met haar samen was. Wat voor zin had het om nog langer in dit dorp te blijven? Door Ana's terugkeer waren de laatste jaren in rook opgegaan en ineens voelde hij hoe er haat in hem opwelde. Kon hij haar maar weer in dat hol opsluiten!

Haar krabbels overdekten de hele rand van de documenten. Urenlang zat Sara boven de stukken zich door namen van buren en verklaringen van Ana te worstelen, terwijl haar potlood automatisch geometrische figuren op papier zette, de een naast de ander, vervlochten in elkaar. Driehoeken, zeshoeken, getrapte en gearceerde lijnen die uitliepen in het niets, rechthoeken... composities die al die bladzijden bevolkten en kaders vormden rond teksten en foto's. 'Sara Mandala' had een klasgenoot haar genoemd, toen hij haar schriften zag, die al net zo volgekrabbeld stonden als deze documenten nu. Santiago was door haar gril bijna vertwijfeld geweest. Hoe kon je zulke stukken aan een rechtbank voorleggen? Of aan je meerderen? 'Het helpt me bij het denken,' had Sara steeds gezegd.

Nu Sara door het dennenbos achter Los Corzos liep, moest ze aan die krabbels denken. De wegen waren hier al net zo kronkelig als haar tekeningen. Ana liep naast haar. Ze snuffelde aan haar handen. Misschien roken ze nog naar geklopt eiwit, suiker en vanille. Toen Sara haar van huis had opgehaald, was ze net met haar moeder in de keuken een taart aan het bakken.

'Hoe gaat het met het zwemmen?' vroeg Sara.

'Op zijn hondjes, maar ik ga in elk geval niet kopje-onder,' antwoordde Ana glimlachend.

Het was waarschijnlijk het beste wat haar was overkomen sinds ze uit haar kerkerhol ontsnapt was. Burgos had meteen Víctor gebeld toen de jongelui hem op de Monte Ármos ontglipt waren. De politie wilde juist een zoekactie starten in het populierenbos, toen Ximena's telefoontje binnenkwam. Eenmaal thuis had Sara Ana dringend gevraagd zoiets niet nog een keer te doen. 'We willen alleen maar zorgen dat jou niets overkomt,' had ze gezegd.

Sinds Santiago's dood ging Sara elke middag naar Ana toe om met haar te praten. Aanvankelijk lieten ze in de tuin of in de woonkamer de jaren in gevangenschap de revue passeren. Ze bespraken ook hoe het Ana in haar nieuwe leven verging. Maar algauw bleven ze niet meer thuis, maar gingen ze wat wandelen. Soms gingen ze de buurt uit en liepen ze over de nieuwe brug naar het dorpscentrum, naar het plein bij de kerk of de bogengaanderij bij het gemeentehuis. De drukke winkelstraat meden ze, hoewel er daar deze zomer minder toeristen waren dan normaal.

Langzamerhand waren ook de journalisten vertrokken. Het was begin augustus, veel mensen waren op vakantie en de redacties waren schaars bezet. Het nieuws van Ana's terugkeer was niet meer spannend genoeg om daar ter plekke verslag van te doen. Op 14 augustus was er geen enkele verslaggever meer.

'Wanneer wordt de dode ree weggehaald?' had Ana op een keer gevraagd. Ze had de agente verteld van het dode dier dat ze aan de voet van de rotswand hadden ontdekt. Sara zei dat het niet weggehaald zou worden. De natuurbescherming in Ordesa had besloten dat de natuur haar werk moest doen.

Ze probeerde zich te verplaatsten in de jaren die Ana in haar hol had doorgebracht. De angst van de eerste weken en daarna de gewenning aan een ziekelijke routine. Twee meisjes die in een keldergat uit tupperwarebakjes aten wat hun ontvoerder voor hen had meegebracht. Die hun behoefte in een emmer deden, die soms dagenlang niet werd geleegd. Die hun tijd verdreven met zinloze spelletjes, ruziemaakten over kleinigheidjes en vooral zich dood verveelden. Met een zeker schuldgevoel gaf Ana toe dat de sterkste herinnering aan die vijf jaar verveling was. De eentonigheid waarmee de tijd verliep, terwijl ze volwassen werden en zich tot jonge vrouwen ontwikkelden. Ana las alles wat ze te pakken kon krijgen en wilde dat Lucía de ontvoerder zou vragen nieuwe boeken voor haar mee te brengen. Maar haar vriendin werd niet in hetzelfde tempo volwassen: Lucía vluchtte in een kinderlijke wereld alsof ze de onschuld wilde bewaren uit de tijd voor ze in deze situatie was beland. Boeken interesseerden haar niet. Ze reageerde met een gevoel van onbehagen op lichamelijke veranderingen en weigerde haar eigen lichaam te verkennen, zoals Ana dat wel deed. Lucía was liever met poppen in de weer en toen die haar begonnen te vervelen, met kleren. Ze kregen verzendcatalogi waaruit Lucía kleren voor zichzelf en voor Ana uitzocht, alsof ze van toen af aan zelf poppen waren die aangekleed moesten worden.

Mettertijd leek Ana een zekere distantie tot haar herinneringen op te bouwen, alsof er sinds haar vlucht al een lange tijd verstreken was. Ze probeerde te vergeten en een duidelijke scheidslijn te trekken tussen de Ana die nu met Sara wandelen ging en de Ana die met Lucía gevangen had gezeten. Twee verschillende personen. Wie zou dat niet hebben gedaan, zo'n beschermmuur optrekken?

Sara was blijven staan bij de boom waaraan destijds Ana's schooltas was gevonden.

'Ik was jaloers op Lucía,' zei Ana ineens. 'Zij bracht in elk geval af en toe de nacht met hem door. Mij zag hij gewoon niet staan. Ze praatten met elkaar. Ik zat alleen maar in de weg. Wat, als ze genoeg van me hadden? Ik was bang dat Lucía boos op mij zou kunnen worden en tegen hem zeggen dat ze niet meer met mij samen wilde zijn.' Ana zweeg een ogenblik en toen zei ze iets waarvan ze wist dat het maar moeilijk te begrijpen zou zijn: 'Ik had het fijn gevonden als hij in elk geval een beetje van me zou hebben gehouden.'

Sara herinnerde zich wat de ontvoerder de eerste dag tegen Ana had gezegd: *op een dag vermoord ik je*. Dit dreigement, die minachting was haar elke minuut in al die vijf jaar als een schaduw blijven volgen.

Toen het begon te schemeren, besloten ze terug te gaan. Ana had weer een thuis, waar ze bevestiging kon vinden in de blikken van haar ouders en ook van Quim. Ze was weer de Ana die ze zijn wilde. De gesprekken met Sara grepen haar aan en ergens kwam altijd het punt dat ze weer gauw terug wilde naar Raquel en Álvaro. Naar Quim.

Sara was tot de conclusie gekomen dat de twee ontvoerders om beurten voor de meisjes hadden gezorgd, maar dat een van hen vrijwel geen direct contact met hen had gehad. De man die hen in het bos had overvallen was de man die Ana gedreigd had te vermoorden. Hij was het die Ana in de hut aan een balk vastbond om daarna de kelder in te gaan, naar Lucía. De tweede man had kleren gekocht, eten gebracht en voor hen gezorgd als de ander er niet was. Ana en Lucía hadden dat zo geïnterpreteerd dat hij boos op hen was en daarom niet bij Lucía kwam. Maar Sara dacht dat de eerste man op zulke dagen bepaalde redenen had – misschien moest hij wel werken – dat hij niet naar de hut kon komen en dat de ander daarom zolang voor hen zorgde. Een tweede man, die geen contact met de meisjes mocht hebben.

Op de terugweg kocht Sara een fles wijn. De verkoopster adviseerde haar een witte wijn, een gewürztraminer uit Barbastro. Víctor had erop gestaan dat ze die avond bij hem thuis zou eten. Hij had een barbecue georganiseerd, waar ook zijn broer met zijn gezin zou komen, en dit keer had hij met haar weigering geen genoegen genomen.

Bij Ana's huis namen ze afscheid. Toen het meisje het tuinhekje opende viel het Sara op dat Ana krampachtig het huis van de Castáns probeerde te negeren. Eerst dacht Sara dat het puberale verlegenheid was, want juist op dat moment kwam Quim in gezelschap van Nicolás Souto naar buiten. Sara wist dat er tussen beide tieners iets aan het ontstaan was. Misschien ontweek Ana Quims blik zodat niemand zou zien dat zij hem leuk vond. Maar wat als ze de blik van de veearts ontweek?

Ook daarom ging Sara met Ana wandelen: ze dacht nog altijd dat Ana niet de hele waarheid vertelde. Misschien wist ze wel degelijk wie haar ontvoerders waren, maar durfde ze het niet te vertellen. Uit angst en omdat ze vlak in de buurt waren. Als deze mannen uit Monteperdido kwamen, moest Ana hen gezien hebben: in het ziekenhuis toen praktisch iedereen haar was komen opzoeken of ergens in het dorp toen ze weer thuis was.

Sara observeerde heel precies hoe Ana op de mensen in het dorp reageerde. Welke plekken meed ze? Waar leek ze zich niet op haar gemak te voelen? Als ze wist wie haar ontvoerders waren en ze uit het dorp kwamen, kon je ervan op aan dat ze weg zou blijven van plekken waar ze hen tegen kon komen. Maar tot aan deze middag had Sara op geen enkele manier vreemd gedrag bij Ana opgemerkt.

In het huis van de Castáns leek iets aan de hand. Nicolás Souto en Quim keken ernstig, terwijl ze zachtjes met elkaar spraken. De dierenarts woonde er recht tegenover. Op de eerste verdieping brandde licht en op dat moment kwam Rafael Grau, Montserrats broer, aanrijden. Ana bleef geen moment staan kijken en haastte zich naar binnen, het leek wel of ze zichzelf in veiligheid wilde brengen. De straatlantaarns gingen aan en verlichtten de donkere straat. Rafael sprak kort met Nicolás en Quim voordat hij het huis binnenliep. Sara meende achter het raam van de woonkamer het silhouet van Joaquín te herkennen.

Ana was al in huis en had de deur achter zich dichtgetrokken.

In de slaapkamer lag Montserrat op bed naar het plafond te staren. De lamp scheen pal in haar gezicht. Rond het gloeiende peertje lag een vage lichtkrans. Of waren het haar tranen? Nicolás had haar strikte bedrust voorgeschreven, minimaal achtenveertig uur tot de bloeding gestopt zou zijn.

Waarover maakte ze zich zorgen? Over een nieuw leven? Over een toekomst?

Ze was flink geschrokken toen ze die middag op de wc een bloedvlek in haar ondergoed had aangetroffen en had Nicolás gebeld. De dierenarts was onmiddellijk gekomen en had haar onderzocht. Er dreigde een miskraam, niet ongewoon in de eerste drie maanden van een zwangerschap. Quim trof hen beiden aan in de slaapkamer.

'Ik wil het kind niet verliezen,' zei Montserrat tegen haar zoon, toen hij begrepen had wat er aan de hand was.

'Je zult vast zien dat het allemaal goed komt.' Quims stem klonk geruststellend, volwassen. Hij pakte haar hand en glimlachte. 'Maar deze baby behandel je beter dan mij,' zei hij met een knipoogje.

'Het spijt me zo, lieverd,' was alles wat Montserrat kon zeggen.

Nicolás liet hen alleen. Hij stond beneden in de woonkamer, toen Joaquín thuiskwam.

'Bel Rafael en zeg hem dat hij moet komen,' vroeg Montserrat haar zoon toen ze de voordeur hoorde.

Quim snapte heel goed dat zijn moeder Rafaels hulp inriep en liep naar zijn kamer om met zijn mobieltje zijn oom te bellen. Vanuit de woonkamer was de woedende stem van Joaquín te horen. Vervolgens kwam hij met veel kabaal de trap op. Montserrat haalde diep adem en sloot haar ogen toen ze voelde dat haar man in de deuropening stond. Toen zij ze weer opende, zat hij op het voeteneind van het bed, zijn gezicht van woede vertrokken alsof hij haar in bed betrapt had met een ander. Montserrats maag kwam in opstand. Ze richtte zich wat op.

'Het was echt geen opzet,' zei ze. Toen vroeg ze zich af waarom ze zich eigenlijk verontschuldigde. Ze wilde heel graag dit kind dat in haar buik groeide. 'Maar ik zal het krijgen.'

'En hoelang had je nog willen wachten met het mij te vertellen?' Joaquín kon zich maar moeizaam beheersen.

'Ik was bang, Joaquín. Ik zou het je graag op een andere manier verteld hebben, maar ik heb een bloeding gekregen en...'

Joaquín wendde zich af. Hij wilde haar uitleg niet horen. Hij wilde de details niet kennen die van deze zwangerschap een realiteit maakten.

'Heb je het zoeken naar haar opgegeven?' Elk woord van Joaquín kwam bij Montserrat aan als een dolkstoot. 'Wat wil je? Haar kamer in beslag nemen voor de baby? De leemte vullen?'

Ze zocht naar een antwoord op zijn verwijten, maar Quim was haar voor.

'Als Lucía dood is, betekent dat niet dat ook ons leven voorbij is.'

Joaquín keek hem aan, toen gaf hij zijn zoon met zo'n kracht een draai om de oren dat Quim achterover tuimelde. Nicolás kwam de trap opgerend en probeerde Joaquín tot bedaren te brengen.

'Wat doe jíj eigenlijk hier? Donder op!' brulde Joaquín.

Montserrat probeerde op te staan, maar Nicolás hield haar daarvan af. 'Ik ga, maar mocht je iets nodig hebben, bel me alsjeblieft. Je moet volstrekte bedrust houden,' zei hij nog.

Quim volgde Nicolás de trap af. Montserrat hoorde hoe Nicolás haar zoon bemoedigend toesprak. 'Jullie zullen zien, morgen ziet alles er al heel anders uit. Geef hem tijd, probeer het niet vandaag al op te lossen.' Daarna zonk zijn stem weg.

Montserrat ging weer liggen en keek naar het plafond, naar de lamp die recht in haar gezicht scheen. Ze wist dat ze iets verliezen zou. Haar ongeboren kind of haar man. Maar in elk geval zou morgen niets meer zijn zoals nu. Wat was pijnlijker? En ineens werd haar duidelijk dat ze haar man allang verloren had. Het was de pijn waaraan ze gewend was.

Quim liep met zijn oom terug het huis binnen. Rafael bleef in de deuropening staan, toen hij zag hoe zijn zwager nerveus in de woonkamer heen en weer liep om de foto's van Lucía aan de muur te bekijken. Toen Joaquín hem hoorde, draaide hij zich om.

'Wie heeft jou eigenlijk gebeld? Je zus?' Het was maar al te duidelijk dat Rafaels komst hier hem niet aanstond.

Toen Rafael geen antwoord gaf en zonder iets te zeggen naar de trap liep, was het met Joaquíns zelfbeheersing gedaan. Hij had het gevoel dat ze allemaal tegen hem samenspanden. Met een sprong was hij bij zijn zwager en vatte hem bij de kraag.

'Laat hem los!' schreeuwde Quim.

'Dit is míjn gezin!' zei Joaquín tegen Rafael, alsof hij zijn zoon helemaal niet gehoord had.

'Als je m'n zus ook maar een haar krenkt, maak ik je koud,' antwoordde Rafael, terwijl hij Joaquíns hand pakte en hem wegschoof.

'Ik ben de enige die echt van Lucía houdt,' bracht Joaquín uit. 'Jullie hebben totaal geen interesse in haar.'

'O ja?' zei Quim woedend. Toen rende hij de trap op.

Joaquín liet Rafael naar boven gaan. Daar probeerde hij Quim te kalmeren, maar de jongen luisterde helemaal niet. Al zo lang had hij de frustratie van zijn vader over zich heen moeten laten gaan. Terwijl hij wist dat zijn vader niet zozeer leed onder de verdwijning van zijn dochter – hij had het vooral moeilijk met zijn onvermogen om haar te vinden. Quim liep de kamer van zijn zusje in. Hij dacht aan al die keren dat zijn vader verteld had hoe hij toen met de overstroming haar leven had gered. Joaquín Castán, de grote held.

Op het bed lagen alle cadeaus die zijn ouders bij elke kerst en iedere verjaardag voor Lucía gekocht hadden. Hij pakte het grootste en zwaarste cadeau, een grote kartonnen doos in roze geschenkpapier gewikkeld, liep naar de trap en gooide het woedend naar beneden. Het pak sloeg onder luid gerinkel beneden tegen de grond.

'Dat is alles wat er van Lucía over is!' brulde hij. Joaquín moest opzij springen om niet door het projectiel getroffen te worden. De doos barstte open en de inhoud verspreidde zich als de ingewanden van een robot over de vloer van de huiskamer. Het was een computer. Joaquín herinnerde zich hoe hij hem had gekocht bij een speciaalzaak in Barbastro.

Quim verscheen opnieuw met twee pakjes en gooide ze de trap

af. Zijn vader tierde dat hij daarmee op moest houden. Ook Rafael probeerde hem tegen te houden, maar Quim rukte zich los en ging door met het van de trap smijten van al die absurde geschenken. Ze kapotmaken. Een groot pak trof de glazen tafel in de woonkamer. Het tafelblad barstte.

'Pak die hele rotzooi en gun anderen hun eigen leven!' schreeuwde Quim. Toen brak hij in tranen uit, terwijl zijn oom hem probeerde te troosten.

Joaquín keek de woonkamer rond. Daar lagen alle cadeaus die hij gekocht had in de hoop dat Lucía die op de dag dat ze weer thuiskwam, open zou maken. De cadeaus die voor haar het bewijs vormden dat ze altijd aan haar waren blijven denken. Computer, bordspelen, rolschaatsen, poppen. Toen hij dit allemaal kapot op de grond zag liggen, kwam het hem zelf een ogenblik lachwekkend voor. Maar Joaquín weigerde daaraan toe te geven. Ze was zijn dochter. Hij moest haar vinden. Ook als hij er helemaal alleen voor stond. Hij pakte zijn autosleutels en ging het huis uit.

In de slaapkamer lag Montserrat op bed, haar ogen zo stevig dichtgeknepen dat ze zelfs geen tranen doorlieten. Ze had besloten vooruit te kijken, ook al zou Joaquín dat niet kunnen begrijpen. Ze zou niets doen om haar man te behouden.

Joaquín stapte in zijn auto en reed doelloos door de omgeving, zijn blik star op de weg gericht, terwijl de wegmarkering onder zijn banden verdween. Voor de tunnel bij de Congosto de Fall stopte hij op de vluchtstrook. Hij pakte zijn mobiel. Op het display een naam: *geldvrouw*. Hij zou niet wachten tot ze opnieuw belde. Hij zou haar het geld geven zodat zij hem kon vertellen wat ze wist.

Toen Víctor de deur opende, viel Sara's blik onmiddellijk op de hond, die achter hem in een mand lag.

'Komt die hier uit de streek?' vroeg Víctor terwijl hij op de fles wijn wees die Sara had meegebracht, maar toen merkte hij dat ze strak naar Nieve keek. 'Je hoeft niet bang te zijn. Hij doet je niks.'

'Weet je dat zeker? Als er iemand op mij had geschoten, zou ik alleen maar mijn kans afwachten om me te wreken.'

Víctor pakte haar bij de arm en trok haar het huis binnen. In de woning was het warm, het rook er naar vuur en houtskool. Sara liep voorzichtig verder, met lang niet zoveel vertrouwen als Víctor. Die vertelde dat de hond zich goed van het ongeluk had hersteld en alleen nog maar lichtjes hinkte. Wat aardig van hem om de hele zaak een 'ongeluk' te noemen, dacht ze.

De hond lag rustig in zijn mand. Hij had een dikke zachte vacht.

'Aai hem maar,' moedigde Víctor haar aan terwijl hij haar hand pakte.

Voorzichtig stak Sara haar hand uit. De hond begon te grommen en liet zijn scherpe hoektanden zien.

'Zie je wel?' Ze trok haar hand terug. 'Hij moet me niet.'

'Hij voelt dat je bang bent.'

'Is niet erg, echt niet. Het is zijn huis en ik ben een hondenmoordenaar. Hij heeft alle recht mij niet te moeten.'

'Waarom ben je zo gespannen?'

'Omdat ik zijn tanden heb gezien misschien?'

'Hij bijt niet.'

'Hoe weet je dat?' Sara bleef sceptisch.

'Omdat ik mijn hond ken.'

'Weet je waar dit mij aan doet denken? Als ze weer zo'n vent oppakken die zijn hele gezin heeft omgebracht en de buren zeggen: het was toch altijd zo'n aardige man.' Sara hield Nieve op een respectabele afstand en keek zoekend om zich heen, nog altijd met de fles wijn in haar hand. 'Die moet je koud drinken. Waar is de keuken?'

Hoofdschuddend gaf Víctor zijn pogingen op om Sara met Nieve te verzoenen. Hij wees haar waar de keuken was en zette de wijn in de koelkast. Sara keek telkens weer om naar de woonkamer om er zeker van te zijn dat Nieve nog altijd in zijn mand lag.

'We eten buiten in de tuin,' stelde Víctor haar gerust. 'Lukt dat of moet ik de hond aanlijnen?'

'Je hoeft me niet belachelijk te maken.' Sara glimlachte. Ze wierp een blik op de keukenklok. Víctors broer was er nog niet. Even dacht ze dat Víctor haar misschien iets op de mouw had gespeld en dat ze de hele avond met z'n tweeën zouden zijn. Ze begon al stiekem naar uitvluchten te zoeken om weer weg te kunnen gaan. Ze wist niet waarover ze met Víctor moest praten, behalve over het werk dan.

'Mijn broer is altijd te laat,' zei Víctor alsof hij haar gedachten had geraden. 'Met twee kinderen duurt het altijd een eeuwigheid voor ze eindelijk weg kunnen.' Hij reikte haar een glas wijn aan. 'Dieren geven terug wat je ze geeft,' zei hij toen. 'Als je bang voor ze bent, zijn zij bang voor jou.'

'Met mensen kan ik beter overweg,' gaf Sara toe.

Ze volgde hem de tuin in. Het perceel was niet heel groot, misschien twintig vierkante meter grasveld. Daarop stond een houten tafel die gedekt was voor het avondeten. Naast de tafel stond de barbecue. Die veroorzaakte de geur en de warmte die Sara al waren opgevallen toen ze het huis was binnengekomen.

'Echt?' vroeg Víctor. 'Jij begrijpt al die idioten met wie je te maken krijgt?'

'Ja, ik denk van wel,' antwoordde Sara terwijl ze aan haar wijn nipte. 'Drink jij niets?'

'Ik moet op de barbecue letten. Als ik te veel drink, steek ik misschien wel mijn huis in brand.'

Maar Víctors grapje kon de echte reden dat hij geen alcohol dronk niet verhullen en ze wisten dat allebei. Er volgde een pijnlijke stilte. Het speet Sara dat ze het gevraagd had, maar toen hoorden ze het geluid van een auto. Víctors broer. Beiden glimlachten, opgelucht dat ze niet langer alleen waren.

Román was een sympathieke vent en gelukkig goed van de tongriem gesneden, net als zijn vrouw. Ondina had een blanke, porseleinen teint en was zo'n vrouw die urenlang over onbenullige zaken kon praten, van het weer tot een of ander verhaal over de kinderen. Sara benijdde zulke vrouwen. Zelf was ze niet in staat een gesprekje te beginnen over zaken waarvan ze dacht dat die niemand zouden interesseren. Maar ze kon goed overweg met mensen als Ondina, die met hun gebabbel een gespreksbasis schiepen waarop je probleemloos uit de voeten kon.

Terwijl Víctor bij de barbecue stond en Románs kinderen, een jongen van zeven en een van vijf, in de tuin aan het voetballen waren, nam het echtpaar de hele conversatie voor zijn rekening. Ze spraken over hoe eindeloos lang de zomer duurde als de kinderen geen school hadden en over het komende dorpsfeest, begin september. Ze vertelden Sara over de traditie van de *Baile de los Hombres,* waarbij de mannen van de broederschap voor het genadebeeld van de maagd Santa María de Laude dansen, en ze haalden lachend herinneringen op aan de keer dat Víctor aan die dans had meegedaan zonder ook maar een pas te kennen.

'Tot mijn verdediging moet ik zeggen dat de nacht ervoor erg lang geweest was,' riep Víctor er vanaf de barbecue tussendoor.

'Je kunt je niet voorstellen hoeveel er bij zulke dorpsfeesten gezopen wordt,' voegde Ondina eraan toe.

Sara glimlachte hoewel ze haar aandacht vooral bij de kinderen had en hun voetbal die waarschijnlijk elk moment op de barbecue kon belanden.

'Kom je morgen naar de jachtvereniging?' vroeg Román aan Víctor. 'De jachtposities worden verloot.'

'Ik denk niet dat ik dit jaar meedoe,' antwoordde Víctor. 'Ben jij verantwoordelijk voor de organisatie?'

'Marcial is immers niet...'

Román maakte zijn zin niet af alsof hij met het uitspreken van de naam Marcial een mijnenveld had betreden. Sara keek strak naar haar bord, maar ze voelde hoe iedereen naar haar keek.

'Ik heb nooit begrepen hoe je van dieren kunt houden en toch op jacht kunt gaan,' merkte ze op.

'Zei je zonet niet dat je ieder mens kon begrijpen?' zei Víctor. 'Laat maar eens horen, waarom houden wij van jagen, denk je?'

Sara keek hem met een geforceerd lachje aan. Ze wist dat hij haar uitdaagde.

'Als jullie jagen, kunnen jullie net zo zijn als zij. Als dieren,' zei ze. 'Jullie leven hier tussen de dieren. Zij hebben geen schulden of kinderen die niet goed kunnen leren. Ze hoeven alleen maar voedsel te zoeken en te overleven. Als jullie op jacht gaan, bewegen jullie je op hetzelfde niveau. Dieren tussen de dieren.'

Román barstte uit in een bulderende lach. 'Dat moet je Rafael eens vertellen. Of José María.' Toen hij uitgelachen was, legde hij uit: 'We gaan op jacht omdat we graag buiten in de natuur zijn. En later eten we wat we geschoten hebben. Het is gewoon een hobby. Niet meer, niet minder. Maak het niet ingewikkelder dan het is.'

Sara hief haar hand op om aan te geven dat ze zich gewonnen gaf.

'Bovendien hebben we hier in de streek geen roofdieren,' voegde Román eraan toe, terwijl hij een stuk vlees in zijn mond stak. 'Wie moet de wildezwijnenpopulatie onder controle houden? Of het grofwild? Ze hebben geen natuurlijke vijanden.'

Román schonk wijn bij en proostte op het ecologisch evenwicht in Monteperdido. Iedereen dronk, behalve Víctor, die alleen aan zijn glas nipte. Román begon te vertellen over de drijfjacht waarmee het jachtseizoen geopend werd. Hij legde Sara uit hoe zo'n drijfjacht in zijn werk ging: de drijvers patrouilleren over het terrein om het wild op te jagen. Ze lopen altijd tegen de wind in zodat de dieren hen niet kunnen ruiken en drijven het wild op naar de jagers. 'Klinkt simpel,' zei hij, 'maar die wilde zwijnen zijn slimmer dan wij allemaal bij elkaar.'

Het was een bijzonder zachte avond. Meestal waaide er 's avonds een koude wind vanuit de bergen. Sara zag hoe Víctor ontspannen op zijn stoel achteroverleunde, terwijl zijn broer verhalen vertelde. Na weer een glas wijn begon ze de draad wat kwijt te raken. De alcohol en de vermoeidheid speelden haar parten. Eigenlijk zou ze zich moeten verontschuldigen en naar haar pension gaan, maar ze voelde zich op haar gemak. Geborgen.

De beltoon van een mobieltje rukte haar los uit haar lethargie. Het was van Víctor, die nu naar binnen ging om te telefoneren. Román vroeg of ze nog wat wijn wilde, maar voor ze nee kon zeggen, had hij al bijgeschonken.

'Je ziet er moe uit,' zei Ondina.

'Later heb ik nog tijd genoeg om te slapen,' antwoordde Sara. Ze probeerde zelfverzekerd te klinken.

Víctor riep haar. Sara stond op en probeerde niet te laten merken dat ze te veel gedronken had.

'Het was de politie in Barbastro,' zei hij. 'Marcial heeft het bureau gebeld omdat zijn dochter bij hem is en hij geen problemen wil. Elisa wil per se bij haar vader blijven.'

'Wat heb je gezegd?' Ze zag voor zich hoe Elisa voor Marcial neerknielde als voor een wrede god, hem smekend om vergeving.

'Dat ik straks nog even terugbel. Ik wist niet wat ik zeggen moest,' gaf Víctor toe.

We hebben allemaal een plek nodig waar we heen kunnen, dacht Sara. Zelfs als die plek niet goed voor ons is.

'Zeg maar dat ze een patrouillewagen bij hem langssturen, maar dat ze Elisa niet mee moeten nemen.'

'Weet je het zeker?' vroeg Víctor, maar Sara had zich al omgedraaid.

Toen ze langs Nieve liep, moest ze weer denken aan wat Víctor eerder had gezegd: *Dieren geven terug wat je ze geeft*. Was het bij mensen ook maar zo eenvoudig, dacht ze. Liefde voor liefde. Ze merkte pas dat ze huilde toen Víctor vroeg of alles in orde was. Sara voelde aan haar wangen en gaf de wijn de schuld. Víctor nam haar mee naar de keuken en zette koffie. Sara hoorde dat hij zich bij zijn broer verontschuldigde en dat het gezin met veel kabaal het huis verliet. Ze stapten in de auto, waarna het geluid van de motor zich verwijderde. Sara kwam zichzelf zo dom voor, hoe ze daar huilend in de keuken zat en wilde juist weggaan toen Víctor terugkwam. De koffie begon te pruttelen.

'Vanavond ga je nergens meer heen,' maakte hij duidelijk en schonk haar een warme koffie in. Ze gingen op de bank in de woonkamer zitten. 'Is het vanwege Elisa?'

Sara haalde haar schouders op. Haar droefheid was net een virus dat alles had geïnfecteerd. Elisa en Santiago. Joaquíns falen en Lucía's afwezigheid. Ana's angst en de schaduw van de ontvoerders die vrij door het dorp liepen en die ze maar niet te pakken kreeg. Haar eigen leven.

'Vertrouw me,' zei Víctor. 'Ik wil je helpen.'

'Waarom?'

Víctor pakte het kopje uit haar handen en zette het op tafel. Toen legde hij zijn arm om haar heen. Ze voelde dat hij bang was voor een afwijzing, maar hoe dichter hij bij haar kwam, hoe sterker ze zich voelde. Zij was degene die haar lippen de zijne toestak, tot ze elkaar uiteindelijk raakten. Ze proefden naar vochtige grond, naar haardvuur. Toen liet ze zich in zijn armen zinken. Víctor kuste de tranen van haar wangen.

Ze vreeën in zijn slaapkamer. Daarna fluisterde hij zachtjes in haar oor: 'Ik heb zo lang naar je gezocht. Ik dacht al dat ik je nooit zou vinden.'

Sara vlijde zich in zijn armen en dacht aan de laatste figuur die ze op een van de documenten gekrabbeld had. Het onmogelijke labyrint. Nu was er een rode lijn die naar de uitgang voerde.

Er is altijd iemand die je zoekt, dacht ze.

Ze gingen niet slapen, maar praatten. Sara vertelde over Santiago en over haar ouders. Over de verziekte verhoudingen in haar familie, net als bij Elisa. Haar vader sloeg haar moeder en zij had als klein meisje in dat spanningsveld vergeefs de liefde van haar ouders proberen te winnen. Toen ze zestien was, was ze naar de politie gegaan en had ze haar vader aangegeven, maar voor de rechtbank beweerde haar moeder dat het verzinsels van haar dochter waren, omdat ze jaloers was. Haar vader werd vrijgesproken en kwam terug naar huis. Voor Sara was er geen plek meer, maar ze weigerde dat te accepteren. Ze besloot van huis weg te lopen om hen schrik aan te jagen. Toen ze na een hele tijd naar het politiebureau ging, bleek dat haar ouders niets hadden gedaan om haar te vinden.

Zonder de blik van een ander ben je niemand. Haar had nooit iemand een blik gegund.

Víctor deed geen beloften. Hij hoefde haar niet te zeggen dat ze na vannacht altijd zou weten wie in haar ogen keek.

Toen ze in slaap vielen, werd het alweer licht.

Sara werd wakker toen iets zachts haar vingertoppen raakte. Alsof er een veer langs streek. Ze deed haar ogen een klein beetje open en zag dat Nieve langs haar hand wreef die over de zijkant van het bed hing.

Ze streelde voorzichtig de vacht van het dier, dat zich heel stil hield toen hij haar hand voelde.

'Wil je me vergeven, Nieve?' fluisterde Sara.

Ze trok haar T-shirt aan en stond op. Voordat ze de kamer uitging, keek ze nog even om naar het bed waar Víctor nog lag te slapen. Toen ze de woonkamer binnenkwam, ging haar mobieltje.

Het was het politiebureau, maar toen ze wilde opnemen was de batterij leeg. Sara keek rond naar een oplaadsnoertje. Ze wilde Víctor niet wakker maken en zocht in verschillende lades tot ze er uiteindelijk een vond in de commode in de hal. Toen ze de la weer dicht wilde schuiven, viel haar blik op een documentatiemap van de politie. Ze pakte hem uit de la en zag linksonder in de hoek het registratienummer: 24/10/10. Het was het document dat zij had gezocht. Víctor had beweerd niet te weten waar het was.

Ze voelde zich duizelig worden en moest zich vasthouden aan de commode. Haar gedachten tolden in het rond. Wat deed ze halfnaakt in zijn huis? Hoeveel eerlijkheid was er geweest in deze nacht waarin ze het bed hadden gedeeld? Wie was Víctor echt?

Toen Víctor de slaapkamer uitkwam, deed Sara alsof er niets aan de hand was. Slaapdronken vertelde hij haar dat de collega's van het bureau net hadden gebeld.

'Het gaat om de telefoontap van Joaquín Castán. Ze hebben meegeluisterd hoe hij met een vrouw heeft afgesproken om haar de beloning te geven. Moeten we ingrijpen?'

Ze was zoals elke ochtend om negen uur naar haar werk gegaan, ook al was ze vandaag opgestaan in de hoop dat het voor het laatst zou zijn. Ze stofzuigde het huis, haalde het wasgoed uit de machine en hing het op. Er was niemand thuis. Ze ging bij het keukenraam zitten om een sigaret te roken. Ze deed haar schoenen uit en bestudeerde haar voeten. Door de hitte waren ze gezwollen en vuurrood. Maar toch moest ze werken, elke dag vier uur poetsen. Met wat hij betaalde was het nooit genoeg om het eind van de maand te halen. Haar kleindochter was eraan gewend dat ze zelf moest opstaan en iets klaarmaken voor het ontbijt. Als ze tegen vieren terugkwam, maakte ze het middageten klaar. Meestal zat het kleintje dan nog in pyjama op de bank een tekenfilm te kijken. Vandaag had ze een tupperwarebakje met macaroni op tafel gezet. Gisteravond had ze haar verteld dat het vandaag wat later zou worden, maar dat ze dan een verrassing mee zou nemen.

Ze was nerveus, ook al wilde ze dat zichzelf niet toegeven. Steeds weer keek ze op de klok tot het eindelijk één uur was en ze gaan kon. Over een uur moest ze bij het tankstation in het dorp zijn. Daar zou Joaquín Castán het geld achterlaten. Daarna zou ze naar zijn bedrijf gaan om hem te vertellen wat ze wist. Ze wilde hem niet bedriegen. Ze wilde er alleen zeker van zijn dat de beloning niet gewoon een valstrik was om een dom gansje zoals zij te lokken. Het had haar verrast dat Joaquín gisteravond had gebeld. Eigenlijk had ze gedacht dat ze hooguit een aanbetaling voor de beloning zou kunnen vragen, maar Lucía's vader was op haar voorwaarden ingegaan en had zich bereid verklaard om haar het volledige bedrag te geven. Hij had een vertwijfelde indruk gemaakt.

Eigenlijk moest ze de badkamer schoonmaken, maar vanochtend was ze te lui om op haar knieën de wc te schrobben. Ze wist dat er vanmiddag niemand thuis zou zijn. Joaquín had het bedrijf dan wel gesloten, maar Rafael was niet graag thuis als ze aan het schoonmaken was. Hij legde het geld altijd op de keukentafel en ging weg zodra ze arriveerde. Soms moest ze de aanwezigheid van Quim en Ximena verdragen, die de asbak vol paften en alles wat ze zo-even had opgeruimd weer overhoop haalden.

Het was haar baan. Toen de houtzagerij failliet ging, had ze geen ander werk meer kunnen vinden. Aanvankelijk was het heel goed gegaan, maar nu had ze alleen nog maar het huis van Rafael Grau. Ze moest immers ook zorgen voor haar kleindochter van acht. Wat had ze toch fout gedaan met haar dochter? Elke keer als ze naar het meisje keek, vroeg ze het zich af. Ze had haar hele leven hard gewerkt en alles opzijgezet voor haar gezin. Maar waarschijnlijk had haar dochter haar alleen maar voor een idioot gehouden die ploeterde als een muilezel en geen eigen leven had. Wie vroeg nog naar het leven van een werkster? Wie interesseerde dat? Ze zette de tv aan en keek naar een liefdesfilm, tot het tijd was om te gaan.

Ze had geen auto en moest te voet. Misschien was het beter om maar gewoon door te lopen als Joaquín Castán bij het tankstation rondhing. Ze wilde dit geld. Ze had het nodig. Op de weg keek ze de auto's na die vanuit Monteperdido in de tunnel bij de Congosto de Fall verdwenen. Het eerste wat ze zou doen, was een auto kopen en door die tunnel rijden. Het was een straf om hier in het dal zonder auto te moeten. Over steile wegen al die uren naar het dorp te moeten lopen waar Rafael woonde. Toen schoot haar te binnen dat ze daar nooit meer heen zou hoeven om te poetsen. Het was de laatste keer geweest dat ze er de woonkamer had gestofzuigd.

Ze liep over de vluchtstrook langs de weg en merkte hoe haar hart sneller begon te slaan toen het tankstation in zicht kwam. Was wat ze te vertellen had wel belangrijk genoeg voor zo veel geld? Ze moest denken aan de films die 's middags op tv waren. Misdaadfilms. Liefdesverhalen. In haar leven kende ze romantiek alleen uit films. Ze voelde zich zo oud dat ze zich nauwelijks nog wist te herinneren of ze ooit een eigen leven had gehad. Onopvallend keek ze naar de brandstofpomp. Ze had gezegd dat Joaquín het geld in de vuilcontainer achter de pomp moest leggen. Niemand zou daarin kijken, behalve de mannen van de vuilnisdienst dan, maar die kwamen maar eenmaal per week. Ook het tankstation had geen personeel meer sinds je er alleen nog met een pinpas kon betalen.

Een paar auto's reden voorbij voordat ze besloot de weg over te steken. Ze spiedde tussen de bomen achter het tankstation om te zien of Joaquín zich daar bevond. Niemand te zien. Ze stak een sigaret op en liep op de pomp af, zonder zich te realiseren dat roken op die plek verboden was. Over de weg reed een terreinwagen langs in de richting van het dorp. Toen hij uit zicht was kon je alleen nog de wind in de bomen horen ruisen.

Ze keek naar de containers en ontdekte onder een ervan een zwarte plastic zak. Ze trok hem tevoorschijn en keek erin: het was het geld. Het was meer dan ze in haar hele leven bij elkaar had gezien. Het liefst was ze van blijdschap gaan schreeuwen. Had ze haar kleindochter gehaald, was met haar naar het winkelcentrum gereden en had vervolgens speelgoed voor haar gekocht, zo veel als ze maar wilde. Maar ze beheerste zich. Ze gooide de sigaret weg en trapte hem uit. Misschien was ze toch niet zo heel erg dom.

En als ze nu gewoon zou gaan? Hem simpelweg zou smeren? Tenslotte kon ze hem ook over de telefoon vertellen wat ze wist, of hem een brief schrijven. Waarom nog risico lopen? Wat als hij haar naar de politie sleepte en ze het geld uiteindelijk weer kwijtraakte?

Toen ze de sirenes hoorde, probeerde ze weg te rennen, maar haar voeten werkten niet mee. Waar kwamen die auto's vandaan? Twee jeeps stopten bij het tankstation en blokkeerden de uitrit. Ze tuurde naar de bomen. Waar moest ze zich verstoppen? Ze keek naar de zak met het geld en wist dat het nooit van haar zou zijn.

Een agent kwam met getrokken pistool op haar af en zei dat ze zich niet mocht verroeren. 'Handen omhoog, u bent gearresteerd!'

Ook dat was een zin die ze alleen van tv kende.

Sara bleef in de jeep zitten, terwijl Víctor de vrouw in hechtenis nam. Negenenzestig jaar oud. Concepción Bartolomé uit Vall de Valira, een piepklein dorpje. Wat had zij Joaquín te vertellen? De vrouw kwam niet over als een typische profiteur die een slaatje uit de situatie probeerde te slaan. Tegelijk betekende dat ook niet dat haar verhaal hen ook maar een stap verder zou brengen.

Sara pakte de map die ze uit Víctors huis had meegenomen en belde het hoofdbureau. In de verklaring stond het kenteken van de auto die op de dag dat de meisjes verdwenen waren, met hoge snelheid door Monteperdido gereden was. Het nummer dat Fulgencio zich niet meer wist te herinneren. Ze vroeg om het nummer na te trekken. Ze moest weten op wiens naam deze auto stond.

Toen hij de sirenes hoorde, vreesde Joaquín het ergste. Hij rende de bedrijfsloods uit en kwam bij de weg toen de politieauto's nog bij het tankstation stonden. Ze hadden hun sirenes uitgeschakeld, maar het zwaailicht draaide nog en wierp zijn schijnsel op het asfalt. Hij zag een van de agenten met de zwarte zak die hij onder een van de containers had gelegd. Víctor voerde Concha af. De werkster van Rafael. Was zij de vrouw met wie hij had gesproken? Wat kon zij er nu van weten?

Toen won zijn woede het. De politie had er zich te snel mee bemoeid. 'Stomme idioten!' brulde hij. Hij vreesde dat Concha nu niet meer zou zeggen wat ze wist.

Lucía lag op de matras naar het raampje te kijken dat heel hoog in de muur, direct onder het dak zat. In de naar binnen vallende lichtstraal danste het stof als nietige sneeuwvlokjes. Het was warm, erg warm. Ze had honger en ze was moe. Hoeveel uur kon je op een dag slapen? Ze had hem om een horloge gevraagd, maar hij had er nooit een meegebracht. Zijn smoesjes hadden haar woedend gemaakt, zo absurd waren ze. Misschien was hij bang dat ze zou uitrekenen hoeveel tijd ze nog te leven had. In de afgelopen dagen – of weken? – had ze het gevoel dat deze tijd op zijn eind liep. Sinds Ana er niet meer was, was er niets meer zoals vroeger. Hij was veranderd. Of was zij een ander mens geworden? Nu was ze bang voor hem als hij haar water en iets te eten bracht. Ze dacht aan Ana. Aan de zus die vijf jaar naast haar had geslapen. 'Ik haat je niet, Ana,' mompelde ze tegen de stilte om haar heen.

6

DE DRIJFJACHT

'Hoelang gaat dat duren? Twee uur?' vroeg Sara, terwijl ze ongeduldig op antwoord wachtte. Toen zei ze tegen de agent van het hoofdbureau die ze aan de lijn had: 'Maakt me niet uit, breng hem hier. Ik moet hem spreken.'

Toen ze neergelegd had, verscheen Víctor in de deur van haar kantoor.

'Concha is zover. Zal ik haar naar de verhoorkamer brengen?' vroeg hij, onwetend wat zij zo-even achter zijn rug in gang had gezet.

Toen Concha de spiegel aan de muur zag, betrapte ze zichzelf op de gedachte dat daar hoognodig een poetslap overheen moest. Hij zag er vreselijk uit. Overal vingerafdrukken en stof. 'Daar ben je in elk geval wel goed voor, Conchica,' zei ze tegen zichzelf. Toen dacht ze weer aan de stapel bankbiljetten in de zak, die ze nooit in handen zou houden.

'Concepción Bartolomé,' zei Sara toen ze tegenover haar ging zitten. 'Bent u zich ervan bewust dat het strafbaar is om de politie in een onderzoekszaak informatie te onthouden?'

'Kom ik nu in de gevangenis?' wilde Concha weten, hoewel dat helemaal niet haar grootste zorg was.

'Ik denk niet dat dat hoeft wanneer u met ons samenwerkt.'

'En mijn kleindochter? Ze is alleen thuis en zal bang worden wanneer ik niet terugkom.'

'De agenten van de regiopolitie zijn bij haar.' Sara leunde achterover in haar stoel en observeerde de vrouw. Kapotgewerkte handen, gerimpelde huid. Het afgematte uiterlijk van een mens dat in zijn leven elke dag heeft moeten werken. Deze vrouw was gebroken en geloofde nergens meer in. Wat had zij Lucía's vader kunnen vertellen?

Concha keek rond door het vertrek. Toen begon ze te praten. Ze keek naar de spiegel waarachter Víctor meeluisterde. Haar vermoeide, afgetobde gezicht.

'Toen ik het interview met Ana in de krant las, is me iets opgevallen. De poppen die ze hadden gekregen. De barbies waar Lucía mee speelde.' Concha's blik kruiste die van Sara en na een diepe zucht waarmee ze definitief elke hoop begroef dat ze uit haar kennis geld zou kunnen slaan, zei ze: 'Die zijn nu van mijn kleindochter.'

'Hoe weet u dat het om dezelfde poppen gaat?'

'In het interview stond dat ze de gezichten hadden bijgewerkt. En dat waren deze poppen ook voordat ik ze had schoongemaakt.'

'Hoe is uw kleindochter aan die poppen gekomen?'

'Ik heb ze gekregen.'

'Van wie?'

Joaquín zag hoe twee patrouillewagens met hoge snelheid en loeiende sirenes bij het politiebureau wegreden. Hij startte zijn auto en reed achter hen aan. Hij had hun Concha bezorgd, ze hadden niet het recht hem erbuiten te houden. Ze reden langs de school en sloegen op de hoofdstraat rechtsaf. Richting de bergen. Waar wilden ze heen? Naar het dorp? Of nog verder, naar hotel La Guardia? Hij merkte hoe zijn hart als een razende begon te bonken toen ze afsloegen naar zijn eigen buurt. Had de man die hem zijn dochter had afgepakt zo dichtbij gewoond? Ze passeerden de huizen van buren die met hem bij de stille waken waren geweest en die nu een fractie van een seconde verdachten werden. Tot hij zag dat de politie stopte voor zijn eigen huis.

Víctor en Sara stapten uit een van de jeeps. Andere agenten volgden met getrokken wapens. De zwaailichten draaiden, misschien loeiden de sirenes ook, maar Joaquín hoorde ze niet. In hem was het volkomen stil.

Álvaro. Ana's huis. Zochten ze hem? Het denkbeeld dat hij het altijd bij het rechte eind had gehad, vervulde hem met een mengeling van woede en trots.

Nicolás Souto had geen tijd meer om zijn broek aan te trekken. Hij had net gedoucht en had alleen een onderbroek en sokken aan toen ze zijn kamer binnenstormden.

Hij sprong verschrikt overeind, raakte verstrikt in de broekspijpen van de spijkerbroek die om zijn enkels hing, en viel op de grond. Víctor stortte zich op hem en hield hem vast. De veearts probeerde een verklaring te vinden voor wat hem overkwam. 'Wat heb ik gedaan?' hijgde hij. 'Wat moet dit?'

'Kop dicht, Nicolás. Is beter,' antwoordde Víctor terwijl hij hem handboeien aanlegde.

Sara keek de slaapkamer rond, terwijl Víctor Nicolás overeind trok en hem hielp met het aantrekken van zijn broek. Een tweepersoonsbed met aan beide kanten een nachtkastje. Een inbouwkast met notenhouten deuren. Witte muren en boven het bed een hert in een besneeuwd landschap. Eenvoudig, ordelijk, schoon. Vanuit de naastgelegen badkamer kwam een geur van douchegel, in de lucht hing waterdamp.

Een paar zweetdruppels liepen over Nicolás' schouders toen Víctor hem met de handen geboeid op de rug, naar de deur leidde.

Sara meende verbazing in de blik van de veearts te zien, misschien ook wel vertwijfeling hoe hij daar met licht gerekte hals zenuwachtig in zijn eigen kamer rondkeek alsof hij zich ervan wilde vergewissen dat er geen ongepaste zaken rondslingerden. Toen ze de kamer uitkwamen, stond Ximena onderaan de trap. Uit haar blik sprak eerder schaamte dan angst.

Lucía schoof de houten kist die als eettafel diende tegen de muur. Ze klom erop en probeerde door het raampje te kijken, zoals een hond die zijn snuit uit een autoraam steekt. Maar ze zag alleen de stralend blauwe lucht. Ze sprong van de kist en trapte woedend tegen de deur. Het was niet de benauwde ruimte die beklemming bij haar opriep. Het was de stilte. 'Kom nou eindelijk eens,' zei ze hardop om die stilte te doorbreken. Ze wilde echt dat hij weer zou komen. Hoeveel tijd was er verstreken sinds hij haar hier achter had gelaten? Ze had honger en dorst. Haar hart sloeg onregelmatig. Ze was nog nooit alleen geweest. Ana was haar schaduw geweest, haar gezelschap in verlatenheid, een verlengstuk van haarzelf, en nu hadden ze haar weggehaald. Ana had haar veel pijn gedaan met haar verwijten en haar spot, als een meedogenloos geweten dat haar veroordeelde en schuldig verklaarde. Ze liep de ruimte op en neer en hurkte uiteindelijk neer in een hoek. Ze sloot haar ogen en probeerde haar angst te bezweren. Ze stelde zich voor dat Ana bij haar was en van die stomme gedichten voordroeg. Naar haar spuugde. Maar het werkte niet. Ze wist maar al te goed dat ze helemaal alleen was.

Raquel liep de trap op in het huis van de Castáns. Quim was beneden gebleven. Hij keek naar buiten. De politie was weg. Er loeiden geen sirenes meer. Achtergebleven was een beklemmende stilte.

Toen Raquel de slaapkamer binnenkwam, zat Montserrat rechtop in bed, haar gezicht begraven in haar handen. Ze huilde.

'Geloof je dat hij het heeft gedaan?' vroeg ze. Raquel wist dat haar vriendin zowel op een ja als een nee hoopte.

'Je hoeft je niet schuldig te voelen,' was alles wat ze wist te zeggen.

Ze ging naast Montserrat zitten en omhelsde haar. Ze snapte maar al te goed hoe haar vriendin zich moest voelen: hoe had ze de man die haar dochter had afgepakt, kunnen vertrouwen?

Nicolás Souto was een vreemde vogel, Raquel had hem nooit echt begrepen. Hij leek de opmerkingen in het dorp, zijn eigen onzekerheid, de gestrande relatie met Ximena's moeder en het meisje op wie hij gewoonweg geen grip kreeg, schouderophalend te accepteren, als een marmot die wanneer het koud wordt zich terugtrekt in zijn hol om te gaan slapen.

'Gaat het nu beter met je?' vroeg ze terwijl ze over Montserrats buik streek. 'Je zoon vertelde het,' zei ze.

'De bloeding is gestopt,' antwoordde Montserrat. Ze veegde haar tranen weg.

Raquel voelde het mobieltje in haar broekzak trillen. 'Neem gerust op,' zei Montserrat. Op het display stond de naam Ismael Casella. De man die haar weer had leren leven, met wie ze had geslapen en toekomstplannen had gemaakt. Ze had het moment om met hem te praten alsmaar uitgesteld, maar ze wist dat het zo niet verder kon.

Toen Quim het huis uitliep, zag hij hoe Ana vanachter het raam in de woonkamer naar het huis van Nicolás Soutos keek. Hoe had ze de nabijheid van dat monster kunnen verdragen? Of had ze hem niet herkend? Toen Ana achter de gordijnen verdween, stak hij de straat over. Ximena had hem vast nodig.

Sara liep het bureau uit naar de parkeerplaats. Ze had de agent van het hoofdbureau gevraagd om daar op haar te wachten. Ze opende het achterportier van de auto en nam plaats naast de man die ze naar het dorp had laten brengen. Hij was de eigenaar van een autoverhuurbedrijf. Het kenteken van de auto die vijf jaar geleden door het dorp was geraasd, hoorde bij een auto uit zijn wagenpark. Een Audi A8.

'Wij verhuren ook auto's met chauffeur,' verklaarde de man, nadat hij zich eerst druk had gemaakt over de politie die hem zonder enige uitleg had meegenomen.

'Aan wie had u die auto verhuurd?' vroeg Sara.

'Dat is privé,' antwoordde hij ontwijkend. 'We kunnen niet zomaar de gegevens van onze klanten vrijgeven.'

'Hebt u dan een huiszoekingsbevel nodig?' dreigde Sara. 'Wilt u echt dat wij uw hele bedrijf overhoop halen?'

'Ik weet niet wie er met die auto heeft gereden,' gaf de man zich gewonnen. 'En ik denk niet dat ik het rittenboek nog heb. Het is tenslotte al een tijdje geleden. We maken veel ritten naar Monteperdido.'

'Waarom?'

De eigenaar van het verhuurbedrijf zweeg opnieuw. Hij beet op zijn onderlip, toen haalde hij diep adem en zei zonder zijn ondervraagster aan te kijken: 'We hebben een contract met hotel La Guardia.' De man besefte dat hij met dit antwoord de doos van Pandora opende. 'We rijden er hotelgasten naartoe, zonder verder vragen te stellen en rekenen alles zwart af. Dat was een voorwaarde van Serna, de hoteleigenaar.'

'Waarom die pogingen om geen sporen achter te laten?'

De man haalde zijn schouders op. Het was duidelijk dat hij als hij zijn gasten eenmaal had afgeleverd, niets meer te maken wilde hebben met wat er in het hotel gebeurde.

'Discretie, veronderstel ik.' Hij deed zijn best zijn woorden zorgvuldig te kiezen. De politie tevreden te stellen en tegelijkertijd zijn eigen blazoen zuiver te houden. 'Ze vroegen ook om auto's met getinte ramen.'

Joaquín kwam het huis binnen, gooide de autosleutels op het dressoir en liep naar boven. De slaapkamerdeur stond open, maar zijn vrouw lag niet in bed. 'Montse!' riep hij, maar er kwam geen antwoord.

Nicolás had zijn hele leven als een schoothondje achter haar aangerend. Van kindsbeen af tot nu. Wanneer Joaquín en Montserrat ruzie hadden gemaakt, stond hij om de hoek te wachten om Montserrat op te vangen en te troosten. Waarom was het hem al niet eerder opgevallen? Toen Nicolás het huis aan de overkant kocht. Dat hij Lucía observeerde als ze in de tuin aan het spelen was.

'Ik heb je wel honderd keer gezegd dat ik hem hier niet in huis wil hebben,' verweet Joaquín zijn vrouw toen hij haar in de badkamer aantrof. 'Maar je hebt telkens weer de deur voor hem opengezet.'

Montserrat wist niet wat ze moest antwoorden. Ze hield zich vast aan de wastafel en huiverde bij de gedachte dat Nicolás haar eergisteren hier in bed had onderzocht toen ze was gaan bloeden. Ze voelde zich smerig en schuldig.

'Het spijt me,' was alles wat ze wist uit te brengen.

Joaquín zag dat zijn vrouw moest huilen. Misschien had hij naar haar toe moeten gaan, haar kalmeren en moeten zeggen dat dit nu niet het belangrijkste was. Dat het er nu om ging dat de politie Lucía zo snel mogelijk zou vinden. Maar hij bleef in de deuropening staan. Hij voelde zich sterk alsof hij door een golf werd opgetild. Hij had gelijk gehad, ook al had iedereen altijd weer gezegd dat hij ermee moest stoppen. Ook zijn vrouw.

Hij draaide zich om en liep weg.

Sara keek door de observatiespiegel van de verhoorkamer. Nicolás Souto zat ineengezakt klaar op zijn stoel, zijn handen begraven tussen zijn bovenbenen. Hij keek neutraal naar de spiegel waarachter zij hem observeerde. Hij had een dun snorretje, niet veel meer dan een donkere schaduw op zijn bovenlip.

'Ga je niet naar binnen?' vroeg Víctor, toen hij zag dat Sara ging zitten.

'Ik wil graag dat jij het verhoor doet.' Hij merkte dat ze zijn blik ontweek. 'Ik hou me er dit keer buiten.'

Víctor liep naar de deur van de verhoorkamer. Toen hij de deurkruk naar beneden duwde, merkte hij hoe gespannen hij was. Hij was bang dat Sara niet alleen Nicolás' antwoorden zou analyseren, maar ook zijn eigen vragen.

'Is er iets?' vroeg hij voordat hij de deur opende.

Sara keek hem voor het eerst aan. Víctor had gemerkt dat ze hem al de hele dag uit de weg ging en een afstand bewaarde die hij aanvankelijk had aangezien voor verlegenheid vanwege de afgelopen nacht.

'Check zijn alibi's, zowel van vijf jaar geleden als van de dag dat Ana opdook. En behandel hem niet alsof we al zeker weten dat hij de dader is,' zei ze kortaangeboden.

Wat was er gebeurd waardoor zij hem nu als een vreemde behandelde? Dit was niet de Sara van vannacht, de Sara die naast hem in bed verteld had over haar angsten. Ze was veranderd. Vannacht was ze een vrouw geweest die hij beschermen kon. Nu kwam ze eerder agressief over.

Ximena pakte een porseleinen vaas en smeet die tegen de muur. De scherven vlogen alle kanten op. Woedend stond ze erop te stampen. Het knerste onder haar laarzen.

'Ik wou dat hij dood was!' tierde ze.

Quim probeerde haar te kalmeren, maar ze duwde hem weg.

'Je moet wat nemen om tot rust te komen,' stelde hij voor.

'Ik moet nou eindelijk weg uit dit kutgat. Ik hoor hier niet! Kijk maar!' Ze draaide zich om en liet hem haar donkere huid zien.

‘Ik pas niet in Monteperdido. En die klootzak is mijn vader niet.’ Daarna liep ze de trap op naar haar kamer alsof ze haar besluit al had genomen. Quim ging achter haar aan. ‘Sowieso interesseert niemand zich toch voor mij,’ mompelde ze voor zich uit, terwijl ze haar kledingkast openrukte en een koffer op het bed gooide.

‘Wat doe je nou?’ Quim klapte de koffer dicht. ‘Waar wil je heen?’

‘Dat zal jou toch aan je reet roesten. Ga Ana neuken, dat wil je toch.’

‘Ximena, pas op je woorden.’

‘O ja?’ Ze draaide zich naar hem om. ‘Zeg nou niet dat je het niet graag met haar wil doen. Het arme kind kan wel een goede beurt gebruiken.’

‘Dit is niet het moment om het hierover te hebben,’ probeerde Quim verdere escalatie te voorkomen.

‘Waarom niet? Jij en ik zullen samen niets meer hebben, Quim. En dat maakt je geen ene moer uit. Jij hebt me nooit voor vol aangezien.’ Ximena kon zich niet langer beheersen en barstte in tranen uit. Quim wilde haar omarmen maar ze weerde hem af. Ze wilde alles uitkotsen, ook al brandde elk woord in haar keel. ‘Ik was goed genoeg voor jou zolang het slecht met je ging. Ik heb alles aangehoord: dat je ouders niet naar je omkeken, dat je niet verder wilde leven. Dat ze liever hadden gezien dat jij verdwenen was en niet Lucía.’

‘Ik wil niet dat het zo tussen ons eindigt,’ probeerde Quim zich te verontschuldigen.

‘Lieg niet zo tegen me! Verdomme, Quim. Ga alsjeblieft weg en laat me met rust.’

Ximena duwde Quim de kamer uit en deed de deur achter hem op slot. Toen ze alleen was, liet ze zich op bed vallen. Ze was bang. Verlammend bang. Eigenlijk had ze altijd wel geweten dat Quim haar eens verlaten zou. Hij had nooit echt van haar gehouden. Zij daarentegen was tot over haar oren verliefd. Ineens drong het tot haar door dat ze Nicolás miste. Die kon haar troosten. Zijn onbeholpen omhelzing, zijn stuntelige woorden wanneer hij zei dat ze een prima meisje was, een leuk ding dat alles wat ze wilde voor elkaar zou kunnen krijgen.

'Waar was je op de dag dat de meisjes verdwenen?' vroeg Víctor zonder op te kijken van het document met Nicolás' eerdere verklaringen.

'In Linsoles. Ik was op de boerderij van de Cuéllars voor de controle van het vee. Ik was pas laat klaar, om een uur of vier. Toen ik thuiskwam, was het al donker.'

'En je was alleen in de stal?'

'De boeren laten me altijd alleen, dat weet je toch, Víctor. Ik moest alleen wat monsters nemen. Waarom zou ik daar iemand bij willen hebben?'

'En toen Ana terugkwam?' veranderde Víctor van onderwerp. Hij wilde voorkomen dat Nicolás zich aan langdurige verklaringen te buiten zou gaan. Hij wilde concrete informatie.

'Op het plein bij de kerk. We waren er allemaal, bij de stille wake. Je weet toch dat Joaquín dat zorgvuldig bijhoudt en als je er niet bent...' Nicolás verstomde. Dit was niet het juiste moment om grapjes te maken. Hij moest overtuigend overkomen.

Víctor luisterde niet toen de veearts zich uitputte in rechtvaardigingen en onverwachtse zijsprongen maakte als een haas op de vlucht. Van de dag op het kerkplein kwam hij te spreken over andere manifestaties van de stichting waaraan hij niet had kunnen deelnemen, omdat hij aan het werk was geweest en hoe Joaquín hem daarom op de jachtvereniging verwijten had gemaakt.

'Waar was je die nacht?' onderbrak Víctor hem op enig moment.

'Over welke nacht heb je het?' vroeg Nicolás verward.

'Toen Ana terugkwam. 's Nachts. Waar zat je toen?'

'Bij jou thuis, Víctor. Weet je dat niet meer? Ik heb Nieve behandeld. Die vrouwelijke rechercheur...'

Nicolás zweeg en keek naar de spiegel. Hij wist dat zij aan de andere kant meeluisterde.

'Ik heb je rond half vier gebeld.' Víctor leunde met zijn ellebogen op de tafel die tussen hen in stond. 'Maar je was er pas rond half zes. Twee uur is wel erg lang om van jouw huis naar mij toe te komen.'

'Ik sliep al,' mompelde Nicolás. 'Ik moest eerst opstaan, me aankleden.'

'Onzin,' beweerde Víctor.

'Zijn jullie nou helemaal gek geworden! Hoe halen jullie het in je hoofd om mij te arresteren. Hoe zou ik die meisjes iets hebben kunnen aandoen? Ik heb ze zien opgroeien. Geloof je dat nou echt?'

'Waar zat je toen ik je belde, Nicolás? Ik heb je niet uit bed gehaald. Dat weet ik.'

Nicolás keek nerveus naar de spiegel en toen weer naar Víctor. Donkere zweetvlekken tekenden zich af onder zijn overhemd.

'Ik heb er niets mee te maken.'

Víctor wist dat hij het bij het juiste eind had.

'Dat bepaal ik wel,' zei Víctor.

'Ik heb getuigen, Víctor.' In Nicolas' woorden klonk een stil dreigement door. 'Laat toch zitten, je verspilt je tijd.'

'Zeg het me.' Víctor gaf niet op.

'Er zijn van die dingen waarvoor je je enigszins schaamt,' mompelde Nicolás terwijl hij Víctors blik zocht.

In de ruimte ernaast boog Sara haar hoofd dichter naar de spiegelwand. Wat zei de veearts daar?

Nicolás keek strak naar de politieman die zich nu weer in het document op tafel verdiepte. Het stilzwijgen duurde al te lang en Víctor wist niet hoe hij onbevangen het verhoor moest voortzetten.

'Ik zeg nu niets meer tot jullie vertellen welke bewijzen jullie tegen mij hebben.' Daarmee bood Nicolás Víctor een uitweg.

'Je kent Concha toch?' vroeg hij.

'Ze hielp me in de huishouding toen Ximena nog klein was,' bevestigde Nicolás.

'Je hebt haar poppen gegeven voor haar kleindochter. Barbies. Herinner je je dat?'

'Ja natuurlijk,' stotterde Nicolás. Nu knipperde hij niet langer met zijn ogen. Hij zat er met open mond bij.

'We hebben ze aan Ana laten zien. Het zijn dezelfde poppen die Lucía in de kelder had,' voegde Víctor eraan toe. Hij wachtte op een verklaring.

'Hoelang is dat geleden? Drie jaar? Ik was het eerlijk gezegd helemaal vergeten. Ik heb ze in een greppel langs de weg gevonden. Iemand had ze weggegooid. Ik wist dat Concha's kleindochter geen speelgoed had en Ximena was er al te oud voor.'

'En er ging geen lichtje bij je branden dat dit weleens de poppen konden zijn waarover Ana vertelde tijdens het gesprek dat in de kranten heeft gestaan?'

'Ik ben een slecht auteur.' Hij lachte nerveus en leek opgelucht dat dit de reden voor zijn arrestatie was.

'Daarmee ontloop je de gevangenis niet,' maakte Víctor hem duidelijk.

Sara wachtte op het moment dat Víctor terug zou komen op de vraag waar Nicolás was in de nacht dat Ana weer was opgedoken. Nu liet hij toe dat de veearts een antwoord uit de weg ging en in plaats daarvan vertelde over de dag dat hij de poppen had gevonden. Onder de modder hadden ze in een doorzichtige plastic tas langs de weg naar Barbastro gelegen, niet ver van de plek waar Ana was gevonden. Sommige poppen zonder kleren, andere met een gezicht waarop getekend was. Hij dacht dat iemand bij het opruimen van zijn huis het speelgoed had weggegooid. Nadat hij de poppen aan Concha had gegeven, was hij de hele zaak weer vergeten.

Waarom stel je die vraag niet, Víctor? vroeg Sara zich af. Kom op, vraag het. Je weet dat ik hier mee zit te luisteren. Geef me een goede verklaring.

'Je hebt geen alibi voor de dag dat de meisjes verdwenen,' vatte Víctor samen. 'Je bent vaak dagenlang weg.'

'Vanwege mijn werk,' verklaarde de veearts.

'Vanwege wat dan ook, Nicolás. Je bent dagenlang weg. Ximena is de meeste tijd met Quim bij Rafael.'

Nicolás keek weg. Hij wist waar Víctor heen wilde.

'In de nacht dat Ana terugkwam, was je ook op pad. We weten dat degene die Lucía in zijn macht heeft die nacht naar de hut moet zijn gegaan. Hij heeft het meisje meegenomen en de hut in brand gestoken.'

'Je weet hoeveel Montserrat voor mij betekent,' zei Nicolás. 'Ik zou haar nooit pijn doen.'

'Waar zat je?'

Nicolás keek naar de spiegel voordat hij antwoordde. Víctor had hem niet onder druk gezet. Het was meer een uitnodiging om ermee voor de dag te komen.

'In het hotel,' zei Nicolás uiteindelijk. 'Ik rij twee-, driemaal per week naar La Guardia. Vraag het de meisjes maar. Elena kan bevestigen dat ik daar was.'

Sara wist dat het verhoor hiermee beëindigd was. Nicolás zei niets meer. Het was een zwijgen dat als schaamte kon worden opgevat. Víctor begon zijn stukken bijeen te rapen. Ze merkte dat hij maar al te graag de kamer en het bureau zou willen verlaten zonder haar tegen het lijf te lopen. Maar toen keek hij op en zag haar door de spiegel aan. Vroeg hij haar om vergeving?

Aan zelfmoord had hij nooit gedacht. Misschien had hij het al veel eerder moeten doen. Toen dit alles niet meer geweest was dan een fantasie. Ooit had hij geloofd dat dit moment nooit zou komen. Hij was een idioot geweest. Vijf jaar in een luchtbel. De routine had hem doen geloven dat het allemaal normaal was. Hij dacht aan Lucía – wanneer deed hij dat niet? – en maakte zich zorgen. Hoelang was ze al alleen? Zijn kleine Lucía. Zijn kleine wilde diertje.

Hij dacht eraan hoe hij in de deur van de hut naar de bossen had staan kijken. Populieren, dennen en beuken die in de zomer met hun groen de bergen omlijstten, daartussen een rozegekleurd tapijt van alpenrozen. Hij dacht aan wat er zich tussen die takken, bladeren en bloesem verborg: wilde zwijnen, gemzen, herten. Hij ging niet graag op drijfjacht. Liever ging hij in zijn eentje op sluipjacht om oog in oog te staan met zijn prooi en zich met hem te meten. Van alle dieren was de ree hem het liefst. Het kleinste onder het grofwild, schuw, rap, enkel een schim die zich niet liet pakken. 'Bosgeest' werd het ook wel genoemd.

Víctor gaf Pujante de autosleutels. Toen hij de verhoorkamer verlaten had, was Sara al weg geweest. Telmo kwam naar hem toe om te zeggen dat Sara opdracht had gegeven om met twee auto's naar hotel La Guardia te rijden. Zij zou met Pujante meerijden en Víctor met hem.

'Wat moeten we in vredesnaam daarboven?' vroeg Telmo.

Víctor wist niet wat hij moest antwoorden.

Toen Raquel het restaurant binnenkwam, zat Ismael al bij het raam te wachten. Ze hadden vroeger samen het kozijnwerk gedaan. Raquel had het donkere, haast zwarte hout uitgezocht. Ismael had prima werk afgeleverd met de betimmering van het plafond. Ook had hij in de pilaar bij de bar de kop van een ree uitgesneden. De houten dierenkop met het grote gewei wierp een schaduw op de grond. 'In de witte ree' heette het restaurant. Ismaels houtsnijwerk was het handelsmerk van de zaak geworden.

De renovatie van In de witte ree was een van de eerste opdrachten van hen beiden geweest. Raquel herinnerde zich nog hoe verbaasd ze was geweest over Ismaels beeldsnijkunst, hoe hij een dood stuk hout tot leven wist te wekken. In die tijd had Raquel zich net zo gevoeld: een dood stuk hout. Ismael had weer een mens van haar gemaakt.

Hij stond op toen ze bij zijn tafeltje was en vroeg wat ze wilde drinken. Raquel bestelde een cola hoewel ze wist dat ze er geen slok van zou nemen. Hopelijk ging het snel. Een mooie snee zoals bij een chirurg.

'Wees maar niet ongerust, ik ga geen scène maken,' zei Ismael toen hij zag hoe ze onrustig op haar stoel heen en weer schoof. 'Ik weet dat het voorbij is.' Hij zweeg toen de bediening de drankjes bracht.

Hoewel hij jonger was dan zij, kwam hij veel volwassener over.

'Ik ga weg uit Monteperdido,' zei hij toen ze weer alleen waren.

'Waar wil je naartoe?'

'Misschien naar het zuiden. Of naar Portugal. Ik heb nog geen besluit genomen.'

'We moeten afrekenen. Je krijgt nog geld van me.'

Maar Ismael liet haar niet uitpraten. Hij wilde het niet over geld hebben. 'Weet je het zeker?' vroeg hij. 'Denk je dat Álvaro weer te vertrouwen is?'

Het was allemaal zo snel gegaan dat Raquel zich bepaalde vragen niet had willen stellen. Haar dochter was weer thuis. Álvaro ook. Als ze terugkeek op de tijd waarin ze samen was geweest met Ismael, leek het wel of het niet haar eigen leven was geweest.

'Ik weet, het was niet fair van mij,' begon Raquel, maar Ismael hief afwerend zijn hand op. Hij wilde geen excuses.

'Een paar dagen geleden kwam ik Elisa tegen. Ik weet dat het lastig is om over haar te praten, maar ze heeft me het een en ander over Álvaro verteld.'

Raquel voelde hoe ze rood werd. Alsof Ismael een vuile, onopgeruimde kamer had betreden.

'Het is niet fair tegenover jou,' zei ze snel, voor hij verder kon gaan. 'Maar Álvaro en ik proberen deze vijf jaar te vergeten. We willen nog een keer opnieuw beginnen.'

Ismael leunde achterover. Hij zou uit Raquels leven verdwijnen. Maar hij kon deze zaak niet simpelweg laten zitten. 'Hij heeft Elisa gebruikt om haar zijn alibi bij de politie te laten bevestigen,' zei hij. 'Hij heeft met haar geslapen.'

'Dat heeft hij me verteld ja,' antwoordde Raquel gespannen. 'Niet hij heeft gelogen, maar Elisa. Wat mij betreft mag haar vader haar bont en blauw slaan. Weet je wat ze ons heeft aangedaan?'

Raquel probeerde zich te beheersen en zachtjes te blijven praten. Maar toch kwamen haar woorden aan als zweepslagen. 'Óns aangedaan,' had ze gezegd. Álvaro en zij waren weer één en hij hoorde daar niet meer bij.

'Ik maak me zorgen om je, dat is alles,' zei Ismael.

'Met mij gaat het goed. Het is allemaal in orde,' verzekerde Raquel. Ze probeerde verzoenend te klinken.

Er viel een pijnlijke stilte. Raquel wilde naar huis, naar haar gezin. Ze moest de Raquel achter zich laten die ze tijdens Ana's afwezigheid was geweest. Ze wilde de twijfel die Ismael weer bij haar gezaaid had, verdringen. De angst dat ze haar man niet werkelijk kende, dat ze hem niet echt vertrouwen kon.

'Wanneer wilde je dan gaan?' vroeg Raquel om het stilzwijgen te doorbreken. Om deze gedachten kwijt te raken.

'Na de drijfjacht. Ik heb een positie gekocht en wil het geld niet zomaar op straat gooien,' zei Ismael en zijn lachje beloofde dat hij niet opnieuw terug zou komen op het onderwerp Álvaro.

Hij keek naar de reeënkop bij de bar en bedacht dat dit alles was wat hij in Monteperdido achter zou laten. Mettertijd zou zijn naam in vergetelheid raken. 'Wie heeft dat eigenlijk gesneden?' zouden de mensen vragen en niemand zou het antwoord weten. Hij zei dat hij nog weleens langs zou komen voor hij definitief vertrok. Hij merkte dat ze weg wilde.

Toen Raquel de zaak verliet en door het raam nog een keer naar hem zwaaide, wist ze dat ze hem niet weer zou zien. Wie was deze man die vier jaar van zijn leven in haar had geïnvesteerd? Ze was zo met zichzelf bezig geweest dat ze nauwelijks belangstelling voor hem had gehad. Wie was hij echt? Hoe was hij in Monteperdido beland? Waarom had hij zijn oog op haar laten vallen? Nu was het te laat om antwoord op deze vragen te krijgen.

Terwijl Raquel over de vrijwel lege straat naar huis liep, had ze het gevoel dat de meeste mensen tot op zekere hoogte vreemden zijn voor elkaar. Een vergeten gewaand beeld kwam in haar op: een winterochtend op een besneeuwd speelterrein, zij naast Montserrat op een bank, terwijl Lucía en Ana verwikkeld waren in een sneeuwballengevecht. Dat hert dat heel dichtbij kwam en haar, toen zij zijn adem voelde, het gevoel gaf deel van een geheel te zijn. Een klein stukje in de puzzel van Monteperdido.

Ze reden tot aan het eind van de weg, waar het asfalt overging in steengruis en vervolgens uitmondde op een parkeerplaats. Er stonden een paar auto's. Sara stelde vast dat het uitsluitend luxewagens waren. Mercedes. Audi. Een Jaguar. Hotel La Guardia was een eenvoudig gebouw van twee verdiepingen, met in het zwarte leiendak een hele reeks dakraampjes. Zolderkamers, veronderstelde Sara. Het hotel had een bescheiden uitstraling. Alleen de auto's op het parkeerterrein pasten niet goed bij het natuurstenen gebouw dat zich onopvallend in het landschap voegde. Sara was nog niet eerder zo dicht bij de bergtoppen geweest. Ze waren nu zo hoog dat je het gevoel kreeg dat je de hemel kon aanraken.

‘Wat kunt u me over Serna vertellen?’ vroeg Sara voor ze uitstapten aan Pujante.

‘De hoteleigenaar?’ De politieman zette de motor uit en dacht even na voor hij antwoord gaf. ‘Voor zover ik weet, komt hij uit Castellón. Hij pendelt op en neer en laat zich maar zelden in Monteperdido zien. Een jaar of vijftig, vrijgezel. Ik heb verder nooit iets met hem te maken gehad.’ Pujante vond dat hij overtuigend had weten te klinken. ‘Hij heeft kennelijk veel geld. De kamers hier zijn niet bepaald goedkoop. Vier sterren en dan het uitzicht! Ik denk dat maar weinig hotels zo mooi liggen.’

Sara stapte uit en keek om zich heen. Rondom hen lagen de laatste dennenbossen. Het dal eindigde hier. De toppen reikten tot aan de spaarzame wolken, de hemel strekte zich als een blauwe koepel over hen heen. Een eindje verderop was een uitkijkplatform. Vanaf dat punt kon je zien hoe de rivier zich door de dorpen in het dal slingerde en vervolgens in de verte verdween. Ondanks zijn tweeduizend meter leek de Monte Ármos van hieruit nietig.

Víctor volgde Sara zonder iets te zeggen het hotel in. De indruk van vooral rustieke elegantie die het gebouw van buiten maakte, werd bij binnenkomst bevestigd. Houten vloeren en zware plafondbalken bepaalden het beeld. Het duurde niet lang voor Serna verscheen, toen ze naar hem informeerden. Nadat hij Sara met een stevige, zelfverzekerde handdruk had begroet, zei hij: ‘Dat met uw collega spijt me.’ Zijn leedwezen leek haar oprecht gemeend.

Ze volgden de hoteleigenaar naar zijn kantoor. Sara merkte dat Víctor zich niet op z’n gemak voelde. Serna was losjes gekleed, spijkerbroek en een blauwgestreept overhemd, maar Sara wist dat er maar weinig mensen waren die zich zijn kleding, polshorloge en schoenen konden veroorloven.

‘We komen voor Elena,’ zei Víctor toen ze in het kantoor stonden. 'Nicolás beweert dat hij hier was in de nacht dat Ana weer opdook en dat Elena dat kan bevestigen. We moeten dat natrekken.'

'Moet ik haar bellen?' vroeg Serna behulpzaam.

'Graag.'

Serna pakte de hoorn van de haak.

'Met mij. Kun je Elena naar mijn kantoor sturen? Dank je.' Hij hing weer op.

Sara ging bij het raam staan. Wanneer kwam er nou eindelijk eens een eind aan deze farce? Ze hoorde Serna en Víctor een nietszeggend gesprek voeren over het wegblijven van de toeristen deze zomer. De constante berichtgeving over de ontvoering van de meisjes, de moord op de politieman, de veiligheidsmaatregelen. Dat alles weerhield de mensen ervan hierheen te komen, omdat ze toch vooral ontspanning en rust zochten en los wilden komen van hun dagelijkse beslommeringen.

Elena was zevenentwintig. Ze werkte in de hotelbar en droeg een uniform. Een leuk meisje: tere huid, grote bruine ogen, het blondgeverfde haar in een paardenstaart gebonden. Tijdens het gesprek hield ze haar handen gekruist op haar rug.

'Ja, die was hier,' bevestigde ze, toen haar naar Nicolás gevraagd werd. 'Ik herinner me dat we gesproken hebben over de terugkomst van Ana.'

'Zijn er bewakingscamera's in het hotel die haar verklaring kunnen bevestigen?' informeerde Sara.

'Moet dat echt?' vroeg Serna. 'Ongetwijfeld zaten er die avond nog meer gasten aan de bar die Elena's verklaring kunnen bevestigen.'

'Hebt u er problemen mee ons toegang tot de camera's te verschaffen?' hield Sara vol terwijl ze steeds bozer werd.

'Ik bedoelde alleen dat het misschien niet nodig is,' probeerde Serna zich te verdedigen.

'Zou het geen goed idee zijn om het besluit wat wel of niet nodig is, aan mij over te laten?' Sara zag hoe Víctor naar de grond keek als een kind dat een standje verwacht. 'Het is bijvoorbeeld niet nodig dat Elena er stilletjes bij staat en dat u in haar plaats antwoord geeft.'

'We helpen u zo goed mogelijk.' Het kostte Serna steeds meer moeite zijn ongenoegen te verbergen. Hij kwam niet over als een man die eraan gewend was onder druk te worden gezet.

'Dan zal Elena het vast niet erg vinden om ons te vertellen hoeveel meisjes in dit hotel prostitutie bedrijven. Was Nicolás hier stamgast? Kennelijk had hij een voorkeur voor jou.'

Elena ontweek haar blik en keek hulpzoekend naar Serna, terwijl ze stamelde dat ze niet wist waar Sara het over had.

'Hoeveel kost een nacht met een van uw meisjes?' vroeg Sara zich tot Serna wendend. 'Met Elena bijvoorbeeld. Vierhonderd? Meer? Dit is tenslotte niet zomaar een hoerenkast.'

'Als u me per se iets in de schoenen wilt schuiven, moet u dat vooral doen.' Serna speelde niet langer de rol van de vriendelijke buurman. Hij ging achter zijn bureau zitten en sloeg zijn benen over elkaar. Nu was hij de man die het gewend was dat iedereen naar zijn pijpen danste. 'Ik had u graag bij uw onderzoek geholpen, maar dat lijkt onmogelijk te zijn.'

'De prostituees interesseren me niet,' zei Sara. Daarna keek ze naar Elena. 'U kunt wel gaan. Ik weet nu toch dat Nicolás bij u was.' Ze opende de deur. Op een knikje van Serna ging het meisje naar buiten. Sara deed de deur weer dicht. Ze keek eerst naar Víctor en vervolgens naar Serna. Toen zei ze: 'Ik heb het gastenregister van de laatste vijf jaar nodig. En de opnames van de bewakingscamera's. Dat versta ik onder samenwerking.'

'Dat gaat niet,' antwoordde de hoteleigenaar geforceerd rustig. 'Het zou een inbreuk betekenen op de privésfeer van mijn gasten.'

'Moet ik morgen terugkomen met een huiszoekingsbevel?' dreigde Sara.

'Doet u dat,' deelde Serna haar mee.

Woedend stormde Sara naar buiten. Ze liet de deur open. Het liefst had ze alle voorschriften aan haar laars gelapt, en zou ze de computer bij de receptie en kamer voor kamer ondersteboven hebben gehaald. Maar ze wist dat ze zo alleen maar de verdere procedure zou belemmeren en dat het huiszoekingsbevel op zich zou laten wachten. Serna zou vierentwintig uur winnen, genoeg om alles te verwijderen wat hem ook maar enigszins met een misdaad in verband kon brengen.

Wat voor spel speelden die klootzakken? Ze liep naar het uitkijkplatform en keek naar het dal daar beneden. Het liefst zou ze hard hebben geschreeuwd, zo machteloos voelde ze zich. Waarom kwam niemand met de waarheid op de proppen? Was er dan niemand in dit rotdorp die Lucía wilde vinden?

Toen Víctor haar naam riep, draaide ze zich om. Ze zag dat hij samen met Elena naar haar toe kwam.

'Ze wil nog een keer met je praten,' zei hij.

Sara wist dat haar een klein brokje werd toegeworpen om haar tot bedaren te krijgen.

'Wij meisjes zijn vrijwillig hier,' begon Elena. 'Serna is geen pooier.'

'Aha. En wat heb je me verder nog te vertellen,' reageerde Sara sceptisch.

'We hebben vrije kost en inwoning en een aandeel in de inkomsten. De mannen die naar La Guardia komen, betalen goed.' Elena probeerde de sarcastische blik te negeren die Sara haar toewierp. 'Nicolás is hier meerdere keren in de week en ja, meestal is hij bij mij. Hij was hier ook in de nacht dat dat meisje weer opdook. We waren op de kamer, maar toen kreeg hij een telefoontje en moest hij weg.'

'Fantastisch,' zei Sara. 'Past allemaal perfect, nietwaar Víctor?'

Ze keek hem voor het eerst aan. Hij herinnerde zich dat het toen bij de komst van Sara naar Monteperdido net zo was geweest: voor

Ana's deur had ze hem voor het eerst aangekeken en haar blik was tot in het diepst van zijn ziel gedrongen en had alles in hem omgewoeld.

'Voorlopig bedankt, Elena,' zei Víctor. 'Vind je het erg om ons een ogenblikje alleen te laten?'

Elena draaide zich om en liep terug naar het hotel. Het geluid van haar stappen ging verloren in het steengruis, terwijl ze elkaar zonder iets te zeggen bleven aankijken.

'Wil je me nu eindelijk eens vertellen wat er aan de hand is?' vroeg hij.

'Je bent een idioot.' Die woorden uitspreken deed Sara zichtbaar pijn. 'Dacht je nou echt dat ik er niet achter zou komen?'

'Het had niets met het onderzoek te maken,' probeerde hij zich te verdedigen.

'Hoe weet je dat? Hoe kun je daar zo zeker van zijn?' Sara begon te schreeuwen, haar stem kaatste terug van de rotswanden en echode na in het dal. *Echo. Vergeten. Niets.*

'Omdat ik het destijds heb nagetrokken,' antwoordde Víctor rustig. Hij wilde voorkomen dat het gesprek uit zou lopen op een schreeuwpartij over en weer.

'Heb je niet door dat je maar een lullig provincieagentje bent? Ga liever iets doen waar je wel goed in bent: de rivierbedding schoonmaken, taart kopen, je hond uitlaten, en laat mij m'n werk doen.'

'Je reageert je frustraties af op mij omdat je niets in handen hebt, Sara.' Víctor deed zijn uiterste best om rustig te blijven, maar de minachting waarmee ze hem behandelde, ergerde hem. 'Je slaat blind om je heen. Zo ga je Lucía niet vinden.'

'O ja?' Sara haalde diep adem en wat ze toen zei liet Víctor met elk woord dieper in schaamte verzinken. 'Je moet het maar zeggen als ik er naast zit: Serna drijft hierboven een luxe bordeel. Jonge, leuke, gewillige meisjes, geen goedkope straathoeren. Entree alleen op uitnodiging van Serna. De meeste klanten zijn welgestelde mannen uit het dal. Op een enkele uitzondering na, zoals Nicolás. Een taxiservice brengt ze naar het hotel. Dat laat geen sporen na. Er is geen gastenregister, er zijn geen rekeningen die nagegaan kunnen worden. Toen vijf jaar geleden de meisjes verdwenen, vertelde de man die toen bij het tankstation werkte dat een auto met hoge snelheid door het dorp geraasd was. Een Audi A8. Jij hebt toen de verhoren gedaan. En jij hebt het document achterover gedrukt. Ik heb het toevallig bij je thuis gevonden. Ik neem aan dat Serna wilde voorkomen dat het onderzoek zijn zaak zou schaden, nietwaar? Hij heeft je verteld dat er in zijn hotel niets te vinden was. Zijn gasten zijn schoon. Hoeveel heeft hij je betaald? Genoeg om het hele huis te kunnen kopen? Of sta je sindsdien op zijn loonlijst?

'Ik heb geen cent aangenomen,' zei Víctor zachtjes.

'Wat moet ik dan denken? Dat je gewoon een idioot bent?'

'Ik heb de man gevonden die in die taxi zat.' Het lukte Víctor niet haar aan te kijken. 'Een zakenman uit Zaragoza. Een huisvader met kinderen. Ik heb hem meer dan een maand laten schaduwen, maar hij is zijn huis niet uitgekomen. Ik weet dat hij niets met de ontvoering te maken had.'

'Mijn god, Víctor! En de andere gasten dan die hier komen? Wat weet je van hen?' Sara probeerde wat rustiger te worden. Ze keek naar de patrouillewagen. Pujante en Telmo deden alsof ze niets van hun woordenwisseling merkten. 'Dit nest is een verdomd zwart gat. Weet je hoeveel tijd we door jou verloren hebben?'

'Ik moest het doen.'

'Je motieven laten me koud.' Sara klonk treurig. Víctor voelde dat haar woorden een afscheid waren.

Haar haren verwaaiden in de wind uit de bergen. Ze haalde haar paardenstaart los en maakte hem weer vast. Toen deed ze de rits van haar jack dicht. Sara leek nu zo ver weg dat de afgelopen nacht, de nacht die ze samen hadden doorgebracht, Víctor onwerkelijk voorkwam. Als een droom die bij het ontwaken alleen nog een vage herinnering is.

‘Ik laat je van de zaak halen,’ zei ze nog, toen ze al op weg was naar de auto. ‘Ik zal een rapport schrijven en vragen je voorlopig vrij te stellen van de dienst. Wegens belemmering van het onderzoek.’

Víctor zei niets. Hij begreep dat Sara niet anders kon. Hij bracht het niet op haar na te kijken toen ze naar de auto liep. Te zien hoe hij haar kwijtraakte. Hij leunde tegen de balustrade van het uitkijkplatform. Onder hem lag het dal. Waar hij geboren was. Deze plek had hem zijn levensmoed teruggegeven toen hij geen kracht meer had om te vechten. Was het een excuus? Waren fouten vergeeflijker als je ze beging uit zwakte? Hij dacht aan de families van de beide meisjes. Wat kon het hen schelen hoe Víctor zich voelde toen dit allemaal gebeurde? Als hij minder egoïstisch was geweest, zou hij gewoon gegaan zijn. Zou hij zijn falen geaccepteerd hebben en plaats hebben gemaakt.

Tegelijkertijd voelde hij zich zeldzaam opgelucht bij de gedachte dat hij misschien nooit meer het uniform hoefde dragen dat hij toen gedragen had.

De politieauto stopte voor de deur van zijn huis. Nicolás wist dat het waarschijnlijk beter was als hij voor vannacht een kamer in het pension zou hebben genomen. Maar hij was Ximena een verklaring schuldig. Hij wilde niet dat zijn dochter zich na wat er was gebeurd aftobde met verkeerde ideeën. Zijn dochter. Zo noemde hij haar alleen in stilte. Ximena had het hem lang geleden verboden. ‘Als je me al ergens mee moet aanspreken, dan met mijn naam: Ximena,’ had ze na een ruzie tegen hem gezegd.

‘Ik rij nog wel een rondje door de buurt,’ zei de politieagent die hem gebracht had, toen hij zag dat Nicolás zich er niet toe kon zetten het portier te openen.

De politie had Nicolás Souto zonder verdere voorwaarden vrijgelaten, maar hij voelde zich toch schuldig. Vies en weerzinwekkend. Hij dacht terug aan de seks in die nachten in het hotel, zag zichzelf kreunen naast een vrouw die hem misschien afstotelijk vond. Een schertsfiguur.

Hij bedankte de agent en stapte uit.

Vanuit het slaapkamerraam zag Joaquín hoe de patrouillewagen voorreed. Hij had gedoucht en schone kleren aangetrokken. De vader van Lucía wist zeker dat de zaak binnenkort zijn beslag zou krijgen. Terwijl hij voor de spiegel zijn haar kamde, overwoog hij welk overhemd zijn dochter waarschijnlijk het mooist zou vinden. Alsof ze elkaar elk moment weer terug zouden zien.

Hij was zijn vrouw uit de weg gegaan. Ook Montserrat en Quim ontliepen hem. Waarschijnlijk hadden ze er spijt van dat ze hem niet al die tijd terzijde hadden gestaan, dacht hij. Tot hij de politieauto zag stoppen voor de deur van zijn overbuurman. Nicolás stapte uit en zei de agent gedag. Wat kwam hij doen?

Joaquín rende de trap af, stormde de straat op en begon nog voordat Nicolás zijn huis kon binnengaan tegen hem te schreeuwen. De veearts hield zijn hoofd schuin en trok angstig zijn schouders op als om zich te beschermen, terwijl hij in zijn broekzak naar een sleutel zocht.

'Jij verdomde smeerlap!' brulde Joaquín de straat overstekend. 'Hoe durf je je hier te vertonen?' Hij merkte niet dat Burgos uit het buurhuis naar buiten kwam gelopen en riep dat hij staan moest blijven en geen stommiteiten uithalen.

Zenuwachtig probeerde Nicolás de sleutel in het slot te steken, maar zijn handen trilden zo hevig dat de sleutelbos op de grond viel. Nicolás bukte zich om hem op te rapen. Waarom deed Ximena niet open? Hij had immers ook aangebeld. Terwijl hij op de grond knielde, kon hij zien hoe Joaquín op hem af kwam rennen. Burgos was nog een heel eind weg. De patrouillewagen die hem had gebracht, was juist aan het keren.

'Ik heb je dochter niets gedaan!' Dat was alles wat hij zeggen kon, terwijl hij probeerde zich op te richten.

Joaquíns spieren spanden zich; alle woede van de afgelopen vijf jaar dreef hem voort. Nicolás hurkte nog altijd op de grond, toen Joaquín hard tegen zijn kaak schopte. De veearts sloeg achterover en smakte tegen de huisdeur. Maar Joaquín wist van geen stoppen en trok hem aan zijn haren overeind.

'Waar is Lucía?' schreeuwde hij en zonder op antwoord te wachten sloeg hij Nicolás' hoofd tegen de deur. Toen de veearts versuft overeind krabbelde, bleef er een bloedvlek achter op het hout. 'Als die agentjes je niet aan het praten krijgen, zal ik het wel doen!' dreigde Joaquín. 'En je weet dat ik net zo lang doorga tot je gaat praten. Nou, waar is Lucía?'

Nicolás wilde wat zeggen, maar hij opende alleen stom zijn mond, die vol bloed zat. Joaquín maakte opnieuw aanstalten om Nicolas' hoofd tegen de deur te rammen, maar toen hij uithaalde, merkte hij dat zijn arm werd vastgepakt. Toen hij losliet, zakte de veearts bewusteloos ineen.

'Ben jij gek geworden?' schold Burgos. 'Je vermoordt hem nog.'

'Laat me los!' tierde Joaquín. Hij probeerde zich los te rukken. De agent verloor zijn evenwicht en zou bijna zijn gevallen. 'Ik lever hem jullie op een presenteerblaadje en jullie weten er niets uit te krijgen!'

Joaquín draaide zich juist om, toen de politieauto voor hem stopte. De agent stapte uit en probeerde hem tegen te houden, maar Joaquín duwde hem eenvoudigweg opzij. Hij voelde zich tot alles in staat, een reus die rondstampt in een tuin vol kabouters. Die prutsers! Wat had de politie al die tijd voor zijn dochter gedaan? Niets. Hij was de enige geweest die voor de waarheid had gestreden. Hij was tot alles bereid en draaide zich niet één keer om om te kijken of Nicolás alweer opstond. Hij zag ook niet meer dat Burgos de gewonde te hulp schoot en de andere agent vroeg een ambulance te bellen.

Joaquín rende de woonkamer door, zonder te horen wat Montserrat en Quim tegen hem zeiden. Ga vooral zo verder, dacht hij. Vertrouw er maar op dat anderen jullie dochter en zus wel zullen terugbrengen. Of maakt het jullie helemaal niets uit? Hij stormde de trap op naar de slaapkamer, rukte de kleerkast open en zocht in de bovenste lade tot hij het geweer vond. Hij pakte het, legde het op bed en haalde het uit het foedraal. Niemand zal Lucía bij jullie terugbrengen wanneer wij niets doen. Niemand brengt haar terug. In de commode bewaarde hij de kogels. Hij pakte ze en laadde het wapen. Niemand zou Lucía terugbrengen, omdat ze immers dood was. Hij voelde hoe de adrenaline in zijn lichaam langzaamaan afnam. Hij had deze gedachte nooit toegelaten. Hij had het zichzelf niet toegestaan.

Door het raam zag Joaquín hoe Burgos en de andere agent de veearts overeind hielpen. Hij spande het wapen. Hij was een goede schutter, maar vanuit deze positie kon hij niet goed mikken. Het schot zou misschien een van de agenten treffen. Het moest Nicolás geweest zijn. Wie anders kon de meisjes hebben ontvoerd? De twijfel begon zich als een parasiet in zijn lichaam te nestelen. En als Nicolás het niet geweest was? Hij merkte dat hij geen kracht meer had. Hoe zou het morgen zijn? En overmorgen? Waar moest hij verder zoeken? Joaquín liet het geweer zakken en staarde in de zwarte loop. Geef het op, leek het wapen hem te zeggen. Hij merkte hoe zijn ogen vochtig werden en hij in het aanzicht van het einde ineenzakte. Zijn einde. Hij had alles gegeven. Nu voelde hij alleen nog leegte. Liever wilde hij er niet meer zijn dan dat hij op een dag mee zou moeten maken dat Lucía's lichaam was gevonden.

Hij deed een paar passen naar achteren en ging op de rand van het bed zitten, het geweer tussen zijn knieën, de kolf tegen de grond.

Met zijn hand ging hij langs het wapen naar de trekker. Toen legde hij zijn kin op de loop. De kogel zou zijn schedel verbrijzelen. Hij sloot zijn ogen, hete tranen liepen over zijn gezicht, alsof alle dammen nu gebroken waren.

'Joaquín, doe dat alsjeblieft niet,' hoorde hij Montserrats stem, maar hij nam zijn vinger niet weg.

Wat had hij het kind dat in haar buik groeide, te bieden? Wat voor vader kon hij zijn?

'Je moet leven,' smeekte ze.

'Waarvoor? Ga weg. Ik wil niet dat je het ziet.'

Maar Montserrat ging niet. Joaquín voelde hoe ze dichterbij kwam. Hij sloot zijn ogen nog steviger. Kom op, alleen het laatste stapje nog, zei hij bij zichzelf. Durf het.

'Je hebt alles voor Lucía gedaan wat maar mogelijk was. Het is niet jouw schuld wat er is gebeurd.'

'Ik heb haar niet weten te beschermen,' zei hij met gesmoorde stem. Hij verdiende deze straf. 'Ik heb laten gebeuren dat ze verdween.'

'Dat is niet waar.'

Joaquín voelde haar hand op de zijne. De warmte van zijn vrouw. De kilte van de trekker.

'Je bent er altijd voor ons geweest. Laten we er dan nu voor jou zijn. Het zal niet van de ene op de andere dag gaan. Maar het gaat ons lukken, dat beloof ik je.'

Was hij een lafaard? Waarom drukte hij nou niet eindelijk af?

'We zijn veel kwijtgeraakt Joaquín. Gooi niet weg wat we nog hebben,' fluisterde ze, terwijl ze zachtjes zijn hand van de trekker haalde.

Waarom liet hij haar begaan? En ineens merkte hij dat hij leven wilde. Wakker worden naast zijn vrouw. Haar omhelzen. Haar warmte voelen. Weer de man worden die hij ooit geweest was. Quim in zijn armen sluiten. Hoelang was dat alweer geleden?

Hij liet het geweer los. Als een dood dier viel het op de grond. Montserrat sloeg haar armen om hem heen en haar tranen vermengden zich met die van hem. Werden één.

'Het spijt me zo,' snikte hij.

Montserrat pakte zijn hand en legde hem op haar buik, die al een beetje rond werd. 'Kun je het voelen?'

Hij zocht naar de hartslag van een nieuw leven.

En daar was hij, nog zwak, maar elke dag sterker.

De zomervacht van de ree is roodbruin. Wanneer hij zigzagsgewijs door het kreupelhout rent, doet zijn witte spiegel denken aan bloesem. In juli is zijn zacht gejank te horen, dan is het bronsttijd. Na de paring in augustus dragen reegeiten tot diep in de winter de kiem van een nieuw leven in zich; dit is de zogeheten embryonale diapauze. Pas vanaf december gaat de vrucht groeien, om in mei te worden geboren. Zoals reegeiten bij de ontwikkeling van de foetus het mildere jaargetijde afwachten, wachtte ook hij op het moment dat de omstandigheden ideaal zouden zijn om Lucía eruit te laten. Op een dag, zo droomde hij, zou ze in de avondschemering in het veld staan, terwijl de laagstaande zon achter de Monte Albádes het gras bloedrood zou kleuren. Lucía zou vrij zijn, maar ze zou weten dat ze daarbuiten niet veilig was en terugkeren naar het bos, naar hem, nadat ze haar lippen bevochtigd had aan het water van de Esera. Ze zouden samen het geheim zijn van het dal.

Nieve likte het bord af dat over de grond danste, zo gretig viel de hond aan op de restjes van de eenpansmaaltijd die Román voor hem had neergezet. Víctor keek glimlachend toe.

'Om vijf uur vertrekken we,' zei zijn broer, terwijl hij een kaart uitvouwde op de bar. 'Waarom ga je niet mee? Ik kan bij de honden wel wat hulp gebruiken.'

'Ik heb geen zin om te jagen,' weerde Víctor af. Hij nam een laatste slok van zijn cola.

De jachtvereniging was al dicht, alleen Román en hij waren er nog. Het plafondlicht was uitgeschakeld. Román had alleen nog de verlichting in het flessenrek en de groene lampen boven de bar aan gelaten. Op de kaart had hij met rode viltstift het gebied ingetekend waar de wildezwijnenjacht zou plaatsvinden. Een cirkel die liep van het populierenbos bij de Monte Ármos tot aan de kloof. Ze zouden de zwijnen opdrijven naar een open plek tussen bos en kloof, waar ze door de jagers zouden worden opgewacht.

'Wat was er eigenlijk daarboven in La Guardia aan de hand?' wilde Román weten. 'Ik sprak Telmo en die vertelde dat je ruzie had met Sara.'

Víctor maakte een afwerend gebaar dat het niet zo veel om het lijf had.

Sara had gelijk. Hij had bij het onderzoek een opening overgelaten waardoor de dader onopgemerkt het dorp zou kunnen binnengaan of weer verlaten. En als ze gelijk had en het echt een hotelgast was geweest die de meisjes had ontvoerd? Dan trof het dorp geen schuld. In elk geval geen directe schuld. Het kwaad kwam van buiten. De dader had beslist hulp nodig gehad uit de omgeving om de meisjes elke dag te verzorgen. Maar die persoon was niet meer dan een hulpje geweest.

Román pakte een zak voer en vroeg zijn broer om hem te helpen bij de verzorging van de honden. Ze verlieten het café van de broederschap en liepen zonder iets te zeggen over de kasseien naar Románs huis. Hij woonde vlak bij het raadhuisplein, maar vijf minuten van de jachtvereniging. Er brandde licht en Víctor stelde zich voor hoe Ondina de kinderen aanmaande om snel hun pyjama's aan te trekken en te gaan slapen. Nieve sjokte hinkend achter hen aan en antwoordde op het blaffen van de jachthonden die Román roken en wisten dat ze zo eten zouden krijgen. Ze renden in de kooi naast het huis heen en neer en sprongen langs het hek omhoog. Toen Román de kooi binnenging om hun etensbakken te vullen, liepen ze opgewonden om hem heen. Het waren vijftien sterke, witte podenco's. Ze waren wit zodat de jagers de honden niet voor wild konden aanzien en ze per ongeluk dood zouden schieten. Víctor herinnerde zich hoe op een keer na de jacht een van die honden naar hem toe gekomen was. Hij zat onder het bloed, dat op de witte vacht onwerkelijk rood oplichtte. De hond had een wild zwijn te pakken gekregen, tussen zijn tanden hingen nog de bloedige flarden.

Víctor dacht aan de auto's met de getinte ramen die naar hotel La Guardia gereden waren. Misschien had in een ervan de man gezeten die de meisjes had ontvoerd. Víctor wist beter dan wie ook wat er in de kamers van dat hotel gebeurde. Serna had ervoor gezorgd dat hij dat in de loop der tijd te weten kwam. Hoe meer hij wist, hoe meer hij erin verwikkeld raakte. Althans dat geloofde Serna. En een tijdlang was het misschien ook wel zo geweest. Toen het werk het enige was geweest wat hij nog had en hij zich er met alle macht aan vastgeklampt had. Maar nu lag het anders.

'Weet je of El Negro nog in het dal woont?' vroeg hij zijn broer.

'Hij werkt in een café in Ordial, meen ik. Een paar maanden geleden liep ik hem bij een supermarkt in het winkelcentrum tegen het lijf,' zei Román terwijl hij de kooi weer afsloot. 'Wat is er aan de hand, Víctor?' Ik weet niet of jullie Lucía ooit zullen vinden, maar jullie halen wel het hele dorp overhoop.'

Víctor maakte een sussend gebaar. Hij wist dat zijn broer zich zorgen om hem maakte. Daarom vertelde hij liever niet dat ze hem van de zaak af hadden gehaald en dat hij momenteel geschorst was. Dat hij geen idee had hoe het verder met hem moest.

'Sara Campos,' hoorde ze een stem vanuit de zitkamer in het pension. 'Je komt hier helemaal niet meer om te slapen.'

Sara overwoog om Caridad alleen kort goedenavond te wensen en daarna door te lopen naar haar kamer. Ze meende te zien dat Caridad een glimlach rond haar mond had, hoewel ze in de schemering voor Sara niet meer dan een schim was.

'Ik slaap maar weinig en dat doe ik overal,' zei ze uiteindelijk.

'Dat is me al ter ore gekomen.' Caridad giechelde veelbetekenend.

'Ik heb, geloof ik, voor het laatst seks gehad in 1982,' zei ze. 'En vraag me niet hoe oud ik toen was.'

'In dit dorp blijft niets geheim, en toch weet niemand iets,' klaagde Sara, terwijl ze naast Caridad ging zitten.

'Het is raar gesteld met de mensen hier. Dat heb je wel gezien. Levenslustig en gesloten tegelijk. Moet aan het landschap liggen.'

De twee gezichten van Monteperdido. Over enkele weken zou dit vruchtbare land bevroren zijn. Dood. De zomer liep op zijn eind. De bomen zouden hun bladeren verliezen, de rivier dichtvriezen, het wild zou zich terugtrekken in de bergen, zelfs de huizen zouden onder een sneeuwlaag verzinken. En diezelfde sneeuw zou de geheimen van de mensen overdekken.

'Zal ik je eens wat vertellen?' Caridad trommelde met haar mollige vingers op het tafelblad. 'Een paar dagen geleden heb ik een hele nacht doorgeslapen. Ik werd pas om tien uur wakker, toen de zon in mijn gezicht scheen. Mijn god, je hebt geen idee hoe ik me toen voelde. Het liefst had ik het uitgeschreeuwd van blijdschap.'

'Gefeliciteerd,' zei Sara. 'Daar ben ik echt blij om. Maar is het je niet nog eens gelukt?'

Caridad schudde haar hoofd. 'Maar ook al komen er honderd slapeloze nachten, die nacht waarin ik als een baby geslapen heb, kan niemand me nog afpakken.' Ze trok de rits van haar joggingpak helemaal omhoog en rekte zich uit. 'En jij, Sara Campos?' vroeg ze. 'Zeg niet dat geen enkele nacht het waard was om niet vergeten te worden.'

‘Ik weet het niet,’ zei Sara. ‘Soms denk je dat een nacht net een... als een mooie droom is. En als hij dan ineens een nachtmerrie blijkt te zijn, denk je dat alles wat je voor mooi en volkomen hebt gehouden, enkel uiterlijke schijn was.’

‘De dingen zijn nooit wat je hoopt dat ze zijn,’ erkende Caridad. Ze keek naar de straat, die er op dit uur van de dag stil en donker bij lag.

Sara probeerde zich op de zaak te concentreren. Op de puzzelstukjes die ze in elkaar moest zien te zetten. Ze viste een potlood uit haar rugzak en pakte een papieren servet. Ze had inmiddels een huiszoekingsbevel voor hotel La Guardia, ook al was ze er zeker van dat Serna op ditzelfde moment bezig was om elk bewijs uit computers en camera's te vernietigen. Nicolás Souto was weer op vrije voeten. Sara geloofde zijn verhaal dat hij de nacht van Ana's terugkomst met een van Serna's meisjes in het hotel was geweest, maar dat ontlastte hem niet volledig. Was hij dan misschien de man die de ontvoerder had geholpen? Hij was gedienstig, gemakkelijk te beïnvloeden. Dat paste in het profiel. Daarom had ze hem ook vrijgelaten. Misschien maakte hij een fout en zette hij haar op het goede spoor. Gedachteloos krabbelde Sara haar geometrische figuren op het servet.

‘Heb je gezien dat er hier in het dal diverse gelegenheden zijn die allemaal dezelfde naam hebben?’ vroeg Caridad. ‘In de witte ree. We zijn nou niet bepaald het toppunt van originaliteit hier: je hebt het restaurant aan de hoofdstraat, een pension aan het begin van het dorp en ik meen een hotel in Ordial.’

Het was Sara al eerder opgevallen. De witte ree was een sagenfiguur uit de Pyreneeën. Santiago had er haar over verteld.

‘Een jongen wordt verliefd op de dochter van zijn heer,’ begon Caridad. ‘Het meisje was nukkig en natuurlijk heel mooi, zoals altijd in sprookjes, maar om dat te geloven had je haar natuurlijk eerst zelf een keertje moeten zien. In elk geval wilde de jongen haar voor zich winnen. En omdat in het dal het verhaal ging over een witte ree, beloofde hij het meisje dat hij die ree zou schieten en hem voor haar mee zou nemen. Hij gaat dus met zijn geweer de bergen in en stuit daar op een roedel reeën die in de Esera aan het drinken zijn. Daaronder bevindt zich ook het dier dat hij zoekt. De ree met de witte vacht. Hij kiest een goede plek om te schieten en dan ziet hij dat de reeën en ook de witte ree veranderd zijn in meisjes die naakt in de rivier aan het baden zijn. Een van die meisjes is de dochter van zijn heer op wie hij verliefd is. Ongelovig wrijft de jongen in zijn ogen. Dat bestaat toch niet, zegt hij bij zichzelf en op datzelfde moment zijn de meisjes weer reeën geworden. Als de dieren hem in de gaten krijgen, rennen ze weg, maar op de vlucht raakt de witte ree verstrikt in het struikgewas. De jongen pakt zijn geweer en schiet. Dan loopt hij erop af om zijn buit op te halen, maar als hij bij het struikgewas komt, ziet hij dat daar niet de witte ree in zijn bloed ligt, maar het meisje van wie hij houdt.'

Caridad nam een slok van de rode vloeistof uit haar fles en keek naar Sara, die geboeid had geluisterd. 'Ik heb nooit begrepen wat dit verhaal ons verdikkeme wil zeggen,' bekende ze. 'En dan ben ik nog wel in het dal geboren en ken ik het van kinds af aan. Maar ik heb de moraal van het verhaal nooit begrepen.'

'Dat niets is zoals het lijkt?' giste Sara.

'Of dat we hier allemaal hartstikke mesjokke zijn.' Ze tikte tegen haar voorhoofd. 'Wie knalt er nou het meisje neer met wie hij naar bed wil? Echt een fijn cadeau.'

Sara leunde achterover in haar luie stoel en zweeg. Ze vroeg zich af waarom het meisje de jongen niet had opgebiecht dat zijzelf de witte ree was die hij wilde doden. Misschien wilde ze hem op de proef stellen. Misschien wilde ze ook gewoon wel dood. Ze keek naar het gekrabbel op het servet en voor het eerst leek het haar niet een labyrint waarin zij ronddoolde, maar een muur.

Ze zaten zonder iets te zeggen bij elkaar tot Sara opstond om naar haar kamer te gaan. Het gezelschap van Caridad was bijna beter dan slapen. Rustgevender. Ontspannener.

'Je vindt hem wel,' zei Caridad, toen Sara al overeind stond. 'Je vindt jouw witte ree wel, Sara Campos. Maar dood haar niet.'

Sara wilde haar graag geloven.

Nicolás zat met zijn jachtgeweer aan de keukentafel. Poetsstok, olie en doeken lagen verspreid over het tafelblad. Hij vroeg zich af of het wapen eigenlijk nog wel schoon te krijgen was, zo lang had hij het al niet meer gebruikt. Op zijn laptop had hij een site met een handleiding gevonden. Hij probeerde zich erop te concentreren, maar de wond aan zijn hoofd klopte verschrikkelijk. Hij was alleen provisorisch behandeld: antisepticum, wat hechtingen, verband.

Het computerscherm ging op zwart. Toen hij zijn muis bewoog sprong het document met de tekst van zijn roman naar voren: *De follet uit het populierenbos*. Hoewel hij vaak over het verhaal vertelde, had hij in werkelijkheid nog maar een paar alinea's geschreven. Vluchtig nam hij de eerste regels door. Hij schaamde zich. 'Waarom moet je per se in het Patués schrijven?' had Víctor hem eens gevraagd. 'Zodat niemand het lezen kan,' had hij moeten antwoorden.

Ximena kwam haar kamer uit en keek hem vanaf de trap minachtend aan. Als ze niet zo ver bij hem vandaan stond, zou ze naar hem spugen, dacht Nicolás terwijl hij snel zijn tekst sloot.

'Heb je niet met mij te doen?' vroeg hij terwijl hij zich weer met zijn geweer bezighield.

'Dat was vroeger. Nu walg ik alleen nog van je.'

'We gaan vooruit,' antwoordde hij sarcastisch.

Nicolás stak een staalborstel in de loop en bewoog hem op en neer. Hij was van plan om met de anderen op wildezwijnenjacht te gaan. Hij wilde zich niet verschuilen.

‘Zo heb je dus mijn moeder leren kennen? In een hoerenkast?’ verweet Ximena hem. Ze stond nog altijd op de trap.

Een paar uur geleden toen de politie hem nog niet gearresteerd had en Joaquín zijn hoofd niet tegen de deur had geramd, zou die vraag hem nerveus gemaakt hebben. ‘Hoe kom je erbij?’ zou hij gestameld hebben. ‘Wie heeft je die onzin verteld?’ En het zweet zou hem beslist zijn uitgebroken. Maar dat was een paar uur geleden geweest. Hij was het zat om zich te verschuilen.

‘Zou dat de zaken anders maken, Ximena? Ze is weg. Ze heeft jou achtergelaten bij mij. Ik ben je enige familie. Accepteer dat toch eens. En zo niet: daar is de deur. Je bent vrij om te gaan.’ Hij trok de vuile borstel uit de loop en ruilde hem in voor een in benzine gedrenkte doek.

‘En daarvoor heb je Montserrat dan maar laten schieten?’ vroeg Ximena op een spottende toon die haar pijn moest verbergen.

Nicolás legde de doek op tafel, waste zijn met olie besmeurde handen en keek zijn dochter aan. Hij stond erop haar zo te noemen. Ze was voor hem niet zomaar een meisje.

‘Van iemand houden en dan ook nog door die ander bemind worden, is een lot uit de loterij. En wij weten allebei dat we tot nu toe nou niet bepaald de hoofdprijs hebben getrokken, nietwaar Ximena?’

‘En wat heb jij toen gedaan? De meisjes gedwongen om van je te houden?’ zei ze woedend.

Ximena kwam de trap af, liep de hal door en ging naar buiten. Ze moest frisse lucht hebben. Ze had het gevoel dat ze elk moment kon stikken. De afgelopen jaren had ze geprobeerd Nicolás zo veel mogelijk te negeren. Ze had gehoopt dat hij op een dag gewoon weg zou zijn, als ze hem geen blik verwaardigde en niet tegen hem praatte. Toch was het haar niet ontgaan dat hij soms een hele nacht wegbleef. Zijn voortdurende reisjes. Zijn veelvuldige afwezigheid. Toen ze merkte dat iedereen in het dorp hem minachtte, had ze zich afgevraagd hoe hij dat volhield. Waarom bleef hij in het dal? Waar haalde hij de kracht vandaan om met een glimlach op te staan en van die idiote romans te schrijven die geen mens wilde lezen?

Het was een heldere avond, de hemel net een stille zee. Ana lag in de tuin op het gras, haar hoofd op de borst van haar vader. Zijn gelijkmatige ademhaling maakte haar rustig. Het deed haar denken aan het water van het bergmeer dat haar zachtjes heen en weer had gewiegd. Haar moeder kwam naar buiten om een sigaret te roken. Toen ze hen beiden zo in het gras zag liggen, ging ze naast haar dochter zitten en streek haar over het haar. Ana zag hoe haar gezicht zich aftekende tegen de onmetelijke sterrenhemel en glimlachte bij het idee dat Raquel een ruimtevaarder was die haar op dat moment vroeg of ze het niet koud had. Ze trok haar moeder naast zich tegen het gras. Op enig moment merkte ze dat de handen van haar ouders elkaar vonden. Ze dacht aan de jaren in het keldergat, aan de nachten waarin ze door het kapotte dak naar de sterrenhemel had gekeken. Aan de namen die ze voor die fonkelende lichtjes had bedacht: Álvaro, Raquel en Ana. Zo had ze de sterren genoemd die het helderst straalden. Ze hadden haar van haar jeugd beroofd, maar nooit zou iemand haar dit moment kunnen ontnemen. Ana legde haar hand op de handen van haar ouders. Ze dacht aan de gedichten die ze uit haar hoofd geleerd had, maar geen ervan kon het geluk weergeven dat ze op dit ogenblik voelde.

Dit hier was haar thuis, niet meer dat kerkerhol. Voor hen deed ze ertoe. Dit meisje dat naast haar ouders in het gras lag, met ogen zo zwart als het universum dat zich als een deken over haar uitstrekte, dat meisje was de Ana die ze zijn wilde. Niet de Ana die zich gespiegeld had in de ogen van Lucía.

Waar zit je, Ana? Wat doe je nu? vroeg Lucía zich af. Ze kon niet slapen van de honger en woelde onrustig op haar matras heen en weer. Waarom had hij haar in dit hok achtergelaten? Zou hij ooit terugkomen? Ze moest denken aan de nachten – of waren het dagen? Hoe kon je dat weten als er vrijwel geen licht tot de ruimte doordrong? Alleen een dun licht streepje bij het dak, waar het valluik zat waardoor hij bij haar kwam, markeerde het verloop van de tijd. De zon tussen een smal kiertje. Weet je nog, Ana? Weet je nog hoe je mij een hoer noemde, dat je me vroeg of ik er plezier aan beleefde? Ik herinner me jouw gedichten. Eentje in het bijzonder: 'De wind steekt op! Leven: ik probeer het!' Hebben wij dat niet gedaan? Wat haatte ik die vervloekte boeken van je. Die voortdurende pretenties van je. En wat mis ik je nu.

Een geluid deed haar van schrik ineenkrimpen. Ze dacht aan dieren, wilde zwijnen die buiten rondsnuffelden bij het hok waarin ze gevangenzat. Toen werd onder metaalachtig gekners de grendel weggeschoven. De deur ging open. Ze richtte zich op en zag zijn silhouet tegen de nachtelijke hemel, zijn vermoeide bewegingen. Hij had een plastic zak meegenomen die hij naast haar neerzette. Daarna sloot hij de deur en ging naast haar op de grond zitten.

'Ik heb cornflakes voor je meegenomen, het soort dat je zo lekker vindt,' zei hij.

Lucía ging rechtovereind zitten en greep hongerig naar het pak dat hij haar voorhield.

'Waar ben je geweest?' vroeg ze.

Toen zag ze het geweer. Hij had het naast de deur tegen de muur gezet.

Ximena had doelloos door de omgeving gedwaald, terwijl ze geprobeerd had haar gevoelens te ordenen. De schaamte over wat vanavond waarschijnlijk in Monteperdido het gesprek van de dag was. Nicolás en de hoeren in La Guardia. In het dal bleef niets verborgen, reken maar dat iedereen het wist. Nicolás en de verdwenen meisjes. Maar achter dat alles maakte een andere, reëlere angst zich van haar meester. De gedachte dat Nicolás naar de gevangenis zou moeten en dat zij haar vader kwijt zou zijn. Want dat was hij, hoezeer ze zich daar ook tegen verzette. Haar vader.

Ze kromp ineen toen ze vlak bij haar huis voetstappen achter zich hoorde. Daarna draaide ze zich om en zag Ana op haar afkomen. Ze deed Ximena denken aan een van die dieren die in de bergen leefden, herten, reeën die 's nachts het bos uitkwamen om te grazen.

'Het is al laat. Waarom ben je nog op?' vroeg Ximena. Ze probeerde afstand te houden, maar Ana bleef niet staan en kwam dichterbij.

'Ik wilde met je praten. Ik heb op je gewacht.'

'Je mag Quim hebben. Ik ben er wel overheen,' probeerde Ximena het gesprek af te kappen, maar ze klonk lang niet zo zelfverzekerd als Ana.

'Het gaat om Nicolás,' zei Ana. Toen kwam ze heel dicht bij Ximena staan en fluisterde in haar oor: 'Hij is niet de man die ons ontvoerd heeft.'

Ximena merkte hoe haar stem ineens trilde van angst. Ana deed een stap achteruit en keek nerveus om zich heen alsof behalve Ximena nog iemand haar zou hebben kunnen horen. Toen liep ze snel terug naar haar eigen huis. Als een dier dat voor zijn belagers naar een veilige plek vlucht. Welke belagers?

Ximena stond als aan de grond genageld op de stoep en keek toe hoe Ana in huis verdween. De opluchting nu te weten dat Nicolás niets met de ontvoering van doen had, maakte plaats voor een verontrustende vraag: wat wist Ana? Wat verzweeg ze?

Ana liep door de donkere woonkamer naar boven, naar haar kamer. Waarom had ze Ximena verteld dat Nicolás niets met de ontvoering te maken had? Ergens voelde ze zich schuldig tegenover haar. Omdat ze haar vriendje had afgepikt, ja, maar ook om wat Ximena na de ontvoering allemaal mee had gemaakt. Zij was degene die geluk had gehad en nog net ontsnapt was aan de hel. Wat had je dan te klagen? Haar problemen werden afgedaan als de grillen van een verwend grietje. Maar eenzaamheid was geen gril. Ana wist het.

Gretig verslond Lucía de cornflakes. Hij stond op en liep naar de deur, waarnaast hij het geweer gezet had. In het hok stonk het naar urine en zweet. Naar dier. Het liefst had ze Honey Pops. Snoepziek als een bosgeest. Reeën legden op hun zoektocht naar voedsel hele afstanden af om maar de sappigste loten te vinden.

Sara keek gefrustreerd toe hoe agenten kisten vol documenten, diskettes en videobanden uit de bewakingscamera's het hotel uit droegen. Ze wist dat deze huiszoeking niets op zou leveren. Serna stond rustig tegen de balustrade van het uitkijkplatform leunend te roken. Graag zou Sara de zelfingenomen grijns van zijn gezicht hebben geslagen. Het hotelpersoneel zat aan een tafel op het terras te kletsen en te lachen als kinderen die een dagje vrij van school hadden gekregen.

Sara had nog eens met Elena gesproken. Net als bij de rest van het personeel was er niet veel uit gekomen. Wat ze vertelden had met de waarheid maar weinig te maken. Een hoop gemeenplaatsen die heel duidelijk ingestudeerd waren: nee, Serna dwong niemand tot prostitutie. De meisjes waren allemaal vrijwillig hier, ze betaalden huur voor hun kamer en deden met de klanten alleen wat ze zelf wilden. Hooguit kon Sara Serna wegens belastingontduiking oppakken. Het geld dat de klanten betaalden bleef buiten de boeken. Sara wist dat het maanden zou duren voor hun identiteit onthuld zou zijn. Zo lang kon Lucía niet wachten.

Víctors auto reed de parkeerplaats op. Sara keek nadrukkelijk langs hem heen toen hij uitstapte en naar haar toe kwam.

'Je hebt hier niets te zoeken,' bracht ze hem in herinnering. 'Je bent geschorst.'

'Van de mensen hier zul je niets wijzer worden over Serna. Ik wil je helpen.'

'Ach, zo ineens?' Ze kon haar irritatie niet verbergen.

Víctor deed of hij niets gehoord had. 'Ik heb iemand in mijn auto. Ik wil alleen dat je met hem praat.'

Vicente 'El Negro' was helemaal niet zwart. Hooguit wat donker van huid. Hij was een kleine gezette man van rond de vijftig, zonder baard. Hij wilde niet praten in de directe omgeving van het hotel, omdat hij zich met Serna in de buurt niet op z'n gemak voelde. Víctor reed een stuk de weg af tot vlak voor Posets. Daar stopte hij bij de kruising en Sara vroeg El Negro uit te stappen om een stukje te gaan lopen en te praten. Víctor bleef bij de auto. Hij drong er niet op aan om hen te mogen vergezellen.

'Serna weet hoe je mensen laat zwijgen,' zei El Negro. 'Dat zie je wel aan Víctor.'

'Heeft Víctor u gevraagd om via u zijn verhaal te doen?' vroeg Sara kribbig. Hoe kon deze ouwe kelner haar in godsnaam verder helpen?

'Hij heeft me alleen gevraagd u te vertellen hoe het er hier in het hotel aan toegaat, meer niet.' El Negro merkte dat deze politievrouw hem behandelde alsof hij iets misdaan had.

'Oké, vertel me dan maar wat u van La Guardia weet.'

El Negro had er meer dan zeven jaar als kelner gewerkt. Hij was begonnen kort nadat Serna het hotel had overgenomen. La Guardia was van begin af aan een luxe-etablissement geweest. Het maakte niet uit dat veel kamers een groot deel van het jaar leegstonden. Wat de gasten voor een paar nachten betaalden, was meer dan voldoende. De meisjes woonden op zolder. Serna was kritisch, veel van hen hadden gestudeerd. Ze moesten niet alleen goed kunnen neuken, maar ook goed kunnen praten. Het hotel werkte samen met twee of drie private taxibedrijven. De meeste klanten kwamen uit Zaragoza of uit het Baskenland. Zakenlieden met flink wat poen. Maar mettertijd kwamen er ook gasten uit andere delen van Spanje. Ook veel uit Frankrijk. Ze werden opgehaald in Zaragoza, Barcelona of Vittoria. Aan discretie hechtte Serna net zo veel waarde als aan een zorgvuldige selectie van de meisjes. Die mannen kwamen naar deze afgelegen plek in de Pyreneeën om plezier te hebben, zonder sporen achter te laten.

'Daarom is Serna er erg op bedacht dat zijn bezoekers hun mond houden,' kwam El Negro terug op het begin van het gesprek.

'En de mensen uit het dal? Uit Monteperdido en Posets, komen die niet in La Guardia?'

'Zelden,' zei hij. 'Bij ons kost een drankje dertig euro. Wie betaalt er nou zo veel geld voor een gin-tonic?'

'Nicolás Souto kwam er geregeld.'

'Er waren wat uitzonderingen,' vertelde El Negro. 'Die veearts bijvoorbeeld. Voor die arme kerel was het elke keer pijnlijk. Ik geloof dat het bordeel hem tegenstond, maar hem bleef niets anders over. Er ging geen week voorbij, of hij was er.' Hij lachte honend.

Stilzwijgen, dacht Sara. En schaamte als wapen om dat af te dwingen.

'En de anderen? Hoe zorgt Serna ervoor dat iedereen zijn mond houdt?' vroeg ze ten slotte.

'Een koud kunstje. Die vent is een sluwe vos. De meisjes verkochten ook af en toe cocaïne. Niet dat ze dealden, dat lieten ze over aan Gaizka. Maar zo hadden ook zij iets te verbergen. Bij anderen maakte hij misbruik van de omstandigheden.' El Negro keek Sara aan. 'Víctor had een rottijd toen zijn vriendin bij de overstroming was omgekomen. Hij kwam naar het hotel om te drinken zodat ze hem niet stomdronken in het dorp zouden zien. Op een avond werd een van de gasten agressief. Dat kwam niet vaak voor, maar die vent had te veel gesnoven en sloeg een meisje aan de bar in het gezicht. Víctor was er ook, maar had niets in de gaten omdat hij helemaal lazarus was. De zaak escaleerde toen de gast Víctors pistool inpikte en ermee begon te zwaaien. Samen met een van de meisjes heb ik het uit zijn handen gerukt.'

Sara keek achterom naar de weg. Door de bomen kon ze Víctor tegen zijn auto zien leunen in T-shirt en spijkerbroek en ze realiseerde zich dat ze hem, behalve tijdens het avondje bij hem thuis, nooit zonder uniform gezien had. El Negro vertelde dat Serna Víctor had beloofd het voorval stil te houden. Niettemin was hij tijdens de dienst dronken geweest en had hij zich zijn wapen laten afpakken. Redenen genoeg voor ontslag dus. Serna maakte daar misbruik van en begon hem in ruil voor zijn zwijgen kleine diensten te vragen. Zo moest Víctor de klachten van dorpelingen over te hard rijdende taxi's onder tafel schuiven. En hij moest een oogje dichtknijpen bij Serna's zaakjes met Gaizka. Op zeker moment was Víctor min of meer bij hem in dienst.

'En met u lukte hem dat niet?' vroeg Sara. 'U lijkt niet bang voor hem te zijn.'

'Ik ben stom geweest,' gaf El Negro toe. Hij grijnsde. 'Ik werd namelijk verliefd op een van de meisjes, met de hele rataplan van dat ik haar uit de business haal en al die flauwekul meer, maar ze bleef bij Serna. Ik was toen zo link dat ik hem heb aangegeven.'

'En Víctor zorgde ervoor dat die zaak op niets uitliep,' concludeerde Sara.

'Eigenlijk ben ik hem daar dankbaar voor. Ik zou alleen maar meer problemen hebben gekregen.'

Sara keek naar de kruinen van de dennen. Ze vormden een donkergroene, haast zwarte koepel. Welk verband kon er zijn tussen de verdwenen meisjes en La Guardia? Misschien had Víctor gelijk: dat verband bestond niet en het hotel was gewoon het zoveelste geheim in dit dal. Maar iets zei haar dat het niet zo was. Ze herinnerde zich de verklaring van Ana, hoe ze verteld had dat ze verkracht was. Waarom zulke gewelddadige seks nadat de hele ontvoering haast gemoedelijk was verlopen?

'Waren er minderjarige meisjes in het hotel?' vroeg Sara.

'Als ik er was, nee. Serna beweerde wel over dit of dat meisje dat ze pas achttien was, maar dat klopte niet. Ze waren allemaal ouder dan twintig.'

'Wat gebeurde er nog meer in het hotel? De klanten zochten een meisje uit en brachten het weekend met haar door. Was dat alles?'

'Soms waren er, hoe noem je dat, feestjes. In de salon op de eerste verdieping. Drie-, viermaal per jaar. Dan ging het er stevig aan toe. U begrijpt wel: cocaïne, meisjes, shows.'

Alsof er heel veel mensen naar me keken, had Ana gezegd. *Dat raak ik nooit meer kwijt.*

'Pornofilms?'

'Ja, iets in die trant,' bevestigde El Negro.

Alsof er heel veel mensen naar me keken.

'Wat waren dat voor films? Hebt u er een paar gezien?'

'Privévideo's. Seksfilms. Vooral dat.'

'Kwamen er in die films ook minderjarigen voor?'

El Negro moest even nadenken. Sara had het gevoel dat ze nu eindelijk een spoor had, al wist ze niet precies waarheen dat leidde.

'Ik geloof van niet,' zei hij uiteindelijk met weinig overtuiging. 'Dat wil zeggen, mij kwamen ze wel erg jong voor, maar ik herinner me nog een vent die, zo'n drie jaar geleden, tegen me zei dat de vrouwen in de films niet minderjarig waren. Hij had zelf weleens films met echt jonge meisjes gezien. Maar het zou best kunnen, tenslotte bedroog Serna zijn klanten ook met de leeftijd van de meisjes in het hotel.'

Sara onderbrak hem: 'Wie was die man? Wie heeft u verteld dat hij films met jonge meisjes had gezien?'

'Ik weet het niet. Ik heb hem maar een paar keer gezien. Hij bleef niet overnachten. Ik geloof dat hij alleen kwam om te kijken.'

'Heeft hij u verder nog wat over die films verteld?'

'Eerlijk gezegd weet ik niet of hij alleen maar wilde opscheppen. Hij beweerde dat hij een film had gezien met een dertienjarig meisje dat nog met poppen speelde.'

Sara voelde hoe haar hart sneller begon te slaan. Ze had het gevoel nu heel dichtbij te zijn. Vlakbij.

'Zou u hem herkennen als u een foto van hem ziet?'

'Misschien,' zei El Negro.

Quim trof Álvaro voor de jachtvereniging, waar Ana's vader zijn pasje voor de wildezwijnenjacht wilde ophalen. Hij had besloten om met de andere mannen van het dorp mee te doen aan de jaarlijkse drijfjacht. Ze zitten binnen de posities te verdelen, vertelde Quim.

'Ga jij ook mee?' vroeg Álvaro.

'Ja, met mijn oom. We gaan altijd samen.'

Zelf had Quim geen geweer. Hij vertelde Rafael op welke plek er wat bewoog. Of hij wilde zwijnen hoorde. Vogels die opvlogen. Románs honden die met hun geblaf het wild deden opschrikken.

Nu zaten de honden in een pick-up die voor de jachtvereniging stond. Voor de jacht wilde Román nog even met hen naar de Monte Ármos om ze de geur van de zwijnen te laten ruiken. De witte podenco's wachtten gejaagd op het moment dat ze eindelijk los zouden worden gelaten.

'Ik ben nog niet eerder mee geweest op jacht,' bekende Álvaro. 'Ik ben al blij wanneer ik me morgen niet in mijn voet schiet.'

Quim glimlachte nerveus. Nadat Ximena gisteravond onverwachts bij hem langs was gekomen, zat hij voortdurend te piekeren wat hij ermee aan moest. Wat hij doen moest. Hij had Ximena bij zich laten slapen omdat ze niet terug had gewild naar haar vader. Zo-even nog had hij de veearts gezien, toen Nicolás zijn positie bij de vereniging kwam ophalen. Rafael had hem verteld dat hij honderd meter bij hen vandaan stond, aan de oostkant van het populierenbos.

'Wacht even, Álvaro,' zei Quim, toen deze naar binnen wilde gaan.

Rafael had gedacht dat Ana het misschien alleen gezegd had om Ximena te kalmeren. Maar misschien was ze ook bang om alles te vertellen wat ze wist, dacht Quim. Waarom had Ana Ximena alleen verteld dat Nicolás niet de ontvoerder was?

'Ik weet niet of het belangrijk is,' zei hij uiteindelijk tegen Álvaro. 'Maar vannacht heeft Ana tegen Ximena gezegd dat Nicolás niet de man is die haar in de hut gevangen heeft gehouden. Misschien moet je met haar praten. Voor het geval ze nog iets weet, wat ze tot nog toe niet verteld heeft.'

Na vijf jaar begon bij Quim een al lang begraven hoop op nieuw leven te ontwaken. Konden ze Lucía dan toch nog levend vinden?

Resoluut liep Sara door de hal van het politiebureau. El Negro en Víctor volgden haar. Toen ze in haar kantoor stonden, wees ze naar de muur waar Santiago de foto's had bevestigd van iedereen die op enigerlei wijze met de zaak van doen had: de vaders van de meisjes, Álvaro en Joaquín Castán. Marcial Nerín en Nicolás Souto, Ismael Casella en Gaizka. Víctor was verrast toen hij zichzelf op een van de foto's ontdekte, direct naast zijn broer Román en Rafael Grau. Op welk moment had ze hem in deze eindeloze lijst van verdachten opgenomen?

'Kijkt u alstublieft eens heel goed naar deze foto's,' vroeg Sara El

Negro. 'De man die u over films met jonge meisjes verteld heeft, zit die erbij?'

El Negro deed een stap dichter naar de muur toe. Zijn ogen dwaalden van het ene gezicht naar het andere.

'Hij was het,' zei hij terwijl hij naar een foto wees.

Sara kreeg een flauw gevoel in haar maag.

'Weet u het zeker?'

'Ja, hem kan ik me herinneren,' bevestigde El Negro.

Zijn vinger wees naar de foto van Simón Herrera. Ana's redder. De man die dood was aangetroffen in de auto waarin ze het meisje hadden gevonden.

Toen de telefoon ging, vroeg Ana aan haar moeder of zij wilde opnemen, maar Raquel was in de keuken bezig met de voorbereiding van het eten en vroeg haar dochter of zij het niet wilde doen. Tussen de kussens van de bank ging Ana op zoek naar de draadloze telefoon. Toen hij voor de derde keer rinkelde, vond ze hem. Burgos was bij haar moeder in de keuken. Hij wilde het recept weten van de bonensoep die ze aan het maken was. Als er bonensoep was, schepte hij altijd tweemaal op.

Ana nam op en liep een eind bij de keuken vandaan omdat de afzuigkap erg veel lawaai maakte. Toen ze vroeg wie er aan de lijn was, hoorde ze eerst alleen maar stilte. Vervolgens een ademhaling die ze onmiddellijk herkende. Vijf jaar lang had ze die elke dag en nacht gehoord.

'Ana,' smeekte Lucía aan de andere kant van de lijn. 'Zeg alsjeblieft niets meer. Hij zal mij vermoorden.'

Lucía's gesnik werd onderbroken door een zacht klikje. Hij had neergelegd. Wat Lucía gezegd had, was genoeg.

Een nieuwe broek, een nieuw overhemd. Fris geschoren. Waarom waren die details haar niet opgevallen? De afgedragen kleren in

Simóns kast. Ze had moeten zien dat het voor hem een speciale dag geweest was. Hij ging Ana uit haar kerker halen. Hij ging haar redden.

Víctor reed zonder iets te zeggen naar Ana's huis. In de achteruitkijkspiegel zag hij Sara's gespannen gezicht waarop zich woede en schuldgevoelens aftekenden.

'Jij blijft in de auto,' zei Sara toen ze uitstapte.

Víctor schikte zich. Ze had gelijk. Een vormfout kon ertoe leiden dat een aanklacht bij de rechtbank niet-ontvankelijk zou worden verklaard. Ze konden zich niet nog een fout veroorloven.

Sara belde als een bezetene tot Burgos eindelijk de deur opendeed.

'Wat is er?' vroeg hij.

'Waar is Ana?' Ze stormde het huis binnen.

Raquel kwam de keuken uit. Toen ze haar dochter niet in de woonkamer zag, zei ze: 'Ze zal wel op haar kamer zijn.'

Nog maar enkele dagen geleden hadden zij en Álvaro nieuwe meubels gekocht bij het winkelcentrum in Barbastro. De kamer was nu niet langer Raquels bureau, maar weer de kamer van haar dochter. Ana's kamer.

Sara rende de trap op en rukte de deur van de kamer open. Er was niemand. Gefrustreerd draaide ze zich om en keek in de badkamer. Vervolgens in Raquels slaapkamer. Riep Ana's naam.

Maar Ana was niet meer in huis.

Ana stak de weg over in de richting van de berg. Ze hoorde hoe achter haar een auto voorbijreed naar het dorp. Ze klauterde over de helling naar boven en verdween toen in het populierenbos aan de voet van de Monte Ármos. 'Hou je koest, verraders,' fluisterde ze. Ze was een wild dier dat voelde dat de jager zijn territorium was binnengekomen. En ze rende weg. Ze vluchtte de berg op. Zonder doel. Weg van de man die haar maar bleef achtervolgen.

Sara's hoofd bonkte. Ze kneep haar ogen samen en drukte haar handen tegen haar slapen alsof ze zo een halt kon toeroepen aan de pijnscheuten die als stroomstoten door haar brein schoten.

'Zoek uit van wie dat nummer is waarmee naar Ana's huis is gebeld,' verordonneerde Sara Pujante, zodra ze in het politiebureau was.

Ze liet de huiszoeking in hotel La Guardia afbreken. Alle beschikbare agenten moesten terug naar Monteperdido om te helpen zoeken naar Ana. 'Jij blijft thuis,' had ze tegen Víctor gezegd. 'Houd je op de achtergrond, maar coördineer je mannen.' Niet veel later voegde ook Sanmartín van de bergreddingsdienst zich bij het team dat de directe omgeving van Ana's huis uitkamde.

Op het politiebureau waren nog maar twee agenten achtergebleven. Ze vroeg om het complete dossier dat ze aan het begin van het onderzoek over Simón Herrera hadden aangelegd. Een man met het leven van een fantoom, had ze toen gedacht.

Toen ze haar kantoor binnenliep, keek ze naar haar bureau. De stukken lagen er nog even ordelijk als Santiago ze had achtergelaten. Alle latere documenten met betrekking tot de zaak lagen over de grond verspreid. Kleine hoopjes papier.

We hebben iets, had Santiago gezegd.

Sara wist dat dit 'iets' zich tussen de stukken op het bureau moest bevinden. Tot nu toe had ze niet geweten waar ze naar zoeken moest. De opbergmappen hadden haar stom aangestaard en hadden het geheim dat Santiago in zijn graf had meegenomen, niet prijs willen geven.

Wat had hem ertoe gebracht om naar Joaquíns bedrijf te gaan? Simón Herrera, zei ze bij zichzelf. Ze liet beide agenten komen en gaf hun elk een deel van het dossier.

'Waar moeten we naar zoeken?' vroeg de ene agent.

'Naar een connectie tussen Simón Herrera en het expeditiebedrijf van Joaquín.'

Nog voor Pujante haar kantoor binnenkwam, was het Sara weer te binnen geschoten. Bij de doorzoeking van Simóns huis had ze in de la van het nachtkastje een oplader voor een mobiele telefoon gezien. Maar in zijn auto hadden ze geen telefoon aangetroffen. Wat waren ze stom geweest.

'Het nummer waarmee gebeld werd, staat op naam van Simón Herrera,' bevestigde Pujante.

Haar hoofdpijn werd alsmaar erger. 'Alles in orde?' vroeg Pujante. Sara had alleen nog de kracht om zachtjes te knikken. 'Blijf zoeken naar een connectie tussen Simón en het expeditiebedrijf,' zei ze voor ze haar kantoor uitliep. Haar brein bonsde tegen haar schedel als een gek in een gecapitonneerde cel.

Ze moest aan de Esera denken, die wild klotsend het dal in bruiste en buiten zijn oevers dreigde te treden. Ze verliet het bureau en probeer tot rust te komen door diep in te ademen en de warmer wordende stralen van de zon op te vangen, die op deze augustusochtend maar aarzelend op gang was gekomen. Noodweernacht. Haar brein ging zijn eigen gang, werd een wild woedende zee.

Toen ze weer tot zichzelf kwam, zat ze op haar knieën in het kleine dennenbos waar de meisjes verdwenen waren. Ze huilde van onmacht en woede. Al die pijn die de grond van Monteperdido doorsneed als de zieke wortels van deze dennen. Ze had het gevoel dat ze uit de grond omhoogkropen en binnendrongen in haar vlees, zich als een kankergezwel in haar verspreidden tot een van die wortels uiteindelijk weer uit haar mond tevoorschijn kwam en Sara zich gewonnen gaf en in elkaar zakte.

Ze voelde hoe een koude hand haar bij de arm pakte. Een hijgende ademhaling in haar nek. Iemand trok haar overeind en fluisterde in haar oor: 'Wat is er verdomme met jou aan de hand? Vooruit, doe je mond open.' Vingers wurmden zich tussen haar lippen. Daarna de bittere smaak van een pil onder haar tong. 'Heel rustig ademhalen, het is allemaal goed,' hoorde ze de stem zeggen.

Sara vulde haar longen met lucht en merkte hoe ze langzaamaan de controle over zichzelf terugwon. Haar haren, die nat waren van het zweet, streek ze van haar voorhoofd. Toen ze haar ogen opende, zag ze Caridad op haar knieën voor zich zitten, haar hoofd een beetje schuin.

'Wat heb je me gegeven?' vroeg Sara.

'Rattengif,' antwoordde Caridad. 'Wat zou ik je nou gegeven hebben, kindje? Een kalmeringsmiddel. En als je niet ophoudt met die waanzin, krijg je er nog een van mij achter je kiezen.'

Sara richtte zich wat op, terwijl ze zich afvroeg hoe ze hier gekomen was.

'Sara Campos.' Caridad pakte haar bij de kin en dwong Sara haar aan te kijken. 'Je mag me niet zo laten schrikken. Mijn hemel! Als je zo nodig dood wilt, doe dat dan als ik niet in de buurt ben. Ik heb je immers in mijn hart gesloten.'

'Ik ga niet dood.'

'Heel goed. Daar ben ik blij om.'

Caridad zweeg. De wind speelde met haar krullen. Haar uitpuilende ogen keken Sara onderzoekend aan: de pil begon te werken.

Sara's gelaatstrekken ontspanden zich, ze wreef in haar ogen en probeerde een glimlachje dat geruststellend moest overkomen. 'Ik moet weer aan het werk, Caridad,' zei ze. Ze zette zich af tegen de zachte bosgrond en stond op.

'En wat als je de meisjes niet vindt?' Sara hoorde Caridads knieën knakken toen ze overeind kwam. Ze zette zich af tegen een boom en schudde haar korte beentjes uit. 'Je moet erop voorbereid zijn, kindje, dat je fouten maakt en verliest,' mompelde Caridad. 'Ik leg het elke nacht af tegen mijn slapeloosheid.'

'Maar soms win je ook.'

'Heel zelden. Dat weet je.' In haar woorden lag niet de minste ironie. 'Om goed te slapen moet je heel wat slapeloze nachten op de koop toe nemen.'

‘Dat probeer ik, Caridad. Dat probeer ik echt,’ zei Sara.

‘Dan is het goed.’

Ze glimlachte dankbaar toen Caridad zich naar haar voorover-boog en haar mollige hand op haar schouder legde. ‘Daar gaat het in het leven om, dat je het probeert,’ mompelde ze ten afscheid.

Blijven lopen, zei Ana tegen zichzelf. Steeds hoger de berg op. Een steenachtig pad langs een afgrond. Hoe noemde Quim deze kloof ook alweer? La Camera? Ze had het populierenbos achter zich gelaten en haastte zich steeds verder omhoog naar de top. Naar de Circo de Tempestades. Maar hoe hard ze ook liep, de schaamte kon ze niet achter zich laten. De angst. ‘Wat moest ik dan doen, Lucía?’ riep ze de Monte Ármos tegemoet. ‘Wat moest ik dan doen?’

Hij keek naar de berg die zich tegen de heldere augustushemel aftekende. Morgen in alle vroegte zou hij op jacht gaan. Hij had alles gehad en voordat hij het verloor, doodde hij het liever. Hij zou het bos zijn geest ontnemen.

‘Er klopt iets niet,’ zei een van beide agenten.

‘Wat is er dan?’ vroeg Sara.

Beiden hadden zich naar haar omgedraaid toen ze het bureau weer binnen was gekomen. Ze zag er bleek uit, haar T-shirt zat onder de vlekken en haar spijkerbroek vertoonde sporen van modder. Ze liet zich op een stoel vallen, streek haar haren achterover en bond ze in een paardenstaart.

‘Zacarías Gutiérrez,’ zei de agent. ‘Volgens het contract is hij in dienst van Joaquín, maar hij werkt er al haast een jaar niet meer.’

‘Ik ken hem. Hij werkt nu op het industrieterrein van Barbastro,’ wist Sara zich te herinneren. ‘Zijn strafblad werd opgevraagd nog voor die zaak met Gaizka plaatsvond. Ziet u de datum? Daarom denk ik dat er iets niet klopt.'

Sara pakte het dossier met Zacarías' eerdere veroordelingen. Ze ging ervan uit dat Santiago het uit routineredenen had opgevraagd. Wat diefstalletjes, een celstraf van drie maanden vanwege rijden onder invloed van drugs. Eerst dacht ze dat het hier om de connectie tussen Zacarías en Gaizka ging. Toen las ze de naam van de strafinrichting: Martutene, San Sebastián. Van 3 mei tot 7 augustus 1992. Ze pakte Simóns strafblad erbij. Hij had tussen 1989 en 1992 een straf uitgezeten vanwege het in bezit hebben van kinderporno. Strafinrichting Martutene, San Sebastián. Zacarías en Simón hadden elkaar in de gevangenis ontmoet.

Dat was wat Santiago had ontdekt. Daarom was hij naar het bedrijf van Joaquín Castán gegaan. Hij had niet geweten dat Zacarías er niet meer werkte. Een foute veronderstelling had hem op het juiste spoor gebracht.

'Geef een opsporingsbevel uit voor Zacarías Gutiérrez en stel de politie in Barbastro op de hoogte. Hij mag ons niet ontkomen.'

Toen bleek dat niemand Ana in het dorp gezien had, liet Víctor het gebied achter Los Corzos doorzoeken. Hij stuurde ook een groep agenten naar het kleine bos waar de meisjes verdwenen waren. Aan de andere kant van de hoofdstraat doorkamden de overigen in waaiers het terrein onder de Monte Ármos. Het was een ontoegankelijk gebied: dicht populierenbos, honderden paden die de bergen in leidden, een paar eikenbossen, de Camerakloof die zich in het massief boorde, de door de gletsjer gevoede bergbeek die verschillende meertjes met elkaar verbond. Er zaten daar veel reeën, bij de meertjes groeide wilde kamperfoelie en in de herfst was de grond in de bossen bezaaid met eikels. De Circo de Tempestades. Een kolossaal amfitheater dat de natuur daarboven had opgetrokken.

Víctor zag dat Quim op hem afkwam. 'Waar is Ana?' riep hij al van verre. Víctor probeerde hem gerust te stellen: ze zouden haar zeker snel vinden. Maar hij voelde een brok in zijn keel, toen hij Raquel en Álvaro op de weg zag staan. Ze hielden elkaar stevig vast en zij had haar gezicht begraven in de schouder van haar man. Álvaro's staalblauwe ogen keken naar de bergen, zijn grijze haren verwaaid in de wind.

Een wind die nu ook de bladeren van de populieren in beweging bracht. Dat ruisen had iets weg van lachen.

Op een dag vermoord ik je, had hij tegen haar gezegd. Die woorden waren als een röntgenoog in haar nek. Ana zweette en was moe. Zelfs de frisse wind kon haar geen verlichting geven. *Op een dag vermoord ik je.* Het was de prop in haar mond. Toen ze over de gang van het ziekenhuis naar haar kamer werd gereden, had ze hem gezien. En als het bij zijn jachtspel hoorde dat hij haar ontkomen liet? Als hij haar ook nu in de gaten hield? Zoals hij haar toen die dag in het ziekenhuis ook lang had aangekeken alsof hij het haar nog een keer wilde inpeperen: *op een dag vermoord ik je.*

Tot nu toe had hij haar gespaard. Maar nu had ze te veel gepraat.

'Het spijt me,' fluisterde ze telkens weer, alsof Lucía haar verontschuldigingen kon horen.

Toen ze bij de Circo de Tempestades was, liep ze naar de oever van het bergmeer. Ze keek naar het spiegelbeeld in het licht rimpelende water.

'Ik haat je, Ana,' zei ze zachtjes.

Joaquín had zijn geweer op bed gelegd. Hij was net bezig met de voorbereidingen voor de wildezwijnenjacht, zijn wapen, jachtkleding en patronengordel, toen de politie aanbelde om te zeggen dat Ana weg was. Hij hoorde hoe de agenten zijn vrouw ondervroegen en Montserrat verbijsterd zei: 'Hoe kan dat nou?' Hoe hadden ze Ana uit het oog kunnen verliezen? Het meisje was weggelopen, vertelden ze. Joaquín liep de trap af, terwijl zich steeds sterker een vraag aan hem opdrong: voor wat was Ana weggelopen? Waarom? Hij bleef op de onderste tree staan. De agenten die in de woonkamer stonden, draaiden zich naar hem om. Je kon zien dat ze bang waren voor zijn reactie. Montserrat vertelde dat ze Ana vandaag nog niet gezien hadden. Wat was er voorafgaand aan haar verdwijnen gebeurd? Wat had haar ertoe bewogen om weg te lopen? Joaquín hield zijn vragen voor zich. Hij had de oorlog verloren en zich erbij neergelegd. Als een soldaat die terug naar huis is gestuurd en nu de berichten van het front hoort, maar zelf niet meer in kan grijpen.

'Weten jullie waar Quim is?' vroeg hij en voor het eerst sinds jaren gold zijn angst zijn zoon.

De politie doorzocht het gebied aan de voet van de Monte Ármos. Een man uit het dorp had Víctors vermoeden bevestigd. Hij was juist met zijn auto uit Posets gekomen, toen hij gezien meende te hebben dat Ana de weg was overgestoken richting de Monte Ármos. Met een onderlinge afstand van twintig meter werkten ze zich langs de helling omhoog en verdwenen in het populierenbos. Het leek of de bladeren hen met hun gefluister in de wind aan wilden moedigen.

Quim kende het gebied goed. Hier tussen de ratelpopulieren begonnen de wandelpaden die de berg op leidden. Aanvankelijk zachtjes stijgend, tot het bos op enig moment dichter werd en een soort ringmuur rond de berg vormde. Als je hier de weg niet kende, kon je buiten de bewegwijzerde paden gemakkelijk verdwalen. Quim kende nog andere paden, door takken en bladeren aan het oog onttrokken. Net als de wilde zwijnen die hier hun leger hadden, had hij geen pijlen en markeringen nodig om de weg te vinden. Als Ana inderdaad dit bos was ingelopen zou het moeilijk worden haar te vinden, wist Quim. Hij volgde de zoekploeg op een paar meter afstand, zonder hen uit het oog te verliezen om er zeker van te zijn dat ze niets over het hoofd zagen. Langzaam werkten de mannen zich naar boven. De bladeren van de populieren ruisten nog altijd instemmend. Hun schrille gelispel zette zich vast in de oren als het geluid van een over een schoolbord krassend krijtje.

Verder omhoog, daar waar het bos ophield, werd de klim steiler. Sommige paden liepen gevaarlijk dicht langs de Camerakloof. Twintig, honderd, tweehonderd meter ging het daar naar beneden. Quim herinnerde zich hoe hij Ana hier zijn hand had toegestoken zodat ze niet op de losse stenen zou uitglijden. Hoe ze steeds hoger geklommen waren tot ook de eiken en de bergdennen achter hen lagen en ze op de Monte Ármos bij het eerste meertje waren gekomen, dat helder en koud aan de voeten van de Circo de Tempestades lag. De marmotten die nieuwsgierig toekeken hoe Quim ervoor zorgde dat Ana haar angst voor het water kwijtraakte. *Het liefst zou ik hier voor altijd blijven,* had ze gezegd, terwijl ze zachtjes op het water dreef.

Quim liep weg bij de zoekploeg en verdween tussen de bomen. Misschien vergiste hij zich, maar ineens wist hij vrijwel zeker dat als Ana op zoek was naar een veilige plek, zij alleen bij de Ibón de Tempestades kon zijn.

Simón Herrera was een doorn in Sara's vlees die maar bleef steken. Zijn stille, zwijgzame aard, zijn teruggetrokken leven. Een man, gedreven door verlangen naar jonge meisjes. Nieuwe broek, nieuw overhemd. Een mobiele telefoon die nooit gevonden werd. De uitslag op zijn voeten en enkels, een allergische reactie op de bloei van de ramonda. Die was niet het gevolg geweest van eenmalig contact met de fijne haartjes van het rotsplantje, maar van een geregelde gang naar de schuilplaats. Van de uren waarin hij daar op de grond naar de hut zat te staren.

Ze beeldde zich in hoe Simón Herrera aan de bar van hotel La Guardia met El Negro zat te praten. In de salon op de eerste verdieping is een feestje aan de gang, een orgie waarbij zogenaamd pornofilms met minderjarigen worden vertoond. Simón voelt zich verheven boven al die chique mannetjes die een vermogen neerleggen om bedonderd te worden. De meisjes met wie ze naar de kamers gaan, zijn geen jong ding meer. Híj weet hoe jonge meisjes eruitzien. Hij heeft er een paar gezien. In zijn ijdelheid praat hij zijn mond voorbij: 'Net dertien geworden. Ze speelt nog met poppen.'

Sara moest aan Lucía denken. Aan de barbies waarmee ze urenlang in de weer was en die ze met viltstift gezichten gaf. Stomme getuigen van wat er in de onderaardse kelder gebeurde als hij met haar alleen was. Misschien had Lucía zich daarom wel van haar poppen losgemaakt. Ze hadden te veel gezien. Hun plastic ogen herinnerden haar aan wat er in die nachten gebeurd was. En dat kon ze niet verdragen.

Maar Simón was niet het type dat zo'n ontvoering in zijn eentje op touw kon zetten. Hij kon alleen de cipier geweest zijn. De man die kleding kocht in de warenhuizen van Perpignan. Die boodschappen deed en in ruil daarvoor door een kier mee mocht kijken. Maar hij was niet de man die onder een verlaten hut een onderaardse kerker had gebouwd. Die een onopvallend leven leidde te midden van zijn buren in Monteperdido, terwijl hij Ana en Lucía gevangenhield.

Twee mannen met gelaatstrekken die in de beschrijvingen van Ana door elkaar waren gaan lopen.

Simón had een gemiddeld postuur gehad, was eerder aan de kleine kant. Een paar kilo's overgewicht en betrekkelijk weinig lichaamsbeharing. Kort, krullend haar. Bleke huid. Onhandige, onzekere bewegingen. Hij was de man die alleen het luik opende om hun eten en water te brengen.

De ander was groter, eerder stevig. Betrekkelijk kort, sluik haar. Donkere huid en resolute bewegingen. Hij was de man die zijn geweer op Ana had gericht en had gezegd dat hij haar op een dag zou vermoorden. De man die nog altijd vrij in Monteperdido rondliep. Die zij vinden moest, wilde ze Lucía vinden.

Terwijl Sara zich door Los Corzos naar de Monte Ármos spoedde, viel haar weer te binnen hoe Ana bij terugkomst van een van hun wandelingen door het dorp, haar ogen van het huis van de Castáns had afgewend en harder was gaan lopen om zo snel mogelijk in haar eigen huis te kunnen verdwijnen. Wat had haar zo'n angst ingeboezemd?

'Nog altijd geen spoor van Ana,' vertelde Víctor toen hij haar aan zag komen. 'Jij nog nieuws?'

Sara's mobiel ging over. Ze nam op in de hoop dat de politie in Barbastro iets te melden had.

'Zacarías Gutiérrez is aangehouden,' liet een agent aan de andere kant van de lijn weten. 'Hij is nu onderweg naar Monteperdido.'

De cirkel sloot zich.

'Mag ik met je mee naar het bureau?' vroeg Víctor, toen ze vertelde dat ze Zacarías hadden gearresteerd. Hij was de schakel tussen Simón en het expeditiebedrijf. De reden waarom Santiago daar die nacht was geweest.

'Waarom ben je ook zo stom geweest?' antwoordde Sara woedend. 'Ik heb je nodig, maar meenemen mag ik je niet. Je bent geschorst.'

'Ik kom niet in de verhoorkamer, maar laat me in elk geval meekijken. Ik ken Zacarías. Ik kan je helpen.'

'Wat nu? Misschien moesten we alles maar afblazen,' zei Román. Zijn jachthonden blaften als gekken. Hij zag hoe ze onrustig in de achterbak van de jeep rondsprongen en hun snuit tegen het raam persten alsof ze de geur van hun buit al konden ruiken. Toen deed hij er het zwijgen toe, terwijl de anderen naar een oplossing zochten. Hij dacht aan de wilde zwijnen die nu in het bos sliepen, niet vermoedend dat er op dit moment over hun lot werd beslist. Morgen rond deze tijd zouden veel van hen dood zijn en ontweid in de jachtvereniging hangen. Tussen zijn benen stond het geweer, klaar om te schieten. Het zou niet eenvoudig worden. Hij was nerveus. Alsof hem de beste jacht van zijn leven te wachten stond.

Víctor schakelde de luidspreker in om het gesprek tussen Sara en Zacarías aan de andere kant van de observatiespiegel te kunnen volgen. De bewaker schoof zenuwachtig op zijn stoel heen en weer alsof hij geen gemakkelijke positie wist te vinden voor zijn zware, kwabbige lijf. Hij droeg een spijkerbroek en een vuil, doorzweet geblokt overhemd, niet het uniform waarin ze hem op het bedrijfsterrein in Barbastro hadden getroffen. Na Gaizka's arrestatie was hij vanwege zijn betrokkenheid bij de zaak ontslagen.

'Denk je dat hij gaat praten?' vroeg Pujante terwijl hij achter Víctor ging zitten.

Víctor draaide zich om naar de jonge agent. Pujante zag er uitgeput uit, maar het was niet zozeer fysieke belasting als wel frustratie die hem parten speelde. Tot deze zomer had Pujante alleen met verdwaalde toeristen of vermeende stropers van doen gehad. Wat ze nu meemaakten was anders. De mensen met wie hij misschien op de feesten in Monteperdido gedanst had, met wie hij gejaagd had, wijn gedronken en wildzwijngebraad gegeten, toonden zich van hun lelijke kant. Hun duistere geheimen. Dat gold ook voor Víctor. De politiecommandant kon de ontgoocheling van het gezicht van zijn jonge collega aflezen. Allemaal leken zij hun schande te verbergen onder het sneeuwdek van een bedrieglijke normaliteit. Wat waren dat voor mensen die hier woonden?

'Ik heb er geen flauw idee van waarom ik hier ben,' hoorde hij Zacarías protesteren.

Sara keek kort op van de stukken die voor haar op tafel lagen. Ze glimlachte, maar zei niets. Vervolgens verdiepte ze zich weer in haar documenten. Víctor wist dat ze niets las. Ze wilde Zacarías alleen nerveus maken. En zoals hij daar op zijn stoel heen en weer zat te schuiven, leek het haar ook te lukken.

'Dit mag toch zeker niet van de wet,' mompelde Zacarías.

'We verdiepen ons nog eens in de zaak-Gaizka en hebben reden aan te nemen dat u er meer mee te maken had. U heeft niet alleen het spul in de opslagloods verstopt.' Sara sloeg de map dicht, leunde achterover en keek de bewaker scherp aan. 'U heeft hem ook geholpen de drugs het dorp in te brengen, nietwaar? Eerst toen u nog bij Joaquín Castán werkte en later vanuit het bedrijfsterrein in Barbastro.'

'Ik weet niet hoe u daarbij komt. Geen idee wat er in die kisten zat. Ging me niks aan,' verdedigde Zacarías zich, maar zijn stem klonk onzeker.

'Misschien heeft Gaizka wel gepraat.' Sara speelde met hem, zette hem onder druk.

'En jullie geloven een dealer?'

'Als hij met bewijzen komt, geloven we zelfs een kinderverkrachter.'

Zacarías verborg zijn handen onder tafel. Hij was niet zo onnozel als hij zich voordeed. De gemoedelijke dikke bewaker die zich achter zijn onwetendheid probeerde te verschuilen, had het deurtje ontdekt dat Sara voor hem openzette. Hij zat hier helemaal niet vanwege Gaizka. Het ging niet om de cocaïne, niet eens om de moord op de politieman.

'Herinnert u zich de tijd in Martutene?' vroeg Sara nu.

'Dat is lang geleden.'

'Niet zo lang dat u zich vast nog wel weet te herinneren welke vrienden u daar gemaakt hebt.'

'Ik zat er maar drie maanden. In die tijd heb ik geen vrienden gemaakt.'

'U bent een aardige vent, Zacarías. Ik kan me niet voorstellen dat u daar in uw cel zat, zonder met iemand te praten. U herinnert zich uw celgenoten toch nog wel?'

'Waarom vraag je niet direct wat je weten wilt, jij...'

'... kleine politieslet? Dat was toch wat u wilde zeggen?'

Zacarías merkte dat hij te ver was gegaan. Hij hield zijn mond, maar bleef Sara uitdagend aankijken. Hij zou zich niets laten aanwrijven.

'Simón Herrera. Zullen we het dan maar over hem hebben? Hij was uw celgenoot in Martutene.'

'En wat wilt u van mij weten?' Zacarías haalde zijn schouders op. 'Ik weet niet waar hij nu is.'

'Dood en begraven,' antwoordde Sara.

'Aha. En wat heb ik daarmee te maken?'

'Leest u geen kranten?'

'Alleen de sportpagina's.'

'Heel goed, dat is wel zo rustig.' Sara bladerde door de stukken. 'Dan vertel ik het u: Simón Herrera heeft Ana Montrell gered. Dat is een van de meisjes die vijf jaar geleden in Monteperdido verdwenen zijn.'

'Ik wist niet dat hij het was,' zei Zacarías.

'We dachten dat hij een held was. Maar het lijkt erop dat hij dat niet was. Simón was een van de mannen die Lucía en Ana gevangenhielden. De held heeft ons zwaar teleurgesteld.' Sara pakte het papier waarnaar ze op zoek was. 'En omdat u niet dom bent, zult u wel vermoeden waarop de zaak hier uitloopt.'

'Als jullie mij die ontvoering in de schoenen willen schuiven, vergissen jullie je lelijk.'

'Ziet u dit bonnetje? Ongeveer drie jaar geleden had u autopech in de buurt van Ordial. U hebt de verzekering gebeld en om een takelwagen gevraagd. En wie kwam er toen langs? Simón Herrera. Uw celgenoot.'

'En met zulke flauwekul wilt u mij in de zaak van die meisjes luizen?'

'Zacarías, er staat nogal wat op het spel voor u. We hebben Gaizka. De slinkse zaakjes die u met hem deed, toen u bij Joaquín Castán werkte. Uw medeschuld aan de dood van Santiago Baín. Misschien was u op de hoogte en hebt u alleen verzuimd Gaizka bij de politie aan te geven. We kunnen dat allemaal vergeten wanneer u ons vertelt wat u weet over Simón.'

Zacarías grijnsde. De politie tastte in het duister. Als jagers die hun honden loslaten om het wild op te jagen. Maar hij was geen dier. Hij wist dat zijn overlevingskansen groter waren als hij zijn mond hield.

'Simón heeft maar weinig gezegd. Toen hij me destijds wegsleepte, vertelde hij dat hij in de buurt van Ordial woonde en een takelwagen had. Hij heeft me naar de garage in Barbastro gesleept, daarna heb ik hem niet meer gezien. Ik zou niet weten wat ik verder nog vertellen moet.'

'De waarheid bijvoorbeeld? Misschien is dat wel zo overtuigend.'

'Maar zo was het, ook al staat het u niet aan.'

Sara merkte dat Zacarías de zaak saboteerde omdat hij zich steeds zekerder voelde. Ze kon hem niet hier vasthouden, dat wist ze. En ze wist dat er weinig tijd was. Niet voor haar, maar voor Lucía. Wat had Ana gedaan waardoor de ontvoerder zijn schuilplaats verliet? Wat had ze gezegd? Misschien had ze, zonder het te willen, de strik om Lucía's nek aangetrokken. En was ze daarom weggelopen, omdat ze niet verdragen kon dat zij haar leven had gered en zo de dood van haar vriendin op haar geweten had.

Sara probeerde het met een leugentje.

'Simóns vrouw heeft ons verteld dat u geregeld met hem afsprak.' Ze observeerde Zacarías' reactie. Als je je op wankele grond begeeft, moet je zeker overkomen, dacht ze en ging nog een stapje verder: 'Maar hij heeft haar niet verteld wat jullie dan deden. Bordeelbezoekjes. Feestjes in hotel La Guardia.'

Zacarías probeerde zich van de domme te houden, maar zijn hele houding verraadde hem. Hij ontweek Sara's borende blik, zijn handen nog altijd onder tafel, en deed zijn best om rustig adem te halen.

'Moet ik de barkeeper uit het hotel laten komen om u te identificeren? Waarom zegt u ons niet gewoon dat u daar met Simón was?' drong Sara verder aan. Haar intuïtie had haar niet bedrogen, nu moest ze de druk verder opvoeren.

'Als u me iets in de schoenen wilt schuiven, wil ik een advocaat spreken.'

Het was precies wat Sara wilde voorkomen: dat Zacarías niets meer zei. Dat hij tot de komst van de advocaat tijd won. Ze moest een beroep doen op zijn medeleven. Dan gaf ze wel blijk van hulpeloosheid, maar op dit moment had ze geen andere keus.

'Er is een meisje van zestien verdwenen. Wilt u ons de mogelijkheid ontnemen om haar leven te redden? Wilt u dat echt, Zacarías?'

'Ik kan jullie niet helpen, maar kennelijk wilt u dat niet begrijpen.'

In de kamer ernaast sprong Víctor op van zijn stoel. Hij gooide de deur naar de hal van het bureau zo hard open dat die tegen de muur knalde, stormde naar buiten en veegde woedend alles van de tafels. Bureaulampen, toetsenborden en dossiermappen smakten met hulpeloos geraas tegen de grond. Toen bedaarde hij en keek om zich heen. Pujante zat gefrustreerd met zijn hoofd in zijn handen. Hem verging het al net zo. Ze waren het beu om altijd maar weer tegen een muur van egoïsme op te lopen. Iedereen had zijn handen vol aan zijn eigen kleine ellende, zonder aan de gevolgen te denken.

Víctor zag hoe Sara met Pujante sprak voor ze haar kantoor binnenging. Hij wist dat ze opdracht had gegeven om Zacarías te laten gaan. Víctor had niet de moed met haar te praten. Hij had zich net zo schofterig gedragen als Zacarías.

Toen hij het bureau uitliep, zag hij hoe de zon onderging achter de bergen. In het avondlicht lag de Monte Ármos in een bloedrode gloed.

De tijd liep tussen hun vingers weg.

In het avondschemer kleurde het bergmeer rood. Het deed Ana denken aan een zee van bloed. De ondergaande zon liet het stille water opvlammen voordat hij achter de Monte Albádes uitdoofde. Niet eens hier vond ze de rust die ze zocht. Achter haar werd de Circo de Tempestades gestreeld door de laatste zonnestralen, als een oude, afgetobde vrouw die zich met gesloten ogen buiten koestert in het milde licht. Op de top lichtte de sneeuw van de gletsjer rood op. Aan de voet van de rotsen, in de schaduw van de bergdennen, lag de ree te rotten. Wat botten, wat ingewanden. Binnenkort zou het alleen nog herinnering zijn.

Ana hoorde een geluid. Ze dacht van marmotten die zich achter de rotsen verscholen, maar toen ze in de verte een gestalte zag opdoemen, rende ze van de oever weg naar de dennen.

'Staan blijven!' riep Quim.

Maar Ana verdween tussen de bomen.

Quim merkte dat hij was gaan rennen en dwong zichzelf langzamer te lopen. Maakte hij haar bang? Instinctief gedroeg hij zich als een jager op sluipjacht. Hij liep voorzichtig verder en speurde naar het bos om erachter te komen welke kant zijn prooi op vluchtte.

Zonder dat ze het merkte dreef hij Ana naar een uitweg die in werkelijkheid doodliep.

Ana dook weg achter de bomen en zag Quim steeds dichterbij komen. Links van haar voerde een pad de berg af naar de gletsjerbeek.

'Ik ben alleen, Ana,' riep Quim. 'Ik weet niet wat er aan de hand is, maar je hoeft niet bang te zijn. Ik doe je niets.' De woorden deden er minder toe, als zij hem maar kon horen. Dat ze steeds meende te weten waar hij was en in welke richting hij liep. Ondertussen verloor hij al die tijd het pad dat ogenschijnlijk naar het dal voerde, niet uit het oog.

Ana sloop zachtjes naar het pad toe. Toen het bos minder dicht werd, begon ze te rennen.

Bij de beweging van takken vermoedde Quim dat ze elk moment tussen de bomen kon opduiken. Hij wist dat hij zich niet hoefde te haasten. Ana kende de bergen niet zo goed als hijzelf. Het pad voerde eerst lichtjes bergop, zodat niet te zien was dat het verderop eindigde bij de kloof. Ze kon geen kant op.

Ana dacht dat ze het gered had, maar toen stond ze ineens voor de afgrond en ontdekte ze dat de weg doodliep. Voor haar ging het loodrecht de diepte in. De Camerakloof. Daarbeneden bruiste de van de Monte Ármos afkomende bergbeek, waarvan ze gedacht had dat hij haar redding kon zijn. Ze draaide zich om en zag Quim langzaam dichterbij komen.

'Je bent zo rap als een ree, maar ik heb je toch te pakken,' zei hij.

'Laat me met rust, Quim. Ik wil niemand zien. En jou al helemaal niet.'

'Wat heb ik je dan gedaan?'

'Je bent verliefd op mij geworden.'

Ana onderdrukte een snik. Toen ze de kloof aan haar voeten zag, kreeg ze de neiging gewoon maar te springen.

'Wat is daar erg aan?' vroeg Quim, terwijl hij haar hand pakte.

Hij trok Ana tegen zich aan en voelde hoe ze huiverde. Zijn liefkozing afwees maar toch nodig had.

'Ik heb niet alles gezegd wat ik weet,' gaf Ana toe, terwijl ze zich tegen hem aanvlijde.

'Soms moet je dingen vergeten om verder te kunnen leven.'

'Lucía zal het niet vergeten,' zei ze.

Toen braken de woorden wild en heftig uit haar los, als messen die uiteindelijk haarzelf troffen. 'Ik haatte haar. Ik wilde haar pijn doen. Echt pijn doen. Als ze met me praatte, spuugde ik in haar gezicht.' Ana klemde zich heel stevig aan Quim vast. Misschien was ze bang dat hij haar elk moment walgend van zich af zou duwen. Ze wilde zichzelf niet rechtvaardigen. Het was simpelweg een bekentenis die ze met zich meedroeg sinds ze uit de kelder was ontkomen. De man die haar ontvoerd had, hield alleen van Lucía, Ana behandelde hij als lucht. Zij moest toezien hoe elke wens van Lucía vervuld werd, terwijl haar grootste vreugde haar werd afgenomen: boeken. Toen Lucía op een zeker moment geen zin meer had Ana voortdurend bij het lezen aan te horen, had ze de man gevraagd haar die boeken af te pakken. Ze te verbranden. Haar haat was niet uit wraak ontstaan, maar uit jaloezie. De man vereerde Lucía gewoonweg. Waarom kon hij niet hetzelfde voor haar voelen? Waarom had hij voor haar geen glimlach over, geen woord, geen aardig gebaar? Wat had Ana dat hem zo afstootte? Tegenover hem was ze machteloos, maar niet tegenover Lucía. Ana wist dat Lucía aangewezen was op haar gezelschap, zoals zijzelf op de genegenheid van de ontvoerder. 'Het voelde of ik dood was in dat keldergat,' zei ze tegen Quim. 'En ik wilde leven.' Al haar woede had zich op Lucía gericht. Ze maakte haar belachelijk, sloeg haar, dwong haar zich met haar lichaam bezig te houden, hoewel ze wist dat Lucía nog een kind was en dat seksualiteit haar angst inboezemde. Ana werd Lucía's kwelgeest. In een donker gat, nog geen twintig vierkante meter groot, jarenlang. 'Ik heb de angst in haar ogen gezien,' bekende ze. 'Angst voor mij. Lucía koesterde een panische angst voor mij.' Wat voor mens was ze geworden?

Ana maakte zich los uit zijn armen en slikte haar tranen weg. Quim zei niets. Alleen de wind was te horen. Het verre ruisen van de populieren onderaan de berg. Ana dacht aan de Camerakloof en aan de mogelijkheid er voor eens en altijd een eind aan te maken.

'Ik heb geprobeerd mijn zusje te vergeten,' zei Quim ten slotte zachtjes. 'Ik kon het allemaal niet meer aan, elke dag weer. Dat ze er niet was. Het deed zo'n pijn dat ik liever dacht: ze is dood. En ik wil niet het gevoel hebben dat ik daarom stout ben.'

Toen Ana hem aankeek, merkte ze dat hij huilde. 'Stout' had hij gezegd. Het was een kinderlijke manier om zijn gevoelens uit te drukken. En ja, deze kinderlijkheid had haar leven gevormd. Als een doorn die zich diep in het vlees boort. Te jong om te begrijpen dat het de wil tot overleven was die sluimert in elk mens.

Quim trok Ana tegen zich aan en kuste haar. Hun betraande lippen liefkoosden elkaar zonder zich te haasten en Ana moest denken aan een gedicht dat ze had geleerd: *Vluchtig creatuur, gemaakt van een vleug vergeten en een vleug herinnering, een hinde met één enkele flank.*

Kon ze maar vergeten.

Ze vlijde zich tegen hem aan en fluisterde: 'Breng me naar de politie, Quim. Ik moet met hen praten.'

Graag zou hij dit moment voor altijd hebben vastgehouden, ver van alles en vlak bij Ana. Alleen zij tweeën, hoog boven in de bergen, als wezens zonder lichaam, zwevend boven de werkelijkheid. De zon was nog maar een zwakke weerkaatsing achter de Monte Albádes. Als het donker werd, zouden ze hier vastzitten.

'Wie heeft Lucía ontvoerd?' vroeg Quim.

'Hoef ik daar alsjeblieft niet op te antwoorden,' smeekte Ana.

Ze wist dat ze niet zou kunnen voorkomen dat hij het te weten kwam, maar ze voelde zich er niet klaar voor om het hem zelf te zeggen. Op de terugweg naar Monteperdido zou ze Quim het gedicht leren.

Zacarías stopte bij de parkeerplaats van een wegrestaurant ter hoogte van Val de Sacs. Hij stapte uit en stak een sigaret op. De lantaarns brandden al, maar ze verbleekten tegen het avondrood dat nog aan de hemel lichtte. Hij zag niet dat Víctor een eindje verderop zijn auto neerzette, zoals hij ook niet had gezien dat hij hem vanaf Monteperdido was gevolgd. 'Je denkt ons zeker allemaal te slim af te zijn,' had Víctor tussen zijn tanden gemompeld, terwijl hij achter hem aan reed, zijn handen stevig om het stuur geklemd.

'Zacarías!' riep hij en glimlachte toen de bewaker, de sigaret tussen zijn lippen, zich naar hem omdraaide. 'Ik ben het, Víctor. Je weet wel.'

Zacarías keek hulpzoekend om zich heen. De parkeerplaats was leeg, er stonden maar vier of vijf auto's. Voor het restaurant boden neonletters een dagmenu aan voor zeven euro. Víctor kwam naar hem toe, zijn handen in zijn broekzakken. Hij droeg een spijkerbroek en een wit T-shirt met het wapen van de broederschap Santa María de Laude. Wat deed hij hier? Zacarías had gehoord dat hij geschorst was. Hij had hem ook niet op het bureau gezien. Hij onderdrukte de opwelling om ervandoor te gaan, omdat hij ervan uitging dat Víctor niet wist wat er op het bureau gebeurd was.

'Hoe is het, Víctor?' vroeg hij, terwijl hij een rookwolk uitblies. 'Morgen is er toch wildezwijnenjacht? Doe je mee?'

'Ik weet het nog niet,' antwoordde Víctor, terwijl hij steeds dichterbij kwam. 'Hangt ervan af of Ana weer thuiskomt en wij met een gerust hart kunnen gaan.'

'Net weer terug en nu alweer weg.' Zacarías kreeg het idee dat Víctor de situatie al net zo absurd vond.

Víctor stelde geen vragen. Hij aarzelde niet. Toen hij bij Zacarías was, haalde hij de rechterhand uit zijn broekzak. In zijn woede had hij die de hele tijd in een vuist gebald. Hij haalde uit en raakte Zacarías voluit op de kin.

Die had de slag niet zien aankomen en kon er niets tegenoverstellen. Zijn hoofd klapte opzij en hij zeeg als een natte zak ineen. Nog altijd besefte hij niet wat hem overkwam, toen hij Víctors knie al op zijn borst voelde. De agent pakte hem met twee handen bij zijn haren en dwong de bewaker om hem aan te kijken. 'En nou vertel je alles wat je weet over Simón.' Daarna sloeg hij Zacarías' hoofd tegen de grond.

De bewaker voelde bloed langs zijn gezicht lopen.

'Wat weet je over Simón?' brulde Víctor.

Zacarías probeerde wat te zeggen, maar het was slechts een onverstaanbaar gebrabbel. Hij bemerkte de wond aan zijn hoofd, bloed druppelde op het asfalt. Víctor haalde zijn knie van Zacarías' borst en stond op. De ander ademde moeizaam en wrong zich als een baby in allerlei bochten. 'Ik geloofde het niet, ik dacht dat het gelogen was.'

Víctor gaf hem een trap in zijn maag. Zacarías kronkelde nog harder. 'Interesseert me niet wat je denkt. Wat heeft hij je verteld? Wie was die ander?'

'Ik weet het niet. Ik zweer bij God dat ik het niet weet!'

'Kom op, praten!'

Zacarías verslikte zich in zijn eigen speeksel dat bloedig rood uit zijn mond drupte. Hij spuugde en jammerde daarbij van de pijn.

'Hij zei dat hij daar zo'n video had. Met een klein meisje. Goed verstopt.'

'Waar?'

'Ergens in de rimboe. In de buurt van Barbastro. Maar ik heb het nooit gezien.'

Víctor pakte zijn mobiel en toetste Sara's nummer in. Toen hij zag dat Zacarías zijn ogen sloot, knielde hij naast hem op de grond en schudde aan zijn arm.

'Nou niet gaan slapen. Je brengt ons erheen, knoop dat in je oren'

Zacarías knikte alleen en hield beschermend zijn armen voor zijn gezicht alsof hij nog een klap verwachtte.

De ree is nieuwsgierig van aard. De schaduw van het bos, lastig te pakken, maar een goede jager wordt beloond voor zijn geduld. De ree vlucht zodra hij merkt dat hij wordt gevolgd. Schuw en rap verstopt hij zich tussen het kreupelhout van de bossen. De jager moet hem naar een plek drijven waar hij zich veilig waant, dan krijgt hij zijn kans. Nooit moet hij op een vluchtend dier schieten, want dan is de kans groot dat hij mist. Als een ree het bos verlaat, zal hij alvorens verder te vluchten naar het dal, even blijven staan en achteromkijken om te zien wie zijn achtervolger is. De nieuwsgierigheid van de ree biedt de jager een laatste kans. Wanneer hij het juiste moment afwacht, heeft hij altijd nog wel een patroon om hem te doden.

De koplampen van de auto schoven tastend over een landweg. Zacarías dacht dat dit misschien de plek was waarover Simón had gesproken. Víctor reed over het hobbelige pad vol stenen, dat op veel plekken was dichtgegroeid. Voertuigsporen ontbraken. Deze weg werd al lang niet meer gebruikt. Aan weerszijden lagen braakliggende velden. Vroeger was hier weiland geweest, maar nu was er geen vee meer.

Sara belde het politiebureau. Telmo moest achterhalen wie de eigenaar was van de boerderij waar Zacarías hen naartoe bracht en zich ogenblikkelijk weer melden als hij meer wist.

De nacht was helder en dus was het niet stikdonker. Een afnemende maan en veel kleine sterren zetten het landschap in een vaal licht.

Toen Sara zich omdraaide, zag ze de angst op Zacarías' gezicht. De bewaker zat op de achterbank, beide handen tegen de wond op zijn hoofd gedrukt. Toen Sara op de parkeerplaats van het wegrestaurant gearriveerd was en het bloed op Víctors handen gezien had, dacht ze dat hij in zijn woede iets stoms had gedaan. Víctor had haar meegenomen naar de auto waar Zacarías zat te wachten en had haar verteld wat de bewaker hem had opgebiecht: een schuur op een verlaten landgoed langs de weg naar Barbastro.

'Laat me meegaan,' had Víctor gevraagd.

'Je realiseert je hopelijk wel dat je je hele carrière verprutst?' had Sara gezegd toen ze Zacarías' wonden zag.

'Later kun je me aangeven. Als we Lucía hebben.'

Víctor had niet in woede gehandeld. Het was een welbewust besluit geweest. Ze moesten erachter komen wat Zacarías wist.

Sara observeerde Víctor terwijl hij over deze verlaten weg tussen braakliggend land reed. Ze wist dat hij zijn daad niet zou berouwen, zelfs wanneer ze Lucía niet zouden vinden. Hij had gewoon zijn schuld vereffend. Niet alleen tegenover haar, maar ook tegenover de mensen in het dal die hij diep teleurgesteld had toen hij zich door Serna had laten corrumperen.

Víctor deed het zijraam open om de geur van bloed en zweet te verdrijven.

'Als we er zijn, bellen we een dokter,' zei Sara tegen Zacarías, terwijl ze de omgeving afspeurde naar de schuur waarover hij hen verteld had.

'En als er geen schuur is? Willen jullie me hier dood laten bloeden? Ik moet naar het ziekenhuis,' jammerde Zacarías.

Sara en Víctor zeiden niets.

Zwijgen, alleen doorbroken door het geluid van de motor, de wind die door het zijraam drong en het gesteun van Zacarías. Velden, nog meer velden.

Sara's mobiel ging over. Het was Telmo. Het land was van de

ouders van Joaquín Castán. Vroeger hadden ze hier kool verbouwd en de rest van het land voor het vee gebruikt, maar jaren geleden waren ze ermee gestopt. Links van de weg, midden in het niets, ontwaarden ze de zwarte contouren van een schuur die uit de grond leek te groeien. Sara verbrak de verbinding. Víctor haalde zijn voet van het gas en schakelde de lichten uit.

Ze stonden er alleen voor. Alle overige agenten waren in Monteperdido, omdat ze tot de laatste minuut het daglicht wilden benutten om Ana te vinden. Sara overwoog de politie in Barbastro te informeren, maar ze wilde niet langer wachten. 'Heb je een wapen?' vroeg ze Víctor, toen ze het portier opende.

'In de kofferbak. Een jachtgeweer,' zei hij.

'Pak het.'

Ze stapte uit en keek rond hoe ze het best bij de schuur konden komen. Víctor haalde het wapen en sloot de auto af zodat Zacarías er niet uit kon. Vervolgens knipte hij zijn zaklamp aan, zodat ze in het donker de weg konden vinden.

Op een teken van Sara begonnen ze te lopen. Het was een kleine natuurstenen schuur met een golfplaten dak voor het opbergen van gereedschap. Geen water en licht. Alleen een dak en vier muren om de werktuigen te beschermen tegen regen en sneeuw.

Ze liepen gebukt, hoewel niets erop wees dat er iemand was. Helemaal boven in een muur zat een klein raampje. Het glas was gebroken.

Víctor leunde tegen de muur naast de deur.

'Hier is iemand geweest,' fluisterde hij en hij wees op de sleepsporen die de deur bij het openen op de grond had achtergelaten.

Sara probeerde de deur te openen, maar de grendel zat muurvast. 'Ga opzij,' zei ze tegen Víctor. Ze trok haar pistool en schoot.

Het slot sprong in honderden stukjes uiteen. Ze rukte de deur open en Víctor scheen met zijn zaklantaarn naar binnen. De schuur was leeg. In een hoek lag een vuile matras. Op de grond blikken met etensresten. Het rook er naar uitwerpselen. Sara ging de schuur binnen en keek rond in de krap tien vierkante meter. De lucht was bedompt en benauwend alsof er onlangs nog mensen waren geweest.

'Verdomd,' mompelde ze. 'Ze was hier.'

Víctor bekeek een paar kisten die in een hoek stonden. Toen hij er eentje opende, ontdekte hij een paintballhelm. 'We hebben hem, Sara,' zei hij. 'Hier moeten overal sporen en vingerafdrukken zijn. Kat in het bakkie.'

Sara zei niets maar trok snel handschoenen aan. Ze liep naar de kisten. Terwijl ze de eerste opende, dacht ze aan Lucía en Ana. Waar waren de meisjes nu? Zouden ze terugkomen? Voor haar lagen de bewijzen die zeker naar de ontvoerder zouden leiden. Maar liever zou ze Monteperdido hebben verlaten zonder te weten wie deze man was, wanneer in plaats daarvan de meisjes bij hun familie terugkwamen. Levend.

In de kist lag een mobieltje. Ze wist dat het van Simón was geweest. Het mobieltje waarmee het telefoontje naar Ana's huis was gepleegd.

Nu waren die twee verloren.

Toen ze de volgende kist opende, ontdekte ze een videocamera. Een al wat ouder model. Ze zette hem aan. De camera spuwde een cassette uit.

Beschenen door de koplampen van politieauto's doken Ana en Quim op tussen de populieren aan de voet van de Monte Ármos.

Toen het donker was geworden, had Burgos de zoekactie op de berg afgebroken. 's Nachts was het daar te gevaarlijk.

De teleurstelling over de mislukking was de mannen duidelijk aan te zien. Twee terreinwagens van de politie stonden met draaiende motor onderaan de helling. Ze maakten licht voor de agenten die hun spullen bij elkaar pakten. Román was er ook met zijn pick-up. Hij had de honden bij zich; ze moesten Ana's spoor oppakken.

Maar toen kwamen Quim en Ana uit het donker tevoorschijn. Verblind door de koplampen hielden ze hun armen voor het gezicht. 'Niet te geloven!' riep Burgos toen hij hen zag. 'Raquel! Álvaro! Daar is ze! Ana is terecht!' Hij draaide zich om naar zijn collega's die bij de ouders stonden om hen ervan te overtuigen dat de zoektocht voor vannacht moest worden gestaakt en dat ze beter naar huis konden gaan. 'Ana is terecht!' riep hij nog eens.

De nieuwsgierigheid van de ree biedt de jager een laatste kans.

Sara schakelde de videocamera in. Het zwaailicht van de ambulance die Zacarías naar het ziekenhuis bracht, flitste tegen de autoruiten en hulde het interieur afwisselend in blauw en rood licht. Ze spoelde de band terug en zette het geluid harder. Eerst een korrelig, onscherp beeld dat ineens vorm kreeg: de kelder waarin de meisjes gevangen werden gehouden. Kale muren van steen, in het midden een bed. Roze beddenlakens. De camera maakte een lichte zwenking en nu was er rechts van het bed een meisje te zien. Ze had de armen over elkaar geslagen, blonde sprietharen vielen over haar gezicht. Het achtergrondgeruis van de opname viel ineens weg; iemand had het geluid uitgeschakeld. Daarna werd de band een stomme film. Het meisje keek in de camera. Donkere ondoorgrondelijke ogen. Het was Ana. Ze glimlachte en keek verleidelijk in de lens. Daarna liep ze naar het bed en knielde op de roze lakens. Waarom leek ze van de situatie te genieten? Op het kleine display van de camera zag Sara hoe Ana zich uitkleedde. Eerst haar vest uitdeed, daarna haar T-shirt. Op bed knielend keek ze van onder in de camera. Ze streek over haar borstjes. Met het puntje van haar tong ging ze langs haar lippen.

De stilte maakte de beelden nog bruter.

Achter de valse erotiek en de vroegrijpe bewegingen van dit kinderlichaam lag een enorme treurigheid. Sara kon in haar ogen kijken. Op haar lippen. Elke beweging van Ana was een schreeuw om liefde.

De tranen schoten Sara in de ogen. Hoe kon je in zo'n eenzaamheid leven? Hoe viel het te verdragen dat je je niet kon spiegelen in de blik van een ander? Hoe afschuwelijk die ogen ook mochten zijn.

Víctor opende het portier. 'Alles oké?'

Sara veegde haar tranen weg en knikte zwakjes.

'Ana weet wie hij is. Ze heeft het van begin af aan geweten.'

Sara wees naar de onderkant van het beeldscherm. Daar was een stuk van de vloer te zien en naast de bedstijl een zwarte paintballhelm.

'Hij heeft hem niet op.' Víctor begreep het.

Op het beeldscherm keek Ana in de camera. Recht in Sara's ogen, die zich nu aan de andere kant van dit onwerkelijke venster bevonden. Sara stelde zich voor dat er een kaal gloeilampje aan het plafond bungelde en over het geheel een vuilgeel licht wierp. Ana stak een vinger in haar mond en ging daarmee vervolgens over haar kin, haar hals en de aanzet van haar borsten. Ze glimlachte en haar lippen vormden woorden die Sara niet kon horen. Ze waren bestemd voor de man die verborgen achter de camera aan het filmen was. Het leek een uitnodiging. Wat zei Ana in deze stilte?

Sara stopte de band, spoelde terug en bekeek het fragment opnieuw. Ana sprak twee woorden. 'Kom?' En het tweede, een naam?

Sara keek op in de richting van de weg die in de tunnel bij de Congosto de Fall verdween. Daarachter verschool zich Monteperdido.

'Ana is terecht,' zei Víctor terwijl hij instapte en de motor startte. Sanmartín had hem zo-even gebeld. 'Ze was in de bergen met Quim.'

In de koplampen van de terreinwagens leken de donkere schimmen op motten die nerveus af komen fladderen op het licht. Ana kneep haar ogen samen en schermde ze af met haar hand: wie waren al die mensen? Ze meende iemand uit het dorp te herkennen en verder politie. Was hij er ook? Ze omklemde Quims hand en toen ze naar hem opkeek, zag ze een geruststellend glimlachje.

Ana ademde diep de koele heldere lucht in. Het was nacht geworden boven Monteperdido. Achter hen lag het populierenbos. Het smalend gefluister van de bomen ging verloren onder het opgeluchte gejuich van de mensen die beneden aan de voet van de Monte Ármos wachtten. Ze zag hoe haar ouders zich uit de menigte losmaakten en op haar afgerend kwamen: Raquel voorop, Álvaro een paar passen daarachter. Burgos ging opzij zodat ze hun dochter in de armen konden sluiten. Ana hoefde hun gezichten niet te zien om te weten dat ze huilden van blijdschap. Ze dacht aan de omhelzingen die haar te wachten stonden, de vertrouwde geur, de warmte. De rotsvaste liefde van haar moeder, de staalblauwe blik van haar vader. Familie. Het thuis van de Ana die zij wilde zijn.

Ze voelde hoe Quims hand zich losmaakte, zijn vingertoppen streken nog eenmaal over de rug van haar hand voor hij haar losliet zodat zij haar ouders tegemoet kon gaan. Ana deed een paar aarzelende stappen, toen keek ze nog een keer om naar het populierenbos dat Quim en zij achter zich hadden gelaten. Het was als een blik in het verleden, alsof ze verwachtte er nog eenmaal zichzelf te zien. Het meisje dat in een keldergat had gewoond. De doodsbange, verwaarloosde Ana met haar broeiende haat en jaloezie. Een Ana die ze hier tussen de populieren achterliet. Vergeten. Echo. Niets.

De nieuwsgierigheid was te sterk. Ze wilde zien hoe die Ana achterbleef in het bos dat net zo donker was als haar ogen.

Het mondingsvuur was het laatste wat Ana zag. Een lichtflits, een opflikkering tussen de bomen en daarna de hitte van de kogel die insloeg in haar voorhoofd en haar schedel doorboorde.

Door de klap tuimelde ze achterover, maar ze had niet het gevoel te vallen. Eerder was het of ze wegzonk in het water van het bergmeer bij de Circo de Tempestades. Haar ogen stuurden vreemde beelden die langzaam vervaagden hoe dieper ze zonk. In het zwarte water meende ze de hemel te zien met zijn sterren waar ze altijd naartoe had willen vliegen. Naar die stralende hemellichamen die ze de namen had gegeven van de mensen van wie ze het meeste hield: Lucía, Raquel, Álvaro. En een afnemende maan die Quim heette, zo dichtbij dat ze zich aan hem vast zou kunnen houden.

Schreeuwen die ondergingen in het geruis van de populieren. Of was het een zacht motregentje dat neerviel op het water van het meer?

Ze wilde hen geruststellen, hun zeggen dat ze geen pijn voelde. Alleen de grenzeloze liefde van al die sterren die haar omarmden, haar val verzachtten als een net van licht en haar vervolgens hoger droegen, alsmaar hoger. Tot aan die koepel waaronder de duiven nestelden, gemaakt van lucht en water. Boven de pijnbomen en de graven uit.

Samen met Raquel, Álvaro, Lucía, Quim.

Ze wist niet of zij een droom geweest waren. Of dat zijzelf een droom was.

Daarna vervloog haar bewustzijn in de hemel boven Monteperdido.

Rennen, zei hij bij zichzelf, terwijl hij in het populierenbos verdween. Hij wachtte niet om te zien of hij raak geschoten had. Ga tussen de mensen staan voordat ze tijd hebben om de plek af te zetten. Zijn hijgende ademhaling, zijn zweet en angst zouden in de algehele paniek niet opvallen.

Honend weerklonken de schoten in het bos. Splinterend hout, bladeren die opstoven in de kogelregen. Románs honden die als gekken blaften in de pick-up.

Het vertwijfelde schreeuwen van Raquel die naast haar dode dochter knielde. Ana's hoofd met het gat van de inslag rustte op haar schoot, terwijl ze mechanisch haar levenloze huid streelde. Joaquín drong door de massa heen om bij zijn zoon te komen. Quim stond als aan de grond genageld, een paar passen bij Ana vandaan. Het bloed dat uit Ana's hoofd gespoten was, had zijn gezicht geraakt, maar hij leek helemaal niet te merken dat het nu, nog warm, over zijn wangen liep. Misschien hield hij het voor tranen.

Ismael schreeuwde tegen de agenten dat ze iets moesten doen. Het bos afzoeken naar de man die geschoten had. Burgos leek verstard. Hij keek naar Ana die levenloos op de grond lag en vervolgens naar Álvaro, wiens ogen op dit moment niet meer blauw waren, maar asgrauw. Ana's vader keek langs de agent heen naar het bos. Toen ontrukte hij Burgos diens pistool. Rafael probeerde hem tot rede te brengen: het had immers geen enkele zin de chaos nog erger te maken, het zou de schutter zijn vlucht alleen maar gemakkelijker maken. Álvaro duwde hem opzij, richtte op het donkere bos en schoot, telkens weer, woedend en uit het veld geslagen en met elke kogel werd het hem duidelijker hoe zinloos dat allemaal was. Het zou Ana niet meer doen leven.

Nicolás haalde Montserrat weg bij de opschudding rond Ana. De agenten richtten de koplampen van de terreinwagens op het bos om de moordenaar te zoeken, maar het resultaat was alleen een onbestendig spel van licht en schaduw die elkaar ontmoetten, oplichtten en weer doofden. Caridad ging naar Raquel en toen ze zag dat ze niets meer voor Ana kon doen, omarmde ze de moeder, die nog altijd het hoofd van haar dochter in haar schoot hield.

Stemmen die om een ambulance riepen, gingen verloren tussen het geknal van de pistoolschoten die bij het geringste geluid werden afgevuurd op het bos. Ximena liep naar Quim, die krijtwit zag. Joaquín hield hem in zijn armen en wiste het bloed van zijn gezicht, maar Quim reageerde niet. Zijn blik was gericht op Ana die daar dood op de grond lag. Ana die op de terugweg van het bergmeer telkens dat gedicht had opgezegd, zodat hij het ook zou kennen. *Misschien dat jij in een uithoek van de tijd zult wederkeren en ik je weer zal zien, o witte hinde uit een droom.*

Víctor zette zijn auto neer naast de terreinwagens van de politie. Het ongeluk was als een donkere vloed over Monteperdido heen gegolfd. Sara wist al dat er iets gebeurd was nog voor Pujante haar in tranen over de telefoon op de hoogte had kunnen stellen.

Terwijl Víctor probeerde orde in de chaos te scheppen en iedereen wegstuurde die er niets te zoeken had, liep Sara langzaam tussen de mensen door. Ze zag Ana op de grond liggen. Haar geopende ogen staarden naar de hemel, alsof ze smeekten om haar naar de sterren te dragen. De sterren die in de nachten van haar gevangenschap haar enige lichtpunt waren geweest wanneer ze door het gat in het dak keek. Haar mond stond een klein stukje open. Tussen haar met bloed bevlekte lippen was een diep zwart gat: alles wat Ana niet meer zeggen kon. Het was als op de videoband: de woorden waren uitgewist.

Maar niet helemaal.

Álvaro schoot het hele magazijn leeg en zonk toen voor de bomen op zijn knieën als voor een meedogenloze god. Sanmartín probeerde hem met zachte drang overeind te helpen.

Joaquín liet zijn zoon bij Ximena. Quim wankelde alsof hij op onvaste grond stond. Ximena ondersteunde hem. Ze fluisterde iets in zijn oor. Misschien spoorde ze hem aan om naar huis te gaan. Wat moesten ze anders?

Het was de definitieve nederlaag.

Een schot recht in het hart van Monteperdido.

Nicolás bracht Montserrat naar de berm van de weg en vroeg haar daar te wachten. Zelf ging hij terug naar de rand van het bos.

Sara sloot haar ogen. Ze zag Ana voor zich, hoe ze in de camera keek en twee woorden vormde. *Kom* was er een van. Dat wist ze zeker.

Quim kon elk moment instorten, Ximena kon hem nog net vastpakken. Rafael kwam zijn neef te hulp. 'Kom, laten we gaan. Hier valt niets meer te doen,' zei hij.

Joaquín wendde zich tot Burgos. De agent stond als aan de grond genageld, zijn hart bonkte. Hij was niet in staat het roer in handen te nemen, zoals van hem verwacht mocht worden.

'Zeg wat we moeten doen,' zei Joaquín. 'Moeten we Románs honden loslaten?' Maar het bos binnengaan, zou gekkenwerk zijn. In hun opwinding zouden ze elkaar in het duister alleen maar neerschieten.

Ismael liep naar Raquel. Hij omarmde haar. 'Het spijt me zo,' zei hij.

Ze voelde zich ergens schuldig, toen ze zijn huid tegen de hare voelde. 'Ga weg!' schreeuwde ze. 'Weg bij mijn dochter!'

Alle ogen richtten zich op Ismael die beschaamd naar de grond keek toen hij zich weer oprichtte. Hij zag hoe de mensen hem vol verachting aankeken, de familie waarvan hij nooit deel had uitgemaakt. Ze keken hem aan alsof hij een dief was die geprobeerd had een van hen te stelen. Raquel. Waar kwam hij eigenlijk vandaan? Wie was hij echt?

Gealarmeerd door het schreeuwen van zijn vrouw stond Álvaro op om zich een weg te banen tussen de mensenmassa rond zijn dode dochter. Hij hief zijn pistool en richtte op Ismael.

'Je vergist je, Álvaro! Bega geen stommiteiten!' schreeuwde Ismael doodsbang. Met opgestoken handen deinsde hij achteruit.

Maar Álvaro luisterde niet naar hem en evenmin naar Víctor die hem sommeerde het wapen neer te leggen. Hij haalde de trekker over. Een zacht klikken. De trommel was leeg. Hij had alle kogels afgevuurd op het bos.

Ismael viel snikkend op zijn knieën.

'*In een uithoek*,' prevelde Quim, maar de overige dichtregels die Ana hem op de terugweg uit de bergen had geleerd, lukten hem niet. Haar nu met bloed besmeurde blonde haren, haar sneeuwwitte huid, het kneep gewoon zijn keel dicht. Rafael legde zijn arm om hem heen en probeerde hem weg te trekken bij het meisje, bij haar zwarte dode ogen, terwijl zijn neef zachtjes voor zich uit mompelde. '*... en ik je weer zal zien...*'

'Vergeet dat gedicht,' snauwde Rafael.

Quim barstte uit in een lach; het was haast een schreeuw. Maar hij bracht geen enkel woord uit, alsof er alleen maar plaats was voor haat, angst en frustratie.

Sara stond nog altijd roerloos tussen al die mensen en probeerde de tranen en de kreten uit te schakelen, de pijn die bijna tastbaar was. Ze sloot haar ogen weer en zag Ana's lippen op de videoband voor zich: *Kom* had ze gezegd en vervolgens een naam.

Víctor stond met zijn rug naar het bos, terwijl Pujante hem probeerde uit te leggen hoe het allemaal gebeurd was. Ana's verschijnen, het schot vanuit het donker en de chaos nadien. Een goede jager, dacht Víctor. Iemand die geduldig zijn kans afwacht. En die was gekomen, toen ze allemaal ontzet toezagen hoe Ana ineen was gezakt en niemand oog had voor het bos. Op dat moment was hij gevlucht. Niet de berg op. 's Nachts was het onherbergzame terrein te gevaarlijk, ook voor een jager als hij. Maar naar beneden. Zoals hij het van begin af aan gedaan had: zich tussen de mensen verstoppen alsof hij een van hen was.

Víctors blik ging van Joaquín naar Nicolás. Álvaro. Ismael. Rafael.

Kom had Ana stom gefluisterd. Vooruit, ik wil je horen, mompelde Sara voor zich uit. Vertel me wie hij is, Ana. Ana's lippen openden zich eerst alleen lichtjes om na een korte hapering een cirkel te vormen, een open klinker, en ten slotte een smalle streep. Drie lettergrepen.

'Hoe wist je dat het een gedicht was?' vroeg Quim zijn oom. Toen zag hij de woede in diens ogen.

Rafael duwde hem schijnbaar zachtjes in de richting van de weg, maar zijn greep was zo hard als staal. Hij had het geweer over zijn schouder gehangen, maar toen hij merkte dat Quim zich uit zijn greep wilde losmaken, pakte hij het en legde zijn vinger om de trekker. Quim wilde schreeuwen, maar er kwam geen geluid. Onwillekeurig deinsde hij achteruit. Nu stond hij achter een auto en was alleen.

Hier kan niemand ons zien, leek Rafael te zeggen terwijl hij op hem afliep en zijn van angst verlamde neef een harde duw gaf, zodat hij op de grond viel. Toen legde hij aan.

Kom, Rafael. Dat waren de woorden die Ana's lippen gevormd hadden. Sara opende haar ogen en keek zoekend rond.

Víctor kwam juist naar haar toe, terwijl de overige agenten de mensen weg probeerden te sturen. Daar stonden Álvaro en Joaquín. Nicolás. Sara deed een paar stappen achteruit en probeerde Rafael ergens te ontdekken. Ana die dood op de grond lag, haar hoofd in Raquels schoot. Naast haar Caridad die probeerde de moeder te troosten. Ismael was al beneden bij de weg, een heel eind weg van deze kring van vage schimmen. Ximena zat op de grond, het gezicht begraven in haar handen.

Sara trok haar pistool en ging op onderzoek tot ze Rafael ontdekte achter een auto die langs de weg stond. Hij had zijn geweer aangelegd, op de grond hurkte de doodsbange Quim. Toen hoorde ze de jongen schreeuwen. Het was een vertwijfelde roep om hulp die samenviel met het schot uit haar pistool.

De kogel doorboorde Rafaels rechterschouder. Hij liet het geweer vallen, wankelde en viel vlak naast Quim op de grond. De jongen sloeg buiten zichzelf van woede met zijn vuisten op hem in tot Víctor kwam aanrennen en hen uit elkaar haalde.

Sara draaide zich om. Ana die in de schoot van haar moeder lag. Álvaro die zijn dode dochter kuste. Pas nu liet zij haar tranen de vrije loop.

7

DE WITTE HINDE

‘Lucía is dood’ waren Rafaels eerste woorden bij het verhoor.

Hij keek naar de spiegel die hen scheidde van de kamer waar de overige agenten meeluisterden. Ze zaten daar, aan de andere kant, maar Rafael zag alleen zijn eigen spiegelbeeld. Zijn ogen, nat van de tranen. Hij glimlachte alsof hij met voldoening vaststelde dat hij huilde.

Het verband om zijn rechterschouder was van bloed doordrenkt. Straks zou de ambulance komen, bovendien de politie van Barbastro en vast en zeker ook de korpsleiding. Eenmaal in het ziekenhuis, zouden ze elk woord uit hem moeten trekken.

‘Waar ligt ze?’ vroeg Sara.

‘In de Cajigalkloof.’ Pas nu keek Rafael de politievrouw aan. ‘Weet u waar dat is?’

‘Ongeveer twee kilometer van de schuur waarin u het meisje vasthield.’

Rafael knikte instemmend, maar op een punt corrigeerde hij haar: ‘Ik hield haar niet vast. Wij verstopten ons.’

Aan de andere kant van het scherm stuurde Víctor enkele van zijn mannen naar de kloof die Rafael genoemd had. Hoewel hij geschorst was, volgden de agenten op het bureau nog altijd zijn instructies op alsof hij gewoon in dienst was. De Cajigalkloof was bijna honderd meter diep en het was haast onmogelijk erin af te dalen. Als Lucía daarbeneden lag, zouden ze weken nodig hebben om het lijk te vinden. Als er tenminste voor die tijd al geen sneeuw gevallen was.

'Waarvoor verstopten jullie je?' vroeg Sara verder.

'Voor hen.' Rafael wees naar het spiegelscherm en voegde eraan toe: 'Voor iedereen. Niemand begreep wat er tussen ons was.'

'Zelfs Ana niet.'

'Die al helemaal niet.' In zijn woorden klonk misprijzen door.

Sara haalde diep adem. Hoe moest ze zich in zo'n psychopaat verplaatsen? Ze dacht aan wat Santiago ooit gezegd had: 'In ons vak gaat het zelden om het redden van onschuldigen. Meestal kunnen we niet meer doen dan het monster begrijpen.'

Rafael was nog maar kortgeleden vijfenveertig geworden. Ze herinnerde zich nog zijn verjaardagstaart, chocoladegebak met een vulling van aardbeien. Hoe hij lusteloos de kaars had uitgeblazen, alsof hij niets met verjaardagen had. Alsof leeftijd maar een getal was. Maar misschien kwam die onverschilligheid ook wel doordat al die vrienden die lachend om hem heen stonden te klappen, uiteindelijk vreemden voor hem waren en dat hun gelukwensen hem volkomen koud lieten.

Rafael en Monteperdido: een eiland op een eiland.

'Hoe is Lucía gestorven?' Sara herinnerde zich hoe er op de dag na Santiago's dood een geur van natte aarde in de lucht gehangen had. Mossig, een geur van dennennaalden en zuiver water. Monteperdido was zelf een deel van deze natuur.

'Dat zeg ik liever niet,' antwoordde Rafael. 'Het is gewoon gebeurd. Het moest gebeuren.'

'Mij kunt u iets op de mouw spelden, Rafael,' zei Sara. 'Maar voor uw schuld kunt u niet weglopen.'

'Als Ana haar mond had gehouden, zou alles anders zijn gelopen.' Zijn woede jegens Ana klonk zo echt dat ze zich goed kon inbeelden hoe hij tussen de populieren op de loer had gelegen en de trekker over had gehaald.

'Waarom vertelt u me niet alles van begin af aan?'

'Nu komt u me niet aanzetten met dat u mij wilt begrijpen,' antwoordde Rafael minachtend.

'Ik denk dat ik dat al doe. U was eenzaam. In dit dorp heeft iedereen zijn plek. Voor de een kan die plezierig zijn, voor de ander minder. Er zijn ongetwijfeld ook mensen die lijden onder de rol die hun is toebedeeld. Maar ze maken allemaal deel uit van het leven in Monteperdido: ze weten waar ze staan en waar ze morgen zullen staan. U niet. U was een buitenstaander, hoorde niet echt ergens bij. Het leven ging zijn gang en u maakte daar geen deel van uit. U hebt die gang zelfs onderbroken. Daarbij ging het u alleen om het vinden van een plek. U op enigerlei wijze onmisbaar te maken. Wie wil dat niet? Dat betekent niet dat je voor iedereen onvervangbaar hoeft te zijn. Eén is genoeg. Een vrouw. Een dochter. Welk van die twee was Lucía voor u?'

Rafael had zwijgend zitten luisteren. Nog nooit had hij nagedacht over het vinden van een plek of het erbij willen horen. Hij gebruikte geen woorden als 'onvervangbaar' om te beschrijven wat hem naar Lucía gebracht had. Hij noemde het liefde.

'Ze was mijn vrouw,' bekende Rafael uiteindelijk en in zijn woorden lag alleen maar trots.

Vijf jaar geleden, nee langer nog, zeven jaar geleden had hij op het nieuws gezien dat Monteperdido getroffen was door een grote overstroming. Hij werkte toen in Zuid-Amerika. In zijn hotel keek hij voor het slapengaan satelliettelevisie, in de hoop dat de programma's hem weer een band met thuis zouden opleveren. Maar de reportages over een hittegolf of het toerisme in het zuiden van Spanje deden hem even weinig als wat hij op het journaal zag over Argentinië of Uruguay.

In die onpersoonlijke hotelkamer ergens aan de doorgaande

weg naar Zuid-Argentinië hoorde hij de nieuwslezer melding maken van doden bij een overstroming in Monteperdido. Op de beelden herkende hij zijn vroegere buren, vertwijfeld snikkend in de camera, en hij realiseerde zich dat er niemand zo om hem zou treuren en huilen wanneer hij door de vloed van de Esera was meegesleurd. Wat zouden de verslaggevers over hem gezegd hebben? Was er iemand die zich hem de volgende ochtend nog zou weten te herinneren?

Slapeloos lag hij te woelen in zijn bed. Buiten op de parkeerplaats van het hotel stond zijn vrachtwagen. Als hij vannacht een hartinfarct kreeg en morgen dood in bed gevonden werd, betekende dat alleen een probleem voor de man die hem de sleutel van de kamer had gegeven en tijdverlies voor de afzetter die hem in Buenos Aires in dienst genomen had. Het zou weken duren voor het bericht Monteperdido zou bereiken en voordat het zover was, zou hij al lang gecremeerd zijn om kosten uit te sparen.

Hij woog zijn eenzame dood in een ver land af tegen de tragedie met de zeven dodelijke slachtoffers van de overstroming. Al die doden lieten sporen achter in het leven van anderen. Maar hij liet alleen leegte achter.

Hoe was hij zo'n eenling geworden? Op die vraag kon hij Sara geen antwoord geven, geen concrete gebeurtenis noemen die hem uit de realiteit had weggedrongen tot hij enkel nog herinnering was. Rafael vertelde haar over zijn ouders. Ze waren jong overleden, zijn moeder aan kanker, zijn vader aan een hartaanval. Montserrat en hij waren nog maar net twintig toen ze wees werden. Toch kon hij niet zeggen dat die sterfgevallen hem erg aan het hart gegaan waren. Hij werkte toen al als chauffeur op de lange afstanden. Hij had nooit een eigen vrachtwagen gehad, maar sinds hij op zijn twintigste begonnen was bij een expeditiebedrijf in Barbastro, was hij altijd onderweg. Van de plotselinge dood van zijn vader hoorde hij in Porto. Montserrat belde om het te vertellen. Hij hoorde hoe zijn zus moest huilen, maar zelf had hij geen tranen. Die dag ontbeet hij in een gelegenheid aan de Atlantische Oceaan. De vochtige salpeterachtige muren herinnerden hem aan de geur van bedauwde grond, 's ochtends vroeg in Monteperdido.

Het verlies van zijn ouders betreurde hij vooral omdat hij hierdoor een deel van zijn eigen leven verloor. Een jeugd die hij normaal, zelfs saai zou willen noemen. Bergtochten in de omgeving van het dorp, waarbij zijn vader vertelde over de dieren die er leefden: reeën, gemzen, wilde zwijnen.

'Als u misschien in de richting zoekt van dat mijn vader mij misbruikt heeft, zult u niets vinden,' zei Rafael, die met zichtbare tegenzin praatte over een tijd die zover terug lag dat hij hem nauwelijks nog met zijn eigen leven in verbinding bracht.

'Wanneer bent u teruggekomen naar Monteperdido?'

'Drie, vier maanden na de overstroming. In de winter.'

Bij de herinnering aan dat moment zweeg Rafael een tijdje, zijn blik op een onbestemd punt ergens achter Sara gericht, alsof hij nog altijd de sneeuw voor zich zag die toen in de straten en op de daken van de huizen lag. De kou en de in hun donkere jassen gehulde mensen die zich schrap zetten tegen de wind, toen hij naar het huis van zijn zus liep. Montserrat deed open en vroeg hem binnen te komen. Ze droeg een wijde grijze wollen trui met witte ruiten, dat wist hij ook nog. En ook dat het heerlijk warm was in haar huis en dat er in de woonkamer een vuurtje knetterde in de open haard. Het was rond het middaguur, toch was het al vrij donker. De zon ging schuil achter een loodgrijze lucht. Montserrat vloog haar broer om de hals en maakte hem louter goedbedoelde verwijten, die liefdevol moesten overkomen: waarom heb je niet eerder gezegd dat je zou komen? Dan had ik een kamer voor je in orde gemaakt. Heb je de brug bij de school al gezien? Dat hij is ingestort?

Toen Rafael in Argentinië van de overstroming hoorde, had hij de volgende dag zijn zus opgebeld. Ze had hem verteld dat het een hel was geweest en hoe Joaquín voorkomen had dat Lucía in de Esera was gestort. Voor Rafael was het niet meer dan een beleefdheidstelefoontje geweest.

En toch was hij teruggekomen.

Montserrat vroeg of hij wat wilde drinken en nam hem mee naar de woonkamer. Voor de open haard lag toen nog een hertenvacht en daarop was Lucía in het flakkerende schijnsel van het haardvuur met haar poppen aan het spelen. Ze was helemaal verdiept in haar spel en keek pas op toen haar moeder haar aanmaande om haar oom te begroeten. Lucía wierp hem alleen een vluchtige blik toe vanuit haar schuinstaande ogen en mompelde een kort hallo om vervolgens weer op te gaan in haar spel. Montserrat liet haar maar en liep naar de keuken om koffie te zetten. Rafael stond met zijn jas aan in de woonkamer, zijn handen diep in de zakken. Hij zweette, maar om een of andere reden had hij zijn jas aangehouden. Lucía praatte met een verdraaide stem terwijl ze haar poppen over de grond heen en weer bewoog. Ze zat met haar rug naar hem toe. Toen ging ze languit liggen om op ooghoogte te zijn met de pop die ze in haar linkerhand hield. Daarbij gleed het T-shirt van haar schouder. Rafael betrapte zich erop hoe zijn blik langs haar hals naar haar schouder gleed en verder langs haar rug omlaag naar haar billen en haar opgetrokken benen die elkaar bij de dijen raakten.

Hij voelde zich ongemakkelijk toen hij merkte dat hij opgewonden werd en weerde bruusk af toen zijn zus hem aanspoorde om te gaan zitten en zijn jas uit te doen. Hij zei tegen Montserrat dat hij een kamer had genomen in pension La Renclusa en niet langer wilde storen. Maar in werkelijkheid wilde hij zo snel mogelijk weg uit dit huis om het beeld van Lucía's lichaam voor de flakkerende haard kwijt te raken. Ze was pas negen. Dat deugde niet.

Maar iets hield hem in Monteperdido.

Joaquín gaf hem werk bij zijn expeditiebedrijf en Rafael huurde een huis, onderaan de rivier, iets buiten het dorp. Als hij niet met de vrachtwagen onderweg was, ging hij de bergen in om dieren te observeren en te jagen. Zijn favoriete dieren waren de reeën, die waren heel teer, heel schuw, heel nieuwsgierig.

Lucía zag hij geregeld. Op het dorpsplein, in het park, bij zijn zus thuis. Rafael deed afwerend tegen het meisje, maar in werkelijkheid was het bevangenheid. Onzekerheid. Schaamte. Hij betrapte zichzelf erop hoe hij naar Lucía's handen keek, naar haar fonkelende ogen, haar lachen. Hij hoorde hoe ze met haar moeder praatte of met Ana, het buurmeisje, en mettertijd vond hij de uitvluchten die hij nodig had om haar aan te kunnen kijken en raken, zonder zich smerig te voelen.

Hij hield van Lucía. Meer dan van wat ook op aarde en hij wilde haar voor zichzelf.

Maar hij wilde ook dat zij het net zo voelde.

'Ik kon niet langer wachten,' ging Rafael door. 'Het ging gewoon niet. Ze werd steeds groter. En wie was ik nou voor haar? Een saaie oom. Wat zeiden haar ouders misschien over mij als ik er niet bij was? Dat ze zich mijn lot aantrokken, zoals je je het lot van een oud en gebrekkig familielid zou aantrekken.'

Rafael liep vast in de obsessies van elke verliefde. Niet alleen dacht hij na over wat hij in Lucía zag, maar hij vroeg zich ook af hoe Lucía hem vond. En de gedachte dat in haar blik medelijden of erger nog, onverschilligheid zou kunnen liggen, beviel hem absoluut niet.

Hij deed er voor haar gewoon niet toe en Rafael besloot daar verandering in te brengen.

In het begin was het alleen maar een gedachtespel geweest voor hij slapen ging. Later fantaseerde hij ook wanneer hij niets omhanden had. Hoe hij Lucía altijd bij zich zou kunnen hebben, voor hem alleen.

En zelfs toen hij al begonnen was met het bouwen van een kelder geloofde hij niet dat zijn fantasieën ooit werkelijkheid zouden worden. Hij maakte vaak lange ritten en was maar één, hooguit twee dagen in de hut, waar hij de grond uitgroef en steunbalken voor het plafond aanbracht.

Bij de vracht die hij vervoerde, zat ook materiaal voor de activiteiten die Gaizka in de bergen organiseerde. Klimmen, raften, paintballen. Uit een van die leveringen haalde Rafael wat helmen omdat hij dacht dat die misschien nog van pas konden komen. Langzaamaan kreeg zijn fantasie reële trekken.

Soms kwam hij alleen terug naar Monteperdido om Lucía te zien. Dan zat hij in zijn auto langs de kant van de weg naar school en zag hij haar met een schooltas op haar rug voorbijkomen, druk pratend en giechelend met Ana. Soms ook in gezelschap van Ximena.

Rafael was opgewonden en vol verwachting, als een bruidegom die maandenlang zijn aanzoek voorbereidt. Hij wilde het niet in de winter doen, omdat het voor haar te zwaar zou zijn om in al die sneeuw bij de hut aan te komen. En ook niet in de zomer, want in de vakantieperiode waren er te veel toeristen op pad, vooral in juli en augustus.

Hij wachtte tot de herfst. Oktober leek hem een goede maand en pas toen realiseerde hij zich dat hij het echt ging doen.

'Ana had daar eigenlijk niet mogen zijn,' vertelde hij en schoof daarmee het meisje de schuld in de schoenen van alles wat er vervolgens was gebeurd. 'Het was op een dinsdag. Normaliter ging Ana op die dag samen met Ximena naar pianoles. Lucía liep dan in haar eentje door het kleine dennenbos naar huis, hoewel haar moeder gezegd had dat ze daar niet langs mocht wanneer haar vriendinnen er niet bij waren. Later hoorde ik dat ze ruzie hadden gehad met Ximena. Ik wachtte dus op Lucía. Ik had een verdovingsmiddel bij me uit de verdovingspatronen op de jachtvereniging. Ze zag me niet aankomen. Ik heb haar mond dichtgehouden en haar het verdovingsmiddel ingespoten.'

Rafael herinnerde zich verder hoe hij Lucía mee had genomen naar zijn auto aan de rand van het bos. Niemand had hem gezien. Vlak daarop was Ana opgedoken en uit angst ontdekt te worden had hij ook haar verdoofd en naar zijn auto gebracht. Terwijl hij vertelde, keek hij de hele tijd naar zijn linkerhandpalm. Nog altijd kon hij het contact voelen met Lucía's lippen toen hij haar in het bos opving. Haar eerste kus.

'Ik ben geen moordenaar,' verzekerde hij, toen Sara hem vroeg wat hij tegen Ana had gezegd nadat hij hen beiden mee had genomen naar de hut. 'Ik had haar dood moeten maken. Een moordenaar zou dat doen, maar ik ben geen moordenaar. Ik kon haar niet doodschieten. Ik heb haar even goed verzorgd als Lucía, ook al had ik liever gezien dat ze er niet bij was geweest. Ze hitste Lucía de hele tijd tegen me op en beweerde dat ik krankzinnig was. Ze was jaloers. Ja, Ana was jaloers op wat er was tussen Lucía en mij. Ze stond erbuiten. Lucía deed alles om het haar naar de zin te maken, maar de gedachte dat ze overbodig was, kon Ana niet verkroppen.'

Sara zag voor zich hoe Ana vastgebonden aan een balk door het dak van de hut naar de sterrenhemel boven Monteperdido staarde. Veracht, vernederd, altijd maar afgewezen. En ineens begreep ze ook waarom Ana Simón nooit verraden had.

'Zacarías had me over hem verteld,' zei Rafael. 'Hij zei dat hij hem kende uit Martutene. Als kinderverkrachter had Simón het moeilijk in de gevangenis.'

In het begin was alles eenvoudiger geweest dan Rafael gedacht had. De ontvoering van de meisjes en de geregelde gang naar de hut om eten te brengen en te kijken of het goed met ze ging, waren eigenlijk verbluffend simpel. Hij moest alleen een beetje oppassen dat de politie geen lont rook, maar door zijn werk als vrachtwagenchauffeur had hij veel bewegingsvrijheid.

Terwijl het hele dorp in shocktoestand verkeerde, was Rafael blij dat zijn plan tot in de kleinste details slaagde. Wanneer hij bij zijn zus in de keuken zat en Montserrat apathisch voor zich uit zat te staren, terwijl haar man juist jammerde en schreeuwde als een dodelijk verwond dier, toonde hij zijn medeleven. Hij sloeg zijn armen om zijn zus heen en stond Joaquín zwijgend terzijde. Daar in huis leek alleen Quim nog normaal. Na enige tijd probeerde Lucía's broer het gewone leven weer op te pakken, terwijl zijn ouders er alles aan deden om dat te voorkomen.

Toen hij zag dat Quim er in het leven van zijn ouders niet meer toe deed, had Rafael medelijden gekregen. Lucía eiste alle ruimte op, voor Quim was er geen plaats meer. Daarom ving hij de jongen op in zijn eigen huis, controleerde zijn huiswerk en gaf hem geld, ook al wist hij dat hij het uitgaf aan feestjes of hasj bij Gaizka.

Zijn rol als begeleider van Quim, toeverlaat van Montserrat en rechterhand van Joaquín kwam hem goed van pas. Het waren stuk voor stuk maskers waarachter de echte Rafael zich kon verschuilen. De man die twee meisjes had weggesleept naar een gat onder een hut in de bergen.

Ondanks de inzet van speurhonden en helikopters bleef de zoektocht van de politie zonder resultaat.

In de eerste weken zette Rafael de paintballhelm op wanneer hij naar de meisjes ging. Hij zei vrijwel niets tegen hen, maar net genoeg om hun duidelijk te maken dat ze weerloos aan hem waren overgeleverd.

'Ik had nooit gedacht dat het zo lang goed zou gaan,' stelde hij met een glimlachje vast. 'Ik had er vroeger nooit bij stilgestaan. Ik ben gewoon begonnen en toen...' Zijn stem begaf het alsof het hem nog altijd moeite kostte om uit te spreken dat het voorbij was.

De maanden gingen voorbij. Het onderzoek liep vast. De druk werd minder en Rafael hoefde niet langer zorgvuldig al zijn stappen te overdenken. De eerste winter ging voorbij, het eerste voorjaar. Pas toen drong het tot hem door dat hij niet eeuwig zo in zijn eentje kon doorgaan. Misschien moest hij eens een paar dagen weg. En wat als hem iets overkwam? Wie moest er dan voor Lucía zorgen? Wie zou de meisjes dan eten en drinken brengen? De hut lag laag en als het dagenlang regende, dreigde er een overstroming. Dan zou het water de kelder inlopen en Rafael was bang dat hij Lucía verdronken zou aantreffen wanneer hij na enkele dagen afwezigheid terugkwam in Monteperdido.

Daarom zocht Rafael contact met Simón Herrera. Niet al te vaak en altijd buiten het dorp, ver van de nieuwsgierige blikken van de buren. In Barbastro of nog verder naar het zuiden, in Monzón. Hij nodigde Simón uit voor een drankje, ze praatten over vrouwen. Over jonge meisjes.

Rafael speelde op verleiding. Hij zei tegen Simón dat hij hem naar een plek kon brengen waar hij twee naakte meisjes zou zien. Zonder dat hij daar problemen mee zou krijgen. Niemand zou te weten komen dat ze daar geweest waren. En op zekere dag nam hij hem mee naar de hut.

Simón lag op de grond en gluurde door de smalle spleet van het valluik dat naar de kelder leidde. In het schemerdonker kon hij Lucía en Ana zien. Ze speelden, kleedden zich om en soms liepen ze, onbewust van het feit dat ze werden bespied, rond in hun blootje omdat de afgeschoten ruimte in de zomer wel een oven leek.

'Maar op de video met Ana bent u te zien, niet Simón,' merkte Sara op.

Een paar beelden uit deze video trokken aan haar geestesoog voorbij, terwijl ze zich probeerde te concentreren op Rafael en de omstandigheden die tot de filmopname hadden geleid.

Nadat Ana op haar knieën op het bed was gaan zitten en in de camera gesproken had, kwam er een tweede figuur in beeld. Eerst wazig, maar toen hij het bed naderde, heel scherp. Een naakte man met een helm op zijn hoofd: Rafael. Daarna volgde de verkrachting. Waarom had hij die grens overschreden?

Rafael stond Simón niet toe om met de meisjes te praten of ze zelfs maar met een vinger aan te raken. Hij kwam alleen in de kelder om hun eten te brengen. 'Aanvankelijk accepteerde Simón mijn regels,' vertelde Rafael. 'Maar op zeker moment nam hij niet langer genoegen met het begluren van de meisjes en het brengen van hun eten. Hij wilde meer.'

Sara herinnerde zich hoe Rafael op de video achter Ana was gaan staan. Hoe zij haar hoofd in de matras begraven had en haar handen zich vastgeklemd hadden aan het roze beddenlaken. Alle valse erotiek waarmee Ana zo-even nog gespeeld had, was uit haar gezicht verdwenen. Daarop stond alleen nog angst te lezen. Pure angst.

'Simón had niet de positie om iets met de meisjes te doen.' Het kostte Rafael moeite te praten over wat hij met Ana had gedaan. 'Maar hij moest en zou het zien.' In een poging zijn gedrag te rechtvaardigen vervolgde hij: 'Maar Lucía heb ik nooit aangeraakt. Dat zou ik niet gekund hebben. Natuurlijk had ik het graag gedaan, maar ik wilde niet dat het onder dwang zou gebeuren.'

Sara voelde zich vies, alsof zíj Rafael was. Alsof ze Ana's huid kon voelen, toen op die dag in de kelder, op die roze beddenlakens. Ze was kotsmisselijk. Het liefst zou ze de kamer uit zijn gerend en onder de douche zijn gaan staan om alle perversie van zich af te wassen. Ze had Rafael graag de huid vol gescholden, hem een weerzinwekkende smeerlap genoemd, hem gezegd dat ze van hem walgde, maar ze moest het werk afmaken.

Ze sloot haar ogen en zocht naar een beeld dat haar kon kalmeren. Ana, hoe Quim haar leerde zwemmen. Haar lichaam omgeven door het glasheldere water van het bergmeer dat alle herinneringen wegwaste en van haar weer het meisje maakte dat ze ooit geweest was en altijd nog zou hebben moet zijn.

'Moet ik verdergaan?' hoorde ze Rafael vragen. Toen ze hem aankeek, sloeg hij zijn ogen neer. Zoals hij zijn gevoelens voor Lucía rechtvaardigde, zo schaamde hij zich voor de video met Ana.

'Ik moet u zien te begrijpen, Rafael. Dat is mijn vak,' zei ze. 'Maar verwacht niet dat ik het u niet kwalijk neem.'

'Dat doe ik ook niet,' zei hij zachtjes.

Maar Rafael leek geen spijt te hebben van wat hij Ana had aangedaan. Eerder vond hij het jammer dat dit voorval het beeld van zijn band met Lucía verstoorde.

Door die video was hij zijn grip op de situatie kwijtgeraakt.

Simón bekeek de film keer op keer en zijn obsessie begon zich te concentreren op Ana. Misschien was dat voor die tijd ook al wel zo geweest, maar Rafael had het niet gemerkt. Simón sprak voortdurend over haar, trok haar voor wanneer hij alleen op de meisjes moest passen, bracht ze eten waar Ana dol op was, vervulde kleine wensen voor haar. Lucía had het Rafael verteld. Hij begon te vrezen dat Simón zijn mond voorbij zou praten. Hij had het gevoel dat Simón extra plezier aan de video beleefde als hij erover praten kon. Dat deed hij namelijk wel tegenover hem. Seconde na seconde liep hij elk afzonderlijk shot door. Hoe Ana zich bewoog, hoe ze haar haren achterover wierp of wat ze met haar handen deed. Rafael vond dat stuitend en snoerde hem telkens de mond. Maar wat als hij ergens anders een luisterend oor zocht? Hij besloot Simóns bezoekjes aan de hut tot het hoogstnoodzakelijke te beperken, zodat hij de meisjes en vooral Ana niet meer zo vaak zag. Maar Simón hield zich niet aan zijn instructies. Meer dan eens zag Rafael hem om de hut sluipen als hij zelf aanwezig was.

Misschien had hij iets moeten doen, maar hij liet de tijd verstrijken. Simón schiep voor zichzelf een fantasiebeeld rond Ana, zoals Rafael dat bij Lucía had gedaan. Simón wilde haar beschermen, haar ervoor behoeden dat Rafael haar slecht behandelde. Wat zou hij allemaal met haar gedaan hebben als ze op hun vlucht niet in dat ravijn gestort waren?

'Ik weet het niet,' zei Rafael. Hij had ook kunnen zeggen: het interesseert me niet.

Sara begreep waarom Ana geen kwaad woord over Simón had willen spreken. Misschien had ze helemaal niet door wie hij was en welk aandeel hij in haar marteling had. Tijdens haar gevangenschap en ook nadien was hij voor Ana haar redder geweest. Simón was voor haar de persoon voor wie ze belangrijk was en dat was wat ze het meeste nodig had. Weten dat ze voor iemand iets betekende. Wie het dan ook was.

Er werd geklopt, Pujante kwam de verhoorkamer binnen. Hij liep op Sara af en fluisterde haar iets in het oor. Víctor had ze verboden het vertrek te betreden. Eigenlijk mocht hij niet eens op het bureau zijn.

'Bij de Cajigalkloof is een roze zakdoek gevonden,' zei Sara tegen Rafael toen Pujante weer weg was. 'Ik neem aan dat die van Lucía is.'

Toen de kelder ontdekt werd, was Rafael bijna vertwijfeld op de vlucht geslagen. Alle beschermingsmuren die hij in de loop der jaren opgetrokken had, waren neergehaald. Hij zocht naar een schuilplaats waar hij Lucía voorlopig verstoppen kon, maar de politie zat hem vlak op de hielen en trok het net steeds verder aan.

Ana had het ongeluk overleefd. Hij was in het ziekenhuis geweest en had ervoor gezorgd dat het meisje hem zou zien en zich goed bewust zou zijn van het dreigement dat hij tegenover haar telkens weer geuit had: *op een dag vermoord ik je.* Hij hoopte dat het voldoende was om Ana haar mond te laten houden. Angst.

Rafael wist dat ze de kelder ooit zouden vinden. Daarom had hij de hut platgebrand. Hij was met Lucía gevlucht, maar omdat de toegangswegen versperd waren, kwam hij niet ver. Hij verstopte zich bij de Ixeia. Een paar dagen maakte hij gebruik van de verlaten tunnel die ooit onder de Pyreneeën door zou moeten leiden.

Tot Marcial er in die onweersnacht met zijn moeder was opgedoken. Op dat moment hadden zijn zenuwen het begeven. Toen hij de koplampen bij de ingang van de tunnel zag, verstarde hij tot één blok ijs dat elk moment in duizend stukjes uiteen zou kunnen spatten. Van pure nervositeit had hij Lucía geslagen. Dat had hij voor die tijd nooit gedaan. Nog nooit was hij zo de controle over zichzelf kwijt geweest.

Maar hij had geluk gehad. Ze konden uit de tunnel wegkomen zonder dat Marcial hen gezien had. Ze waren dwars over het veld gevlucht en toen ontdekte hij dat de wegversperringen opgeheven waren. Hij haalde zijn auto en reed verder het dal in naar het land van Joaquíns ouders. Hij had de schuur vroeger al eens gebruikt om Simón te ontmoeten en hem de video te laten zien. Hij wist dat het land niet langer werd bewerkt en dat de schuur niet meer gebruikt werd.

Daar had hij Lucía sindsdien vastgehouden.

Na Santiago's dood en de berichtgeving over Sara had hij weer hoop gekregen dat het onderzoek vast zou lopen.

'Zodra het weer rustig was, wilde ik Lucía ophalen en het dal met de vrachtwagen verlaten,' vertelde Rafael.

Maar het was anders gelopen. Sara was hem langzaam maar zeker op het spoor gekomen. Het inzicht dat er twee personen bij de ontvoering betrokken moesten zijn, de door Nicolás gevonden poppen, Simóns ontmaskering.

En toen had Ana gepraat. Hij hoorde het van Quim. Als Ana eenmaal zover was, zou ze er alles uitgooien. Hij had Lucía gedwongen haar op te bellen. Daarna was Ana weggelopen en hij had gehoopt dat de bergen haar voor eeuwig zouden opslokken. Dat ze gewoon verdwijnen zou.

Maar dat was alleen een wens geweest.

Het was voorbij.

Dus was hij naar de schuur gegaan, had Lucía meegenomen en haar de Cajigalkloof ingeduwd.

Later had hij zich tussen de mensen begeven die naar Ana zochten en zijn moment afgewacht, toen ze weer opgedoken was.

'Nu moet alleen ik nog sterven zodat het gebeurde echt voorbij is,' besloot hij. 'Ze hadden me een kogel door het hoofd moeten jagen,' zei hij toen Sara opstond.

Het was nog donker toen de ziekenwagen langs de school reed en vervolgens linksaf het dorp insloeg. Rafael lag vastgesnoerd op de brancard. Het kruis op het raam wierp een schaduw op zijn gezicht. De straten waren uitgestorven, de luiken neergelaten, de deuren vergrendeld. Uren eerder was de lijkwagen met Ana's kist hier gepasseerd. Alsof iemand de natuurlijke gang van zaken op zijn kop had gezet.

Eerst de dood, dan het leven.

Sara leunde tegen de muur van haar kantoor toen Víctor de deur opende. Toen hij zag hoe ze trilde, overwoog hij even om haar in zijn armen te nemen. Hij zou haar graag hebben gezegd dat het maar een nare droom was, dat al die wezens die haar bespioneerden, niet echt waren. Maar er was geen nachtmerrie waaruit hij haar kon wekken, dit hier was realiteit. En ja, er bestonden mannen die in het donker stonden te loeren. Die stilletjes lachten, terwijl de anderen opgewonden heen en weer renden. Mannen als Rafael.

Sara zag hem in de deuropening staan. Hij wist niet of hij binnen zou komen of zich om zou draaien en weggaan. Nog altijd zat er bloed van Zacarías op zijn knokkels en kleefde het aan zijn T-shirt. Je kon zien dat hij gehuild had.

'Wil je nog een keer mijn chauffeur zijn?' vroeg Sara.

Víctor deed een stap opzij en hield de deur voor haar open.

Sara wilde de overige agenten niet aankijken toen ze door de hal van het politiebureau liep. Alleen een heel klein kringetje had het recht om getuige te zijn van haar falen en ook al had ze het gevoel dat ze wel haar plaats op dit bureau had weten af te dwingen, ze hoorde er toch niet echt bij. Dag Telmo. Dag Pujante. Dag Sanmartín.

Nieve blafte toen Sara in de auto stapte. Onder de dikke witte vacht leken zijn ogen haar te willen opmonteren. Víctor startte de motor en vroeg: 'Waar gaan we heen?'

'Wat denk je van de plek waar we elkaar voor het eerst hebben ontmoet?'

'Het tankstation?'

'Daar kan iemand van de politie in Barbastro me komen ophalen. Je hoeft me niet helemaal naar de stad te rijden.'

Toen ze het bureau uitliepen, ieder in zijn eigen gedachten verzonken, hadden ze achter zich de telefoon over horen gaan. Het was als een echo van elders. Met zulke telefoontjes hadden Sara en Víctor niets meer van doen. Leidinggevenden die een verklaring verlangden.

Na het voorval met Zacarías kon Víctor rekenen op een tuchtzaak, waarna hem zeker ontslag zou wachten. En Sara? Hoe zou het Sara vergaan? Het leek haar absurd dat iemand haar zou kunnen gelukwensen met Rafaels arrestatie.

Terwijl ze de parkeerplaats afreden keek Sara naar de overkant van de weg, naar het kleine dennenbos waar Ana en Lucía vijf jaar geleden verdwenen waren. De bomen vormden een dichte muur zodat je niet in het bos kon kijken. Naar de zieke boom met zijn wortels die in de grond verkommerden, zoals Caridad haar had verteld. Een boom die alleen kon blijven leven wanneer hij niet verpoot werd. Deze grond had hem bescherming en houvast geboden, die hield hem overeind en liet hem gezond lijken. Alleen de verkommerde wortels die hem voedden, wisten van zijn ziekte en verzorgden hem met liefde.

De zon ging op en wierp zijn gouden stralen op de hellingen van de Monte Albádes. In het zuiden rezen de Monte Perdido, de

Kregüeña en de Montes Malditos koperrood en trots op naar de hemel alsof er een overwinning te vieren viel.

Toen ze na de brug bij de school bij de kruising kwamen, kon Sara niet anders dan naar rechts kijken. Direct achter de weg begon de Monte Ármos. Daarboven lag de Circo de Tempestades met het bergmeertje waarin Ana had leren zwemmen. Recht tegenover de berg lagen de nieuwe brug en de toegangsweg naar Los Corzos. Sara moest denken aan de twee-onder-een-kapwoningen aan het eind van de weg, waar Ana en Lucía hadden gewoond.

Ze had niet de moed om afscheid te nemen van hun ouders.

'Rij alsjeblieft door,' zei ze tegen Víctor.

Hij sloeg linksaf naar de hoofdstraat die Monteperdido in tweeën deelde.

Sara zag pension La Renclusa. Haar koffer stond nog op haar kamer. Ze zou iemand langssturen om hem op te halen, of misschien ook wel niet. Wat zat er nou in zo'n koffer wat per se bewaard diende te worden? Ze dacht aan de woorden van Elisa toen ze voor het eerst haar kamer was binnengegaan en de donkere bergen achter de vensterruit had gezien. De zonsopgangen waren schitterend, had ze gezegd.

Het was nog niet echt licht. Víctor schakelde de koplampen in. De lichtbundels vielen op het asfalt. Ze passeerden restaurant In de witte ree. *Ik heb de moraal van het verhaal nooit begrepen*, had Caridad die nacht gezegd, toen ze haar de sage vertelde van het meisje dat veranderde in een ree.

Ik geloof in God, niet in de mensen, had Santiago gezegd toen hij de kerk uitkwam. De romaanse toren van Santa María de Laude rees uit boven het ommuurde voorplein van de kerk, vlak achter het restaurant. Een dorp als een vesting, naar binnen gebouwd, een bolwerk tegen vreemdelingen. Genoeg aan zichzelf, bedacht op eigen kracht. De broederschap met zijn achthoekige ster, dezelfde als op het T-shirt van Víctor, dat nu besmeurd was met bloed en slijk.

Rechts van de straat, verborgen achter smalle kronkelige steegjes, lag het raadhuisplein. Onder de arcaden rond het plein lagen de jachtvereniging en wapenhandel Nerín. De stoffige winkel van Marcial. Hij noch zijn dochter zou ooit terugkeren naar het dorp.

Toen ze Monteperdido uitreden koesterde Sara tegenstrijdige gevoelens. Ze zou de hobbelige steegjes en de mensen missen, maar tegelijkertijd besefte ze dat ze hier niet meer thuishoorde. Het dorp moest vergeten wat er was gebeurd en Sara's aanwezigheid zou dat alleen maar in de weg staan.

'Waar ga je naartoe?' vroeg Víctor toen het tankstation in zicht kwam.

'Ik weet het niet. Naar huis, denk ik.' Maar eigenlijk wist Sara dat er geen thuis was waarnaar ze kon terugkeren.

Rechts lag de toegangsweg naar transportbedrijf Castán. Daar had Santiago dood op de grond gelegen.

Daarna kwam het tankstation. Een stukje verder naar het zuiden was de Congosto de Fall al te zien. De bergen kwamen vlak bij de weg die even later in de kleine tunnel zou verdwijnen. Het was de enige toegang tot het dorp. De geheime deur naar het dal en naar Monteperdido.

Links stroomde de Esera rustig voort, alsof zelfs de rivier in de rouw was.

Víctor stopte bij het tankstation. Voor hij de motor afzette, draaide hij zich naar Sara toe.

'Mag ik met je mee? Waar je ook gaat,' zei hij langzaam, bedacht op ieder woord. 'We kunnen het in elk geval proberen.'

Graag had hij zich beter uitgedrukt, de juiste woorden hebben gevonden om het gevoel te beschrijven dat steeds sterker was geworden sinds Sara Rafael in de verhoorkamer achter had gelaten en in haar kantoor verdwenen was. Víctor wilde niet uit Monteperdido weg; hier was hij opgegroeid, hier woonde zijn familie. Hij wilde niet weg, maar hij wilde ook Sara niet verliezen. Misschien was het egoïstisch, maar de man die hij in haar ogen had gezien, beviel hem en die man wilde hij blijven. De Víctor naast wie Sara rustig had liggen slapen.

Het duizelde Sara. Ze kon zich niet op Víctor concentreren, die naast haar op antwoord wachtte. In plaats daarvan keek ze naar het kleine bos achter het tankstation. De horizon glansde als een rode zee tussen de bergen en de geleidelijk lichter kleurende lucht. En op dat moment meende Sara tussen de bomen en de rotsen een witte hinde te zien. Ze kwam uit de schaduw tevoorschijn en hield stil op een kleine open plek die door de eerste zonnestralen werd beschenen. Het hert wendde zijn kop en keek Sara vanuit haar diepzwarte ogen aan om daarna met een sprong te verdwijnen in het kreupelhout.

'Draai om,' zei ze in een plotselinge ingeving tegen Víctor, en toen nog eens, dringender: 'Vooruit, draai om. Rij terug.'

Víctor keerde en reed terug in de richting van Monteperdido.

Ik ben geen moordenaar, had Rafael gezegd.

'Heeft dit iets te maken met wat ik zo-even heb gezegd?' vroeg Víctor zonder zijn blik van de weg af te wenden.

'Hij heeft Lucía in het ravijn geduwd. Daarna is hij teruggegaan naar het dorp en heeft hij Ana doodgeschoten. Dat was in elk geval zijn verhaal,' zei Sara. 'Waarom? Waarom zou hij dat doen?'

'Zijn motieven interesseren mij niet.'

'Hij bracht Simón niet om toen die een risico werd. En ook Ana vermoordde hij niet meteen toen ze terugkwam. Zijn verhaal klopt ergens niet. Ik geloof niet dat hij vertwijfeld was. Dan zou hij zichzelf hebben doodgeschoten en er gewoon een eind aan hebben gemaakt. Hij had nog hoop.'

'Waarop?'

'Lucía. Stop!' schreeuwde Sara toen ze langs de inrit naar Joaquíns expeditiebedrijf reden. 'Hierin!' Ze pakte de greep van het portier om zo snel mogelijk de auto uit te kunnen zijn.

Lucía was mijn vrouw.

Hij had haar in de schuur verstopt. Daar had hij haar gedwongen om Ana te bellen en toen had hij zich gerealiseerd dat de politie via Simóns mobiel de schuur vroeg of laat zou lokaliseren. En dus had hij haar weggebracht en ergens anders verstopt.

Zodra het weer rustig zou zijn, wilde ik Lucía ophalen en het dal met de vrachtwagen verlaten, had hij gezegd.

'Hij wilde Ana doden en was van plan om daarna met Lucía te verdwijnen,' zei Sara tegen Víctor.

Ze stopten voor de loods. Daar stonden de vrachtwagens die Joaquín nog niet had weten te verkopen. Sara stapte uit en rende erop af.

Ik wilde haar voor mijzelf.

'Toen we hem uiteindelijk gepakt hadden, wilde die smeerlap niet dat we haar levend zouden vinden. Het was voor haar beter om te sterven dan verder te leven zonder hem,' zei Sara. 'Controleer die vrachtwagen daar!'

Víctor opende de deuren van de oplegger. Hij was leeg. Toen hoorde hij weer Sara's stem: 'Víctor!' En voor hij kon kijken, klonk er een schot. Sara had de grendel van de oplegger van de blauwe vrachtwagen stukgeschoten. Ze opende de deuren terwijl Víctor op haar afliep. Toen hij Sara's gezicht zag, wist hij dat zij haar gevonden had.

Hij was bang dat ze te laat waren.

Hij was bang voor wat er in die oplegger verborgen zat.

'Niet bang zijn,' hoorde hij Sara fluisteren. 'We brengen je naar je familie.'

Ze klom in de oplegger en liep heel langzaam naar Lucía toe. Het meisje zat gehurkt in een hoek, haar benen helemaal opgetrokken tot aan haar borst, haar armen om haar knieën. Ze trilde. Van vreugde of van angst?

'Gaat het goed met je?' vroeg ze, terwijl ze zachtjes de haren uit Lucía's gezicht streek. Toen nam ze het meisje in haar armen.

Ze wachtte tot Lucía's ademhaling wat tot rust was gekomen, toen draaide ze zich om naar Víctor, die ook in de oplegger geklommen was. In het ochtendtegenlicht kon ze zijn gezicht niet goed zien, maar ze wist dat hij glimlachte.

Lucía was bang voor die onbekende vrouw die haar omarmde, maar ze wist dat ze in veiligheid was. Vijf jaar lang had ze alleen Rafaels koude aanraking gevoeld, zijn gerimpelde handen die snakten naar de liefkozing die zij altijd uit de weg was gegaan. En Ana's huid die als haar eigen huid was. Haar omhelzing elke nacht, haar stem die haar toefluisterde sterk te blijven. Te overleven. Er was niet alleen haat geweest, herinnerde Lucía zich. We hadden niet méér van elkaar kunnen houden. Vlak na de ontvoering had Lucía Ana's leven gered, toen ze tegen Rafael zei dat ze zichzelf zou ombrengen als hij Ana iets aandeed. En ook al was Ana zich er niet van bewust, op haar beurt had zij Lucía elke dag het leven gered, door haar toevlucht te zijn, haar familie, haar geweten. Liefde en haat, twee kanten van één medaille.

Je hoefde het Lucía niet te vertellen. Ze voelde dat Ana dood was.

Of misschien ook niet. Misschien had Ana alleen een andere gedaante aangenomen. Was ze nu een van die sterren die ze door het dak van de hut gezien had. Een klein lichtje aan de hemel boven Monteperdido.

Lucía dacht aan de sneeuw in de winter. Aan de twee kinderen die zij waren geweest, die speelden en rondsprongen en bij de vastgevroren schommel sneeuwballen naar elkaar gooiden. Ze herinnerde zich hoe de kou door haar handschoenen drong wanneer ze een sneeuwbal maakte en die naar Ana gooide. Ana in haar roze donsjas, die boven op de glijbaan was geklommen en hoe de sneeuw van Ana's lichaam naar beneden was gegleden. Maar toen was Ana ineens als aan de grond genageld blijven staan en had ze langs haar heen gekeken. Toen Lucía zich omgedraaid had om te zien wat er aan de hand was, had ze het hert gezien.

Het stond vlak voor Raquel, zijn adem vormde een klein wolkje stoom dat zijn kop omhulde en daarna weer oploste, terwijl het hert op een sukkeldrafje in de richting van de bergen verdween.

Al die herinneringen, al die beelden van Ana, al haar gebaren zou Lucía voor altijd in zich dragen. Haar stem die, terwijl ze in de kelder rondjes liep, altijd weer hetzelfde gedicht voordroeg, klonk zo dichtbij alsof ze hier aanwezig was om het in haar oor te fluisteren.

Een vluchtig creatuur, gemaakt van een vleug vergeten en een vleug herinnering. O witte hinde uit een droom.

DANKWOORD

Meisjes vermist zou niet bestaan zonder Jorge Díaz, Carlos Montero, Ángela Armero en Antonio Mercero. In een zaaltje van hotel Magnolia ontstond samen met hen het idee voor dit verhaal. Dank dat ik me in deze bergen mocht verliezen.

Zonder de adviezen van Jorge en Carlos zou dit boek niet zijn wat het is geworden.

Dank aan Mireia Acosta, mijn gedroomde literair agent, dat ze mijn weg kruiste en dit verhaal oppakte. Alleen dankzij haar enthousiasme is deze roman werkelijkheid geworden.

Dank je wel, Lars Neubert, Alberto Marcos en David Trías dat jullie vanaf de allereerste bladzijde in dit boek geloofden.

Dank aan Felix J. Velando en José Óscar López voor het lezen van dit verhaal en van een heleboel andere verhalen die nooit gedrukt werden.

Dank aan mijn moeder, die altijd alles lichter maakt.

En aan Darío en Laura, de kinderen voor wie ik er altijd zal zijn, dat jullie mijn afwezigheid hebben geaccepteerd wanneer ik even vertwijfeld als hoopvol aan het schrijven was.